Knaur.

*Im Knaur Taschenbuch Verlag sind bereits
folgende Bücher der Autorin erschienen:*
Die englische Erbin
Der Duft von Sandelholz
Tage des Monsuns

Über die Autorin:
Laila El Omari, geboren in Münster als Kind eines paläs-
tinensischen Vaters und einer deutschen Mutter, studier-
te Orientalistik, Germanistik und Politikwissenschaften
in Münster und Bonn. *Der Orchideenpalast* ist ihr vier-
ter Roman. Die Autorin lebt mit ihrem Mann und ihrer
Tochter in Bonn.
Wenn Sie mehr über Laila El Omari erfahren möchten,
besuchen Sie ihre Website: www.laila-omari.de

Laila El Omari

Der Orchideenpalast

Roman

Knaur Taschenbuch Verlag

Besuchen Sie uns im Internet:
www.knaur.de

Originalausgabe September 2009
Copyright © 2009 bei Knaur Taschenbuch.
Ein Unternehmen der Droemerschen Verlagsanstalt
Th. Knaur Nachf. GmbH & Co. KG, München
Alle Rechte vorbehalten. Das Werk darf – auch teilweise –
nur mit Genehmigung des Verlags wiedergegeben werden.
Redaktion: Antje Nissen
Umschlaggestaltung: ZERO Werbeagentur, München
Umschlagabbildung: Frans Lemmens/Corbis
Reter Barrett/Corbis Premium
Satz: Adobe InDesign im Verlag
Druck und Bindung: CPI – Clausen & Bosse, Leck
Printed in Germany
ISBN 978-3-426-50029-3

2 4 5 3 1

*Für meinen Vater,
für all die Bücher*

Sogar dort, wo die Natur
sich in unbeschreiblicher Wildnis ergeht,
bist du schön, in deiner Urform schrecklich
und prachtvoll.

JACOB HAAFNER, *Reise zu Fuß durch die Insel Ceylon*

PERSONEN

Edward Tamasin, eigentlich James Walt, Kaffeepflanzer
Audrey, seine Ehefrau
Melissa, seine Tochter
Alan, sein Sohn
Louis, sein unehelicher Sohn
Hayden, offiziell sein Neffe
William Carradine, Kaffeepflanzer
Estella, seine Tochter und Louis' Verlobte
Gregory, sein Sohn
Henry Smith-Ryder, Kaffeepflanzer
Lavinia, seine Tochter und spätere Ehefrau Alans
Duncan Fitzgerald, Kaffeepflanzer
Anthony, sein Sohn
Elizabeth, seine Tochter
Manjula, Louis' Mutter

Anreden

Pery-Aiyah: Herr, Master
Periya-Dorahi: Master (entspr. ind. Sahib)
Dorasani: Mistress (entspr. ind. Memsahib)
Sin-Aiyah: junger Herr
Sin-Amma: junge Herrin

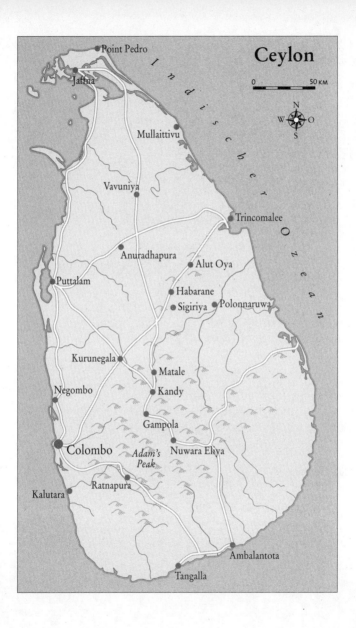

PROLOG

Straße von Malakka, 1815

Schatten flossen ineinander, trennten sich wieder und malten bizarre Formen in den Raum, wann immer der sanfte Schlag der Wellen gegen den Schiffskörper die Kerzenflammen zum Erzittern brachte. Knarrendes Holz, flüsternder Wind. Eine gute Nacht, zu sterben, dachte James Walt.

»Wir müssten uns mittlerweile in der Nähe von Singapur befinden«, hörte er Edward Tamasin sagen. Er drehte sich vom Bullauge weg, durch das er kurz auf das schwarze Wasser gestarrt hatte, und sah seinen Reisegefährten an, der vor einer Karte saß, einen Kompass in der Hand.

»Und zwar hier, um genau zu sein«, fuhr Edward fort und tippte auf einen mit *Singapur* bezeichneten Punkt auf der Karte, als habe er mit James einen Narren vor sich.

Es gab nicht viele Reisende an Bord, und jeder blieb für sich. Die Brigg war ein kleines Frachtschiff, das auch eine begrenzte Anzahl an Passagieren beförderte, denen der mangelnde Komfort nichts ausmachte – Abenteurer wie den jungen Tamasin, dessen offenherziger Idealismus nur von seiner Naivität überboten wurde.

»Sobald wir in Ceylon sind, werde ich alles in die Wege leiten, Zhilan kommen zu lassen.« Edward lehnte sich zurück und legte den Kompass auf den Tisch. Sein Blick bekam etwas Verträumtes, einen entrückten Glanz, als sähe er die mandelförmigen Augen seiner Geliebten vor sich.

Mit einem Lächeln gab auch James sich der Erinnerung an dieses reizende Geschöpf hin, dessen Haar wie Seide in seiner Hand gelegen hatte, während die Augen dunkle Brunnen in einem schreckensbleichen Gesicht gewesen waren.

Der Stuhl schabte leise über den Holzboden, als Edward aufstand. Er streckte die Glieder und zog seine Kleidung zurecht. »Ich werde mir an Deck ein wenig die Beine vertreten. Wenn der Wind sich hält und wir nicht in einen Sturm geraten, müssten wir Ceylon innerhalb der geplanten Zeit anlaufen.«

Ein unwillkommener Anflug von Mitleid stieg in James auf.

Über fünfhundertfünfzig Meilen zog sich die Straße von Malakka hin, die zwischen Sumatra und der malaiischen Halbinsel verlief und eine Verbindung zwischen dem Südchinesischen Meer und der Javasee schuf, von wo aus die Reise über den Indischen Ozean weitergehen würde. Edward trat an die Reling, stützte die Arme auf und ließ seinen Blick über die schimmernde dunkle Wasseroberfläche gleiten. Versprengtes silbernes Licht tanzte auf den Wellen, deren leises Plätschern für viele Menschen etwas Beruhigendes hatte. Auf Edward jedoch übte das Meer eine Art grausiger Faszination aus, gleichgültig ob es unter schwarzgrünen Wolken schlingerte und tobte oder ob es glatt wie ein Spiegel dalag.

Er war viel gereist, seit er im Alter von fünfzehn Jahren seiner Familie den Rücken gekehrt hatte. Dabei war es nicht einmal so, dass seiner Flucht ein Streit vorausgegangen wäre – vielleicht hätte ihn das sogar davon abgehalten, zu gehen. Aber diese einschläfernde Gleichgültigkeit, die spielerische Selbstverständlichkeit, mit der ein Vermögen vertändelt wurde, hatten in ihm nur Abscheu ausgelöst, und schließlich war jener Moment gekommen, in dem er seinen ältesten Bruder dabei erwischt hatte, wie dieser gemeinsam mit Freunden einer jungen Magd die Röcke hochzog und über ihre schamhaften Versuche, einen Rest von Anstand zu wahren, lachte. Sein Vater hatte ebenfalls gelacht, als Edward ihm den Vorfall berichtete, hatte ihm die Schulter getätschelt und gesagt, dergleichen würde er später einmal verstehen. Danach hatte Edward seinen Bruder mit anderen Augen gesehen. Sollte dies der Erbe eines großen Hauses, er und seine Freunde die Zukunft des Landes sein? Daran hatte er sich erinnert, als er am Hafen von London stand – er hatte nur den Schiffen beim Auslaufen zusehen wollen – und ein Mann ihn wohl eher im Scherz gefragt hatte, ob er mit an Bord käme.

Fünf Jahre lang war er umhergezogen, ohne irgendwo länger zu verweilen, bis er schließlich für beinahe sechs Jahre in China blieb, das ihm trotz all seiner Faszination nie eine Heimat gewesen war, wenn er sich auch dem Zauber des Landes, das unter der mandschurischen Qing-Dynastie stand, nicht hatte verschließen können. Zu fremd war ihm alles geblieben, seine englischen Wurzeln konnte er offenbar nicht verleugnen, und diese hatten sich wie auf der Suche nach dunkler, fruchtbarer Erde ausgestreckt, als er vom Fall des letzten Königreichs von Ceylon hörte. In einem Anflug von Sentimentalität hatte er seinen Siegelring seiner Familie in England zugeschickt, ein erstes Lebenszeichen, seitdem er fortgegangen war – ein Lebenszeichen, von dem er nicht wusste, ob es willkommen sein würde. Aber er hatte plötzlich den Wunsch verspürt, eine Art Vermächtnis zu hinterlassen, und darum gebeten, den Ring seinen zukünftigen Kindern auszuhändigen, sollte es ihm nicht gelingen, bis zu seinem Tod ein Erbe aufzubauen. Kurz und knapp war der Brief gewesen, weil er nicht wusste, was er schreiben sollte, und so hatte er seinem Wunsch nur die Bitte um Verzeihung angehängt.

Edward rieb sich die Augen, die vor Müdigkeit und von dem langen Lesen bei schlechtem Licht brannten. In den letzten Wochen vor seiner Abreise hatte er James Walt kennengelernt, der, wie er selbst, entwurzelt schien. Was jedoch als Freundschaft begonnen hatte, zog sich nunmehr wie eine stille Duldung durch die Reise, und Edward fühlte sich ebenso einsam wie in den Jahren, ehe er Zhilan kennengelernt hatte, jenes bezaubernde chinesische Mädchen, mit dem er sich in aller Heimlichkeit verlobt hatte. Zhilan, die Orchidee.

Sie hatten sich am Abend vor seiner Abreise voneinander verabschiedet. In Ceylon wollte er sie heiraten, und somit achteten sie beide darauf, dass der Anstand gewahrt blieb. Zwar war sie ein Waisenmädchen und wurde von ihrer Verwandtschaft nur geduldet, dennoch würde sie in aller Heimlichkeit nachreisen müssen, denn eine Ehe mit einem Engländer würde man ihr nicht erlauben.

Kurz bevor das Schiff im Morgengrauen ablegte, hatte er sie noch einmal gesehen. Abgehetzt war sie gewesen, eine Haarsträhne hing ihr ins Gesicht, verfing sich in ihrem Mundwinkel. Er hatte ihr gesagt, sie solle nicht kommen, weil er Abschiede nur schwer ertrug. Dennoch stand sie am Kai, die Augen umschattet vor Schmerz, die Lippen geöffnet, als lägen ihr Worte auf der Zunge, die ihren Weg nicht nach draußen fanden.

Angelaufene Messingbeschläge schimmerten in mattem Glanz auf, wenn das Kerzenlicht sie berührte. Eng war die Kabine, mit gedunkelten Holzdielen und -wänden, denen die salzige Meerluft eine milchige Patina verliehen hatte. Zwei Kojen waren einander gegenüberliegend angebracht, zwischen ihnen das Bullauge und ein schmaler Tisch, auf dem Edwards Karten, Bücher und Zeichnungen lagen. James hatte sein Eigentum in einer kleinen Kiste verstaut belassen. Sollte der junge Tamasin sich hier ruhig ausbreiten. Je mehr er erzählte und von sich preisgab, desto besser. *Der Narr trägt das Herz auf der Zungenspitze.*

Er genoss das Schaukeln des Schiffes, die Unergründlichkeit, die das tintenschwarze Meer hatte. Jene Ungewissheit, was sich zu seinen Füßen befand, übte einen immensen Reiz auf seine Sinne aus. Manchmal wünschte er sich, einen Menschen kennenzulernen, der ebenso und ihm ebenbürtig war. Edward unterforderte ihn mit allem, was er tat und erzählte, während es ihn gleichzeitig überforderte, ihn ständig um sich haben zu müssen. Eine Chinesin heiraten. Hatte man je so etwas Dummes gehört? Und das von einem Spross aus gutem Haus, der, wenn er wollte, in Geld schwimmen könnte. Stattdessen hatte er auf Schiffen angeheuert, später in China hart gearbeitet und sich jeden Penny vom Mund abgespart, um ihn in Ceylon anzulegen. Sicher, der Gedanke daran, Land zu erwerben, war gut gewesen, ebenso die Idee, darauf etwas Ertragreiches anzubauen, aber vermutlich würde Edward dieses Unternehmen mit demselben naiven Idealismus in Angriff nehmen wie alles andere, was er tat. Danach würde er seine kleine chinesische Dirne holen – die er in der Tat unangetastet gelassen und sich somit um das einzige Vergnügen gebracht hatte, das ein solches Mädchen bot –, um mit ihr eine Reihe kleiner Eurasier in die Welt zu setzen.

James strich sich über den eleganten dunkelbraunen Rock, den er zu hellen Hosen trug. Er besaß nicht viel Geld, aber es gelang ihm, diesen Umstand tunlichst zu verbergen. Wenn er Geld brauchte, hatte er normalerweise keine Schwierigkeiten, sich welches zu beschaffen. Mit Blick auf seine Taschenuhr beschloss er, ebenfalls ein wenig an Deck zu gehen. Offenbar hatte Edward nicht vor, so bald wieder hier aufzutauchen.

Die Brigg hatte zwei Masten mit trapezförmigen Rahsegeln, die an einem Rundholz geführt wurden. Am Großmast war ein Briggsegel in Form eines unregelmäßigen Vierecks zwischen Gaffel und Baum gespannt, und zusätzlich wies das Schiff am Fockmast in seinem vorderen Teil sowie am Großmast achtern drei Rah- und drei Stagsegel auf. James spazierte am hinteren Teil an Deck umher und sah in das schäumende Wasser, das unter dem Heck des Schiffes hervorquoll. Außer dem Steuermann hielt sich hier niemand auf, und dieser war an Gesellschaft von Passagieren sichtlich uninteressiert. Umso besser, dachte James, als er grüßend die Hand hob und eine eher nachlässige Erwiderung erhielt. Er sah der Ankunft in Ceylon mit einiger Spannung entgegen, und oft genug fiel es ihm schwer, das erwartungsvolle Vibrieren zu unterdrücken, wenn Edward ihm wieder und wieder von seinen Plänen erzählte. Der Gedanke, dass Edward keinen Platz in seinen eigenen Vorhaben hatte, war James erst spät gekommen, eines Nachts, als sie gemeinsam über die Möglichkeiten sinnierten, was das von Engländern noch weitgehend unberührte Land für Möglichkeiten bieten mochte.

Die Hände in die Taschen geschoben, ging er über das Deck, das unter seinen Füßen leicht schwankte. Wanten knarrten, und die Segel rauschten im Windstoß. Von weitem sah er Edward, der an der Reling stand und in den Horizont starrte. Die Geräusche der See schluckten seine Schritte, als James sich ihm langsam näherte. Er war nur noch wenige Fuß entfernt, als Edward sich umdrehte.

»Ah, ist es Ihnen unten auch zu langweilig geworden?«, fragte er lächelnd.

»Die Fahrt ist nicht sonderlich erbaulich«, gab James zu und lehnte sich mit dem Rücken an die Reling.

»Ein richtiges Passagierschiff böte ganz andere Möglichkeiten der Unterhaltung, das stimmt schon, aber dafür wäre es wesentlich teurer.« Edward stützte sich auf beide Hände und lehnte sich ein Stück vor, so, als habe er etwas im Wasser erspäht.

»Ich möchte wissen, wie lange es dauern wird, bis die Engländer in Ceylon endgültig Fuß fassen«, sagte James.

»Der Grundstein wurde gelegt, es dürfte nicht mehr lange dauern«, erwiderte Edward.

In diesem Jahr war das Königreich Kandy zerschlagen und der letzte singhalesische Herrscher verhaftet worden. Man hatte König Vikrama Rajasingha nach Indien ins Exil gebracht und seine männlichen Nachfahren von der Insel verbannt. Neuer Souverän des Landes wurde die britische Krone, vertreten durch den Gouverneur Sir Robert Brownrigg.

»Das Land wird in Aufruhr sein«, fuhr Edward fort.

»Der Reiz liegt doch gerade darin, nicht zu wissen, was uns dort erwartet.«

Edwards Hand fuhr an seine Brust und berührte den Stoff seines Rockes flüchtig dort, wo er, wie James wusste, Dokumente verwahrte, die den Erwerb von Grundbesitz in Ceylon bestätigten, in dem beinahe sein gesamtes Geld steckte. Er führte sie immer mit sich. James hatte kein Interesse daran, diese Unterlagen heimlich in seinen Besitz zu bringen, denn den Namen darauf würde er ohnehin nicht fälschen können.

»Ich gehe zu Bett«, sagte Edward. »Bleiben Sie noch hier?«

»Nein, ich denke, ich werde ein wenig lesen.«

Die Männer nahmen die Treppe ins Unterdeck und schwiegen auf dem Weg zurück zu ihrer Kabine. James schloss die Tür hinter ihnen, während Edward zum Fußende seiner Koje ging und sich zu seiner Reisekiste beugte.

Der Briefbeschwerer aus Bronze war geformt wie eine Kugel mit einer abgeflachten Seite. Feine Ziselierungen waren darauf angebracht, chinesische Schriftzeichen, die kunstvoll ineinander übergingen. James nahm ihn auf und betrachtete ihn, als sähe er ihn das erste Mal. Wieder fiel sein Blick durch das Bullauge auf das Meer, dann sah er Edward an, der sich aufrichtete und die Kiste wieder schloss.

Der Schlag kam so schnell, dass James selbst nicht wusste, wie ihm geschah. Sein erster Gedanke war, dass der Klang eines schweren Gegenstandes auf einen menschlichen Schädel schauderhaft war, der nächste, dass der Widerstand größer war als erwartet. Zwar ging Edward in die Knie und war auch sichtlich benommen, aber er hatte Kraft genug, sich umzudrehen und ihn anzusehen, Verwirrung und Erstaunen standen ihm ins Gesicht geschrieben. James holte ein weiteres Mal aus, und obwohl Edward den Schlag kommen sah und ausweichen wollte, war er nicht schnell genug. Dieses Mal ging es leichter. Sein Gegenüber lag am Boden, regungslos zunächst, was James dazu brachte, die Kugel zu Boden fallen zu lassen, wo sie mit einem Poltern aufkam und ein Stück weit wegrollte. Dann kam jedoch Bewegung in Edward, und er versuchte schwerfällig, sich aufzurichten, was zwar misslang, aber James wusste, dass er schnell handeln musste. Mit fiebrigen Fingern löste er sein Halstuch, kniete sich auf Edwards Rücken und strangulierte ihn, bis er sich sicher war, dass auch das letzte bisschen Widerstand erlahmt war. Am ganzen Körper zitternd stand er auf und sackte schließlich auf Edwards Koje zusammen.

Übelkeit wallte in ihm auf, und er schloss die Augen, um sie niederzukämpfen. Daran zu denken war etwas anderes, als es zu tun, das war ihm klar gewesen, aber so hatte es in seinen Vorstellungen nicht ausgesehen, wo er kaltblütig und souverän agierte, anstatt bebend neben dem Toten zu sitzen.

Er öffnete die Augen, überwand seinen Abscheu und neigte sich vor, um die Finger auf den Hals seines Opfers zu legen. War da ein schwacher Puls? Oder war es sein eigenes Zittern? Oder das leichte Schlingern der See?

Die eigene Schwäche verwünschend, atmete er tief durch, um sich zu beruhigen, dann drehte er Edward auf den Rücken und griff in dessen Rock, um sämtliche Dokumente hervorzuziehen. Er setzte sich zurück auf die Koje und legte die gefalteten und versiegelten Papiere neben sich.

Edward Tamasin zu bestehlen, hatte er schon recht früh verworfen. Ihm reichte Geld nicht, er wollte Land und einen Namen. Einem Mann wie Edward öffneten sich alle Tore, wenn er nur schlau genug war, einem James Walt hingegen, der nicht einmal wusste, wer sein Vater war, würde jede Tür zur Gesellschaft auf immer verschlossen bleiben, gleichgültig, wie weit er es brachte. Natürlich war das Risiko immens, sie sahen sich nicht einmal besonders ähnlich. Hatte James schwarze Haare und honigbraune Augen, so waren Edwards Augen, zwar in der Form beinahe gleich, aber um einige Nuancen dunkler, und sein Haar hatte die Farbe von Mahagoni. Edwards Nase war ein wenig breiter, aber nicht so sehr, dass es auffiel. Lediglich von der Statur her glichen sie sich, wenn auch James ein kleines Stück größer war. Aber das Wagnis war es dennoch wert, denn dass die Familie nach Ceylon kam, war höchst unwahrscheinlich, und selbst wenn – sie hatten den verlorenen Sohn seit seinem fünfzehnten Lebensjahr nicht mehr gesehen. Es sollte ihm erst einmal jemand nachweisen, dass er nicht der war, für den er sich ausgab.

James erhob sich und rieb mit den Handflächen über seine Hosenbeine. Die Nacht würde nicht ewig anhalten. Langsam beugte er sich zu dem am Boden liegenden Mann und zog ihn mit beträchtlichem Kraftaufwand hoch. Offenbar stimmte es in der Tat, dass Tote schwer waren, er hatte es immer als Ausgeburt einer überspannten Phantasie abgetan. Eine Blutlache hatte sich dort ausgebreitet, wo der Kopf gelegen hatte, aber darum machte James sich keine Gedanken. Wenn er erst zurück war, würde er die Holzdielen abwischen, und danach interessierte es ohnehin niemanden mehr, ob auf dem nicht gerade sauberen Boden eine weitere dunkle Stelle war. Wichtiger war die Frage, wie das blutverklebte Haar am Hinterkopf verborgen werden konnte, denn allein auf die Dunkelheit wollte James sich nicht verlassen. Nach kurzem Überlegen griff er nach dem Hut seines Opfers und stülpte ihm diesen über den Kopf.

Um ihn besser halten zu können, zog er einen von Edwards Armen über seine Schultern und legte ihm dann stützend den Arm um die Taille. Sollte ihnen jemand begegnen, was um diese Uhrzeit nicht mehr sehr wahrscheinlich war, so würde derjenige vermutlich glauben, der junge Mann habe zu tief ins Glas geschaut.

Schwankend ging er zur Tür, lehnte sich mit Edward an die Wand und schaffte es mit einiger Mühe, den Knauf zu drehen. Der Weg durch den schmalen Korridor und die Treppe hoch trieb ihm den Schweiß in Rinnsalen über Gesicht und Körper. Auf halbem Weg die Stufen hoch war er sich sicher, das Gewicht des Toten nicht mehr länger halten zu können, dann jedoch, als er sich die Folgen ausmalte, gab er sich einen Ruck und schaffte es bis an Deck. Ab hier ging es leichter – mochte es an der frischen Luft liegen oder daran, dass er sein Ziel so kurz vor Augen hatte. Er sah sich um, vergewisserte sich, dass niemand in der Nähe war und der Steuermann ihn von seiner Position aus nicht sehen konnte, dann schleppte er sein Opfer zur Reling. Schwer atmend legte er den Oberkörper des Toten über den Rand, ging in die Knie und hob die Beine an, um den Körper über Bord zu schieben. Plötzlich ging alles ganz leicht. Ein leises Schaben, ein letzter Stoß, und sein ehemaliger Reisegefährte stürzte den schwarzen Wellen entgegen. Mit einem Aufplatschen schlug der Körper auf, trat wieder an die Oberfläche, geriet kurz in den Sog des Schiffes und trieb schließlich langsam ab.

Mit gierigen Atemzügen sog James die Seeluft ein, während er erneut anfing zu zittern, als sich der Schweiß auf seinem Körper abkühlte und die Anspannung von ihm abfiel.

»Ist Ihnen nicht wohl?«

James fuhr herum und sah den Kapitän des Schiffes auf sich zuschlendern. »Ich ...« Er stockte. »Ich bin wohl seekrank.«

Der Kapitän nickte und gesellte sich zu ihm an die Reling. »So geht es vielen Menschen, die die See nicht gewöhnt sind.«

»Das mag sein«, antwortete James lahm und hoffte inbrünstig, Edwards Körper möge nicht plötzlich neben dem Schiff auftauchen.

»Dieses Mal ist es wohl besonders schlimm, daher sehen wir die Passagiere auch kaum«, sagte der Kapitän mit leisem Lachen.

James murmelte eine Antwort.

»Sie werden es noch eine Weile aushalten müssen.« Der Kapitän drehte sich von der Reling weg. »Ich wünsche Ihnen dennoch eine angenehme Nachtruhe, Mr. ...« Er sah ihn fragend an.

»Tamasin.« Nun gelang James trotz allem ein Lächeln. »Edward Tamasin.«

CEYLON

1847

I

VÄTER
UND TÖCHTER

I

KANDY

Das Geräusch der Trommeln begleitete Melissa, als sie aus dem letzten Lichtschein der Fackeln in den Wald hinausgetreten war. Ein Pfad wand sich zwischen den Bäumen hindurch, stellenweise so schmal, dass Gebüsch und Sträucher ihre Arme streiften.

Der Wald lichtete sich und gab den Blick auf ein säulenbestandenes weißes Haus frei, das inmitten üppigen Grüns nun dunkelschattig dalag. Melissa bemerkte einen Lichtschimmer in den unteren Fenstern, was sie zunächst nicht weiter beunruhigte. Ihr Vater ging selten früh zu Bett, und sie hatte sorgsam darauf achtgegeben, den Anschein von Normalität zu wahren, als sie ihn mit einem Gutenachtgruß in der Bibliothek zurückgelassen hatte. Sie ging um das Haus herum, lief durch den Orchideengarten zur Tür der hinteren Veranda, die sie angelehnt gelassen hatte, und betrat den Salon ihrer Mutter, der um diese Uhrzeit stets verwaist war. Leise drückte sie die Tür hinter sich ins Schloss und atmete tief auf.

Bilder tauchten vor ihrem inneren Auge in der Dunkelheit auf, und Melissa sah wieder das rote, golddurchwirkte Hochzeitskleid der Braut vor sich, die Frauen, deren Körper sich anmutig zu tamilischen Gesängen bewegten, Louis, an den sich eines jener Geschöpfe schmiegte, sein Blick, als er sie bemerkte, das unwillige Stirnrunzeln, der stumme Befehl, heimzukehren. Melissa hatte ihn zu ignorieren versucht, hatte die Arme vor der Brust verschränkt und war geblieben. Aber als sie erneut zu ihm sah, las sie nur zu deutlich in seinen Augen, dass er sie auch gegen ihren Willen nach Hause bringen würde, und so war sie schließlich gegangen.

Die weichen ledernen Schuhe machten kein Geräusch auf dem polierten Holzboden, als sie die Tür zum Korridor öffnete, der in stiller Dunkelheit vor ihr lag. Unbemerkt zur Treppe zu kommen machte ihr keine Sorgen, vielmehr wusste sie, dass sie aufpassen musste, sobald sie oben war, wo auch um diese Zeit noch Dienstboten auftauchen konnten.

Sie hatte auf ihrem Weg durch den Korridor nicht damit gerechnet, gesehen zu werden, und erschrak umso mehr, als sie im Bogengang zur Halle auf jenen Mann stieß, der das ältere Ebenbild von Louis war. Sie hielt inne und trat einen Schritt zurück, obwohl sie wusste, dass es sinnlos war, er hatte sie bereits gesehen. Zudem ließ seine Haltung, in der er an der Wand lehnte, vermuten, dass er auf sie gewartet hatte.

»Papa«, murmelte sie.

Anstelle einer Antwort hob er lediglich eine Braue, und seine Augen verengten sich, drohend, unheilverkündend. Sie wollte einen weiteren Schritt von ihm wegtreten, aber er ergriff ihren Arm und zerrte sie hinter sich her durch die Halle. Sie stolperte, was ihn jedoch nicht dazu brachte, innezuhalten, so dass sie nur mit Mühe verhindern konnte, zu fallen. Anstatt sie die Treppe hoch in ihr Zimmer zu bringen, wie sie vermutet hatte, schlug er den Weg zu seinem Arbeitszimmer ein, schleuderte sie in den Raum und folgte ihr.

»Ich weiß nicht, was schlimmer ist«, sagte er, während er die Tür hinter sich ins Schloss warf. »Dass du dich nachts zwischen Einheimischen herumtreibst oder dass du dich dabei in einem derart schamlosen Aufzug zeigst.«

Melissas Hand fuhr über den fließenden Stoff ihres Saris, als müsse sie sich vergewissern, was sie trug. Ihr schwarzes Haar hing ihr offen über den Rücken, und obwohl sie helle Haut hatte, wusste sie, dass man sie im Dunkeln, allein beleuchtet vom Licht einiger Fackeln, durchaus für eine Inderin halten konnte.

»Ich wollte nicht auffallen«, unternahm sie den lahmen Versuch einer Verteidigung.

Ihr Vater machte sich gar nicht erst die Mühe, darauf zu antworten, sondern musterte sie mit jenem Blick, der ihr gleichzeitig die Hitze ins Gesicht trieb und Kälteschauer über den Rücken jagte. Ihre goldenen Armreifen machten leise klingende Geräusche, als sie die Hand hob und sich das Haar zurückstrich, eine nervöse Bewegung, die sie bereits ausführte, noch ehe sie sich ihrer bewusst wurde.

»Melissa.« Keinerlei Emotion färbte seine Stimme, vielmehr trug sie jene Art von Nachdenklichkeit, die den trügerischen Eindruck erweckte, er habe noch kein Urteil über das gefällt, was sie zu erwarten hatte. »Wem ist das Versäumnis an deiner Erziehung anzulasten, dieser Mangel an Anstand und dem, was sich gehört? Mir oder deiner Mutter?«

»Ich denke, aus dem Alter, dir diese Frage beantworten zu können, bin ich mittlerweile heraus«, antwortete

Melissa, obwohl sie wusste, dass er auf einen Ausbruch ihrerseits nur gewartet hatte. Aber ihr war ebenso klar, dass Schweigen auch nichts mehr gerettet hätte.
»Denkst du, ja?«
»Es war nur eine Hochzeit, nichts, was ich bereuen müsste.«
Ihr Vater sah sie schweigend an und nickte schließlich.
»Was du nicht sagst.« Der Schatten eines maliziösen Lächelns umspielte seine Mundwinkel, dann ging er zum Regal, und als er sich umdrehte, hielt er ein langes Bambusrohr in der Hand. »Ich möchte jede Wette eingehen, dass du allen Grund haben wirst, es zu bereuen, noch ehe du den Raum verlässt.«
Melissa sah nicht auf den Stock, sondern in seine Augen, und sie wusste, dass er recht behalten würde.

»Welch jammervoller Anblick.«
Melissa hatte Louis' Schritte zwar gehört, sah jedoch erst auf, als er sie ansprach. Sie saß in einer leeren Pferde-Box, hatte die Hände in den Falten ihres Kleides vergraben und kämpfte mit den Tränen. Staub tanzte in den Sonnenstrahlen, die durch das offene Stalltor auf den unebenen Boden fielen.
Louis trat einen Schritt in die Box hinein, griff nach ihrer Hand und drehte die Handfläche nach oben. Angesichts der roten Striemen schnalzte er leise und ließ die Hand wieder los. »Armes Mädchen«, sagte er, wobei er nicht einmal versuchte, den Anschein brüderlichen Mitgefühls

zu erwecken. Er lehnte sich an die Boxenwand und lächelte mokant. »Ich glaube ja, dass es wenig angenehm war, schließlich weiß ich, wie gut er zuschlagen kann, aber ist das wirklich ein Grund, sich morgens ins Stroh zu verkriechen und in Selbstmitleid zu ergehen?«

»Er hat mir mein Pferd weggenommen.«

»Ich weiß, ich war dabei, als es abgeholt wurde.«

Beim Gedanken daran kamen Melissa erneut die Tränen. Louis hockte sich vor sie, wischte ihr mit dem Daumen über die Wangen, wie er es immer getan hatte, als sie noch ein Kind gewesen war.

»Meine Liebe, du hast doch gewusst, was dir blüht, wenn er dich erwischt.«

»Das macht es nicht besser.«

»Ich weiß.« Er richtete sich auf, reichte Melissa die Hand, um ihr aufzuhelfen, und verließ die Box. Melissa schüttelte ihre Röcke aus, strich sie glatt, dann folgte sie ihm.

»Ich habe keine Ahnung, wie er es herausgefunden hat«, sagte sie.

Louis hatte sein Pferd herausgeführt und strich dem Tier über die Kruppe. »Einer der Dienstboten hat dich gesehen und es ihm erzählt. Vater hat daraufhin einige Leute so postiert, dass sie ihm früh genug Bescheid geben, wenn du kommst, damit er dich gebührend empfängt.«

»Das hat er in der Tat getan.« Melissa lehnte sich mit dem Rücken an die Boxentür und streichelte die Nüstern des Pferdes, während sie ihren Bruder beobachtete, dessen tamilisches Erbe sich lediglich in den sehr dunklen Augen und den geschmeidigen Bewegungen seines

Körpers zeigte. Jeder Blick, den sie tauschten, war wortlose Vertrautheit. Er war ihr immer schon näher gewesen als Alan.

»Weiß Estella, dass du sie betrügst?«, fragte sie unvermittelt.

Louis, der eben dabei war, den Sattel auf sein Pferd zu heben, hielt inne und drehte sich zu ihr um, antwortete jedoch nicht, sondern musterte sie auf ähnliche Weise, wie ihr Vater dies zu tun pflegte, wenn sie sich im Ton vergriff.

»Ich dachte, du liebst sie«, fuhr Melissa fort.

»Das eine hat mit dem anderen nichts zu tun.«

»Sieht sie das ebenso?«

Louis gab keine Antwort, und seinem Gesicht konnte Melissa ablesen, dass er zu dem Thema nichts mehr sagen würde. Er legte den Sattel auf den Pferderücken, wobei er darauf achtete, dass die Decke keine Falten schlug, an denen sich das Tier wundreiben konnte.

Der Schimmel war vor zwei Jahren ein Geschenk ihres Vaters gewesen, eine der wenigen Zuwendungen, die er seinem unehelichen Sohn zukommen ließ, wenn dieser auch zusammen mit seinen beiden ehelichen Kindern erzogen wurde. Unmittelbar musste Melissa wieder an ihr eigenes Pferd denken. Es war ein Geschenk ihres Großvaters gewesen, ihr erstes eigenes Pferd, das sie erst seit letztem Sommer besaß und das so sehr ein Teil von ihr geworden war. *Mein Pierrot,* hatte sie immer wieder gemurmelt, als sie in den ersten Nächten, nachdem sie ihn bekommen hatte, im Stall stand und den dunklen Pferdekopf streichelte. *Mein, mein, mein Pierrot.*

»Hat Papa gesagt, dass ich ihn zurückbekomme?«

»Nein, leider nicht.« Louis wollte nach dem Zaumzeug greifen, aber stattdessen wandte er sich seiner Schwester zu und seufzte. »Du weißt doch, wie er ist. War es die eine Stunde wert, Lissa?«

»Es ging nicht um die eine Stunde. Ich wollte die Hochzeit einfach sehen. Dich und Alan bestraft er auch nicht, und ihr kommt und geht, wann ihr möchtet.«

»Vielleicht kann Alan wegen Pierrot mit ihm reden, auf mich hört er nicht.«

Melissa ballte die Fäuste und verschränkte die Arme vor der Brust. »Auf ihn hört er doch auch nicht.«

Das Pferd schnaubte leise, als Louis ihm das Zaumzeug überstreifte. Während er damit beschäftigt war, den richtigen Sitz zu prüfen, kam Alan in den Stall, ebenso wie Louis zum Ausritt gekleidet.

»Ich dachte mir schon, dass du hier bist«, sagte er zu Melissa, nachdem er seinen Bruder kühl gegrüßt hatte, und warf einen Blick in Pierrots leere Box, in der sie kurz zuvor gesessen hatte. »Er hat ihn also tatsächlich verkauft? Ich mochte es ja nicht glauben.« Wieder wandte er sich an seine Schwester. »Und? War es das wert?«

»Das fragt dich auch keiner, wenn du dich mal wieder in den Hütten der Arbeiterinnen herumtreibst«, antwortete Melissa unwirsch.

»Was, um alles in der Welt, ist das für eine Ausdrucksweise, die du da führst?« Alan hob eine Braue. »Hat Vater am Ende recht, wenn er sagt, dass du verwilderst? Geh ins Haus und beschäftige dich mit etwas Weiblichem wie Nähen oder Deckchen häkeln.«

Noch während sie nach einer Antwort rang, die vernichtend genug war, es ihrem Bruder mit gleicher Münze heimzuzahlen, bemerkte sie Louis' Grinsen, und seinen Spott ertrug sie von allen Menschen am wenigsten. Sie wirbelte herum und verließ den Stall beinahe fluchtartig.

Zhilan Palace lag inmitten von Kandy, dem Herzen Ceylons. Was Edward Tamasin seinerzeit dazu bewogen hatte, seiner Plantage den Namen der Geliebten seines toten Reisegefährten zu geben, wusste er selbst nicht so genau. Vielleicht war es eine Art perfiden Vergnügens daran gewesen, beide Namen am Ende zu vereinen. In jener Nacht auf dem Schiff hatte er sich, während er das Blut, das mittlerweile in Schlieren über den Holzboden gelaufen war, aufwischte, von dem Namen James Walt verabschiedet, hatte ihn mit jedem Blutfleck, den er vom Boden entfernte, ausgelöscht. Selbst in Gedanken hörte er auf, sich mit James zu bezeichnen, machte sich klar, dass es nicht fremde Kleider waren, in die er geschlüpft war, sondern die Haut eines anderen Menschen. Nach getaner Arbeit war er darangegangen, sämtliche Dokumente in seinem Besitz, die Zeuge seines Geburtsnamens waren, zu vernichten.

Edward stand am Fenster seines Arbeitszimmers und sah hinaus. *Kanda-uda-pas-rata,* Königreich der fünf Berge, der singhalesische Name für die Stadt, der die Briten den Namen Kandy gegeben hatten. Keine Stadt wäre Edward passender erschienen für das, was er sich beim Betreten der Insel aufzubauen gedachte. Er hatte das ursprünglich von seinem Reisegefährten erworbene Stück Land in Nuwara Eliyah später größtenteils wieder verkauft und ein Grundstück in Kandy erworben. Die Ironie des Ganzen ließ ihn auch jetzt noch lachen. Es hatte nur zu gut zu dem Idealismus seines Reisegefährten gepasst, sich an einem Ort ansiedeln zu wollen, der »Stadt des Lichts« hieß. Inzwischen war die Nuwara Eliyah ein beliebter Bergkurort, und Edward hatte gut daran getan, seinerzeit nicht das gesamte Grundstück verkauft zu haben.

Bis er in Colombo an Land gegangen war, hatte er die Angst, jemand könne sich erinnern, dass ein weiterer Reisender an Bord gewesen war, nicht gänzlich abschütteln können. Aber selbst wenn, so hatte er sich fortwährend beruhigt, dann hätte man denjenigen wohl kaum mit Namen gekannt, dafür interessierten sich die Leute zu wenig für ihre Mitreisenden, und auch der Besatzung war es gleichgültig, wer am Ziel der Reise vom Schiff ging, denn bezahlt wurde im Voraus.

Der Ankunft in Colombo folgte eine harte Anfangszeit, in der es darum ging, das Land sinnvoll zu nutzen und das wenige Geld, das ihm noch geblieben war, zu vermehren. Das Geldproblem zu lösen dauerte fünf Jahre. Er hatte den Namen und den nötigen Charme, um das Vertrauen eines sehr wohlhabenden Admirals zu gewinnen, dessen Familie erst wenige Monate in Colombo lebte, und nur wenig später hatte er auch dessen einzige Tochter erobert. Audrey zu beeindrucken war noch leichter gewesen, als ihren Vater davon zu überzeugen, wie geeignet er als Heiratskandidat war. Audrey, die

Schöne. Er wusste nur zu gut, wie rar Mädchen wie sie in den Kolonien waren. Sie war gerade siebzehn geworden, und was brauchte es schon, um ein romantisches, verträumtes Mädchen, das gänzlich lebensunerfahren war, für sich zu gewinnen? Hier ein Blick, dort eine flüchtige Berührung. Zur Zeit seiner Verlobung war noch das komplette Grundstück in Nuwara Eliyah, mit dem er nichts Rechtes anzufangen wusste, in seinem Besitz gewesen, und er hatte einen kleinen Posten in der neugegründeten Distriktverwaltung bekleidet.

Seit dem Ende der holländischen Imperialmacht war der einstmals so begehrte Ceylon-Zimt nur noch wenig gefragt, und man sah sich nach anderen Möglichkeiten der Landnutzung um. Man setzte auf Kaffee, der, begünstigt durch die klimatischen Bedingungen im Bergland, hervorragend gedieh. 1823 wurde die erste Kaffeeplantage eröffnet, weitere folgten, und ein erhebliches britisches Kapital floss in die neue Unternehmung. Organisiert und zielstrebig ging man vor, und der Erfolg war immens.

Zu jener Zeit war das Straßensystem noch nicht gut ausgebaut gewesen, insbesondere, was Straßen anging, die vom Landesinneren zur Küste führten. Es hatte keine Notwendigkeit dazu bestanden, denn die Zimtplantagen hatten sich in Küstennähe befunden. Kaffee jedoch musste im Hochland angebaut werden, und der Transport der großen Ertragsmengen durch Lastenträger war unerschwinglich. Bis 1820 gab es keine Meile beschotterter Straße außerhalb einiger wichtiger Städte, was bedeutete, dass jegliche Verbindung, insbesondere nach Kandy, äußerst schwer und nur durch enge und spröde Dschungelwege möglich war. Hinzu kam, dass die Flüsse, die dabei überquert werden mussten, zu den trockenen Jahreszeiten durchaus passierbar waren, in den Monsunzeiten jedoch solche Mengen Wasser führten, dass jeglicher Versuch überzusetzen von vornherein zum Scheitern verurteilt war.

Edward ahnte sofort, dass seine Zukunft im Kaffeeanbau liegen würde, aber nicht in Nuwara Eliyah, sondern in Kandy, und so verkaufte er den größten Teil seines Grundstücks an einen hoffnungsvollen Neuankömmling aus England. Er konnte nicht von sich behaupten, eine Schwäche für wild wuchernden Dschungel oder abenteuerliche Expeditionen ins Landesinnere zu haben. Aber er hatte keine andere Wahl, wenn er einer der Ersten sein und gutes Land erwerben wollte. In der Tat waren seine Erinnerungen an die erste Reise und die Ankunft in Kandy keineswegs erfreulich. Da waren Pfade, die sich durch Sumpfland, Morast und Moor wanden, über denen übelriechende Luft und giftige Dämpfe lagen, all das inmitten dunklen Dschungels. Edward hatte von einigen unglücklichen Wanderern gehört, die sich allein auf den Weg gemacht hatten und nie wieder aufgetaucht waren.

Obwohl es nicht viel gab, was ihn in Angst versetzte, so war dieser ungezähmte Dschungel doch dazu angetan gewesen, ihm Anflüge von Furcht zu bescheren. Düstere, beinahe todesartige Dämmerung und mattes Tageslicht, das Aufschluchzen von Nachtvögeln – selten hatte sich eine solche Schwermut über sein Gemüt gelegt. Es hatte immer wieder Regenschauer gegeben, die selten lange anhielten, aber von einer Heftigkeit waren, die Edward vorher nicht kennengelernt hatte. Mit Talipotblättern versuchten die Reisenden, sich den Regen, so gut es ging, vom Leib zu halten. Als sie schließlich in Kandy ankamen, war er so erschöpft gewesen, dass er für die grünüppige Schönheit der Stadt mit ihren weißen Bauten und dem glitzernden See keinen zweiten Blick gehabt hatte.

Das Hochzeitsgeschenk seines Schwiegervaters war ein Bungalow gewesen, so wie ihn alle Kaffeepflanzer besaßen. Als Edwards Reichtum jedoch angefangen hatte, sich zu mehren, hatte er jenes prachtvolle weiße säulenbestandene Herrenhaus erbaut, das nun inmitten der Kaffeefelder aufragte, und ihm den Namen Zhilan Palace gegeben – den Namen, den auch sein Kaffee trug. Zhilan, die Orchidee. Die Mitgift hatte er in den Aufbau der Plantage investiert, und es hatten sich zudem recht bald überaus lukrative Möglichkeiten eines Nebenverdienstes aufgetan, Geschäftszweige, über die er sich in Stillschweigen hüllte.

Anderthalb Jahre nach der Hochzeit war seine Ehefrau Audrey mit einem Sohn niedergekommen, danach hatte es jedoch fünf Jahre gedauert, bis sie erneut schwanger wurde. Wären ihm viele Kinder wichtig gewesen, so hätte Edward seine Ehe als glatten Reinfall bezeichnet, so hatte er jedoch mit ihr alles erreicht, was er wollte, und die Kinder waren ideal – ein Sohn als Erstgeborener und Erbe und eine Tochter, die er gewinnbringend verheiraten konnte. In die Vaterrolle war er wie in jede andere Rolle in seinem Leben geschlüpft, stellte jedoch im Laufe der Jahre fest, dass sie ihm Gefühle abrang, die er in dieser Art nicht vorhergesehen hatte.

Während er aus dem Fenster blickte, sah er seine Tochter über den Hof laufen, eine Faust in die Seite gestemmt, den Blick zu Boden gerichtet und mit der anderen Hand mehrmals über das Gesicht reibend, als wische sie Tränen weg. Nach dem, was am Vorabend passiert war, hatte Edward beinahe nicht damit gerechnet, dass sie ihm am kommenden Morgen unter die Augen treten würde, aber sie war dennoch am Frühstückstisch erschienen, wenn sie es auch nur geschafft hatte, in trotzigem Schweigen ein wenig Brot zu essen und eine Tasse schwarzen Kaffee zu trinken. Erst seine beiläufige Frage, ob sie sich denn von Pierrot verabschiedet hatte, hatte sie aus ihrer vorgegaukelten Gleichgültigkeit gerissen und sie aufblicken lassen, die dunkelblauen Augen bestürzt geweitet, ehe sie eilig den Tisch verließ. War sie womöglich der Meinung gewesen, er habe am Vorabend nur gescherzt? Aber Edward hielt ihr durchaus zugute, dass sie Schneid besaß, auch wenn diese Eigenschaft es von Zeit zu Zeit notwendig machte, sie mit der nötigen Härte zur Räson zu bringen. Er wünschte, Alan wäre ein wenig wie sie, aber dessen kühle Distanziertheit durchdrang man nur schwer. Louis war in der Hinsicht seiner Schwester ähnlicher, jedoch hielt Edward ihn für gefährlich, weil er etwas Raubtierartiges an sich hatte, das, gepaart mit einer dicht unter der Oberfläche lodernden Sinnlichkeit und der Art, seine Umgebung oftmals mit kaum verhohlenem Spott zu betrachten, eine höchst irritierende Mischung ergab.

Louis war nur wenige Monate jünger als Alan, und Edward, dem von Anfang an klar gewesen war, dass neben dem Erfolg auch das nötige Ansehen zwingend einherging, ebenso eine gewisse moralische Beständigkeit, wusste, dass es vollkommen indiskutabel war, die Insel mit Bastarden zu bevölkern. Ein uneheliches Kind hingegen verzieh die Gesellschaft, erst recht, wenn der Vater es unter seine Fittiche nahm und mit seinen ehelichen Kindern aufzog – das gab ihm zusätzlich einen Anstrich von Verantwortungsbewusstsein.

Als Louis' Mutter ihm eröffnet hatte, schwanger zu sein, war er gelassen geblieben, hatte ihr jedoch nach der Geburt des Jungen eingeschärft, dass eine weitere Schwangerschaft nicht wieder geschehen dürfe, denn er würde jeden weiteren Bastard wie einen ungewollten Wurf Katzen ertränken. Mit ähnlichen Drohungen verfuhr er gegenüber jeder Einheimischen, die er sich nahm, was glücklicherweise fruchtete. Wie sie sich ungewollter Kinder entledigten oder ihre Empfängnis vermieden, wusste er nicht, aber er kam nie in die Bedrängnis, die Drohung wahr machen zu müssen, wozu er, da machte er sich nichts vor, nicht imstande gewesen wäre. Er hatte sich über dergleichen nie zuvor Gedanken gemacht, und es war nicht unwahrscheinlich, dass in den Elendsvierteln von London und denen der Länder, deren Häfen sein Schiff auf der Fahrt nach China angelaufen war, sowie in China selbst Kinder mit seinen Gesichtszügen herumliefen.

Louis hatte von seiner Mutter den Namen Vilas erhalten, was nach Edwards Dafürhalten natürlich nicht in Frage kam, wenn er das Kind schon als sein eigenes aufzog.

Das Kind Louis zu nennen war Audreys Idee gewesen, und obwohl er sich fragte, wie sie gerade auf einen französischen Namen kam, war es ihm gleichgültig genug, um es einfach hinzunehmen.

Schritte waren im Korridor zu hören, und Edward kehrte zu seinem Schreibtisch zurück. Es war ja nur eine Frage der Zeit gewesen, bis Melissa ihn aufsuchen würde. Er hatte sich gerade hingesetzt, als die Tür auflog und seine Tochter den Raum betrat. Noch ehe sie etwas sagen konnte, hieß er sie mit einer Geste, zu schweigen.

»Du wirst jetzt mein Arbeitszimmer verlassen und dann eintreten, wie es sich für eine Dame gehört. Danach wirst du mich fragen, ob ich einige Minuten für dich erübrigen kann, was ich natürlich tun werde, auch wenn ich dir deine Bitte, um deretwegen du gekommen bist, leider abschlagen muss.«

Rote Flecken erschienen auf ihren Wangen, und sie machte keinerlei Anstalten, den Raum zu verlassen. Vielmehr hatte sie eine Haltung angenommen, die geradezu als aufsässig zu bezeichnen war. Von Nervosität und Angst des Vorabends keine Spur mehr, was vermutlich daran lag, dass der Schmerz über den Verlust des geliebten Pferdes jedes andere Gefühl überlagerte.

»Wie konntest du nur?«, rief sie.

Edward lehnte sich zurück und betrachtete sie. »Aber meine Liebe, ich hatte es dir letzte Nacht angekündigt, hast du das vergessen?«

»Du wusstest doch, wie sehr ich an ihm hänge. Warum hast du mich stattdessen nicht lieber für einen Monat in mein Zimmer gesperrt?«

Er lächelte. »Gerade aus dem Grund, weil du diese Strafe eindeutig bevorzugt hättest.« Er bemerkte, dass ihr Tränen in die Augen traten, die sie zornig wegwischte. »Melissa, ich bedauere, aber ich kann ein Verhalten, wie du es gestern an den Tag gelegt hast, nicht dulden. Auch dein jetziger Auftritt bestätigt mich geradezu darin, dass eine harte Zurechtweisung unbedingt angebracht war. Und nun geh und komm mir am besten vor morgen nicht mehr unter die Augen, momentan reizt mich allein dein bloßer Anblick.«

Sie sah ihn an, schien sich zu überlegen, ob sie eine wütende Erwiderung wagen durfte, und entschied sich dagegen – was zweifellos zu ihrem Besten war. Ohne ein weiteres Wort lief sie aus dem Raum und warf die Tür mit einem lauten Krachen hinter sich ins Schloss. In Momenten wie diesen dachte Edward, dass es sinnvoll sein würde, sie baldmöglichst zu verheiraten. Aber einen Mann zu finden, den er als Schwiegersohn akzeptieren konnte, war schon schwer genug, ungleich schwerer war es, einen zu finden, der ihr ebenbürtig war.

»Vilas!«

Louis saß am Ufer eines Bachs und starrte auf das Wasser, als er die vertraute helle Stimme seinen Namen rufen hörte. Er drehte sich um und lächelte die junge Frau an, die auf ihn zulief und sich neben ihn ins Gras fallen ließ.
»Du sollst mich nicht so nennen.«

Die Frau nahm ihre Schute ab, warf sie achtlos neben

sich und schlang die Arme um seinen Hals. »Es passt aber besser zu dir als Louis.«

Ohne ihm die Möglichkeit einer Erwiderung zu geben, presste sie ihren Mund auf seinen, und er umschlang mit beiden Armen ihren schlanken Körper, der sich nach hinten bog und ihn mit sich ins Gras zog. Louis küsste sie, berührte mit den Fingerspitzen ihre Schläfe, ihre Wange, ihren Hals, die sanfte Wölbung ihres Schlüsselbeins, atmete Wärme und Vertrautheit. Schließlich richtete er sich auf und stützte sich auf einen Ellbogen. »Ich weiß nicht, wo dein Sinn für Anstand geblieben ist«, spöttelte er.

»An deinen Lippen und in deinen Händen. Du hast ihn mir so gründlich geraubt, dass nichts mehr davon übrig ist.«

Louis wurde ernst. »Sag das nicht.«

Sie wollte ihn erneut an sich ziehen, aber diesmal gab er ihr nicht nach, sondern sah sie an, wie sie im Gras unter ihm lag, das Gesicht von einigen rotbraunen Locken umrahmt, die sich gelöst hatten. In ihren Augen lagen Verheißungen, von denen sie selbst nichts ahnen konnte, und ihre Lippen waren leicht geöffnet – auch das ein Versprechen. Louis überkam das Gefühl, diese junge Frau verdorben zu haben, noch ehe er sie überhaupt besessen hatte. Er richtete sich auf und zog sie mit sich hoch. Enttäuschung flog über ihr Gesicht, und sie biss sich auf die Unterlippe. Offensichtlich fragte sie sich, was seinen Stimmungsumschwung herbeigeführt hatte und ob sie schuld daran war. Louis musste plötzlich an die Hochzeit vor wenigen Tagen denken, an die Frau, die sich in seinen Armen gewunden hatte, als er sich das nahm, was er von Estella nicht bekommen durfte – noch nicht. Ein Anflug schlechten Gewissens überkam ihn, und er wandte sich ab, um wieder auf den Bach zu schauen.

»Habe ich etwas falsch gemacht?« Zaghaft war ihre Stimme, keine Spur ihres vorherigen Überschwangs lag mehr darin. Sie erlag ihm nicht nur körperlich vollkommen, sondern auch jedes Spiel seiner Mimik fand seinen Spiegel in ihr.

»Nein«, sagte er.

Er hörte das Rascheln ihres Kleides, sah aus dem Augenwinkel, wie sie sich die Schute wieder aufsetzte, die Bänder unter dem Kinn zur Schleife band und schließlich an ihrem Kleid herumzupfte.

»Mein Vater fragt, ob du morgen zum Abendessen kommst«, sagte sie schließlich in das Schweigen hinein.

»Sag ihm, ich komme sehr gerne.« Louis drehte sich zu ihr um und nahm ihre Hand, strich mit dem Daumen über ihre Handfläche. Estellas Mutter war Spanierin gewesen und vor einigen Jahren gestorben. Von ihr hatte sie die braunen Augen und den warmen Teint. Schon als sehr junges Mädchen war sie in ihn verliebt gewesen, und er hatte ihre Blicke und ihre schüchternen Versuche, ihn auf sich aufmerksam zu machen, oftmals belächelt. Erst vor etwas mehr als einem Jahr, an ihrem neunzehnten Geburtstag, hatte er sie schließlich als Frau wahrgenommen und ihr noch in derselben Nacht in einem verschwiegenen Winkel ihres elterlichen Gartens zwischen unzähligen Küssen ein Heiratsversprechen abgenommen. Ihr Vater hatte dem Heiratswunsch skeptisch gegenübergestanden, immerhin war Louis Eurasier, Bastard und zudem der Sohn des Mannes, den er als stärksten Konkurrenten ansah und auch persönlich nicht ausstehen konnte. Louis war Verwalter auf der Plantage seines Vaters, und obwohl Estellas Vater keineswegs angetan von der Aussicht war, seine Tochter in die Obhut eines Tamasin zu geben, willigte er dennoch ein. Offenbar war ihm klar, dass Louis sich mit einem »Nein« nicht abgefunden hätte. Mittlerweile verstanden die beiden Männer sich einigermaßen gut, wohingegen Estellas jüngerer Bruder Gregory seinem künftigen Schwager gegenüber auf Distanz blieb.

Während Louis ihre Hand hielt, neigte Estella sich vor und tauchte die andere Hand in das klare Wasser des Bachs, der seinen Weg durch Farne, Gras und unter Bäumen hindurch nahm. Der Februartag war angenehm und trug noch keinerlei Vorboten des Monsuns. Es war ein dunkler, schattiger Platz, an dem sie saßen, und das Sonnenlicht tropfte nur zögerlich durch das Blätterdach.

An der Art, wie sie das Gesicht abwandte, und an der Starre in ihren Schultern erkannte Louis, dass Estella verletzt war und sich seine plötzliche Kühle nicht erklären konnte.

»Ich verstehe dich so wenig, und du bist so seltsam zu mir«, sagte sie unvermittelt, ohne ihn anzusehen. Erst auf sein Schweigen hin drehte sie sich um.

»Es hat nichts mit dir zu tun, ich hadere mit mir selbst.« Sie wischte die Hand an ihrem Kleid trocken. »Warum heiraten wir nicht endlich?«

»Ich habe deinem Vater versprochen, erst ein eigenes Haus zu bauen, und bis das fertig ist, dauert es noch eine Weile.«

Vorsichtig entzog sie ihm ihre Hand und legte die Arme um seinen Hals. »Wenn ich deine Frau wäre, würdest du dann von den einheimischen Mädchen ablassen?«, fragte sie, während sie ihr Gesicht dicht an seines brachte.

Perplex starrte er sie an. »Woher …«

»Ich bin nicht taub, Louis. Die Leute reden, weißt du.« Sie ließ ihre Finger in das Haar in seinem Nacken gleiten. Hinter der scheinbaren Ruhe, mit der sie seine Untreue hinnahm, wirkte sie zart und verletzlich. Louis streckte die Hand aus und berührte ihre Unterlippe mit den Fingerspitzen. Er dachte an das Gespräch mit ihrem Vater. *Ich bin nicht einverstanden, nein, ich bin ganz und gar nicht einverstanden, aber Estella hatte immer schon ihren eigenen Kopf. Verbote bewirken nur allzu oft das Gegenteil. Ich hoffe, ihr werden von selbst die Augen aufgehen.*

Louis wusste, dass sich Estella nicht wie ein naives Mädchen benehmen wollte – schließlich war ihr klar, nach welchen Regeln die Gesellschaft spielte, und über männliche Untreue sah man hinweg. Aber er sah ihr an, dass sie wünschte, er würde es leugnen. *Die Leute reden, und oft ist es nur Gerede,* lag ihm auf der Zunge.

»Es wird nicht wieder vorkommen«, sagte er.

Edward warf die Zügel seines Pferdes einem Stallburschen zu, übergab Handschuhe und Hut beim Betreten des Hauses dem Dienstboten, der ihm die Tür öffnete, und griff beim Durchqueren der Halle nach seinen Briefen, die auf einem silbernen Tablett lagen. Während er die Absender überflog, stieß er die Tür zum Salon auf, in dem seine Frau Audrey über einer Handarbeit saß. Sie blickte kurz auf und erwiderte seinen Gruß, ohne dass ihre Hände beim Sticken innehielten.

»Irgendwelche Einladungen heute?«, fragte er, während er sich auf einen Sessel setzte und die Beine mit den staubigen Stiefeln ausstreckte.

»Eine Abendgesellschaft. Alan und Melissa kommen mit, Louis sagte, er habe keine Lust.«

»Das sieht ihm ähnlich. Sind es wichtige Leute?«

»Die Fitzgeralds.«

»Galt die Einladung uns allen?«

Audrey hob in einer anmutigen Geste die Schultern. »Die gesamte Familie, hieß es.«

»Dann muss er mitkommen. Duncan Fitzgerald sollte man nicht vor den Kopf stoßen.«

»Louis klang sehr entschlossen.«

Edward kniff die Augen halb zusammen. »Das werden wir sehen. Ich rede mit ihm.«

Er beobachtete seine Ehefrau, die den Blick wieder auf die Handarbeit senkte. Selbst jetzt war sie immer noch schön, obwohl die Jahre feine Linien in ihr Gesicht zeichneten und silberne Strähnen ihr dunkelbraunes Haar durchzogen. Alan hatte die gleiche Haarfarbe, die gleichen blauen Augen, nur in seinen Gesichtszügen zeigten sich Spuren seines Vaters. Melissa war eine perfekte Mischung aus ihnen beiden, wobei sich Edward manchmal wünschte, sie wäre vom Wesen her ihrer Mutter ähnlicher.

Er sah auf die Briefe in seiner Hand. Einer stammte aus Colombo, und er seufzte, als er den Absender sah, dann erbrach er das Siegel und entfaltete das Schreiben. Als er sich einen Namen gemacht und seinerzeit angefangen hatte, den ersten Kaffee nach England zu verschiffen, war es nur eine Frage der Zeit gewesen, bis die Familie Tamasin auf ihn aufmerksam wurde. Zwar hatte er geahnt, dass dergleichen irgendwann passieren musste, aber dennoch hatte ihm der erste Brief aus England einen gehörigen Schreck eingejagt. Wortreich hatte man sich darüber ausgelassen, wie glücklich man sei, ihn endlich gefunden zu haben, und dass man ihm natürlich verzeihe – worauf er nicht den geringsten Wert legte. Allerdings schwangen auch kaum verhohlene Vorwürfe und Tadel mit. Edward hatte sehr knapp geantwortet und auch die folgenden Briefe in dieser Art abgefertigt. Mit den Jahren beschränkte sich die Familie darauf, ihm nur zu Weihnachten einige Zeilen zu schicken, lediglich zum Tod seiner angeblichen Eltern hatte man diese Routine durchbrochen, und seine Antwort war angemessen betroffen ausgefallen. Vor gut einem Jahr jedoch war ein Schreiben gekommen, das ihm Besuch angekündigt hatte, den er nicht gut ablehnen konnte. Allerdings war er nicht weiter beunruhigt gewesen, denn der Brief stammte nicht von einem Familienmitglied, das in der Vergangenheit seines Reisegefährten eine wichtige Rolle gespielt hatte. Zwar sagte er sich, man könne ihm nichts nachweisen, aber ein Unbehagen wäre geblieben. Von diesem Besucher jedoch befürchtete er nichts.

»Hast du dich um das Gästezimmer gekümmert?«, fragte er Audrey. »Wenn nicht, dann wird es Zeit. Mein Neffe ist in Colombo angekommen.«

2

COLOMBO

Englische Wohnhäuser hatten die Zimtgärten verdrängt, und auch sonst schien man alles daranzusetzen, um der Hauptstadt der Kronkolonie Ceylon den Stempel Englands aufzudrücken. Hayden bedauerte das, denn er fand die Hafenstadt sehr reizvoll und hatte den Eindruck, die Einflüsse portugiesischer, holländischer und englischer Landesherren vermischten sich zu einem recht unharmonischen Ganzen. Das ehemalige holländische Fort, eine Erweiterung des vormals portugiesischen, beherbergte nun den Sitz der britischen Kolonialverwaltung, und sämtliche holländisch benannten Straßen hatten englische Namen erhalten. Der natürliche Hafen und die Lage an einem breiten fruchtbaren Küstenstreifen mochten die Entscheidung, Colombo eine zentrale Bedeutung zukommen zu lassen, begünstigt haben, wenn auch die einheimischen Könige ihre Reiche nie hier angesiedelt hatten, sondern ausschließlich in den Bergregionen. Zu Zeiten der Holländer hatte selbst die Koromandelküste in Indien noch der Verwaltung von Colombo unterstanden.

Hayden nutzte die Tage, um die von Kanälen durchzogene Stadt, in deren Zentrum der Beira-See lag, zu erkunden. Er spazierte durch die breiten Straßen und Alleen, die geradezu zauberhaft anmuteten, flankiert von hohen Bäumen, Hainen und Sommerhäusern. Manchmal besuchte er Kaffeehäuser oder auch das eine oder andere Lokal, wo er sich unter Soldaten und das einfache Volk mischte. Auch die Armenviertel durchstreifte er, weil er der Meinung war, eine Stadt erst dann zu kennen, wenn er ihre Armut gesehen hatte.

Es konnte kaum einen größeren Kontrast zu den weißen Prachtbauten der Engländer geben, die nur wenige Meilen entfernt waren. Schiefe Hütten, oftmals nur notdürftig zusammengesetzt, hungernde Kinder, Bettler, die in ihren eigenen Exkrementen saßen, Frauen, an deren mageren Körpern zerschlissene Stoffe hingen, Mütter mit wimmernden Säuglingen an vertrockneten Brüsten. Faulig roch die Luft hier, vermischt mit der feuchten Hitze, die über der Stadt lag. Weil Hayden gewarnt worden war, blieb er stets nur am Rand dieser Viertel und wagte sich nicht tiefer hinein. Zudem war er immer in Begleitung eines einheimischen Führers.

Er hatte auf dem Schiff eine Reihe loser Bekanntschaften geknüpft, die er auch in Colombo aufrechterhielt. Es waren allesamt alleinstehende Gentlemen, die in Ceylon ihr Glück versuchen wollten, und abends traf man sich gelegentlich zu gemeinsamen Zerstreuungen, die denen in England ähnelten, über denen jedoch der Reiz von orientalischem Zauber und Exotik lag.

Am letzten Tag vor seiner Abreise machte er einen Abendspaziergang durch Cinnamon Garden, dem Nobelviertel von Colombo, das anstelle der einstigen Zimtgärten errichtet worden war. Büsche, Ziersträucher und hohe Bäume verbargen oftmals die prachtvollen Häuser der britischen Oberschicht. Der Februar war einer der heißesten Monate in Colombo, und selbst am Abend sorgte der Wind von der Küste nur für geringfügige Abkühlung. Die meiste Zeit regnete es, und an den trockeneren Tagen war der Himmel oftmals wolkenverhangen. Feucht klebte die Hitze am Körper, hinterließ Schweißringe unter den Armen und badete den Rücken in Nässe. Verbergen konnte man dergleichen durch den Gehrock, um wenigstens einen Anschein weltmännischer, britischer Eleganz zu wahren. Hayden fand dies meist recht mühselig, und selbst im leichtesten Gehrock war ihm noch zu warm, so dass er auf seinen Reisen meist helle Baumwollhemden bevorzugte. Hier in der Stadt jedoch, wo die Garderobe einen Mann auf den ersten Blick zu einem Gentleman oder Herumtreiber machte, beugte er sich dem Modediktat.

Es war ein regnerischer Tag gewesen, aber am Abend hatte das stete Rauschen und Plätschern aufgehört, das Pflaster schimmerte nass im letzten Licht des Tages. Hayden schlenderte durch die gepflegten Straßen, neigte grüßend den Kopf, wenn ihm Spaziergänger entgegenkamen, und genoss die Atmosphäre, als sich Dunkelheit über die Stadt senkte. Er kam an einem Haus vorbei, das hell erleuchtet war und in dessen Hof eine stattliche Anzahl von Kutschen darauf hinwies, dass hier eine Feier stattfand. Einige Häuser weiter zündeten Dienstboten Lampions an, offenbar ebenfalls in Vorbereitung für eine Feier, die für die späten Abendstunden geplant war.

Hayden sah der Begegnung mit seinem Onkel skeptisch entgegen. Von Seiten seiner Familie hatte er einiges gehört, das den Schluss nahelegte, er könne nicht sonderlich willkommen sein. Was dazu geführt hatte, dass sein Onkel seinerzeit England ohne ein Wort verlassen hatte, darüber, so sagte man, wisse niemand etwas, er habe sich einfach nicht anpassen können. Im Grunde genommen hatte Hayden für diesen Hunger nach Abenteuern – denn nichts anderes konnte es gewesen sein – das größte Verständnis. Er war selbst der jüngste von vier Söhnen, und weil für ihn daher weder ein großes Erbe noch ein Titel in Aussicht standen, hatte er sich für eine Laufbahn als Kartograph entschieden, was bedeutete, dass er oft auf Reisen war. Seine beiden nächstälteren Brüder waren zur Armee gegangen, eine Laufbahn, die Hayden trotz Insistierens seines Vaters nicht einschlagen wollte. »Du und dein Onkel, ihr passt wahrhaftig zusammen«, waren die Worte seines Vaters gewesen, und Hayden sagte sich, wenn die Ähnlichkeit in der Tat so groß war, dann würde er sich mit jenem wortkargen Onkel vielleicht bestens verstehen.

Das Schreien einer Frau schreckte ihn aus seinen Gedanken auf, und irritiert sah er sich um, konnte jedoch nichts erkennen. Wieder ein Schrei, der in ein ersticktes Wimmern überging, dann das Lachen von Männern, gefolgt von einem Ausruf, den er nicht verstand. Er ging die Straße ein Stück hinunter und kam an ein Haus, dessen schmiedeeisernes Gartentor eine Handbreit geöffnet war. Baumkronen wölbten sich über den breiten Weg, der zum Haus führte, so dass dieser trotz der Laternen rechts und links vom Eingang in beinahe völliger Dunkelheit dalag. Ein leises Wimmern ertönte und Männerstimmen, hörbar belustigt. Hayden zögerte, stieß dann jedoch das Gartentor auf und betrat den sandigen Weg.

Die Geräusche kamen von links, und er spähte in den dunklen Vorgarten, den eine hohe Mauer vor Blicken von der Straße verbarg und in den das Licht der Straßenlaterne nur einen milchigen Schleier warf.

Sechs Personen machte Hayden aus, davon fünf Männer, von denen zwei eine sich windende Frau hielten, eine Einheimische, an deren Sari ein weiterer Mann zerrte. Die beiden anderen standen daneben, lachten und feuerten die drei an. Die entblößten Beine der Frau traten ins Leere und wurden von dem Mann, der vor ihr stand, abgefangen, so dass er sich dazwischendrängen konnte.

Hayden wusste, dass einheimische Frauen, insbesondere Dienerinnen, oftmals den Übergriffen englischer Männer ausgesetzt waren, aber es war das erste Mal, dass sich dergleichen vor seinen Augen abspielte, und im ersten Moment hielt er erschrocken inne. Dann trat er jedoch, ohne weiter zu überlegen, vor.

»Lassen Sie die Frau los«, rief er.

Erst erfolgte keine Reaktion, dann jedoch verstummten die Männer und drehten sich zu ihm um. »Wie war das?«, fragte einer von ihnen.

»Sie sollen die Frau loslassen.«

»Ach tatsächlich? Und das fordert wer?«

Hayden erkannte an der Stimme, dass der Mann betrunken war, und vermutete, dass es sich bei den anderen ebenso verhielt. Die Frau hatte aufgehört zu schreien und nutzte die allgemeine Verblüffung, um sich mit einem Ruck zu befreien. Sie fiel zu Boden, aber noch ehe die Männer wieder nach ihr greifen konnten, sprang sie auf und rannte über den Rasen, an Hayden vorbei und aus dem Garten hinaus. Ein Mann lief ihr nach, ein weiterer folgte, aber am Tor hielten sie inne, offenbar zu dem Schluss gekommen, dass eine Verfolgung nicht lohnte. Stattdessen drehten sie sich zu Hayden um, der zwar einsah, dass es am klügsten gewesen wäre, ebenfalls den Garten zu verlassen, aber nun den Ausgang versperrt und sich selbst zwischen fünf Männern fand, die ihn recht feindselig musterten.

»Das hier ist Privatbesitz«, sagte einer.

»Und im Allgemeinen ist man hier sehr unduldsam, was das unerlaubte Betreten fremder Grundstücke angeht«, fügte ein anderer hinzu.

»Noch weniger gern sehen wir es allerdings, wenn man uns an unserem Vergnügen hindert.«

Hayden hob begütigend die Hände, während er einige Schritte zurückwich und wieder auf dem Weg stand, der zum Haus führte. Argumentieren, das war ihm klar, war sinnlos, nur zu deutlich trat zutage, dass die immer noch aufgeheizte Stimmung, die der misslungenen Vergewaltigung vorausgegangen war, gepaart mit dem sicher nicht nur in Maßen genossenen Alkohol eine gefährliche Mischung ergab.

Der Lichtschein auf dem Weg ließ die Schatten der Männer miteinander verschmelzen, als sie langsam auf Hayden zukamen und einen Bogen um ihn beschrieben. Ein flüchtiger Blick zum Gartentor zeigte, dass dieses zwar jetzt frei war, ihm aber der Weg dorthin abgeschnitten wurde. Dennoch unternahm er einen Versuch, an den Männern vorbeizulaufen, darauf hoffend, dass diese in ihrem angetrunkenen Zustand nicht schnell genug reagierten. Er hatte sich jedoch gerade umgedreht, als sich zwei Männer auf ihn stürzten und ihn mit dem Rücken gegen einen Baum warfen.

»Wo soll's denn hingehen?«, fragte einer.

»Wissen Sie nicht, wie hier mit Einbrechern verfahren wird?«

»Oder mit Männern, die unsere Mädchen verjagen?«

Der erste Hieb traf ihn am Kinn, so dass sein Hinterkopf gegen den Baum schlug. Er hatte kaum Zeit, sich von seiner Benommenheit zu erholen, als ihn ein Tritt gegen das Knie beinahe umwarf, aber er wurde aufgefangen, noch ehe er zu Boden ging, wieder rückwärts gegen den Baum gedrückt, dann hielten ihn zwei Männer fest, so dass er sich nicht mehr bewegen konnte, während die anderen abwechselnd auf ihn einschlugen und -traten. Hayden versuchte, seine Arme zu befreien, um sie abwehrend vor sein Gesicht zu halten, aber die Griffe um seine Handgelenke waren wie Schraubstöcke. Er rang nach Atem und krümmte sich, soweit es ihm möglich war, während der Schmerz sich in seinen Gliedern sammelte und er das Gefühl hatte, ihm schwimme der Kopf. Plötzlich ließen ihn die Männer abrupt los, und er sackte zu Boden.

»Was ist hier los?« Eine dunkle Stimme, tief und befehlsgewohnt.

»Ein Einbrecher, Vater.«

Ein erschrockener Aufschrei erfolgte, dieses Mal von einer Frau.

»Warum habt ihr nicht die Polizei gerufen?«, fragte der Neuankömmling.

»Er wollte fliehen.«

»So?«

Der Mann kam auf ihn zu, und Hayden versuchte, sich aufzurappeln, als ihn ein Tritt wieder zu Boden schickte. »Das reicht!«, rief der Mann, und derjenige, der zugetreten hatte, murmelte etwas, das Hayden nicht verstand. »Anne«, fuhr der Mann fort, »sag im Haus Bescheid, jemand möchte die Polizei holen. Und ihr«, eine kurze Pause folgte, »geht heim. John, dich sehe ich in meinem Arbeitszimmer, wenn die Sache hier geregelt wurde.«

Hayden stand auf und lehnte sich an den Baum, während er mit der Zunge seine Zähne abtastete, ob einer wackelte. Es war das erste Mal, dass er in eine Schlägerei geraten war – sah man von Jugendraufereien ab. Ein dünnes Rinnsal Blut lief aus seiner Nase, während sein Kinn sich wie ein formloser Klumpen anfühlte. Behutsam tastete er danach, fand jedoch nur eine geringfügige Schwellung.

»Nun, junger Mann, eine üble Lage, in die Sie sich da gebracht haben.«

»Das alles ist ein Missverständnis«, unternahm Hayden den lahmen Versuch einer Erklärung.

Der Mann hob die Hände, als wolle er jegliche Rechtfertigung abweisen. »Das zu entscheiden ist Sache der Polizei. Sie befinden sich auf meinem Grundstück, und hier haben Sie schwerlich etwas zu suchen, wenn Sie nicht in der Absicht gekommen sind, einem Familienmitglied einen Besuch abzustatten, was um diese Uhrzeit doch reichlich unwahrscheinlich erscheint.«

Hayden öffnete den Mund, um zu erzählen, was vorgefallen war, entschied sich dann jedoch dagegen und schwieg.

Vermutlich würde der Mann ihm ohnehin nicht zuhören, und so wartete er darauf, dass die Polizei eintraf.

Öllampen warfen fahles Licht an holzverschalte Wände. Hayden rieb sich die Handgelenke, die immer noch wund waren von den Fesseln – man hatte ihn wie einen Schwerverbrecher abgeführt und ihn nicht auch nur ein Wort zu seiner Rechtfertigung äußern lassen. Er streckte das Bein mit dem misshandelten Knie ein wenig und lehnte sich auf dem harten Stuhl zurück. Vor ihm saß ein sichtlich desinteressierter Sergeant an einem mit Papieren übersäten Schreibtisch.

»Einbruch, hm?«

»Keineswegs, Sir«, widersprach Hayden. »Wie ich Ihren Constables bereits zu erklären versucht habe …«

»Sie sind ihnen gegenüber handgreiflich geworden.«

»Ich habe lediglich versucht zu verhindern, dass ich gefesselt werde wie ein Verbrecher.«

Der Sergeant schüttelte den Kopf – ob ungläubig oder ablehnend vermochte Hayden nicht zu sagen – und strich über ein leeres Blatt Papier. »Was hatten Sie auf dem Grundstück von Mr. Ernest Montgomery zu suchen?«

»Ich habe gehört, dass eine Frau geschrien hat.«

»In dem Garten war keine Frau.«

Hayden seufzte. »Sie ist weggelaufen.«

»Ich glaube, ich kann Ihnen nicht ganz folgen.« Der Sergeant starrte ihn an, als habe er einen Schwachsinnigen vor sich.

Obwohl Hayden sich immer sagte, dass er keinerlei Adelsprivilegien für sich beanspruchte und sich bei seinen Reisen gerne unter das einfache Volk mischte, war er eine solche Behandlung nicht gewohnt und mitnichten bereit, diese hinzunehmen. »Ich möchte Sie bitten, mir gegenüber einen anderen Ton an den Tag zu legen. Immerhin bin nicht ich es, der eine Straftat begangen hat.« Der Sergeant lächelte milde. »Ah ja? Wie stellt sich, dort, wo Sie herkommen, das Betreten fremder Grundstücke denn sonst dar?«

In Haydens Kopf hämmerte es, während in seinem Kinn der Schmerz pochte, sein Knie sich anfühlte, als ließe es sich nicht mehr beugen, und seine Handgelenke aufgeschürft waren, weil er sich gegen die Fesseln gewehrt hatte. »Wie ich bereits sagte«, er bemühte sich um einen ruhigen Tonfall, »wollte ich einer Frau zu Hilfe kommen.«

»Sie erwähnten es, ja.«

Mit einigen kurzen Sätzen umriss Hayden den Vorfall, ohne jedoch in den Augen des Sergeants auch nur eine Spur von Interesse zu entdecken. Vielmehr schien seine Haltung von einer nahezu provozierenden Gleichgültigkeit zu sein.

»Eine Engländerin?«, fragte er, als Hayden geendet hatte.

»Nein.«

»Ah, also eine Einheimische nehme ich an. Womöglich eines der Dienstmädchen?«

»Das kann ich Ihnen leider nicht sagen.«

»Was ließ Sie zu dem Schluss kommen, die Frau werde, hm, bedrängt?«

»Sie hat geschrien.«

Der Sergeant zog eine Braue hoch. »Das ist alles?«

»Der Hilfeschrei einer Frau sollte genügen, um ihr zu helfen, denke ich. Oder sieht man das hier anders?«

»Mr. … wie auch immer. Nein, man sieht es hier keineswegs anders, wenn eine anständige Frau um Hilfe schreit. Es war keine Engländerin, sagen Sie, und sie war offenbar mitten in der Nacht in Gesellschaft von Männern. Hat diese Frau wirklich aus der Not heraus geschrien? Oder hat sie lediglich geschrien? Woher wollen Sie wissen, dass es kein freudiger Schrei war?«

Hayden hieb mit einer Hand auf die Armlehne seines Stuhls. »Sie haben sie zu fünft bedroht. Grundgütiger!«

»Bedroht sagen Sie? Woran wollen Sie das erkannt haben? Vielleicht war sie eine Prostituierte, die lediglich etwas, sagen wir, ausgefallenere Wünsche bedient hat.«

»Eine Prostituierte? Das erklärt natürlich, warum sie sofort geflohen ist, kaum, dass man sie losgelassen hat«, antwortete Hayden sarkastisch.

»Vielleicht haben Sie ihr Angst gemacht?«

»Das ist doch absurd.«

»Ganz recht, so absurd wie die gesamte Geschichte, die Sie mir hier auftischen.« Der Sergeant nahm seine Schreibfeder auf. »Aber vielleicht besinnen Sie sich ja morgen auf eine etwas glaubhaftere Darstellung, wenn Sie eine Nacht in Arrest verbracht haben.«

Hayden wollte wütend auffahren, aber sein Gegenüber bedeutete ihm mit einer knappen Handbewegung, Platz zu behalten. »Meine Constables stehen direkt vor der Tür«, fügte er hinzu. Erneut widmete er sich dem Papier vor sich und schrieb etwas auf, ehe er den Blick wieder hob. »Name? Herkunft?«

»Hayden Tamasin. Ich komme aus London, der Sitz meiner Familie ist in Devon.« Er sah den Sergeant an, der mitten im Schreiben innegehalten hatte.

»Tamasin?«

»Soll ich es Ihnen buchstabieren?«, fragte Hayden unfreundlich.

Der Sergeant strich sich mit dem Zeigefinger über den Schnurrbart. »Verwandt mit Edward Tamasin?«

»Er ist mein Onkel, ich bin auf dem Weg zu ihm.«

»Ach …« Der Sergeant legte den Federhalter nieder. »So ist das.« Seine Stimme war leise, als spräche er zu sich selbst. Dann zerknüllte er das Blatt. »Das ändert natürlich einiges.« Er läutete, und unmittelbar darauf betrat ein Constable den Raum.

»Darf ich Ihnen etwas zu trinken anbieten, Mr. Tamasin?«, fragte der Sergeant.

Irritiert sah Hayden ihn an. Der Mann war merklich blasser geworden, und sein Lächeln wirkte nicht so sicher, wie es scheinen sollte.

Als der Sergeant merkte, dass er keine Antwort bekam, schickte er den Constable wieder weg. »Ich bitte um Entschuldigung für die etwas rüde Behandlung, aber die Sache schien so eindeutig.«

»Mir ist nicht ganz klar, inwiefern sich für Sie etwas daran geändert hat«, versetzte Hayden.

»Ich war ein wenig voreilig, das gebe ich zu.« Das Lächeln des Sergeants wurde breiter und wirkte dadurch eine Spur gezwungener. »Aber jetzt, wo ich darüber nachdenke, ergibt es durchaus Sinn. Warum sollte jemand wie Sie es nötig haben, fremde Grundstücke zu betreten?«

»Wie schön, dass Sie das einsehen«, antwortete Hayden ungnädig. »Wenn ich nun bitte zu meinem Hotel zurückfahren dürfte.«

Beflissen erhob der Sergeant sich. »Aber natürlich. Erlauben Sie, dass einer meiner Constables Sie fährt?«

»Das habe ich für selbstverständlich gehalten nach der Behandlung, die man mir hier hat angedeihen lassen.«

»Ich kann mich nur noch einmal dafür entschuldigen. Sie wissen doch, wie das ist, wenn ein Fremder in die Stadt kommt ... Die Montgomerys gehören zur Gesellschaft, und ich sah keinen Anlass, anzunehmen, dass die Aussage von Mr. Montgomery anzuzweifeln war.«

»Er ist nicht dabei gewesen, wie ich bereits sagte, sondern erst später hinzugekommen. Vielleicht täte Ihnen für Ihre weitere Arbeit eine gewisse Unvoreingenommenheit ganz gut.« Hayden erhob sich ebenfalls, und der Sergeant läutete erneut nach einem Constable.

»Fahren Sie Mr. Tamasin zu seinem Hotel«, wies der Sergeant den eintretenden Polizisten an. Dieser warf Hayden einen erstaunten Blick zu, sah dann weg und sagte, es sei ihm ein Vergnügen.

»Ich hoffe, Sie nehmen meine Entschuldigung an?« Der Sergeant begleitete die Männer zur Tür, und Hayden bemerkte das nervöse Zucken eines Muskels in seiner Wange.

Er hob kurz die Schultern. »Ja, sicher.« Zwar war er immer noch verärgert wegen der ganzen Angelegenheit, aber gleichzeitig sah er keine Veranlassung dazu, die Sache weiter auszuführen.

3

KANDY

Nachdenklich zupfte Melissa an einem Faden, der sich aus einem ihrer Volants gelöst hatte, und sah sich verschiedene Entwürfe für eine gestickte Borte an, mit der sie einen Seidenschal verzieren wollte. Sie stickte gelegentlich recht gerne und konnte es so gut, dass ihre Brüder sie immer mal wieder fragten, ob sie ihnen bei einem Geschenk für ihre Mütter, Geliebten oder in Louis' Fall für Estella helfen konnte. Der Schal war dunkelblau, und sie würde seinen Rand mit einem silbernen Rankenmuster verzieren, nur konnte sie sich nicht zwischen den Entwürfen entscheiden. Irgendwie schien keiner davon zu Estella zu passen. Seufzend schob sie die Blätter zusammen und verschob die Auswahl auf ein anderes Mal.

Sie setzte sich an den kleinen Handarbeitstisch, stützte das Kinn auf die Hände und sah durch die geöffneten Verandatüren in den Garten. Einige Tage zuvor hatte Alan, dem sein Spott inzwischen leid tat, sie gefragt, ob er ihr ein neues Pferd kaufen solle, aber sie hatte abgelehnt. Wenn sie reiten wollte, konnte sie sich der Pferde ihres Vaters bedienen, aber das war ja nicht dasselbe wie Pierrot. Wenn es etwas gab, für das Melissa mehr Leidenschaft empfand als für die Kaffeeplantage, so waren es Pferde. Reiten hatte ihr immer schon ein Gefühl unbändiger Freiheit gegeben. Es war das Einzige, bei dem ihr Vater ihr keine Zügel anlegte, vielmehr zeigte sich oftmals nichts als Stolz in seinem Gesicht, wenn sie an seiner Seite durch die Täler jagte. Selbst auf der Plantage durfte sie sich einmischen, obwohl dies nur eine recht gönnerhafte Erlaubnis ihres Vaters war und sie sich oftmals nicht so recht ernst genommen fühlte. Es kam ihr vor, als sehe ihr Vater in ihr nur eine Puppe, die er ausstaffieren ließ, die er vorführte, während er im Kopf immer wieder ihren Marktwert überschlug. Ihre Mutter tat nicht einmal das.

Schräge Sonnenstrahlen vergoldeten die Messingbeschläge an den Rosenholzschränken und ließen den Holzboden in seidigem Schimmer glänzen. Leise wispernd bewegten sich die Vorhänge im Wind. Der Februar klang sanft aus. Im Garten waren die zirpenden Stimmen der Töchter des Gärtners zu hören.

Melissa stand auf und raffte ihr Kleid, um hinauszugehen und die letzten Stunden des Tageslichts für einen Spaziergang zu nutzen. Der Horizont sah aus, als würde es in Kürze wieder regnen. Sie trat in den Garten, wo sich der Rasen smaragdfarben bis an die Mauer erstreckte. Eine weiße Laube stand inmitten des Orchideengartens, den Melissa so sehr liebte. Vorsichtig berührte sie eine der purpurfarbenen Blüten. Ihre Mutter mochte keine Orchideen. »Es sind Schmarotzer«, pflegte sie immer zu sagen. Die Laube nutzte sie jedoch recht gern, so auch jetzt, während sie an ihrem Stickrahmen saß, neben sich Manjula, Louis' Mutter, die ihr zur Hand ging. Melissa hatte nie verstehen können, dass ihre Mutter diese Frau neben sich duldete. Sie selbst, da war sie sich vollkommen sicher, hätte keinesfalls ein so freundliches Verhältnis zu ihrer Nebenbuhlerin haben können. Aber vielleicht, so überlegte Melissa oft, hatte auch von Anfang an nicht viel Wärme zwischen ihren Eltern geherrscht, so dass ihr Vater diese in den Armen einer anderen Frau gesucht hatte. Denn dass die Gefühlskälte von ihrer Mutter ausging, war für Melissa von Beginn an kein Geheimnis gewesen. Neben der kühlen Schönheit ihrer Mutter wirkte Manjula sanft und sinnlich, auch jetzt, wo sie die vierzig bereits überschritten hatte.

Melissa wandte sich ab und ging zum offenen Gartentor. Weich lag das Licht des späten Nachmittags auf dem Hof, wo ihr Vater und Louis standen und in eine hitzige Diskussion verwickelt waren. Zwar konnte Melissa auf die Entfernung kein Wort verstehen, aber sie ahnte bereits, worum es ging. Ihr Vater hatte am Vortag die Mittel, die Louis für den Weiterbau seines Hauses benötigte, so stark reduziert, dass sich die Fertigstellung noch einmal um viele Monate verzögern würde, die Strafe dafür, dass Louis einen tamilischen Arbeiter zur Aufsässigkeit angestiftet hatte – so sah es zumindest ihr Vater. Der Mann hatte den Aufseher niedergeschlagen, als dieser so lange auf seinen Sohn eingedroschen hatte, bis das Kind nicht mehr imstande gewesen war, aufzustehen, und Louis war auf der Seite des Tamilen.

Zunächst schien niemand die Kutsche zu bemerken, die den Weg herauffuhr und dabei eine gelbe Staubwolke aufwirbelte. Schließlich jedoch drehte sich Edward Tamasin um und sah dem Gefährt entgegen. Louis schien mit sich zu ringen, ob er einfach gehen oder den Kampf weiter ausfechten sollte. Sein Blick traf Melissas, dann wandte er sich wieder ab. Er ließ seinen Vater stehen, überquerte den Hof und ging an ihr vorbei in den Garten, ohne sie ein weiteres Mal anzusehen. Sie drehte sich um und sah ihm nach, bemerkte den Blick, den seine Mutter ihm zuwarf, las die Besorgnis, die sich auf ihrem Gesicht malte. Ohne sie zu beachten, betrat Louis durch die offene Verandatür den Salon, wo Melissa kurz zuvor gesessen hatte.

Die Kutsche fuhr auf den Platz vor dem Haus und beschrieb einen Halbkreis, ehe sie hielt. Es war keine Kutsche eines ihrer Nachbarn, sondern eine Mietskutsche, und Melissa trat neugierig einen Schritt aus dem Tor hinaus. Sie wusste, dass ein Cousin erwartet wurde, und auch wenn ihr Vater einen Langweiler angekündigt hatte, war sie dennoch gespannt auf den Besuch aus dem fernen England, das sie so gerne einmal sehen wollte. Zögernd ging sie zu ihrem Vater, der ihr Erscheinen lediglich mit einem kurzen Blick zur Kenntnis nahm. Ihre Distanziertheit in den letzten Tagen schien ihn zu amüsieren.

Der Schlag öffnete sich, und ein Mann stieg aus, bei dessen Anblick Melissa mit einem scharfen Laut die Luft einsog. Ihr Vater zeigte hingegen weniger Anzeichen von Erschrecken als vielmehr Befremden, gepaart mit einer Spur von Belustigung. Er zog die Brauen hoch und sah dem Besucher entgegen, der sich seines Anblickes augenscheinlich nur zu bewusst war, denn er wirkte überaus unbehaglich.

Über die linke Seite seines Kinns zog sich ein blauvioletter Bluterguss, sein linker Mundwinkel war leicht angeschwollen und von einer Blutkruste verunstaltet. Seine rechte Schläfe hatte eine deutlich sichtbare rötlich blaue Prellung, die sich bis zur Augenbraue zog, und seine Nase wirkte infolge einer bläulichen Verdickung an der Nasenwurzel leicht schief. Zudem hinkte er. Das zerschlagene Aussehen stand in krassem Gegensatz zu der erlesenen Eleganz seiner Kleidung.

»Mein Name ist Hayden Tamasin«, sagte der junge Mann beim Näherkommen. »Ich möchte zu meinem Onkel, Edward Tamasin.«

Melissa schwieg, und ihr Vater lächelte breit. »Du stehst bereits vor ihm. Herzlich willkommen, Neffe.«

Der junge Mann wirkte erleichtert. »Vielen Dank, Onkel Edward. Es freut mich, dich kennenzulernen.« Sie schüttelten sich die Hände, dann wies Hayden mit einer Hand auf sich. »Entschuldige bitte mein Auftreten.«

»Ich nehme an, du bist auf dem Weg hierher unter Banditen geraten?«

»Nein, es war eine Meinungsverschiedenheit in Colombo.« Hayden schien noch etwas sagen zu wollen, dann jedoch sah er zu Melissa und wurde rot. »Verzeihung, wo habe ich nur meine Manieren.«

»Meine Tochter Melissa, deine Cousine.«

Hayden begrüßte sie mit formvollendeter Höflichkeit, was Melissa zögernd erwiderte. Sie hatte zwar nicht viel erwartet, aber das Auftreten ihres Cousins, von dem sie sich wenigstens einen Hauch von Mondänem erhofft hatte, enttäuschte sie zutiefst.

Ihr Vater bat den jungen Mann ins Haus. »Melissa, geh bitte zu deiner Mutter und sag ihr, dass dein Vetter angekommen ist«, trug er seiner Tochter im Vorbeigehen auf.

Ohne eine Antwort zu geben, drehte Melissa sich um und ging über den Hof zurück zum Garten.

Kühl war die Halle und beinahe dunkel, wenn man vom gleißenden Licht ins Haus trat. Edward führte seinen Gast mit der ruhigen Selbstverständlichkeit des Besitzenden durch die großzügige Vorhalle, bemerkte an dessen flüchtigen Blicken jedoch, dass ihm solch feudaler Besitz nicht unvertraut war. Der Anflug von Stolz, dies alles sein Eigen zu nennen, fiel in sich zusammen. Auf gewisse Art war er wohl immer noch James Walt.

Auf dem glänzenden Holzboden lag das einfallende Licht durch die fein ziselierten Fenstergitter wie in kleine Stücke zerbrochen. Hinter dem Fenster erstreckte sich der Garten, mit bunten Flecken versehene grüne Samtigkeit. Der Fächer an der Decke des Salons bewegte sich dank der Unermüdlichkeit eines tamilischen Dieners fortwährend und schob die feuchtheiße, mit dem schweren Duft der Orchideen getränkte Luft hin und her.

Hayden nahm erst auf eine Aufforderung hin Platz, bewegte sich dabei vorsichtig. Offenbar schmerzte sein Knie, wenn er es beugte. Ein Dienstmädchen betrat den Raum und nahm Edwards Wünsche entgegen, wobei sie die Augen senkte – sittsam oder verlegen unter seinen Blicken, das vermochte Edward nicht zu sagen. Hübsches Ding, dachte er, während er ihre Gestalt musterte. Er sah ihr kurz nach, als sie den Raum verließ, und wandte sich dann wieder an seinen Neffen.

»Wie erging es dir in Colombo?«, fragte er, während er sich Hayden gegenüber auf einem Stuhl niederließ. »Bist du in schlechte Gesellschaft geraten?«

»So kann man es nennen. Ich habe mitbekommen, wie mehrere Männer einer Frau Gewalt antun wollten.«

Edward lächelte. Ein Mann, der sich einer Gruppe von Männern gegenüberstellte, um eine Frau zu retten, war entweder mutig oder ein Narr. »Du hast ihr aus dieser misslichen Lage herausgeholfen?«

»Sie konnte flüchten«, bestätigte Hayden.

»Wie kommt es, dass sonst niemand in der Nähe war?«

»Es war mitten in der Nacht.«

»Was treibt eine Frau nachts auf der Straße, wenn sie keine Prostituierte ist?«, fragte Edward stirnrunzelnd.

»Nun ja, es war ein Privatgrundstück.«

»Eine englische Dame wurde auf ihrem eigenen Grundstück von Männern überfallen?«

»Es war eine Singhalesin.«

Edward sah an seinem Neffen vorbei aus dem Fenster. Also doch ein Narr. Trüge er nicht denselben Namen wie Edward – was vermutlich nun in Colombo kein Geheimnis mehr war –, wäre es beinahe zum Lachen. Dann fiel ihm ein, dass er England ja auch offiziell verlassen hatte, weil er eine Dienstmagd nicht hatte retten können. Du liebe Einfalt, dachte er, ein Tamasin, wie er leibt und lebt.

»Nachdem ich wegen Eindringens auf ein Privatgrundstück verhaftet worden bin«, fuhr Hayden fort, »hat man zunächst so getan, als wäre ich der Verbrecher.«

Edwards Hand, die auf der Seitenlehne des Stuhls lag, zuckte kurz. Das wurde ja immer besser.

»Erst nachdem ich gesagt habe, dass du mein Onkel bist, hat man mir Glauben geschenkt.«

Daran zweifelte Edward keinen Augenblick. Vermutlich hatte man seinen arglosen Neffen ins Hotel geleitet und sich in aller Heimlichkeit ausgeschüttet vor Lachen. Vielleicht war dem ein kurzes Erschrecken vorausgegangen, weil man es gewagt hatte, sich an Edward Tamasins Neffen zu vergreifen, aber jeder wusste, dass er wegen einer solchen Lächerlichkeit niemanden zur Verantwortung ziehen würde.

Das Dienstmädchen trat ein und trug ein Tablett mit Kaffee und kleinen Broten vor sich her. Ihr folgte Audrey, an deren Seite Alan und Melissa gingen. Melissa gönnte dem Gast nur einen kurzen Blick, ließ sich in einem Sessel nieder und strich über die Volants ihres Kleides. Dass Audrey und Alan bei Haydens Anblick nicht erschraken, lag aller Wahrscheinlichkeit nach daran, dass sie vorab von Melissa in aller Ausführlichkeit ins Bild gesetzt worden waren. Hayden erhob sich, und Audrey grüßte den jungen Mann mit der ihr eigenen Freundlichkeit, jedoch ohne Wärme, während Alan wie immer steif und korrekt war, aber einen Anflug von Neugierde auf den Gast nicht verbergen konnte. Man versicherte einander, wie sehr man sich freue, sich endlich kennenzulernen, dann nahmen alle Platz, Audrey ordnete ihre Röcke, und Alan schlug entspannt ein Bein über das andere.

Das Dienstmädchen stellte das Tablett auf einem kleinen

Tisch ab, und Audrey übernahm das Einschenken des Kaffees, der sehr stark war, schwarz dampfend, so wie Edward ihn liebte. Er sah Hayden an, dass dieser dem Getränk nicht viel abgewinnen konnte, aber offenbar aus Höflichkeit schwieg. Hayden nippte an dem Kaffee, runzelte kaum merklich die Stirn und stellte die Tasse auf dem Tischchen neben sich ab.

»Ich habe dir Briefe mitgebracht, Onkel«, nahm er das Gespräch auf. »Mein Vater lässt dir die herzlichsten Grüße ausrichten. Er wäre gerne selbst gekommen, aber unaufschiebbare Verpflichtungen haben ihn daran gehindert.« Es war die übliche Ausrede für ein Nichterscheinenwollen. Nun, Edward sollte es recht sein.

Hayden öffnete den Mund, um fortzufahren, als Melissa fragte: »Welcher Art waren die Schwierigkeiten, in die du auf dem Weg hierher geraten bist, werter Vetter? Ich hoffe, ich muss künftig keine Angst haben, wenn ich Freunde besuche?« Edward erkannte hinter der scheinbaren Arglosigkeit, in der sich ihre Augen weiteten, die reine Neugierde.

»Es ist kein Thema«, antwortete er an Haydens Stelle, »das in Gegenwart von Frauen erörtert werden sollte. Es handelt sich um einen Vorfall in Colombo. Ich versichere dir, mein Täubchen, du bist nicht in Gefahr.«

Melissa schien nur allzu versucht zu sein, eine heftige Erwiderung in den Raum zu schleudern, legte sich sichtlich Zurückhaltung auf und beließ es bei einem spöttischen Zucken ihrer Mundwinkel. Sie lehnte sich zurück und schwieg.

Belangloses Geplänkel füllte den Raum, Hayden sprach

von England und dem Landsitz seiner Eltern, ein Thema, zu dem es offenbar viel zu sagen, aber wenig zu erzählen gab. Audrey spielte die perfekte Gastgeberin und warf gelegentlich die eine oder andere Frage ein, während Alan sich ebenso wie seine Schwester in Schweigen hüllte.

Ein Dienstbote betrat den Raum. »Ich bitte um Verzeihung, Peri-Aiyah, aber Sin-Aiyah Louis hat Phoenix aus dem Stall geholt und ist davongaloppiert, als sei der Teufel hinter ihm her.«

Edward erhob sich. »Mein Pferd?«

Der Dienstbote stand sichtlich Qualen aus. »Er hat es einfach genommen, Herr, niemand konnte etwas tun.«

»Wer von den Stallburschen war in der Nähe?«

»Rajiv, Peri-Aiyah, er hat es gesehen.«

»Er soll augenblicklich zu mir kommen.« Mit einer unwirschen Handbewegung entließ Edward den Dienstboten und wandte sich an Hayden. »Ich bedaure, aber ich muss mich um eine persönliche Angelegenheit kümmern. Deine Tante wird ein Dienstmädchen anweisen, dir dein Zimmer zu zeigen. Ich nehme an, du möchtest dich ausruhen?«

»Das täte ich in der Tat gerne.«

Edward nickte und verließ den Raum. Ihm folgte – er hätte es vorausahnen können – Melissa.

»Was wirst du nun tun?«, fragte sie.

»Kümmere dich nicht um ihn.«

»Du hast mit Louis gestritten. Du weißt doch, wie schnell er sich zu unbeherrschtem Handeln hinreißen lässt.«

Edward gab keine Antwort.

»Papa? Papa, hörst du mich nicht?«

»Er braucht deine Fürsprache nicht, Melissa. Du kannst ja nicht einmal dich selbst retten.«

Das Klappern ihrer Schritte verstummte, und Edward ging in sein Arbeitszimmer, ohne einen Blick zurückzuwerfen.

Lavinia Smith-Ryder wickelte eine Strähne ihres silberblonden Haares um ihren rechten Zeigefinger und lehnte den Kopf zurück. Sonnenlicht wob sich in das efeuumrankte Dach und warf eine grünschattige Illusion von Kühle in die Gartenlaube. Die Beine hochgelegt auf die Chaiselongue, raffte Lavinia ihr Kleid so weit, wie es gerade noch dem Anstand entsprach.

»Sie reitet jetzt beinahe jeden Tag zu ihm«, fuhr ihr Besucher mit seiner Klage fort, mit der er begonnen hatte, kaum dass das Dienstmädchen ihn zu ihr geführt hatte. »Es sollte mich nicht wundern, wenn sie sich ihm bereits hingegeben hätte wie eine Hu…«, offenbar besann er sich, »… eine Dirne.«

Lavinia wandte den Kopf. »Werde bitte nicht vulgär. Sie ist deine Schwester.«

»Genau das ist das Problem.« Der junge Mann neigte den Kopf vor und vergrub die Hände in seinen Haaren. Er wirkte irritiert, hatte kurz ihre Fesseln mit Blicken gestreift und schien nicht so recht zu wissen, wo er hinschauen sollte. »Ich verstehe Vater einfach nicht.« Er ballte die Fäuste vor dem Gesicht. »Und Estella verstehe ich auch nicht.«

Lavinia hingegen verstand nur zu gut, wenn sie selbst auch nie so leichtsinnig gewesen wäre, ihre Zukunft an den eurasischen Tamasin-Spross zu vergeuden, mochte er noch so gut aussehen und dank seines Vaters einen gewissen gesellschaftlichen Status innehaben. Aber dennoch konnte sie Estella verstehen, denn es mochte durchaus Momente in seinen Armen geben, die das Opfer wert waren, seinen eigenen gesellschaftlichen Stellenwert zu schmälern und seinen Nachkommen auf immer den Makel einer eurasischen Abstammung aufzudrücken.

Sie hingegen hatte es auf Alan Tamasin abgesehen und von Anfang an gewusst, wo sie den Hebel dafür ansetzen musste: bei seinem Vater. Dass man einen Edward Tamasin nicht durch Schmeicheleien gewinnen konnte, sondern allein durch makelloses Benehmen, war ihr von Anfang an klar gewesen. Wenn sie mit ihrer Familie bei ihm zu Gast war, führte sie Konversation, ohne sich in den Vordergrund zu drängen, und gab ihre Meinung nur zu Themen ab, bei denen das Mitreden von Frauen erwünscht war. Sie bebte insgeheim oftmals vor Ungeduld und spürte, wie ihr wacher Geist an den Zügeln riss, aber ein wenig würde sie noch warten müssen. Ihrem Vater gegenüber hatte Edward Tamasin bereits Interesse an einer möglichen Verbindung geäußert. Lavinia war Henry Smith-Ryders einzige Tochter und hatte somit ein nicht zu verachtendes Erbe zu erwarten, das nach der Hochzeit samt und sonders ihrem Ehemann zufallen würde. Den Gedanken, Alan zu becircen, hatte sie von Anfang an verworfen. Kein Vater mit Ambitionen würde sich von einer Verliebtheit beeindrucken lassen.

»… ganze Sache wert ist!«, riss die zum Ende des Satzes höhergeschraubte Stimme des jungen Mannes Lavinia aus ihren Gedanken.

Um nicht zu zeigen, dass sie nicht zugehört hatte, zuckte sie lediglich kurz die Schultern und enthob sich damit einer Antwort. Gregory Carradine war seit seiner Kindheit einer ihrer besten Freunde, was jedoch nichts an der Tatsache änderte, dass er sie oftmals tödlich langweilte. Er hatte sogar einmal zögernde Andeutungen gemacht, dass er mehr für sie empfinde als Freundschaft, ein recht peinlicher Moment auf der Gartenfeier von Freunden ihres Vaters – Lavinia hatte schon wieder vergessen, wer es gewesen war. Sie waren beide achtzehn, aber während sie schon sehr genau wusste, was sie wollte, war Gregory kaum mehr als ein Jüngling.

»Sein Vater reibt sich vermutlich die Hände«, fuhr Gregory seinen Monolog fort. »Die Tochter seines größten Konkurrenten in den Händen seines Bastardsohns.«

»Sonderlich zufrieden wirkt er mit der Vereinbarung nicht.«

Gregory grinste boshaft. »Estella erbt nicht, also gibt es auch nichts, was in den Besitz der Tamasins gehen könnte. Louis ist das natürlich gleichgültig – behauptet er jedenfalls.«

»Estella auf diese Art zu bestrafen, finde ich nicht richtig.«

»Nein, da hast du recht. Er hätte sie ordentlich durchprügeln und, so schnell es geht, verheiraten sollen.«

»Sie hat ein Recht auf ihr Erbe.«

»Es steht ihr frei, sich dafür zu entscheiden.«

Lavinia sah in den Garten, den der späte Nachmittag in Düsternis tauchte. Wolkenberge hatten die kargen Sonnenstrahlen geschluckt, und schon bald würde es wieder regnen. Vom Haus her näherte sich die rundliche Gestalt ihrer Mutter, und Lavinia unterdrückte ein Seufzen.

Mrs. Smith-Ryder schnaufte ein wenig, als sie an der Laube ankam. »Ich dachte mir, dass ich dich hier finde, Lavinia.« Ihr missbilligender Blick flog zu Gregory, der sich beeilte, aufzustehen und sie zu grüßen. »Guten Tag, Greg. Ich hoffe, Ihrer Familie geht es gut?«

»Ja, vielen Dank, Mrs. Smith-Ryder.«

»Wir danken Ihnen für Ihren freundlichen Besuch. Grüßen Sie doch Ihren Vater und Ihre Schwester recht herzlich.« Womit klar war, dass Gregory entlassen war. Er fügte sich widerstandslos und ohne Anzeichen dafür, dass er beleidigt war. Seit bekannt war, dass er nicht als Heiratskandidat in Frage kam, war das Verhältnis von Mrs. Smith-Ryder zum Jugendfreund ihrer Tochter recht schnell vom Persönlichen ins Förmlich-Distanzierte gegangen.

»Ich kann dich nicht verstehen, Lavinia«, sagte ihre Mutter auf dem Weg zurück zum Haus.

Offenbar war Lavinia an diesem Tag nur von Menschen umgeben, die ihre Familienmitglieder nicht verstanden.

»Du hast den Tamasin-Erben so gut wie an Land gezogen, wir erwarten den Antrag täglich, und da sitzt du allein ausgerechnet mit dem Sohn seines stärksten Widersachers in der Gartenlaube?«

»Greg ist wohl kaum eine Konkurrenz, dieses halbe Kind. Er ist mein Freund, und jeder weiß das.«

»Ja, ganz recht, jeder weiß das, und genau das ist das Problem. Wenn du erst verheiratet bist, wirst du ihn ohnehin nicht mehr treffen dürfen.«
Lavinia zuckte die Schultern. »Dann möchte ich ihn wenigstens vorher noch sehen.« Sie hob die Hände, als ihre Mutter stehenblieb, sich zu ihr umdrehte und zu sprechen ansetzte. »Ja, ich weiß, was du sagen willst. Aber überleg doch mal: Jeder weiß, dass Greg mein Jugendfreund ist. Wenn ich genau jetzt, wo ich Alan Tamasins Antrag erwarte, aufhöre, mit ihm zu reden, wird sich das herumsprechen, und dann wird die eine oder andere böse Stimme sich vielleicht fragen, ob ich nicht so plötzlich den Kontakt abbreche, weil ich etwas zu verbergen habe, von dem ich nicht möchte, dass es ans Licht kommt. Oder man wird sich fragen, ob Greg sich von mir abwendet, weil er nun ein verschmähter Liebhaber ist.«
Mrs. Smith-Ryder plusterte die Wangen auf und suchte nach einer Erwiderung, ließ dann jedoch resigniert die Hände fallen. »Was du nur immer redest.«
Ein kleines Lächeln stahl sich auf Lavinias Lippen.

Hayden war früh wach, obwohl er die ganze Nacht nicht hatte schlafen können. Er konnte nicht so recht sagen, was er eigentlich erwartet hatte, daher war dieses diffuse Gefühl von Enttäuschung im Grunde genommen albern. Nachdem seine Tante ihm sein Zimmer hatte zeigen lassen, war er keinem Mitglied der Familie mehr begegnet. Um sieben Uhr war ein Dienstmädchen mit der Mitteilung erschienen, Mrs. Tamasin sei unpässlich und Mr. Tamasin beschäftigt, so dass die Familienmitglieder an diesem Abend jeder für sich das Essen ins Zimmer serviert bekamen, und fragte, ob er dennoch im Speisezimmer essen wolle oder sie ihm etwas bringen könne.

Nach einem einsamen Mahl in seinem Zimmer ordnete Hayden seine Unterlagen und las halbherzig in einem Buch über neue Methoden der Kartographie. Zu tun gab es nichts, seinen Koffer hatte ein Dienstbote bereits ausgepackt, und allein durch das Haus schlendern und sich alles ansehen, dazu fehlte ihm die Lust. So war er recht zeitig zu Bett gegangen.

Hayden schlug die Bettdecke zurück und stand auf. Dunkles Holz beherrschte den Raum, rotbraune Dielen, schwere Möbel. Vorhänge aus tiefrotem Samt sperrten das Frühlicht aus.

Der Eindruck auf seinen Onkel war offenbar ein denkbar schlechterer gewesen, und Hayden ahnte, dass dieser ihn wegen der Rettungsaktion für einen ausgemachten Narren hielt, auch wenn seine Gesichtszüge dies durch nichts mehr preisgaben als winzige Nuancen seiner Mimik. Seine Tante war eine typisch englische Dame, distanziert und freundlich, während seine Cousine sich blasiert gab, dabei aber wie ein Mädchen wirkte, das große Dame spielte. Einzig Alan konnte er nicht so recht einschätzen.

Mit einem Ruck zog Hayden einen Vorhang zur Seite und trat an das hohe Fenster. Wie zerrissene Seide hing der Nebel in Fetzen zwischen Bäumen und Farnen,

Grün, das am Nachmittag des Vortags verwaschen vom Regen und in den trockenen Abendstunden blank und rein wie frisch geschält gewirkt hatte. Jetzt war es grauschattig unter einem Himmel, an dem sich bleifarbene Wolkenberge auftürmten, dunkel in dunkel ineinandergeschoben und das Licht schluckten, noch ehe es die Erde berührte.

Die Kaffeefelder konnte Hayden von seinem Fenster aus nicht sehen. Unter ihm erwachte der Hof zu emsiger Betriebsamkeit, und auf dem Weg, den er selbst den Tag zuvor zum Haus genommen hatte, näherte sich ein Reiter. Statt Staub wie bei seiner Ankunft stoben Wasser und Schlamm unter den Hufen des Rappen auf. Zwei Dienstboten liefen auf den Reiter zu, der das Pferd im Hof jäh zügelte, aus dem Sattel sprang und einem der Männer die Zügel in die Hand warf. Mit langen Schritten ging er auf das Haus zu und war danach für Hayden nicht mehr zu sehen. Dem Gehabe nach musste er zur Familie gehören.

Seufzend wandte er sich ab und läutete nach einem Diener, um sich heißes Wasser bringen zu lassen. Während er wartete, zog er die topographische Karte, die 1841 vom Militär unter der Leitung von Captain Fraser veröffentlicht worden war, hervor. Die Karte war das Ergebnis einundzwanzig Jahre währender kartographischer Arbeit und zeigte das zentrale Bergland in einem Maßstab von zwei Inches zu einer Meile. Zwar war es eine ausgezeichnete Karte, aber aufgrund der enorm langen Bearbeitungszeit, der mangelhaften Zusammenarbeit zwischen topographischem Militär und Zivilverwaltung und nicht zuletzt wegen der ständigen Veränderung, der das Bergland durch die Plantagenwirtschaft unterworfen war, konnte das Ergebnis nur als wenig ausreichend bezeichnet werden. Hayden würde in den nächsten Tagen mit einigen Vorarbeiten beginnen und darauf warten, dass die ihm zur Verfügung gestellten Mitarbeiter eintrafen.

»Hast du meinem Sohn nicht gesagt, dass ich ihn sprechen möchte?«, fuhr Edward den angstschlotternden Dienstboten an.

»Doch, Peri-Aiyah, aber Sin-Aiyah Louis sagt, er wolle erst etwas essen.«

Edward hieb mit der Faust auf seinen Schreibtisch, was den Dienstboten zusammenzucken ließ. Mit einer unwirschen Handbewegung schickte er ihn weg. Einen Moment lang war er versucht, ins Frühstückszimmer zu gehen und Louis dort in aller Deutlichkeit zu sagen, was er von seinem Benehmen hielt, aber das war vermutlich genau das, was dieser unverschämte Kerl erreichen wollte. Louis war mit Wutausbrüchen nicht beizukommen, da musste subtiler vorgegangen werden.

Seinen Zorn mühsam im Zaum haltend, wandte sich Edward seinen Unterlagen zu. Die Kaffee-Ernte lief hervorragend, da bestand keinerlei Grund zur Sorge, und so kümmerte er sich nicht weiter darum, sondern überließ alles seinen Aufsehern. Weitaus delikater waren seine Nebeneinkünfte, die einen nicht unerheblichen Teil seines Reichtums ausmachten.

In diesem Jahr würde er vielleicht sogar mehr Ernte einfahren als William Carradine. Bedauerlicherweise brachte die Ehe von Louis mit dessen Tochter ihm finanziell rein gar nichts, aber nun ja, es war schon ein unglaubliches Triumphgefühl, das Mädchen als Ehefrau seines Bastardsohns in die Familie zu holen. Und Louis gegenüber war die Kleine ein gutes Druckmittel. Für die Unverschämtheit, die er sich mit dem Arbeiter erlaubt hatte, hatte Edward ihm die Mittel für das Haus gekürzt, aber offenbar reichte das nicht, er würde die Zügel noch etwas härter anziehen müssen.

Eine halbe Stunde später wurde die Tür, ohne anzuklopfen, geöffnet, und Louis trat in aufreizender Langsamkeit ein. Er schloss die Tür und lehnte sich mit dem Rücken dagegen, die Hände in die Taschen geschoben. »Du wolltest mich sprechen?«

Edward sah ihn an, Louis erwiderte den Blick, ohne mit der Wimper zu zucken. Es war ein stummes Kräftemessen.

»War das Verbot, mein Pferd betreffend, nicht deutlich genug?«, machte Edward den Anfang.

»Doch, durchaus, Vater.«

Edward wartete. Louis lächelte.

»Du magst das Pferd, ja?«, fuhr der Jüngere fort. »Ich meine, es gibt wenig, was du wirklich magst, aber an dem Pferd hängst du. Ich dachte, vielleicht solltest du eine Nacht lang spüren, wie es ist, wenn einem etwas, das man liebt, genommen wird.«

»Ein armseliger Versuch der Provokation, denkst du nicht?«

»Nun, ganz so armselig offenbar nicht, immerhin hast

du, sobald ich daheim war, nichts schneller getan, als mich zu dir zitieren zu lassen. Von den ängstlichen Stalljungen, die das Pferd entgegengenommen haben, als ich kam, ganz zu schweigen.«

Edward spannte den Kiefer kurz an. »Wo bist du gewesen? Hast du dich wieder bei den einheimischen Mädchen herumgeschlichen?«

Louis hob kurz die Schultern.

»Ich muss sagen, ich neige dazu, Estellas Haltung zu bewundern«, fuhr Edward fort. »Deine Treulosigkeit ist doch nun in der Tat ein offenes Geheimnis, und dennoch hält sie an dem Wunsch fest, dich zu heiraten. Hast du dir nie Gedanken gemacht, warum das wohl so ist? Ich meine, du hast kein großes Erbe zu erwarten, und du bist Eurasier, ein Bastard noch dazu. Sie nimmt einen gesellschaftlichen Abstieg hin sowie ihre Enterbung für einen Mann, der jedem Rock hinterherläuft.«

Louis' Augen verengten sich, aber er schwieg weiterhin stoisch.

»Ah, du willst nicht darüber sprechen? Weil du denkst, es gehe mich nichts an, oder weil deine Estella vielleicht gar nicht so unschuldig ist, wie sie sein sollte, und sich daher an einen Mann verschenkt, der ihr gesellschaftlich unterlegen ist?«

Für einen Augenblick schien Louis' Fassade zu bröckeln, dann hatte er sich wieder im Griff. »Und du nennst meine Provokation armselig?«

»Touché.« Edward verschränkte die Arme vor der Brust und schluckte mühsam an seinem Zorn. »Du weißt, dass ich ein solches Verhalten nicht hinnehmen werde.«

»Dann bring es hinter dich. Was willst du diesmal tun? Mir mein Pferd wegnehmen?« Louis lachte.

»Du bist dir deiner Position sehr sicher, habe ich recht? Aber da unterliegst du einem bedauerlichen Trugschluss, mein Sohn. Du bist nicht Alan, du bist nichts weiter als der Bastardsohn einer tamilischen Hure, dem ich freundlicherweise Unterkunft unter meinem Dach gewähre.«

In Louis' Augen schwelte es, und seine Hände ballten sich zu Fäusten. »Nenn sie nie wieder eine Hure.«

Edward lächelte. »Ja? Sonst was?« Als Louis schwieg, fuhr er fort: »Ich werde dir sämtliche Mittel für dein Haus streichen.«

Nur zu deutlich sah man die Beherrschung, die Louis sich auferlegte. »Dann bezahle ich es aus dem, was ich verdiene.«

»So klug hättest du gestern sein sollen, als ich dir die Mittel lediglich gekürzt habe. Aber nun ist es zu spät, mein Bester. Das Grundstück, auf dem das Haus stehen soll, gehört mir, wie du sicher weißt. Spar erst einmal dafür, es mir abzukaufen.«

Ein Muskel an Louis' Schläfe zuckte. »Das kannst du nicht machen.«

»Ah, denkst du das wirklich?«

»Ich habe ein Geburtsrecht, ich bin dein Sohn, auch wenn ich nicht erbe!«

»Nein, du hast keineswegs das Recht auf irgendetwas, und je eher dir das klarwird, desto besser für dich.«

Louis griff nach einer gläsernen Karaffe, die auf dem Tisch neben ihm stand.

»Das«, sagte Edward, »würde ich mir an deiner Stelle

gut überlegen.« Im selben Moment krachte die Karaffe neben ihm an die Wand.

Edward schüttelte sich Glassplitter vom Ärmel. »Denkst du, dass du es dir damit leichter machst?« Ein Glas flog hinterher.

»Ich warne dich, Louis! Wenn du das nur noch einmal tust …«

»Ja, was dann?«

»Dann setze ich deine Mutter auf die Straße.«

Louis zögerte, wog sichtlich ab, wie ernst er die Drohung zu nehmen hatte, und seine Hand spannte sich um das Glas, so dass die Knöchel weiß hervortraten. »Dieses Kind gestern«, presste er hervor, »war erst elf.« Schließlich ließ er den Arm mit dem Glas sinken und stellte es auf den Tisch zurück. Er griff nach der Türklinke und wollte den Raum verlassen, drehte sich jedoch noch einmal zu seinem Vater um. »Das wird dir noch leidtun.«

4

»Du siehst recht ansehnlich aus«, sagte Melissa, »wenn man dein Gesicht wieder richtig erkennen kann.«

Hayden musste lachen. »Na, das nenne ich mal ein Kompliment.«

Sie saßen zusammen im Orchideengarten, auf dem Tisch zwischen ihnen einen Teller mit kandiertem Zibeben, die Melissa so gerne aß und denen Hayden nichts abgewinnen konnte. Viel lieber hielt er sich an den Ingwerpudding.

Inzwischen hatte Hayden sich auf dem Gut seines Onkels eingelebt, und die anfängliche Fremdheit auf beiden Seiten verwandelte sich in eine zögerliche Vertrautheit. Er erzählte von der Familie in England, Edward Tamasin zeigte ihm die Kaffeeplantage, Melissa und Alan im Schlepptau, Erstere begierig, ihr Wissen einzubringen, Letzterer gelangweilt. Auch ihrem unehelichen Bruder war er bereits begegnet, hatte ihm aber außer einem unfreundlichen Gruß nicht viel entlocken können. Eine Begegnung war sogar ausgesprochen unerfreulich verlaufen, als er ein älteres Dienstmädchen wegen seines falsch gebügelten Hemdes zur Rechenschaft ziehen wollte und Louis ihm mit einigen sehr harschen Worten vor Augen geführt hatte, was ihm blühe, wenn er noch einmal einen derartigen Ton seiner Mutter gegenüber anschlagen sollte. Melissa, die mit einer ihm völlig unverständlichen Liebe an diesem Bruder hing, hatte Hayden verteidigt, war aber ignoriert worden.

Alan schlenderte durch den Garten zu ihnen und setzte sich auf einen Stuhl neben Melissa. Sein Gesicht war leicht gerötet von der Hitze, und auf seiner Stirn hatten sich Schweißperlen gebildet. Er winkte ein Dienstmädchen heran, um sich eine Erfrischung bringen zu lassen.

»Wann fängst du mit der Arbeit an?«, wandte er sich an Hayden.

»Möglichst bald hoffentlich.«

»Ich kann mir unter der Arbeit eines Kartographen nicht viel vorstellen«, gab Alan zu. »Ich weiß wohl, was das *Survey Department* macht, aber das ist vermutlich nicht dasselbe.«

»So groß ist der Unterschied eigentlich nicht, die Landvermessung wird lediglich in einem etwas größeren Stil vorgenommen.«

Das *Ceylon Survey Department* war 1800 von der britischen Kolonialverwaltung gegründet worden und nahm Vermessungen von Grundstücken und Trassierungen von Straßen vor, insbesondere was die Zuteilung von Staatsland an Kaffeepflanzer anging.

»Kann ich mir das mal ansehen – also falls es dich nicht bei der Arbeit stört?«

Hayden grinste. »Wenn ich im Gegenzug bei einer Kaffee-Ernte zusehen darf.«

»Gerne, aber ich warne dich gleich vor – es ist furchtbar langweilig.«

Melissa warf ihrem Bruder unter halbgesenkten Wimpern einen kurzen Blick zu. »Nur du kannst die aufregendste Zeit des Jahres als langweilig bezeichnen.«

Alan zuckte die Schultern. »Ich habe gehört«, wandte er

sich erneut an Hayden, »dass du mit Louis wegen seiner Mutter aneinandergeraten bist? Wir hätten dich vorwarnen sollen.«

»Es war keine große Sache«, mischte sich Melissa ein. »Und Hayden war auch nicht unfreundlich. Sie ist ein Dienstmädchen, und wenn sie ihre Sache nicht ordentlich macht, muss man ihr das sagen dürfen. Louis ist gereizt momentan, das ist alles.«

»Nun ja, er hat allen Grund dazu, möchte ich meinen.« Melissa antwortete nicht, tauschte aber einen beredten Blick mit ihrem Bruder, und Hayden war klar, dass sie in seiner Gegenwart nicht über die Familienkonflikte sprechen würden. Er stand auf.

»Ich denke, ich werde einen kleinen Spaziergang machen«, sagte er.

Die Geschwister sahen zu ihm auf und nickten, ohne anzubieten, ihn zu begleiten.

Auf Zhilan Palace ging es zu wie in einem Taubenschlag. Die Besucher gaben sich die Klinke in die Hand. Das lag vor allem, so sagte Melissa, an ihrer Neugierde auf den Besuch aus England. Britische junge Männer guter Abstammung waren rar, daher dürfe er sich nicht wundern, wenn sich die Mütter demnächst wie ein Rudel ausgehungerter Wölfinnen auf ihn stürzten. Jetzt, wo Alan aller Wahrscheinlichkeit vom Markt genommen wurde (man munkelte bereits, ihm sei das Smith-Ryder-Mädchen angetragen worden), war man auf der Hut, beim nächsten großen Fang schneller zu sein. Hayden indes scherte das nicht weiter. Mit seinem zerschlagenen Gesicht hielt er sich so weit wie möglich von den Besuchern fern, und wenn ihm jemand begegnete, so wurden recht schnell mitfühlende Äußerungen laut, so dass Hayden sich fragte, welche Geschichte man den Leuten aufgetischt hatte.

Er durchstreifte die Umgebung der Plantage, ging an den Kaffeefeldern vorbei, auf denen Kulis, tamilische Arbeiter, beschäftigt waren und an deren Rändern die Aufseher ritten. Üppig grün erstreckten sich die Kaffeefelder über die Hügel mit weißen Blüten an den Stauden. Hayden hatte etwas so Schönes wie die Plantage seines Onkels bisher selten gesehen. Innen war das Haus zwar erlesen eingerichtet, aber dergleichen kannte er aus England zuhauf. Was ihn beeindruckte, war der Anblick des weißen, säulenbestandenen Hauses mit den schwarzen Türen und fein gearbeiteten Gittern vor den Fenstern, das inmitten von Grün in allen Schattierungen thronte. Hinter dem Haus war ein Garten, der seinesgleichen suchte, mit Blumen, die Hayden zum Teil nie zuvor gesehen hatte. Auch die Kaffeefelder waren ein beeindruckender Anblick. Hayden musste seinen Onkel bewundern, für das, was er sich aufgebaut hatte.

Er spazierte über einen kleinen Weg, der ihn hinunter zu einem Bach führte. Hier ging er in die Knie und hielt eine Hand in das Wasser, das in einer leichten Strömung und angenehm kühl zwischen Bäumen mit dichtem Blätterdach wie durch eine schattige Laube floss. Nachdenklich malte er mit den Fingern kleine Kreise in das Wasser, die sich sofort wieder auflösten.

Stimmen näherten sich, die einer Frau, leise und bittend,

und die eines Mannes, etwas lauter und eindringlich. Hayden stand auf und wischte seine Hand an der Hose trocken. Über die Wiese, die vom Weg ab zum Unterholz, in dem der Bach floss, führte, kam ihm ein Pärchen entgegen, der Mann führte mit einer Hand einen Schimmel, in der Armbeuge seines anderen Arms lag die Hand der jungen Frau. Louis – Hayden erkannte seinen unehelichen Cousin auf Anhieb. Die beiden hatten Hayden nicht gesehen, sondern unterhielten sich weiter. Dann blieb die Frau stehen und zwang Louis, indem sie die Hand in seiner Armbeuge beließ, ebenfalls stehenzubleiben und sich zu ihr zu drehen. Sie legte die Arme um seinen Hals, zog seinen Kopf zu sich herunter und küsste ihn. Er ließ sie kurz gewähren, dann befreite er sich mit sanfter Gewalt von ihr, drehte sich wieder dem Bach zu – und stutzte.

»Komm da raus!«, rief er und trat einige Schritte auf das Unterholz zu, wobei er die Zügel fallen ließ.

Wut glomm in Hayden auf, und er gedachte nicht, sich in Gegenwart dieser fremden Frau ebenso abkanzeln zu lassen wie vor Melissa, wegen Louis' Mutter. Er straffte die Schultern und trat auf die Wiese. »Guten Tag, Cousin.«

Louis verengte die Augen. »Warum versteckst du dich hier und beobachtest uns?«

»Ich habe mich nicht versteckt, sondern am Bach gesessen, als ihr gekommen seid.« Hayden hob die Schultern.

»Warum hast du dich dann nicht zu erkennen gegeben?«

»Ich wollte der jungen Dame die Peinlichkeit ersparen, zu wissen, wobei sie gesehen wurde.« Haydens Tonfall machte deutlich, dass dies ja nun von jemand anderem übernommen worden war.

Abrupt wandte Louis sich ab und griff nach der Hand der Frau, die ihm zögernd gefolgt war. »Estella, darf ich dir meinen Cousin vorstellen? Hayden Tamasin. Hayden, meine *Verlobte* Estella Carradine.«

Hayden lächelte. »Sehr erfreut, Miss Carradine.«

Die junge Frau lächelte zurück. Er fand sie hübsch mit den rotbraunen Locken und den warmen braunen Augen. Sie wirkte nicht gänzlich englisch, aber das war bei der Verlobten eines unehelichen Eurasiers auch nicht zu erwarten, vermutlich war sie selbst ein Mischling.

»Miss Carradine ist die Tochter eines der größten Kaffeepflanzer in der Gegend«, sagte Louis, als habe er Haydens Gedanken gelesen.

Unter ihrem Lächeln wirkte die junge Frau traurig, beinahe verzagt. Sie sah Louis an, dann streichelte sie seinen Schimmel, als habe sie ihren Verlobten berühren wollen, es sich aber im letzten Moment anders überlegt.

Hayden räusperte sich. »Ich denke, ich werde noch ein wenig die Gegend erkunden.«

Keiner der beiden machte Anstalten, ihn aufzuhalten. Louis nickte ihm knapp zu, dann nahm er seine Verlobte am Arm und ging zum Bach hinunter. Miss Carradine drehte sich im Vorbeigehen noch einmal kurz zu Hayden um und verabschiedete sich. Hayden sah Louis nach, der mit einer Hand seine Verlobte mit sich führte und mit der anderen das Pferd. Er war neugierig geworden, neugierig auf einen Mann, der als eurasischer Bastard geboren war, dessen Mutter keineswegs den Status einer Geliebten hatte und der dennoch die Tochter eines großen Kaffeepflanzers heiraten würde.

❧

Die Arbeit auf den Kaffeefeldern endete nie, selbst außerhalb der Erntezeiten. Tamilische Arbeiter, die in Massen von Südindien nach Ceylon gekommen waren, arbeiteten von früh bis spät, schnitten die Pflanzen zurück, düngten und jäteten Unkraut. Aufseher ritten auf Pferden um die Kaffeefelder herum und hatten ein Auge auf alles. Ein Teepflanzer aus China hatte Melissa einmal erzählt, dass nur Teeplantagen noch mehr Arbeit machten als Kaffeefelder.

Melissa liebte Kaffee. Schon als Kind, noch ehe sie das bittere Getränk hatte trinken dürfen, hatte sie die grüne Weite der Kaffeefelder geliebt, die Aufregung während der Ernte, den Geruch beim Rösten der Bohnen. 1845 war die Kaffeeproduktion auf ihrem bisherigen Höhepunkt gewesen, und Ceylon war auf dem besten Weg, eine blühende Kaffeeinsel zu werden.

Melissa streifte durch die Kaffeefelder, ihr Kleid mit einer Hand gerafft, in der anderen Hand einen Fächer haltend. Es war drückend heiß, und der Himmel hing schwer von Wolken über den Bergen. Außer ihrem eigenen Atem und dem Rascheln ihres Kleides aus aprikosenfarbener Seide hörte sie nichts. Kaffee, dachte sie, schwarzes Gold Ceylons. Sie hatte gehört, der Kaffee eines jeden Landes habe seinen eigenen Geschmack, sauge das Aroma der Erde auf, in der er wuchs. Sie kannte nur den Hochland-Kaffee ihrer Heimat, weil man Kaffee hier nur exportierte, nicht importierte. In ihren Tagträumen stand sie auf den Kaffeefeldern anderer Länder, atmete fremde Aromen und Düfte ein.

Als sie dem Weg um eine leichte Rechtsbiegung folgte, kam eine Hand hinter einem der breiten Baumstämme hervor, griff nach ihrem Arm und zog sie mit einem Ruck nach vorn. Ein erschrockener Aufschrei entfuhr ihr, dann erkannte sie Anthony Fitzgerald, der ihr kaum Zeit zum Luftholen ließ, sondern sie vor sich an den Baumstamm drückte.

»Findest du das lustig?«, fauchte sie ihn an und versetzte ihm mit dem Fächer einen Schlag gegen die Schulter.

Anthony grinste breit. »Ich habe dich kommen sehen und konnte nicht widerstehen.«

»Was machst du überhaupt hier?«

»Ich war auf dem Weg zu euch.«

Melissa befreite ihre Schultern aus seinem Griff und wandte sich unwillig ab, als er sie an sich ziehen wollte. »Lass das.«

»Ach, komm schon, Lissa.«

Sie drehte ihr Gesicht weg und brachte einen Schritt Abstand zwischen sich und ihn. »Anthony, ich muss dir nicht sagen, was passiert, wenn uns jemand sieht?«

»Das hat dich seinerzeit im Garten meiner Eltern auch nicht gestört.«

Das stimmte, und sie bereute diesen Vorfall bereits zutiefst. Zwar war nicht viel mehr passiert, als dass er sie geküsst hatte – nur ein flüchtiges Berühren ihrer Lippen, so weit hatte sie ihre Sinne noch beieinandergehabt –, aber das reichte offenbar, um ihn denken zu lassen, sie habe ihm den ersten Rang unter den Bewerbern um ihre Gunst zukommen lassen. Sie wusste ja selbst nicht, was über sie gekommen war. Anthony hatte sie in den Garten geführt, sie war erhitzt gewesen vom Tanzen und hatte sich hinreißen lassen. Vielleicht war es der Vollmond gewesen, vielleicht der Reiz des Verbotenen …

»Nimm bitte deine Hände weg«, sagte sie anstelle einer Antwort und schob seine Hand, die erneut ihren Arm ergriffen hatte, beiseite.

Anthony verschränkte die Arme vor der Brust und lehnte sich an den Baum, an den er sie zuvor gedrückt hatte. Er grinste immer noch. »Rechnest du mir Chancen aus, wenn ich deinen Vater um deine Hand bitte?«

Melissa hob die Brauen. »Bei mir oder bei ihm?«

»Habe ich Konkurrenz?«

»Was mich angeht, nicht, mein Lieber, schließlich bist du nie ernsthaft im Rennen gewesen.«

»Dann darf ich annehmen, du umarmst öfter mal Männer in dunklen Gärten?«

»Werde bitte nicht geschmacklos.« Melissa ließ den Fächer ungeduldig auf- und wieder zuschnappen und schlug ihn in ihre flache Hand. Früher einmal war sie ein klein wenig in Anthony verliebt gewesen, aber die Zeiten waren lange vorbei. Er sah gut aus, aber was sie früher an ihm so faszinierend gefunden hatte, nutzte sich ab, seit sie ihn so gut kannte und von ihm nicht mehr nur als Kind wahrgenommen wurde.

Ein lauer Windstoß fuhr durch das Blätterdach, brachte jedoch keine Abkühlung, und Melissa widerstand dem Drang, mit einem Taschentuch ihren Nacken abzutupfen, in dem feine Haarsträhnen klebten. Selbst Anthony, der meist so wirkte, als mache ihm die Hitze nicht das Geringste aus, hatte Schweißperlen auf den Schläfen. Melissa raffte ihr Kleid.

»Ich möchte noch ein wenig spazieren gehen. Wenn du zu meinem Vater möchtest – du kennst den Weg.«

Anthony zuckte die Schultern. »Das hat Zeit. Du weißt, dass ich zu dir wollte, deinen Vater suche ich höchstens noch der Höflichkeit halber auf.«

Er folgte Melissa, als diese zurück auf den Weg trat, und wäre beinahe in sie hineingelaufen, als sie wie angewurzelt stehenblieb. Auf dem Weg, der vom Haus herführte, kamen ihnen ihr Vater und Alan entgegen. Melissas Fächer bewegte sich schneller, als sie ihren Vater ansah. Dieser blieb vor ihnen stehen, die Hände hinter dem Rücken verschränkt, und sah von einem zum anderen.

Anthony hatte sich wieder gefangen und trat an Melissa vorbei zu ihrem Vater. »Einen schönen guten Tag, Mr. Tamasin.«

»Anthony, welche Überraschung, dich hier zu treffen.«

»Ich war auf dem Weg, Ihrer Familie einen Besuch abzustatten, als mir Melissa über den Weg lief.«

Edward lächelte, warf einen kurzen Blick auf den Baum, hinter dem sie hervorgekommen waren, und das dahinterliegende Dickicht, dann sah er erneut zu Anthony. »Du bist querfeldein gelaufen?«

Ein kurzer Moment der Verlegenheit verstrich. »Als ich

Melissa kommen sah, habe ich mich hinter dem Baum versteckt, um sie zu erschrecken.« Hinter Anthonys jungenhaftem Grinsen ließ sich seine Unsicherheit nur erahnen. »Ein kindischer Impuls.«

»In der Tat«, bestätigte Edward Tamasin, ohne den Blick von seiner Tochter zu nehmen. »Melissa, ich bin mir sicher, deine Mutter wünscht deine Gesellschaft, wenn die Nachmittagsbesucher kommen.« Er wandte sich an Anthony. »Nachdem du uns ja ohnehin besuchen wolltest, kannst du mich und Alan ein Stück weit begleiten.«

Anthony versicherte, es sei ihm ein Vergnügen, während Melissa sich höflich verabschiedete und den Weg zurück zum Haus nahm. Die Sache würde noch ein Nachspiel haben, da war sie sich sicher. Aber wenigstens war Anthony aller Wahrscheinlichkeit nach für immer davon geheilt, solche Spielchen erneut zu versuchen. Sie wollte lieber gar nicht wissen, in welcher Verlegenheit er sich wand, während er ihren Vater begleitete.

Mit Louis verging die Zeit sonst wie im Flug, jetzt kam es Estella jedoch vor, als rinne sie zähem Sirup gleich durch ihre Finger. Sie suchte Nähe in seinen Augen, wollte zusätzlich zu ihrem Körper, der sich an seinen schmiegte, in seiner Seele verschmelzen. Louis' Körper jedoch war steif wie die Stämme der Banjanbäume, die sie umstanden, während der ihre ein biegsamer Weidenzweig war. Jedes ihrer Treffen verlief so seit dem unseligen Streit mit seinem Vater.

»Na, keinen schönen Nachmittag gehabt?« Gregory stand feixend an der Tür zu ihrem Boudoir. Sie hatte grübelnd aus dem Fenster gestarrt und ihn nicht kommen hören. »Du warst wieder bei ihm?«, fragte er.

»Spar dir deine Häme.«

Gregory schlenderte in den Raum, nahm eine Porzellanfigur in die Hand und drehte sie nachdenklich zwischen den Fingern. »Alle reden darüber, weißt du – William Carradines Tochter, die diesem eurasischen Bastard nachrennt, sich an seinen Arm klammert, damit er ihr nur für eine Minute sein Ohr schenkt.«

Estellas Wangen brannten. »Mich interessiert nicht, was sie erzählen.«

»Ah ja? Aber mich und Vater, wie du dir vermutlich sehr gut vorstellen kannst.«

Ohne eine Antwort zu geben, wandte sich Estella ab und setzte sich auf einen Stuhl, heuchelte Ruhe. Immer spielte Gregory sich als älterer Bruder auf, obgleich er zwei Jahre jünger war.

»Du solltest vorsichtiger sein. Wenn der Kerl dich nicht heiratet, will dich am Ende auch sonst niemand.«

Estella fuhr herum. »Was denkst du, wie gleichgültig mir das ist. Wenn er mich nicht heiratet, heirate ich gar nicht.« Sie biss sich auf die Unterlippe. »Aber er wird mich heiraten, auch wenn es noch dauert.«

»Vielleicht …«, Gregory schlenderte durch den Raum, »vielleicht auch nicht. Wie auch immer, es ist erfreulich, dass sein Vater wenigstens konsequent in seinen Versuchen ist, diese absurde Heirat zu verhindern. Zu schade, dass Papa nicht ähnlich gehandelt hat, noch dazu, wo du wesentlich mehr zu verlieren hast als Louis.«

Estella stand auf und ging mit erregten Schritten zum

Fenster, wandte sich jedoch nach einem kurzen Blick in den Garten ab, zu unruhig, um das Vorspiel des kommenden Gewitters zu genießen.

»Was weißt du schon?«, fuhr sie ihren Bruder an. »Du bist noch ein halbes Kind, und von Liebe und den ernsthaften Absichten erwachsener Menschen hast du nicht die geringste Ahnung.«

Gregory wurde rot. »Ich habe sehr wohl Erfahrung in der Liebe.«

»Ach ja? Redest du von Abstechern zu einheimischen Frauen oder von deinen peinlichen Annäherungen an Lavinia Smith-Ryder?« Mit Genugtuung sah sie, wie sich die Röte auf Gregorys Wangen sammelte. »Es muss hart sein, sie ausgerechnet an den Tamasin-Erben verloren zu haben, nicht wahr?«, setzte sie nach.

Gregory tat einen Schritt auf sie zu und holte aus.

»Ich hoffe für dich, mein Sohn, dass du nicht vorhast, was ich vermute«, kam es von der Tür her.

Gregory schrak zusammen und senkte die Hand. »Eine Drohung, mehr nicht«, murmelte er.

»Dergleichen Drohungen dulde ich nicht.« William Carradine betrat das Boudoir, in der Hand einen Brief, den er auf Estellas Kommode fallen ließ. »Lass uns allein«, sagte er zu seinem Sohn.

Mit einem neugierigen Blick zu seiner Schwester und sichtlichem Widerwillen verließ Gregory den Raum und zog die Tür hinter sich ins Schloss. William Carradine wartete, bis die Schritte verhallten, dann sah er seine Tochter an. »Mir sind Gerüchte zu Ohren gekommen, die ich recht unerfreulich finde«, machte er den Anfang.

»Du weißt, dass ich deiner Heirat mit Louis nach wie vor ablehnend gegenüberstehe, aber gut, wenn du sagst, es macht dich glücklich, will ich es akzeptieren. Was ich jedoch nicht akzeptieren kann, ist, dass du deinen Stolz offenbar mit Füßen trittst.«

Estellas Schultern versteiften sich. »Ich tue nichts dergleichen, Vater.«

Zunächst schien es, als wolle er ihr widersprechen, dann nickte er jedoch nur nachdenklich. »Er hat dich nicht verdient.«

»Das …«, Estella schluckte, »das sagtest du bereits mehrfach.«

»Er ist dir untreu.«

»Er war es.«

»Warum bist nur du es, die ihn seit Wochen besucht, während er dir jegliche Besuche verweigert?«

»Weil er weiß, dass er hier nicht erwünscht ist.«

Ihr Vater zog die Brauen zusammen. »Du hast auf jede Kritik an ihm eine Antwort, ja?«

Estella rieb sich die Oberarme und sah in den Garten hinaus, über den Wolken graue Schleier warfen. Erst als sie hörte, wie ihr Vater hinter sie trat, drehte sie sich zu ihm um.

William Carradine umfasste das Kinn seiner Tochter und sah sie aufmerksam an. »Du bist deiner Mutter so ähnlich. Sie hätte gewollt, dass du glücklich wirst.«

»Ohne ihn werde ich es nicht.«

»Mit ihm auch nicht.«

In plötzlichem Erschrecken weiteten sich ihre Augen. »Vater, ich …«

»Nein, keine Sorge, ich verbiete es nicht, auch wenn ich es gerne täte. Ich könnte dich mit einem anderen Mann verheiraten, Anträge gibt es genug, aber genau das ist es, wovor deine Mutter damals davongelaufen ist, um mich zu heiraten.«

»Sie hat dich damals gegen den Willen ihrer Familie geheiratet, weil diese der Meinung war, ein Engländer sei kein würdiger Ehemann für eine Spanierin. Wo also liegt der Unterschied zu dem, was ich tue?«

»Ich bin in den Kreisen der Engländer gesellschaftsfähig, Louis hingegen ist ein Ausgestoßener, sowohl von englischer als auch von tamilischer Seite. Ein nicht ganz unbedeutender Unterschied, meine Liebe.«

Estella lehnte sich mit dem Rücken an die Fensterbank. »Aber er ist ein Tamasin, man wird nicht wagen, ihn zu ächten.«

»Ja, jetzt noch. Und was wird aus euren Kindern?«

»Ich bin mir sicher, die Zeiten ändern sich.«

Ihr Vater hob die Hände. »Wir brauchen darüber keinen Disput zu führen, denn meine Meinung wird sich nicht ändern. Du musst wissen, was du tust. Was ich jedoch unter keinen Umständen dulde, ist, dass du dich ins Gerede bringst. Wenn er dich sehen will, soll er kommen, damit das Getuschel direkt im Keim erstickt wird.«

»Aber das …«

»Wird er nicht tun? Nun, dann weißt du, woran du bist.«

»Es ist nicht leicht für ihn«, verteidigte Estella ihren Geliebten. »Sein Vater verweigert ihm sämtliche Mittel für das Haus.« Sie zögerte. »Wenn du mir mein Erbe auszahlen würdest …«

»Würdest du es den Tamasins in den Rachen werfen, ich weiß, mein Liebes.«

»Ich habe ein Recht auf mein Erbe.« Wieder und wieder hatten sie diese Diskussion geführt.

»Und ich sähe das Geld lieber am Meeresgrund als im Besitz der Tamasins. Jedenfalls weißt du nun, dass Louis dich nicht des Geldes wegen heiratet. Oder hat sich eure Beziehung erst abgekühlt, als er erfahren hat, dass kein Erbe zu erwarten steht?«

»Natürlich nicht«, brauste Estella auf. »Außerdem würde das Geld nicht in Besitz der Tamasins gehen, sondern allein in Louis'.«

»Ich halte von der ganzen Sippschaft nichts, auch wenn Louis durchaus die eine oder andere gute Eigenschaft haben mag. Ich hoffe immer noch, dass du mit der Zeit diese unselige Verliebtheit aufgeben wirst ...«

»Es ist keine Verliebtheit, sondern ein wahrhaftiges Gefühl.«

»... und das Lesen der falschen Bücher auch.«

Estella drehte sich um und sah wieder in den Garten hinaus. Ein leichtes Grollen war zu hören, als schüttele man einen Eimer mit Steinen, und über den Bergen türmte sich eine dunkle Wolkenwand auf, die ansetzte, über den schiefergrauen Himmel zu rollen.

Melissas ungutes Gefühl begleitete sie den ganzen Nachmittag und fand sich bestätigt, als ihr Vater sie in sein Arbeitszimmer zitierte. Sie hatte sich nichts zuschulden kommen lassen, sagte sie sich immer wieder, während sie durch die Vorhalle ging und in den Korridor einbog, in dem das Arbeitszimmer lag. Vor der Tür angekommen, spannte sie den Rücken an, hob das Kinn und drückte die Klinke hinunter.

Das Arbeitszimmer war düster, weil das Licht des Nachmittags bereits fast vollständig von dunkelgrauen Wolken geschluckt worden war und noch niemand die Lampen angezündet hatte. Der Fächer an der Decke hing still, und der Platz, an dem normalerweise ein Junge saß, der den Fächer bewegte, war leer, was bedeutete, dass ihr Vater niemanden in der Nähe wünschte, wenn er mit ihr sprach – nicht einmal einen Dienstboten, den er sonst gänzlich übersah. Feuchtschwere Luft hing im Raum, so dass Melissa jetzt schon glaubte, nicht atmen zu können. Sie sah zum Fenster. In der Ferne wetterleuchtete es.

Mit einer knappen Geste wies ihr Vater sie an, vor seinem Schreibtisch Platz zu nehmen, während er auf dem Stuhl dahinter saß und die Hände über dem Bauch gefaltet hatte. »Was ist mit dir und dem jungen Fitzgerald?«, kam er ohne Umschweife zur Sache.

Melissas Augen weiteten sich. »Nichts.«

»Er hat mich gebeten, dir den Hof machen zu dürfen. Dagegen ist im Prinzip nichts einzuwenden, allerdings kam mir das Ganze wie ein spontaner Einfall vor, immerhin ist das nichts, was man mal eben auf einem Spaziergang erbittet.« Edward Tamasin saß völlig unbeweglich da, während er seine Tochter musterte.

»Nun ja.« Melissa hob ein wenig unbehaglich die Schultern.

»Er hat offenbar gemerkt, dass es mir nicht gefallen hat, euch aus dem Unterholz kommen zu sehen, und hat dann wohl gedacht, dass ich der ganzen Sache weniger Bedeutung beimesse, wenn er Anstand genug hat, offiziell um dich zu bitten.«

»Gegen die Fitzgeralds ist doch nichts einzuwenden, oder?«

Edward Tamasin lächelte. »Du weißt recht gut, dass das nicht der Punkt ist. Was hattest du mit ihm dort allein zu suchen?«

»Wir sind uns begegnet, als ich spazieren war.«

Das Lächeln schwand. »Du weißt, dass ich Lügen hasse, ja?«

Hitze sammelte sich in ihren Wangen, und Melissa war sich sicher, dass ihr Vater das als schlechtes Gewissen deuten würde und nicht als Verlegenheit und eine Spur Angst. »Ich lüge nicht. Anthony hat mich kommen sehen und kam auf die Idee, mich zu erschrecken.«

Regen setzte ein und prasselte gegen die Scheiben, während sich der Raum weiter verdunkelte. Melissa widerstand dem Impuls, nach einem Dienstboten zu läuten, um Licht machen zu lassen. Während ihr Vater sie eindringlich ansah, hatte sie das Gefühl, in ihrem Stuhl immer kleiner zu werden.

»Bist du mit Anthony Fitzgerald als Bewerber einverstanden?«, fragte er übergangslos.

Überrascht und ein wenig erleichtert richtete Melissa sich auf. »Ja, natürlich«, antwortete sie, auch wenn ihr ein »Nein« auf der Zunge lag. Aber angesichts der Situation – und der Blick ihres Vaters war mehr als unheilverkündend – war sie sich sicher, sich mit einem Einlenken den besseren Dienst zu erweisen.

Erneut lächelte ihr Vater. »Das ist erfreulich, nachdem das Thema ansonsten immer eins war, das du, so gut es ging, gemieden hast. Du hast also eine gewisse Zuneigung zu ihm gefasst?«

»Nein, ich … wir kennen uns schon so lange, er ist mir einfach vertraut.«

»Ja«, antwortete ihr Vater nachdenklich, »ebenso wie die anderen Männer, an denen du kein Interesse hast. Aber gut.« Er schob den Stuhl zurück und stand auf.

Unsicher, ob sie beruhigt sein sollte oder nicht, erhob Melissa sich ebenfalls. Ihr Vater kam um den Tisch herum, und Melissa wollte ihm voran aus dem Arbeitszimmer gehen, als er nach ihrem Arm griff, sie herumriss und ihr eine Ohrfeige verpasste, die sie mitsamt ihrem Stuhl, an dem sie sich festzuhalten versuchte, zu Boden gehen ließ. Ohne ihr Zeit zu lassen, sich von dem Schreck zu erholen, beugte ihr Vater sich zu ihr und zog sie unsanft hoch.

»Du sagst mir jetzt die Wahrheit, Melissa, und wenn ich sie aus dir herausprügeln muss. Was ist zwischen dir und Anthony? Das schlechte Gewissen stand euch doch ins Gesicht geschrieben. Hast du dich vorhin von ihm anrühren lassen?«

»Ich habe nicht …«

»Neuer Versuch«, fiel ihr Vater ihr ins Wort, die Augen verengt, ein klarer Hinweis darauf, seine Geduld nicht auf die Probe zu stellen.

Melissa tastete mit der Zungenspitze über die Innenseite ihrer Wange, die sich von der Ohrfeige heiß anfühlte. Anthony sollte verwünscht sein.

Edward Tamasin schüttelte seine Tochter leicht. »Ich warte.«

Unsanft stieß er sie zurück, als sie weiterhin schwieg. Sie taumelte und fand Halt an der Kante seines Schreibtischs. Ihr Vater verschränkte die Arme vor der Brust und taxierte sie.

»Es ist nichts.« Als er auf sie zukam, hob Melissa die Hände, um ihn zum Innehalten zu bewegen. Die Wahrheit, dachte sie. Sie hatte nie lügen können, und ihr Vater wusste das ebenso gut wie sie. »Den einen Abend auf dem Ball der Fitzgeralds«, begann sie zögernd, »hat Anthony mir im Garten einige romantische Dinge gesagt, und ich habe ihn gewähren lasse.« Den Kuss verschwieg sie.

Die Brauen angehoben, sah ihr Vater sie wortlos an.

»Und jetzt denkt er offenbar, ich sei an ihm interessiert.« Melissa schob nervös eine gelöste Haarsträhne hinter ihr Ohr. »Und vorhin … Er hat mich am Arm gegriffen und hinter den Baum gezogen, aber sonst ist nichts passiert. Es wäre doch auch gar nicht gegangen, jeder Spaziergänger hätte uns sehen können, sobald er auf einer Höhe mit uns wäre.« Als ihr Vater weiterhin schwieg – ein Schweigen, das nichts anderes als unheildrohend sein konnte, fuhr sie hastig fort: »Hätten wir etwas Verbotenes getan, hätten wir doch Ausschau nach Zeugen gehalten, ehe wir wieder auf den Weg zurücktraten.«

Einen tiefen Atemzug lang gab er keine Antwort. »Du weißt, dass ich Gerede über dich nicht dulden kann. Wenn eine der tratschhaften Fitzgerald-Töchter euch gesehen hätte – schon auf dem Ball –, hätte die Sache recht schnell die Runde gemacht.«

»Es war harmlos – du weißt doch, wie das abläuft.«

»Ja, ganz recht, und gerade weil ich es weiß, erlaube ich dir nicht, dich im Dunkeln mit Männern im Garten herumzutreiben. Du hast jetzt gesehen, zu was das führt.«

Melissa hob unwillkürlich die Hand an die Wange, was ihr Vater nur mit einem kurzen Zusammenziehen der Brauen quittierte.

»Das hast du dir selbst zuzuschreiben. Allein für die Sache im Garten hast du es verdient. Was unterstehst du dich, deinen Ruf aufs Spiel zu setzen?«

»Es war nur … ich habe nicht darüber nachgedacht.«

»Ja, so scheint es.« Ihr Vater entspannte sich. »Ich glaube, ich muss mit Anthony ein ernstes Wort sprechen. Er ist ein Mann und weiß, wie schnell es zu Gerede kommt. Auch das, was er vorhin getan hat, hat beileibe nicht mein Wohlwollen gefunden, selbst wenn er versucht hat, dem Ganzen einen anständigen Anstrich zu geben.«

Melissa wollte etwas sagen, als das Gewitter sich mit einem Knall entlud, der sie zusammenzucken ließ. Windböen peitschten den Regen an die Fenster und bogen Äste zum Haus hin.

»Du kannst gehen«, sagte ihr Vater.

5

Längst hatte Haydens Anwesenheit in Kandy die Runde gemacht, auch wenn ihn bisher kaum jemand zu Gesicht bekommen hatte. Umso größer war die Aufregung, als ein Ball bei den Tamasins ins Haus stand. Kleider wurden bei Schneidereien in Auftrag gegeben, Hüte bei Putzmacherinnen, und wem das Geld für dergleichen fehlte, der änderte Kleider des Vorjahres ab, um ihnen wieder einen modernen Schliff zu geben, und hoffte, dass durch das Anbringen von Spitze, Rüschen oder Volants niemand erkennen würde, dass es sich um ein Kleid aus der letzten Saison handelte. Töchter wurden in Korsetts gezwängt, hier wurde eine zu üppige Taille zusammengepresst, dort ein zu ausladendes Hinterteil kaschiert. Stoffe drapierten sich um Mädchenkörper, Haare wurden mit Brenneisen in Form gebracht und mit Perlen und Diademen verziert. Über der Zeit der fieberhaften Vorbereitung hing einzig der Gedanke, dass die Smith-Ryder-Tochter den Tamasin-Erben an der Angel hatte und die Tamasin-Tochter den Fitzgerald-Erben. Nun galt es, den Köder nach jenem unbekannten Tamasin-Neffen auszuwerfen, der dem britischen Adel entstammen sollte und sicher mehr als eine gute Partie war.

»Sie kommen nur deinetwegen«, sagte Melissa, die ein aufregendes Kleid aus burgunderroter Seide trug, zu Hayden. Ihr Blick glitt beifällig an ihm hinab und kehrte zu seinem Gesicht zurück, während ein kleines Lächeln

ihre Lippen umspielte. Seit sein Gesicht wiederhergestellt war, kamen seine klaren Züge zum Vorschein, und
sie konnte keinerlei familiäre Ähnlichkeit zu ihrem Vater erkennen, aber das mochte daran liegen, dass er nur
ein Neffe zweiten Grades war. Sein Haar war etwas länger, als es der herrschenden Mode entsprach, und hatte
die Farbe von Bronze, die Augen erinnerten an Bern-
stein. Melissa hielt sich nicht für sonderlich romantisch,
aber sie konnte sich vorstellen, dass das eine oder andere
Mädchen nach dieser Feier mit glänzenden Augen im
Bett lag und träumte. Er wirkte immer elegant, ob er nun
ein schwarzes Jackett trug wie an diesem Abend oder ein
Baumwollhemd mit hochgerollten Ärmeln und auf der
Terrasse saß und zeichnete.

»Habe ich die Prüfung bestanden?«, riss seine Stimme
sie aus ihren Gedanken. Sie bemerkte, dass sie ihn die
ganze Zeit angestarrt hatte, und sah hastig weg.

»Offenbar nicht. Wie bedauerlich.«

War das Belustigung oder Spott in seiner Stimme? Melissa blickte zu ihm hoch und straffte die Schultern. Dem
amüsierten Zucken seiner Mundwinkel begegnete sie
mit Kühle. Wollte er sich über sie lustig machen?

»Du siehst recht passabel aus«, sagte sie.

Er lachte.

»Ah, wie ich sehe, werden hier Witze gerissen«, sagte
Alan, als er den Salon betrat. Er stellte sich neben Melissa vor den Spiegel und zupfte an seiner breiten Krawatte
herum. »Lasst mich mitlachen, heute Abend werden wir
wahrlich nicht viel Grund dazu haben. Diese Gesellschaften sind tödlich langweilig.«

Melissa, die jede Art von Feiern und Geselligkeit liebte, hatte für ihren Bruder nichts weiter als einen verständnislosen Blick übrig. Louis war jedoch genauso. Sowenig die beiden Brüder sich verstanden, so hatten sie es dennoch gemeinsam, mit gelangweilten Mienen durch jede Feier zu schlendern, gelegentlich unterbrochen von einem Pflichttanz. Es war manchmal zum Verzweifeln mit ihnen. Ihr Vater nutzte jegliche Feier oder Soiree, um auf dem gesellschaftlichen Parkett zu glänzen und Kontakte zu pflegen – von Vergnügen keine Spur. Und ihre Mutter war von Kopf bis Fuß kühle Eleganz. Weil ihre eigene Vorfreude im besten Fall nicht geteilt und im schlimmsten Fall belächelt wurde, hatte Melissa sich angewöhnt, sie nicht zu zeigen.

Ein Dienstbote betrat den Raum. »Sin-Aiyah Alan, Sin-Amma Melissa, Ihre Eltern erwarten Sie und Sin-Aiyah Hayden auf der Galerie. Die Gäste werden jeden Moment eintreffen.«

Die jungen Leute verließen den Salon. Im Korridor stieß Louis zu ihnen, ebenfalls in ein schwarzes Jackett gekleidet, das Gesicht düster, die dunklen Augen vom Schlafmangel umschattet. Melissa hakte sich bei ihm ein und drückte seinen Arm. Sie wusste, dass er der Feier am liebsten ferngeblieben wäre und nur hinging, weil er hoffte, Estella zu sehen. Sie besuchte ihn nicht mehr, und er wollte nicht hingehen, weil es ihm unangenehm war, immer noch mit leeren Händen vor ihrem Vater zu stehen. Melissa wusste, welche hilflose Wut er empfand. Sie hatte Alan gefragt, ob er ihm das Geld nicht leihen konnte, aber Alan verfügte zwar über die Konten, hatte jedoch selbst nur wenig eigenes Vermögen. Und er könne nicht, so sagte er, ihrem Vater das Land mit seinem eigenen Geld abkaufen.

Ihr Vater sah ihnen entgegen, als sie die Treppe zur Galerie hochgingen. »Ah, endlich.« Er wandte sich an Louis. »Dass du hier mit uns die Gäste begrüßt, wird nicht nötig sein. Erstens wird ohnehin kaum jemand damit rechnen, zweitens ist dein Auftritt als wortkarger Finsterling nicht gerade der perfekte Auftakt zu einer Feier.«

Ohne zu antworten, machte Louis auf dem Absatz kehrt und ging die Treppe wieder hinunter. In Melissa tobten widerstreitende Gefühle, ihm zu folgen oder bei ihren Eltern zu bleiben. Täte sie Ersteres, verpasste sie garantiert die Ankunft der ersten Gäste, bei Letzterem hingegen hatte sie ein schlechtes Gewissen.

»Du bleibst«, sagte ihr Vater, dessen Taxieren sie erst jetzt bemerkte.

Hayden räusperte sich. »Wenn du erlaubst, Onkel, werde ich schon in den Saal gehen.«

»Die Leute kommen, um dich zu sehen«, widersprach Edward Tamasin mit einem breiten Lächeln. »Du würdest sie zutiefst enttäuschen, wenn sie dich nicht zu Beginn begrüßen dürften.«

»Wenn Haydens Platz hier ist«, sagte Melissa, »dann doch wohl Louis' erst recht.«

Ihr Vater sah sie an und hob die Brauen. »Wie war das?«

Melissa sah zu ihrer Mutter, die schräg hinter ihrem Vater stand und ihren Blick ausdruckslos erwiderte. Wie eine Puppe, dachte Melissa. Es war Alan, der die Situation eilig zu retten versuchte.

»Louis hasst Begrüßungszeremonien, das weiß jeder.«

»Aber nichtsdestotrotz«, widersprach Melissa. Sie wollte noch etwas hinzufügen, als Alan sie warnend ansah. Sie drehte sich zu ihrem Vater um und bemerkte, was Alan zuvor gesehen hatte: Noch ein falsches Wort, und sie war nach der Feier fällig.

Hayden war die Situation sichtlich unangenehm. Er nahm schweigend neben ihr Aufstellung, einen halben Schritt von ihr entfernt, nicht so nah, wie Alan neben ihr stand, denn das hätte sich nicht gehört. Melissa sah ihn kurz aus dem Augenwinkel an, dann richtete sie ihre Aufmerksamkeit wieder auf die Halle. Der erste Gast trat durch die Tür.

»Haltung, Estella«, sagte William Carradine leise und legte seiner Tochter die Hand auf den Unterarm, als wollte er sich vergewissern, dass sie nicht doch einfach losstürmte. Louis stand an der Tür zur Veranda und hatte seine Verlobte noch nicht gesehen.

Es war eine allgemein bekannte Tatsache, dass die Carradines und Tamasins am liebsten nichts miteinander zu schaffen gehabt hätten, aber die Gesellschaft in Kandy war klein und überschaubar, sich aus dem Weg zu gehen war hier, wo im Notfall jeder auf seinen Nachbarn angewiesen war, schlechterdings unmöglich. So wurden bei Feiern und Soireen grundsätzlich Einladungen ausgesprochen, denen man Folge leistete, denn selbst wenn man sich nicht im Haus des Gegners traf, so doch spätestens einige Tage später im Haus eines anderen Gastgebers. Es war ein Übereinkommen mit Zähneknirschen.

»Warte, bis er dich sieht. Entweder kommt er dann her, oder er muss auf das Vergnügen deiner Gesellschaft heute Abend leider verzichten«, fügte William Carradine hinzu.

Estella wusste, er meinte es gut. Sie wollte auch nicht den Anschein erwecken, sie trample auf ihrer Würde herum, aber etwas in Louis ließ jede Kraft aus ihren Gliedern weichen, und sie kam sich wie eine hirn- und willenlose Puppe vor. In solchen Momenten war ihr alles gleichgültig, auch der Verlust ihres Stolzes. Sie schluckte und bemühte sich, die Schultern zu straffen.

»Ich werde nicht die ganze Zeit in deiner Nähe sein.« Ihr Vater sah sie an. »Aber ich denke, ich kann dir vertrauen, nicht wahr?«

»Aber ja doch«, murmelte sie und öffnete ihren Fächer, um ihre Hände zu beschäftigen. William Carradine begrüßte einige Bekannte und brachte seine Tochter zu ihren Freundinnen, wo er sie verließ, um sich zu einer Gruppe von Männern zu gesellen. Estella drehte den Kopf zur Verandatür hin, und in ihr rang die Versuchung, einfach zu Louis zu gehen, mit dem Versprechen, das sie ihrem Vater gegeben hatte. So lange hatten sie sich nicht gesehen. Seit dem Verbot ihres Vaters war sie ihn nicht mehr besuchen gegangen, und Louis war seinerseits nur einmal zum Haus der Carradines gekommen, wo er prompt mit Gregory aneinandergeraten war und es eine sehr hässliche Szene gegeben hatte.

»Zauberhaftes Kleid, Estella«, sagte Rose-Mary Brown. »Ich glaube manchmal, du bist der einzige Mensch, an dem eine solche Farbe nicht trüb wirkt.«

Estella sah an sich hinab, als müsse sie sich erst davon überzeugen, was sie trug. Ihr Kleid war aus herbstbrauner Seide gefertigt, der Rock vorne hochgerafft, so dass er einen darunterliegenden Rock in Cremebeige freigab, eine Farbe, die sich in den Stickereien um den Ausschnitt wiederholte. Ihre *Ayah* hatte ihr zu dem Kleid geraten, weil es, wie sie sagte, die Farbe ihrer Augen hatte.

»In der Tat wunderschön«, bestätigte ein weiteres Mädchen. »Habt ihr gesehen, was Melissa trägt? Rot!«

»Sie hat ein Faible für diese Farbe«, sagte Rose-Mary.

»Ich finde, es sieht etwas, hm, gewagt aus.« Ein blasses hochaufgeschossenes Mädchen, Janet Anderson, sah in die Menge, wo sich Melissa lächelnd zwischen den Gästen bewegte.

»Ich finde, es steht ihr«, wandte Estella ein.

Janet warf ihr einen schrägen Blick zu. »Ja, wenn man einen etwas vulgären Geschmack hat, mag das durchaus sein.«

Anstelle einer Antwort sah Estella sie nur an, als wolle sie ergründen, wem die Beleidigung galt – ihr selbst oder Melissa.

»Nur kein Neid«, sagte Rose-Mary mit süffisantem Lächeln.

»Mit Neid hat das nichts zu tun«, widersprach Janet. »*Meine* Mutter würde mir nie erlauben, so etwas zu tragen.«

»Das würde ich an ihrer Stelle auch nicht«, antwortete Rose-Mary. »Mit deinem Teint sähest du darin absolut unmöglich aus.«

Janet errötete und setzte zu einer Antwort an, blieb jedoch mit Blick über Estellas Schulter hinweg stumm. Noch ehe diese sich umwenden konnte, hörte sie eine vertraute Männerstimme sagen: »Sie entschuldigen, meine Damen, wenn ich Ihnen meine reizende Verlobte entführe?«

Ein Strahlen glitt über Estellas Züge, und sie drehte sich um. »Guten Abend, Louis«, sagte sie höflich, sorgsam darauf bedacht, den Jubel in ihrem Innern aus ihrer Stimme herauszuhalten. Er hatte ihn jedoch offenbar bemerkt, denn in seine Augen trat ein warmes Glimmen, das den so beständigen Ernst in letzter Zeit für kurze Zeit verdrängte.

Die verstohlenen Blicke der Mädchen hingen an ihm, es war geradezu ein Wunder, dass nicht das eine oder andere sehnsuchtsvolle Seufzen zu hören war. Dabei wusste Estella, dass ihre Verlobung allgemein auf völliges Unverständnis stieß und dass nicht wenige sich über sie das Maul zerrissen, die Mädchen, mit denen sie zusammenstand, eingeschlossen. Sie entschuldigte sich und ließ sich von Louis davonführen.

»Ich mache deinem Vater wohl besser meine Aufwartung«, sagte er.

»Ja, das solltest du wohl … Du hast mir gefehlt«, gestand sie.

»Du mir auch.«

Estellas Hand, die in seiner Armbeuge lag, verkrampfte sich kurz. »Warum besuchst du mich dann nicht?«

»Du kennst die Gründe.«

Noch ehe sie antworten konnte, waren sie bei ihrem Vater angekommen, der sich mit einigen Männern unterhielt.

»Mr. Carradine«, begrüßte Louis seinen zukünftigen Schwiegervater. »Sirs.« Er nickte in die Runde.

»Louis.« Ihrem Vater war keine Gefühlsregung anzusehen, sein Gesicht war eine glatte Maske distanzierter Höflichkeit. Wie jedes Mal, wenn ihr Vater auf Louis traf, beschlich Estella das Gefühl, dass ihre Ehe bedeuten würde, sich gegen ihren Vater und somit auch gegen ihre Familie zu entscheiden. Dass er es auf einen offenen Bruch ankommen lassen würde, bezweifelte sie, dafür liebte er sie zu sehr, aber dass jeder ihrer Besuche von dem Gefühl begleitet wäre, ihn enttäuscht zu haben, entfachte im Voraus bereits Verzweiflung in ihr.

Sie hörte kaum hin, als Louis und ihr Vater Belanglosigkeiten tauschten, sondern ließ den Blick durch den Saal schweifen. Als sie Lavinia Smith-Ryder sah, neigte sie grüßend den Kopf, was diese ihr gleichtat. Sie wusste nie, ob sie Lavinia hübsch finden sollte oder nicht. Interessant sah sie in jedem Fall aus mit ihrem silberblonden Haar, den grauen Augen und der hellen makellosen Haut. Sie wirkte kühl, obwohl Estella wusste, dass sie das nicht war, aber sie hatte einen Hang, sich zu kleiden, als wolle sie diesen Umstand immer wieder hervorheben, so wie an diesem Abend, wo sie eisblaue Seide trug. Das Einzige, was dieses sehr schlichte und dadurch umso elegantere Kleid ein wenig weicher erscheinen ließ, war das gestickte weiße Rankenmuster auf dem Rock.

Gregory gesellte sich zu ihnen, folgte Estellas Blick und lächelte Lavinia grüßend zu. Dann wandte er sich um und warf einen Gruß in die Männerrunde, während sein Blick an Louis haften blieb.

»Ah, mein zukünftiger Schwager. Guten Abend.« Er lächelte breit. »Ich hoffe, du bist vorgestern gut nach

Hause gekommen. Ja, das viele Opium, vor allem, wenn man nicht maßhalten kann. Aber bei der hübschen Begleitung hätte ich selbst vermutlich auch alles um mich herum vergessen.«

»Greg!«, rief William Carradine. »Ich fürchte, du vergisst dich. Was sind das für Reden, die du in Gegenwart deiner Schwester führst?«

Die Männer sahen sie unbehaglich an, aber Estella hatte nur Augen für einen von ihnen, und dieser mied ihren Blick. Sie erstarrte, dann ließ sie alle Würde fahren, drehte sich auf dem Absatz um und lief wie blind durch die Menge.

Möge Gott mich davor bewahren, je einen solchen Auftritt hinzulegen, dachte Lavinia, während sie Estella nachsah. Sie konnte sich nur zu gut ausmalen, was Gregory gesagt hatte, die Gerüchte machten dank seiner Schwatzhaftigkeit bereits die Runde. Aber sie mochte das Mädchen, und es tat ihr beinahe körperlich weh, zu sehen, wie sie gesellschaftlichen Selbstmord beging. Ihr Blick fiel auf Anthony Fitzgerald. *Das* wäre mal eine Verbindung, auch wenn Anthony, der Narr, glaubte, Melissa zu lieben. Gregory gesellte sich zu ihr, ein breites Lächeln auf den Lippen. So gut sie auch befreundet waren, in solchen Momenten der Selbstgefälligkeit fand sie ihn geradezu abstoßend.

»Du bist schlimmer als ein tratschhaftes Weib, Greg«, sagte sie, noch ehe er sie begrüßen konnte.

Das Lächeln wich nicht. »Woher weißt du, was ich gesagt habe?«

»Weil ich dich kenne und Ohren habe.«

Unbekümmert zuckte Gregory die Schultern. »Und wenn schon. Soll sie doch die Wahrheit erfahren.«

»Du hast sie bloßgestellt.«

»Vielleicht brauchte sie einen derart heilsamen Tritt.«

Lavinia schüttelte verständnislos den Kopf. »Dir ist wirklich nicht zu helfen.« Sie wandte sich ab und ging. Er folgte ihr. »Was hast du? Du kannst doch sein Verhalten nicht allen Ernstes gutheißen.«

»Nein, aber deins auch nicht.«

Um den Leuten keine Ursache zum Tratsch zu geben, blieb Lavinia augenscheinlich gelassen, lächelte beim Gehen mal hierhin, mal dorthin, während Gregory ihr folgte und hitzig auf sie einredete.

»Er betrügt sie, wieder und wieder. Sie sollte das wissen. Hältst nicht gerade du ständig so hehre Werte wie Treue und Anstand hoch?«

Abrupt blieb Lavinia stehen und drehte sich zu ihm um. »Bist du wirklich so schwer von Begriff? Denkst du allen Ernstes, du hast deiner Schwester einen Gefallen getan, indem du sie vor den Leuten blamiert und ihren Verlobten bloßgestellt hast? Mein lieber Freund, man wird nicht *ihn* verurteilen, sondern dich, weil es mit der Treue unter Männern nun einmal so eine Sache ist, nicht wahr? Alle Männer, die dort standen, sind verheiratet, und vielleicht stellt sich jeder gerade vor, wie ein Kerl wie du sich mitten auf einem Ball vor seine Ehefrau stellt und erzählt, wo er ihren Mann getroffen hat.«

Gregory wirkte unsicher, zuckte aber dennoch die Schultern. »Und? Seit wann gehörst du zu denen, die sich in so einem Fall nicht auf die Seite der Ehefrauen schlagen?«

»Diskretion heißt das Zauberwort, mein Lieber. Eine solche Demütigung würde dir keine Ehefrau danken, und den Ehemann hättest du dir lebenslang zum Feind gemacht – umso schlimmer, falls deine Worte auch noch auf den falschen Rückschlüssen beruhen sollten. Wenn du deine Schwester über Louis' Treiben aufklären möchtest, dann tu das unter vier Augen. So benimmt man sich einfach nicht. Auch deine Schwester wird das, was du getan hast, nicht als brüderliche Besorgnis sehen, aber das ist es ja auch nicht, habe ich recht?« Sie gab ihm nicht die Möglichkeit zur Antwort, sondern wandte sich ab. In der Tür zum Ballsaal hatte sie Alan gesehen, der in ein Gespräch mit seinem Vater vertieft war. Sie raffte ihr Kleid und ließ Gregory stehen. Die beiden Männer drehten sich zu ihr, als sie sich näherte. Ihr bezauberndes Lächeln fand sein Spiegelbild in Edward Tamasins.

Blumenkübel, die am frühen Abend einen betörenden Duft verbreitet hatten, verströmten nun den schweren süßlichen Geruch welkender Blumen. Das Licht der Kronleuchter spiegelte sich in dem honigfarbenen Holzboden des Tanzsaals.

Hayden stand auf der Galerie und ließ seinen Blick durch den Saal schweifen. Es war wie ein Meer von bunten Kleidern, funkelnden Juwelen, durchbrochen von den dunklen Anzügen der Herren. Die Musiker machten eine kurze Pause, und die Stimmen der Menschen glichen einem steten Rauschen, in dem ab und zu ein

Lachen ausbrach, das sich wie in Wellen durch den Saal fortsetzte.

»Versteckst du dich?«, fragte Alan, als er mit einem Zitronen-Scherbett zu ihm trat.

»Nun ja, so kann man es nennen.« Hayden lehnte sich an eine Säule. »Obwohl ich hier wohl nicht lange genug unentdeckt bleibe, um mehr zu tun, als ein wenig zu Atem zu kommen.«

»Ich habe sämtliche Pflichtübungen an diesem Abend absolviert, eigentlich könnte ich mich jetzt einfach zurücklehnen und die Nacht ausklingen lassen.«

»Aber?«

Alan zog eine Grimasse. »Ich bin der Sohn des Gastgebers.« Er stützte beide Unterarme auf die Balustrade und stand leicht nach vorne gebeugt.

»Ist die Eisblonde deine Verlobte, von der alle sprechen?«

»Ja, ich glaube schon, dass man sie inzwischen so bezeichnen kann.«

»Hübsches Kind.«

»Hmhm«, machte Alan unbestimmt. »Und was ist mit dir? Wartet auf dich irgendwo in England eine Verlobte? Wenn ja, wäre das jetzt der richtige Moment, die Bombe hochgehen zu lassen«, sagte er mit einem etwas gehässigen Grinsen, den Blick auf die unten versammelte Schar junger heiratswilliger Mädchen gerichtet.

»Nein, obwohl meine Mutter es gerne sähe, wenn ich mich mit einer Ehefrau niederließe.«

»Nun, vielleicht bringst du ihr ja eine mit.«

Hayden lachte. »Ganz sicher nicht. Dem konnte ich

bisher immer recht gut aus dem Weg gehen. Ich werde sicher irgendwann heiraten, aber ganz bestimmt kein Mädchen aus diesen Kreisen, dafür führe ich nicht das richtige Leben.«

»Du bist adlig, ich glaube, mehr interessiert die meisten von ihnen nicht.«

»Nun, das möchte ich bezweifeln. Im Übrigen ist es mit dem Adel bei mir nicht weit her. Mein Cousin, dein Vetter ersten Grades, der Sohn des ältesten Bruders deines Vaters, erbt sämtliche Titel und Ländereien. Da bleibt für meinen Zweig der Familie nicht mehr viel übrig. Außerdem zählen wir nicht zum Hochadel, sondern sind nur Landadel in Devon. Meine Familie hat ein Herrenhaus, das mein ältester Bruder erben wird, in dem ich allerdings Wohnrecht habe – was ich sicher nicht in Anspruch nehmen werde. Ansonsten steht mir eine bescheidene Rente zu.« Hayden grinste und zuckte die Schultern. »Nicht gerade die beste Partie, nicht wahr? Ich lebe eigentlich fast hauptsächlich von dem, was ich verdiene, und mein Beruf bringt es mit sich, dass ich ständig auf Reisen bin.«

»Kein einfaches Leben für eine Ehefrau.«

»Du sagst es.«

Alan starrte schweigend in die Menge, als suche er jemanden. Hayden hatte mitbekommen, dass es zwischen seinem Bruder und dessen Verlobter zu einem unschönen Zwischenfall gekommen war. Kurz darauf hatte Miss Carradine die Feier in der Kutsche ihres Vaters verlassen, was dieser erst erfuhr, nachdem sie bereits fort war. Louis war seither unauffindbar, und jeder zog den naheliegenden Schluss. Edward Tamasin sah sich gezwungen, seinen Sohn durch einige Dienstboten diskret suchen zu lassen, und diese waren schließlich am äußersten Ende des Gartens fündig geworden, wo einige Stufen zu einem kleinen Bach hinunterführten, jenem Bach, der sich durch das umliegende Gelände schlängelte und an dem Hayden seinerzeit auf Louis und seine Verlobte gestoßen war.

»Jetzt haben die Leute wieder wochenlang etwas zu reden«, sagte Alan, als habe er Haydens Gedanken erraten. »Und wir und die Carradines mittendrin. Er und mein Vater mögen sich nicht besonders«, erklärte er. »Jetzt wird es die nächsten Tage vermutlich sehr ungemütlich.«

Hayden konnte es sich lebhaft vorstellen. Es fand auch so schon beinahe jeden zweiten Tag ein unerfreulicher Disput zwischen seinem Onkel und Louis statt, wenn Louis seinen Vater nicht gerade ignorierte.

»Estella sollte sich nicht so anstellen«, fuhr Alan fort. »Mit ihrem Abgang hat sie doch das Gerede erst ausgelöst.«

»Na ja, ein untreuer Verlobter ist auch nicht gerade das, was sich eine junge Frau wünscht.«

Alan zuckte die Schultern. »Und? Trotzdem verhält jede umsichtige Frau sich in einem solchen Fall diskret und bewahrt ihre Würde. Louis mag sich moralisch nicht einwandfrei verhalten, aber das tun doch etliche andere Männer auch nicht, muss das an die große Glocke gehängt werden? Obwohl daran ja nun Gregory schuld ist, dieses Schandmaul.«

Hayden sah versonnen in den Saal und folgte mit den

Blicken seiner Cousine Melissa, die in den Armen eines Mannes über das Tanzparkett gewirbelt wurde. Sie wirkte glücklich und gelöst, so hatte er sie noch nie gesehen.

»Ich bin da nicht deiner Meinung«, sagte er, ohne sich zu seinem Vetter umzudrehen. »Aber vielleicht bin ich auch inzwischen der Gesellschaft zu sehr entfremdet, weil ich so viele andere Kulturen kennengelernt habe. Es gibt Völker, da wird die Treue zu einem anderen Menschen hochgehalten.« Er wandte sich vom Tanzsaal ab und sah seinen Cousin an. »Könntest du einem Freund vertrauen, dem nicht einmal eine Frau trauen kann, der er vor Gott die Treue geschworen hat?«

Alan war sichtlich verlegen. »Ich habe nicht gesagt, dass ich Untreue gutheiße, nur, dass man sie nicht publik machen soll.«

»Und wenn es die Untreue deiner Verlobten wäre? Würdest du die nicht öffentlich machen, indem du die Verlobung lösen würdest?«

»Das ist etwas vollkommen anderes«, widersprach Alan entschieden.

»Und wenn es Melissas Untreue wäre? Würdest du sie dann auch rausposaunen, oder wäre in dem Fall wieder die Ehre der Familie wichtiger?« Kurz beobachtete er, wie Alan um eine Antwort rang, dann drehte er sich wieder weg.

»Ich habe die gesellschaftlichen Regeln nicht gemacht.«

»Nein, aber du hinterfragst sie auch nicht, keiner von euch tut das.«

»So gut kennst du uns wohl kaum, Cousin«, antwortete Alan eine Spur gereizt.

Hayden lehnte sich vor und verschränkte die Arme auf der Balustrade. »Dann sag mir, dass ich falsch liege. Dein Vater beispielsweise hält mich aller Wahrscheinlichkeit nach für einen Narren, weil ich eine einheimische Frau vor dem Übergriff durch englische Männer habe schützen wollen.«

»Ach das … ja, davon hat er mir erzählt.« Alans Tonfall sagte, dass es nichts sonderlich Schmeichelhaftes gewesen sein konnte.

Hayden richtete sich auf und zog sein Jackett zurecht. »Nun denn, ich denke, ich sollte allmählich in den Saal zurückkehren, ehe meine Abwesenheit noch unhöflich wird.«

Erst glaubte er, Alan habe ihn nicht gehört, weil dieser keine Reaktion zeigte. Er wollte gerade noch etwas hinzufügen, als sein Vetter sagte: »Lass dich nicht aufhalten.«

Melissa hob ihr Kleid an, als sie durch den Garten ging. Bäume und Farne verbargen den Zugang zu den Stufen, die zum Bach hinunterführten. Lautlos schob sie einige Äste beiseite und spähte in die Dunkelheit. Im ersten Moment war sie enttäuscht, weil sie niemanden sehen konnte, dann jedoch entdeckte sie die Silhouette eines Mannes und blieb stehen.

»Komm ruhig näher, ich habe dich ohnehin schon bemerkt«, sagte Louis. Sie hörte ein Ratschen, dann flammte ein Streichholz auf, dem das Aufglimmen eines roten Punktes folgte. Der Geruch von Zigarrenrauch breitete sich aus.

»Ich habe es dir ja gesagt, nicht wahr?« Melissa trat vorsichtig auf die Treppe und stieg die vier Stufen zu ihrem Bruder hinab.

»Wenn das eine Predigt werden soll, mach dir nicht die Mühe. Ich würde dich ohnehin wieder fortschicken.«

Melissa hörte, dass die Ruhe in seiner Stimme gezwungen war, aber vermutlich vernahm nur jemand, der ihn so gut kannte wie sie, das unterschwellige Beben darin. »Ich lasse mich nicht wegschicken, das weißt du.« Sie setzte sich vorsichtig neben ihn, und er streckte die Hand aus, um ihr Halt zu geben.

Eine Zeitlang saßen sie schweigend nebeneinander. Melissa umfasste sein Handgelenk, um die Zigarre an ihren Mund zu führen. Sie paffte einige Male, hustete danach, bis ihr die Tränen kamen, und schaute auf das dunkle unbewegte Wasser.

»Du kannst es nicht lassen, ja?« Eine kaum merkliche Spur von Belustigung hatte sich in Louis' Stimme geschlichen. »Jedes Mal hustest du dir dabei fast die Seele aus dem Leib.«

Melissas Kleid raschelte leise, als sie sich zu ihrem Bruder drehte. »Jetzt muss ich so lange draußen sitzen bleiben, bis man es nicht mehr riecht. Du kannst dir denken, was Papa sonst täte.«

»Oh, allerdings.«

»Zeit genug für uns, zu reden.«

Louis stöhnte leise. »Lissa, es gibt nichts zu reden.«

»Denkst du wirklich?« Ein leiser Windhauch kam auf und kräuselte die Wasseroberfläche. »Du sitzt seit Stunden hier draußen und denkst nach, ich glaube also, es gibt eine ganze Menge zu sagen.«

»Was willst du? Dass ich dir mein Herz ausschütte und du mir sagen kannst, alles wird wieder gut, damit ich heute Nacht besser schlafen kann?«, fragte er in beißendem Spott.

»Keineswegs. Ich würde dir sagen, dass du dich wie ein ausgemachter Narr benimmst.«

Louis antwortete nicht, stattdessen glomm die Spitze seiner Zigarre rot auf.

»Estella wird sicher erst einmal nicht mit dir reden wollen – ich an ihrer Stelle zumindest täte es nicht. Ihr Vater wird sich bestätigt sehen, ihr sagen, er habe es gleich geahnt, und ihr nahelegen, seinen Rat anzunehmen.«

»Danke, aber all das weiß ich, auch ohne dass du es mir sagst«, antwortete Louis so ruhig, dass es beinahe emotionslos klang, hätte Melissa nicht den warnenden Unterton gehört.

»Na ja, und Gregory«, fuhr sie fort, als habe sie nichts bemerkt, »der ist ja nun nie der Taktvollste gewesen, aber zu verlieren hatte er nichts, nicht wahr? Ich meine, wenn du sie schon betrügst, musste dann gerade *er* dich sehen?«

»Lass es gut sein, Lissa.«

»Hat sie auch Affären mit anderen Männern?«

Die Zigarre flog im hohen Bogen ins Wasser, und Louis drehte sich mit einem Ruck zu ihr um. »Untersteh dich, Melissa. Sie ist doch keine Hure.«

Ein kaum merkliches Lächeln umspielte ihre Lippen, was er im Dunkeln vermutlich nicht sehen konnte. »Der Gedanke daran würde dir nicht sonderlich gefallen, schließe ich aus deiner Antwort.«

»Du redest von Dingen, von denen du nicht die gerings-

te Ahnung hast.« Louis' Stimme, dem leisen, aber un-
überhörbaren Vibrieren darin, war anzuhören, dass seine ruhige Fassade bröckelte.

»Woher weißt du, dass ich keine Ahnung habe?«

Louis schwieg einen kurzen Moment. »Was meinst du
damit?«

Mit einem süffisanten Lächeln lehnte Melissa sich auf
den Stufen zurück, so gut es ging. »Hast du das Theater wegen Anthony nicht mitbekommen? Wir waren
zusammen nachts im Garten seiner Eltern, als er …« Sie
verstummte und stöhnte auf, als Louis' Hand vorschoss
und ihr Handgelenk umklammerte.

»Ja, als er was?«, fragte er leise.

»Lass mich los«, zischte sie.

Ohne seinen Griff zu lockern, sagte er: »Ich höre.«

»Geküsst«, fauchte sie leise. »Er hat mich geküsst.« Vergeblich versuchte sie, ihren Arm zu befreien. »Und jetzt
lass mich los, du tust mir weh.«

Er zog seine Hand zurück. »Du treibst dich also mit Anthony Fitzgerald herum? Hatte Vater doch recht?«

»Nein, keineswegs, und falls du es genau wissen willst:
Ich bedauere die Sache bereits wieder. Ich habe es dir nur
erzählt, um dich aus deiner Selbstgefälligkeit zu reißen.«
Sie rieb sich verstohlen das Handgelenk. »Im Übrigen
geht es nicht um mich, ich habe die Folgen für dieses unselige Zusammentreffen bereits hinter mir, aber dir steht
noch einiges ins Haus.«

»Besten Dank, aber das weiß ich selbst.« Louis stand auf
und klopfte seine Hose ab, dann reichte er Melissa die
Hand und zog sie hoch. »Ich werde mit ihr reden …« Er

fuhr sich mit beiden Händen durch das Haar. »Die ganze Sache hatte nicht das Geringste mit ihr zu tun.«
»Diese Ausrede führst du ihr gegenüber lieber nicht ins Feld.«
Louis starrte schweigend auf das Wasser.
»Liebst du sie eigentlich?«, fragte sie.
»Natürlich, sonst würde ich sie wohl kaum heiraten wollen.«
»Sie riskiert viel für dich, weißt du. Allein dass sie ihren gesellschaftlichen Status für dich aufgeben möchte ...«
Louis seufzte ungeduldig. »Ich weiß deine Sorge um sie zu schätzen, Melissa.«
»Ich sorge mich nicht um sie, sondern um dich. Was wird aus dir, wenn sie dich verlässt?«
Nachdem sie eine Weile gewartet hatte und er ihr die Antwort schuldig blieb, raffte sie ihr Kleid und ging den Weg hoch zum Haus zurück.

Das würde wohl immer ihre liebste Erinnerung bleiben, dachte Lavinia: Ihr Vater, der, seine Brille an einem Bügel haltend, vor dem Bücherregal stand, ein aufgeschlagenes Buch in der Hand hielt und anhand einiger Seiten entschied, ob es sich als nächste Lektüre eignete. Als kleines Kind hatte sie ihn immer, auf seinem Sessel zusammengekauert, beobachtet, und meist hatte er in solchen Momenten seine eigene Wahl zurückgestellt, stattdessen eine der Abenteuergeschichten ausgewählt, die sie so gerne mochte, und ihr daraus vorgelesen, bis ihre

Mutter in die Bibliothek kam und sie ins Bett schickte. In dem Sessel saß sie auch heute noch gerne, atmete den Geruch nach Leder, Tabak und Sandelholzseife ein, der sie immer an ihren Vater erinnerte und ihr ein Gefühl von Geborgenheit gab, wie eine vertraute, oft benutzte Decke, in die man sich hineinkuschelt.

»Mama sagt, wenn du bei diesem Licht liest, ist es kein Wunder, wenn deine Augen schlechter werden«, sagte sie und schloss die Tür der Bibliothek hinter sich.

Ihr Vater drehte sich um und lächelte. »Nun, mein Kind, dann wirst du wohl in Zukunft die Aufgabe übernehmen müssen, deinem alten Vater abends etwas vorzulesen.«

»Du bist nicht alt«, protestierte sie und trat zu ihm, um ihm das Buch, das er hielt, aus der Hand zu nehmen und einen Blick auf den Titel zu werfen. *Cervantes, Exemplarische Novellen.* Sie schlug es wahllos auf. *Die englische Spanierin.* Unwillkürlich musste sie an Estellas Mutter denken. *Unter der Beute, welche die Engländer aus Cadiz wegführten, befand sich ein kleines, siebenjähriges Mädchen, welches Clotaldo, englischer Kavalier, mit sich nach London nahm.* Nun ja, der Mann hieß Carradine, nicht Clotaldo, und das Mädchen, das er mit sich führte, war siebzehn gewesen und wurde seine Ehefrau. Dass die Eltern des Mädchens allerdings weniger gejammert hatten als die in der Novelle, das wiederum bezweifelte Lavinia. Und nun hatte William Carradine seinerseits eine Tochter, deren Verlust ihm drohte.

Nachdenklich blätterte Lavinia in dem Buch. Vielleicht war sie zu wenig romantisch, aber sie konnte sich nicht vorstellen, die Verliebtheit zu einem Mann je über den

Schmerz ihrer Eltern zu stellen. Sie sah ihren Vater verstohlen von der Seite an, das vertraute Profil, die klugen Augen, die nun, halb hinter gesenkten Lidern verborgen, in einem anderen Buch lasen, das er aus dem Regal gezogen hatte. Sie hatten sich immer sehr nahegestanden, dabei war er so viel älter als sie, bei ihrer Geburt hatte er die fünfzig bereits erreicht. Es war seine zweite Ehe, die erste war kinderlos geblieben. Dann dachte sie an ihre Mutter, deren Lebensklugheit und Pragmatismus oft nicht auf Anhieb von jedem erkannt wurde, gut verborgen hinter der rundlichen liebenswerten Fassade. Lavinia musste lächeln.

»Hast du die Lektüre für tauglich befunden?«, riss die Stimme ihres Vaters sie aus ihren Gedanken.

Sie bemerkte seinen belustigten Blick, schlug das Buch zu und reichte es ihm. »Oh, als Abendlektüre durchaus, Papa.«

Ihr Vater setzte sich mit dem Buch in seinen Sessel, und sie ließ sich auf dem Fußschemel nieder und lehnte sich an die Seitenlehne, die Beine in dem hellen Kleid, das sie zum Abendessen angezogen hatte, undamenhaft ausgestreckt. Entspannt seufzte sie. Den ganzen Tag Haltung zu wahren führte dazu, dass sie sich abends oftmals wie eine überspannte Bogensehne fühlte.

Ihr Vater indes schlug das Buch nicht auf, sondern stopfte seine Pfeife, und die Umständlichkeit, mit der er dies tat, zeigte Lavinia, dass er etwas mit ihr zu besprechen hatte. Er nutzte die abendlichen Stunden in der Bibliothek meist für solche Gespräche, denn anders als tagsüber mussten sie nun nicht ständig mit Störungen durch

Besucher rechnen oder weil etwas auf der Plantage an-
lag.

»Edward Tamasin und Alan waren heute hier«, sagte er,
nachdem er die ersten Qualmwölkchen in die Luft ge-
pafft hatte. »Du kannst dir denken, worum es ging, ja?«
Lavinia nickte.

»Ich weiß oftmals nicht so recht, was ich von Edward
halten soll. Seine Abstammung ist tadellos, aber manchmal kommt es mir vor, als sei die Rolle, die er spielt, ein
Theaterstück, dessen Text er nur auswendig gelernt, aber
nicht verinnerlicht hat.« Er sah sie an, als wolle er sich
vergewissern, dass sie verstand, was er sagen wollte. »Er
ist keiner von uns, Lavinia, egal, was er ist und was er
sein möchte. Ich weiß nicht, woran ich es festmachen
oder dir erklären soll, es ist einfach ein Eindruck.«

»Heißt das, du hast den Antrag abgelehnt?«, fragte Lavinia vorsichtig, und zum ersten Mal pochte ihr Herz
beim Gedanken an diese Ehe heftig. Sie war sich ihrer
Sache so sicher gewesen.

»Nein, keineswegs«, beruhigte ihr Vater sie. »Alan ist
ein anständiger Bursche, und im Gegensatz zu seinem
Vater gehört er in die Gesellschaft. Man sieht, dass er
darin groß geworden ist.«

»Edward Tamasin war in seiner Jugend viel auf Reisen.«

»Hmhm, das erzählt man sich, ich weiß, aber er war beinahe bis zum Erwachsenenalter bei seiner Familie, und
ich denke, seine Erziehung kann man nicht verleugnen.
Ich erkenne einen echten Gentleman, wenn ich einen
sehe. Sein Neffe beispielsweise ist einer, und er soll, nach
allem, was er erzählt, ebenfalls viel gereist sein. Aber er

bewegt sich in der Gesellschaft, als habe er nie etwas anderes getan.«

Lavinia schwieg, weil sie nicht wusste, was sie dazu sagen sollte. Eine Ehe mit Alan Tamasin war sowohl unter finanziellen als auch gesellschaftlichen Aspekten perfekt, das wussten auch ihre Eltern. Ebenso wie Melissa wünschte sie sich, eines Tages eine Kaffeeplantage zu verwalten, aber im Gegensatz zu jener wusste sie, wie man es anfangen musste: über eine vernünftige Heirat. Alan war so desinteressiert an Kaffee, dass es nicht schwer sein würde, ihn davon zu überzeugen, ihr Mitspracherecht einzuräumen, wenn auch nicht in der Öffentlichkeit. Melissa hingegen versuchte das Desinteresse für sich zu nutzen, um mehr Einfluss zu bekommen, ein Versuch, der nach hinten losgehen musste, denn natürlich duldete ihr Vater dergleichen nicht. Vielmehr bedachte er ihr Fachsimpeln über die Plantage immer mit nachsichtigem Lächeln, als sehe er einem Kind bei seinem Lieblingsspiel zu.

»Wir haben uns auf einen Heiratstermin nach der nächsten Kaffee-Ernte geeinigt. Eine längere Zeit halte ich nicht für ratsam, schließlich kennt ihr euch ja lange genug, aber weniger darf es auch nicht sein, denn es soll schließlich nicht heißen, wir würden eine übergroße Eile an den Tag legen.«

»Anfang des nächsten Jahres ist mir recht.«

»Der Rest war reine Formalität.«

Lavinia wusste, dass sie mit einer hohen Mitgift ausgestattet werden würde, zudem war ihr Status als Alleinerbin ein enormer Anreiz. All das ginge in den Besitz von

Alan Tamasin über, sie selbst wäre besitzlos. Für einen kurzen Moment wurde ihr bei dem Gedanken daran flau im Magen, aber sie hatte sich sofort wieder gefasst. Das Gesetz, das Ehefrauen das Recht auf Eigentum absprach, war ihr immer ungerecht erschienen, aber es war nicht anzunehmen, dass es sich in dieser von Männern dominierten Gesellschaft in absehbarer Zeit änderte. Da waren die Araber im Vorteil, dachte sie, dort waren Vermögen und Besitztümer der Frau unantastbar.

»Wir werden bald eine Soiree geben und deine Verlobung öffentlich machen.« Ihr Vater lehnte sich zurück und betrachtete die erkaltete Pfeife. »Ab jetzt ist alles Aufgabe deiner Mutter, ich bin erst wieder gefragt, wenn es darum geht, dich deinem Bräutigam zuzuführen.« Ein wehmütiger Blick trat in seine Augen, und er starrte versonnen ins Leere.

Melissa streifte durch den Wald, der sich hinter der Plantage erstreckte. Es war ein schöner Tag, an dem sich das buttergelbe Licht der Nachmittagssonne über sanfte Felder und baumbekränzte Hügel ergoss. Sie wusste, ihre Mutter sah es nicht gern, wenn sie die einsamen Pfade entlangging, verboten hatte sie es ihr jedoch nicht, denn dies war das Land ihres Vaters, und niemand wäre so lebensmüde, ihr hier ein Leid anzutun. Dennoch folgten ihr in einigen Schritt Abstand zwei tamilische Kulis, die dazu angehalten waren, ihr, wenn sie allein auf ihre Streifzüge aufbrach, nicht von den Fersen zu weichen.

Sie taten dies jedoch so diskret und in einer solchen Entfernung, dass sie sich nicht von ihnen gestört fühlte.

Das Blätterdach spann die Sonnenstrahlen zu feinen Fäden, so dass sie hier nur mehr bebendes Dämmerlicht waren. Vögel hatten ein vielstimmiges Konzert begonnen, und ein kleiner See, kaum mehr als ein Tümpel, glitzerte beinahe verheißungsvoll, wenn Lichtpunkte aus dem Schatten herabtropften. Insekten malten Kreise auf die Oberfläche, und die Zweige einer Trauerweide hingen ins Wasser, so dass eine zauberhafte natürliche Laube entstand, in die sich jedoch nur jemand begeben würde, dessen romantische Anwandlung ihm den Verstand benebelt hatte und der somit der drohenden Gefahr durch giftige Schlangen keine Beachtung mehr schenkte. So reizvoll das Unterholz oftmals auch wirkte, Melissa wusste, man tat gut daran, nicht von den Wegen abzuweichen, und sie hatte einen gehörigen Respekt vor der ungezähmten Wildheit der Landschaft.

An einer Lichtung angekommen, hielt sie inne. Hier endete das Grundstück ihres Vaters und ging in das der Fitzgeralds über. Der Wald war hier wesentlich lichter, weil der alte Fitzgerald etliche Bäume hatte abholzen lassen. Seiner Frau war so dichter Wald nicht recht geheuer. Melissa überquerte die Lichtung und setzte ihren Spaziergang fort. Ein großer Teil des Waldes war einem Reitplatz für die vielen Töchter der Fitzgeralds gewichen, weil jede von ihnen leidenschaftlich gern ritt.

Melissa nahm den Weg die Koppeln entlang, um von dort aus wieder nach Haus zurückzukehren, als sie einen vertrauten dunklen Pferdekopf sah, der sich unter dem Gatter hervorreckte, weil das Gras außerhalb der Koppeln immer besser schmeckte. Sie hielt inne, sah das Pferd an, dann machte sie einige Schritte auf das Tier zu, langsam, um es nicht durch eine zu plötzliche Bewegung zu erschrecken.

»Pierrot«, murmelte sie. Zögernd trat sie näher, und das Pferd hob seinen Kopf. Dunkelbraun ohne ein weißes Abzeichen, Mähne und Schweif schwarz, der edle Körperbau eines Vollblüters – es war eindeutig ihr Pferd. »Mein Pierrot.« Ihre Stimme war kaum lauter als der Windhauch, der über die Koppel strich, aber das Pferd hatte sie dennoch gehört, und seine Ohren bewegten sich aufmerksam. Sie strich über die Stirn, die Nüstern, klopfte den glänzenden Hals und zauste die Mähne.

»Du hast ihn also entdeckt«, sagte eine Männerstimme hinter ihr.

Melissa fuhr herum. »Was bist du nur für ein Scheusal, Anthony? Du hast gewusst, wie sehr er mir fehlt.«

Er hob die Hände und wirkte für einen Moment verletzt. »Ich habe das Pferd von einem Händler auf einer Auktion gekauft, als ich erkannt habe, dass es deins ist. Ich dachte, es freut dich vielleicht.«

Hitze stieg ihr in die Wangen, und verlegen wandte sie sich ab. »Das ist sehr lieb von dir. Ich …« Sie streichelte erneut die Stirn des Pferdes. »Es tut mir leid, dass ich dich so angefahren habe, aber ich dachte, ihr hättet ihn meinem Vater abgekauft, ohne mir etwas davon zu sagen.«

Anthony trat neben sie und sah das Pferd nachdenklich an. »Schenken kann ich ihn dir leider nicht.« Das hätte sich nicht gehört und zu Spekulationen geführt.

»Wenn ich weiß, dass er hier steht und es ihm gutgeht, bin ich schon glücklich«, erwiderte sie. »Vielleicht kann ich ihn gelegentlich ja mal reiten ...« Sie ließ es wie eine Frage klingen.

»Natürlich.« Er lächelte. »Sollten wir heiraten, gehört er dir.« Übermut schwang in seiner Stimme mit.

»Du wirfst ein entscheidendes Argument in die Waagschale«, scherzte Melissa. Sie legte die Hände um den edlen Pferdekopf und schmiegte für einen kurzen Moment ihre Wange an die weichen Nüstern.

»Ich hätte nie gedacht, dass ich mal auf ein Pferd neidisch sein könnte«, sagte Anthony und lachte.

Melissa wollte einstimmen, aber sie hörte den Missklang in dem Lachen, sah ihn an und erkannte mit einem Mal, dass er offenbar wirklich Gefühle für sie hegte, die über eine kurzzeitige Schwärmerei hinausgingen. Sie hatte es bisher immer als eine Art Spiel betrachtet, das alle spielten und das im günstigsten Fall eine profitable Heirat mit sich brachte. Vergeblich versuchte sie, sich ein Leben als Anthonys Ehefrau vorzustellen. Was ihr früher ohne Probleme gelungen und mit erschreckend sinnlichen Gedanken einhergegangen war, wollte ihr nun nicht mehr gelingen. Sie schaffte es nicht, sich ein Bild vor Augen zu rufen, das sie an seiner Seite zeigte.

Von weitem sah sie Mrs. Fitzgerald inmitten ihrer Schar blondgelockter Töchter über den Weg kommen, der vom Haus zur Lichtung führte. Dienstboten mit Körben folgten. Anthony drehte sich ebenfalls um und runzelte die Stirn.

»Offenbar ist gleich schon Zeit für das Picknick.«

Melissa erstarrte. »Du liebe Zeit, das hatte ich völlig vergessen.«

»Nun ja, du bist etwas früh, aber …«

»Früh? Ich werde viel zu spät sein. Ich muss mich noch umziehen.«

Anthony sah sie an. »Ich finde das, was du trägst, sehr kleidsam.«

Oh, diese Männer. »So etwas trägt man nicht auf einer Nachmittagsgesellschaft«, sagte sie. »Ich muss nach Hause. Wir sehen uns später.«

»Ich kann dich fahren«, bot Anthony an.

»Damit deine Schwestern etwas zu tratschen haben?«

»Das haben sie erst recht, wenn du fluchtartig davonläufst.«

Melissa rang kurz mit sich, dann sah sie zu den beiden Kulis, die in einigem Abstand zu ihnen standen und warteten. »Ich bin doch in Begleitung, was soll es da schon zu tratschen geben?« Sie verabschiedete sich und machte sich auf den Weg zurück nach Hause.

Während sie über den weichen Waldboden ging, schon beinahe lief, was ein wenig damenhafter Anblick sein mochte, dachte sie über Anthony nach und das, was seine Augen ihr so rückhaltlos enthüllt hatten. Sie wusste, es wäre eine gute Ehe, wenn sie ihn heiratete, und sie wusste ebenso, dass sie nicht ewig warten konnte. Aber ihr reichte das nicht. Ihre eigenen Wünsche kamen ihr oftmals wie Lichtpunkte tief in ihrem Innern vor, und sie ahnte, dass Anthony nicht imstande sein würde, sie an die Oberfläche zu bringen und zu erfüllen.

II
ILLUSIONEN

6

Immer noch nichts.« Hayden zerknüllte den Brief mit einer Hand und warf ihn auf den Tisch. »Seit zwei Monaten bin ich hier, und meine Leute sind noch nicht einmal in Colombo angekommen.«

»Dann fangt ihr eben später mit den Messungen an«, antwortete Melissa, die ihm im Salon gegenübersaß und an einer kandierten Mandel knabberte. »Du hast doch Zeit. Es ist ja schließlich nicht so wie bei einer Ernte, wo jede Verzögerung eine Katastrophe bedeutet.«

»Ganz so einfach ist es nicht. Unser Auftraggeber möchte nicht ewig auf die ersten Kartierungen warten müssen, und es wird auch so schon lange genug dauern.«

Hayden lehnte sich zurück und streckte seine Beine aus. So schön es auf der Plantage war, so machte ihn der ständige Müßiggang unruhig. Es war bereits Mai, und er hatte mit der Arbeit noch nicht einmal begonnen.

Plötzlich erhob sich Melissa und strich ihr Kleid glatt. »Komm, ich führe dich ein wenig auf den Kaffeefeldern herum.«

Nur mit Mühe unterdrückte Hayden ein Seufzen und stand auf, um sie nicht zu enttäuschen. Ihn irgendwo herumzuführen schien zu Melissas Lieblingsbeschäftigungen zu gehören. Es war zweifellos alles sehr sehenswert, aber wenn er wie auf glühenden Kohlen saß, hatte er keine Nerven dafür. Ergeben folgte er ihr durch die Kaffeefelder, die sich wie ein grüner Teppich über das Hochland breiteten.

»Die meisten Leuten denken, Kaffee stamme aus Arabien, aber wusstest du, dass er in Wahrheit aus Äthiopien kommt?«, fragte Melissa im Plauderton. »Man sagt, dass in der Region Kaffa die Ziegen Beeren von einem Strauch fraßen und die ganze Nacht munter waren, während alle anderen Ziegen schliefen. Es gibt aber noch zwei weitere Legenden. Laut einer hat ein abessinischer Hirte die Früchte probiert und eine belebende Wirkung bei sich festgestellt.«

»Er hat auf rohen Kaffeebohnen herumgekaut?«, fragte Hayden skeptisch.

»Laut der Legende, ja. Und Mönche haben daraufhin aus den Bohnen einen Aufguss gemacht. Die andere Version ist, dass der Hirte die Bohnen angewidert ins Feuer gespuckt hat …«

»Das glaube ich schon eher.«

»Und daraufhin wurden die typischen Kaffeedüfte freigesetzt«, fuhr Melissa fort.

»Also sozusagen eine Urform des Röstens.«

»Nun ja, so kann man es wohl nennen.« Melissas Kleid streifte Haydens Bein, während sie auf dem schmalen Weg nebeneinander hergingen. Sie trug weißen Musselin, der sehr reizvoll mit ihrem schwarzen Haar kontrastierte. Einige ihrer Korkenzieherlocken sahen unter ihrer Haube hervor und umspielten die schmale Linie ihres Nackens. Als Hayden bemerkte, welche Richtung seine Gedanken nahmen, rief er sich innerlich zur Ordnung und konzentrierte sich wieder auf das, was Melissa erzählte. Sie streckte die Hand aus und pflückte einen kleinen Zweig mit grünen Blättern und einer kirschförmigen grünen Frucht. Beinahe liebevoll strich sie darüber.

»Bald werden sie gelb, und wenn sie rot sind, sind sie reif zur Ernte«, sagte sie. »Innen sind zwei Samen, das sind die Kaffeebohnen.« Sie gab ihm den Zweig, und ihre Fingerspitzen berührten flüchtig seine Handinnenfläche, als sie ihn hineinlegte. »Drei bis vier Jahre dauert es, ehe ein Strauch seinen optimalen Ertrag hervorbringt, und ab dann führt er gut zwanzig Jahre lang Früchte.«

»Coffea arabica«, murmelte Hayden, nur um überhaupt etwas zu sagen. Seine Hand prickelte von der Berührung ihrer Finger, und er fragte sich, was plötzlich mit ihm los war. Noch vor weniger als einer halben Stunde hatten sie völlig unbefangen miteinander im Salon gesessen und geplaudert, und er hatte in ihr nichts weiter gesehen als seine Cousine – und tat er das nicht immer noch?

»Ich würde gerne eine Kaffeeplantage besitzen«, sagte Melissa, während sie über die Kaffeefelder sah. »Der Handel interessiert mich gar nicht mal so sehr, aber ich würde am liebsten immer neue Sorten ausprobieren und herumexperimentieren. Ich würde in andere Kaffeeländer reisen, um zu sehen, wie dort Kaffee angebaut wird, und immer einen Ort wie diesen hier haben, an den ich zurückkehren kann. Aber Papa würde mir das nie erlauben. Er sagt immer, es sei nicht das Richtige für eine Frau.«

»Na ja, da hat er ja streng genommen recht«, antwortete Hayden abwesend. Es wurde Zeit, dass er von hier fortkam. So schön dieser Ort auch sein mochte, aber das Nichtstun brachte ihn auf dumme Gedanken.

»Irgendwie hatte ich gedacht, du wärst ein wenig unkonventioneller als meine Familie.« Melissa drehte sich hastig von ihm weg, aber Hayden hatte die Enttäuschung in ihren Augen noch sehen können. Sie schien es zu bereuen, sich so offen über ihre Wünsche geäußert zu haben.

»Ich …« Hayden suchte nach den richtigen Worten. »So war das nicht gemeint. Aber du kennst doch die Gesellschaft. Hier kann eine Frau unmöglich eine ganze Plantage bewirtschaften, man würde keine Rücksicht auf sie nehmen, weil es nicht damenhaft ist, und ihr auf jede nur denkbare Art und Weise klarmachen, dass sie ihren Platz verfehlt hat, selbst wenn das bedeutet, sie in den Ruin zu treiben.«

»Es muss immer jemanden geben, der anfängt.« Sie sah ihn an und wirkte sehr nachdenklich. »Sieh dir Lavinia Smith-Ryder an. Sie ist Alleinerbin, aber glaubst du, sie wird ihr Erbe je verwalten dürfen? Es wird alles in Alans Besitz übergehen, und den interessiert es nicht einmal.«

»Laut Gesetz gehört der Besitz der Frau nun einmal ihrem Ehemann.«

»Es ist ein dummes von Männern entworfenes Gesetz, das geändert gehört. Ich meine, sogar ihre Kleider gehen in den Besitz meines Bruders über. Kannst du dir vorstellen, dass er dafür Verwendung hat?«

»Nun«, antwortete Hayden trocken, »zumindest will ich es nicht hoffen.«

Melissa starrte ihn an, dann lachte sie auf. »Bring mich nicht auf solche Gedanken, Hayden, ich werde es mir in den unmöglichsten Situationen vorstellen müssen.« Sie sah zu den bewaldeten Hügeln. »Wirst du in Kandy bleiben, oder musst du durch ganz Ceylon reisen?«, wechselte sie das Thema.

»Nein, nicht durch die ganze Insel, aber ich werde einige andere Städte aufsuchen müssen.«

»Ich bin noch nie gereist – abgesehen von unseren Sommerreisen nach Nuwara Eliyah, aber das zählt nicht.« Sie zog die Unterlippe kurz zwischen die Zähne. »Du kannst dir nicht vorstellen, was ich darum geben würde, mitkommen zu dürfen.«

»Vielleicht ergibt sich ja die Gelegenheit zu reisen, wenn du verheiratet bist.« Er erkannte bereits, als er es sagte, dass es das Falsche war. Melissas Blick und die Tatsache, dass ihr sein Kommentar nicht einmal eine Antwort wert war, bestätigte die Vermutung.

Sie ging ein paar Schritte voraus und sah ins Tal. So weit man sehen konnte, schmiegten sich Kaffeefelder in Tal- und Berghänge. In der Ferne lag nebliger Dunst über den Gebirgsketten. Hayden trat neben Melissa und ließ seinen Blick zu den mit Wäldern bedeckten Bergen schweifen. Er hatte eine Schwäche für den Dschungel, der von außen betrachtet die Illusion von immenser Schönheit gab, von innen jedoch düster war, beinahe furchteinflößend. Und selbst dann wirkte er in seiner Unnahbarkeit immer noch schön. Dunkle Schluchten, in die sich noch nie ein Sonnenstrahl verirrt hatte, Vögel, die vom Schein der Lampen aufgeschreckt davonflogen, dichtes Gestrüpp, verwachsene Wurzeln und wilde Bergströme, die die Dschungelwege teilten und oftmals unpassierbar waren. Dennoch hatte es eine sehr eigentümliche Faszination, und Hayden fragte sich, wie es sein mochte, all das sehen zu wollen und es vielleicht sein Lebtag lang nicht zu dürfen. Mitgefühl wallte in ihm auf, als er Melissas angespannte Schultern bemerkte, das erhobene Kinn, den Versuch, sich nicht anmerken zu lassen, wie stark die Sehnsucht in ihr nagte. Während er überlegte, was er Unverfängliches sagen konnte, um das Thema zu wechseln, sah sie ihn kurz an und wandte sich dann ab. »Lass uns zurückgehen. Meine Mutter erwartet sicher, dass ich mit ihr zusammen Besucher empfange.« Ohne auf ihn zu warten, ging sie den Weg zurück zum Haus.

Anstatt ihr hinterherzulaufen, war Hayden auf der Plantage spazieren gegangen. Melissa war ohnehin verärgert, und er brauchte ein wenig Abstand von ihr, um wieder einen klaren Kopf zu bekommen. Langsam schlenderte er über die Wege, tauschte ein paar Belanglosigkeiten mit einem der Aufseher aus, beobachtete die tamilischen Kulis, die auf den Feldern arbeiteten, und hörte Frauen singen, während sie ihrer Arbeit nachgingen. Auf der hinteren Terrasse des Herrenhauses saß seine Tante Audrey und stickte. Er hatte bisher wenig mit ihr gesprochen. Sie besaß jene Art würdevoller und vornehmer Stille und Zurückhaltung, die ihr Gegenüber dazu brachte, diese Ruhe nicht zu brechen, wenn er sich nicht laut und plump fühlen wollte. Sein Onkel schien sie auf Händen zu tragen, und sie führte Hoheit über seinen Haushalt.

Weil er noch nicht so recht Lust hatte, ins Haus zurückzukehren, ging er einen Weg entlang, den er bisher noch nicht kannte. Auf ihren gemeinsamen Spaziergängen hatten die Tamasins diesen Teil der Plantage nie mit ihm besucht. Auch hier war der Weg von Farnen und Gebüsch umgeben, gepflegt zunächst, dann jedoch zusehends verwahrlost. Während er weiterging, verklangen die Geräusche auf der Plantage, und ihm war, als hinge bleiches Schweigen zwischen den Bäumen. Dann kamen andere Geräusche – das Weinen von Kindern, Stimmen von Frauen, die sich anhörten, als reibe jemand altes Pergament aneinander. Hayden hatte das Ende des Wegs erreicht und blieb wie angewurzelt stehen. Dicht gedrängt standen hölzerne Verschläge in mehreren Reihen, einige mit Brettern notdürftig repariert, andere schief. Eine Frau rührte in einem Topf, der über einem offenen Feuer vor einer der Hütten stand, andere Frauen hatten Babys vor der Brust, ein alter Mann saß im Türrahmen einer Hütte und hielt sein verwittertes Gesicht der Sonne zugewandt. Ein paar Hühner pickten am Boden, eine Katze lag träge unter einem Baum. Obwohl über der Szene etwas Friedvolles lag, war der Gegensatz zu der verschwenderischen Pracht der Plantage bestürzend, und für einen Moment fühlte Hayden sich an die Sklavenunterkünfte in den Südstaaten Amerikas erinnert, wo er erst wenige Jahre zuvor gewesen war.

Hinter ihm war Hufgetrappel zu hören, dann das Schnauben eines Pferdes. Hayden drehte sich um.

»Ah, nun hast du also auch das gut gehütete Geheimnis der Ceylon-Plantagen entdeckt?«, fragte Louis.

»Ist es überall so?«

Louis sah zu den Baracken, als müsse er sich vor einer Antwort erst vergewissern. »Ja, im Großen und Ganzen schon. Die Arbeiter werden aus Südindien geholt und schuften sich hier für wenig Geld halbtot. Lohn bekommen sie vermutlich auch nur deshalb«, fügte er spöttisch hinzu, »weil die Sklaverei ja offiziell bereits abgeschafft wurde.« Er hielt sein Pferd am Zügel und strich gedankenverloren über die Nüstern des Tieres.

Hayden stemmte die Hände in die Hüften und sah sich um. »Es ist wirklich erschreckend.«

»Ja, das ist es.« Louis musterte ihn. »Was hat dich hierher verschlagen? Hast du dich verlaufen?«

»Nein, ich war mit Melissa spazieren, und als sie zurück ins Haus gegangen ist, wollte ich mich einfach noch ein wenig umsehen, und diesen Weg bin ich noch nie gegangen.«

»Es ist nicht gerade das, was man Besuchern zeigt. Meine Mutter hat damals auch hier gelebt, zusammen mit ihren Eltern«, sagte Louis unvermittelt.

»Da hat sie es im Haus auf jeden Fall besser getroffen.«

Louis sah ihn an wie Melissa zuvor, ehe sie zum Haus zurückgegangen war. »Das wage ich zu bezweifeln«, sagte er.

Eine Zeitlang herrschte Schweigen zwischen ihnen, dann fragte Hayden: »Leben deine Großeltern immer noch hier?«

Louis lachte freudlos. »So habe ich sie nie bezeichnet. Nein, sie sind schon vor Jahren gestorben. Hier wird man nicht alt.«

Hayden wollte etwas sagen, blieb dann jedoch stumm, als er Alan aus einer der Hütten herauskommen sah, auf dem Arm ein kleines Kind, auf das er einsprach, was dem Kind ein glockenhelles Lachen entlockte.

»Und da kommt ein weiteres gut gehütetes Geheimnis.«
Louis' Lippen kräuselten sich zu einem angedeuteten
Lächeln.

Zunächst bemerkte Alan sie nicht, dann jedoch sah er
auf, hielt einen Moment lang inne und kam auf sie zu.
Das Kind, ein Mädchen, hielt er immer noch im Arm.
Beim Näherkommen bemerkte Hayden, wie wenig in-
disch es aussah. Es hatte sehr helle Haut, blaue Augen
und zarte dunkelbraune Locken, in die blaue Bänder gebunden waren, gekleidet war es jedoch wie eine Inderin.
Das Mädchen mochte nicht älter sein als zwei.

»Führst du unseren Vetter herum?«, fragte Alan anstelle
einer Begrüßung. Er klang wenig begeistert.

»Nein«, antwortete Louis. »Hayden war zuerst hier. Er
wollte sich umsehen, und ich bin auf dem Weg zu einem
kleinen Jungen, der gestern vom Baum gefallen ist. Ich
hatte ihm einen tamilischen Arzt geschickt und wollte
heute nachschauen, wie es ihm geht.« Das sah er offenbar als Zeichen zum Abschied. Er nickte den beiden zu
und ging zu den Hütten, sein Pferd am langen Zügel hinter sich herführend.

»Nun«, sagte Alan unbestimmt. Offenbar bemerkte er
den Blick, den Hayden auf das Kind geworfen hatte, denn
seine Züge verdüsterten sich. »Du hast sie ja leider noch
nicht kennengelernt.« Er deutete mit dem Kinn auf das
Mädchen. »Darf ich vorstellen: Justine, meine Tochter.«
Mit so einer Eröffnung hatte Hayden zwar nicht gerechnet, aber weil das Kind so eindeutig englischer Abstammung war, wunderte es ihn nicht, und er kannte die Zustände, die auf vielen Plantagen herrschten, gut genug,

um nicht schockiert zu sein. »Guten Tag, Justine«, sagte er und berührte ihre runde kleine Hand, die auf dem Arm ihres Vaters ruhte.

Er wusste nicht recht, was er davon halten sollte. Offenbar lebte das Kind hier, und niemand aus der Familie schien etwas mit ihm zu tun zu haben. Obwohl er nicht vorschnell urteilen wollte, konnte er nichts gegen die Kühle und Distanz tun, die sich zwischen ihn und seinen Cousin schlich und sich zweifellos auch in seinen Augen zeigte.

Alan strich dem Kind über die Locken, küsste es und stellte es auf den Boden. »Lauf zu deiner Tante«, sagte er. Justine zögerte, rannte dann jedoch auf ein halbwüchsiges Mädchen zu, das in die Hocke ging und sie auffing.

»Sie lebt hier«, sagte Alan, als bedürfe es dieser Erklärung.

»Habe ich mir beinahe gedacht.«

Alan sah zu den Feldern, eine Unmutsfalte zwischen den Brauen. »Ich durfte sie nicht ins Haus holen.«

Verblüfft sah Hayden ihn an. »Will deine Familie das nicht?«

»Hm, die Frage stellte sich nicht, denn *er* will es nicht.« Noch immer sah Alan zu den Feldern. »Als ich erfahren habe, dass Sujata schwanger ist, wollte ich, dass sie Dienstmädchen im Haus wird, dort hätte sie es leichter gehabt, aber mein Vater hat getobt und gesagt, er dulde die Bastarde seiner Söhne nicht im Haus.« Alan drehte sich zu ihm. »Und das ausgerechnet von ihm. Ist das zu fassen?« Er wartete die Antwort nicht ab. »Ich dachte, wenn das Kind erst geboren ist, wird er seine Meinung ändern, immerhin ist es sein Enkelkind, aber er will Justine nicht einmal sehen. Sujata musste bis zur Niederkunft arbeiten, sie hat das Kind auf dem Feld bekommen, hat es sich vor den Bauch gebunden und bis zum Abend weitergearbeitet. Wie eine verdammte Sklavin. Kurz darauf ist sie am Kindbettfieber gestorben.« Schatten flogen jäh über sein Gesicht.

Hayden zögerte. »Hast du sie geliebt?«

Schweigend neigte Alan den Kopf, als müsse er sich die Antwort überlegen. »Ja«, sagte er langsam, »ich schätze, das habe ich.«

»Hättest du nicht durchsetzen können, dass wenigstens das Kind bei dir lebt?«

»Wenn ich stärker insistiert hätte, vielleicht irgendwann, aber mein Vater hätte der Kleinen das Leben zur Hölle gemacht, und hier lebt sie bei Sujatas Familie und wird geliebt. Auf Dauer kann sie hier natürlich nicht bleiben. Sie wird es ohnehin schwer haben, als uneheliche Eurasierin, da soll sie wenigstens als Engländerin erzogen werden. Aber ein wenig Zeit lasse ich ihr noch.«

»Bist du sicher, dass es ihr hier bessergeht?«

Ein flüchtiges Lächeln trat auf Alans Lippen. »Ja, sie ist ein glückliches Kind, sie ist aufgeweckt und lacht gerne. Ich habe die Hütte, in der sie lebt, instand setzen lassen und dafür gesorgt, dass es ihr an nichts fehlt. Sie kann spielen und hat andere Kinder um sich herum, ich glaube, ein kleines Kind sieht das hier«, er machte eine ausholende Handbewegung, »anders als wir. Wenn sie erst einmal im Haus lebt, ist es mit dieser Freiheit vorbei.«

»Weiß deine Verlobte von ihr?«

»Es sollte mich wundern, wenn es sich unter den Dienstboten nicht herumgesprochen hätte. Aber solange es niemand laut ausspricht …« Alan zuckte die Schultern. Erneut schweifte sein Blick zu den Kaffeefeldern. »Irgendwann wird das alles mir gehören«, wechselte er unvermittelt das Thema, »und ich werde nicht einmal etwas ändern können. Ohne die tamilischen Arbeiter kann man nicht konkurrenzfähig sein, da müssten schon alle Pflanzer etwas ändern, und aus finanzieller Sicht wären sie schön dumm, es zu tun. Ich werde also die Verantwortung für diese Sklaverei tragen müssen, und damit nicht genug, die Plantage der Smith-Ryders geht ebenfalls in meinen Besitz über, wenn der alte Herr das Zeitliche segnet.«

Hayden schwieg und fragte sich, warum sich nach Melissa nun auch ihr Bruder bemüßigt fühlte, über das zu sprechen, was ihn so tief bewegte. Vermutlich dachten beide, er könne sie besser verstehen, weil er nicht von hier stammte. Fremden gegenüber zeigte man ja zuweilen eine große Offenheit, die man vertrauten Menschen gegenüber nicht wagte. Er wusste, wie es auf Plantagen zuging, er hatte auf seinen Reisen schon viele besucht, und das Ausbeuten der Arbeiter war überall gleich, ob es nun freie Arbeiter waren wie hier oder Sklaven wie in den Südstaaten von Amerika. Er hielt nicht viel davon, Menschen zu knechten, um konkurrenzfähig zu bleiben, wusste aber auch, dass es nicht ein einzelner Pflanzer war, der dieses System ändern konnte, sondern dass die gesamten Strukturen anders werden mussten. Dennoch gab es auch in Amerika Baumwollfarmer, die freie Arbeiter beschäftigten. Sie lebten in weniger Luxus als die großen Plantagenherren, manche hatten gerade genug Geld, um über die Runden zu kommen, aber auf ihren Farmen ging es menschlicher zu. Er schwieg jedoch, denn sein Cousin wusste all das vermutlich durchaus. Aber auf diesen immensen Wohlstand zu verzichten, in dem er aufgewachsen war, würde ihm zweifellos schwerfallen. Andererseits haderte er vielleicht zeitlebens mit seinem Gewissen, wenn er das schöne Leben weiterführte. Hayden war froh, nicht an seiner Stelle zu sein.

»Manchmal beneide ich Melissa regelrecht«, fuhr Alan fort. »Sie wird irgendwann heiraten und braucht sich um all das nicht zu kümmern.« Er rieb sich die Stirn. »Himmel, seit Sujatas Tod kann ich nicht einmal mehr Kaffee trinken, dabei habe ich ihn für mein Leben gern gemocht. Aber sobald ich ihn nur rieche, stelle ich mir vor, wie sie schreiend Justine gebärt, während um sie herum alle weiterarbeiten.«

Hayden beobachtete eine Katze, die einem Sonnenstrahl folgte, der zitternd durch das Blätterdach brach. Er drehte sich um und sah das Haus in der Ferne weiß durch das Gehölz schimmern, berückend schön, wie es inmitten der weitläufigen Kaffeefelder thronte.

Mit einem Schulterzucken kehrte Alan dem Platz mit den Hütten den Rücken. »Wir werden sehen«, sagte er.

7

Die Idee, einen Ausflug ins Stadtzentrum von Kandy zu machen, kam von Melissa. Ein wenig Abwechslung, so meinte sie, könne nicht schaden. Sie dachte dabei vor allem an sich selbst, denn die Schwermut, die sie seit Wochen von Zeit zu Zeit überkam, erschien ihr inzwischen so drückend, dass sie das Gefühl hatte, sie nehme ihr die Luft zum Atmen. Melancholie war ein typisches Frauenleiden, aber bisher hatte sie immer geglaubt, davon verschont zu werden. Ihre Mutter litt gelegentlich darunter und dämmerte dann nachmittags in einem abgedunkelten Zimmer vor sich hin.

Ihr Vorschlag wurde mit Begeisterung aufgenommen, eine gemeinsame Ausfahrt war in der Tat eine so reizende Idee, bestätigte Mrs. Smith-Ryder, die zum Nachmittagstee gekommen war. Ihre Mutter überlegte, wen man noch einladen könne.

»Mr. Carradine und Estella«, schlug Melissa vor, mit dem Hintergedanken, es werde auf diese Weise vielleicht endlich zu einer Versöhnung zwischen ihr und Louis kommen. Er bemühte sich zwar darum, aber dieses Mal war er offenbar zu weit gegangen, denn Estella weigerte sich, ihn zu empfangen – das zumindest richtete ihm ihr Vater aus.

»Dann müssten wir Gregory auch einladen, sonst wäre es unhöflich«, sagte Audrey Tamasin nachdenklich.

»Das halte ich für keine gute Idee«, widersprach Mrs.

Smith-Ryder. »Er und Louis – das ist keine Kombination für einen entspannten Ausflug.«

»Aber sollen wir Estella ausschließen, nur weil Louis sich nicht mit ihrem Bruder versteht?«, widersprach Melissa.

»Ich denke«, antwortete ihre Mutter, »auch dein Vater wäre nicht gerade erbaut über Mr. Carradines Begleitung, erst recht, wenn es wirklich eine kleine Gesellschaft werden soll, was bei einem Stadtausflug ja angeraten ist.«

»Estella heiratet aber in die Familie ein«, beharrte Melissa, »daher ist es ungerecht, sie außen vor zu lassen. Mr. Carradine und Gregory werden ohnehin nicht kommen, auch nicht, wenn sie eingeladen werden.«

»Nun«, sagte Mrs. Smith-Ryder zu Audrey, »da hat sie eigentlich recht. Aber wir können das Risiko auch einfach umgehen, indem ich mich anbiete, Estella unter meine Fittiche zu nehmen, dann kann sie bei uns mitfahren. Auf diese Weise ist es nicht unhöflich, nur sie einzuladen, und niemand wird moralische Einwände erheben können, weil sie allein fährt.«

Audrey hatte dem nichts entgegenzusetzen und schrieb Estella auf die Liste der einzuladenden Personen.

»Was ist mit den Fitzgeralds?«, fragte Mrs. Smith-Ryder mit bedeutsamem Blick zu Melissa. Diese unterdrückte ein Stöhnen.

»Sie würden ihre sechs Töchter mitschleppen«, sagte sie, »und ich glaube nicht, dass es unterhaltsam ist, mit dieser Horde schnatternder Gänse durch die Stadt zu marschieren.«

»Ich muss doch sehr bitten, Melissa«, sagte ihre Mutter.

»Dann belassen wir es einfach dabei«, antwortete Mrs. Smith-Ryder. »So sind die beiden jungen Männer in Begleitung ihrer Verlobten, Mr. Hayden Tamasin wird wohl auch mitkommen, zusammen mit Melissa geht das glatt auf.« Sie hielt inne, als wäre ihr ein Einfall gekommen. »Wie sieht es eigentlich mit Louis und Estella aus? Haben sie sich wieder versöhnt? Das wäre vorab gut zu wissen.«

»Nein, haben sie nicht«, sagte Audrey, noch ehe Melissa antworten konnte.

»Dann dürfte es unter Umständen recht schwierig werden, William Carradine dazu zu bringen, sie mitgehen zu lassen, aber ich versuche mein Bestes.« In Mrs. Smith-Ryders Stimme klang bereits an, dass Mr. Carradine, sollte er seiner Tochter ein wenig Vergnügen verwehren, mit ihrem Verständnis nicht zu rechnen brauchte.

Die sorgfältige Planung wurde jedoch hinfällig, als sich herausstellte, dass sich Estella strikt weigerte mitzukommen und Anthony Fitzgerald sagte, er habe ohnehin mit seiner Schwester Elizabeth in den nächsten Tagen in die Stadt fahren wollen, und vorschlug, sie könnten doch dann alle zusammen fahren.

»Ein Wink des Schicksals, meine Liebe«, spottete Alan, als er Melissas wenig begeistertes Gesicht bei dieser Eröffnung bemerkte.

Sie standen im Hof und warteten darauf, dass die Kutschen abfahrbereit waren. Nach einigem Hin und Her hatte man sich darauf geeinigt, dass das Fitzgerald-Mädchen in der Kutsche der Tamasins mitfuhr. Alan, Louis,

Hayden und Anthony würden reiten. Melissa stand ein wenig abseits und beobachtete das Treiben im Hof. Ebenfalls am Rand der kleinen Gesellschaft stand Louis, düster und elegant, dem anzusehen war, dass er nur sehr widerwillig mitkam. Alan und Anthony unterhielten sich, Anthony neigte sich vor, als solle das, was er sagte, nicht von den Mädchen gehört werden, Alan brach daraufhin in schallendes Gelächter aus. Beide strahlten eine unbekümmerte Nonchalance aus, die wohl jeden Erstgeborenen und Haupterben auszeichnete. Elizabeth plauderte mit Lavinia, wobei sie immer wieder verstohlene Blicke zu Louis warf.

Während Melissa Lavinia beobachtete, fragte sie sich, wie eine Ehe zwischen ihr und Alan wohl aussehen mochte. Beide hatten sich lediglich gegrüßt, dabei war erst vor einigen Tagen ihre Verlobung offiziell bekanntgegeben worden. Manchmal fragte sich Melissa, ob Lavinia in der Einsamkeit ihres Zimmers verzweifelte und in ihr Kissen schrie. Es erschien ihr unfassbar, dass diese kühle, beherrschte und so angepasste Fassade mit ihrem Wesen vereinbar war. Melissa selbst las gerne mal ein Buch, aber Lavinia sog das Wissen förmlich ein und verschlang ein Buch nach dem anderen. Wäre sie ein Mann, hätte sie studieren können und einen exzellenten Gelehrten abgegeben, da war Melissa sich sicher. Sie bedauerte, dass sie ihr nie richtig nahekommen konnte, sie gäbe bestimmt eine interessante Freundin ab. Aber schon in ihrer Kindheit hatten sie nicht viel miteinander anfangen können. Als Halbwüchsige war Melissa Lavinias Angepasstheit langweilig erschienen. Erst jetzt wurde ihr klar, welch immensen Geist diese Fassade verbarg und wie sie auf diese Weise in stiller Beharrlichkeit ihre Ziele verfolgte.

Schließlich war es so weit, dass die Kutschen bestiegen werden konnten. Elizabeth stieg in die Kutsche der Tamasins und nahm neben Melissa Platz. Geziert zupfte sie an ihrem Kleid, bis jede Falte an ihrem Platz lag, schenkte Edward und Audrey Tamasin ein strahlendes Lächeln und beachtete Melissa kaum. Sie hatten sich nie ausstehen können. Elizabeth war ein hübsches puppenhaftes Geschöpf mit blauen Augen, blonden Locken, rosigen Wangen und samtiger, blasser Haut. Die meisten jungen Männer schwärmten für sie, und sie würde bei ihrem Debüt vermutlich eines der Mädchen mit den meisten Heiratsanträgen sein.

Die Kutschen nahmen den Weg durch die Hochebene hinunter in die Stadt, und Melissa drehte Elizabeth den Rücken zu, um aus dem Fenster zu schauen. Kandy war das Herz Ceylons. Lange Zeit war die Stadt vor dem Zugriff der Europäer geschützt gewesen, nicht nur durch die militärische Macht des Königs von Kandy, sondern auch durch das Klima, in dem die Malaria so gut gedieh, die Sümpfe, die Hügel und den Fluss, den Mahaweli Ganga, der nördlich der Stadt eine Schleife bildete. Erst die Engländer hatten es geschafft, den letzten singhalesischen König zu entmachten und die Stadt und somit den Rest des singhalesischen Königreichs zu erobern. Melissa fragte sich manchmal, ob das etwas war, worauf man stolz sein konnte.

Farne wuchsen am Wegrand, Palmen wölbten ihre Blätter darüber, in üppigem Grün lagen Täler und Schluchten da, Wälder erstreckten sich über die Berge. Man merkte bei der Fahrt in die Stadt, dass die Wege erst vor kurzer Zeit der Wildnis abgerungen worden waren. Über allem hing noch die Ursprünglichkeit, Geräusche von unsichtbaren Tieren waren zu hören, und die Luft trug den Geruch feuchter Erde. Melissa brauchte nicht viel Phantasie, um sich das Schimmern von Raubtieraugen hinter dem Dickicht vorzustellen. Ein Flattern ging durch ihren Magen, eine Erregung, von der sie nicht wusste, was es war. Sie spürte, wie ihr die Hitze in die Wangen stieg und wie unbändig ihr Körper plötzlich danach drängte, die Kutsche zu verlassen und nachzusehen, ob die Welt außerhalb der gefertigten Wege wirklich so war wie in ihrer Phantasie. Verwirrt wandte sie sich vom Fenster ab und stieß auf den Blick ihres Vaters, der auf ihr ruhte. Ein wissendes Lächeln umspielte seine Mundwinkel, als ahne er nur zu genau, was in ihr vorging, weil es ihm einst ebenso ergangen war. Nur hatte er diesem Drang nachgeben können. Melissa senkte die Augenlider, als könne sie ihn damit aus ihren Gedanken aussperren. Dennoch fühlte sie sich, als sei sie aus Glas.

Anstatt direkt ins Stadtzentrum zu fahren, machten sie zunächst im Garten von Peradeniya halt, der weniger als drei Meilen von Kandy entfernt lag. Elizabeth stieß einen Laut des Entzückens aus und klatschte in ihre behandschuhten Hände. Melissa hingegen sah dem Besuch mit gemischten Gefühlen entgegen. Zwar mochte sie den Garten sehr gerne, aber ihr wurde jedes Mal wehmütig zumute, wenn sie dort war. Der Garten hatte eine

Größe von hundertsiebenundvierzig Acres, von denen jedoch nur vierzig bebaut waren, und galt als der größte und schönste des Landes. Wann immer Melissa dort war, verlor sie sich in seiner Schönheit, und dann wurde ihr die Enge, die sie verspürte, umso deutlicher bewusst. Es gab Pflanzen aus den verschiedensten tropischen Ländern. Manchmal kam ihr der Garten vor wie ein Fenster in eine Welt, die sie in ihrem Leben nicht würde betreten können.

Als Melissa die Kutsche verließ, sah sie ihre Brüder sowie Hayden und Anthony, die eben von den Pferden stiegen und diese den Dienern übergaben. Anthony kam zu ihr, grüßte ihre Eltern und bot ihr höflich seinen Arm, um sie in den Garten zu führen. Mit einem flüchtigen Blick zu Louis und Hayden legte sie ihre Hand auf Anthonys Arm, in der Absicht, sich so bald wie möglich allein auf Streifzug zu begeben. Wenn sie die ganze Zeit Konversation führen musste, konnte sie den Ausflug nicht genießen.

Die jungen Leute gingen voran, während Edward und Audrey Tamasin sowie das Ehepaar Smith-Ryder ihnen folgten. In das Rascheln der seidenen Kleider der Frauen mischte sich Geplauder. Elizabeth unterhielt sich mit Lavinia, die an Alans Arm ging, während Alan mit Hayden sprach und Louis schweigend seinen Gedanken nachhing.

In der Nähe des Eingangs befand sich der Gewürzgarten mit Zimtbäumen, Ingwer, Nelken, Vanille, Kardamom und vielem mehr. Der Geruch, der über den Wegen hing, war betörend. Melissas Nasenflügel bebten leicht, während sie sich umsah. Der Mahaweli-Fluss umschloss den Garten, der einst den singhalesischen Königen vorbehalten war, von drei Seiten wie ein Hufeisen. Zimt- und Kaffeepflanzen beherrschten beinahe überwiegend das Bild, und seit 1824 führten die Engländer hier Experimente mit aus China importierten Teesträuchern durch. Melissa berührte mit den Fingerspitzen eine Pfefferpflanze und spazierte langsam an Anthonys Seite den Weg entlang. Während die Gruppe sich allmählich zerstreute, lauschte sie Anthonys Geplauder mit halbem Ohr und warf Louis, der allein war und in Gedanken versunken schien, einen Blick zu. Es dauerte einen Moment, ehe er sie bemerkte, dann schenkte er ihr ein kaum merkliches Lächeln und trat auf sie zu.

»Anthony«, sagte er, »hast du den Upas-Baum schon gesehen? Es heißt, die Einheimischen gewinnen das Pfeilgift daraus.«

»Nein, ich …«

»Oh, wirklich?«, rief Elizabeth, die drei Schritte entfernt stand, aus und schlug die Hände zusammen. »Wie aufregend.«

»Ich wollte ihn mir ansehen«, fuhr Louis an Anthony gewandt fort, als habe er Elizabeth nicht gehört. »Kommst du mit?«

»Ich …« Anthony sah unschlüssig zu Melissa. »Möchtest du ihn sehen?«

Melissa zwang sich zu einem Lächeln und beschloss, Louis sein nächstes Vergehen, was immer es sein mochte, zu verzeihen. »Nein, geht ihr nur.«

»Ich möchte auch mitkommen«, sagte Elizabeth, kam zu

159

ihnen und umfasste den Unterarm ihres Bruders, wobei ihr Blick unter halbgesenkten Wimpern an Louis klebte. Anthony blieb nichts anderes übrig, als Louis zu begleiten.

Mit gerunzelter Stirn sah Melissa den dreien nach. Elizabeths Verhalten war so auffällig, dass es schon peinlich war. Anthony jedoch schien nichts zu bemerken. Vermutlich war das die verblendete Liebe eines Bruders zu seiner kleinen Lieblingsschwester.

Inmitten der hügeligen Landschaft lag ein See, glitzernd im Licht des frühen Tages, die Wasseroberfläche silbrig mit Lotosblüten und Wasserlilien, die wie Tupfer darauf verstreut waren. Wasserpflanzen wuchsen am Ufer, bewegten sich leicht im Wind, so dass es aussah, als spielten sie mit den Sonnenstrahlen. Melissa ging den Weg hinunter zum Wasser und blieb am Ufer stehen. Hier hatte sie sich früher gut vorstellen können, nicht auf Ceylon zu sein, sondern ein fremdes Land zu erforschen. Jetzt jedoch funktionierte das nicht mehr. Es war nichts als ein See, und die Betelnuss- und Nibongpalmen waren nichts als heimische Pflanzen. Auf einmal erschien es ihr, als hafte dem gesamten Garten nicht mehr viel Fremdländisches an. Das Land hatte sich die fremden Gewächse ebenso zu eigen gemacht, wie es aus Engländern Bewohner Ceylons gemacht hatte. Sie wirkten zwar fremd, waren aber verwurzelt, und ein Entkommen war fast nicht mehr möglich. Alan war durch die Plantage gefesselt, sie selbst dadurch, eine Frau zu sein. Wenn sie wenigstens auch ein Erbe wie Zhilan Palace zu erwarten hätte, ließe sich alles besser ertragen.

Als sich Schritte näherten und ein Schatten neben sie fiel, verdrehte sie die Augen. Warum nur konnte sie nicht einen Moment für sich sein? Überzeugt, dass es sich nur um Anthony, Lavinia oder Alan handeln konnte, drehte Melissa sich um.

»Ah, du bist es«, sagte sie.

»Ich hoffe, ich störe nicht«, antwortete Hayden.

»Nein, ich war in Gedanken.« Seine Gesellschaft war ihr in der Tat lieber als die der anderen – Louis ausgenommen. Wenigstens glaubte ihr Vetter nicht, dass man ständig höfliche Konversation führen musste. So stand er denn auch eine Weile schweigend neben ihr und sah aufs Wasser. Dann ging er zum Ufer, trat vorsichtig durch die Wasserpflanzen, bückte sich und kam mit einer Wasserlilie zurück.

»Für dich, Cousinchen«, sagte er mit entwaffnendem Lächeln. »Du siehst unglücklich aus.«

Melissa streckte die Hand nach der weißen Blüte aus und drehte sie zwischen den Fingern. »Wie hübsch«, murmelte sie.

»Du adelst sie.«

Melissa hob den Blick und forschte in Haydens Gesicht nach Anzeichen dafür, dass er sich über sie lustig machte. Als sie keinerlei Hinweise darauf entdecken konnte, hatte sie den absurden Eindruck, er würde mit ihr flirten.

»Es ist wirklich schön hier«, sagte Hayden und sah sich um. »Ich war schon in einigen botanischen Gärten Asiens, aber der hier gefällt mir am besten.« Er reichte ihr seinen Arm, und sie legte die Hand darauf, vergessend, dass sie lieber allein gewesen wäre.

Rasenflächen erstreckten sich rechts und links vom Weg, auf denen Blumen wie bunte Tropfen verteilt waren. Sandelholz- und Mahagonibäume umstanden eine Allee, von der man einen Blick auf den Gannoruwa-Hügel hatte.

»Ich hatte in den letzten Tagen das Gefühl«, nahm Hayden das Gespräch wieder auf, »dass du mir aus dem Weg gingst.«

Melissa spürte, dass sie rot wurde. Sie hatte gedacht, er hätte es nicht bemerkt. Dass es ihm offenbar doch aufgefallen war, verschaffte ihr ein verstörendes Gefühl von Befriedigung.

»Hm«, Hayden schien zu zögern. »Habe ich deine Gefühle irgendwie verletzt?«

Ja, wäre die richtige Antwort gewesen, die Melissa nicht recht über die Lippen kam. Wie hätte sie sie auch begründen sollen? Er hatte ja nichts Falsches gesagt, nur Dinge, die sie nicht von ihm hatte hören wollen. Er wertete ihr Schweigen jedoch offenbar als Zustimmung, was sie einer Antwort enthob.

»Sollte das der Fall gewesen sein, bedauere ich es sehr.«

»Es ist schon gut«, antwortete sie.

»Ich habe heute Nachricht aus Colombo erhalten«, fuhr Hayden fort. »Meine Leute sind endlich eingetroffen.«

»Dann verlässt du uns bald?« Ein seltsamer Missklang von Enttäuschung hatte sich in Melissas Stimme geschlichen.

»Nein, so schnell noch nicht. Erst einmal geht es ins Bergland von Kandy.« Hayden sah sie von der Seite an. »Es kann sein, dass Alan uns begleitet.«

Melissa erstarrte. »Hat er das gesagt?«

»Ja, er wollte gerne mitkommen. Die Kartographie interessiert ihn.«

»Papa wird das vielleicht nicht erlauben.«

»Er braucht wohl schwerlich die Erlaubnis eures Vaters dafür.«

»Er wird auf der Plantage gebraucht.«

»Warum? Was läuft denn nicht, wenn er für einige Zeit nicht da ist?«

»Er …« Melissa suchte nach den richtigen Worten, aber letzten Endes lief es ohnehin nur auf eins hinaus: Warum er und ich nicht? »Ich könnte doch auch mitkommen. Wenn mein Bruder dabei ist, ist es doch sicher möglich.«

Hayden lachte. »Du allein unter lauter Männern? *Das* würde dein Vater ganz sicher verbieten, sogar, wenn dein Bruder dabei ist. Meine Liebe, wir hausen in Zelten, nicht in einem Hotel.«

Ein Zelt im Bergland, und Alan würde mitkommen dürfen. Melissa fühlte erneut das Beben, das sie während der Kutschfahrt verspürt hatte.

»Ich werde dir Zeichnungen mitbringen«, versprach Hayden.

»Wie aufmerksam von dir.« Melissas Stimme hatte sich um einige Nuancen abgekühlt.

Hayden blieb stehen und drehte sie am Ellbogen sacht zu sich herum. »Du willst doch nicht wirklich sagen, dass du das mit dem Mitkommen ernst gemeint hast?«

»Und wenn schon.«

»Aber das ist doch völlig absurd.«

163

»Ach ja, meinst du? Es gibt genug Frauen, die reisen.«

»Ja, die gibt es wohl, aber du weißt doch, wie die Gesellschaft darüber urteilt.«

Ohne eine Antwort zu geben, sah Melissa den Weg entlang, den sie gekommen waren.

»Nicht ich bin es, dem du deswegen böse sein solltest«, sagte Hayden.

Melissa zuckte lediglich die Schultern. »Du denkst doch nicht anders darüber als alle anderen auch.«

»Woher willst du das wissen?«

»Weil das nicht zu übersehen ist.«

»Du irrst dich.«

Melissa wartete auf eine weitere Erklärung, und als keine kam, fragte sie: »Du würdest mich also mitnehmen?«

»Wenn dein Vater nichts dagegen hätte, warum nicht?«

Melissa legte den Kopf schief. »Und wenn ich deine Frau wäre, würdest du es dann erlauben? Oder sähe die Sache in dem Fall wieder ganz anders aus?«

Ein Anflug von Röte trat in sein Gesicht, und er wirkte verlegen. Melissa wollte schon verächtlich die Lippen kräuseln, als er den Kopf schüttelte, als wolle er einen unliebsamen Gedanken vertreiben.

»Als meine Ehefrau würde ich deine Begleitung mit Sicherheit wünschen«, sagte er und lächelte. »Es wäre mir sogar ein ganz besonderes Vergnügen.«

Melissa setzte zu einer Antwort an, als sie Alan hinter sich hörte. »Ah, hier steckt ihr.«

Lavinia ging an seiner Seite, die Hand an seinem Arm, das Gesicht eine Maske entspannter Freundlichkeit.

»Hayden erzählte mir gerade, dass du ihn ins Bergland

begleitest«, sagte Melissa zu Alan, während sie zusammen den Weg entlangspazierten. Lavinia warf ihm einen Seitenblick zu und hob erstaunt die Brauen an.

»Hm, es ist noch nicht offiziell«, antwortete Alan.

»Vater weiß also von nichts?«

»Nein.«

»Ich hatte Hayden gerade gefragt, ob ich nicht mitkommen kann, wenn du als mein Bruder doch dabei bist«, fuhr Melissa fort und beobachtete Alan gespannt. Sie ahnte seine Reaktion bereits voraus, wollte sie aber dennoch ausreizen.

»Du machst wohl Witze.« Alan schien nicht zu wissen, ob er lachen oder den Kopf schütteln sollte. Als sie nicht antwortete, verengte er kurz die Augen, dann lachte er. »Es ist dir tatsächlich ernst?« Sein Blick flog zu Hayden, der ihn mit einem kurzen Schulterzucken erwiderte. »Mach dich bitte nicht lächerlich, Melissa.«

Obwohl sie mit so einer Antwort gerechnet hatte, machte sie seine Herablassung ärgerlich. »Es ist nicht lächerlicher als dein eigener Wunsch, ihn zu begleiten. Auf dich warten auf Zhilan Palace Aufgaben, auf mich keineswegs.«

Alan schnaubte lediglich.

»Hayden sagte, er würde mich mitnehmen, wenn Vater es erlaubte.«

»So?« Alan sah zu Hayden, der nun selbst ein wenig überrumpelt wirkte, dann wieder zu Melissa. »Na, die Erlaubnis möchte ich hören. Sag mir Bescheid, wenn du ihn darum bittest.«

Lavinia warf Melissa einen flüchtigen Blick zu, in dem

diese Mitleid zu erkennen glaubte. Weder sie noch Hayden schienen sich an dem Disput beteiligen zu wollen, und obwohl Melissa wusste, dass ihr Anliegen unausführbar war, setzte sich plötzlich in ihrem Kopf eine Stimme fest, die zu sagen schien: »Jetzt erst recht.« Ehe sie jedoch fortfahren konnte, mischte sich Lavinia zu ihrem Erstaunen doch ein.

»Es gibt eine Reihe bedeutender Frauen, die gereist sind. Ich habe ihre Reiseberichte gelesen.«

»Es ist nichts dagegen einzuwenden, wenn eine Frau ihre Familie in einer anderen Stadt besucht«, räumte Alan ein.

»Oh, es ging keineswegs um Reisen von London nach Kent«, entgegnete Lavinia. »Diese Frauen sind allein nach Afrika gereist oder nach Asien.«

»Das mag sein, meine Liebe, aber ich glaube nicht, dass ich meine Schwester auf einer Stufe mit diesen Mannweibern sehen möchte, die offenbar nicht wissen, was sich gehört.« Alan klang nicht einmal verärgert, dafür nahm er das Thema zu wenig ernst. Vielmehr tat er Lavinias Einmischung als Beistand für seine kleine Schwester ab, so dass er eine gewisse Gönnerhaftigkeit nicht verbergen konnte.

Lavinias Lippen deuteten ein Lächeln an, und Melissa fragte sich, ob sie die Einzige war, die erkannte, dass sie nun doch ein wenig erbost war. »Es waren keineswegs Mannweiber.«

»Ich habe auch eine Reihe von Berichten gelesen«, sagte Hayden. »Sehr tapfere und mutige Frauen, keineswegs unweiblich. Ich denke da an Lady Elizabeth Craven, die durch Europa gereist ist.«

»Nachdem ihr Mann sie wegen Ehebruchs verstoßen hat«, fügte Alan hinzu.

»Oder Mary Shelley, die 1814 in Gesellschaft ihrer Stiefschwester von Paris zu Fuß in die Schweiz gereist ist.«

»Damals hieß sie noch Godwin und war nicht nur in Begleitung ihrer Schwester, sondern auch der ihres *Geliebten* Percy Bysshe Shelley.«

»Lady Montagu«, fuhr Hayden unbeirrt fort, »ist mit der Kutsche nach Konstantinopel gereist.«

»Um später die Gesellschaft mit skandalösen Haremsberichten zu schockieren.«

»Es hat immer Frauen gegeben, die Barrieren durchbrochen haben«, sagte Hayden. »Und warum sollte eine Frau, die etwas Neues erforscht, schlechter sein als eine, die nichts außer dem Althergebrachten kennt?«

»Es ist unschicklich«, schloss Alan, um die Sache endgültig auf den Punkt zu bringen.

»Ich wüsste nicht, was daran unschicklich sein sollte, wenn ich in deiner Begleitung bin«, antwortete Melissa, wobei ihre Stimme bereits vor Wut vibrierte. »Ich sagte ja nicht, dass ich alleine mit Hayden und seinen Leuten in die Berge ziehen möchte.«

»Du solltest heiraten und Kinder kriegen«, erwiderte Alan, »dann hast du keine Zeit mehr für derart abwegige Anliegen.«

»Ich habe sie mehrfach darum gebeten.« Anthony kam breit grinsend aus einem der kleinen Seitenwege geschlendert. Er grüßte mit einem knappen Nicken und lächelte Melissa an. »Ich habe euch gesucht. Nachdem Louis mir den Baum gezeigt hat, hatte er plötzlich keine Lust mehr, sich weiter mit mir zu unterhalten.« Er wandte sich an Alan. »Warum willst du deine Schwester so schnell loswerden?« Wieder grinste er.

»Ich mag es kaum sagen«, spöttelte Alan.

Melissa warf den Kopf zurück. »Dann schweig doch einfach.« Sie sah Anthony an. »Ich wollte mit ihm verreisen, nichts weiter.«

Erstaunt drehte Anthony sich zu Alan um. »Und der Gedanke daran ist so schlimm?«

»Sie möchte mit mir ins Bergland reisen, wohin ich Hayden und seine Mitarbeiter begleite, und in einem Zelt wohnen.«

»Sie hat sicher nur Spaß gemacht.«

»Nein, habe ich nicht«, fauchte Melissa. Sie blickte in Alans und Anthonys erheiterte Gesichter, wich Haydens Blick aus, weil sie es nicht ertragen konnte, falls auch er sich über sie lustig machte. Sie fühlte sich plötzlich wund und verletzlich und wünschte, sie hätte nichts gesagt. Ihre Wünsche auf diese Art verlacht zu sehen tat weh. Sie drehte sich um und ging fort, so schnell, wie es ihre Röcke und ihr eng geschnürtes Mieder zuließen, wobei sie sich bemühte, den Kopf aufrecht zu halten und sich einen Anschein von Würde zu geben, was nicht einfach war, wenn man den Tränen nahe war.

»Melissa«, rief Alan, »bleib doch hier.«

Anthony lief ihr nach, aber sie weigerte sich, ihn anzusehen.

»Sei mir nicht böse, Melissa«, bat er. »Es war doch nur Spaß.« Er griff nach ihrem Arm.

Sie befreite sich mit einem Ruck und wirbelte zu ihm

herum, der Blick verschwommen. »Nein, das war es nicht.« Damit ließ sie ihn stehen.

Zurück beim Gewürzgarten sah sie Louis mit Elizabeth zwischen den Zimtbäumen entlangschlendern. Elizabeth ging so nah neben ihm, dass es eben noch der Schicklichkeit entsprach, und hatte ein leises Lächeln auf den Lippen, während sie ihm zuhörte. Es verwunderte Melissa, dass ihr Bruder sich in Gesellschaftsplaudereien erging, aber er konnte das Mädchen sicher nicht einfach stehenlassen.

Als Louis sie sah, lächelte er, sagte etwas zu seiner Begleiterin – offenbar eine Entschuldigung, sie zu verlassen – und ging zu seiner Schwester. Melissa hoffte, dass Elizabeth ihm nicht nachlaufen würde, aber sie sah ihm nur nach und ging zu Mr. und Mrs. Smith-Ryder, die in der Nähe standen und sich unterhielten.

»Was ist passiert?«, fragte Louis. »Wo sind die anderen?«

»Ich weiß nicht, wo sie sind, und es ist mir auch völlig gleichgültig.« Erneut stiegen Melissa Zornestränen in die Augen, die sie eilig wegblinzelte.

Louis runzelte die Stirn. »Was ist denn, Lissa? Hat dich jemand beleidigt?«

Melissa schüttelte den Kopf und erzählte ihm, was vorgefallen war. Im Gegensatz zu Alan und Anthony blieb er ernst, sah sie aus seinen dunklen Augen an, den Kopf leicht geneigt, so wie immer, wenn er ihr zuhörte.

»Du kennst Alan doch«, sagte er, als Melissa geendet hatte.

»Er und Anthony haben mich ausgelacht, vor Hayden.«

»Das war natürlich sehr unhöflich.«

Melissa ballte die Fäuste an den Seiten und presste sie in die Falten ihres Kleides. Dabei zerquetschte sie die Wasserlilie, die sie immer noch in der Hand hielt und vergessen hatte. Sie öffnete die Faust, sah die zerdrückte Blüte an und ließ sie langsam zu Boden fallen. Der Anblick machte sie traurig. »Und Hayden«, fuhr sie fort, »... er wirkt manchmal so mondän ... und trotzdem redet er dann wiederum so wie alle anderen.«

»Was erwartest du? Er ist aufgewachsen wie jeder andere Mann seiner Kreise, und die Reisen haben ihn vielleicht etwas unkonventioneller gemacht, aber ganz sicher nicht gleichgültig in Sachen weiblichen Anstands.«

Mit zusammengepressten Lippen sah Melissa den Weg hoch, den sie gekommen war. »Denkst du auch so?«, fragte sie schließlich.

Louis hob die Schultern. »Nun ja, du hättest die Sache vielleicht etwas geschickter angehen sollen. Du allein in einer Gruppe von Männern, das geht einfach nicht.« Als sie sich enttäuscht von ihm wegdrehen wollte, griff er nach ihrem Handgelenk und zog sie wieder zu sich herum. »Warte, ich habe gesagt, du seist es ungeschickt angegangen, nicht, dass es unmöglich ist. Und jetzt reiß dich ein wenig zusammen, da vorne kommt Vater.«

Eilig wischte Melissa sich über die Augen und blinzelte, in der Hoffnung, jede verräterische Tränenspur damit zu beseitigen. Ihr Vater war die letzte Person, der sie von dem Vorfall erzählen wollte. Natürlich wusste sie, wie unausführbar ihr Anliegen war, und sie hatte auch

170

nie ernsthaft damit gerechnet, dass man es ihr erlauben würde. Doch je mehr Widerstand Alan aufgeboten hatte, umso mehr hatte sich in ihr der Wunsch gefestigt, diese Reise doch unternehmen zu dürfen, aufzubegehren gegen die Zügel, denen sie sich zu unterwerfen hatte.

»Wo sind denn die anderen, Melissa?«, fragte ihr Vater in diesem Moment.

»Ich nehme an, sie sind noch am See«, antwortete Melissa und versuchte, sich dem forschenden Blick ihres Vaters zu stellen.

»Habt ihr euch gestritten?« Sein Blick fiel auf Louis.

»Nein, keineswegs«, antwortete dieser.

Ihr Vater nickte, schien aber nicht überzeugt.

»Hat Audreys Vater nicht ein Haus in Gampola?«, fragte Louis übergangslos. »Ich möchte ins Bergland reisen, und Melissa würde gerne mitkommen.«

Edward Tamasin sah erst Louis dann Melissa aus schmalen Augen an und nickte schließlich. »Ja, hat er. Um diese Jahreszeit steht es normalerweise leer, zumindest ist mir nicht bekannt, dass jemand aus der Familie dort Urlaub macht.«

»Also erlaubst du es?« Melissa wagte kaum zu atmen.

Ihr Vater nickte. »Warum nicht? Ein paar Urlaubstage in einem Familiensitz – dagegen ist nichts einzuwenden. Wollte nicht Hayden auch irgendwo ins Bergland? Ich meine, er hätte etwas in der Art gesagt. Vielleicht trefft ihr ihn ja sogar.« Einen Moment lang sah er gedankenverloren zu seiner Frau, die sich mit Mrs. Smith-Ryder unterhielt. »Ich werde deinen Großvater anschreiben«, sagte er schließlich zu Melissa, »aber er wird wohl keine Einwände haben. Vielleicht reise ich mit deiner Mutter für ein paar Tage nach. Ich war lange nicht mehr in Gampola.«

Kandy lag wie in ein grünes Kissen gebettet in den bewaldeten Hügeln. Palmen wölbten ihr Blätterdach über weiße Häuser, und inmitten der Stadt lag der von König Vikrama Rajasingha künstlich angelegte See, der ursprünglich nichts weiter gewesen war als ein Teich für die den Singhalesen als heilig geltenden Wasserschildkröten. Am Ufer stand ein Pavillon, einst im Besitz der königlichen Familie, ganz in der Nähe zum Eingang des Zahntempels mit seinen Ziermauern. Auf einer Insel mitten im Wasser stand ein Lustschlösschen. Es war die schönste der alten Königsstädte.

Hayden hatte sich, ehe er nach Ceylon gereist war, ausführlich mit der Geschichte des Landes befasst. Er wusste über die alten singhalesischen Königreiche Bescheid. Aber darüber zu lesen und Illustrationen zu betrachten war eben nicht dasselbe, wie den Spuren dieser Kulturen zu folgen und zu sehen, was von all der Pracht noch übrig war. Ihm war bekannt, dass die Singhalesen die Engländer nicht gerne in ihrem Land hatten, und noch weniger gern hatten sie die Indien-Tamilen hier. Es kam immer wieder zu Konflikten, und manchmal erschien es ihm, als brodle ein Kessel, der irgendwann überzulaufen drohte.

Sie folgten auf ihren Pferden der Kutsche. Anthony wirkte besorgt und war schweigsam, was zweifellos auf das Zerwürfnis mit Melissa zurückzuführen war. Nun, recht geschah es ihm. Alan schien es nichts auszumachen, er wirkte genauso unbekümmert wie zuvor – aber was war auch schon die Laune einer kleinen Schwester? Louis war ebenfalls still. Melissa war in seiner Begleitung gewesen, als sie sich alle wieder am Ausgang getroffen hatten, so dass Hayden sich den verärgerten Blick, mit dem jener seinen Bruder bedacht hatte, recht gut erklären konnte.

Er hatte seine Cousine nicht enttäuschen wollen, und es tat ihm leid, dass es so offensichtlich wieder dazu gekommen war. Zu Melissas Einfällen und Ideen das Richtige zu sagen war jedoch schwierig und nicht mit dem zu vereinen, was Hayden in seiner Erziehung jahrelang verinnerlicht hatte. Dabei war er sich immer so weltoffen und liberal vorgekommen.

In Indien hatte er oft europäische Frauen gesehen, die sich im Palankin durch die Straßen tragen ließen, und gewiss war dies auch hier keine Seltenheit, aber weil der Weg von Zhilan Palace her recht weit war und man im Palankin nur langsam vorankam, war die Wahl auf die Kutschen gefallen. Die Frauen würden den Basar und die Geschäfte in Begleitung der Männer aufsuchen, so dass nicht zu befürchten war, man würde sie belästigen.

Der See lag malerisch in der Mittagssonne, als die kleine Gruppe haltmachte. Anstatt essen zu gehen, hatten sich die Frauen für ein Picknick am Wasser entschieden, und die Diener machten sich umgehend ans Werk, Decken auszubreiten und die mitgebrachten Speisen zu verteilen.

Es gab gegrillte Forelle mit Ingwer, Entenbrust in Kokosmilch, Lammfleisch-Khorma mit Mandeln, Gemüsereis mit Safran und dazu knusprige Roti-Brote, Chapatis und Paratha-Brote mit Gemüsefüllung. Als Nachtisch wurden Mandelkuchen, ein Dessert aus Süßkartoffeln und Früchte in Milchcreme gereicht. Hayden saß neben Alan, der ihn nach seinen Methoden der Kartenzeichnung ausfragte und sich gelegentlich mit einem höflichen Kommentar Lavinia zuwandte. Louis saß ihm gegenüber zusammen mit Melissa, links von ihm hatte sich Elizabeth niedergelassen. Anthony saß an der Seite seiner Schwester, sah jedoch immer wieder zu Melissa hinüber, die ihn ignorierte. Allerdings fiel Hayden das Lächeln auf, das ihre Mundwinkel umspielte und einen leisen Triumph barg.

Er beobachtete sie beim Essen, wie sie den Fisch mit den Fingern aß, sobald ihre Mutter nicht hinsah, oder das Lammfleisch in Stücke schnitt und verzehrte. Er sah ihre weißen Zähne, die in das dunkle Fleisch bissen, den Gemüsesaft aus einem der Paratha-Brote, der an ihrem Kinn hinablief, zuerst unbemerkt, dann vorsichtig mit einer Serviette weggetupft wurde. Ihre Lippen glänzten ein wenig vom Fett des Essens, nur kurz, dann hob sie bereits wieder die Serviette.

Als Hayden seinen Blick von ihr löste, bemerkte er, dass Louis ihn seinerseits beobachtete, stirnrunzelnd und ein wenig befremdet. Verlegenheit stieg in ihm auf, so, als habe sein Cousin ihn bei etwas Verbotenem ertappt, als habe er die sinnlichen Phantasien gesehen, die ihm immer öfter beim Anblick seiner Cousine durch den Kopf gingen und die er so mühsam zu verdrängen suchte.

Einen Moment lang hielt er Louis' Blick stand, dann senkte er die Lider und sah wieder auf sein Essen. Die eben noch so appetitlich wirkenden Speisen hatten auf einmal ihren Reiz für ihn verloren. Es wurde Zeit, dass er wieder richtig arbeitete. Der Müßiggang war nicht das Richtige für ihn, da war es ja kein Wunder, dass sich Vorstellungen in ihn schlichen, die er nicht einmal in Gedanken aussprechen wollte.

Melissa stand auf, nachdem sie fertig gegessen hatte, und wollte einen Spaziergang machen. »Hayden kennt den Zahntempel noch gar nicht.« Sie sah ihn an, und wo kurz zuvor noch Zorn war, drängte sich nun Ausgelassenheit. Hayden fand das schlichtweg hinreißend. »Ich zeige dir alles«, schlug sie vor. »Für die anderen ist das hier ja nichts Neues.« Damit trug sie dem Ausdruck mangelnder Begeisterung Rechnung, den ihre Erwähnung einer Besichtigung auf die Gesichter gerufen hatte, außerdem liebte sie es, ihn herumzuführen.

»Geht nur«, sagte Edward Tamasin.

»Ich komme mit.« Louis stand auf und klopfte sich Krümel von der Hose.

Hayden erhob sich ebenfalls – zeitgleich mit Elizabeth, die nun offenbar auch Interesse an einem Rundgang hatte. Ihnen schloss sich Anthony an. Lediglich Alan blieb mit Lavinia bei ihren Eltern, wobei Lavinias Miene nicht preisgab, ob sie nicht ebenfalls lieber mitgegangen wäre. Melissa betätigte sich als Fremdenführerin. Der *Sri Dalada Maligawa*, der Zahntempel, lag am Südufer des Sees, eine Tempelanlage, die aus zwei Teilen bestand.

»Man kann es leider nicht direkt sehen«, erklärte Melissa, »aber über die Rampe kommt man zum Wohngebäude der Mönche. Hinein können wir dort natürlich nicht.«

»Das fehlte auch gerade noch«, murmelte Elizabeth.

»Auf der anderen Seite«, fuhr Melissa fort, als habe sie den Einwand nicht gehört, »kann man von der Uferstraße her über eine Treppe zum Bilderhaus gelangen. Betreten können wir den Tempel allerdings ebenfalls nicht, die Mönche sehen es vermutlich nicht so gerne, wenn laufend Engländer ohne Anmeldung durch den Tempel gehen und alles anstarren.«

»Warum heißt er Zahntempel?«, fragte Hayden.

»Angeblich soll ein Zahn Buddhas dort liegen«, antwortete Anthony. »Einer von vier Zähnen, die von seiner Verbrennung übrig geblieben sind.«

Sie standen vor der Anlage, die man nur über eine Steinbrücke, die einen Wassergraben überspannte, erreichte. Schildkröten tummelten sich im Wasser.

»Der Tempel«, nahm Melissa den Faden wieder auf, »ist im achtzehnten Jahrhundert von König Kirti Sri Rajasingha fertiggestellt worden, nachdem bereits seit Ende des siebzehnten Jahrhunderts daran gebaut worden war. Der Zahn lag zuvor in Indien, aber als dort der Hinduismus erstarkt ist und der Buddhismus langsam abnahm, hatten die Buddhisten Sorge, man könne die Reliquie vernichten. Eine Nonne soll ihn im vierten Jahrhundert in ihrem Haar versteckt nach Ceylon gebracht haben.«

Elizabeth verdrehte die Augen.

»Du hättest ja nicht mitzukommen brauchen«, sagte Melissa spitz.

»Das wäre ich auch nicht, hätte ich gewusst, dass du aus einem Spaziergang einen tantenhaften Geschichtsvortrag machst.«

Rote Flecken erschienen auf Melissas Wangen, wobei nicht zu erkennen war, ob sie sich getroffen fühlte oder einfach nur verärgert war.

»Ich finde es sehr interessant«, sagte Hayden. Er lächelte seine Cousine an. »Also nur zu.« Kurz befürchtete er, gönnerhaft geklungen zu haben, aber weil er dergleichen nicht in ihrer Miene bestätigt fand, entspannte er sich wieder.

Melissa sah zum Tempel. »Der damalige singhalesische König hat dem Zahn einen eigenen Tempel innerhalb der Palastanlage bauen lassen. Als dann im zehnten Jahrhundert Anuradhapura nicht mehr Hauptstadt Ceylons war, ging der Zahn auf Wanderschaft, bis er schließlich in die Hände der Portugiesen geriet, das war Ende des sechzehnten Jahrhunderts. Die wiederum brachten ihn vermutlich nach Goa, wo sie ihn angeblich vernichteten.« Sie legte den Kopf schief und blickte zu Hayden, als wolle sie seine Reaktion auf diese Eröffnung ausloten.

»Was hier liegt«, sagte Elizabeth mit wegwerfender Handbewegung, »ist demnach offenbar nur eine Kopie. Der ganze Vortrag also für nichts.«

»Gänzlich umsonst war es sicher nicht«, widersprach Melissa, »denn du wusstest es scheinbar nicht, obwohl du dein ganzes Leben hier lebst. Sollte dich also irgendwann einmal ein Zugereister fragen, was es mit dem Tempel auf sich hat, blamierst du dich wenigstens nicht mit der Antwort.«

Louis lachte leise, und Elizabeth lief rot an. Ihr Blick flog zu Anthony, der ihn jedoch nicht bemerkt zu haben schien.

»Vimela Dharma Suriya I.«, setzte Melissa ihren Vortrag fort, »hat Ende des sechzehnten Jahrhunderts die Macht in Kandy an sich gerissen, und er brauchte den Zahn, um seinen Anspruch zu legitimieren.«

»Und das tat er mit einer Kopie?«, fragte Hayden.

»Nun ja, er verbreitete die Version, die Portugiesen hätten in Wahrheit eine Kopie zerstört, und ich denke, die Leute glaubten es ihm, weil sie es glauben wollten. Es muss ihnen unfassbar erschienen sein, dass die Reliquie nach all den Jahren zerstört worden ist – noch dazu von den ungeliebten Europäern, die ja nicht mehr als Eindringlinge waren.«

»Eine Kopie als heiligste Reliquie der Insel«, murmelte Hayden.

»Die Menschen glauben, was sie glauben wollen«, sagte Louis.

»Es kann genauso gut sein, dass die Kopie zerstört worden ist, wie der damalige König sagte.« Melissa hob die Schultern. »Wer weiß das schon?«

Anthony und seine Schwester schlenderten die Mauer entlang und versuchten, einen Blick ins Innere zu erhaschen.

»Und wir können den Tempel wirklich nicht von innen ansehen?« Hayden blickte die Mauer hoch.

»Wir könnten es versuchen«, antwortete Melissa. »Wir ziehen einfach die Schuhe aus und fragen die Mönche, ob …«

»Nein«, widersprach Louis.

»Aber, ich …«

»Nein.« Seine Stimme ließ keinen Widerspruch zu.

»Wenn Vater erfährt, dass du dich barfuß in einem Tempel unter Einheimischen aufhältst, kannst du dir vorstellen, was passiert. Abgesehen davon, erregst du nichts als Aufsehen, wenn du als Europäerin einfach in den Tempel gehst.«

»Papa ist doch gar nicht hier.«

Louis sah zu Elizabeth. »Oh, er wird es erfahren, dessen sei dir gewiss.«

Melissa nagte an ihrer Unterlippe und nickte schließlich. Sie wirkte enttäuscht. »Also gut.« Als sie Hayden ansah, lächelte sie bereits wieder. »Es gibt Elefantenreliefs, Schnitzereien in Holzsäulen und Gebälk, und das Reliquiar besteht aus sieben goldenen Behältern, die alle ineinandergesteckt und mit Perlen und Edelsteinen besetzt sind. In dem kleinsten davon steckt der Zahn, man kann ihn also nicht sehen.« Sie senkte die Stimme ein wenig, als vertraue sie ihm ein Geheimnis an. »Mein singhalesisches Kindermädchen hat mich damals mit hineingenommen. Niemand hat gemerkt, dass ich Engländerin bin.«

Hayden grinste.

»Der Zahn«, nahm Melissa das Gespräch wieder auf, »befindet sich in einem Raum, den man durch eine silberne Tür erreicht, die mit Perlmutt- und Elfenbeinintarsien geschmückt ist. Ich erinnere mich nicht mehr an alles, es ist schon zu lange her.« Sie deutete auf die Gebäude. »Diese abgeknickten Ziegeldächer sind typisch für die Bauart hier. Man nennt es auch die Kandy-Architektur. Der Turm dort«, sie wies auf einen achteckigen Anbau, »steht erst seit Anfang des Jahrhunderts. Dort wurde dem Volk der Zahn vom Balkon aus präsentiert.«

Anthony kehrte mit seiner Schwester zurück, und gemeinsam spazierten sie noch ein wenig am Wassergraben entlang und kehrten schließlich zurück zum Picknickplatz am See. Am südwestlichen Seeufer lag das Villenviertel, und man konnte die weißen Fassaden zwischen Palmen und Bäumen hindurch schimmern sehen. Anthony erzählte Hayden, seine Familie habe dort eine Stadtvilla. Weil sie am Nordufer des Sees gepicknickt hatten, war es nicht mehr weit bis in die Innenstadt. Sie waren auf einer Straße mit Namen Dalada Vidiya gekommen, die von Peradeniya nach Kandy führte. Dort, wo sie auf die Straße nach Matale traf, befand sich der belebteste Stadtteil von Kandy. Sie ließen die Kutschen und Pferde in der Obhut einiger Dienstboten zurück und machten sich zu Fuß auf den Weg.

Louis hatte sich von der Gruppe gelöst und sah sich die Stände der Silber- und Goldschmiede an. Anthonys Schwester war furchtbar lästig, und obwohl er sie nicht dazu ermutigte, schloss sie sich ihm ständig an, was er nicht ablehnen konnte, ohne unhöflich zu werden. Jetzt jedoch schien er ihr endlich entkommen zu sein.
Er nahm einen goldenen Armreif in die Hand, drehte ihn hin und her und befand ihn als zu klobig für Estella. Dass sie sich so strikt geweigert hatte mitzukommen, beunruhigte ihn weit mehr als ihr stoisches Schweigen und ihre sture Weigerung, ihn zu empfangen. Die Gelegenheit, ungezwungener miteinander umgehen zu können und vielleicht in einer Gasse ein paar verstohlene Küsse zu tauschen, hätte sie normalerweise nicht verstreichen lassen.

Ein brauner in Gold gefasster Topas zog seine Blicke auf sich. Während der Händler ihm den Anhänger in blumigen Worten anpries und seine glückliche Hand bei der Auswahl lobte, drehte Louis den Topas schweigend im Licht. Winzige goldene Punkte glommen darin auf. Er fragte nach dem Preis, eine absurd hohe Summe, die er kurzerhand auf die Hälfte herunterzuhandeln versuchte, derweil der Händler klagte, er habe eine Frau und Kinder zu ernähren.

Als Louis den Anhänger wieder zurücklegen wollte, wurden sie sich kurzerhand handelseinig, und er erwarb noch eine Kette dazu. Unter lautem Wehklagen, er sei ruiniert, nahm der Händler das Geld entgegen und wickelte die Kette mitsamt dem Anhänger in Papier ein. Louis nahm das kleine Päckchen und schob es in die Innentasche seines Gehrocks.

»Ein Geschenk für die enttäuschte Geliebte?«, sagte eine Frauenstimme hinter ihm, und er verdrehte die Augen, ehe er sich umdrehte.

»Elizabeth, was machst du denn allein hier?«

»Die anderen sind in der Nähe. Ich habe dich gesehen und dachte mir, ich leiste dir Gesellschaft.« Sie griff nach dem Armreif, den er kurz zuvor in der Hand gehabt hatte, drehte ihn und schob ihn spielerisch auf ihr Handgelenk. »Wie findest du das?«, fragte sie.

»Er steht dir nicht.«

Erstaunt bogen sich ihre Brauen. »Findest du? Mir gefällt er sehr gut.«

Desinteressiert zuckte Louis die Schultern. Der Armreif wirkte, als habe man ihr Handgelenk mit Stuck verziert.

Seufzend drehte Elizabeth ihre Hand hin und her, so dass das Gold in der Sonne glitzerte.

»Ich möchte ihn unbedingt haben.« Sie fragte nach dem Preis, und dieses Mal handelte Louis nicht runter, obwohl auch der Armreif überteuert war. Sie zog ihre Geldbörse hervor und schürzte die Lippen. »Ich fürchte, ich habe nicht genug dabei, das Geld verwaltet Anthony.«

»Ich bin mir sicher, der Händler legt ihn dir zurück, dann kannst du deinen Bruder ja hierherschicken.«

»Und wenn ihn in der Zwischenzeit jemand anders kaufen möchte?«

Louis wusste, worauf sie hinauswollte, und würde sich hüten, in diese Falle zu tappen. Wenn er ihr den Armreif kaufte, würde es nicht lange dauern, bis Estella davon erfuhr, und ihm reichte der Ärger, den er bereits hatte.

Schmollend zog Elizabeth den Armreif vom Arm und ließ ihn auf die Auslage fallen. »Was hast du gekauft?«, fragte sie und ließ es beiläufig klingen.

»Ein Schmuckstück.«

»Ah ja.« Elizabeth fuhr mit spitzen Fingern durch den Goldschmuck und tat, als interessiere sie das eine oder andere Teil, ohne jedoch eines davon hervorzuziehen. »Wusstest du, dass sie wieder jeden Tag ausreitet?«

Das hatte er in der Tat nicht gewusst, denn ihre gewohnten Wege nahm sie nicht, dort hatte er oft gewartet, in der Hoffnung, sie zu sehen.

»Sie hat immer einen Stallburschen in ihrer Begleitung«, fuhr Elizabeth fort, während sie ihm unter halbgesenkten Wimpern einen kurzen Seitenblick zuwarf. »Einen sehr gutaussehenden Burschen.«

Louis kniff die Augen zusammen. »Worauf willst du hinaus?«

»Ich?« Sie sah ihn unschuldig an. »Auf gar nichts. Ich erzähle dir nur, was ich gesehen habe. Sie kommen mir manchmal morgens entgegen, wenn ich selbst ausreite. Er ist immer an ihrer Seite.«

»Überleg dir gut, ob du Estella wirklich verleumden willst«, drohte Louis leise.

»Ich verleumde sie nicht, sondern erzähle dir lediglich eine Tatsache. Und angesichts dessen, dass du ihr ja selbst nicht treu bist, kannst du dir moralische Entrüstung wohl kaum leisten, nicht wahr?« Sie lächelte.

Louis blickte in ihr großäugiges Püppchengesicht und hatte plötzlich den Wunsch, sie zu ohrfeigen und zu sehen, wie ihr Lächeln schwand. Er drehte sich abrupt um, erschrocken über den Weg, den seine Gedanken genommen hatten, und sah Anthony, der die Gasse zwischen den Gold- und Silberschmieden entlangkam.

»Hast du etwas Hübsches gefunden?«, fragte er seine Schwester.

Elizabeth schüttelte den Kopf. »Nein, der Händler hier zumindest hat nichts als schlecht gearbeitete Ware, so vulgär, dass es wohl nur den entsprechenden Frauen stehen würde.« Ihr Blick fiel kurz auf die winzige Ausbuchtung in Louis' Gehrock.

Anthony lachte. »Na, dann sehen wir mal, ob wir woanders etwas Passendes für dich finden.«

»Ja«, murmelte Louis, während er den beiden nachsah, »schaff sie mir besser aus den Augen.«

8

Zartblau wölbte sich der Morgenhimmel über dem Tal. Nebelschwaden verfingen sich gleich Gazefetzen zwischen Farnen, und an den Blättern der Bäume schimmerte Tau in winzigen Perlen. Estella ließ ihre Stute in einen ausgreifenden Galopp fallen und atmete tief durch, während die kühle Luft über ihre Wangen strich und ihre Augen zum Tränen brachte. Hinter sich hörte sie das Trappeln der Hufe von Amithabs Pferd. Sie zügelte die Stute, und Amithab holte auf.

»Ein prachtvolles Tier, Herrin«, sagte er.

Estella klopfte der Stute zart den Hals. »Ja, das ist sie in der Tat.« Ihr Vater hatte ihr das Pferd vor zwei Wochen geschenkt, weil er, wie er sagte, es nicht ertrug, sie immer noch so unglücklich zu sehen. Estella wusste, dass er die heimliche Hoffnung hegte, sie habe den Gedanken an eine Ehe mit Louis endgültig fallenlassen, aber er hütete sich, dieser Hoffnung in Worten Ausdruck zu verleihen, so als brächte er ihr damit in Erinnerung, was sie einfach nur vergessen sollte.

Amithab beugte sich vor und überprüfte die Festigkeit des Sattelgurtes. Ihr Vater hatte den jungen Singhalesen vor einigen Monaten eingestellt, und er erwies sich als wahrer Glücksgriff. Er hatte eine gute Hand mit Pferden und war ein begnadeter Reiter. Sogar mit den tamilischen Dienstboten kam er recht gut aus – er ging ihnen einfach aus dem Weg und vermied Streitigkeiten. Dass er nicht zu den Tamilen gehörte, die sich für einen Hungerlohn auf den Plantagen halb totschufteten oder im Haus arbeiteten, zeigten seine stolze Haltung und sein singhalesisches Aussehen: geschmeidig, schlank, hochgewachsen.

Nachdem Amithab nachgegurtet hatte, trieb Estella die Stute wieder an, und er folgte ihr. Aus dem anfänglichen einfachen Galopp erwuchs ein Wettrennen. Zunächst liefen beide Pferde Schulter an Schulter, dann schob sich die Stute Zoll um Zoll vor. Estella wandte den Kopf, um zu sehen, wie weit Amithab zurückgefallen war. Sie lachte ihn an und sah wieder nach vorn. Dann erstarrte sie und zügelte ihr Pferd so ruckartig, dass es sie beinahe aus dem Sattel gehoben hätte.

An der Wegbiegung, nur wenige Yards entfernt, wartete Louis auf seinem Schimmel. Das Lachen glitt aus Estellas Gesicht, und Amithab, der inzwischen aufgeholt hatte, musterte Louis mit leicht schräg gelegtem Kopf. Louis saß ab, kam, sein Pferd am Zügel führend, näher und griff nach dem Kopfstück von Estellas Stute.

»Wir müssen reden.«

Amithab machte Anstalten, ihm in den Griff zu fahren, hielt jedoch inne, als Louis ihm einen Blick zuwarf, in dem eine unmissverständliche Drohung lag. Estella wollte ihn fortschicken, ihm sagen, sie wolle und könne nicht mit ihm sprechen, aber ihr Herz raste, und ihre Zunge weigerte sich, Worte zu formen. Sie fühlte nichts mehr außer dem nervösen Flattern in ihrem Magen und der Schwäche ihrer Glieder, während sie in Louis' dunkle Augen sah.

Ohne auf eine Antwort zu warten, führte Louis ihr Pferd mit sich vom Weg hinunter. Sein Schimmel folgte ihm am langen Zügel.

»Einen Augenblick«, rief Amithab.

Louis drehte sich um. »Warte hier oder verschwinde.«

»Bei allem Respekt, aber sie wird nicht mit einem Mann mitgehen, die ihr auflauert wie ein Strauchdieb.«

»Ach ja? Hüte deine Zunge, Stallknecht.«

Amithab stieg vom Pferd. »Das sagt wer, du tamilischer Bastard?«

»Amithab! Louis!« Estella hob eine Hand. »Aufhören, sofort. Amithab, du vergreifst dich entschieden im Ton, und Louis, diese Herablassung war gänzlich überflüssig. Mein Vater schickt ihn als Beschützer mit, daher hat er das Recht, einzugreifen, wenn du mein Pferd einfach so von der Straße führst.«

Louis verengte die Augen. »Beschützer, ja?« Er sah zu Amithab und neigte leicht den Kopf. »Warte hier auf sie.«

Amithab zögerte, aber Estella nickte ihm zu und bat ihn ebenfalls, auf sie zu warten. »Es ist schon gut«, sagte sie.

Beide Pferde hinter sich herführend, ging Louis durch das Gras bis zum Waldrand. Hohe Gräser streiften seine Beine, und Estella fand, dass er ein wenig leichtsinnig war. Aber selbst der Gedanke an Giftschlangen konnte sie nicht dazu bewegen, die Zügel aufzunehmen und das Pferd zum Weg zurückzuführen. Louis führte sie durch den dichten Baumbestand auf einen Waldweg und von dort aus auf eine winzige Lichtung. Dann band er beide Pferde an und trat zu ihr, um sie ohne viel Federlesens aus dem Sattel zu heben. Die Hände um ihre Taille gelegt, sah er zu ihr herab und sagte: »Findest du nicht, du hast mich nun lange genug bestraft?«

»Ich …« Ihre Stimme versagte, und ihr war, als richteten sich ihr Fühlen und ihre Sinne nur noch auf die Wärme seiner Hände an ihrer Taille. Wie schwer es war, in seiner Nähe noch zu grollen, obwohl sie wusste, dass er es verdient hatte. Sie atmete tief ein. »Ich hätte es auch länger ausgehalten.«

Seine Augen wirkten dunkler, aber das mochte an den Schatten der Bäume liegen. »Das weiß ich, darum bin ich hier.«

»Woher wusstest du, wo du mich findest?«

»Elizabeth sagte, sie hätte dich gelegentlich morgens beim Reiten gesehen, und ich weiß, wo die Fitzgerald-Mädchen ausreiten.«

»Ach, so ist das«, murmelte sie.

»Seit wann begleitet *der* dich?«, fragte Louis und deutete mit dem Kinn in die Richtung, aus der sie gekommen waren.

»Seit mein Vater mir das Pferd geschenkt hat. Er war der Meinung, Amithab komme mit dem Temperament der Stute im Notfall besser zurecht …« Sie verstummte. Etwas an seinem Tonfall hatte sie stutzig gemacht. Seine Hände lagen immer noch um ihre Taille, und sie trat einen Schritt zurück, so dass er sie loslassen musste. »Warum fragst du?«

»Nur so.«

Estella verschränkte die Arme vor der Brust und taxierte ihn. »Wäre es nicht so absurd, würde ich sagen, du seist eifersüchtig.« Sie sah ihm an, dass er zum Widerspruch ansetzte, und das bestätigte ihre Vermutung. Louis hätte andernfalls höchstens über diesen bizarren Verdacht gespottet. »Also«, sagte sie, noch ehe er das erste Wort artikulieren konnte, »das darf doch wohl nicht wahr sein.«

»Ich unterstelle ja gar nicht, dass du eine Affäre mit ihm hast.«

»Nein? Wie großzügig.« Estella spürte, wie ihr der Zorn die Hitze ins Gesicht trieb.

Louis streckte die Hand nach ihr aus, aber sie drehte sich weg. »Hör mir zu, Estella.« Er bekam ihr Handgelenk zu fassen, und dieses Mal sträubte sie sich nicht. »Diese Sache mit den anderen Frauen … Es kommt nicht wieder vor, versprochen.«

»Ah, keine Rechtfertigungen?«

»Nein.«

Estella sog die Unterlippe ein und sah zu Boden. »Noch einmal ertrage ich das nicht, Louis. Es kommt mir vor, als würde ich dir nicht genügen.«

»Das stimmt nicht, es hat nichts damit zu tun.«

»Womit dann?«

Louis hob die Schultern und wirkte unbehaglich.

»Ihr Männer sagt immer, das alles habe nichts mit euren Gefühlen zu tun oder gar mit Liebe. Aber daran, wie unerträglich mir der Gedanke daran ist, wie du Zärtlichkeiten mit einer anderen Frau tauschst, denkst du nicht.« Sie zog die Schultern hoch, als suche sie Schutz vor weiteren Verletzungen hinter einer Front, die sie aus sich selbst errichtete. »Ich dachte immer, ich wäre vernünftig genug, es zu ertragen. So denken gescheite Frauen, nicht wahr? Wer will schon so vulgär sein, einen öffentlichen Skandal loszutreten, nur weil der Ehemann oder Verlobte das tut, was Männer offenbar allgemein zu tun pflegen.«

Louis zog sie an sich und umschloss mit beiden Händen ihr Gesicht. »Bitte, Estella«, sagte er leise.

Seine Stimme war samtweich, und in seinen Augen lag ein dunkler Glanz. Beim nächsten Wimpernschlag lagen seine Lippen auf ihren, behutsam, vertraut. Estella legte die Arme um seinen Hals, ließ sich von ihm küssen und küsste ihn wieder und wieder.

Als er schließlich von ihr abließ, legte sie den Kopf so weit zurück, wie es seine enge Umarmung gerade erlaubte. »Ich bin viel zu nachsichtig«, murmelte sie.

»Ja«, antwortete er leise. »Und ich bin ein Schuft, der das gewissenlos ausnutzt.«

Sie musste lachen. »Wenn du Widerspruch erwartest, muss ich dich enttäuschen.«

Er küsste sie noch einmal, dann ließ er sie los und ging zu den Pferden. Während er die Zügel löste, fragte Estella: »Warst du wirklich eifersüchtig auf Amithab?«

»Nein …«, antwortete Louis zögernd.

»Du lügst nicht sehr überzeugend.«

Er antwortete nicht, sondern half ihr lediglich in den Sattel und stieg dann selbst auf seinen Schimmel. Als sie Seite an Seite aus dem Wald hinausritten und sich noch einmal küssten, hörten sie Hufgetrappel.

William Carradine ritt in scharfem Galopp über den Weg, gefolgt von Amithab. Estella sog die Luft ein, hielt sie einen Moment an und stieß sie mit einem tiefen Seufzer wieder aus. Ihr Vater sprang vom Pferd, noch ehe es stand, und lief auf Louis zu, der seinerseits abstieg.

»Was, um alles in der Welt, erlaubst du dir, meiner Tochter hier aufzulauern und sie in den Wald zu zerren.«

»Mit Verlaub, aber das klingt beinahe so, als hätte ich mich an ihr vergangen, was ich, bei allem Verständnis für Ihren Zorn, als recht unverschämt empfinde.«

William Carradine lief dunkelrot an. »Unverschämt nennst du mich, du impertinenter Bengel?«

»Papa«, warf Estella ein.

»Du hältst dich da raus«, schnappte ihr Vater, ohne sie anzusehen.

Estella bemerkte, wie ihr Vater eine Faust ballte und wieder entspannte. Sie hielt den Atem an, bereit, ihm in den Arm zu fallen, sollte er auf Louis losgehen.

»Wir reiten heim«, sagte er jedoch, »bevor ich mich vergesse.« Er ging zu seinem Pferd und stieg auf. An Louis gewandt, fügte er hinzu: »Wenn du meine Tochter sehen willst, dann lass dich als Besucher melden und warte, ob sie dich empfängt. Zu deinem eigenen Besten rate ich dir jedoch, das in den nächsten Tagen nicht zu versuchen.« Er trieb sein Pferd an.

Estella drehte sich zu Louis um, winkte und warf ihm eine Kusshand zu. Ihr Vater wandte sich um und schnippte mit den Fingern.

»Kommst du, Estella!«

Mit einem letzten Blick zu Louis trieb Estella ihre Stute mit einem leisen Schnalzen in den Trab. Amithab folgte ihr, aber sie beachtete ihn nicht.

∽✢∾

Früher einmal hatte Audrey die Abendstunden geliebt, wenn die Familie nach dem Essen noch im Salon beisammensaß und den Tag ruhig ausklingen ließ. Diese Sitte hatte sie auch als verheiratete Frau beibehalten, in der Hoffnung, sich ein Stück Vertrautheit und Wohlbefinden bewahren zu können. Nun jedoch hatten die letzten Stunden des Tages nicht mehr ihre friedvolle Ruhe, sondern glichen dem Treiben auf einem leblosen See. Wieder ein Tag vorbei, und es lag nur eine Nacht vor dem nächsten, der ebenso trist sein würde wie der vorhergehende. Früher einmal hatte Audrey gedacht, sie würde sich daran gewöhnen, aber das hatte sie nicht.

Warmes Licht ließ die Konturen des Salons weicher wirken, schälte goldbraun schimmerndes Holz aus den Schatten hervor und spiegelte sich auf dem polierten Boden. Rotsamtene Vorhänge sperrten die Nacht aus. Alan saß in einem Sessel, ein Bein entspannt über das andere gelegt, und las in einem Buch. An einem kleinen Tisch saßen Edward und Melissa, vertieft in ein Schachspiel. Seit Tagen zog sich das Spiel nun schon hin, Abend für Abend. Edward hatte sich zurückgelehnt, die Mundwinkel umspielt von einem Lächeln, während Melissa einen Ellbogen auf den Tisch gestützt und das Kinn in ihre Hand gelegt hatte und das Spielbrett betrachtete, die Brauen konzentriert zusammengezogen. Ihre andere Hand schwebte über den Figuren, wollte sich senken, hielt jedoch inne, als wäge sie ab.

Meine schöne Tochter, hatte Audrey ein ums andere Mal gedacht. Aber Gefühle hatte sie nie für sie aufbringen können, auch wenn sie die Worte aufs Neue wiederholte.

Meine schöne, schöne Tochter. Melissa konnte nichts dafür, dass Audrey ihr Herz nach Alans Geburt an diesen verloren hatte. Es war gar nicht mal so, dass sich Audrey optisch oder gar charakterlich in ihrer Tochter wiederfand. Vielmehr war es die Weiblichkeit an sich, dieser Zustand, der schon von Geburt an verletzlich machte und in die passive Rolle drängte. Ausnahmen mochte es geben, doch auch die konnten nur existieren, wenn die Männer um sie herum schwach genug waren, sie gewähren zu lassen. Selbst manipulative Frauen wie Lavinia mussten verstecken, wer sie waren, und ihrem unbändigen Geist Zügel anlegen. Was also sollte man mit einer Tochter anfangen, außer sie für einen geeigneten Mann heiratsfähig zu machen?

Was war schon eine Tochter? Man selbst noch einmal in jung. Sie hatte oftmals ein schlechtes Gewissen deswegen, und dass Edward Melissa Alan vorzog, empfand sie als ausgleichende Gerechtigkeit, obwohl sie wusste, dass er seiner Tochter gegenüber meist zu streng war. Sie konnte es generell nicht ertragen, wenn er eines der Kinder geschlagen hatte, aber bei Alan hatte er irgendwann damit aufgehört – einen Mann verprügelte man nicht mehr, doch bei Melissa war es umgekehrt, sie schlug er als Kind nicht, sondern erst als Erwachsene. Audrey war es in solchen Momenten, als offenbare sich etwas Finsteres in ihm, etwas, das so befremdlich war, dass es ihr beinahe Angst machte.

Audrey hatte durchaus eine glückliche Kindheit und Jugend verlebt. Ihre Eltern waren großzügig gewesen, wenn auch sehr auf gesellschaftliche Konventionen bedacht. Aber sie hatte ohnehin nie ausbrechen wollen, sondern das Leben einfach genossen. Nun, eine Ähnlichkeit mit Melissa mochte es doch geben, denn auch sie, Audrey, hatte lachend ganze Nächte durchtanzt. Eine dieser Nächte hatte sie in die Arme Edward Tamasins getrieben. Er hatte am Rand der Tanzfläche gestanden und sie bereits seit längerem beobachtet. Sie hatte seine Blicke bemerkt, ihm gelegentlich ein kokettes Lächeln zugeworfen und sich weiter im Arm ihres jeweiligen Tanzpartners gedreht. An diesem Abend hatte sie nicht mit ihm getanzt, dafür hatte er Bekanntschaft mit ihrem Vater geschlossen, der ihn ihr daraufhin vorstellte. Von diesem Augenblick an hatte sie nicht ausschließlich, aber beinahe, nur noch mit ihm getanzt. Es würde zu Gerede kommen, hatte er ihr bei einem ihrer Tänze so dicht an ihrem Ohr zugeraunt, dass sie erschauert war.

Ihr Vater beobachtete die Beziehung mit einigem Wohlwollen, die anderen jungen Frauen mit Neid. Es dauerte nicht lange, bis der Heiratsantrag kam, den Audrey mit ebenso leichter Hand annahm, wie sie die seine zum Tanzen ergriffen hatte. Die erste große Etappe im Leben einer jeden Frau hatte sie mit Bravour gemeistert, die Hochzeit war perfekt, das Haus, das Edward bauen lassen wollte, ebenso. Eine Plantage inmitten des Hochlandes, das erschien ihr der Gipfel der Romantik, und all das an der Seite eines dunklen, geheimnisvoll wirkenden Mannes, der nur einmal lächeln musste, um eine ganze Ballgesellschaft zu erobern. Auch wenn es noch einige Jahre dauern sollte, ehe das große Haus fertig war – das störte sie nicht, sie mochte den Bungalow ebenfalls. Sie war nun eine verheiratete Frau mit allen Freiheiten, die damit einhergingen.

Die Hochzeitsgesellschaft verblasste vor ihrem inneren Auge, und das in dämmriges Licht getauchte Brautzimmer nahm Konturen an. Audrey sah ihre Hände, feingliedrig und dreißig Jahre jünger, die Hände einer Achtzehnjährigen. Feine Brüsseler Spitze umschloss ihre Handgelenke. Sie saß auf dem Bett und spielte nervös mit dem seidenen Gürtel ihres Morgenrocks. Kurz darauf betrat Edward das Zimmer, das Jackett geöffnet, das Halstuch gelockert. Er betrachtete sie nachdenklich, dann setzte er sich neben sie und drückte sie rücklings in die Kissen. *Warum lächelst du nicht mehr?*, hatte sie ihn fragen wollen.

Es war nicht so, dass sie ihn für einen bösen Menschen hielt, auch nicht für einen Mann, der Frauen gegenüber aus Grausamkeit rücksichtslos war. In Edwards Weltbild passte einfach keine Romantik, keine Zärtlichkeit, das war ihr in ihrer verliebten Verblendung während der Verlobungszeit nie so recht klargeworden. Charmant war er gewesen, und seine Distanziertheit hatte sie für Anstand ihr gegenüber gehalten. Er tat ihr in jener Nacht nicht weh, um sich daran zu ergötzen, sondern sagte lediglich, das sei beim ersten Mal so, und künftig würde es nicht mehr so sein, womit er recht behielt. Er zog den Akt nicht sinnlos in die Länge und überließ sie anschließend einer diffusen Einsamkeit.

Kurz darauf kam die fünfzehnjährige Manjula als Dienstmädchen für leichte Tätigkeiten ins Haus, wenige Wochen später war sie unübersehbar schwanger. Erst war Audrey erschrocken, weil Edward die Vaterschaft so leichthin eingestand, aber ihre Klagen stießen bei ihren Eltern auf taube Ohren. So etwas käme halt vor, hatte ihre Mutter gesagt und verschämt den Blick gesenkt. Immerhin sei Edward anständig genug, für das Kind zu sorgen, was unbedingt für ihn sprach.

In gewisser Weise war Audrey erleichtert gewesen, dass Manjula sie von ihren ehelichen Pflichten erlöste. Edward kam während der Schwangerschaft gar nicht und nach Alans Geburt nur noch selten zu ihr. Kurz nach ihr kam Manjula nieder. Audrey hasste das Kind nicht, aber sie wollte auch keine Konkurrenz zu Alan. Als es um die Namensfindung ging, schlug sie einen Namen vor, den sie kurz zuvor in einem Roman gelesen hatte. Louis, der Außenseiter mit dem französischen Namen. Bei einer Tochter wäre sie großzügiger gewesen, aber sie konnte keinen Konkurrenten für ihren eigenen Sohn akzeptieren. Und Edward war es gleichgültig, wie sie zutiefst befriedigt feststellte. Manjula ebenfalls, denn sie rief das Kind Vilas.

Im Laufe der Jahre hatte sie sich mit Manjula arrangiert, und in ihrer Dankbarkeit dafür, dass diese Edward in den Nächten von ihr fernhielt, bevorzugte sie sie deutlich allen anderen Dienstboten gegenüber. Manjula ihrerseits war in den ersten Jahren schüchtern, ja, sie schien beinahe einen Groll gegen Audrey zu hegen.

Das Leben auf Zhilan Palace hielt nichts von dem, was die prachtvolle Fassade versprach. Natürlich war es ein gutes, nun sogar luxuriöses Leben, das sie führte, aber es hatte nichts von jener Faszination, die sie dem Leben auf einer Kaffeeplantage angedichtet hatte. Die Singhalesen weigerten sich, für die englischen Kaffeepflanzer zu arbeiten, und so holten die Engländer ganz im Stil der alten singhalesischen Könige Indien-Tamilen nach Ceylon, einige, die das ganze Jahr über blieben, um die Kaffeefelder zu pflegen, andere – und das war der bei weitem größte Teil –, die zu jeder Ernte bestellt wurden. Gerade im von Hungersnöten geplagten Südindien galt Ceylon als Land des Wohlstands. Zu Tausenden kamen die Tamilen auf die Insel, überquerten die Meerenge in Booten und Flößen, die dem Wasser oftmals kaum standzuhalten vermochten, und traten dann den langen Weg zu den Plantagen an. Wer dabei starb, wurde am Straßenrand verbrannt, oft kamen nur drei Viertel der Arbeiter bei den Plantagen an. Nach der Ernte fuhren sie wieder heim – Jahr für Jahr dieselben Strapazen. Audrey begann, das Leben auf der Plantage zu hassen, nicht allein aus Mitleid mit den Arbeitern, sondern weil sie dergleichen nicht wissen wollte. Sie wollte nicht an Tote am Straßenrand denken, nicht an schreiende Babys, deren Eltern auf dem Weg starben und die nun allein zurückgelassen wurden, um zu verhungern. Es war ihr unerträglich. Einheimische waren immer schon für die harten und niederen Arbeiten herangenommen worden, das war der normale Lauf der Dinge, und nun war sie gezwungen, sie als Menschen wahrzunehmen, nicht nur als die Niedrigsten der Niedrigen, und das, was diese Erkenntnis ihrem Gewissen auferlegte, war schlimmer als Edwards Kälte.

»Mutter?«

Audrey erwachte wie aus einem Traum, und daraus, dass alle sie ansahen und Alan besorgt wirkte, schloss sie, dass er sie bereits mehrfach angesprochen haben musste. Sie hatte ins Leere gestarrt und war in der Vergangenheit hängengeblieben, wie es ihr in letzter Zeit so oft geschah. Es war das, was Edward und die Kinder ihren »Zustand« nannten.

»Was sagtest du, mein Lieber?«, fragte sie, an Alan gewandt.

»Geht es dir gut, Mutter?«

»Aber ja, ich war nur in Gedanken.«

»Du siehst müde aus«, antwortete Alan. »Warum gehst du nicht schlafen?«

Auch diese Aufforderung folgte auf jeden »Zustand«. Aber sie war noch gar nicht müde.

»Das halte ich auch für eine gute Idee«, sagte Edward nachsichtig lächelnd. »Alan, begleite deine Mutter nach oben.« Er stand auf und kam zu ihr, um ihr formvollendet einen Kuss auf die Wange zu geben und sie somit zu verabschieden. Ergeben stand sie auf.

»Bleib nur hier«, sagte sie zu Alan.

»Er begleitet dich die Treppe hoch«, widersprach Edward sanft. »Wir wollen ja nicht, dass dir schwindlig wird.«

Audrey schwieg und bemerkte Melissas ungeduldigen Blick, den diese jedoch schnell hinter gesenkten Lidern verbarg, während sie artig eine gute Nacht wünschte. Für einen winzigen Moment flammte Zorn in Audrey auf, Zorn auf Edward, auf Melissa, selbst auf Alan, die sie allesamt behandelten, als sei sie ein kleines Kind. Der

Widerspruchsgeist verlosch jedoch sofort wieder, nicht einmal ein Glimmen blieb zurück.

Edward rieb sich die Augen, als er auf die Zahlenreihen sah, die die Verkäufe der letzten Auktion belegten. Alle anderen schliefen schon lange, nur er saß noch in seinem Arbeitszimmer und rechnete wieder und wieder die Zahlen durch. Die letzte Auktion hatte nur einen Bruchteil der Summen eingebracht, die zu erwarten gewesen waren. Es bereitete sich unter den kleineren Pflanzern bereits Unruhe aus, denn was Anfang der Vierziger noch wie eine Investition mit Zukunft ausgesehen hatte, schien jetzt bereits dem Ruin entgegenzusteuern. Eine Plantage, die 1843 für fünfzehntausend Pfund gekauft worden war, brachte jetzt auf einer Auktion gerade mal vierhundertvierzig Pfund ein. Pflanzern, die ihre laufenden Kosten nicht tragen konnte, wurden die Kredite gestrichen. Finanziell sah es verheerend aus, und auch, wer sich derzeit noch keine Sorgen machen musste, sollte umsichtig wirtschaften.

Gründe waren viele genannt worden, sie reichten von wildem Spekulieren bis hin zur Stagnation der Kaffee-Ernten. Zudem waren aufgrund der Konkurrenz durch Java- und Brasilien-Kaffee, der nun verstärkt auf den britischen Markt drängte, die Kaffeepreise gefallen. Ein weiteres Problem war, dass viele Pflanzer entschieden zu hohe Preise für Arbeit und Produktion zahlten, weil sie den Ehrgeiz hatten, noch vor der Konkurrenz auf dem Markt zu sein. Kredite waren einmal leicht zu bekommen gewesen, aber jetzt war es so, dass die Wirtschaftskrise aus England mit einiger Verspätung nach Ceylon überschwappte, und so war der Druck auf Rückzahlung der Kredite derart hoch, dass viele Pflanzer nicht mehr wussten, wie sie sie bezahlen sollten. Zudem waren etliche Plantagen bereits mit hohen Hypotheken belastet.

Edward war zwar nicht begeistert über die Entwicklung, aber sie beunruhigte ihn auch nicht. Er hatte von Anfang an nicht nur auf eine Einnahmequelle gesetzt, man sah ja nun, was dabei herauskommen konnte. Selbst wenn der Geschäftseinbruch keine unmittelbaren Folgen für ihn hatte, so konnte man ja nie wissen, wie es in einigen Jahren aussehen mochte. Aber auch hier war Vorsicht wichtig, denn mit seinem Renommee wäre es vorbei, wenn alle Geschäfte, die er tätigte, ans Licht kämen, und von diesen war das, was in Ratnapura lief, noch das Harmloseste.

Ein Dienstmädchen brachte ein Tablett mit einem Abendimbiss ins Zimmer. Sie hielt die Augen gesenkt und stellte das Essen auf einem kleinen Tisch ab.

»Benötigen Sie sonst noch etwas, Peri-Aiyah?«, fragte sie sanft.

Er musterte sie. »Geh auf mein Zimmer und warte dort auf mich.«

Ihre Schultern sanken ein wenig hinab. »Ja, Peri-Aiyah.«

Als sie ging, musste Edward an Manjula denken. Sie war kurz zuvor bei ihm gewesen, was ihn nicht wenig erstaunt hatte. Seit sie nicht mehr sein Bett teilte – und das war viele, viele Jahre her –, hatten sie kaum mehr ein Wort gewechselt. Wie sollten sie auch, sie war nichts weiter als ein Dienstmädchen und er ihr Herr. Aber an diesem Abend war sie an ihn herangetreten mit der Bitte, Louis ein Darlehen zu gewähren, damit er sein Haus fertig bauen konnte. Zurückhaltend hatte sie gewirkt, beinahe schüchtern und doch bereit, für ihren Sohn – der zweifellos nicht das Geringste ahnte – zu bitten.

Edward hatte sie lange angesehen. Sie hatte die vierzig überschritten, was man ihr auch ansah, aber dennoch war da immer noch die weiche Sinnlichkeit in ihrem Gesicht und ihrer Figur, auch wenn ihr Körper jegliche jugendliche Straffheit verloren haben musste. In der ganzen Zeit, in der sie seine Geliebte gewesen war, hatte sie ihn nicht einmal um etwas gebeten. Dass sie es jetzt tat, wo sie zu alt war, um noch für ihn von Interesse zu sein, dass sie einfach nur bat, das gefiel ihm, und er antwortete ihr, er werde darüber nachdenken. Sie dankte ihm nicht überschwenglich, sondern nur leise und mit einem kurzen Blick in seine Augen, ein Dank, der umso ehrlicher wirkte. Innerlich hatte er bereits beschlossen, ihrer Bitte nachzukommen.

Ein harsches Türklopfen riss ihn aus seinen Gedanken. Unwillig sah er auf und wusste bereits, um wen es sich handelte.

»Ich hoffe, ich störe nicht«, sagte Louis beim Eintreten. Sein Gesichtsausdruck legte jedoch nahe, dass ihm das herzlich gleichgültig war.

Edward zuckte die Schultern und legte die Finger aneinander. »Was führt dich zu mir?«

Nachlässig ließ Louis sich auf einen Stuhl fallen. »Ist Radha nicht selbst für dich noch etwas zu jung?«

»Radha?«

»Das Mädchen, das du auf dein Zimmer geschickt hast, damit es dort wie ein Lamm auf der Schlachtbank wartet.«

Edward verengte die Augen kaum merklich. »Sei vorsichtig mit dem, was du sagst, Sohn.«

»Sie ist erst vierzehn.«

Das war in der Tat sehr jung. Dabei hatte sie so weiblich gewirkt. »Hat sie sich bei dir beklagt?«, fragte Edward.

»Nein, ich bin ihr im Flur begegnet, und weil ich wusste, wohin ihr Weg sie führt, hat sich jedes weitere Wort erübrigt.«

Edward winkte ab. »Wenn das dein einziges Anliegen war, dann geh jetzt bitte, ich habe noch zu tun.«

Plötzlich wirkte Louis unsicher, was ungewohnt war. Offenbar hatte er durchaus ein weiteres Anliegen gehabt, und ihm war nun klar, dass er es falsch angegangen war in seiner ersten Wut. Ein Lächeln stahl sich in Edwards Mundwinkel.

»Ich wollte mit dir noch einmal über mein Haus sprechen«, sagte Louis. »Du weißt, dass ich erst in etlichen Jahren genug Geld haben werde, und so lange können Estella und ich nicht warten.«

»Ganz zu schweigen davon, dass du ihr sicher nicht über Jahre hinweg treu ergeben sein wirst.«

Louis presste die Lippen zusammen, aber er widersprach nicht. Sie waren sich ähnlich, zu ähnlich.

»Und?«, fragte sein Sohn.

»Deine Mutter war bereits hier und hat mich gebeten, dir ein Darlehen zu gewähren.«

Louis lehnte sich abrupt vor. »Meine Mutter?«

»Ja. Ich habe ihr versprochen, darüber nachzudenken.«

»Also, das ist …« Louis sprang auf und lief einige Schritte durchs Zimmer, murmelte etwas, das Edward nicht verstand, und blieb schließlich stehen, um seinen Vater zu taxieren. Dann drehte er sich um und verließ den Raum, ohne die Tür hinter sich zu schließen.

Edward seufzte und ging erneut die Zahlenreihen durch. Nebenher aß er von dem vorbereiteten Imbiss. Eine Stunde später schob er schließlich seine Unterlagen zusammen und erhob sich. Seine Gelenke knackten und erinnerten ihn daran, dass er die fünfzig schon weit überschritten hatte.

Als er in sein Zimmer kam, bemerkte er das Mädchen, das auf der Bettkante saß, die Hände gefaltet, den Blick gesenkt. Vermutlich saß sie bereits so, seit er sie hinaufgeschickt hatte. Sie sah auf, als er eintrat, und senkte sofort wieder den Blick. Als er ihr Gesicht ansah, erkannte er, dass sie wirklich noch sehr jung war. Im Arbeitszimmer hatte er nur auf ihren Körper geachtet. Widerwillig scheuchte er sie mit einer Handbewegung auf. Er war müde, und ein angstschlotterndes Mädchen war nicht gerade die ideale Bettgefährtin, um den Tag ausklingen zu lassen.

»Geh«, sagte er.

»Peri-Aiyah?«

»Hörst du schlecht? Verschwinde.«

Das Mädchen sah ihn erschrocken an, dann überflutete Erleichterung ihr Gesicht, und sie drehte sich um und floh beinahe aus dem Zimmer. Edward seufzte. Er wurde in der Tat alt.

9

Vier Landvermesser und ein Kartographie-Assistent wurden Hayden zur Seite gestellt, einer der Landvermesser ein Ingenieurgeograph, der jedoch aus dem militärischen Dienst ausgeschieden und nicht nur der Älteste war, sondern auch als Erfahrenster der Gruppe galt. Haydens Aufgabe war es, Karten anhand der Messergebnisse zu zeichnen, wobei bereits im Vorjahr Messungen getätigt worden waren, auf deren Grundlage sie nun arbeiteten. Die fünf Männer waren gar nicht erst zur Plantage hochgereist, sondern wohnten in Kandy. Melissa fand das sehr bedauerlich, sie hätte zu gerne neue Menschen kennengelernt, noch dazu, wenn sie einer derart interessanten Tätigkeit nachgingen.

Es sollte sich jedoch die Gelegenheit dazu ergeben, als Audrey Hayden wissen ließ, sie freue sich, wenn dieser seine Mitarbeiter auf den Ball, den sie in den nächsten Tagen gaben, mitbrachte. Hayden sagte zwar zu, vertraute Melissa jedoch an, dass die fünf nicht sonderlich erpicht auf einen Ballbesuch seien.

»Sie sind ja gekommen, um mit der Arbeit anzufangen, und wir sind ohnehin schon spät dran. Zudem ist niemand von ihnen gerne auf großen Gesellschaften, und ihre Umgangsformen sind vermutlich schon etwas eingerostet.«

Melissa befürchtete nun, es könne sich um burschikose Gesellen ohne rechtes Benehmen handeln, aber am Ballabend stellte sich heraus, dass sie durchaus wussten, wie man sich in der Gesellschaft bewegte. John Gareth, der Ingenieurgeograph und Offizier außer Dienst, war ein schlanker Mann, der die vierzig vermutlich schon weit überschritten hatte. Er war der Eleganteste von ihnen und bewegte sich so sicher durch den Saal, wie es nur jemand konnte, der in solchen Kreisen aufgewachsen war. Haydens Kartographie-Assistent, Winston Woods, war um die zwanzig, hatte noch Pickel und wirkte ein wenig linkisch. Andrew Melmoth, einer der Landvermesser, war rothaarig, hatte sehr helle Haut, die sich in der Hitze offenbar schnell rötete, und wirkte etwas stämmig. Die beiden anderen Männer waren da schon eher angetan, das Interesse der unverheirateten Mädchen zu fesseln – Henry McGarth, dunkelhaarig und hochgewachsen, und Clint Edmundson, blond, schlank und redegewandt, wenn auch etwas zu klein geraten für Melissas Geschmack. Er war kaum einen halben Kopf größer als sie.

Melissa tanzte mit Alan, dann mit Louis. Danach wurde sie zunächst von Mr. McGarth, dann von Mr. Edmundson aufgefordert, es folgte Anthony, der bereits verärgert war, weil die beiden Männer jedes Mal schneller waren als er. Als er sie von der Tanzfläche führte, nickte sie ihm lächelnd zu und wollte zu Hayden gehen, der sich mit Captain Gareth und Mr. Melmoth unterhielt.

»Du scheinst die Nähe zu den Neuankömmlingen ja ebenso zu suchen wie jede andere unverheiratete Frau hier«, sagte Anthony etwas verärgert.

»Es ist nur die Neugierde auf das, was sie tun«, wich Melissa aus.

»Bist du mir noch böse?« Seit dem Ausflug in den botanischen Garten war sie ihm weitgehend aus dem Weg gegangen.

»Nein«, antwortete sie.

Er wirkte nicht erleichtert, sondern forschte in ihrem Gesicht. Gereizt wandte sie sich ab und ging zu Hayden. Im Vorbeigehen sah sie Alan und Lavinia. Während sie Alan seine Langeweile nur zu gut ansah, wirkte Lavinia wenigstens noch, als interessiere sie, was er erzählte. Dass dies nicht der Fall sein konnte, ahnte Melissa nur zu gut. Wen interessierte schon das Geschwätz, das Männer von sich gaben, wenn sie glaubten, über Themen zu reden, die Frauen hören wollten? Und weil Alan Lavinias Geist völlig fremd war, konnte es sich nur um dergleichen handeln.

Sollte sie, Melissa, sich entschließen, Anthony oder einen anderen der hier ansässigen jungen Männer zu heiraten, stünde ihr vermutlich das Gleiche bevor. Ein Anflug von Panik ergriff sie, den sie jedoch rasch zurückdrängte. Bisher hatte ihr Vater keine Anstalten gemacht, sie schnellstmöglich verheiraten zu wollen. Aber irgendwann würde der Tag kommen, und wenn sie bis dahin keinen interessanten Mann kennengelernt hatte, blieben ihr nicht mehr viele Möglichkeiten. Sie schloss kurz die Augen, dann ging sie zielstrebig auf Hayden zu, ein strahlendes Lächeln auf den Lippen. In diesem Moment erschien ihr sogar der elegante Captain als ein erstrebenswertes Ziel, auch wenn er beinahe alt genug war, ihr Vater zu sein.

Hayden lächelte ebenfalls, als er sie sah, und die Männer

wandten ihr den Kopf zu. »Ah, Melissa, wie reizend«, begrüßte er sie. »Wir haben eben über dich gesprochen.«
Melissa neigte den Kopf leicht zur Seite. »So?«
»Ich habe Hayden gerade gesagt«, antwortete Mr. Melmoth an Haydens Stelle, »dass ich in Ihrem Fall nicht die geringste familiäre Ähnlichkeit mit ihm entdecken kann.«
»Zum Glück, mein Freund«, sagte Mr. Edmundson, der hinzutrat und den letzten Satz gehört hatte. »Stell dir mal vor, sie sähe aus wie Hayden.« Die Männer feixten.
»Die Tamasins«, Mr. Melmoth neigte sich vor, als vertraue er ihr ein Geheimnis an, »sehen sich so ähnlich, dass es schon fast unheimlich ist.«
»Das stimmt nicht ganz«, widersprach Hayden. »Mein Onkel Walter Tamasin, der Bruder von Edward Tamasin, sieht ebenfalls völlig anders aus.«
»Eine familiäre Ähnlichkeit ist durchaus erkennbar«, erwiderte Mr. Melmoth. »Nur dein Onkel hier ist völlig aus der Art geschlagen.«
Hayden zuckte die Schultern. »Er war nie wie die anderen, daher ist er auch weggegangen.«
»Weißt du Näheres darüber?«, fragte Melissa neugierig. Ihr Vater sprach nie über die Zeit in England.
»Nein, nur dass er irgendwann plötzlich weg war. Er hat sich nicht sonderlich gut mit der Familie verstanden. Ein Bauern- und Dienstbotenfreund, sagte mein Vater immer.«
Melissa musste lachen. »Also das kann ich nun wirklich nicht glauben.«
»Ich habe mal ein Foto von ihm gesehen«, fuhr Hayden

fort, »aus dem Jahr, ehe er gegangen ist. In dem Alter sieht man ja noch irgendwie unfertig aus, aber er hatte damals schon etwas sehr Entschiedenes im Blick, jemand, der genau weiß, was er will.«

»Das glaube ich dir schon eher.«

Ein neuer Tanz wurde aufgespielt, und Mr. Melmoth bat Melissa auf die Tanzfläche. Hayden zwinkerte ihr zu, was ein eigentümliches Flattern in ihrem Magen hervorrief. Irritiert wandte sie sich ab. Sie folgte Mr. Melmoth und warf Hayden noch einmal einen verstohlenen Blick zu, den dieser jedoch nicht bemerkte, weil er bereits wieder in ein Gespräch vertieft war. Dieses Mal blieb das Flattern aus, und Melissa lächelte Mr. Melmoth an.

»Sie haben es wirklich schön hier, Miss Tamasin«, sagte er, während er sie herumwirbelte. Er war kein sonderlich eleganter Tänzer, hielt sich aber ganz passabel.

»Sie sollten es zur Kaffee-Ernte erleben«, antwortete sie.

»Dann ist hier wirklich was los.«

»Mir gefällt es jetzt auch, es wirkt so friedlich und idyllisch.«

»Ja, das ist es wohl.«

»Sie müssen sich sehr glücklich schätzen, hier leben zu dürfen.«

»Das tue ich«, entgegnete Melissa nach kurzem Zögern. Das stimmte durchaus, wenn sie auch diese Unruhe, die sie in letzter Zeit ständig ergriff, nicht abschütteln konnte. Es war bestürzend, auf einmal nicht mehr zu wissen, wo man wirklich sein wollte. Melissa liebte die Plantage, und sie konnte sich gut vorstellen, den Rest ihres Lebens Kaffee anzubauen. Aber anderseits konnte sie sich ebenso gut vorstellen, ihr Leben lang zu reisen. Sie hatte einen solchen Hunger danach, etwas Neues zu sehen, dass sie befürchtete, ihr Leben könne nicht mehr ausreichen, diesen Hunger zu stillen.

»Waren Sie schon einmal in England?«, fragte Mr. Melmoth.

»Nein, leider noch nicht, niemand von uns. Meine Mutter ist in Indien geboren, und meine Brüder waren auch auf keinem englischen Internat.«

Mr. Melmoth sah sie erstaunt an. »Ich war der Meinung, das sei hier so üblich.«

»Wir hatten Privatlehrer, und seit 1835 hat Kandy eine Universität, an der mein Bruder Alan studiert hat.«

»Nun, an Ihrer Stelle würde ich auch nicht ins kalte, neblige England wollen.«

Das Bild nebelverhangener Städte tauchte vor ihrem geistigen Auge auf, düster, geheimnisvoll. Sie wollte dorthin, oh, wie sehr sie dies wollte. »Erzählen Sie mir doch ein wenig davon«, bat sie.

Er lächelte, offenbar entzückt, dass sie eine Bitte an ihn richtete. Während einer Anekdote musste Melissa so sehr lachen, dass sie kaum bemerkte, dass der Tanz beendet war und das Orchester zum nächsten aufspielte. Mr. Melmoth wusste jedoch, was sich gehörte, und wollte sie eben zurückbringen, als Hayden zu ihm trat und Melissas Hand nahm. »Du erlaubst?«, warf er seinem Freund über die Schulter hinweg zu, während er seine Cousine auf die Tanzfläche zurückführte. Er war ein wesentlich besserer Tänzer als Mr. Melmoth, und Melissa überließ sich vollkommen seiner Führung.

»Ich habe gehört, wir sehen uns nach meiner Abreise schon bald wieder«, sagte er.

»Woher weißt du das?« Es hatte eine Überraschung werden sollen.

»Die Dienstboten flüstern es in jeder Ecke.« Hayden lächelte. »Du hast es also geschafft. Respekt, Cousinchen.«

Melissa spürte Hitze in ihre Wangen steigen. »Nun, strenggenommen war es Louis.«

»Ja, aber du bist beharrlich geblieben und hast letzten Endes bekommen, was du dir gewünscht hast. Das ist ein großer Schritt in die richtige Richtung.«

»Denkst du wirklich?«

»Aber ja.«

»Ich freue mich auch schon sehr auf die Reise. In einem Zelt wäre es sicher noch abenteuerlicher gewesen, aber auch so ist es wunderbar.«

»Das ist es«, antwortete Hayden, allerdings nicht mit dem gleichen Enthusiasmus, in dem sie gesprochen hatte. Vielmehr wirkte er, als schüttele er unliebsame Gedanken ab. Melissa war enttäuscht und schwieg den Rest des Tanzes.

Lavinia war erschöpft. Sie hielt den Rücken gerade, hatte ein heiteres Lächeln auf den Lippen und ging in den Garten. Nur wenige Schritte noch bis in die wohltuende Dunkelheit. Sie durchmaß die Veranda, ließ das Licht hinter sich. Als es nur mehr ein feiner Schleier war, der sich in die Dunkelheit wob, ließ sie die Schultern fallen und schloss die Augen. Es war noch nicht einmal Mitternacht, und sie hatte noch Stunden geistlosen Geplappers vor sich, musste Haltung bewahren, lächeln, interessiert aussehen und die glückliche Braut spielen. Nun gut, Letzteres erst wieder, wenn ihr desinteressierter Bräutigam auftauchte. Er war ohnehin nicht gerade das, was man einen blendenden Unterhalter nennen konnte, aber an diesem Abend war er geradezu unerträglich langweilig gewesen in seiner abwesenden Art, die nur zu deutlich machte, dass er mit seinen Gedanken überall war, nur nicht bei dem, was sie erzählte. Später hatte er sich bei ihr entschuldigt, war zu einem Dienstboten gegangen, der plötzlich in der Tür zum Tanzsaal stand, hatte den Saal verlassen und war seither nicht mehr aufgetaucht.

Manchmal, in sehr dunklen Momenten, wollte der Gedanke daran, wie ihr Leben in Zukunft aussehen würde, sie in blanke Verzweiflung stürzen. Sie hatte gesellschaftlich erreicht, was zu erreichen war, sie würde die Herrin über zwei Kaffeeplantagen sein, und ganz sicher verbot Alan ihr nicht, zu lesen, was sie wollte. Wenn Lavinia eine derartige Stimmung überkam, dann wagte sie es, sich für wenige Sekunden vorzustellen, was wäre, wenn ihr dieselben Wege offenstünden wie einem Mann. Sie gab sich einen Ruck und verdrängte die unwillkommenen Bilder, dann straffte sie sich und ging zurück in den Tanzsaal, wo sie recht bald feststellte, dass Alan immer noch nicht zurückgekehrt war. Wäre Louis ihr Verlobter, würde sie ihn in den Hütten der Arbeiterinnen suchen gehen, aber bei Alan konnte sie sich das nicht vorstellen. Dennoch erinnerte sie sich an Gerüchte, die sie jedoch bisher ignoriert hatte, weil sie sein Vorleben schlicht nicht interessierte. Jetzt drängte sich jedoch ein unerfreulicher Verdacht auf. Er wagte es doch wohl nicht, sie vor allen Augen einfach allein zu lassen, um sich bei einer Tamilin zu vergnügen?

Lavinia raffte ihr Kleid und durchquerte den Saal. In der Halle traf sie auf einen weißgekleideten älteren Dienstboten. Ob er es war, der Alan weggerufen hatte, wusste sie jedoch nicht.

»Wo ist Sin-Aiyah Alan?«, fragte sie.

Der Dienstbote neigte den Kopf. »Ich weiß es nicht, Sin-Amma. Soll ich jemanden schicken, der ihn sucht?«

Lavinia überlegte kurz, schüttelte dann jedoch den Kopf und ging in den Tanzsaal zurück. Sie unterhielt sich mit ein paar jungen Frauen und versuchte unauffällig im Auge zu behalten, ob Alan zurückkam. Es war nicht einmal so, dass sie ihn vermisst hätte, aber dass er sie hier einfach so stehenließ, das ging zu weit. Wenn er schon in der Verlobungszeit so respektlos handelte, wo sich die Männer doch angeblich von ihrer besten Seite zeigten, was sollte das erst in ihrer Ehe geben?

Langsam schritt sie wieder zur Veranda, lächelte einige Bekannte an und trat hinaus. Sie verließ den Garten durch die seitliche Pforte und folgte dem Weg durch die Dunkelheit. Bäume umstanden den Pfad, der zu den Hütten der Kulis führte, und die Dunkelheit war hier beinahe undurchdringlich. Das schwache Mondlicht erhellte den Weg nur spärlich, und die Schatten wirkten, als hätten die Bäume sich in schwarze Mäntel gekleidet. Lavinia hielt sich nicht für sonderlich schreckhaft, aber hier war es unheimlich. Die Idee war ohnehin töricht. Sie konnte ja schlecht in jede einzelne Hütte schauen, um zu sehen, wo ihr Verlobter war – abgesehen davon, dass sie sich die Peinlichkeit einer solchen Situation lieber ersparen wollte. So genau wusste sie selbst nicht, was sie hier eigentlich machte. Vielleicht suchte sie einfach nur die Gewissheit, dass er nicht hier war. Sie seufzte, raffte ihr Kleid etwas höher, um es vor dem Staub zu schützen – glücklicherweise hatte es die letzten beiden Tage nicht geregnet –, und ging weiter.

Es brannten vereinzelt Feuer, um die Menschen herumsaßen. Kinder spielten trotz der späten Stunde noch draußen, und ein Hund hob neugierig den Kopf, entschied jedoch offenbar, dass sie keine nähere Erkundung wert war. Lavinia fand, dass die ansonsten so schäbige Hüttensiedlung bei Nacht, nur vom Licht der Feuerstellen erhellt, beinahe etwas Gemütliches hatte. Die Anwesenheit von Menschen war nach der bedrohlich anmutenden Einsamkeit des Weges wohltuend, wo sie auf dem Ball nur lästig gewesen war.

Die Kulis hielten in ihren Tätigkeiten inne und starrten sie an. Inmitten dieser kleinen Gemeinschaft, die in den Abendstunden kurze Momente der Ruhe genoss, störte sie. Lavinia ignorierte die Blicke und trat auf einen der Tamilen zu.

»Wo ist Sin-Aiyah Alan?«, fragte sie auf Tamilisch.

Der Mann sah sie schweigend an, dann deutete er auf eine der Hütten. Lavinia hielt die Luft an. Also doch. Sie zögerte, rang mit sich, wieder zurückzugehen, dann jedoch trat sie auf die Hütte zu und legte die Hand an die Tür. Sie wirkte gut instand gesetzt, besser als die restlichen Unterkünfte. Lavinia spürte die Blicke in ihrem Rücken. Es konnte ihr im Grunde genommen gleichgültig sein, was diese Menschen von ihr dachten, aber sich die Blöße zu geben, einfach wieder zu gehen, brachte sie nicht über sich. Zudem würden sie es Alan sicher erzählen, und er hatte dann ausreichend Zeit, sich irgendeine dumme Ausrede einfallen zu lassen. Gemurmel war aus dem Innern der Hütte zu hören, jedoch zu Lavinias Irritation nicht nur die Stimme einer Frau, sondern auch die eines Mannes, und es handelte sich eindeutig nicht um Alan. Hatte der Tamile sie zu der falschen Hütte geschickt? Sie wollte sich bereits zu ihm umdrehen, als sie Alan hörte. Er sprach leise, aber er war es unverkennbar.

Behutsam stieß Lavinia die Tür auf und trat in den von einer Öllampe erhellten Raum. Alan sah auf, und seine Augen weiteten sich. Er saß auf einem schmalen Bett, das gegenüber der Tür stand, und in den Armen hielt er ein kleines Kind.

»Was tust du hier?«, fragte er, ohne Anstalten zu machen, aufzustehen, wie es die Höflichkeit geboten hätte.

»Dasselbe könnte ich dich fragen«, antwortete Lavinia und schloss die Tür hinter sich. Sie sah sich um. Es war ein kleiner ordentlicher Raum, zwar nur mit dem Nötigsten ausgestattet, aber sauber und beinahe behaglich, wonach die Hütte von außen nun wahrlich nicht aussah. Eine junge Frau und ein nur wenige Jahre älterer Mann standen an der Wand am Kopfende des Bettes und sahen sie an, als sei sie ein Eindringling. Lavinia runzelte die Stirn.

»Geh zurück«, sagte Alan, »ich komme später nach.«

Es war das erste Mal, dass er ihr eine Anweisung gab, Lavinia wollte jedoch nicht gehen, ehe sie wusste, was hier vorging. Sie sah das Kind an.

»Wem gehört die Kleine?«

»Mir.« Die Antwort kam ohne Zögern.

Langsam nickte Lavinia. »Ich habe darüber reden hören.« Sie trat näher, ohne den Blick von dem Mädchen zu nehmen, das mit geschlossenen Augen in den Armen ihres Vaters lag. Die Brust hob und senkte sich in tiefen Atemzügen, und das Gesicht war gerötet. Am Ansatz über der Stirn war das Haar schweißnass.

»Was fehlt ihr?«

Alan sah auf das Kind, und über sein Gesicht glitt eine solche Zärtlichkeit, dass Lavinias Bild des kalten Langweilers einen tiefen Riss bekam. Sie sah irritiert zu Boden, dann wieder zu ihm. Er erwiderte ihren Blick.

»Sie hat Fieber, schon seit gestern. Erst sah es so aus, als würde es besser werden, aber vor einer Stunde hat mir ein Dienstbote ausgerichtet, dass es wieder ansteigt. Ich hatte Anweisung gegeben, mir umgehend Bescheid zu sagen.«

»Warst du mit ihr bei einem Arzt?«

»Nein, sie ist zu schwach, um transportiert zu werden, und unser Hausarzt weigert sich, in die Kuli-Baracken zu gehen.«

»Dann bring sie ins Haus, in Gottes Namen«, sagte sie schroff.

»Das habe ich versucht, aber mein Vater hat gesagt, wenn die Kleine das Haus betritt, wird er sie eigenhändig hinauswerfen, und ich weiß, dass das keine leere Drohung ist. Das Risiko kann ich bei ihrem Zustand nicht eingehen.«

»Du kannst das Risiko nicht eingehen, ihr keinen Arzt zu rufen.«

»Kümmere dich um deine eigenen Angelegenheiten«, antwortete Alan kalt, »und misch dich nicht in meine ein. Ich kenne meinen Vater und weiß, wovon ich rede.«

Lavinia sah das fiebernde Kind an, und eine eisige Wut stieg in ihr auf. Sie drehte sich auf dem Absatz um und verließ die Hütte. Auf dem Rückweg hatte die Dunkelheit ihren Schrecken verloren.

Edward Tamasin erkannte auf Anhieb, dass das Lächeln, mit dem Lavinia ihn bedachte, während sie ihn um ein kurzes Gespräch bat, gezwungen war. Ihr Gesicht wirkte starr, beinahe maskenhaft. Höflich geleitete er sie in den Nebensalon, wo einige Gäste sich auf Sitzbänken mit Erfrischungen in den Händen ein wenig ausruhten. Seiner Aufforderung, Platz zu nehmen, kam sie mit kaum merklichem Zögern nach.

»Nun«, sagte er, »was gibt es, meine Liebe?«

»Es geht um Alan«, begann sie, »oder vielmehr um seine Tochter. Ich habe sie vorhin gesehen.«

Er schlug ein Bein über das andere. »Dann weißt du es nun also? Das bedaure ich sehr. Wo hast du sie denn gesehen?« Alan hatte dieses Balg doch wohl nicht in die Nähe des Hauses gebracht?

»Dass er ein Kind hat, ist mir gleichgültig.« Sie schürzte kurz die Lippen, als würde ihr klar, dass sich dieses Bekenntnis von einer jungen Verlobten sehr seltsam ausnahm. »Ich meine, das Kind ist ja nun einmal da, nicht wahr?«

Er lächelte. Eine vernünftige Frau als Schwiegertochter war ganz nach seinem Geschmack.

»Das stimmt natürlich. Aber was ist es dann, das dich beunruhigt?«

»Sie ist krank und braucht einen Arzt.«

Edwards Lächeln verblasste, und er runzelte die Stirn. »Und was sollte mich das angehen?«

»Alan sagte, Ihr Hausarzt kommt nicht in die Hütten der Kulis.«

»Natürlich nicht. Er ist ein Mann von hervorragendem Ansehen und ein sehr gefragter Arzt.«

»Dann muss die Kleine ins Haus.«

Edward machte Anstalten, aufzustehen. »Sag Alan, ich finde es erbärmlich, dich vorzuschicken.«

Lavinia stand ebenfalls auf und griff nach seinem Arm, was er mit einem Stirnrunzeln quittierte. »Ich glaube, du vergisst dich.«

Sie ließ ihn los. »Das Mädchen ist schwerkrank, und Alan hat mich nicht geschickt. Ich habe es entdeckt, als ich mich auf die Suche nach ihm gemacht habe.«

»Wie auch immer, es interessiert mich nicht, was aus dem Balg wird. Darüber, was einem Kind in den Baracken der Kulis für ein Schicksal blüht, hätte Alan sich Gedanken machen sollen, bevor er es gezeugt hat.« Er wusste, dass er mit solchen Worten die Grenze der Schicklichkeit einem unschuldigen Mädchen gegenüber weit überschritt, aber er wollte sie in Verlegenheit bringen, was ihm offenbar auch gelungen war, denn ihre Wangen wurden flammend rot. »Wenn du mich nun bitte entschuldigst.« Er wandte sich ab.

»Haben Sie bei Louis' Zeugung auch darüber nachgedacht?«

216

Langsam drehte Edward sich zu ihr um. »Wie war das?«
Das Rot ihrer Wangen war noch dunkler geworden.
»Louis lebt auch hier im Haus. Warum darf das Mädchen
nicht einmal hierher, wenn es einen Arzt braucht?«
»Ich bin dir zwar keine Rechenschaft schuldig, aber Louis
lebt hier, weil er mein Sohn und dies mein Haus ist.
Wenn Alan es einmal erbt, mag er damit verfahren, wie
er möchte. Ich will diese Bastard-Enkeltochter hier nicht
haben. Im Übrigen muss ich dir leider sagen, dass ich
dich aufgrund deiner Unverschämtheit in den nächsten
Tagen hier ebenfalls nicht sehen möchte. Weil du dich
ansonsten einwandfrei verhältst, nehme ich an, es ist eine
weibliche Launenhaftigkeit. Komm wieder, wenn du sie
überwunden hast.«
Lavinia wirkte wie erstarrt, hatte aber offenbar nichts
von ihrem Kampfgeist eingebüßt. »Wäre es Ihnen lieber,
wenn sich auf dem Ball herumspricht, dass in einer der
Baracken Ihr Enkelkind an Fieber stirbt, während wir
hier im Haus tanzen?«
Edward kniff die Augen zusammen. »Meine Liebe, dort,
wo du dich jetzt bewegst, wird das Eis sehr dünn.« Er
trat einen Schritt auf sie zu. »Du wagst es, mir zu drohen?«
Es war ihr anzusehen, wie viel Mühe es sie kostete, nicht
zurückzuweichen. Widerwillig musste er ihrem Mut Respekt zollen, auch wenn er wütend auf sie war. »Kind,
denkst du, es ist klug, mich zum Feind zu haben?«
Sie schüttelte den Kopf. »Das ist nicht meine Absicht.«
»Was ist, wenn ich dir sage, dass mir dein Ton nicht gefällt und ich Alan die Verlobung lösen lasse?«

Er bemerkte, wie sie einen Moment lang verunsichert war, dann hatte sie sich wieder gefangen. »Das ist nicht möglich, wie Sie sicher wissen«, sagte sie. »Wenn Alan die Verlobung löst, dann wird er damit meinen Ruf in Frage stellen, und dadurch wäre mein Vater Ihr Feind. Aber Sie wissen so gut wie ich, dass eine Verbindung mit dem Vermögen meines Vaters so lohnenswert ist, dass man dafür durchaus auch mal die Widerworte einer künftigen Schwiegertochter in Kauf nehmen kann.«

Er schob sein Jackett ein wenig zurück, als er die Hände in die Hüften stemmte und die junge Frau taxierte, so lange, bis sie den Blick senkte. »Du wirst deine Drohung kaum wahrmachen«, sagte er, »denn hier interessiert es kaum jemanden, was in den Hütten der Kulis vor sich geht. Beinahe jeder hat seine Geheimnisse dort, nicht nur Alan.«

Sie sah ihn an. »Bitte«, sagte sie leise.

»Warum ist dir das so wichtig?«

»Weil sie ein Kind ist, ein kleines Mädchen …«

Ich werde in der Tat alt, dachte Edward, während er Lavinia ansah. »Geh zu Alan und sag ihm, er kann das Mädchen ins Haus bringen, aber nur so lange, bis sie wieder gesund ist. Und was dich angeht, untersteh dich, jemals wieder einen solchen Ton mir gegenüber zu führen. Du hättest an einem Leben in meinem Haus mit mir als Gegner nicht viel Freude.«

»Ich … ich hätte es lieber bei einer Bitte belassen, aber Sie wollten mir nicht einmal zuhören.«

»Das Vorrecht der Männer, eine Frau sollte wissen, wann sie zu schweigen hat.«

Lavinia wurde blass, nickte jedoch. »Danke«, murmelte sie. Er wandte sich ab und ließ sie stehen.

Ihre Beharrlichkeit hatte ihn durchaus beeindruckt, *sie* hatte ihn beeindruckt. Alan, der Narr, schien es jedoch nicht zu schätzen zu wissen, eine Frau wie sie zu bekommen. Im Grunde genommen war er ihr nicht einmal mehr böse, aber es konnte natürlich nicht angehen, dass sie glaubte, ihm drohen zu können, ohne Konsequenzen zu befürchten. Edward sah ihren Vater in ein Gespräch mit einigen Freunden vertieft. An diesem Abend würde er nichts mehr zu dem Vorfall sagen, besser war es sicher, Henry Smith-Ryder am kommenden Nachmittag einen Besuch abzustatten. Oder, dachte er, vielleicht auch nicht. Ihm kam in den Sinn, was er täte, wenn ihm Melissas künftiger Schwiegervater dergleichen erzählte. Vermutlich würde er ihn auslachen.

»Du bist ja noch wach.« Melissa stand an der offenen Balkontür und sah zu Hayden, der an der Balustrade stand und in die Dunkelheit sah. Der Geruch von Zigarren hing in der Luft.

»Ich bin noch nicht müde«, antwortete er. Ein roter Punkt glomm vor seinem Gesicht auf.

Melissa trat auf den ausladenden Balkon, der von dem Salon über dem Ballsaal abging. Hier oben war das Büfett aufgebaut gewesen, und der Geruch der Speisen hing noch immer in dem Raum. Melissa atmete die Nachtluft in tiefen Zügen ein. Nach Feiern war sie immer aufgekratzt und konnte nicht schlafen.

Dieser Abend hatte sogar eine Überraschung parat gehabt: Ihr Vater hatte erlaubt, dass Justine ins Haus zog. Sie bewohnte ein Zimmer, das in der Nähe von Alans lag, und der Arzt war inzwischen bei ihr gewesen. Melissa hatte sich für ihre kleine Nichte nie wirklich interessiert, aber als sie sie dieses Mal sah, fühlte sie sich eigentümlich berührt. Sie hatte sie das erste Mal näher angesehen, und nun rührte sie das von Locken umrahmte Gesicht mit den Apfelbäckchen. Der Gedanke daran, wie unerwünscht die Kleine in diesem Haus war, tat ihr plötzlich weh.

Sie trat zu Hayden, der, die Unterarme auf die Balustrade gestützt, wieder in den Garten sah. Zwischen den Fingern seiner rechten Hand verglomm die Zigarre. Er trug immer noch seine Frackjacke, hatte jedoch die breite Krawatte gelockert, den Kragen geöffnet und wirkte gedankenverloren. Melissa sah ihn an, ihr Blick glitt über sein Profil, seinen Hals, seine Schultern. Er drehte sich zu ihr, im Blick eine Intensität, die nahelegte, dass seine Gefühle für sie keineswegs die eines nahen Verwandten waren. Abrupt wandte sie sich ab, verwirrt, bestürzt, während er weiterhin schwieg. Sie sammelte sich und sah ihn wieder an, lotete vorsichtig aus, ob alles wieder so war wie zuvor.

Er hatte die Zigarre an die Lippen gehoben, und die Spitze glomm rot auf. Noch immer sah er sie an. Melissa fuhr sich mit der Zungenspitze über die Lippen und schluckte. Um ihre Verunsicherung zu überspielen, streckte sie die Hand aus. »Darf ich?«, bat sie mit Blick auf die Zigarre.

Er war verblüfft. »Du rauchst?«

»Gelegentlich, wenn Louis es erlaubt.«

Hayden schien nicht so recht zu wissen, was er davon halten sollte, dann jedoch lächelte er und hielt ihr die Hand mit der Zigarre hin. Melissa neigte sich vor, umschloss sein Handgelenk, fühlte die feinen Härchen darauf, die Wärme seiner Haut, und wenn sie erwartet hatte, auf diese Weise eine Spur Normalität zwischen ihnen wiederherstellen zu können, wurde sie rasch eines Besseren belehrt. Vielmehr beherrschte sie auf einmal der Gedanke daran, dass Hayden ihr Verhalten womöglich undamenhaft fand, und so zögerte sie, die Zigarre in den Mund zu nehmen. Einen Rückzieher konnte sie jedoch nun nicht mehr machen.

»Ich sehe ja wohl hoffentlich nicht richtig!«

Erschrocken fuhren sie und Hayden auseinander, als ihr Vater den Balkon betrat. Melissa zog unwillkürlich die Schultern hoch, als könne sie sich dadurch kleiner machen, während Hayden zwar erschrocken, jedoch gefasst wirkte.

»Das war hoffentlich nur ein leichtsinniger Versuch und nicht das Frönen einer heimlichen Angewohnheit«, sagte ihr Vater, während er sie aus schmalen Augen musterte, dann wandte er sich an Hayden. »So etwas will ich nie wieder sehen.«

»Es war meine Schuld«, antwortete Melissa anstelle ihres Vetters. »Ich habe ihn darum gebeten.«

»Das ist mir durchaus klar, aber er ist dein älterer Cousin und muss nicht jedem Leichtsinn von dir nachgeben. Von ihm erwarte ich dasselbe Verhalten, das ich auch von deinen Brüdern dir gegenüber erwarte.«

Melissa bemerkte, dass ein Anflug von Röte über Haydens Gesicht flog, und sie ahnte den Grund. Mochte ihr Vater es für Verlegenheit und Schuldbewusstsein halten. Edward Tamasin stellte sich zwischen die beiden und stützte die Hände auf die Balustrade. Offenbar war keine Strafpredigt zu erwarten, dennoch schien Hayden es für angebracht zu halten, die halb gerauchte Zigarre unauffällig in den Garten zu schnippen. Rauchen in Gegenwart einer Dame gehörte sich schließlich ebenso wenig, wie einer solchen dergleichen zu gewähren.

»Als ich damals hierherkam«, sagte ihr Vater unvermittelt, »war all das wild bewachsenes Land.«

»Bist du hierhergekommen, nachdem die erste Straße verlegt worden war?«, fragte Hayden.

»Nein, vorher schon. Die Barne's Road entstand erst später. Heute ist es selbstverständlich, eine Verbindung zwischen Colombo und Kandy zu haben, aber damals war das eine große Sache. Plötzlich betrugen die Kosten für den Transport des Kaffees nur noch ein Zwölftel.« Ihr Vater wirkte gedankenverloren, als weile er in längst vergangener Zeit. Dann jedoch wandte er sich von dem mondbeschienenen Garten ab und drehte sich zu Hayden um. »Wann reist ihr ab?«

»In den nächsten Tagen. Es müssen nur noch ein paar Reiseformalitäten geklärt werden. Uns fehlt ein Führer für die Berge. Der, den wir eigentlich haben wollten, ist erkrankt.« Hayden runzelte die Stirn. »Das alles zieht sich länger hin als geplant.«

»Du weißt, dass du hier immer ein gerngesehener Gast bist«, sagte Edward Tamasin.

»Ja, und ich danke dir dafür, aber ich werde unruhig, wenn ich so lange untätig bin.«

Melissa ließ den Blick durch die Dunkelheit schweifen und stellte sich alles in urtümlicher Wildnis vor. Sie bedauerte, dass ihr Vater das Thema gewechselt hatte, er erzählte so selten von seinen Anfängen. Er blieb noch einige Minuten schweigend bei ihnen stehen, dann verabschiedete er sich von Hayden und ging ins Haus. Melissa begleitete ihn, obwohl sie lieber noch ein wenig draußen geblieben wäre, aber wenn die ganze Familie schlief, konnte sie schlecht allein mit einem Mann auf dem Balkon stehen, selbst wenn dieser ihr Cousin war. Sie drehte sich an der Balkontür zu Hayden um, wollte noch einmal das seltsame Gefühl auffangen, das sie nur wenige Momente zuvor empfunden hatte, wollte wissen, ob es wirklich da oder nur Einbildung gewesen war. Hayden sah ihnen nach, aber seine Augen waren nur Glanz inmitten von Schatten. Sie zögerte, dann wandte sie sich ab und folgte ihrem Vater.

10

Das erste Mal war es geschehen, kurz nachdem Manjula das fünfzehnte Lebensjahr vollendet hatte, und obwohl sie wusste, dass viele Frauen das Gleiche erlitten, war sie immer der Meinung gewesen, ihr drohe ein solches Schicksal nicht – die Zuversicht der Jugend, und das, obwohl diese alles andere als leicht war.

Es dämmerte, als sie sich vom Brunnen auf den Heimweg machte. Ihre Mutter hatte sie mit zwei Eimern losgeschickt, vor über einer Stunde bereits, aber sie hatte sich mit einem anderen Mädchen unterhalten und die Zeit vergessen. Das Gewicht der beiden fast bis zum Rand gefüllten Eimer zerrte an den Schultern, und beim Gehen verschüttete sie immer wieder Wasser, so dass ihre Füße und der Saum ihres Saris bereits nass waren. Während sie den Weg zu der Siedlung schiefer Bretterverschläge ging, die seinerzeit anstelle der jetzigen Hütten standen, war er mit seinem Pferd vor ihr aufgetaucht. Er ritt mitten auf dem Weg, und sie ging zur Seite, um ihm Platz zu machen, den Blick gesenkt.

Als er das Pferd neben ihr zügelte, bemerkte sie es zunächst nicht und blickte erst auf, als er sie ansprach.

»Mädchen«, sagte er, die Stimme weniger streng und gebieterisch, als sie es aufgrund seiner Erscheinung erwartet hatte. Er saß ab, band sein Pferd fest, nahm ihren Arm, und erschrocken ließ sie beide Eimer fallen. Einer blieb stehen, der andere kippte um, und das Wasser ergoss sich über sein linkes Bein und seinen Fuß. Fluchend sprang er einen Schritt zurück, ließ sie jedoch nicht los.

»Verzeihung, Periya-Dorahi«, stammelte sie atemlos, aber er schüttelte den Kopf und gebot ihr mit einer Handbewegung zu schweigen. Dann führte er sie mit sich ins Unterholz. Erst jetzt ahnte sie, was sie zu erwarten hatte, und blieb unvermittelt stehen. Er sah sie jedoch nur kurz an und ging weiter, so dass sie ihm folgen musste.

Von vielen Frauen hatte sie gehört, dass es besser war, sich nicht zur Wehr zu setzen, denn wenn man ruhig blieb, ersparte man sich stärkere Verletzungen und Schmerzen. Es fiel Manjula schwer, dies zu glauben, während sie die Zähne in ihre Lippen grub und Hände und Zehen in die Erde krallte, in dem Bemühen, weder zu schreien noch um sich zu schlagen und zu treten. Als er von ihr abließ, schob sie ihren Sari über die Hüften, setzte sich auf und umklammerte mit zitternden Händen ihre Knie, die sie bis an ihr Kinn gezogen hatte. In dumpfem Schweigen starrte sie auf den Boden und sah auch nicht auf, als seine Füße in ihr Blickfeld kamen.

»Ich habe dich schon öfter den Weg entlangkommen sehen und heute auf dich gewartet«, sagte er unvermittelt. »Also überleg dir nicht, was du hättest tun können, damit es nicht passiert wäre.«

Sie schwieg weiterhin.

»Hat man dir nicht beigebracht, zu antworten, wenn dein Herr mit dir spricht?«

»Ja, Periya-Dorahi«, flüsterte sie.

»Gut, dann steh jetzt auf.«

Sie kam seiner Forderung nach, konnte jedoch ein leises

Stöhnen nicht unterdrücken. Flüssigkeit rann ihre Beine hinab. Sie blinzelte und rieb sich über die Augen.

Er strich mit beiden Händen ihr Haar nach hinten und umfasste es dann wie einen Zopf, um ihren Kopf zurückzubiegen. »Es gibt keinen Grund zu weinen. Geh nach Hause und denk daran, dass das Leben leichter ist als Geliebte des Periya-Dorahi.« Damit ließ er sie stehen und ging leichtfüßig zurück zu seinem Pferd.

Am ganzen Körper bebend folgte Manjula ihm zu der Stelle, wo sie die Wassereimer hatte fallen lassen. Der eine stand immer noch, während der andere in einer schlammigen Pfütze lag. Sie hob beide auf und machte sich auf den Weg nach Hause, schwerfällig und kaum imstande, einen Schritt vor den anderen zu setzen. Ihr Haar fiel ihr wie ein Vorhang zu beiden Seiten des Gesichts.

Als sie die Tür zu ihrer Hütte öffnete, stand ihre Mutter auf, das Gesicht zornesbleich. Manjula zog den Kopf ein in Erwartung eines Schlags, der jedoch nicht kam. Vielmehr wirkte ihre Mutter auf einmal erschrocken, dann niedergeschlagen und resigniert. Auch ihr Vater sah sie an, presste die Lippen zu einem Strich und sah wieder weg. Ihre Mutter trug ihrem jüngeren Bruder auf, mit dem leeren Eimer noch einmal zum Brunnen zu gehen.

»Das ist Frauenarbeit«, empörte sich dieser. Das Klatschen einer Ohrfeige brachte ihn zum Schweigen, und er schnappte sich den Eimer, stieß Manjula grob zur Seite und verließ die Hütte.

Der Schlafbereich der Mädchen war durch ein fadenscheiniges Baumwolllaken vom übrigen Raum abgetrennt, und obwohl Manjula am liebsten allein gewesen

wäre, tat ihr die Anwesenheit ihrer drei Schwestern gut.
Die Älteste stand auf, um ihrer Mutter beim Kochen zur
Hand zu gehen, während die beiden Jüngsten sich um
ein kleines Holzspielzeug stritten. Sie beachteten Manjula nicht, was dieser nur recht war. Aus dem Raum war
Flüstern zu hören, und zweifellos wurde die Älteste gerade über die Schande ihrer jüngeren Schwester aufge-
klärt.

Manjula rollte sich auf ihrem Lager zusammen. Es war
ihr gleichgültig, dass ihre Mutter sie tadeln würde, weil
sie ihre Pflichten im Haus nicht wahrnahm. Sie hielt die
Augen geschlossen, auch als ihre jüngeren Schwestern
sie ansprachen und fragten, ob sie krank sei. Irgendwann
kam ihre Mutter zu ihr, Manjula konnte sich jedoch
nicht zu mehr durchringen, als die Augen zu öffnen und
liegen zu bleiben. Ihre Mutter stellte eine Schüssel hin
und reichte ihr ein Tuch.

»Geh nach draußen und wasch dich«, sagte sie. Aus der
Hand ihrer ältesten Tochter, die Manjula erst jetzt bemerkte, nahm sie einen hölzernen Becher, dem Dampf
entstieg. »Trink das jetzt.«

Manjula hob den Becher an die Lippen, nippte an der heißen Flüssigkeit und verzog ob des bitteren Geschmacks
die Lippen.

»Alles austrinken«, befahl ihre Mutter und blieb an dem
Lager hocken, bis der Becher leer war.

Am kommenden Abend ging sie zögernd den Weg zurück zum Haus, wieder mit beiden Eimern in den Händen. Er wartete bereits an derselben Wegbiegung auf sie
wie am Tag zuvor und kam auf sie zugeritten, als er sie

sah. Dieses Mal musste er nichts sagen. Wortlos band er sein Pferd fest, sie stellte die Eimer behutsam zu Boden und folgte ihm in das Unterholz. Am Abend gab ihr ihre Mutter denselben Trank wie am Tag zuvor.

Es hatte sich eine gewisse Gewohnheit eingespielt, und Manjula fragte sich, warum er ihrer nicht überdrüssig wurde. Sie ging nicht mehr angstvoll den Weg zurück und überlegte nicht mehr, ob es einen anderen Weg nach Hause gab – ein Gedanke, den sie rasch verworfen hatte, denn vor ihm konnte auch kein anderer Weg sie retten –, sondern fügte sich in das Unvermeidliche. Das Erstaunlichste war, dass sie ihn nicht einmal hasste, sondern vielmehr einen derartigen Selbstekel entwickelte, dass sie oftmals stundenlang am Bach stand und ihre Haut schrubbte, um seine Berührungen abzuwaschen.

Ihre Eltern kratzten das bisschen Geld, das sie hatten, zusammen, um alle drei Schwestern mit einer Mitgift auszustatten und schnellstmöglich zu verheiraten, sogar die elfjährige Sitara. Als nur noch Manjula und ihr Bruder daheim lebten, fühlte sie sich so einsam wie nie zuvor in ihrem Leben. Und genau in dieser Zeit geschah es, dass der Trank ihrer Mutter seine Wirkung verfehlte und sie schwanger wurde. Ihre Eltern waren nicht so entsetzt, wie es angesichts einer solchen Eröffnung zu erwarten gewesen wäre. Vielmehr schienen sie sich bereits mit der Schande abgefunden zu haben. Edward Tamasin jedoch war sichtlich aus der Fassung gebracht, als sie es ihm erzählte, kaum dass er vom Pferd gestiegen war, wobei ihre Stimme beinahe versagte. Sie hatte lange mit sich gerungen, ob sie es ihm sagen solle, und war schließlich zu dem Schluss gekommen, dass er es ohnehin erfahren würde. Zunächst war er wütend und trat gegen beide Eimer, so dass das Wasser in hohem Bogen über den Weg spritzte und Manjula bis zur Hüfte durchnässte. Dann jedoch wurde er ruhiger, sah sie an und sagte: »Außer mir kommt wohl niemand in Frage, möchte ich annehmen?«

»Nein, Periya-Dorahi.«

»Wann?«

»In fünf Monaten.«

»Nun gut.« Er griff wieder nach den Zügeln. »Du wirst in Zukunft im Haus arbeiten.« Als sie nach einem der Eimer griff, versetzte er diesem einen Tritt, so dass er außerhalb ihrer Reichweite rollte. »Ab heute Abend. Sag deiner Mutter, sie soll jemand anderen die schwere Arbeit machen lassen.«

»Aber Periya-Dorahi, ich …«

»Widersprich mir nicht.« Er griff nach ihrem Handgelenk und drückte gerade fest genug zu, dass es weh tat. »Ich möchte nicht, dass du mein Kind inmitten von dem Dreck, in dem du lebst, verlierst. Und nun geh.«

Sie nahm die leeren Eimer und rannte den Weg zurück nach Hause, fort von ihm. Daheim erzählte sie ihrer Mutter, dass sie fortan im Bungalow leben würde.

»Hurenlohn«, sagte ihre Mutter und schlug sie ins Gesicht.

Obwohl sie es nicht hatte glauben können, änderte sich ihr Leben zum Besseren. Sie musste ihm zwar nach wie vor gefällig sein, aber das ließ mit Anschwellen ihres Leibes nach. Das Kind beherrschte jeden ihrer Gedanken, und sie war erfüllt von der Angst, es nicht behalten zu dürfen. Die Dorasani sah sie zunächst argwöhnisch an, dann jedoch wurde sie freundlicher und schien geradezu erleichtert, dass ihr Mann seine Lust an diesem fremden Mädchen stillte. Manjula hasste sie so sehr, wie sie den Periya-Dorahi nicht hassen konnte, denn wenn die Dorasani ihre Pflichten als Ehefrau besser erfüllte, so würde ihr Mann vermutlich nicht jedem hübschen jungen Mädchen in Reichweite seine Unschuld rauben. Von all diesen Mädchen war sie die Einzige, die Bestand hatte, die Einzige, die sein Kind bekam. Er drohte ihr, dass dies das einzige bleiben müsse, drohte sogar an, jedes weitere zu ertränken.

Nach Vilas' Geburt war Manjula klar, dass sie niemals in ihrem Leben einen Menschen so sehr lieben konnte wie ihn. Er war ihre größte Freude, ihr bester Freund und der andere Teil ihrer Seele. Sein Vater überließ ihn ihr, und sie trug ihn den ganzen Tag in einem Tuch an ihren Körper gebunden mit sich herum, während sie arbeitete, hielt ihn nachts, roch beim Einschlafen seinen Babyduft und schmiegte ihr Gesicht an sein flaumiges Haar. Wenn der Herr nach ihr verlangte, fand sich immer ein Dienstmädchen, dem sie den Jungen so lange überlassen konnte. Die Einzigen, die ihn nicht sehen wollten, waren ihre Eltern. Manjula versuchte immer wieder, sich mit ihnen auszusöhnen, aber sie wusste, wie unwillkommen ihre Besuche waren, so dass sie sie irgendwann einstellte. Dennoch machte die Ungerechtigkeit sie wütend und traurig. War es denn ihre Schuld? Hatte sie eine Wahl gehabt?

Bis zu seinem vierten Lebensjahr wohnte Vilas in ihrer Kammer. Als es so weit war, dass er ein eigenes Zimmer im Westflügel bei der Familie bezog, entdeckte Manjula eine neue Form der Einsamkeit, und sie hatte Angst, dass sie nun keinen Kontakt mehr zu ihrem Sohn haben dürfe. Diese Sorge erwies sich jedoch als unbegründet. Allerdings übernahmen Lehrer und der Periya-Dorahi seine Erziehung, und weder bekannte er sich zum Hinduismus noch trug er öffentlich seinen indischen Namen. Selbst die Dienstboten, die ihn als Kind mit Vilas angeredet hatten, nannten ihn nur noch Sin-Aiyah Louis.

Aber die Zuneigung zwischen ihnen war ungebrochen, und nach wie vor besuchte er sie jeden Abend, so wie vor wenigen Tagen, als er spätabends wutentbrannt in ihr Zimmer gestürmt war, weil sie bei seinem Vater für ihn gebetet hatte.

»Ich kann nicht glauben, dass du dich so vor ihm erniedrigst«, hatte er gesagt.

»Was ich für dich tue, ist keine Erniedrigung.«

Diese Antwort wollte er jedoch nicht gelten lassen. »Er hat dich kaum besser behandelt als eine Hure. Ich will nicht, dass du ihn um irgendetwas bittest. Was er dir angetan hat, kann er ja doch niemals vergelten.«

»Ich habe dich bekommen«, hatte sie mit einem Lächeln geantwortet.

An diesem Abend war er wieder bei ihr und saß auf einem Stuhl in der Ecke. Die Kammer war so klein, dass seine ausgestreckten Beine die gesamte Strecke zwischen Wand und Bett durchmaßen. Es befanden sich noch ein Tisch und ein Schrank darin, und somit wirkte der Raum beinahe vollgestopft. Kleinigkeiten, die er ihr geschenkt hatte, machten das Zimmer wohnlich und auf gewisse Art gemütlich. So lag vor ihrem Bett ein geflochtener Bettvorleger, luftige Vorhänge hingen vor dem winzigen Fenster und einiges an Zierat, das Vilas ihr von seinen gelegentlichen Besuchen auf dem Basar von Kandy mitbrachte, stand auf einem an der Wand angebrachten Regal.

»Bist du sicher, dass du nicht mitkommen möchtest?«, fragte er erneut.

»Eine so weite Reise habe ich noch nie gemacht. Außerdem weißt du doch gar nicht, ob dein Vater es erlaubt.« Vilas schnaubte verächtlich. »Er soll nur wagen, es zu verbieten.«

»Ich glaube, eine solche Reise ist nicht das Richtige für mich. Mich hat das Bergland nie gereizt.«

Vilas zuckte die Schultern. »Gut, wie du möchtest.« Sein Blick schweifte durch den Raum, blieb an dem winzigen Schrein hängen, der Parvati gewidmet war, dann wandte er sich wieder ab. Er hatte mit ihrem Glauben nie viel anfangen können. War sie selbst eine Frau der untersten Kaste, so war Vilas kastenlos, aus Sicht der Tamilen unrein, aus Sicht der Engländer keiner der Ihren.

Jetzt stand er auf, kam zu ihr, kniete vor ihr nieder und nahm ihre abgearbeiteten Hände in seine. »Du hast etwas Besseres verdient als das hier. Immer musstest du so hart arbeiten.«

»Mir geht es gut, Vilas. Wichtig ist mir, dass ich dich habe.«

Er schüttelte den Kopf. »Ich möchte nicht, dass du in einer solchen Kammer haust, während *die*«, er deutete mit dem Kinn zur Tür, »und ich selbst hochherrschaftlich leben.« Mit den Daumen streichelte er ihre Handrücken. »Sobald mein Haus fertig ist, kommst du mit zu mir. Dann schaukelst du meine Kinder auf dem Schoß.« Sie lächelte. Das hatte er schon oft gesagt, aber sie hörte es immer wieder gern und liebte das Bild, das dabei heraufbeschworen wurde. Es würden glückliche Tage werden.

∽∾

Seit Justine im Haus war, konnte sich Melissa kaum von der Kleinen losreißen. Sie fand sie hinreißend und verbrachte morgens immer eine Stunde bei ihr im Zimmer, um die zarten Locken zu frisieren und Bänder hineinzubinden.

Das Mädchen, immer noch ein wenig geschwächt von den Fieberschüben der letzten Tage, schien die Aufmerksamkeit zu genießen, und Melissa wiederum genoss, wie sich der kleine Körper vertrauensvoll an sie schmiegte, wenn sie sich zu dem Kind aufs Bett setzte und ihm eine Geschichte erzählte. Zu dem Fieber waren Übelkeit und Erbrechen hinzugekommen, und beinahe hätte ihr Vater die Kleine aus Angst vor Ansteckung wieder in die Hütte zurückgeschickt. Er verbot allen Familienmitgliedern, die Nähe des Kindes zu suchen, und drohte, das Kind ansonsten eigenhändig hinauszuwerfen. Alan war der Einzige, der sich nicht an das Verbot hielt, und weil er das Kind in seiner Hütte ohnehin besucht hätte, ließ ihr Vater ihn stillschweigend gewähren. Inzwischen war die

Krankheit jedoch abgeklungen, und die Kleine plapperte munter vor sich hin, wenn Melissa bei ihr war.

»Du solltest Papa dazu überreden, sie hierzulassen«, sagte sie, als sie zusammen mit Alan und Louis bei dem Kind saß.

»Wie du sicher weißt, stoße ich bei ihm damit auf taube Ohren«, antwortete Alan. »Zudem fehlt es ihr an nichts.«

»Ich bitte dich, sie wohnt in einer Baracke.«

»Als Kind sieht sie wohl eher die Freiheit, die sie hier nicht hat.«

»Du willst sie verwildern lassen?«

Louis beobachtete die beiden, lehnte sich zurück und grinste.

»Wohl kaum«, sagte Alan verärgert. »Sobald sie etwas älter ist, werde ich sie ins Haus holen.«

»Wie soll das gehen, wenn du es nicht einmal jetzt, wo sie noch so klein ist, bewerkstelligen kannst?«

Alan sah sein Kind an und schwieg, dann sagte er: »Ich werde schon einen Weg finden.«

»Ansonsten frag doch einfach Lavinia«, erwiderte Melissa mit maliziösem Lächeln. Der Seitenhieb saß, und Alan sah sie an, eine steile Falte zwischen den Brauen.

»Wäre sie mein Kind«, fuhr Melissa fort, »würde ich alles tun, was ich kann, um sie in meiner Nähe zu haben.«

»Wäre sie dein Kind«, Alans Stimme troff vor Hohn, »hätte Papa sie dir entweder aus dem Leib geschnitten oder nach der Geburt im Brunnen ertränkt.«

Louis setzte sich mit einem Ruck auf. »Das war grob und gänzlich unangebracht.«

»Aber es ist doch so.« Alan zuckte die Schultern und wandte sich seinem Kind zu, das auf Melissas Schoß saß. Er streckte die Arme aus, und die Kleine kletterte von Melissas Knien hinunter und lief zu ihm. Melissa sah ihr schweigend nach, stand dann auf und ging zum Fenster.

»Lissa«, sagte Louis.

»Wer kümmert sich um sie, wenn du weg bist?«, fragte sie, ohne Alan anzusehen.

»Das hat dich doch früher auch nicht bekümmert.«

»Früher kannte ich sie nicht, und du warst zudem nie über Wochen fort.«

»Sie lebt bei einer Tante.«

Melissa drehte sich zu ihm um und schürzte die Lippen. »Und wie gut die ihr in einem Notfall helfen kann, hat die Krankheit gezeigt.« Sie konnte an Alans Mienenspiel sehen, dass sie ins Schwarze getroffen hatte.

»Streng genommen hat sie recht«, sagte Louis. »Dass Vater die Kleine hier nicht duldet, ist sehr bigott, wie du selbst zugeben musst.«

»Ich sage nicht, dass ich sie nicht gerne im Haus hätte, und ja, die Doppelmoral ist mir durchaus auch aufgefallen. Aber du kennst ihn doch.«

Louis streckte die Beine aus. »Ja, und dich kenne ich auch.«

»Was soll das denn heißen.«

»Immer der Weg des geringsten Widerstands«, antwortete Melissa an Louis' Stelle.

»Warum? Weil ich weiß, wie er am besten zu nehmen ist?«

»Du glaubst es zu wissen, weil du dich ihm nie entgegenstellst«, antwortete Melissa. »Nicht einmal, um deiner Tochter ein besseres Leben zu ermöglichen. Du redest immer nur – von einem besseren Leben für Sujata, während sie auf den Kaffeefeldern gestorben ist, oder von dem Unrecht, das den Arbeitern widerfährt, aber es ist Louis, der für sie den Kopf hinhält.«

Alan wurde blass, und sie erkannte, wie sehr sie ihn damit getroffen hatte. Er öffnete den Mund, suchte sichtlich nach den richtigen Worten, blieb jedoch stumm.

»Ich weiß, dass dir das mit Sujata leidtut«, sagte Louis, »wir alle wissen das, auch, dass du dir Vorwürfe machst – selbst wenn du sagst, du hättest alles versucht, woran du vermutlich selbst nicht glaubst, sonst hättest du kein so schlechtes Gewissen. Aber ihr kannst du nicht mehr helfen, Justine jedoch schon.«

»Aber du hast doch gehört, was er gesagt hat.«

»Ja, und ich weiß auch, dass du glaubst, er würde es wirklich tun.«

»Traust du es ihm nicht zu?«

Ein spöttisches Lächeln umspielte Louis' Mundwinkel. »Doch, das tue ich, keine Frage. Aber er wird es nicht tun, denn wenn er ein zweijähriges Kind nehmen und eigenhändig aus dem Haus werfen würde, was denkst du, wie schnell das die Runde macht?«

»Und er ist doch immer so darauf bedacht, einen makellosen Ruf zu haben«, ergänzte Melissa.

»Soll ich es wirklich riskieren, nur auf eure Vermutung hin?«

»Willst du riskieren, es nicht zu tun?«, antwortete Melissa und sah, wie er zusammenzuckte.

»Hast du dich mit Lavinia abgesprochen?«, fragte er bissig.
Melissa wurde einer Antwort enthoben, als ihr Vater das
Zimmer betrat. An seiner Seite war ihre Mutter, die lächelnd auf Justine zutrat und sie von Alans Schoß auf
den Arm nahm. Zärtlich strich sie die Locken aus der
Stirn des Mädchens. Melissa konnte sich an dergleichen
Liebkosungen in ihrer Kindheit nicht erinnern. Sie biss
sich auf die Unterlippe und wandte sich ab. Louis taxierte sie, ebenso ihr Vater, der daraufhin zu ihrer Mutter
sagte: »Gewöhne dich nicht zu sehr an sie.«
Ihre Mutter erstarrte kurz, hielt den Blick jedoch nach
wie vor auf das Kind gesenkt. »Sie ist so reizend«, mur-
melte sie.
Edward Tamasin sah die Kleine kaum an, sondern wand-
te sich an Alan. »Ich erwarte, dass du im September zur
Ernte wieder hier bist.«
»Natürlich«, antwortete Alan wenig begeistert.
Dann deutete ihr Vater mit dem Kinn auf Justine. »Zudem erwarte ich, dass sie, sobald es geht, aus meinem
Haus verschwindet.«
»Sie ist noch nicht wieder gesund«, widersprach Alan.
»Sie sieht sehr gesund aus für meine Begriffe.«
Melissa sah Alan an, der ihrem Blick auswich. Später
würde er sich darum kümmern, las sie in seinem Gesicht,
nicht jetzt. Alles in ihr drängte, nach vorn zu stürmen
und für das Kind zu bitten, aber sie kannte ihren Vater und wusste, dass ein Vorstoß ihrerseits nichts nützen
würde. Es war Alans Kind, und wenn ihr Vater sah, dass
es ihm nicht wert war, dafür zu kämpfen, würde er ihr
wohl kaum nachgeben.

»Lass sie im Haus leben, Edward«, sagte ihre Mutter zu ihrer aller Überraschung. Dieses Mal wirkte sogar ihr Vater überrumpelt.

»Du weißt«, sagte er, als er sich wieder gefasst hatte, »dass das überhaupt nicht zur Diskussion steht.«

Ihre Mutter sah zu Alan, der jetzt nicht mehr schweigen konnte. »Aber warum nicht?«, fragte er. »Sie bekommt ihr eigenes Zimmer, du würdest nicht einmal bemerken, dass sie da ist.«

Ihr Vater sah ihn aus schmalen Augen an. »Nutz meine Nachgiebigkeit nicht aus, Alan, sonst kann sie meinetwegen bei ihrer nächsten Krankheit da draußen verrecken.«

Melissa bemerkte das leichte Zusammenzucken ihrer Mutter und wartete auf Alans Widerspruch, der nicht kam. Frustriert seufzte sie auf.

»Ah, so viel Zurückhaltung, junge Dame?«, sagte ihr Vater. »Vielleicht wird es Zeit, dass du selbst heiratest und Kinder kriegst, dann brauchst du nicht jede freie Minute mit diesem hier zu verbringen, jetzt, nachdem du so überraschend deine Liebe zu Kindern entdeckt hast.«

Melissa lag eine patzige Antwort auf der Zunge, aber Louis stieß sie in die Rippen, und so schwieg sie.

»Und Louis ausnahmsweise in der Rolle des Diplomaten«, fuhr ihr Vater fort. »Dieses Kind scheint in euch allen die besten Seiten zum Vorschein zu bringen.« Es schien ihn wahrhaftig zu amüsieren, sie anzusehen und zu wissen, wie mühsam sich alle zurückhielten, weiterhin Fürsprache für die Kleine einzulegen. Aber außer Alan würde niemand etwas erreichen, und solange dieser nicht den Kampfgeist entwickelte, den er brauchte, um seinem Vater gewachsen zu sein, so lange würde Justine in den Baracken leben müssen. Vielleicht, dachte Melissa, ist es ja genau das, was Vater endlich aus Alan herauskitzeln möchte.

11

GAMPOLA
BERGLAND VON KANDY

Durchbruchstäler und Schluchten kennzeichneten das Bergland. Zahlreiche Flüsse gliederten es, die, bedingt durch die steil aufragenden Hänge, oftmals nur einen kurzen Verlauf hatten und sich wildbachähnlich durch das Gebirge wälzten und schroffe Abgründe hinabstürzten. So konnten sich selbst inmitten von Kaffeeplantagen eindrucksvolle Wasserfälle finden, die sich über mehrere Gebirgsstufen in ein Flussbecken entluden.

Gampola lag ungefähr zehn Meilen von Kandy entfernt, nicht weit genug, um eine richtige Reise zu sein, aber dennoch so gänzlich anders, dass es einen Hauch von Abenteuerlichem hatte, die Gegend zu erkunden, was Melissa mit Louis zusammen auch ausgiebig tat. Keiner von ihnen war in Stimmung, zu sprechen, und so verbrachten sie ihre Streifzüge in einhelligem Schweigen, Melissa, um das Neue in sich aufzunehmen und der Geschichte des Ortes nachzuspüren, Louis, weil er Probleme wälzte.

Gampola – die »heilige Stadt am Strom« – hatte seinerzeit als Residenzstadt viele glanzvolle Jahre erlebt und war als Zentrum der Künste bezeichnet worden. Von den Palästen und Tempeln existierten nur noch Ruinen, aber selbst diese hatten etwas Verwunschenes an sich, trugen die Spuren einstigen Glanzes. In dieser Stadt traf man neben Buddhisten, die das Bild Ceylons in jeder Stadt prägten, auch auf viele Moslems und Hindus.

Die Hunas Falls, zu denen Melissa und Louis an diesem Tag gingen, ergossen sich über viele natürliche Stufen im Felsen in ein kleines Becken, die Wasseroberfläche schäumte, und spritzendes Wasser wirkte im Sonnenlicht wie Diamanten, die in die Luft geworfen wurden. Grün überwucherte die Hügel in allen Schattierungen von einem beinahe gelblichen Ton über Olivgrün und Smaragdfarben bis hin zu dem dunklen Grün schattiger Wälder. Zwischen Bäumen und Sträuchern sah man immer wieder Bruchkanten von Felsen. Melissa ließ sich auf dem Boden nieder und lauschte dem Rauschen.

»Dein Kleid wird Grasflecken bekommen«, sagte Louis, während er sich neben sie setzte.

»Und wenn schon.«

»Stimmt, du musst dich ja auch nicht abschuften, sie wieder daraus zu entfernen.«

Melissa sah ihn stirnrunzelnd an. »Was ist denn mit dir heute los?«

Ohne zu antworten, zuckte Louis lediglich mit den Schultern und sah zu den Matale-Bergen, die sich im Osten erhoben.

Nachdenklich zupfte Melissa einige Grashalme aus und ließ sie spielerisch durch die Finger gleiten. Am Abend würden Alan und Hayden zu Besuch kommen. Bisher hatte es sich noch nicht ergeben, dass sie mit Louis zu ihnen reiten konnte, weil zu Beginn der Arbeiten so viel zu tun war, dass jeder Besuch nur stören würde.

»Ich habe gehört, Papa hat nachgegeben, was deinen Hausbau angeht«, versuchte sie das Thema auf etwas Erfreulicheres zu bringen, sah jedoch sofort an der Art, wie sich seine Augen verengten, dass es das Falsche gewesen war.

»Als Nachgeben würde ich das nicht unbedingt bezeichnen. Er gewährt mir einen Kredit.« Seine Stimme troff vor Verachtung. »Und das auch nur, weil meine Mutter ihn darum gebeten hat.«

»Deine Mutter?« Das hatte Melissa nicht gewusst. »Das ist doch gut. Immerhin stellt er sich nicht mehr stur.«

»Ich wollte nicht, dass sie ihn darum bittet, aber sie hat mich nicht gefragt.«

»Was stört dich daran?«

»Was denkst du wohl?« Seine Stimme klang aggressiv, und Melissa zog unwillkürlich die Schultern hoch, weil er sie in dem Moment so sehr an ihren Vater erinnerte.

»Verletzt es deinen Stolz? Sie tut das, was Mütter oft tun, sie bittet für ihr Kind.« Gut, ihre Mutter hätte das vermutlich nicht getan – oder doch, verbesserte sich Melissa, für Alan hätte sie es getan. Bei dem Gedanken daran stieg Verbitterung in ihr auf, ein Gefühl, das sie zurückdrängte, weil sie wusste, dass sie sonst für den Rest des Tages schwermütig werden würde.

»Mit meinem Stolz hat das nichts zu tun. Sie soll ihn um nichts bitten, das ist alles.«

»Aber warum nicht? Weil sie mal eine Liebesbeziehung hatten?«

»Liebesbeziehung nennst du das, ja?« Louis' Mundwinkel zuckten verächtlich.

Melissa sah ihn verwirrt an. »Wie würdest du es denn bezeichnen?«

»Oh, da liegen mir so manche Worte auf der Zunge, aber Liebe ist nicht dabei.«

»Du wärst wohl kaum geboren, wenn mein Vater nichts für deine Mutter empfunden hätte.«

»Ich sage ja nicht, dass er nichts empfunden hat. Verlangen ist auch eine Empfindung, und mehr braucht es nicht, um sich eine Fünfzehnjährige gewaltsam zu nehmen.«

Schockiert starrte Melissa ihn an. »Gewaltsam? Was redest du da?« Triebtäter nahmen Mädchen mit Gewalt, jene Männer, vor denen immer gewarnt wurde, Männer, die im Dunkeln lauerten. *Geh nicht allein in den Dschungel. Bleib den einsamen Wegen fern. Verlass im Dunkeln nicht das Haus.*

Offenbar bereute Louis seine Worte bereits. »Vergiss einfach, was ich gesagt habe.«

»Aber ich …«

»Vergiss es einfach, hörst du. Und jetzt komm, ich möchte heim.« Er stand auf und ging, ohne sich nach ihr umzudrehen.

Melissa hatte ein wenig Mühe, mit ihrer Fülle an Unterröcken wieder auf die Beine zu kommen. Sie schüttelte hastig ihr Kleid aus und folgte ihrem Bruder den Weg zurück zum Haus ihrer Großeltern.

»Louis! Warte doch.«

Er blieb stehen und wandte sich zu ihr um. Als sie bei ihm war, ging er weiter.

»Bitte sag mir, wie du das gemeint hast.«

»Hör auf zu insistieren, Melissa, ich werde dazu nichts mehr sagen. Denk nicht mehr daran.«

»Einfach so?«

»Ja, einfach so.«

Melissa, die in ihrem Kleid nicht so schnell laufen konnte, folgte Louis und spürte, wie ihr trotz des frischen Klimas der Schweiß zwischen den Schulterblättern hinunterrann. Sie hatte keinen Blick mehr für die sanft geschwungene Berglandschaft, sondern musste immer wieder an ihren Vater denken, ihren eleganten, weltgewandten Vater, und es gelang ihr nicht, das Bild eines düsteren Unholds, als den Louis ihn dargestellt hatte, mit ihm in Einklang zu bringen. Verdrängen ließ sich das Bild indes ebenfalls nicht mehr.

»Was ist los mit dir?« Hayden trat mit einem Glas in der Hand auf die Terrasse, wo Melissa in einem der Sessel saß und in den dunklen Garten blickte. Nur eine Kerze, deren Licht im milden Abendwind flackerte, stand auf dem Tisch.

»Hast du dich mit Louis gestritten?«, hakte er nach, als keine Antwort kam.

Melissa sah zu ihm auf. »Nein«, antwortete sie nur.

»Ihr redet nicht mehr miteinander.«

Sie zuckte die Schultern. »Und wenn schon.«

»Du siehst traurig aus.«

»Das kommt dir nur so vor.«

Er zögerte. »Wenn du willst, gehe ich wieder. Ich möchte mich nicht aufdrängen.«

»Nein, bitte bleib.«

Der Sessel knarrte leise, als Hayden sich setzte. Eine Zeitlang saßen sie schweigend nebeneinander und lauschten den Geräuschen in der Dunkelheit. Hayden trank und sah Melissa an, deren Profil im matten Kerzenlicht mit den Schatten verschmolz. Ihre gesamte Haltung wirkte starr, ihre Hände waren im Schoß ineinander verschlungen. Haydens Blick blieb an der weichen Linie ihres Nackens hängen, über dem sich ordentlich aufgesteckt die Fülle ihres schwarzen Haares erhob. Spitze schmiegte sich in weichen Falten um ihren Hals.

Sie war seine Cousine, aber er fühlte nicht die geringste verwandtschaftliche Bindung. Wenn er ehrlich war, dann hatte er bei keinem Familienmitglied das Gefühl, einem Verwandten gegenüberzustehen, aber das war wohl normal, wenn man sich so spät kennenlernte. War es da ein Wunder, dass er Melissa immer öfter wie ein Mann ansah und nicht wie ein Cousin?

Unvermittelt drehte sie sich ihm zu und ertappte ihn dabei, wie er sie anstarrte. Anstatt jedoch verlegen wegzusehen, hielt er ihrem Blick stand, bemerkte das leichte Öffnen ihrer Lippen und die Bestürzung, als sie sich klarmachen musste, dass die Dinge dabei waren, sich zu ändern. Sie räusperte sich und legte eine Hand an ihren Hals.

»Wie kommt ihr voran?«, fragte sie in gezwungenem Plauderton.

»Recht gut. Es geht besser, als ich dachte, ich habe schon mit dem ersten Entwurf angefangen.«

»Und wie gefällt es Alan?«

Hayden lächelte. »Ich glaube, er findet es interessant.«

Melissa nickte und schwieg. Es war ein unbehagliches Schweigen, weil so offensichtlich war, dass ihr etwas zu schaffen machte. Er hätte ihr gerne geholfen, aber augenscheinlich mochte sie nicht darüber sprechen, und bedrängen wollte er sie nicht.

Alan trat auf die Veranda. »Es ist wirklich schön hier, wenn ich auch sagen muss, Nuwara Eliyah gefällt mir besser.« Er wandte sich an Melissa. »Du wirst Mutter und Vater begleiten, wenn sie hinreisen, nicht wahr?« Er musste die Frage wiederholen, ehe Melissa ihn ansah und nickte.

»Was hast du?«, fragte er und legte die Hand auf ihre Stirn. »Bist du krank?«

Unwirsch drehte sie den Kopf weg. »Mir fehlt nichts, ich war nur in Gedanken.«

»Wann kommen sie?«

»Wer?«

Alan verdrehte die Augen. »Vater und Mutter.«

»Ich glaube, in zehn Tagen.« Melissa sah wieder in den Garten, dann, als käme ihr plötzlich ein Gedanke, wandte sie sich abrupt zu Alan um. »Kann ich kurz mit dir reden?«

»Nur zu.« Er deutete auf den Salon, und Melissa stand auf.

»Entschuldige bitte«, sagte sie zu Hayden. »Eine familiäre Sache.«

Hayden nickte und stand ebenfalls auf. »Ich wollte ohnehin noch ein wenig lesen gehen.« Er begleitete die Geschwister in den Salon und verabschiedete sich dort von ihnen. Natürlich wusste er, dass ein junges Mädchen

eher dem eigenen Bruder vertraute als einem fremden
Verwandten; dass sie ihn ausschloss, gefiel ihm dennoch
nicht. Aber was erwartete er? Er verunsicherte sie vermutlich schon allein dadurch, dass er sich nicht einmal
mehr die Mühe machte, zu verbergen, wie anziehend er
sie fand. Die ganze Sache war natürlich kompliziert bis
unmöglich. Sie war seine Cousine, und dass er sie dazu
verführte, mit ihm eine Affäre zu beginnen, mochte ein
reizvoller Gedanke sein, war aber schlichtweg indiskutabel. Zudem stellte er zu seiner Verwunderung fest,
wollte er mehr als eine kurze Bettgeschichte. Der Gedanke daran, sie als Geliebte zu haben und irgendwann,
wenn er nach England zurückkehrte, zu verlassen, hatte
einen faden Beigeschmack und war irgendwie schäbig.
Ihm behagte der Gedanke nicht, dass ein Mann sie heiraten würde und sie ihm bis an sein oder ihr Lebensende
angehörte – es sei denn, er war dieser Mann. Eine höchst
irritierende Vorstellung. Er schüttelte den Kopf, schalt
sich selbst einen Narren und ging in die Bibliothek, um
halbherzig nach einem Buch zu suchen, das er vor dem
Schlafengehen lesen konnte. Als er sich eine Stunde später auf den Weg in sein Zimmer machte, hörte er aus dem
Salon laute Stimmen. Er erkannte Louis und Alan und
blieb für einen Moment stehen.

»Ich kann einfach nicht glauben, dass du ihr Derartiges
erzählst«, schrie Alan.

»Es war keine Absicht, ja?«

»Ach nein?«

»Es kam einfach über mich, als sie sie als seine Geliebte
bezeichnet hat. Liebe!« Louis schnalzte verächtlich.

Schritte waren zu hören, als liefe jemand im Salon erregt auf und ab.

»Derartiges erzählt man nicht seiner Schwester.«

»Das weiß ich selbst, ich wünschte, ich hätte nichts gesagt, aber ich kann es nicht rückgängig machen.« Für einen Moment herrschte Schweigen, dann sagte Louis, deutlich leiser: »Was hast du ihr gesagt?«

Alans Antwort konnte Hayden nicht hören, und weil er nicht wie ein Lauscher auf dem Flur stehen bleiben wollte – auch wenn er zu gerne gewusst hätte, was Melissa bedrückte –, ging er die Treppe hoch zu seinem Zimmer. Als er an ihrer Tür vorbeikam, sah er, dass ein matter Lichtschein unter dem Türspalt hervorschimmerte. Vermutlich war sie kurz davor, schlafen zu gehen. Er berührte kurz die Tür mit den Fingerspitzen, sacht, wie eine Liebkosung.

❧

Der Saum von Melissas Kleid war grau vom aufwirbelnden Staub des Bergpfads, der teilweise so schmal war, dass sie mit ausgestreckten Armen die Felswände zu beiden Seiten berühren konnte. Geröll knirschte unter ihren Sohlen, und das Sonnenlicht fand nur zögernd seinen Weg zwischen die hohen zerklüfteten Bergwände. Der Pfad war zu Ende und führte auf eine Plattform, von der aus Melissa ins Tal sehen konnte. Der Mahaweli Ganga wand sich einer glitzernden Schlange gleich durch dunkelgrüne Wälder und Grasflächen, die die Ufer wie ein Teppich bedeckten. Weiße Wolkenmassen hatten das

Sonnenlicht verschluckt und warfen Schatten über das Tal, in der Ferne verschwammen bewaldete Hügel im Dunst. Melissa fragte sich, ob es wohl an diesem Nachmittag noch regnen würde. Sie setzte sich auf einen Felsblock und starrte gedankenverloren in die Ferne.

Alan war am Vorabend überraschend einfühlsam gewesen, auch wenn seine Erklärung, was Louis zu einer solchen Äußerung getrieben hatte, mehr als dürftig war. Aber Melissa akzeptierte sie, weil die Alternative schlimmer war. Dennoch ließen sich die Gedanken, die Louis geweckt hatte, nicht vollends verdrängen.

Sie hörte Schritte, sah sich jedoch nicht um. Es konnte nur Alan, Louis oder Hayden sein, die Männer in seiner Begleitung würden sie wohl kaum alleine aufsuchen. Sie verspürte ein leichtes Ziehen in der Brust bei dem Gedanken daran, mit Hayden allein zu sein, und obwohl sie sich einerseits wünschte, er wäre es, hoffte sie andererseits, es sei nur Alan oder Louis, um ihr ein wenig Gesellschaft zu leisten. Sie war unsicher und wusste nicht, wie sie ihrem Cousin begegnen sollte – denn das war er nach wie vor, ein Verwandter.

»Störe ich dich?«, fragte Hayden und trat zu ihr auf die Plattform.

Melissa wandte sich um. »Aber nein.«

»Es tut mir leid, dass du so lange allein sein musstest, aber wir konnten unsere Arbeit nicht unterbrechen, und Alan wollte danach unbedingt wissen, ob ich mich an den modernen Karten orientiere.«

»Und«, sie räusperte sich, »und tust du es?«

Er setzte sich neben sie und stützte den Unterarm auf ein

angewinkeltes Bein. Anstelle seiner sonstigen eleganten Kleidung trug er zu seiner Hose ein weißes Hemd, dessen Ärmel er bis zu den Ellbogen aufgerollt hatte. »Jeder Kartograph, der etwas auf sich hält, sollte die neuen Methoden anwenden. Die moderneren Karten sind wegweisend, unglaublich dicht und genau. So etwas habe ich vorher nie gesehen.«

Melissa nickte nur, und Stille wuchs zwischen ihnen an.

»Es gibt doch schon sehr gute Karten des Berglandes«, nahm sie das Gespräch wieder auf, weil das Schweigen und Haydens Blicke sie nervös machten.

»Ja, die gibt es in der Tat, nur leider ist die Fraser-Karte veraltet. In den einundzwanzig Jahren, in denen sie erstellt wurde, hat sich hier einiges geändert, dem muss Rechnung getragen werden. Es gibt natürlich noch die alten Karten der Holländer und Portugiesen, aber die taugen erst recht nichts.«

»Weil die Portugiesen nicht so genau waren, damit keiner außer ihnen ins Hochland vordringen kann?«

»Nicht nur das, sie haben ganz gezielt falsche Informationen kartiert, das war ihre Geheimhaltungspolitik. Sie haben die topographischen Verhältnisse gänzlich falsch dargestellt, die Insel grotesk verzerrt und auch den Küstenverlauf auf den einzelnen Karten verschieden dargestellt. Sie hatten sicher auch sehr gute Karten, aber die haben sie samt und sonders vernichtet, als die Holländer die Insel übernommen haben.«

»Und die haben diese Geheimhaltungspolitik weitergeführt«, mutmaßte Melissa, die sich für die politische Taktik der Vormächte nie sonderlich interessiert hatte.

»Ja. Ich habe einige der Karten gesehen. Du wärst erstaunt.«

Wieder Schweigen.

»Werden deine Karten als Lithographien gedruckt?«, fragte Melissa.

»Hm, ja.«

Melissa hielt den Blick stoisch gesenkt und beobachtete den aufwirbelnden Staub, als sie mit ihrer Schuhspitze kleine Kreise auf den Boden malte.

»Zwischen uns hat sich etwas verändert, nicht wahr?«, sagte Hayden in die Stille hinein.

Melissa gab keine Antwort, sondern hielt den Blick beharrlich gesenkt, während ihr eigener Herzschlag ihr in den Ohren dröhnte.

»Ich habe mir«, fuhr Hayden fort, »die ganze Zeit gesagt, dass es sich nicht gehört, dass ich dich nur wie eine Schwester ansehen darf, aber das gelingt mir nicht.«

Zögernd sah Melissa ihn an, und als er aufstand, erhob sie sich ebenfalls hastig.

»Ich wollte dich nicht in Verlegenheit bringen«, sagte er.

»Das hast du nicht.«

Er hob eine Hand, zögerte und fuhr schließlich sanft mit dem Finger über ihre Wange. Warm fühlte sich seine Haut an, fremd, und Melissa war es, als habe sie nie eine sinnlichere Berührung verspürt. Sie holte tief Luft und stieß sie langsam zwischen den Zähnen wieder aus. Als sie ihn ansah, wusste sie, dass er sie küssen würde, und hob ihm ihr Gesicht im selben Moment entgegen, in dem er sich zu ihr neigte.

Zuerst strich er nur sacht mit seinen Lippen über ihre,

ehe sie in sanftem Druck verharrten. Hitze schoss ihr in die Wangen, breitete sich über ihren Hals aus. Langsam hob er den Kopf und sah sie an, als wolle er ausloten, was sie empfunden hatte. Sie fühlte sich gläsern, weil sie wusste, was ihre Augen so unverhüllt preisgaben. Hierfür war sie nicht gewappnet gewesen.

»Ich liebe dich, Cousine«, sagte er unvermittelt.

Melissa schluckte. Ihr fielen tausend Floskeln ein, mit denen man auf ein solches Geständnis antwortete, aber keine erschien ihr passend in einem solchen Moment. Liebte sie ihn auch? Sein Kuss hatte sich anders angefühlt als der von Anthony. Ihr Herz raste, und in ihrem Magen flatterte es so heftig, dass ihr schwindelte. Dennoch, ein gleiches Bekenntnis wollte ihr nicht über die Lippen.

»Melissa!« Louis' Stimme, und sie klang verärgert. Hastig trat Hayden einige Schritte zurück, als Louis auf die Plattform kam. Er taxierte erst Melissa, dann Hayden, und sie konnte nur zu gut sehen, wie es in seinem Gesicht arbeitete.

»Geh zu Alan«, befahl er ihr schroff.

»Rede nicht in diesem Ton mit mir.«

»Hast du gehört, was ich gesagt habe?«

Ihr wurde heiß vor Scham, weil er sie in Haydens Gegenwart wie ein Kind behandelte. »Du kannst mich nicht zwingen.«

»Ich würde dir nur sehr ungern beweisen, dass du dich irrst.«

Melissa wog die Demütigungen gegeneinander ab und kam zu dem Schluss, dass es schlimmer war, wenn er sie womöglich mit Gewalt zurückzerrte. Sie drehte sich auf dem Absatz um und ging über den Pfad zurück zum Lager. Tränen brannten in ihren Augen, und sie war außer sich vor Wut auf Louis, der ihr den Moment mit Hayden zerstört hatte. Zudem beunruhigte es sie, die beiden allein zu lassen.

»Ich dachte mir schon, dass ich dich bei ihr finde«, sagte Louis, »nachdem du sie schon seit Wochen anstarrst wie ein Tier in der Brunft.«

»Untersteh dich.« Auch wenn Hayden seinem Vetter eine gewisse brüderliche Empörung einräumte, so war er mitnichten bereit, Beleidigungen hinzunehmen.

»Ich? Ich soll mich unterstehen? Du steigst meiner Schwester nach und hast die Nerven, mir zu drohen?«

»Meine Absichten auf sie sind durchaus ehrenhaft.«

»Du weißt, was passiert, wenn du sie in Schwierigkeiten bringst?«, sagte Louis.

»Ich habe nichts dergleichen vor.«

»Oh, diese Dinge plant man für gewöhnlich nicht voraus.«

Haydens Kiefer mahlten, während er sich bezwang, ruhig zu bleiben. »Mach dir keine Sorgen.«

»Das sagt sich so leicht, wenn es nicht die eigene Schwester ist, auf deren Tugend man achten muss.«

»Sei froh, dass sie sich diese trotz des moralischen Vorbilds der Männer in der Familie überhaupt bewahren konnte«, spottete Hayden.

Louis sah ihn an und hob eine Braue. »Ich warne dich nur dieses eine Mal, mein Freund. Wenn du es wagst, sie in Schwierigkeiten zu bringen, knüpfe ich dich eigenhändig am nächsten Baum auf.«

Normalerweise hätte Hayden eine solche Drohung abgetan, aber er wusste, dass Louis jedes Wort ernst meinte.

»Du kennst meinen Vater«, fuhr Louis fort, dieses Mal nicht drohend, sondern eindringlich. »Wenn Melissas Ruf Schaden nimmt, dann wird er ihr das Leben zur Hölle machen.«

»Ich werde sie nicht in Schwierigkeiten bringen«, wiederholte Hayden.

Louis wirkte nachdenklich, dann wandte er sich ab und ging zum Pfad zurück. »Ich werde dafür sorgen, dass Melissa sich von dir fernhält«, sagte er.

»Meine Absichten sind ehrenhaft«, wiederholte Hayden.

»Beweise es«, antwortete Louis, ohne sich noch einmal umzudrehen.

»Wie konntest du mir das antun? Wie konntest du nur?« Obwohl Melissa nicht weinen wollte, konnte sie die Tränen nicht zurückhalten. Sie hatten den Rückweg zum Haus ihres Großvaters in wütendem Schweigen zurückgelegt und standen sich nun im Salon gegenüber. Im Lager hatte ihr vermutlich jeder angesehen, was passiert war. Alan hatte sie zur Seite genommen und erfolglos versucht, herauszubekommen, was geschehen war, aber ihr Schweigen zu der Angelegenheit wurde von Louis zunichtegemacht, der seinem Bruder nur einen vielsagenden Blick zuwarf und in Richtung Hayden nickte, der ihm mit einigem Abstand gefolgt war.

»Die Frage solltest du dir selbst stellen. Ich hätte dich für vernünftiger gehalten.«

»Hayden sagte, er liebt mich.«

»Denkst du, ja? Mir ist gleich, was er dir für Liebesschwüre ins Ohr geflüstert hat. Mit diesen Spielchen fängst du erst an, wenn du verheiratet bist, ich hoffe, das ist jetzt klar.«

»Du hast es nötig«, fauchte Melissa. »Gerade du, der sich eine Verlobte hält und trotzdem jedem Rock nachsteigt.«

Louis verpasste ihr eine solche Ohrfeige, dass sie taumelte und sich im letzten Moment noch fangen konnte. Fassungslos starrte sie ihn an, fand ihre eigene Bestürzung in seinen Augen wie ein Spiegelbild. Abrupt wandte sie sich ab und stürmte aus dem Salon.

»Lissa, warte! Komm zurück.«

Ohne zu antworten, lief sie die Treppe hoch in ihr Zimmer, warf die Tür ins Schloss und drehte den Schlüssel. Louis rüttelte am Knauf und klopfte.

»Mach auf, Lissa, bitte. Es tut mir leid.«

Melissa ließ sich auf ihr Bett fallen, vergrub ihr Gesicht im Kissen und brach in hemmungsloses Weinen aus.

Sie konnte ihm nicht dauerhaft aus dem Weg gehen, und nachdem sie einen Tag lang die Mahlzeiten hatte ausfallen lassen – die Tabletts, die er ihr eigenhändig brachte, ignorierte sie –, trieb der Hunger sie morgens ins Frühstückszimmer. Sie hatte gehofft, er würde irgendwann das Haus verlassen, aber offenbar wusste er genau, dass sie nicht länger hungern würde, und wartete auf sie.

»Guten Morgen«, sagte Louis, der kurz nach ihr das Frühstückszimmer betrat. Sie ignorierte ihn.

»Die Ohrfeige tut mir leid, verzeih mir bitte.«

Schweigend goss Melissa sich schwarzen starken Kaffee ein, fügte ein wenig Sahne hinzu und bediente sich am Frühstücksbüfett.

»Du kannst mich nicht die ganze Zeit anschweigen.«

Das würde sich ja noch zeigen. Melissa lag es auf der Zunge, ihn anzufahren, sie nicht so anzustarren, aber sie blieb stumm und setzte sich hin. Es war Alan, der die Situation rettete, als er unangemeldet hereinkam. Er wirkte vital und ausgeruht, ganz im Gegensatz zu Louis und Melissa. Mit einem Morgengruß nahm er sich Kaffee und ließ sich am Tisch nieder, seiner Schwester gegenüber. Er rückte mit dem Stuhl ein Stück weit zurück, um die Beine auszustrecken, dann wanderte sein Blick zwischen seinen Geschwistern hin und her und blieb schließlich an Melissa hängen.

»Wie lange läuft das schon zwischen dir und Hayden?«

Melissa stöhnte leise auf. »Nicht du auch noch. Es lief bisher überhaupt nichts«, antwortete sie widerwillig.

»Also war das gestern eine einmalige Sache?«

Melissa spürte, wie ihr das Blut ins Gesicht stieg, und nickte.

»Nun gut, das deckt sich mit dem, was er mir erzählt hat.«

»Ich hatte auch schon mit ihm geredet«, sagte Louis.

In Alans Augen blitzte Erheiterung auf. »Wie ich dich kenne, hast du ihm vermutlich eher in Aussicht gestellt, was ihn zu erwarten hat, wenn er sich nicht zurückhält.«

Louis zuckte die Schultern.

»Aber gut«, fuhr Alan fort, »er hat nichts dazu gesagt, aber vielleicht hat das die Angelegenheit ja beschleunigt. Er hat mich darum gebeten, bei Vater ein gutes Wort für ihn einzulegen, weil er dir den Hof machen möchte.«

Melissa schnappte nach Luft. »Davon war keine Rede«, war das Erste, das ihr einfiel.

»Soll das heißen, du hast kein Interesse an einer Ehe mit ihm?«, fragte Alan sie ungeduldig.

»Ich … ich habe darüber nicht nachgedacht.« Melissa fühlte sich von der Erwartungshaltung ihrer Brüder überrumpelt. »Wir haben darüber noch nicht gesprochen.« Sie drehte sich auf Louis' verächtliches Schnauben hin nicht um.

»Soll ich das so verstehen«, sagte Alan, »dass du dich in Heimlichkeiten mit ihm ergehst, deinen Ruf aufs Spiel setzt, und all das ohne Heiratsabsicht?«

»Nein, natürlich nicht.«

»Wie dann?«

Melissa nippte an ihrem inzwischen erkalteten Kaffee und stellte die Tasse mit einem leisen Klirren ab. »Ich weiß es momentan selbst noch nicht.«

Alan seufzte. »Was soll ich ihm denn jetzt sagen? Dass du darüber nachdenken wirst?«

»Ja«, antwortete Melissa nach kurzem Zögern. Sie schob den Stuhl zurück und stand auf. »Ich würde jetzt gerne auf mein Zimmer gehen.«

Alan winkte mit der Hand zur Tür. »Geh nur.«

Sie war bereits an der Tür, als er sie noch einmal rief. »Ach, eins noch, Melissa. Auch wenn du ihm erlaubst, dir den

Hof zu machen, Vater wird es natürlich verbieten. Er hat andere Pläne mit dir. Hayden ist anständig und wollte vermutlich nicht, dass es aussieht, als habe er unlautere Absicht. Wenn du einwilligst, hat die ganze Sache einen ehrbaren Anstrich. Um nichts anderes geht es.«

Melissa nickte nur.

Bisher hatte die *Ayah* ihrer Mutter Melissa gedient, aber seit kurzem hatte Melissa eine eigene Zofe bekommen, die sich ausschließlich um sie kümmerte, ein zierliches sechzehnjähriges Mädchen, das sich sehr anstellig zeigte. In Gampola gab es indes nicht so viel für sie zu tun, denn hier war es nicht nötig, sich zum Nachmittag und Abend umzukleiden. Besuch empfing sie nicht, tätigte selbst keinen, und daher ging es recht zwanglos zu. Wenn Hayden sich für den Abend ankündigte, sähe die Sache natürlich anders aus. Aber nachdem Alan für Melissa Bedenkzeit erbeten hatte, würde er sicher nicht kommen, wollte er nicht aufdringlich erscheinen.

Sie hörte Schritte auf dem Flur, zu fest, um einem der Dienstboten zu gehören, die man oft erst bemerkte, wenn man beinahe über sie stolperte. Melissa hielt den Atem an, als die Schritte vor ihrer Zimmertür innehielten und an die Tür geklopft wurde. Sie hatte dieses Mal nicht abgeschlossen, und obwohl sie ihn nicht hereinbat, öffnete Louis die Tür.

»Wie lange willst du mir noch aus dem Weg gehen?«, fragte er.

Sie blieb mit dem Rücken zu ihm am Fenster stehen, sah blind hinaus und zuckte die Schultern.

»Ich habe doch gesagt, dass es mir leidtut. Ich hätte dich nicht schlagen dürfen.«

»Nein«, sagte sie beinahe tonlos, »das hättest du nicht.«

»Es ist nun einmal passiert, Lissa, ich kann es nicht rückgängig machen.«

»Papa macht das auch ständig, wenn ihm nicht passt, was ich sage. Ich sollte es ja eigentlich gewöhnt sein.«

Louis trat zu ihr und umfasste mit den Händen ihre Schultern. »Nein, das solltest du nicht. Keine Frau sollte an so etwas gewöhnt sein. Ich habe es wirklich nicht gewollt, Lissa.«

Melissas Schultern sackten kaum merklich nach unten, als sie zuließ, dass die Anspannung von ihr abfiel. Es war ermüdend, Groll zu empfinden, und gerade bei Louis hatte sie es nie gekonnt. Offenbar spürte er, dass er gewonnen hatte, denn sein Griff lockerte sich ein wenig, und er legte sein Kinn auf ihren Kopf, wie er es schon gemacht hatte, als sie noch ein kleines Kind gewesen war, das immer zu ihm gerannt gekommen war, wenn es Kummer hatte.

»Du hast ja mit dem, was du gesagt hast, recht gehabt, ansonsten hätte ich vermutlich nicht so reagiert«, räumte Louis leise ein.

»Du könntest damit aufhören.«

»Seit jenem Ballabend habe ich das auch …«

»Aber du denkst, du wirst es irgendwann wieder tun?«

Sein Schweigen war Antwort genug. Louis war leidenschaftlich, und er konnte sich wohl Zügel anlegen, aber nicht über Jahre hinweg. Ihr Vater hatte ihn einmal mit einem Tier des Dschungels verglichen, ein Vergleich, der wenig schmeichelhaft gemeint gewesen war, in Melissa jedoch die Assoziation an einen schwarzen Panther weckte.

»Dann heirate sie doch endlich.«

»Du weißt, dass das noch nicht geht. Ich habe mit ihrem Vater eine Vereinbarung.«

»Heirate sie heimlich und dann noch einmal offiziell, wenn es so weit ist.«

Louis' Lachen grollte in seiner Brust. »Denk mal an, Schwesterchen, so weit habe ich auch schon gedacht. Aber in dem Fall bestünde immerhin die Möglichkeit, dass sie, hm …« Sie wusste, wofür Louis eine Umschreibung suchte, um ihr gegenüber den Anstand zu wahren, und lächelte. »Guter Hoffnung sein wird«, beendete er den Satz.

»Das wäre natürlich eine Katastrophe.«

»Allerdings.«

Louis schwieg, während Melissa weiterhin aus dem Fenster sah. Die Sonne strahlte von einem beinahe wolkenlosen Himmel, und selbst der Dunst in der Ferne schien gläsern, so dass die Konturen der Felsen zu erahnen waren.

»Was ist mit Anthony?«, fragte Louis unvermittelt.

Melissa zuckte mit den Schultern. »Was soll mit ihm sein?«

»Nun, der Sache mit Hayden ging immerhin die Sache im nächtlichen Garten der Fitzgeralds voraus.«

Erneut spannte Melissa die Schultern an, spürte, wie die Spannung durch ihren ganzen Körper wanderte. »Das war etwas anderes.«

»Inwiefern?«

»Es hat sich falsch angefühlt.«

»Und mit Hayden fühlt es sich richtig an?«, fragte Louis unerwartet sanft.

Sie zögerte, dann nickte sie.

»Aber du weißt nicht, was du nun machen sollst?«

Wieder nickte sie.

»Alan hat recht, Vater wird es nicht erlauben.«

Zitternd holte sie Atem und schloss die Augen.

»Er kommt nächste Woche, so lange wirst du Hayden nicht sehen.«

Langsam drehte sie sich zu ihm um. »Warum nicht? Er hat doch gesagt, dass er ernste Absichten hat.«

»Solange wir nicht wissen, was wird, halte ich es für das Beste, wenn ihr euch nicht seht. Für deinen Ruf ist es zweifellos besser so. Wenn Vater kommt, soll er entscheiden, was passiert.«

»Und wenn ich ihn sehen möchte?«

»Auch dann nicht, Lissa. Diese Verantwortung kann ich nicht tragen.«

»Aber Alan …«

»Ist derselben Meinung wie ich.«

Frustriert stieß Melissa den Atem aus. So hatte sie sich weder ihre Reise mit Louis noch ihren ersten richtigen Kuss vorgestellt. »Warum seid ihr so streng mit mir? Ich dachte, ihr mögt Hayden.«

»Das ist richtig«, antwortete Louis, und ein Lächeln umschattete seine Mundwinkel, »aber dich mögen wir mehr.«

12

»Dein Anliegen ehrt dich«, sagte Edward Tamasin, während er, in einem Sessel sitzend, die Fingerspitzen aneinanderlegte, »aber das kommt überhaupt nicht in Frage.« Er hatte natürlich gewusst, was ihn erwartete, aber dennoch war es ihm nicht sonderlich angenehm, dieses Gespräch zu führen.

»Darf ich fragen, warum nicht?«, fragte Hayden.

»Du bist Familie, und ich habe mit ihr andere Pläne.«

»Ist sie mit diesen Plänen einverstanden?«

Edward lächelte. »Als gehorsame Tochter wird sie es sein müssen.«

»Und wenn nicht?«

»Diese Möglichkeit steht ihr nicht offen.« Edward trank einen Schluck Kaffee und stellte die Tasse wieder zurück. »Du kennst die gesellschaftlichen Regeln doch. Hätte ich so viele Töchter wie die Fitzgeralds – ja, dann sähe die Sache wohl anders aus. Aber ich habe nur die eine, und die wird so gewinnbringend wie möglich verheiratet.«

Glücklicherweise war Hayden nicht so töricht, von Gefühlen zu faseln, auch wenn er unzweifelhaft welche für Melissa hegte. Er schien ihr geradezu rettungslos verfallen zu sein, wenn Edward den Blick richtig gedeutet hatte, den er ihr zugeworfen hatte, als sie – sich seinem Verbot widersetzend – die Treppe bei Haydens Eintreffen heruntergekommen war. Ein Anflug von Genugtuung überkam ihn. Diese arroganten Tamasins – und nun war es ausgerechnet einer von ihnen, der seine Tochter so glühend begehrte. Er wusste, dass Melissa schön war, und es war nicht der verklärte Blick eines Vaters, der ihn dies sehen ließ, sondern die ständige Bestätigung aus ihrer Umgebung. Selbst Hayden hatte vor einiger Zeit eingeräumt, dass es in der ganzen Familie keine wahrhaftigere Schönheit gab als sein Mädchen.

»Ich würde mir wünschen, du würdest mein Anliegen wenigstens noch einmal überdenken«, sagte Hayden.

»Ich bedauere, aber die Antwort wird nein bleiben.«

»Aber …«

»Du hast doch eine Schwester, nicht wahr?«, fiel Edward ihm ins Wort.

»Ja, aber …«

»Würden deine Eltern sie einem Cousin zur Frau geben, wenn dieser darum bäte?«

»Nein.«

Wenigstens eine ehrliche Antwort und kein zaghaftes Ausweichen. Edward lächelte entspannt. »Da siehst du es.«

»Das heißt nicht, dass ich diese Praxis gutheiße.«

»Nun, ich durchaus, und das ist alles, was in dieser Angelegenheit zählt, nicht wahr?«

»Und es gibt wirklich nichts, was ich tun kann?«

»Verschaff dir einen vererbbaren Adelstitel oder Reichtum mitsamt einflussreicher gesellschaftlicher Stellung. Wenn Melissa bis dahin noch nicht verheiratet ist, bin ich durchaus gewillt, dein Anliegen zu überdenken.«

Es war Hayden nur zu gut anzusehen, dass er sich nicht ernst genommen fühlte und seine Wut darüber mühsam zügelte. »Wie bedauerlich, dass du meinst, dich lustig machen zu müssen.«

»Ich versuche nur, es dir leichter zu machen.«

Haydens Blick zeigte kaum verhüllten Zorn, er war jedoch klug genug, sich zurückzuhalten.

»Du bist natürlich nach wie vor mein Gast.«

»Das ist sehr großzügig.«

»Allerdings vertraue ich darauf, dass du dich wie ein Ehrenmann verhältst und meine Tochter unbehelligt lässt.«

»Hätte ich dergleichen Absichten, hätte ich sie ausgeführt, es boten sich Gelegenheiten genug.«

Edwards Lächeln schwand. »Wenn du sie anrührst, wirst du es bitter bereuen, das schwöre ich dir, und sie wird sich wünschen, den Tag ihrer Geburt nicht überlebt zu haben. Ich hoffe, wir haben uns verstanden.«

Er erkannte an der Art, wie sich Haydens Augen plötzlich verdunkelten, an der Unsicherheit, die aufflackerte, dass dieser wusste, woran er war. Edward überzeugte sich davon, dass die Drohung ihre volle Wirkung entfaltete, dann lächelte er wieder.

»Wunderbar, dass wir die Sache geklärt haben. Du wirst verstehen, dass ihr um des Anstands willen nicht mehr so ungezwungen miteinander umgehen dürft wie vorher, daher wird euch Melissas *Ayah* künftig begleiten.«

»Natürlich.« Es klang gepresst. Hayden stand auf. »Wenn du mich bitte entschuldigen möchtest? Ich muss noch arbeiten.«

»Ich hatte gehofft, du bliebest zum Mittagessen.«

»Ich bedauere.«

»Nun gut.« Edward erhob sich ebenfalls und begleitete ihn persönlich in die Halle. Bei seiner Verabschiedung sah Hayden ihm nur kurz in die Augen und wich dann seinem Blick aus. Edward sah ihm nach und verschränkte die Hände hinter dem Rücken. Nun würde die Sache ja hoffentlich geklärt sein. Oder auch nicht, dachte er seufzend, als er das Klackern von Frauenschuhen auf der Treppe hörte.

»Wo ist er hin?«

Edward drehte sich zu seiner Tochter um, die neben ihn auf die ausladende Treppe vor der Haustür trat. »Er hat noch zu tun.«

»Ohne sich zu verabschieden?«

Edward legte ihr die Hand auf die Schulter. »Mein armes Täubchen, die erste Verliebtheit, und dann so ein Reinfall.«

Unwirsch schüttelte sie seine Hand ab und trat einen Schritt zurück. Schwieg.

»Melissa, muss ich dir noch einmal erklären, wie ich zu diesem Anliegen stehe?«

»Keineswegs, du warst gestern deutlich genug.«

»Es freut mich, dass du uns beiden die Wiederholung einer derartigen Szene ersparst.«

Sie sagte nichts, sondern starrte lediglich in die Richtung, in die Hayden geritten war. Ihre linke Hand umschloss unwillkürlich ihr rechtes Handgelenk, wo sich vermutlich noch die Abdrücke seiner Finger befanden. Aber er hatte sie gewarnt, anfangs im Guten, durch Reden. Als sie jedoch nicht aufhören wollte, ihm ihre angeblichen Rechte auf freie Entscheidung ins Gesicht zu schreien, hatte er sich auf wirkungsvollere Mittel verlegen müssen. Er trat in die Eingangshalle und legte die Hand an die Tür. Seine Tochter stand mit dem Rücken zu ihm und starrte Hayden immer noch hinterher.

»Komm ins Haus, Melissa.«

Es war nicht so, dass sie glaubte, ihn zu lieben, oder wenn doch, dann war Liebe ein sehr sinnliches Gefühl. Vielmehr hatte der Gedanke daran, Haydens Ehefrau zu sein, für Melissa mit jedem Tag, den sie darüber nachdachte, mehr Reiz bekommen. Tatsache war, dass er ihr mehr bot als jeder andere Mann, der je als Ehemann in Frage gekommen wäre. Zudem verging sie beinahe vor Verlangen nach ihm. Sie wollte wissen, was es war, das sein Kuss lediglich angedeutet hatte wie ein vages Versprechen. War das Liebe? So erschreckend körperlich?

Es war selten, dass sie ihre Mutter aufsuchte, sie hatte das Bedürfnis, sich ihr anzuvertrauen, schon in ihrer Kindheit abgelegt. Jetzt jedoch hatte sie plötzlich das Verlangen, mit ihr zu sprechen. Sie war verwirrt, und sosehr sie Louis liebte, aber ein Mann war für solche Themen kaum der richtige Ansprechpartner. Anstatt mit ihm einen Ausflug zu machen, was ihr Vater großzügig bewilligt hatte, damit sie auf andere Gedanken kam, ging sie in das Boudoir ihrer Mutter.

Audrey Tamasin saß perfekt frisiert auf einem Stuhl, auf dem Schoß eine Handarbeit und auf dem Tischchen neben sich ein Tablett mit Tee und hauchdünn belegten Teebroten. Sie sah auf, als Melissa den Raum betrat, ihr Gesicht gab jedoch keine Regung preis.

»Was gibt es?«, fragte sie. Keine Gefühlsregung färbte ihre Stimme.

Zögernd trat Melissa in das Zimmer und schloss die Tür hinter sich. Sie setzte sich in einen Sessel wenige Schritte von ihrer Mutter entfernt und sah diese an. »Ich wollte nur ein wenig mit dir reden.«

Audrey Tamasin neigte den Kopf leicht, eine stumme Aufforderung zum Sprechen.

Melissa verbarg ihre kalten Hände in den Rockfalten und betrachtete die Handarbeit auf dem Schoß ihrer Mutter, auf der deren Hände ruhten. »Ich möchte heiraten«, sagte sie.

»Das ist sehr erfreulich.«

Melissa wartete. »Möchtest du gar nicht wissen, wen?«, fragte sie dann.

»Hast du schon mit deinem Vater darüber gesprochen? Ich denke, er ist der Erste, der davon wissen sollte.«

»Ja, habe ich.« Melissa bereute bereits, gekommen zu sein. Sie hatte sich nicht die Illusion gemacht, dass sie vertraut miteinander werden würden, aber innerlich hegte sie die vage Hoffnung, dass es einfach bestimmte Themen gab, die Mutter und Tochter vorbehalten waren. »Er hat es dir doch sicher erzählt.«

Ihre Mutter wirkte verwirrt. »Nein, kein Wort.«

»Alan auch nicht? Es geht um Hayden.«

»Ah.«

»Du weißt also Bescheid?«

Ein stummes Nicken, kaum mehr als eine leichte Neigung des Kopfes war die Antwort.

»Vater hat es verboten.«

»Nun, ich denke, er hat seine Gründe.«

»Du *denkst,* er hat seine Gründe?«

»Was genau möchtest du von mir, Melissa?« War die Stimme ihrer Mutter vorher beinahe emotionslos gewesen, so war nun ein gereizter Unterton zu vernehmen. Melissa holte tief Luft. »Ich glaube, ich liebe ihn.«

»Du *glaubst,* du liebst ihn?« Die Gereiztheit war einer Spur von Sarkasmus gewichen, die Melissa so gänzlich unvertraut an ihrer Mutter war, dass es ihr für einen Moment die Sprache verschlug. »Und was soll ich nun für dich tun?«, fuhr Audrey Tamasin fort.

»Ich möchte ihn heiraten, auch wenn ich mir nicht sicher bin, ob ich ihn liebe.«

»Da kann ich dir nicht helfen.«

»Kannst du nicht mit Papa sprechen?«

Ihre Mutter lachte ein kurzes bitteres Lachen. »Mein liebes Kind, ich bitte nicht einmal für mich selbst, dann erwartest du, dass ich es für dich tue?«

»Für Alans Tochter hast du es getan.«

»Sie hat sonst niemanden.«

»Ich auch nicht!«

Ihre Mutter sah sie an, und für einen Moment schien Mitleid in ihren Augen aufzuflackern, dann wandte sie den Blick wieder ab. »Dein Vater hat dagegen entschieden, akzeptiere es einfach und verhalte dich nicht wie ein dummes, törichtes Kind.«

Melissas Hände waren so sehr ineinander verkrampft, dass ein dumpfer Schmerz ihre Arme hochwanderte. Sie zwang sich, ihre Finger voneinander zu lösen, und tat einen tiefen Atemzug.

»Ich hatte gehofft ...« Das Klopfen an der Tür unterbrach sie.

»Mutter, ich wollte fragen, ob du ein wenig spazieren gehen möchtest«, sagte Alan und fügte mit Blick auf Melissa hinzu: »Aber ich sehe, ich komme offenbar gerade ungünstig.«

Audrey Tamasin lächelte, legte ihre Handarbeit auf den Tisch und stand auf. »Aber nein, mein Lieber, wir sind bereits fertig. Ich würde sehr gerne ein wenig an die frische Luft gehen.«

Alan wandte sich an Melissa. »Möchtest du auch mitkommen?«

Melissa schüttelte den Kopf und drehte sich zum Fenster. Der Blick auf die Berge verschwamm vor ihren Augen.

Hayden hatte Schwierigkeiten, sich auf seine Arbeit zu konzentrieren. Die Vermessungsergebnisse, die Skizzen, das Herumlaufen seiner Mitarbeiter – all das zerrte an seinen Nerven. Obwohl alle fünf vermutlich ahnen konnten, was los war, waren sie glücklicherweise taktvoll genug, zu schweigen. Major Gareth war am frühen Morgen mit Henry McGarth und Clint Edmondson in das umliegende Gebirge aufgebrochen, während Andrew Melmoth den Tag damit verbrachte, die Ergebnisse der Vortage aus seinem Notizbuch in eine lesbare Form zu übertragen. Er hatte eine Decke über die von der Nacht regenfeuchten Felsen gelegt und arbeitete bereits seit zwei Stunden ohne Pause. Sein rotes Haar fiel ihm in die Stirn, und seine Haut war von der Sonne gerötet. An seiner Seite saß Winston Woods, der offenbar nichts Rechtes mit sich anzufangen wusste, weil Hayden ihm an diesem Tag keinerlei Aufgaben übertragen hatte, und schnitzte an einem Stück Holz herum.

Hayden nahm einen Stapel Unterlagen zur Hand, auf dem Berechnungen zu Breitengraden, Höhendifferenz, Sonnenstand, Trigonometrie-Formeln und Ausgleichsrechnungen standen. Seufzend legte er die Blätter wieder zur Seite und griff nach seinen eigenen Notizen. Er hatte zwei Tische vor seinem Zelt aufgebaut, einen großen zum Zeichnen und einen kleineren für sämtliche Unterlagen. Außerdem stand neben dem kleinen Tisch eine Kiste, in der sich Karten aus früheren Vermessungen und Kopien noch verfügbarer holländischer Karten befanden. Mehr um sich abzulenken als aus Interesse nahm er die um 1680 von Nikolaas Visscher veröffentlichte Karte, die im Vergleich zu anderen Ccylon-Karten schon sehr fortschrittlich wirkte und Ähnlichkeit mit der modernen Karte hatte, wenn sie auch mit der Fraser-Karte, deren Qualität bisher unerreicht war, nicht vergleichbar war. Die Karten von Isaac Tirion und Guillaume de l'Isle aus dem vorhergehenden Jahrhundert fußten auf der Visscher-Karte, Bemühungen um eine bessere topographische Darstellung waren unverkennbar. Hayden hatte den Ehrgeiz, eine Karte der Insel zu liefern, die die Fraser-Karte in den Schatten stellte. Wenn die ersten Karten einzelner Landstriche zur Zufriedenheit der Gesellschaft, für die er arbeitete, ausfielen, würde man ihm eine größere Mannschaft von Vermessern zur Verfügung stellen. Momenten jedoch fiel es ihm schwer, sich auf das Zeichnen zu konzentrieren, so dass er es schließlich genervt aufgab und eine Pause einlegte.

»Sonderlich zufrieden wirkst du ja nicht mit deiner Arbeit.«

Hayden fuhr herum. »Ah, Alan, ich hatte dich nicht kommen hören.«

»Ich wollte schon früher wieder hier sein, aber du weißt ja, wie das ist.« Alan ließ sich auf einen Klappstuhl fallen und streckte die Beine aus. »Jetzt bleibe ich erst einmal wieder für ein paar Tage.«

»Hat dein Vater noch etwas gesagt wegen mir und Melissa?«

»Nein, ich denke, das Thema ist für ihn erledigt.«

Hayden wich dem Blick seines Cousins aus und schob fahrig einige Unterlagen zusammen.

»Hm«, sagte Alan, »gewissermaßen war das doch zu erwarten.«

»Nein, nicht in der Deutlichkeit, muss ich gestehen. Davon, dass du diese Entwicklung erwartest, hast du mir bei unserem Gespräch nichts gesagt.«

»Ich dachte, das nimmt dir vielleicht den Wind aus den Segeln, und ich wollte, dass du deinen Antrag auf jeden Fall vorträgst – allein schon um Melissas willen, deren Ruf jetzt vollständig gerettet ist.«

Hayden antwortete nicht, sondern starrte zur hügeligen Horizontlinie, die in blassblauem Dunst verschwamm.

»Es tut mir leid, dass du enttäuscht bist. Am besten vergisst du die Sache einfach, dann fällt es Melissa vielleicht auch leichter, sich damit abzufinden.«

Langsam drehte Hayden sich wieder zu ihm um. »Sagtest du nicht, sie sei sich ihrer Gefühle nicht sicher?«

Alan zuckte die Schultern und griff nach einem Apfel, der in einem Korb auf dem Tisch stand. »Sie hat es sich offenbar überlegt, auf jeden Fall muss sie einen beeindruckenden Auftritt hingelegt haben, als Vater mit ihr allein darüber gesprochen hat. Sie wollte seine Entscheidung nicht akzeptieren, auch wenn sie letzten Endes nachgegeben hat, was aber kein Wunder war, so wie er zugeschlagen hat.«

Ein Kälteschauer lief Hayden über den Rücken. »Er hat sie geschlagen?«

»Zuerst haben sie sich angebrüllt, und danach ...« Alan biss in den Apfel. »Es ist nicht das erste Mal, und Melissa müsste eigentlich wissen, wann es angebracht ist, zu schweigen.«

»Das alles scheint dich ja nicht sonderlich zu berühren. Wenn mein Vater meine Schwester verprügelte, würde ich das nicht so nebenbei erzählen.«

»Ich und Louis waren die ganze Zeit in der Halle, weil wir ... nun, man könnte es lauschen nennen. Es erschien uns besser, die Sache zu beobachten, schließlich kennen wir unseren Vater und unsere Schwester. Als es dann offensichtlich wurde, dass er handgreiflich wird, sind wir ins Arbeitszimmer gegangen und haben geschlichtet. Ich habe mit meinem Vater gesprochen, und Louis hat sich um Melissa gekümmert. Inzwischen ist der Hausfriede aber wiederhergestellt, wenn auch zwischen Vater und Melissa unübersehbar, hm, Spannungen herrschen.«

»Welch Wunder«, murmelte Hayden, dem das Bild einer

272

geprügelten Melissa nicht aus dem Kopf ging. Das hatte er nicht gewollt.

»Es ist nicht deine Schuld«, sagte Alan, als könne er Gedanken lesen. »Sie geraten ständig aneinander, und nicht selten fängt Melissa sich dabei mindestens eine Ohrfeige ein.«

»Und du denkst, das beruhigt mich, ja?«

»Zumindest liegt die Schuld nicht bei dir.«

Hayden schnaubte und wandte sich ab. Er stützte sich mit beiden Händen auf den Tisch und starrte blind auf seine Skizzen.

»Ich habe versucht, ein gutes Wort für dich einzulegen, aber Vater hat sofort gesagt, dass wir uns jeglichen Disput zu dem Thema sparen können.«

»Ist er immer so?« Hayden drehte sich um und sah seinen Cousin an. »So brutal, wenn er seinen Vorstellungen und Anweisungen Nachdruck verleihen möchte?«

»Als brutal habe ich ihn nie empfunden.«

»Du sagtest eben, er verprügele regelmäßig deine Schwester, großer Gott.«

»Nun ja, aber das nur, wenn sie ihn lange genug reizt.«

Mit einem sarkastischen Auflachen verschränkte Hayden die Arme vor der Brust. »Also nur, wenn sie es verdient, ja?«

»Dass sie es verdient, habe ich nicht gesagt.«

»Ich kann verstehen, dass sie davon träumt, fortzugehen. Es muss schlimm sein, so zu leben.«

Alan warf das Apfelgehäuse fort. »Du übertreibst, es fehlt ihr an nichts.«

»Sie ist einsam.«

»Du kennst sie doch gar nicht lange genug, um das zu beurteilen.«

»Ich habe mehr als drei Monate bei euch gewohnt, und die Zeit reicht aus, um zu sehen, wie die Familie zueinander steht.«

»Ach ja?« Verärgerung schwang in Alans Stimme mit. »Dann kläre mich auf, offenbar ist mir einiges entgangen, und ich lebe schon mein ganzes Leben dort.«

»Vielleicht bemerkst du daher vieles nicht.«

»Ah, verstehe.«

Hayden seufzte. »Ich wollte dich nicht kränken.«

»Das hast du nicht. Aber wenn ich dir einen guten Rat geben darf: Vergiss die ganze Sache. Das ist mein voller Ernst. Mein Vater wird nicht nachgeben, und Melissa machst du das Leben schwer. Sie hängt ohnehin schon so vielen absurden Träumen nach, sieh zu, dass du nicht auch noch einer davon wirst.«

Gut, *das* war kränkend. Hayden strich sich das Haar aus der Stirn und schwieg. Hätte Melissa gesagt, sie wolle ihn nicht heiraten, hätte er nicht weiter insistiert, aber nun schien ihm der Preis hoch genug, um dafür zu kämpfen. Es stellte sich nur noch die Frage, mit welchen Verbündeten. Sein Blick suchte Alan, der ihn seinerseits beobachtete. Von dieser Seite, das wusste er, war keine Hilfe zu erwarten.

❧

Die Reise ins Bergland entpuppte sich letzten Endes als ebenso langweilig wie jede andere Reise, die Melissa an der Seite ihrer Eltern unternahm. Sie saß daheim, stickte oder ging ein wenig im Garten spazieren, der nur halb so groß war wie der heimatliche. Weil in der Nähe kaum Bekannte wohnten – die meisten waren bereits in Nuwara Eliyah –, fielen Ausflüge im Gesellschaftskreis ebenfalls aus. Aber es gab ohnehin nur ein Ziel, zu dem Melissa jeglicher Ausgang führen würde, und das war das Lager, in dem Hayden derzeit lebte. Seit seinem Antrag wenige Tage zuvor hatte sie ihn nicht mehr gesehen. Sie hatte geglaubt, in Louis einen Verbündeten zu haben, was sich jedoch als Trugschluss herausstellte.

»Vater hat dir ja nicht untersagt, ihn zu sehen«, antwortete er auf ihre Bitte hin, sie zu Hayden zu begleiten. »Warum wartest du nicht darauf, dass er kommt? Alan sagt, derzeit hätte er viel zu tun.«

»Ich muss allein mit ihm reden.«

»Auf gar keinen Fall.«

»Was ist los mit dir, Louis? Seit wann bist du so folgsam, wenn Papa etwas anordnet?«

»Wenn es um dich geht.«

Wut überschwemmte Melissa wie eine Woge. »Ich kann mich nicht daran erinnern, dass du jemals Rechenschaft abgelegt hast für das, was du mit Estella tust, wenn du dich mit ihr an irgendwelchen abgelegenen Bachläufen getroffen hast.«

Louis hob lediglich eine Braue und schwieg.

»Oder ist das mal wieder etwas anderes?«

»Ganz recht.«

»Weil du ein Mann bist, nehme ich an?«

»Weil Estella meine offizielle Verlobte ist und wir uns

nicht in aller Heimlichkeit treffen müssen. Davon abgesehen müsstest auch du mittlerweile mitbekommen haben, dass ihr Vater diese Treffen verboten hat.«

Damit war das Thema für ihn beendet, und Melissa wusste, dass auch erneutes Insistieren sie nicht weitergebracht hätte. Sie wandte sich ab und wollte zur Treppe gehen, als sein Räuspern sie innehalten ließ.

»Es ist nicht so, dass ich dich nicht verstehe.« Offenbar war er der Meinung, er müsse etwas Freundliches sagen. Melissa nickte kaum merklich und ging die Treppe hoch in ihr Zimmer.

Es waren lange Tage, in denen die Minuten zäh wie Sirup vergingen. Ihrer Mutter ging Melissa aus dem Weg, ebenso ihrem Vater. Alan wohnte bei Hayden, und Louis war viel unterwegs. Melissa fragte sich, ob wieder ein Mädchen dahintersteckte. Niemand fragte ihn nach seinem Verbleib, wenn er abends heimkam, und der Zorn, den diese Ungerechtigkeit in ihr entfachte, wand sich durch ihren Leib wie ein heißes Band.

Es ergab sich eine Gelegenheit zu einem Ausritt ohne Begleitung, als ihre Eltern ausfuhren, um Freunde zu besuchen, und ankündigten, erst am frühen Abend heimzukehren. Alan war mit dreien der Vermesser in die Berge gegangen, das hatte er ihnen einen Tag zuvor bei einem kurzen Besuch gesagt, und Louis würde ohnehin nicht den ganzen Tag daheim bleiben. Sie war nervös, als sie sich von ihrer *Ayah* in ein Reitkostüm aus dunkelblauem Tuch helfen ließ. Es war nicht verboten, dass sie in der näheren Umgebung ausritt, aber sobald ihr Vater erfuhr, dass sie sich von den Wegen um das Haus herum entfernt hatte – Melissa schauderte und wagte nicht, sich die Folgen vorzustellen. Aber wie sollte sie jemals etwas gewinnen, wenn sie nichts wagte? Wollte sie sein wie Lavinia, ein großer Geist, gefangen in einem Frauenkörper und lebenslang in Fesseln, um an der Seite eines Mannes wie Alan alt zu werden? Sie schüttelte vehement den Kopf, was ihre *Ayah* zu einem kurzen erstaunten Blick veranlasste, ehe diese den Kopf wieder senkte. Asha war der Name des Mädchens, Hoffnung. Melissa wusste, aus welchen Verhältnissen Mädchen wie sie stammten, und trotz des Namens dürften ihre Eltern nicht sehr hoffnungsfroh gewesen sein, als der nächste Esser, der ihnen geboren wurde, kein Junge war. Sie konnte sich nur zu gut vorstellen, wie froh das Mädchen gewesen sein musste, diese Stellung zu bekommen.

Sie stand auf, setzte ihren Hut auf, griff nach ihren Handschuhen und verließ das Zimmer. Ein Pferd war bereits gesattelt, weil sie vor dem Umkleiden eine entsprechende Anweisung gegeben hatte. Der Stallbursche hielt eine hübsche Grauschimmelstute am Gebissstück, während ein anderer Melissa den Steigbügel hielt. Sie saß auf, nahm die Zügel und ließ die Stute im Schritt vom Hof gehen. Ihr Herz schlug so heftig, dass sie eine Hand auf die Brust presste und tief einatmete. Sie wusste nicht, ob der Gedanke an das Verbotene oder daran, Hayden zu sehen, ihren Herzschlag beschleunigte.

Auf einem breiten Weg, der links und rechts von Bäumen gesäumt war, ließ sie die Stute in Trab und dann in einen ausgreifenden Galopp fallen. Das Pferd streckte den Hals, und Melissa gab Zügel. Sie genoss den Wind im Gesicht, die weichen Galoppsprünge, und allmählich ließ die Anspannung nach. Was sie tat, war zweifellos leichtsinnig, aber sollte sie warten, bis sie Hayden zur Kaffee-Ernte im September wiedersah? Konnte sie warten? Es waren immerhin noch über sechs Wochen bis dahin, und es stand der Aufenthalt in Nuwara Eliyah bevor, dort war es nicht mehr möglich, ihn zu sehen.

Links von ihr lichtete sich der Baumbestand und gab den Blick auf eine zerklüftete Berglandschaft frei. Grün bewachsene Abhänge und Schluchten fielen steil ab, Täler waren von Flüssen durchbrochen, und kleine Wasserfälle ergossen sich von Gebirgsrändern, fielen in kleine Becken, flossen von dort aus weiter über mehrere Terrassen, ehe das Wasser wieder hinabstürzte. Hier hatte Melissa, wann immer sie mit Louis vorbeigekommen war, haltgemacht, um sich das Tal anzuschauen. Sie lebte ihr ganzes Leben schon in Ceylon, und dennoch konnte die beeindruckende Schönheit der Landschaft sie immer wieder in ihren Bann ziehen. Diese Mal jedoch warf sie nur im Vorbeireiten einen Blick darauf.

Es war ein Weg von beinahe einer Stunde, der sie tiefer in das Bergland führte. Melissa hatte einen guten Blick für ihre Umgebung und einen hervorragenden Orientierungssinn. Normalerweise musste sie einen Weg nur einmal gegangen sein, um ihn wiederzufinden, so auch den zu Hayden. Sie und Louis waren ein paarmal bei ihm gewesen, und Melissa hätte den Weg selbst im Dunkeln gefunden.

Geröll knirschte unter den Hufen der Stute, linker Hand fiel der Pfad nach wenigen Schritten in einem sanften Gefälle ab, während sich rechter Hand eine Felswand steil erhob. Von weitem konnte Melissa bereits die rostbraunen Zelte ausmachen. Ein dünner Rauchfaden stieg auf und verlor sich. Die Sonne schien von einem blassblauen Himmel, und ein leichter Wind bauschte Melissas Rock, als sie die Stute zügelte und in Schritt fallen ließ.

Sie sah Hayden mit dem Rücken zu ihr über einen Tisch gebeugt stehen, die Hände aufgestützt. In ihrem Magen flatterte es, und ihr Herz schlug in harten, schweren Schlägen. Offenbar hatte Hayden sie gehört, denn er drehte sich um, und seine Augen weiteten sich erstaunt. Nur wenige Schritte von ihm entfernt standen sein Assistent und Andrew Melmoth. Während Mr. Woods ein etwas anzügliches Grinsen zeigte, wirkte Mr. Melmoth nachdenklich, dann sah er den jungen Gehilfen an und stieß ihn so derb in die Rippen, dass dieser zusammenzuckte. Er deutete mit dem Kinn zu den Zelten, und Mr. Woods folgte ihm widerwillig, wobei er sich immer wieder zu Melissa umdrehte, die innerlich aufatmete, weil sie nicht gewusst hätte, wie sie Hayden vor Zeugen begegnen sollte.

Er trat wortlos zu ihr, nahm die Zügel des Pferdes und half ihr aus dem Sattel. Langsam glitt sie vom Pferderücken, während seine Hände an ihrer Taille lagen. Ihr Atem flog über ihre Lippen.

»Mein Vater weiß nicht, dass ich hier bin«, war das Erste, das ihr zu sagen einfiel.

Er antwortete nicht, sondern führte die Stute zu den übrigen Pferden, band sie an, dann kam er zurück, nahm Melissas Hand und zog sie sanft mit sich zu dem schmalen Pfad, der zu der Plattform führte, auf der sie sich geküsst hatten. Sie kamen jedoch nicht so weit, denn kaum lag die erste Biegung hinter ihnen, drehte Hayden sie zu sich, so dass sie mit dem Rücken zur Felswand stand, und nahm ihr Gesicht zwischen seine Hände.

»Alan hat mir erzählt, du hast dich entschieden«, sagte er ruhig.

»Ja«, war alles, was Melissa zwischen zwei kurzen Atemstößen hervorbringen konnte.

Hayden strich mit dem Daumen seiner rechten Hand über ihren Wangenknochen, eine sachte Berührung wie ein Schmetterlingsflügel. Dann neigte er den Kopf, und Melissa, die seit ihrem letzten Kuss einen solchen Moment in Gedanken immer wieder durchgespielt hatte, atmete in einem leisen Schluchzer ein, als seine Lippen sich auf ihre senkten. Dieses Mal war es kein behutsames Vortasten mehr, sondern ein richtiger Kuss, das Spiel aus sanfter Verführung, Lockung und Hingabe. Melissa schob die Hände an Haydens Brust hoch und schloss die Arme um seinen Nacken, während ihr Herz in einem wilden Rhythmus gegen die Rippen hämmerte und eine unvertraute Wärme sich in ihrem Bauch ausbreitete und durch den ganzen Körper strömte, so dass ihre Beine nachzugeben drohten. Als er sich von ihr löste und den Kopf gerade weit genug hob, um ihr in die Augen zu sehen, sah sie, dass sich ein Lächeln in seine Mundwinkel schlich. »Eine Kaffeeplantage kann ich dir nicht bieten«, sagte er, »aber was deinen Wunsch angeht, die Plantagen der Welt zu sehen – darüber können wir reden.«

Melissa versuchte ein Lächeln, das sehr zittrig geriet. Er

nahm eine Hand von ihrem Gesicht und stützte sie an der Felswand hinter ihr ab, während er den Blick nicht von ihr löste.

»Es tut mir leid, dass du meinetwegen daheim Schwierigkeiten hattest«, sagte er, jetzt wieder ernst.

»Mein Vater und ich geraten oft aneinander. Wenn nicht deinetwegen, dann wegen anderer Dinge.«

Er runzelte die Stirn. »Es kam mir immer vor, als sei er dir sehr zugetan.«

»Das ist er auch. Er denkt, was er tut, sei das Beste für mich.« Sie neigte den Kopf leicht zur Seite, so dass sie mit der Wange seinen bloßen Unterarm berührte. Nähe, die berauschte. Sie bemerkte, wie sich der Ausdruck in seinen Augen veränderte, nur winzige Nuancen, aber unübersehbar, und in Melissa keimte das plötzliche Bewusstsein, wie verführerisch eine so kleine Berührung für ihn sein musste. Sie hatte wirklich nie die geringste Ahnung gehabt.

Hayden zog eine Haarsträhne unter ihrer Haube hervor und wickelte sie sich um den Finger. »Alan hat mir nahegelegt, den Gedanken an eine Heirat mit dir zu vergessen.«

»Es ist klar, dass er das sagt, weil er selbst nicht anders handeln würde. Alan ist, wie er ist. Er kämpft nicht einmal für seine Tochter, also kann er nicht einsehen, dass jemand für eine Ehe kämpfen würde.«

»Kämpfen«, sagte Hayden nachdenklich. »Denkst du, es wird darauf hinauslaufen?«

»Wenn du meinen Vater kennen würdest, könntest du dir die Frage selbst beantworten.«

Mit Daumen und Zeigefinger rieb Hayden die schwarze Haarsträhne in seiner Hand, dann ließ er sie los und beobachtete, wie sie sich auf ihre Brust legte. Melissa wurde heiß, und sie verschränkte die Arme. Das war ein Spiel, dessen Regeln sie nicht kannte, es war nicht mehr das leichte Herumgeplänkel auf Feiern oder Soireen. Obwohl Hayden sich zurückhielt, war das Verlangen, das sich in seinen Augen abzeichnete, nur zu offensichtlich, und damit wusste sie nicht umzugehen. Dass sie einerseits wünschte, er würde etwas Unverfängliches sagen, andererseits nur zu gerne wissen wollte, was es mit der Liebe auf sich hatte, irritierte sie.

»Bringst du dich nicht in große Schwierigkeiten mit deinem Kommen?«, fragte er.

»Meine Eltern sind den ganzen Tag nicht da. Bis sie kommen, bin ich hoffentlich wieder zurück.«

Er legte die Hände auf ihre Schultern und strich über ihre Arme, bis er ihre Handgelenke sanft umfasste. »Wenn wir uns das nächste Mal sehen, komme ich zu euch. Ich möchte nicht, dass du ein Risiko eingehst.«

Sie legte den Kopf leicht schief. »Wirst du denn kommen? Ich habe die letzten Tage auf dich gewartet …«

»Ich wollte, dass sich die Stimmung bei euch erst einmal wieder beruhigt. Zudem kann ich nicht zu oft meine Arbeit liegenlassen, ich komme ohnehin schon langsamer voran, als ich sollte.«

Arbeit. Er war nicht wie sie zum Nichtstun und Warten verdammt. Offenbar deutete er ihren Blick falsch.

»Das bedeutet nicht, dass du mir weniger wichtig bist«, beeilte er sich zu sagen.

Sie lächelte. »Das hatte ich auch nicht so verstanden. Mach deine Arbeit, Hayden, dafür bist du gekommen. Ich weiß ja, wie es um deine Gefühle steht, und jetzt weißt du auch von meinen. Das war es, wofür ich gekommen bin. Jetzt kann ich warten.«

Hayden ließ ihre Handgelenke los, legte die Arme um sie und zog sie an sich. Mit einem Aufseufzen schloss Melissa ihre Arme um seinen Hals, während ihre Lippen verschmolzen.

Hand in Hand kehrten sie schließlich zu dem Platz zurück, an dem die Zelte standen. Von Mr. Melmoth und Mr. Woods war nichts zu sehen. Melissa warf einen neugierigen Blick auf den Tisch, auf dem Haydens Arbeiten lagen. Er ließ ihre Hand los und griff nach einer Mappe, der er ein Blatt entnahm und ihr reichte. Es war eine Zeichnung des Orchideen-Gartens von Zhilan Palace, in dem sie so gern saß. Melissa strich mit den Fingerspitzen über das Bild und musste lächeln.

»Es ist sehr hübsch.« Sie nahm die Mappe und blätterte die Bilder durch. Einige kannte sie bereits. Die meisten waren von Zhilan Palace, aber es waren auch Zeichnungen von Kandy darunter, Bilder vom See, kleine Skizzen vom Dschungel, Zeichnungen von Moscheen und Tempeln. »Darf ich das mit den Orchideen behalten?«, fragte sie.

»Du kannst jedes Bild haben, das du möchtest. Ich bringe sie dir mit, wenn ich komme.«

Melissa wollte schon einwenden, sie könne sie selbst mitnehmen, sah aber dann ein, dass er recht hatte. Die Bilder wären für sie unhandlich zu transportieren, während er die Mappe einfach in seiner Tasche mitbringen konnte.

»Du solltest jetzt heimreiten. Ich begleite dich ein Stück. Mir ist nicht wohl, wenn du den ganzen Weg allein reitest.«

»Auf dem Hinweg habe ich das ja auch schon getan.«

»Ich habe auch mit keinem Wort gesagt, dass mir das gefällt.«

»Nun, sonderlich unzufrieden hast du vorhin nicht gewirkt.«

Hayden grinste. »Ich weiß Gelegenheiten durchaus zu schätzen, wenn sie sich bieten.«

Sie gab ihm einen leichten Stoß in die Rippen und legte die Zeichnungen zurück. Einen Moment lang gab sie sich dem Gedanken hin, wie es sein musste, hier bleiben zu dürfen. Während Hayden sein Pferd sattelte und aufzäumte, sah sie versonnen zu seinem Zelt, dessen Eingang verschlossen war. Sie stellte sich vor, wie es wäre, dort zu schlafen, nachts, in vollkommener Dunkelheit.

Hayden kehrte mit den Pferden zu ihr zurück und half ihr in den Sattel, ehe er selbst aufstieg. Er trieb sein Pferd neben ihres, und gemeinsam machten sie sich auf den Weg zurück. Melissas aufgekeimte Zuversicht schwand, je näher sie dem Haus ihres Großvaters kam. Ihr Vater hatte sehr entschieden geklungen, und auf einmal konnte sie sich nicht mehr vorstellen, dass er seine Meinung änderte. Sie öffnete den Mund, um Hayden ihre Befürchtungen mitzuteilen, entschied sich dann jedoch dagegen. Es war nicht gut, wenn sie beide in ihrer Zuversicht schwankten, und er machte sich vermutlich ohnehin schon genug

284

Gedanken. So schwiegen sie beide die meiste Zeit, ein gedankenversunkenes Schweigen, bei dem jeder die Stille des anderen respektierte.

»Ab hier reite ich besser allein«, sagte sie, als sie die Hälfte der Wegstrecke zurückgelegt hatten.

»Ich lasse dich ungern ein so weites Stück allein reiten.«

»Es ist völlig ungefährlich, erst recht am helllichten Tag. Wenn du mitkommst und jemand sieht dich in meiner Begleitung, gerate ich garantiert in größere Schwierigkeiten als allein auf diesem Weg, den ich so gut kenne.«

Hayden zögerte, nickte dann jedoch. »Pass bitte auf dich auf«, sagte er zum Abschied. Für einen Augenblick dachte Melissa, er würde sich vorbeugen und sie küssen, aber er beschränkte sich darauf, ihre Hand zu drücken. »Reite los, ich bleibe hier stehen, bis du um die Wegecke bist.«

Melissa lächelte ihm zum Abschied zu und trieb ihre Stute an. Sie spürte seine Blicke in ihrem Rücken, und ein warmes Kribbeln breitete sich zwischen ihren Schulterblättern aus. Mühsam widerstand sie dem Impuls, sich jeden Moment zu ihm umzudrehen, und hielt durch, bis sie beinahe bei der Wegbiegung war. Dann drehte sie sich um und winkte ihm zu.

»Kannst du mir sagen, wo du gewesen bist?« Louis kam in ihr Boudoir, kaum dass sie Hut und Handschuhe abgelegt hatte.

Obwohl sein plötzliches Auftauchen sie erschreckte und ihr das Herz bis zum Hals schlug, schaffte sie es, äußerlich ruhig zu bleiben. »Was soll dieser Ton, Louis? Ich bin ausgeritten.«

»Das weiß ich selbst. Du warst mehrere Stunden unterwegs, und ich will wissen, wo du warst.«

Melissa drehte ihm den Rücken zu und tat einen tiefen Atemzug. »Ich bin dir keine Rechenschaft schuldig.«

Mit einem Schritt war er bei ihr, griff nach ihrem Arm und riss sie herum, so dass sie ihn ansehen musste. Wütend befreite sie sich von ihm. »Was fällt dir ein?«, fauchte sie.

»Du warst bei *ihm*, nicht wahr?«

Melissa verschränkte die Arme vor der Brust und schwieg.

»Grundgütiger, Lissa, das glaube ich einfach nicht.«

»Du wolltest ja nicht mit mir hinreiten, und ich musste ihn sehen.«

»Wie kannst du etwas so Dummes tun?«, fuhr er sie an. »Weißt du, was passiert, wenn Vater es herausbekommt? Wenn er früher heimgekommen wäre und dich nicht angetroffen hätte?«

»Das Risiko war es mir wert.«

»Ach ja«, antwortete Louis beißend. »Wie schön. Offenbar versteht sich dein Galan auf Frauen.«

»Sprich nicht so von ihm.«

»Er hätte dich umgehend zurückschicken sollen.«

»Tu nicht so, als hättest du das getan. Du darfst Estella doch nur heiraten, weil ihr Vater Angst hat, ihr würdet sonst auf und davon laufen, oder schlimmer noch, du würdest sie in Schwierigkeiten bringen und ihn dadurch zwingen, sie dir zu geben.« Melissa warf den Kopf zurück. »Also spiel dich nur nicht so auf.«

»Deine Situation ist eine gänzlich andere, warum verstehst du das nicht? Mir droht keine Strafe, und Mr. Carradine wäre mit Estella weitaus gnädiger als Vater mit dir.«

Melissa presste die Finger in ihre Oberarme. »Es war mir wichtig, ihn zu sehen.«

»Dann hättest du warten sollen, bis er kommt.«

»Du weißt doch selbst, dass ich mit ihm unter euren Augen kein privates Wort hätte reden können.«

Louis starrte finster vor sich hin, die Hände in die Seiten gestemmt. »Du bist so leichtsinnig, Melissa.«

Der so schnell aufgeloderte Zorn fiel in sich zusammen, und Melissa fühlte sich auf einmal wie ausgelaugt. Jetzt wurde ihr bewusst, unter welcher Anspannung sie die ganze Zeit gestanden hatte.

»Ich weiß, dass du dir Sorgen machst, Louis, aber ich muss einfach wissen, wohin mein Weg mich führt. Das hier«, sie machte eine ausholende Handbewegung, »kann nicht mein Ziel sein.«

Louis seufzte. »Du musst vernünftig sein, Lissa.« Er ging zu einer Kommode, die in der Nähe des Fensters stand, und lehnte sich mit der Hüfte dagegen, die Hände daraufgestützt. »Es kommt alles so plötzlich. Bist du sicher, dass du ihn liebst oder zumindest genug magst, um dein Leben an seiner Seite zu verbringen? Oder ist es eher eine flüchtige Verliebtheit, weil alles so neu und aufregend ist?«

Es dauerte eine Weile, ehe Melissa darauf antwortete. »Ich war mir selbst nicht sicher, was es ist, das ich für ihn fühle. Aber es ist stark genug, um mir vorzustellen, bis an mein Lebensende bei ihm zu sein.«

»Von einem Moment auf den anderen?«

»Gerade du müsstest mich doch verstehen. Wie lange hast du dich über Estellas Verliebtheit lustig gemacht, und auf einmal kommst du nach einer Feier mitten in der Nacht in mein Zimmer und erzählst mir, du wollest sie heiraten.« Melissa lächelte. »Alle haben schon über ihre Verliebtheit in dich getuschelt, und plötzlich seid ihr verlobt, von einem Tag auf den anderen.«

»Und schon hatten die Leute wieder etwas zu tuscheln«, antwortete Louis mit einem Feixen.

»Oh, und die Enttäuschung erst, als nach einigen Wochen immer noch keine übereilte Hochzeit stattfand.«

Sie sahen sich an und lachten. Louis ging zu ihr und legte ihr einen Arm um die Schultern. »Es tut mir so leid, Lissa, dass es für dich so traurig ausgeht. Aber wenn ich dich darin unterstütze, lasse ich dich wissentlich ins Unglück laufen. Vater wird nicht nachgeben, glaub mir das doch bitte.«

Obwohl eine leise Stimme in Melissa flüsterte, dass er recht hatte, weigerte sie sich, sich diese Niederlage einzugestehen. Langsam schüttelte sie den Kopf.

13

NUWARA ELIYAH

Der Weg nach Nuwara Eliyah war für Melissa jedes Jahr fast noch faszinierender als der Bergort selber. Die Straße verlief beinahe eine Meile bergauf, und die Aussicht war von berückender Schönheit. Solange sie zurückdenken konnte, fuhr die Familie jeden Sommer die gut zweiundvierzig Meilen von Kandy hoch nach Nuwara Eliyah, und jedes Mal war Melissa überwältigt von dem Panorama, das sich ihr bot. Schluchten, die in liebliche Täler abfielen, Hügel, in üppigem Grün bewachsen, durchzogen von den Farben unzähliger Blumen, Bergspitzen, die in dunstigen Nebelschwaden badeten, die Ramboda Falls, in deren Sprühnebel sich die Sonnenstrahlen brachen und Regenbogen zauberten, und nicht zuletzt die Kaffeefelder, die sich wie ein sanft gewellter grüner Teppich durch das Hochland zogen.

Nuwara Eliyah selbst hielt aufs prachtvollste das, was der Weg versprochen hatte. Ursprünglich ein Kurort, war die Stadt nun eine Zuflucht für die hitzegeplagten Engländer, vor allem für jene, die aus Städten wie Colombo kamen, wo es laut und schmutzig war. Das Klima war angenehm frisch, und das Grün wirkte wohltuend auf die Augen.

Entdeckt worden war das Hochtal 1818 während einer Elefantenjagd. Es sollte weitere zehn Jahre dauern, ehe

ein Sanatorium errichtet wurde, in dem sich die Engländer von den Auswirkungen der Hitze pflegen lassen
konnten. Nachdem 1828 von Edward Barnes die erste
befestigte Straße angelegt worden war, avancierte der
Ort zum beliebtesten Kurort Ceylons. Nebelwälder um-
gaben die Stadt, Wege durch Berge und Täler luden zum
Wandern in der Umgebung ein, und das Gesellschaftsleben konnte hier übergangslos weitergeführt werden.

Obwohl ihre Augen in der Schönheit der Landschaft
schwelgten, weilten Melissas Gedanken immer noch in
Gampola. Sie bemerkte die spöttischen Blicke, dir ihr
Vater ihr während der Kutschfahrt immer wieder zuwarf, sowie die vorsichtig tastenden ihrer Mutter. Seit
jenem Gespräch in dem Boudoir war Melissa ihr tunlichst aus dem Weg gegangen. Jetzt, wo die Umstände
ein Beisammensein auf engstem Raum erzwangen, hüllte
sie sich in Schweigen.

Hayden hatte sie in der Woche vor ihrer Abreise noch
zweimal besucht, aber es waren zähfließende Stunden
gewesen, die sie während der Mahlzeiten und Teestun-
den unter den Augen der Familie zubrachten. Mühsam
wurde Konversation betrieben, und jeder tat so, als wäre
alles noch wie vormals, wo Hayden sich gänzlich ungezwungen innerhalb der Familie bewegen konnte, während doch jeder wusste, warum er kam und worauf er
entgegen aller Vernunft hoffte.

Das weiße Tamasin-Haus in Nuwara Eliyah war von
jener Verspieltheit und Frische wie der Bergort selber.
Fein ziselierte Fenstergitter, durch die das Sonnenlicht
Spitzenmuster auf die honigfarbenen Holzböden malte,

eine Veranda, die um das Haus herumführte und von der aus man in den Garten kam, in dem Rhododendren und Rosen blühten. Wie Schaumkronen wirkten die feinblättrigen weißen Blüten auf dem Rasen, und ausladende Bäume schufen schattige Plätze. Vögel zwitscherten, und selbst die vorwitzigen Raben, die morgens so dreist versuchten, auf der Veranda Frühstückshappen zu stehlen, hatten ihren Platz in dem Gefüge, und es hätte etwas gefehlt, hätte man nicht allmorgendlich über sie schimpfen müssen.

Es waren Tage von jener Geselligkeit, die in Gampola gefehlt hatte. Obwohl Melissa Nachmittagsgesellschaften meist langweilten, waren sie ihr nun willkommen, weil sie sie vom Grübeln ablenkten. Sie saß mit Anthony Fitzgerald und seiner Schwester Elizabeth, Lavinia und Gregory auf der Veranda. Louis spazierte mit Estella über die Gartenwege, ihre Hand auf seinem Arm.

»Ich weiß nicht«, sagte Elizabeth und streckte die Hand nach einem Schokoladentörtchen aus, »aber irgendwie finde ich, diese deutliche Zurschaustellung von Zuneigung hat etwas Vulgäres.«

»Halt den Mund, Liz«, sagte Anthony mit Blick auf Melissa.

»Aber wieso denn?«, antwortete Gregory. »Sie hat doch recht.«

»Hat sie nicht«, mischte sich Lavinia überraschend ein. »Gregory, es wäre zu begrüßen, wenn du deine kleinlichen Sticheleien künftig bleiben ließest.«

Gregory lief rot an. »Du hast offenbar den Blick für Anstand verloren, werte Freundin. Aber es ist ja auch hart, wenn man sieht, wie der eine Bruder seine Verlobte übertrieben hofiert, während der andere die seine links liegenlässt und sich lieber im Bergland herumtreibt, nur um sie nicht sehen zu müssen.«

Es kam selten vor, dass Lavinia fassungslos war – wenn Melissa sich recht erinnerte, war es sogar noch nie in ihrer Gegenwart passiert –, aber nun legten ihre plötzliche Blässe und die Art, die Lippen kurz zusammenzupressen, nahe, dass gerade das soeben geschah. Dann jedoch senkte sich wieder jene maskenhafte Gelassenheit über ihre Züge, die sie so auszeichnete und die von den Menschen nicht selten mit Kälte verwechselt wurde.

»Ich bedauere«, sagte Lavinia, »dass sich dein verletzter Stolz als abgewiesener Heiratskandidat dadurch zeigt, dass du den Mann schlechtredest, der mehr Erfolg hatte als du.«

Die Röte in Gregorys Gesicht vertiefte sich. Anthony und Elizabeth lachten.

»Touché, mein Lieber«, sagte Anthony und schlug ihm auf die Schulter. »Such dir das nächste Mal den Gegner für deine Verbalgefechte besser aus, sonst gerätst du hoffnungslos ins Hintertreffen.«

Gregory schwieg und warf Lavinia einen giftigen Blick zu.

Später, als sie durch den Garten spazierten, nutzte Lavinia einen Moment, in dem Melissa allein am Rosenspalier stand, um sie anzusprechen.

»Geht es dir gut?«, fragte sie.

Melissa sah sie überrascht an. »Ja, durchaus.«

»Du wirkst so abwesend, die ganzen letzten Tage schon.«

So vertraut, dass sie derartige Gespräche führten, waren sie nicht, daher wusste Melissa im ersten Moment nichts zu antworten. »Stört es dich, dass Alan nicht gekommen ist?«, stellte sie eine Gegenfrage.

Ein Hauch von Rosa überzog Lavinias Wangen, aber ihre Miene blieb unbewegt. »An seiner Stelle würde ich auch reisen, wenn sich die Gelegenheit böte.«

Melissa lächelte. »Das mag stimmen, aber es war keine Antwort auf meine Frage.«

Mit einem Schulterzucken überging Lavinia diesen Einwand. »Und was ist mit dir? Vermisst du jemanden?«

»Ist das so offensichtlich?«

»Ich habe also recht?«

Melissa rang mit sich. Einerseits wünschte sie sich, sich jemandem anzuvertrauen, andererseits waren sie und Lavinia nie besonders eng befreundet gewesen. Allerdings war Lavinia auf sie zugekommen, möglicherweise, da sie eine solche Freundschaft anstrebte. Und waren sie nicht schon beinahe Schwägerinnen?

»Da ist in der Tat jemand«, antwortete sie schließlich.

Lavinia sagte nichts, sondern sah sie nur an, eine stumme Aufforderung, mehr zu erzählen.

»Er hat gesagt, er möchte mich heiraten, aber Papa hat abgelehnt.« Sie hob die Schultern und lachte gezwungen. »Das war es eigentlich schon.«

»Hayden?«

Jetzt war es Melissa, die ein wenig aus der Fassung geriet. »Woher weißt du das?«

»Die Art, wie er dich angesehen hat, ließ nur einen Schluss zu.«

Melissa fühlte sich überrumpelt und brauchte einen Moment, um sich zu fangen. »Wir haben uns in Gampola wiedergesehen«, sagte sie überflüssigerweise.

»Dass dein Vater abgeneigt ist, glaube ich dir aufs Wort.«

»Abgeneigt«, murmelte Melissa und erinnerte sich an die Szene in seinem Arbeitszimmer.

»Und was wirst du nun tun? Anthony heiraten?«

»Ganz sicher nicht.«

Lavinia fuhr mit den Fingerspitzen über eine Rosenknospe. »Du hast nicht viele Möglichkeiten, wenn dein Vater das Ansinnen ablehnt, das weißt du, oder?«

»Würdest du nicht für die Dinge, die dir wichtig sind, kämpfen?«

»Sicher, wenn ich Aussicht auf Erfolg hätte und es den Kampf wert wäre.«

»Liebe wäre den Kampf nicht wert?«

Lavinia runzelte die Stirn und dachte offenbar wirklich darüber nach. »Das kommt darauf an. Für meine Eltern würde ich es tun.«

»Eine Ehe hat für dich nichts mit Liebe zu tun?«

»In erster Linie nicht, nein. Aber ich verstehe durchaus Menschen, für die das anders ist.« Sie legte den Kopf leicht schief. »Und was wirst du jetzt tun?«

»Abwarten, mehr kann ich momentan nicht machen. Ich sehe ihn erst in Kandy wieder. Mein Vater hat verboten, dass wir uns ohne Gesellschaft anderer sehen.«

»Angesichts der Umstände war das zu erwarten.«

Melissa schürzte die Lippen und sah zu Boden. Sie bereute bereits, etwas erzählt zu haben. Von der gefühls-

kalten Lavinia war vermutlich einfach kein Verständnis
zu erwarten.

»Ihr könnt mich ja mal besuchen, du und Hayden«,
sagte Lavinia. »Ich zähle ja sicher auch als Gesellschaft,
und dein Vater hat ja nicht definiert, wie nah euch die
Gesellschaft sein soll, auf einen Schritt Entfernung oder
in Sichtweite, nicht wahr?« Sie lächelte ob Melissas er-
stauntem Blick.

»Du ahnst nicht, wie sehr ich dich vermisst habe«, sagte
Estella und drückte seinen Arm. Louis drehte sie zu sich
und verlor sich für wenige Sekunden in ihren Augen.

»Hätte ich gewusst, dass du hier bist, wäre ich früher
gekommen.«

»Ich hatte es deinem Vater extra mitgeteilt.«

»Ja, das hat er mir eine Stunde vor unserer Abreise hierher auch gesagt.«

»Vielleicht hat er es einfach vergessen.«

»Ja, aber sicher doch«, grollte er.

Mit den Fingerspitzen fuhr sie über seine gerunzelte
Stirn, und er fing ihre Hand ein, um seine Lippen auf ihre
Finger zu pressen, dann ließ er sie los. Ihm war nur zu
bewusst, dass ihn William Carradine aller Wahrscheinlichkeit vom Salon aus im Auge behielt. Die kleine Gesellschaft hatte sich im Garten zerstreut und spazierte in
Grüppchen über die Wege. Am Rosenspalier entdeckte
er Melissa und Lavinia, beide wirkten ernst und irgendwie unsicher. Melissa ging ihm seit Gampola aus dem
Weg, und er verwünschte die Idee, mit ihr hingefahren
zu sein.

»Ihr habt euch gestritten«, stellte Estella fest, die seinem Blick gefolgt war.

»Nein, nicht direkt.«

»Kann man sich auch nur halb streiten?« Ihre Stimme hatte einen leicht ironischen Unterton bekommen.

»Wir sind uns über eine Sache nicht einig, aber zum Streit kam es nicht.« Als er ihren fragenden Blick bemerkte, fügte er hinzu: »Sie möchte heiraten.«

»Und du bist der Meinung, das sollte sie nicht?«

»Meinetwegen kann sie heiraten, wen sie will, aber da habe ich ja nichts zu entscheiden. Vater hat den Mann abgelehnt, und sie weigert sich, das zu akzeptieren.« Estella taxierte ihn forschend. »Hilfst du ihr?«

»Ich helfe ihr, sich nicht in Schwierigkeiten zu bringen.«

»Also unterstützt du deinen Vater, nicht sie.«

»Zu ihrem Besten.«

»Ah ja.«

Louis sah sie gereizt an. »Was soll das, Estella?«

Unschuldig erwiderte sie seinen Blick. »Was denn?«

»Das weißt du genau.«

»Seit wann stellst du dich auf die Seite deines Vaters gegen Melissa?«

»Ich stelle mich nicht gegen sie, aber das hat sie ebenso wenig verstanden wie du jetzt. Was soll ich denn tun? Ihr zu heimlichen Treffen verhelfen, aus denen sie womöglich schwanger hervorgeht? Oder ihr die Flucht ermöglichen, wo ich genau weiß, dass Vater sie eingeholt hätte, noch ehe sie und ihr Geliebter an der Küste angekommen wären? Und was er dann mit den beiden tun wird, möchtest du dir lieber nicht vorstellen.«

Estella schwieg und sog die Unterlippe zwischen die Zähne. Nachdenklich wirkte sie, jedoch keineswegs überzeugt. Als sie ihre Unterlippe losließ, schimmerte diese feucht. »Wer ist es eigentlich? Kenne ich ihn?«

»Hayden Tamasin.«

»Oh …«

Louis sah wieder zu Melissa und Lavinia. Seine Schwester sagte etwas, Lavinia antwortete lächelnd, dann schwiegen beide, und schließlich ging Lavinia zurück zur Veranda, wo Erfrischungen gereicht wurden. Melissa sah ihr nach, dann drehte sie sich zum Rosenspalier, den Kopf leicht gesenkt, nachdenklich oder unglücklich. Er wollte ihr ja helfen, aber wenn es doch keine Möglichkeit gab?

Um sich vom Grübeln abzulenken, griff er nach Estellas Hand, legte sie auf seinen Arm und nahm den Spaziergang durch den Garten wieder auf. Vom Haus aus bot sich ein zauberhafter Blick auf das umliegende Uva-Bergland, in dem Nuwara Eliyah wie in eine Mulde gebettet lag. Ein frisches, kühles Kleinod der Engländer, dachte Louis mit einem Anflug von Sarkasmus. Den Stempel hatten sie der Stadt – so wie jedem Ort, an dem sie lebten – unauslöschlich aufgedrückt. Villen mit großen Gärten, Parks mit weitläufigen Rasenflächen, Clubs, Kaffeeplantagen – es war eine englische Stadt geworden. Vergessen war die Residenz des Riesenkönigs Ravana im Ramayana, in dem die Berge Nuwara Eliyahs eine so große Rolle gespielt hatten. Wer diese englischen Residenzen sah, dachte nicht mehr an Prinzessin Sita, die der Riesenkönig laut der Sage hierher entführt haben sollte.

Nun fanden hier Hetzjagden auf Elefanten und Leopar-
den statt. Obwohl er sich die meiste Zeit als Engländer
fühlte, konnte er seine Verbundenheit zu den Tamilen
nicht leugnen. Er war nicht bereit, zu akzeptieren, dass
jede Seite ihn der anderen zusprach und er doch zu keiner gehörte.

III

ZWIELICHT UND SCHATTEN

14

KANDY

Etwas hatte sich verändert. Es waren nur Nuancen, aber Audrey war empfänglich für Stimmungen. Sie bemerkte eine neue Gereiztheit bei Edward, die so gar nicht mit seiner sonstigen Art, Konflikte mit Melissa zu klären, einhergehen wollte. Die Nachdrücklichkeit, mit der er jeden ihrer Schritte überwachen ließ, als befürchte er, sie könne ihm geraubt werden, war so gänzlich neu für Audrey, dass sie einige Tage brauchte, um darüber nachzudenken. Sie wusste ja, dass er mehr an ihr als an Alan hing, aber warum sich seit Haydens Antrag diese leise Vorsicht in seinen Blick geschlichen hatte, dieses Beobachten und Taxieren, dafür hatte sie keine Erklärung. Melissa würde nicht nach England zu den Tamasins gehen, eine Sippe, die er nie hatte leiden können. Gegen einen Besuch sei nichts einzuwenden, räumte er ein, aber für immer dort leben, ihrer Neugierde auf den fernen Verwandten ausgesetzt sein, das sei nun doch zu viel verlangt. Audrey glaubte, hinter seiner Erklärung, Melissa nicht an die ungeliebte Verwandtschaft verlieren zu wollen, noch etwas Tiefgründigeres zu erahnen, aber was, das wollte sich nicht greifen lassen. Keinesfalls ging es nur darum, dass er seine Tochter gewinnbringender verheiraten wollte, eine so profane Begründung hätte keine solche Reaktion ausgelöst.

Melissa war unglücklich. Nicht nur, dass Hayden nicht wie versprochen im September zum Erntebeginn gekommen war – eine Enttäuschung, die sie jedoch zu verbergen suchte –, sie litt auch unter dem Zerwürfnis mit ihrem Vater, der ungewohnten und für alle erstaunlichen Distanz zu Louis und nicht zuletzt unter der Kälte ihrer Mutter – auch wenn Audrey sich Letzteres nur sehr ungern eingestand. Einmal, ein einziges Mal seit ihrer Kindheit, war Melissa zu ihr gekommen, um einen Rat einzuholen, und sie hatte nicht über ihren Schatten springen können.

Gefühle ließen sich nun einmal nicht erzwingen. Audrey fragte sich, was das über ihre Fähigkeiten als Mutter aussagte, dann jedoch führte sie sich vor Augen, mit wie viel Liebe sie Alan aufgezogen hatte, ihr fehlte demnach offenbar nicht die Fähigkeit, zu lieben. Ganz zu schweigen von Alans Tochter, die sie ungeachtet ihres Geschlechts liebte, weil sie ein Teil von Alan war.

Audrey trat auf die Veranda und sah zu den Kaffeefeldern, in denen rege Betriebsamkeit herrschte. Erntezeit. Jene Zeit, in der die tamilischen Arbeiter gleich Heuschrecken über Ceylon hereinbrachen, ihre Familien im Schlepptau, und mit ihnen die Bilder verhungerter Babys am Straßenrand, ertrunkener Menschen an den Küsten, verbrannter Leichen im Staub und vor Erschöpfung zusammengebrochener Männer und Frauen auf den schlammigen Wegen durch den Dschungel ins Hochland. Sie hasste die Erntezeit.

»Wir steuern auf eine ernsthafte Wirtschaftskrise zu«, hörte sie Edward nur wenige Schritte entfernt sagen, aber sie drehte sich nicht zu ihm um. Dergleichen Sätze waren nie für sie bestimmt.

»Einige Menschen halten es für verfrüht, von einer Depression zu sprechen«, antwortete auch schon Alan.

»Verfrüht?« Edwards Stimme hatte einen verächtlichen Unterton angenommen. »Wir stecken schon mittendrin.«

»Aber Mr. Farrington sagte …«

»Mr. Farrington kann seine Kredite nicht zurückzahlen und ist so gut wie bankrott. Es ist klar, dass er so etwas behauptet.«

Audrey trat von der Veranda in den Garten, durchquerte den von Melissa so geliebten Orchideengarten und ging zu ihrer Laube. Geldsorgen hatten sie nie geplagt, und auch jetzt hatte sie keinerlei Bedenken, dass es mit Zhilan Palace bergab gehen könnte. Edward würde das nie zulassen, er hatte sich von Banken ferngehalten und nie Geld investiert, das er nicht besaß. Es würden noch viele Tamilen auf dem Weg in die Tamasinschen Kaffeefelder sterben.

In der Laube lag noch die Stickarbeit, die sie am Vortag zurückgelassen hatte – eine Frontalansicht von Zhilan Palace in all seiner Pracht. Es sollte ein Weihnachtsgeschenk für Edward werden. Sie trennte einen Faden ab und fädelte ihn in die Nadel. Ein strahlendes Zhilan Palace sollte es werden, eines, über das sich noch nicht wie über Edwards Gemüt die ersten Schatten gesenkt hatten.

Melissa fragte sich, ob Alan ihren Vater mit voller Absicht provozierte, indem er täglich mit Justine auf dem Arm durch die Kaffeefelder ging.

»Sie steht allen im Weg herum«, hatte ihr Vater erst an diesem Vormittag wieder gesagt.

»Das kann ich mir kaum vorstellen, denn sie ist die ganze Zeit bei mir, und ich stehe wohl schwerlich jemandem bei der Arbeit im Weg.«

»Was soll das überhaupt für einen Sinn haben, dass du sie hier ständig spazieren führst?« Immerhin nannte er sie nicht mehr Balg oder Bastard, und Melissa fragte sich, ob er sich dessen überhaupt bewusst war.

»Sie soll ruhig schon mal sehen, wovon sie einmal einen Teil erben wird«, antwortete Alan, wobei nicht zu merken war, ob er scherzte oder es ernst meinte.

»Dir wäre so eine Narretei in der Tat zuzutrauen. Vielleicht sollte ich dich gleich von der Erbfolge ausschließen und verfügen, dass alles deinem ehelichen Erstgeborenen zufällt und du nur Treuhandverwalter bis zu seiner Volljährigkeit wirst.«

Alan hatte lediglich die Schultern gezuckt. »Tu's doch.«

Den Rest des Disputs hatte Melissa nicht mehr mitbekommen, denn ihre Mutter ließ sie holen, weil Gäste gekommen waren. Bis zum Nachmittag war Melissa im Haus beschäftigt, dann konnte sie endlich wieder hinaus und bei der Ernte zusehen. All das hatte sie Hayden zeigen wollen, und sie war todunglücklich, weil er fernblieb, ohne eine Nachricht zu schicken.

»Wenigstens ist einer von euch vernünftig«, war Louis' Kommentar gewesen, als sie ihm in einem schwachen

Moment von ihrem Kummer erzählt hatte. Er schien noch etwas Tröstendes hinzufügen zu wollen, als er bemerkte, dass ihr die Tränen in die Augen stiegen, aber sie hatte sich nur brüsk abgewandt und ihn stehen lassen.

Dafür wurde Anthony in seinem Werben immer beharrlicher. Inzwischen wagte Melissa kaum noch, Pierrot auf der Weide zu besuchen, weil sie befürchtete, Anthony könne das als Ermunterung verstehen. Ihr Vater deutete des Öfteren an, dass er mit einer Verbindung mit den Fitzgeralds durchaus zufrieden wäre, und lud die Familie wiederholt zu einer Soiree oder einem geselligen Abend ein. Melissa empfand nichts als hilflosen Zorn.

»Was willst du eigentlich?«, fragte Lavinia, als sie an einem dieser besagten Abende unverhohlen gelangweilt zwischen den Gästen umherging. »Immerhin zwingt er dich zu nichts.«

»Das macht es kaum besser.«

»Oh, das solltest du mal Mädchen erzählen, die von ihren Vätern mit Männern verheiratet werden, die doppelt so alt sind wie sie selbst.« Lavinia lächelte und nickte grüßend einigen Bekannten zu. »Was ist denn dabei, den Fitzgeralds das Gefühl zu geben, durchaus noch im Rennen zu sein? Ich würde diese Tür nicht so ohne weiteres zufallen lassen.«

»Aber ich möchte Anthony nicht heiraten«, zischte Melissa leise zurück.

»Sollte das mit Hayden nichts werden, ist er doch keine schlechte Wahl. Oder sind dir die anderen jungen Männer der Umgebung lieber?«

Melissa gab es auf. Lavinias Vernunft einen Gefühlsausbruch entgegenzusetzen, wäre albern und lächerlich gewesen. Sie wusste ja selbst, dass diese recht hatte. Dennoch war es so mühsam, sich durch die Abende zu schleppen und gleichzeitig in dieser ständigen Erwartungshaltung zu verharren. Vorher war alles so vorhersehbar erschienen, zwar durchmischt von ihren Träumen und Wünschen, aber dennoch irgendwie vorgezeichnet. Es schien keinerlei andere Möglichkeit zu geben, als auf Ceylon zu heiraten. Das Äußerste wäre noch gewesen, jemanden auszuwählen, der aus einer anderen Region kam, vielleicht von der Küste oder aus einem anderen Gebiet im Hochland, man traf sich ja schließlich jährlich in Nuwara Eliyah, junge Männer, mit denen bisher außer ein wenig Tändelei nie etwas gewesen war. Und jetzt eröffneten sich plötzlich neue Wege, so aufregend und genau ihren Träumen entsprechend, dass Melissa sich weigerte, den Gedanken zuzulassen, sie könnten ihr dauerhaft verbaut werden.

Ereignislos ging der September in den Oktober über. Melissa unternahm ihre üblichen Streifzüge durch die Umgebung, sah bei der Ernte zu, empfing und machte Besuche und beschäftigte sich mit Handarbeiten. Unruhe bemächtigte sich ihrer, die mit jedem Tag zuzunehmen schien. Ihr Innerstes vibrierte, ihre Seele schien zu hungern. Manchmal war ihr, als berste sie vor Ungeduld, und sie wäre am liebsten inmitten einer Teegesellschaft aufgestanden und hätte mit einer Handbewegung das gesamte Geschirr vom Tisch gefegt.

Nach einem dieser Nachmittage nahm ihr Vater sie zur Seite. »Reiß dich zusammen«, sagte er. Wieder fühlte sie sich unter seinen Blicken, als sei sie aus Glas, unfähig, ihr Innerstes vor ihm zu verbergen. Wir sind uns zu ähnlich, dachte sie in solchen Momenten und hoffte, dass sich nicht irgendwann einmal die düsteren Seiten seines Charakters in ihr offenbarten.

Am frühen Abend bekam sie unabsichtlich ein Streitgespräch zwischen ihrem Vater und Louis mit, zunächst, ohne von beiden bemerkt zu werden.

»Ich erlaube dir nicht, dass du die Moral der Arbeiter untergräbst«, sagte ihr Vater.

Louis schnaubte verächtlich. »Wenn du schon von untergrabener Moral sprichst, dann wende dich lieber an die Aufseher.«

»Peter Pendarren leistet hervorragende Arbeit, und ich wünsche einen derartigen Auftritt nicht. Er muss von den Männern respektiert werden, sonst lässt ihre Bereitschaft zu arbeiten nach.«

»Wie sollen sie jemanden wie ihn respektieren?«

»Die Mädchen, die er sich nimmt, haben nichts mit der Arbeit, die er leistet, zu tun.«

»Sie ist erst dreizehn«, widersprach Louis heftig. »Wie kannst du das zulassen?«

»Wie ich schon sagte, es ist mir gleich, wen er sich ins Bett holt. Es ist Aufgabe der Väter, ihre Töchter zu bewachen, nicht die meine.«

»Du weißt ganz genau, dass die Väter von dir abhängig sind und Angst haben, ihre Familien nicht ernähren zu können«, schrie Louis ihn an.

Erst in diesem Moment bemerkte ihr Vater Melissa und gebot Louis mit einer Handbewegung, zu schweigen.

»Was willst du hier?«, herrschte er sie an. »Verschwinde, dies ist kein Thema, das für deine Ohren bestimmt ist.« Melissa wollte dagegen aufbegehren, wie ein Kind fortgeschickt zu werden, fing aber Louis' Blick auf. Geh, sagte sein Blick, aufbegehren magst du ein anderes Mal, aber jetzt geht es um Wichtigeres. Melissa verstand das, drehte sich kommentarlos um und ging.

Auf dem Weg zum Haus fiel ihr unvermittelt wieder jener Satz ein, den er ihr in Gampola gesagt hatte. *Verlangen ist auch eine Empfindung, und mehr braucht es nicht, um sich eine Fünfzehnjährige gewaltsam zu nehmen.* Sie hatte es in den letzten Wochen verdrängt, aber nun schlich sich dieser Satz wieder in ihre Gedanken, zwang ihr Bilder auf, die sie schockierten und an die sie nicht denken wollte. Energisch schüttelte sie den Kopf, aber das soeben Gehörte wollte ihr nicht aus dem Sinn. Hieß ihr Vater wirklich die gewaltsame Inbesitznahme einer Dreizehnjährigen gut? Oder zog sie die falschen Schlüsse, weil sie nicht alles mit angehört hatte? Sie wusste, dass sie sich die Wahrheit zurechtbog, weil es so einfach war, die Augen zu verschließen und sich in den Schein zu flüchten, wie in ein altes Haus, das man aus Bequemlichkeit nicht verließ, auch wenn es bereits über einem einzustürzen drohte. Aber alles andere erschien ihr unerträglich.

⁓

Dass neben dem ganzen Ärger, den die fallenden Kaffeepreise in England hervorriefen, auch noch häuslich einiges im Argen lag, zerrte an Edwards Nerven. An Louis' alljährliches Theater war er bereits gewöhnt, so ging es bei jeder Ernte zu, aber Alans Art, seine Tochter durch die Gegend zu tragen, war nur noch als aufsässig zu bezeichnen, und Melissa hüllte sich in Schweigen, das, sosehr Edward es schätzte, beunruhigender war als ein Wutausbruch. Sie aß schweigend, sie brachte Besuche schweigend hinter sich, lächelte mit in die Ferne gerichtetem Blick, und wenn sie sprach, drosch sie hohle Phrasen. Normalerweise wäre es Audreys Aufgabe gewesen, sich um Melissa zu kümmern, aber sie hatte ihre Mutterpflichten an ihrer Tochter ja von Anfang an kaum wahrgenommen und es sich stattdessen zur Aufgabe gemacht, aus Alan ein verzärteltes Muttersöhnchen zu machen, das mühelos lockere Frauen verführte, es aber nicht hinbekam, vernünftig um seine Braut zu werben. Mit einem Bastard-Enkelkind beglückt zu werden, hätte Edward eher von Louis erwartet. Dass es ausgerechnet Alan war, der nun ein uneheliches Kind hatte, war eine sehr unerfreuliche Überraschung gewesen.

Er konnte nur hoffen, dass das Hayden-Kapitel vom Tisch war und weder Melissa noch Hayden selbst wieder damit anfingen. Am liebsten hätte er ihm das Haus verboten, was er jedoch nicht gut tun konnte, weil ihm ja nichts Unehrenhaftes vorzuwerfen war. Im Übrigen hätte diese urplötzliche Abneigung vermutlich mehr Fragen aufgeworfen, als Edward lieb sein konnte und er zu beantworten gewillt war.

Wenigstens die Ernte verlief gut, allerdings kamen aus England beunruhigende Nachrichten. Wurden 1844 noch vier Pennys für ein Pfund Kaffee aus Ceylon gezahlt, waren es jetzt nur noch zwei. In Java und Brasilien wurde der Kaffee billiger hergestellt, so dass die Preise für Ceylon-Kaffee unterboten werden konnten. Hinzu kam, dass es eine Rattenplage gegeben hatte und die Tiere die jungen Sprosse anknabberten und gleichzeitig Mehltau einige große Regionen ruiniert hatte. Während die Geldsorgen vieler anderer Pflanzer an ihm vorbeigingen, hatte auch er diese beiden Unglücksfälle mit Besorgnis beobachtet und war erleichtert gewesen, als sie vorbeizogen und seine Plantage verschonten.

Darüber hinaus gab es andere, dringendere Probleme. Aus Ratnapura hatte sich verlauten lassen, dass jene seiner Aktivitäten, die sich nicht mehr in legalem Rahmen bewegten, bei einigen Leuten bekannt geworden waren. Ein Mann hatte ihm sogar offen gedroht. Wenn Edward nicht riskieren wollte, dass sein Ansehen irreparablen Schaden nahm – was zweifellos zu einem Zusammenbruch sämtlicher gesellschaftlicher Privilegien geführt hätte –, dann musste er handeln. Schloss man ihn erst einmal aus der Gesellschaft aus, war es nur eine Frage der Zeit, ehe es mit seiner Plantage bergab ging, denn solche Dinge sprachen sich herum, und wenn die Leute sich weigerten, seinen Kaffee zu kaufen, wäre das das Ende von Zhilan Palace.

Er rieb sich die Augen und seufzte. Seine Position war ihm immer unantastbar erschienen, und gerade jetzt im Alter wollte er Ruhe haben und sich nicht mit existenziellem Ärger herumschlagen. All die Jahre – und deren mochten es schon an die zwanzig sein – hatte sich niemand für seine Nebeneinkünfte interessiert, und er fragte sich, wieso das gerade jetzt geschah. Seinen Namen hatte er weitgehend aus allem herausgehalten, aber natürlich gab es keine hundertprozentige Sicherheit, selbst wenn man versuchte, jedes Risiko auszuschließen.

Zudem schien er selbst in seinem Gefühl der Sicherheit nachlässig zu werden, so hatte er eine Schublade mit Unterlagen aus Ratnapura nicht verschlossen – glücklicherweise mit jenem Teil seiner Unternehmungen, der sich noch als durchaus legal bezeichnen lassen konnte. Allerdings war gerade Louis darauf gestoßen, als dieser etwas gesucht hatte. Ob er aus den Unterlagen schlau geworden war – mehr als überflogen haben konnte er sie nicht, da war Edward bereits darauf aufmerksam geworden –, ging aus seinem Gesicht nicht hervor, allerdings erschien er ihm nachdenklicher als vorher, und das eine oder andere Mal glaubte Edward, er beobachte ihn von der Seite her. Darauf angesprochen hatte ihn sein Sohn indes nie.

Die späten Stunden in seinem Arbeitszimmer waren Edward beinahe die liebsten des Tages. Hier hatte er seine Ruhe, wenn er allein an seinem Schreibtisch saß. Bedauerlicherweise fühlten sich die Mitglieder seiner Familie genau zu diesen Abendstunden bemüßigt, ihn mit ihren Problemen aufzusuchen, als böte sich nicht tagsüber Gelegenheit genug dazu. Aber vermutlich war es die abendliche Ruhe, die eine vermeintlich Atmosphäre der Vertrautheit schuf. Als er Schritte im Korridor hörte, seufzte er. Für Louis und Alan waren sie zu leise, und so tippte er auf Melissa. Umso mehr staunte er, als Audrey, die er längst schlafend wähnte, sein Arbeitszimmer betrat.

»Ich hoffe, ich störe dich nicht«, sagte sie leise.

»Aber nein.« Er stand auf, um ihr einen Stuhl zurecht-zurücken.

Sie hatte sich schon vor Stunden verabschiedet, sich jedoch noch nicht für die Nacht umgekleidet. Den Tag über hatte er sie kaum zu Gesicht bekommen, weil sie sich mittags mit Kopfschmerzen und einem Anfall von Schwermut in ihr abgedunkeltes Zimmer zurückgezogen hatte. Lediglich zum Abendessen war sie heruntergekommen, um ihren Platz am Tisch einzunehmen, ohne jedoch etwas zu essen. Edward kannte derartige Stimmungen seiner Frau und maß ihnen nicht viel Bedeutung bei.

»Was gibt es?«, fragte er.

Sie senkte den Kopf und blickte auf ihre Hände, die in ihrem Schoß lagen. Ihr Haar glänzte im Schein der Lampe. Schließlich hob sie den Blick und sah ihn an. »Ich wollte mit dir über Justine sprechen.«

»Gibt es da noch etwas zu besprechen?«

Er bemerkte, dass sie sich sammelte, ehe sie weitersprach. Abende, wo sie allein saßen und sich unterhielten, waren selten. Noch seltener waren Momente, in denen Audrey eine Bitte vorbrachte.

»Ich finde es nicht richtig, dass sie draußen in den Hütten lebt.«

Edward lehnte sich zurück und legte die Fingerspitzen seiner rechten Hand an sein Kinn. »Du hast recht, es ist nicht richtig, dass sie überhaupt hier lebt, aber da musst du Alans Leichtsinn beklagen.«

Ein Anflug von Röte trat auf ihre Wangen. »Du weißt, was ich meine.«

»Sie kommt nicht ins Haus. War das alles?«

Er sah die Schluckbewegung ihrer Kehle. »Sie ist so ein reizendes kleines Mädchen. Warum willst du sie nicht hier haben?«

»Muss ich das begründen?«

»Ich würde es gerne verstehen.«

»Nun«, Edward lehnte sich vor und versenkte seinen Blick in ihren, »ich würde auch gerne etwas verstehen, Audrey. Melissa war ein weitaus reizenderes Kind, nicht wahr?«

Sofort verschloss sie sich, zog sich zurück.

»Du weißt, worauf ich hinausmöchte?«

Sie schürzte die Lippen, gab jedoch keine Antwort.

»Anstatt für Alans Bastard-Tochter zu sprechen, solltest du dich lieber etwas eingehender um deine eigene Tochter kümmern.«

»Melissa braucht mich nicht.«

»Hat sie das gesagt?«

Wäre es nicht so absurd, würde Edward den Blick seiner Frau beinahe als verstockt deuten. »Sorge dafür, dass Melissa sich nicht zu sehr aus der Gesellschaft zurückzieht.«

Ein kleines freudloses Lächeln umspielte Audreys Lippen. »Und wie soll ich das tun? Sie hört ja doch nicht auf mich.«

»Dann frag andere Mütter, wie sie so etwas handhaben, wenn du es nach über sechsundzwanzig Jahren Mutterschaft noch nicht gelernt hast.« Mit einiger Befriedigung sah er sie zusammenzucken.

Sie wollte aufstehen, blieb jedoch sitzen, die Hände auf

den Armlehnen abgestützt. »Und was ist nun mit Justine?«
Edward konnte kaum glauben, dass sie wirklich die Nerven hatte, ihm diese Frage zu stellen. »Meine Liebe, wenn du mich noch einmal mit diesem Kind belästigst, wirst du eines Morgens aufstehen und keine Justine mehr auf der Plantage vorfinden. War das deutlich genug?«
Sie war sehr blass geworden, nickte jedoch und stand auf. »Gute Nacht«, sagte sie ruhig und gefasst wie immer.
»Dir auch eine gute Nacht«, antwortete er freundlich. »Ich hoffe, morgen geht es dir wieder besser.«
»Ach«, murmelte sie, »immer diese Kopfschmerzen …«
Dann verließ sie den Raum.
Edward senkte seinen Blick wieder auf die vor ihm liegenden Unterlagen, atmete den Hauch von Audreys Parfüm, der noch im Zimmer hing.

Lavinia sagte sich wiederholt, dass es ihr nichts ausmachte, ständig von ihrem Verlobten ignoriert zu werden, aber langsam glaubte sie selbst nicht mehr daran. Sie bemerkte das oftmals spöttische Lächeln der Leute, wenn Alan seine Pflichttänze mit ihr absolviert hatte, und auch seine Art, sie auf Bällen, Soireen oder geselligen Abenden nach einigen kurzen Worten sich selbst zu überlassen, war inzwischen mehr als auffällig geworden. Ihr Vater bemerkte diesen Umstand schon länger, und er war auf seinen künftigen Schwiegersohn nicht gut zu sprechen. Es war demütigend. Sie war sogar schon so weit gewesen, ihn darauf ansprechen zu wollen, war aber glücklicherweise zur Vernunft gekommen, ehe sie diesen erniedrigenden Schritt in die Tat umgesetzt hatte.

Als die Tamasins wieder einmal einen Ball gaben – und deren waren es viele in den letzten Wochen gewesen –, kleidete Lavinia sich in ein weißes Seidenkleid, das einen leichten rosafarbenen Schimmer hatte. Der Stoff war um ihre Hüfte herum gerafft und gab einen darunterliegenden weißen Rock frei. Dazu trug sie lange weiße Handschuhe, und das Haar hatte sie sich zu einer schlichten Hochsteckfrisur aufstecken lassen. Als Alan mit dem üblichen Lächeln, das seine Augen nicht erreichte, zu ihr trat und sie um den ersten Tanz bat, tat sie das Ungeheuerliche und gab ihm einen Korb. Leider habe sie den Tanz bereits Gregory Carradine versprochen, sagte sie. Gregory, der trotz seiner unzähligen Fehler ein treuer Freund war, hatte sich bereits im Vorfeld dazu bereit erklärt, mitzuspielen, und war auch im passenden Moment zu ihr getreten, um sie charmant auf die Tanzfläche zu führen. Alan rutschte das Lächeln geradezu aus dem Gesicht. Er versuchte an diesem Abend kein weiteres Mal, sie aufzufordern, sondern wartete offenbar darauf, dass sie zu ihm kam, und strafte sie so lange mit Missachtung. Lavinia jedoch ließ ihn links liegen. Sie wusste nicht, ob sie richtig handelte oder gerade dabei war, sich lächerlich zu machen, auf jeden Fall fühlte es sich gut an.

Sie behielt diese Taktik bei, indem sie in den nächsten Tagen darauf verzichtete, ihn zu besuchen, und bei seinen Besuchen auf seine mühsamen Gesprächsversuche hin nur lächelte und bestätigend nickte. Sein anfängliches Befremden ging in deutliche Verärgerung über, wenn er auch zu höflich war, diese offen zu äußern. Genau das wollte sie jedoch, dass er es endlich aussprach, dass er den ersten Schritt tat. Sie hatte ein wenig Sorge, ihr Vater könne ihr Verhalten als übertrieben bezeichnen, aber er lächelte ihr lediglich verschwörerisch zu, wenn sie auf einer Abendgesellschaft mit angedeutetem Lächeln an Alans Seite ging oder ihre Pflichttänze schweigend hinter sich brachte. Selbst Edward Tamasin, der zunächst verwundert wirkte, ließ ein flüchtiges, sardonisches Grinsen sehen.

Als man sich bereits die Frage stellte, ob die Smith-Ryders womöglich die Absicht hegten, die Verbindung zu beenden, war es dann doch zu viel für Alan, und er stellte sie eines Nachmittags im Garten von Lavinias Eltern recht rüde zur Rede.

»Was meinst du mit der Frage, was ich bezwecke?«, fragte Lavinia und rührte in ihrem Tee.

»Willst du mich provozieren?«, stellte Alan eine Gegenfrage.

»Keineswegs.«

»Warum benimmst du dich dann so?«

Lavinia legte den Löffel ab und hob die Tasse an ihre Lippen. »Wie benehme ich mich denn?«, wollte sie wissen, als sie die Tasse mit einem leisen Klirren wieder abstellte.

Alan saß ihr gegenüber, ein Bein über das andere geschlagen, und sah sie aus schmalen Augen an. »Gleichgültig«, antwortete er.

»Hmhm. So wie du zuvor mir gegenüber?«

»So habe ich mich gewiss nicht verhalten. Die Leute reden bereits.«

»Ja, so wie sie sich vormals hinter vorgehaltener Hand über mich lustig gemacht haben.«

Ein wenig erstaunt und zweifelnd zog Alan die Stirn kraus. »Davon habe ich nichts mitbekommen.«

»Natürlich nicht.«

»Es ist also eine simple, kleinliche Racheaktion, weil du dich vernachlässigt fühlst.« Sie konnte seinem Gesicht nur zu gut ablesen, für wie typisch weiblich er dergleichen hielt. Es kostete sie viel Selbstbeherrschung, ruhig zu bleiben.

»Nenn es, wie du willst.« Wieder nippte sie an ihrem Tee und beobachtete Alan dabei.

»Ich habe meine Pflichten doch alle wahrgenommen, oder nicht?«

»Pflichten? Ja, genauso wirkt es in der Öffentlichkeit, als wäre ich eine lästige Pflicht, die es wahrzunehmen gilt.«

»So war das nicht gemeint.«

Lavinia antwortete nicht, sondern sah ihn unverwandt an. Ein wenig hilflos hob er die Hände.

»Es war uns doch beiden klar, dass dies keine Liebesheirat wird.«

»Das stimmt, es sollte eine Heirat werden, die auf Vernunft und gegenseitigem Respekt gründet.«

Sie sah Alan an, dass er etwas sagen wollte und die Worte im Kopf herumwälzte, als überlege er, wie er sie formulieren sollte. »Du bist nun einmal so schwierig«, sagte er schließlich.

Lavinia war einen Moment lang wie vor den Kopf gestoßen. »Oh, besten Dank auch.«

»Ich meine«, setzte Alan zum Versuch einer Erklärung

an, »du gibst dich ständig so eiskalt, tust interessiert an Gesellschaftsklatsch, ohne es zu sein.« Er ließ ihr keine Zeit, ihr Erstaunen in Worte zu fassen. »Du siehst, dass ich ein uneheliches Kind habe, und es ist dir nicht einmal einen Kommentar wert. Und dann gehst du hin und bringst meinen Vater an einem Abend dazu, wozu ich ihn in zwei Jahren nicht gebracht habe. Ich verstehe dich einfach nicht, Lavinia.«

Sie hatte mit einigem gerechnet, aber nicht mit einem solchen Geständnis. »Ich …« Sie zögerte. »Nun ja, ich …« Das erste Mal war sie ihm gegenüber um Worte verlegen. »Ich bin nun einmal, wie ich bin.«

Alans Lächeln geriet eine Spur zu spöttisch für Lavinias Geschmack. »Und ich sollte mir wohl mehr Mühe geben, dich zu verstehen, schwingt da unausgesprochen mit, ja?«

Lavinia hob die Schultern und schwieg.

»Aber gut, ich werde es versuchen«, räumte Alan ein. »Wenn du dich im Gegenzug dazu ein wenig zugänglicher zeigst.«

»Was meinst du?«

»Ich habe nicht die geringste Lust darauf, einen Eiszapfen zu heiraten. Was du daran änderst, magst du dir selbst überlegen.« Er stand auf. »Und ehe die Situation anfängt, peinlich zu werden, verabschiede ich mich. Wir sehen uns morgen Abend, ich hoffe, dass wir dann keinen Anlass mehr zu Gerede geben.« Er setzte seinen Zylinder auf und nickte ihr noch einmal grüßend zu, dann ging er. Lavinia sah ihm nach und blickte dann gedankenverloren in den Garten.

15

Louis hatte seine Mutter zum Parvati-Tempel begleitet und war draußen geblieben, um auf sie zu warten. Inzwischen bat sie ihn nicht mehr, mit ihr hineinzugehen, wie sie das noch in seiner Jugend getan hatte. Der Vortag war gewittrig gewesen und hatte sich die Nacht durch in heftigen Regengüssen entladen. Wie frisch gewaschen war die Luft, und es roch nach Gras und feuchtem Holz. Louis setzte sich auf eine niedrige Mauer, lehnte mit dem Rücken an einen Baumstamm und beobachtete die Leute.

Nicht weit entfernt von dem Tempel war eine Moschee, und auch hier zogen sich die Betenden die Schuhe aus, ehe sie das Gebäude betraten. Die Bevölkerung Ceylons war gemischt, wenn auch den größten Teil die buddhistischen Singhalesen ausmachten, deren Mönche im Land immer noch großen Einfluss ausübten. Die Briten waren so klug gewesen, sich nicht in die religiösen Belange des Volks einzumischen. Es gab auch so schon genug Reibereien. Von den Minderheiten waren die Tamilen die größte Gruppe, und der Hinduismus war durchaus präsent auf der Insel. Die Muslime, überwiegend Moors, ehemalige arabische Kaufleute, hielten sich aus den tamilisch-singhalesischen Konflikten gänzlich heraus.

Die Singhalesen waren Anhänger des Thervada-Buddhismus, der hier jedoch stark vom Hinduismus beeinflusst war. Grund dafür war, dass die Singhalesen, die seinerzeit aus Nordindien nach Ceylon gekommen waren, ursprünglich dem Hinduismus angehört hatten. Ähnlich diesem unterschied der eigentlich kastenlose Buddhismus hier verschiedene Kasten, die jedoch durchlässiger waren als das hinduistische Kastensystem. Zudem kannte das singhalesische keine Priester- und Kriegerkaste, sondern entwickelte sich eher im Rahmen eines feudalen Systems, wo bestimmte Tätigkeiten einer Kaste zugeordnet wurden, und teilte Adlige, Bauern, Zimtschäler und andere Gruppen in einzelne Kasten ein, wobei die Bauernkaste die größte war. Innerhalb dieser Kasten heiratete man für gewöhnlich, und wie auch bei den Hindus gab es die Unberührbaren, hier die Rodis.

Louis waren sowohl der Buddhismus als auch der Hinduismus fremd geblieben. Das hinduistische Kastensystem auf Ceylon unterschied sich von dem in Indien. Zwar war es die bestimmende Kraft im sozialen Gefüge, aber die an der Spitze stehenden Brahmanen spielten kaum eine Rolle. Es gab keine *Kshatriyas,* die Kriegerkaste, daher dominierten die *Vellala,* das Gegenstück zur singhalesischen Bauernkaste. Darunter gab es noch die Händler und die Fischer. Die in den Diensten der Briten stehenden Tamilen waren die Arbeiterkaste, die *Pallas,* unter ihnen standen nur noch die kastenlosen *Paraiyar.* Es gab allerdings schon seit der Zeit der portugiesischen Einwanderer viele christliche Tamilen, denen die Predigten der Missionare von einer Gleichheit vor Gott gefielen, so dass insbesondere viele Angehörige der niederen Kasten sich vom Hinduismus abwandten.

Es war ein kompliziertes Gefüge, und obwohl Louis sich

gänzlich heraushielt, war es ihm vertraut – ebenso die Abneigung gegen die Singhalesen. Dass der Stallbursche, der Estella ständig begleitete, einer war, war in Louis' Augen ein weiterer Minuspunkt. Sogar nach Nuwara Eliyah hatte dieser Strolch sie und ihren Vater begleitet. Und Elizabeth Fitzgerald, die es offenbar nicht abwarten konnte, ihre Unschuld zu verlieren, hatte ihn in einer Weise angestarrt, die nicht anders als schamlos zu nennen war. Ihn, Louis, hatte sie ebenfalls so angesehen, lauernd, als glaube sie allen Ernstes, ihn eifersüchtig zu machen, wenn sie ihre Aufmerksamkeit auf andere Männer richtete. Ihr Bruder hatte selbstverständlich nichts bemerkt, und selbst wenn man ihn darauf hingewiesen hätte, hätte er es nicht geglaubt, sondern eine solche Unterstellung empört von seiner Schwester gewiesen. Aber Liebe machte zuweilen blind, selbst Bruderliebe.

Louis ließ sein Gesicht von der Mittagssonne bescheinen. Einheimische gingen an ihm vorbei, trieben Eselskarren über die Straße, redeten laut miteinander, lachten und stritten. Nach einer halben Stunde sah er seine Mutter aus dem Tempel kommen. Er lächelte sie an und stand auf, um ihr entgegenzugehen.

Gemeinsam machten sie sich auf den Weg nach Hause, wobei Louis seiner Mutter den Arm reichte. Er wusste, wie sehr sie diese seltenen gemeinsamen Spaziergänge liebte, und er genoss es ebenso, einfach in Ruhe an ihrer Seite gehen zu können. Sie plauderten über Zukunftspläne und darüber, wie sie bei ihm und Estella leben würde.

»Deine Estella ist so ein liebes Mädchen«, sagte sie.

Louis grinste. »Ich weiß.«

»Wie kommst du mit deinem Haus voran?«

»Ich denke, weniger als ein Jahr, dann ist es bezugsfertig.« Falls sein Vater ihm nicht wieder Steine in den Weg legte. Louis rechnete beinahe jeden Tag damit, denn es verging kaum einer ohne Auseinandersetzung. Aber was sollte er tun? Stumm zusehen, wie die tamilischen Arbeiter ausgebeutet und misshandelt wurden?

Als sie zu Hause ankamen, wartete bereits Estella auf Louis. Zusammen mit Melissa saß sie auf der Veranda und trank kalte Limonade.

»Habe ich vergessen, dass wir verabredet waren?«, fragte Louis und drückte seine Lippen auf ihre Hand.

»Nein, das sollte ein Überraschungsbesuch werden.«

Sie sah hinreißend aus in dem cremefarbenen Kleid mit der kaffeebraunen Stickerei an Saum, Ärmelaufschlägen und Ausschnitt. Ihr Haar hatte sie mit einem Seidenschal im Nacken zusammengefasst, und um den Hals trug sie den Topas, den er ihr geschenkt hatte.

»Gehen wir spazieren?« Sie sah zu ihm auf, und er fragte sich, ob sie wusste, wie verführerisch sie war, wenn sie lächelte und ihn von unten her mit diesem Augenaufschlag, der gänzlich unbeabsichtigt war, ansah.

Unschlüssig sah er zu seiner Mutter, der er zuvor versprochen hatte, noch ein wenig mit ihr durch die Kaffeefelder zu schlendern. Estella bemerkte offenbar die Zwickmühle, denn in dem Moment, in dem seine Mutter sagte, sie sollten ruhig gehen, schlug sie vor, sie könnten doch alle zusammen einen Spaziergang machen.

»Vielleicht möchtest du auch mitkommen?«, fragte sie

an Melissa gerichtet. Auf diese Weise würde sich Louis'
Mutter nicht wie das fünfte Rad am Wagen fühlen.

Melissa stand zwar sichtlich nicht der Sinn nach spazieren gehen, aber sie erhob sich dennoch und schloss sich
ihnen an. Louis ging zwischen seiner Verlobten und seiner Mutter, jede von ihnen hatte eine Hand auf seinen
Arm gelegt. Über ihn hinweg unterhielt sich Estella mit
ihrer künftigen Schwiegermutter, höflich und respektvoll, wie mit einem älteren Familienmitglied. Louis hätte
sie nicht heiraten können, hätte sie seine Mutter wie eine
Dienstmagd behandelt. Melissa ging neben Estella her,
beteiligte sich aber nicht an dem Gespräch, sondern war
in ihre eigenen Gedanken versunken. Louis seinerseits
schwieg ebenfalls, aber es war ein angenehmes Schweigen, währenddessen er seiner Mutter und seiner Verlobten lauschte.

Vor ihnen tauchte nach einer Wegbiegung die Silhouette
eines Fußgängers auf, zu weit entfernt, um klar erkennbar zu sein. Louis beachtete ihn nicht weiter. Es konnte
nur jemand sein, der zur Plantage gehörte, jeder andere
hätte hier schwerlich etwas zu suchen gehabt. Es war
Melissa, die den Ankömmling als Erste erkannte.

»Das ist ja Hayden«, sagte sie leise.

Louis sah es nun auch, und seine Stimmung schlug augenblicklich um. Er mochte seinen Cousin gern, aber
die Sorge um seine Schwester wog schwerer, und er
hätte nichts dagegen gehabt, hätte Hayden Ceylon auf
schnellstem Weg verlassen. Er blieb stehen, um auf seinen Vetter zu warten.

»Hayden!« Melissa hob eine Hand, um ihm zuzuwinken, dann raffte sie ihre Röcke und lief ihm entgegen.

»Melissa!«, rief Louis ihr hinterher.

Estella drückte seinen Arm. »Lass sie doch.«

Auch der Griff seiner Mutter verstärkte sich, als befürchte sie, er würde seiner ungehorsamen Schwester nacheilen. Grollend sah er, wie Hayden seine Tasche und den Gehrock, den er in der Hand trug, fallen ließ, als Melissa vor ihm stehen blieb und ihre Hand hob, um sein Gesicht zu berühren. Er umschloss mit beiden Händen ihre Taille, zog sie an sich und legte seine Stirn an ihre. Louis sah sich um, in der Hoffnung, sie seien die einzigen Zeugen dieser zur Schau gestellten Schamlosigkeit.

Schließlich blickte Hayden auf und sah zu Louis, ohne jedoch seine Hände von Melissas Taille zu nehmen. Melissa redete auf ihn ein, und er drehte das Gesicht zu ihr, um sie anzulächeln. Endlich lösten sie sich voneinander. Hayden hob Gehrock und Tasche auf und bot Melissa seinen Arm. So dicht an ihn geschmiegt war sie, dass Louis die Brauen zusammenzog.

»Bitte, sag jetzt nichts«, raunte ihm Estella zu.

»Guten Tag, Louis«, sagte Hayden, als er bei ihnen angekommen war. »Schön, dich zu sehen.«

»Ich wünschte, ich könnte dasselbe sagen.« Louis sah Melissa an, und beim Anblick ihres Gesichts, das so gelöst und glücklich aussah wie schon lange nicht mehr, bereute er das Gesagte bereits wieder – da hätte es weder Estellas Tritts gegen seinen Knöchel noch des Unmutslauts seiner Mutter bedurft.

»Nein«, sagte er, »vergiss das. Ich freue mich natürlich auch.«

Melissa lächelte ihn an, liebevoll und voller Hoffnung. Jetzt, das war ihm nur zu klar, war er gezwungen, ihr und Hayden zu helfen, wenn auch nur, um ihre riskante Unbekümmertheit vor ihrem Vater zu verbergen. Gefallen musste ihm das nicht, und dass Melissas Freude nur von kurzer Dauer sein würde, das war ihm nur allzu bewusst. Eine gemeinsame Zukunft sah er für beide nicht, und wenn sie sich ein wenig imaginäres Glück erzwingen wollten, dann nur zu.

»Bist du den ganzen Weg hierher gelaufen?«, fragte Louis.

»Nein, ich bin mit der Kutsche gekommen und wollte dann das letzte Stück zu Fuß gehen. Ich muss zugeben, ich hatte gehofft, Melissa auf dem Weg zu treffen.«

»Es sollte eine Überraschung werden«, mischte sich Melissa ein, »daher hat er auch nicht geschrieben.«

»Ja, eine Überraschung, in der Tat«, antwortete Louis.

»Geht ihr ruhig weiter«, sagte Melissa. »Ich begleite Hayden nach Hause.«

Louis lächelte sie spöttisch an. »Nein, ich denke, wir werden ihn alle begleiten.«

Auf dem Weg zurück schwieg Louis, während Melissa sich mit Hayden unterhielt – belanglose Dinge, die einzig und allein dem Zweck dienten, die Stimme des jeweils anderen zu hören. Sie gingen ihnen einige Schritte voraus, und Melissa hatte ihre Hand immer noch auf Haydens Arm. Während Louis' Gedanken sich zunehmend verfinsterten, sah er Estella aus dem Augenwinkel lächeln.

»Das gefällt dir, ja?«, knurrte er kaum hörbar.

»Ach, es ist so romantisch.«

Als das Haus in Sichtweite kam, nahm Melissa ihre Hand von Haydens Arm, und die Schritte der beiden verlangsamten sich, bis Louis, seine Mutter und Estella wieder aufgeschlossen hatten. Sein Vater stand vor dem Lagerhaus und unterhielt sich mit einem der Vorarbeiter, als er die kleine Gruppe bemerkte, die sich von den Kaffeefeldern her näherte. Louis sah, wie er kurz zögerte, dann breitete sich ein Lächeln auf seinem Gesicht aus, und er kam ihnen entgegen.

»Ah, Hayden, ist es dir doch gelungen, zu kommen?«

»Ja, ich habe mir Arbeit mitgebracht, daher kann ich mich für einige Zeit lossagen.«

Edward Tamasin klopfte ihm auf die Schulter. »Eine erfreuliche Überraschung.« Sein Blick glitt zu Melissa, die zwar nicht mehr lächelte, in deren Augen aber immer noch ein Lachen tanzte. Er taxierte sie so lange, bis sie zu Boden sah, dann wandte er sich wieder an Hayden. »Wo ist deine Kutsche?«

»Ich habe sie fortgeschickt und bin das letzte Stück zu Fuß gekommen und dabei auf Melissa, Louis und Miss Carradine gestoßen.«

Louis fragte sich, ob er seine Mutter nicht nannte, weil er sie als Dienstbotin nicht erwähnenswert fand, oder weil er nicht wusste, wie er sie anreden sollte. Die Miene seines Vaters blieb unverändert freundlich.

»Komm mit ins Haus, ich werde veranlassen, dass dein Zimmer wieder hergerichtet wird.«

Als Melissa ihnen folgen wollte, hob er die Hand, um sie zum Innehalten zu bewegen.

»Ich glaube, ich habe deine Mutter mit einer Stickarbeit

in der Laube gesehen. Frag, ob du ihr bei irgendetwas zur Hand gehen kannst.«
»Aber ich …«
»Habe ich mich unklar ausgedrückt?«
Melissa wurde rot. Sie drehte sich auf dem Absatz um und ging mit raschen Schritten in den Garten, ohne sich noch einmal umzusehen.

Der Duft der Kaffeeblüten erinnerte an Jasmin. In Trugdolden saßen die kleinen weißen Blüten an den Zweigen, insbesondere an den Achseln der Laubblätter, entfalteten drei Tage lang ihre feingliedrige Schönheit und ihren Duft, um dann zu verblühen und abzufallen. An ihre Stelle traten die Kaffeekirschen, Steinfrüchte mit zwei Kernen, die in ihrem Innern, umgeben von einem Silberhäutchen, die Kaffeebohne bargen.
Melissa ging mit Hayden zwischen den Kaffeefeldern spazieren, beobachtete die Menschen bei der Arbeit, dunkelhäutige Tamilen, die von morgens bis abends die roten Früchte pflückten, unermüdlich, denn entlohnt wurde nach Gewicht.
Seit zwei Tagen war Hayden nun wieder auf Zhilan Palace, und Melissa gelang es kaum, ihre Freude darüber im Zaum zu halten. Vor allem in Gegenwart ihres Vaters versuchte sie, sich Zurückhaltung aufzuerlegen. Er erlaubte ihnen gemeinsame Spaziergänge, solange sie sich auf der Plantage aufhielten. In einem Gespräch unter vier Augen hatte er sie gewarnt, diese Freiheit auszunutzen.

»Solltet ihr irgendwie vom Weg abkommen oder heimlich die Plantage verlassen, bekomme ich es heraus.«

Melissa zweifelte keinen Augenblick daran, und weil sie und Hayden den Unmut ihres Vaters nicht riskieren wollten – sie hatten die Hoffnung darauf, ihn umstimmen zu können, nicht aufgegeben –, sorgten sie dafür, dass sie immer in Sichtweite von Arbeitern, Aufsehern oder sonstigen Dienstboten blieben. So löste Melissa ihr Versprechen ein und zeigte Hayden, wie eine Kaffee-Ernte auf Ceylon aussah.

»Du hast mir gefehlt«, sagte Hayden. Es war das erste Mal, dass sie sich unterhalten konnten, ohne dass jemand unmittelbar neben ihnen saß.

»Du mir auch.« Melissa kam ein solches Geständnis noch sehr holprig über die Lippen.

»Was deinen Vater angeht, scheint sich nichts geändert zu haben.«

Melissa schüttelte den Kopf. »Nein, leider nicht.« Sie ging sogar so weit, zu denken, dass ihr Vater ihr den Spaziergang nur erlaubt hatte, um sie bei etwas Verbotenem zu ertappen und einen Grund zu haben, Hayden fortzuschicken. Vielleicht vermutete Hayden dasselbe, denn ihr Umgang war befangen.

»Louis ist sehr unleidlich«, begann Hayden erneut ein Gespräch.

»So ist er jedes Jahr um diese Zeit. Er gerät ständig wegen irgendwelcher Arbeiter oder dem Verhalten der Aufseher mit Vater aneinander.«

»Was ist mit den Arbeitern?«

»Louis ist der Meinung, sie werden ausgebeutet.«

»Und? Stimmt das?«

Melissa zögerte. »Ich … ich habe mir darüber noch nie richtig Gedanken gemacht. Sie sind eben da, niemand spricht über sie.« Unter Haydens forschendem Blick kam sie sich auf einmal furchtbar oberflächlich vor, eine verwöhnte Tochter, die keinen Blick hatte für das, was um sie herum vorging. Natürlich wusste sie, unter welchen Entbehrungen die Tamilen Jahr für Jahr hierherkamen, aber ob das, was sie verdienten, zum Leben reichte, darüber hatte sie nur selten nachgedacht.

»Auf dem Weg hierher habe ich gehört, dass die Pflanzer besorgt sind«, fuhr Hayden fort.

»Das stimmt. Dieses Jahr haben wir einen starken wirtschaftlichen Einbruch, und viele Pflanzer stehen vor dem Bankrott.«

»Betrifft euch das auch?«

»Nein, ich denke nicht. Mein Vater hat wohl klug investiert.« Melissas Finger spielten mit einer Rüsche an ihrem Rock. »Aber vielen unserer Bekannten geht es nicht gut.« Von Anthony hatte sie gehört, dass es selbst für die Fitzgeralds knapp geworden war, aber sie würden die Krise wohl überstehen.

Weil es auf Ceylon keine richtigen Jahreszeiten gab, sondern das Wetter vom Monsun abhängig war, wechselten sich regenreiche Tage mit sonnigen Tagen ab. Die Temperaturen schwankten innerhalb einer Region nur minimal. Es gab regenreiche Monate – in Kandy waren es Mai bis Juli und Oktober bis Dezember. Im Hochland herrschte genau das richtige Klima für die empfindsame und anspruchsvolle Kaffeepflanze, die zum Gedeihen einen tiefgründigen und nährstoffreichen Boden brauchte und in den Urwaldböden bestens gedieh. Von Kandy bis Nuwara Eliyah erstreckte sich der tropische Gebirgsregenwald – auch Nebelwald –, der an den tropischen Tieflandregenwald anschloss.

»So langsam«, sagte Hayden und klang dabei scherzhaft, »könntest du deiner Rolle als meine Fremdenführerin wieder gerecht werden und mir ein bisschen über Kaffee erzählen.«

Damit hatte er den Bann gebrochen, und Melissa befand sich wieder auf sicherem Boden. »Kaffeesträucher können bis zu zehn Meter Höhe erreichen«, erklärte sie, »aber wir hier auf den Plantagen schneiden sie immer ungefähr auf eineinhalb Meter zurück.« Sie zog einen Zweig zu sich, auf dem glänzend rote Kaffeekirschen saßen. »Bis ein Baum seine erste Blüte hat, vergehen drei Jahre.«

»Wofür pflanzt ihr so viele Bäume in den Kaffeefeldern?«

»Das sind Schattenbäume. Zu viel Sonne bekommt den Pflanzen nicht.« Melissa ließ den Zweig los. »Man sagt, dass der Kaffee umso besser wird, je höher die Kaffeeplantage liegt, weil im Hochlandklima die Frucht langsamer wächst und die Kaffeebohne dadurch härter wird.« Sie ging weiter, und Hayden, der sich einen Kaffeestrauch genauer angesehen hatte, beeilte sich, wieder an ihre Seite zu kommen.

»Die Kirschen werden einzeln gepflückt«, sagte Melissa, »weil nur so garantiert wird, dass die Qualität erstklassig ist.« Sie deutete mit der Hand auf einige tamilische Kulis, die ihre Tragen zu einem weitläufigen Gebäude brachten. »Manche Pflücker ernten bis zu hundert Kilo pro Tag.«

»Werden die Kirschen dort aufbewahrt?«, fragte Hayden mit Blick auf das Gebäude.

»Nein, lange lagern kann man sie nicht, daher werden sie sofort verarbeitet.«

Beim Gehen berührten ihre Körper sich flüchtig, ihre Hände, ihre Schultern. Melissa hungerte nach Zärtlichkeiten in einer Art, die ihr nie zuvor bewusst gewesen war. Es hatte in ihrem Leben nicht viele Umarmungen gegeben, sie konnte sich an keine einzige ihrer Mutter erinnern, ihr Vater hatte sie als kleines Kind manchmal auf den Schoß genommen, aber das war selten vorgekommen, und so hatte es außer Alans und Louis' gelegentlichen brüderlichen Umarmungen nur Liebkosungen ihrer *Ayah* gegeben. Sie hatte geglaubt, nichts zu vermissen.

Es war, als spüre Hayden, was in ihr vorging, denn er bot ihr seinen Arm, und sie schob die Hand in seine Armbeuge. Sie ging weit genug von ihm entfernt, um keinen Anstoß zu erregen, und es war nur höflich, den Arm eines Mannes zu nehmen. Gemeinsam gingen sie zur Halle, in der die Kaffeebohnen aufbereitet wurden. Die wenigen Momente des Sonnenscheins, die ihren Weg begleitet hatten, schwanden unter sich anbahnenden Wolkenmassen. Ehe Melissa mit Hayden das Gebäude betrat, spürte sie bereits den ersten Regentropfen.

»Früher hat man Kaffeebohnen trocken aufbereitet«, sagte sie, »aber diese Methode funktioniert nur in Ländern mit wenig Regen, weil die Kaffeebohnen der Sonne ausgesetzt werden, bis sie trocken sind. Das kann über

Wochen gehen. Bei uns werden Bohnen nass aufbereitet.«

Nach dem Wiegen wurden die Kirschen zunächst von Verunreinigungen befreit und noch einmal sortiert, um sicherzugehen, dass wirklich nur reife Früchte gepflückt worden waren. Danach kamen die Kirschen in Quelltanks, wo über Nacht das Fruchtfleisch, die Pulpe, aufgehen sollte.

»Dort bleiben sie vierundzwanzig Stunden«, erklärte Melissa und führte Hayden zu einer Maschine, an der ein Mann eine große Walze mit einer Kurbel drehte, während ein weiterer Mitarbeiter Kaffeekirschen in einen Trichter schüttete.

»Das ist unser Entpulper.« Melissa trat zur Seite, so dass Hayden den Vorgang besser beobachten konnte. »Hier werden die Kaffeebohnen aus dem Fruchtfleisch gepresst, jetzt haben sie nur noch das Silberhäutchen und ihre Hülse.«

»Sie sehen schleimig aus.«

Melissa lachte. »Ja, weil sie noch nicht gewaschen wurden. Aber erst werden sie fermentiert.« Sie nahm seinen Arm und zog ihn hinter sich her in den nächsten Raum. »Hier«, sie deutete auf große Behälter mit Wasser, »werden die Kaffeebohnen fermentiert. Das sind die Gärtanks.«

Arbeiter rührten mit langen Stäben in den Tanks. In einigen hatten sich an der Wasseroberfläche bereits Bläschen gebildet, und das Wasser war trüb geworden. »Hier sind die Bohnen schon über vierundzwanzig Stunden im Wasser, meist reicht das, damit sich die Reste vom Fruchtfleisch lösen. Wichtig ist, dass die Tanks danach gut gereinigt werden, ehe das nächste Wasser eingefüllt wird, ansonsten stinkt der Kaffee und ist untauglich.«

»Ah, ich sehe, ihr unterhaltet euch gut«, hörte sie ihren Vater sagen. Er trat mit einem seiner Vorarbeiter in den Fermentationsraum, die Hände hinter dem Rücken verschränkt. Obwohl Melissa sich nichts hatte zuschulden kommen lassen, erschrak sie im ersten Moment über seine plötzliche Anwesenheit. Er wirkte jedoch nicht verärgert, sondern aufgeräumt und gut gelaunt, und so entspannte sie sich wieder.

»Ich erkläre Hayden gerade den gesamten Ernteprozess.«

Ihr Vater lächelte und sah Hayden an. »Dann hör nur gut hin, so ausführlich erklärt es dir vielleicht nie wieder jemand.« Er trat neben Melissa und strich ihr flüchtig über die Wange. »Ich wünschte wirklich, Alan hätte nur ein klein wenig von deiner Begeisterung, aber ich sollte mich nicht beklagen, immerhin tut er seine Pflicht, wenn auch nicht mehr als das.«

Melissa wusste nicht, ob es die Freude über das Kompliment war oder die seltene liebevolle Berührung ihres Vaters, die ihr Herzklopfen verursachte. Ein wenig verlegen senkte sie den Blick, während sich ein Lächeln in ihre Mundwinkel grub.

»Es ist sehr interessant«, sagte Hayden zu ihrem Vater. »Eine Kaffee-Ernte sehe ich das erste Mal.«

»Es ist die spannendste Zeit des Jahres.«

»Das sagte Melissa schon.«

Ihr Vater wechselte noch einige Worte mit Hayden, dann verließ er die Halle wieder mit seinem Vorarbeiter. Als Melissa Hayden ansah, erwiderte dieser ihren Blick, lächelte, wirkte jedoch nachdenklich. Sie atmete tief durch.

»Wir waren bei der Fermentation, ja?« Ihre Wangen glühten immer noch vor Freude.

»Bei stinkenden Kaffeebohnen.«

Sie lachte. »Gut, dann geht es weiter zum Waschen.« Sie ging ihm voraus zum Reinigungsbecken. »Hier werden die Bohnen so lange gewaschen, bis sie blank sind. Das Einzige, was jetzt noch vorhanden ist, ist die Hornschale. Es ist wichtig, dass der Kaffee ganz sauber wird, weil er sonst beim Trocknen schimmeln kann.«

Nach dem Waschen kamen die Bohnen in einen Trocknungsraum, wo sie durch heiße Luft einige Tage lang getrocknet wurden. »Danach werden sie enthülst, noch einmal verlesen, und dann kommen sie in die Kaffeesäcke zum Transport zur Auktion.« Melissa drehte sich zu Hayden um und machte mit den Armen eine ausholende Geste, die die gesamte Halle einschloss. »Jetzt weißt du alles über eine Kaffee-Ernte bei uns.«

Hayden zwinkerte ihr zu, dann lachte er. »Ich danke dir vielmals.« Er bot ihr seinen Arm, und gemeinsam verließen sie die Halle, lachten, als sie im Regen bis auf die Haut nass wurden, und rannten beinahe zum Lagerhaus, um sich unter das Vordach zu stellen, auf dem der Regen Trommelwirbel aufführte. Immer noch lachend wischte Melissa sich an den Wangen klebende Haarsträhnen aus dem Gesicht. Hayden sah durch das Fenster in die Lagerhalle, wo Kaffeesäcke aufgereiht auf ihren Abtransport warteten.

»Wird der Kaffee nicht noch gebrannt?«

»Nein, das Rösten ist der wichtigste Arbeitsschritt, und den macht man erst kurz vor dem Verbrauchen, weil das Aroma bei längerer Lagerung verlorengeht.« Sie versuchte, die gelösten Strähnen wieder, so gut es ging, festzustecken. »Ich war einmal in einer Kaffeebrennerei, den Geruch bekommt man erst nach Tagen wieder aus Haaren und Kleidung.«

»Zum Glück magst du Kaffee«, antwortete Hayden feixend.

»Ja, das schon, aber das bedeutet nicht, dass ich danach riechen möchte.« Sie sah zum Herrenhaus. »Was meinst du, schaffen wir es, ohne völlig aufgeweicht zu werden?«

»Angesichts dessen, dass ich ohnehin keinen trockenen Faden mehr am Leib habe, können wir auch langsam hinspazieren.« Er musterte sie und grinste. »Solltest du Angst haben, du könntest noch derangierter aussehen als jetzt, kann ich dich beruhigen, ich glaube nicht, dass das möglich ist.«

Sie stieß ihn in die Rippen. »Und du willst ein Gentleman sein?«

»Der bin ich nur offiziell, um einen guten Eindruck zu machen.«

Melissa warf ihm einen schiefen Blick zu, dann raffte sie ihr Kleid. »Also los, irgendwann müssen wir ja ohnehin zurück.«

»Bedauerlicherweise.«

Sie legte die Hand auf seinen Arm, und gemeinsam liefen sie durch den Regen zum Haus. Lachend und außer

Atem kamen sie an. Ein Dienstbote öffnete ihnen die Tür, und in der Halle standen sie Henry Smith-Ryder gegenüber, der mit Lavinia zu Besuch gekommen war. Mr. Smith-Ryder lächelte Melissa an, als diese ihn begrüßte und sich dabei das Wasser aus den Augen strich.

»Na, wo seid ihr gewesen?«, fragte er.

»Ich habe meinem Cousin die Kaffee-Ernte gezeigt.«

»Ah, das ist natürlich interessant. Hat es Ihnen gefallen?«, wandte er sich an Hayden.

»Ja, sehr.«

Melissa sah ihre Mutter die Halle betreten. Der Umgang mit den Smith-Ryders war ein zwangloser, und so fiel auch die Begrüßung eine Spur herzlicher aus, als das bei sonstigem Besuch der Fall gewesen wäre – abgesehen davon, dass ihre Mutter nicht in die Halle gekommen wäre, sondern in ihrem Salon gewartet hätte. Dann jedoch wandte sie sich an Melissa, und ihr Blick wanderte zu der Pfütze, die sich unter deren Rock ansammelte.

»Gehst du bitte hoch und ziehst dich um?«

»Ich hatte nicht vor, klatschnass zum Tee zu erscheinen«, antwortete Melissa schnippisch.

Ihre Mutter hob nur kurz die Brauen, sagte jedoch nichts, sondern bat den Besuch in den Salon. Melissa sah ihr stirnrunzelnd nach, dann ging sie zur Treppe, Hayden an ihrer Seite. Ehe sie sich am obersten Treppenabsatz trennten, schaute er sich um, ob niemand in der Nähe war, dann nahm er ihre Hand und presste seine Lippen darauf.

Der Regen war in ein leichtes Nieseln übergegangen, als Hayden sich am späten Abend in das Raucherzimmer zurückzog. Er machte eine Lampe an und öffnete die Schachtel mit den Zigarren.

»Kannst du auch nicht schlafen?«

Hayden fuhr herum und sah Louis' Silhouette am Fenster. »Grundgütiger«, keuchte er.

»Entschuldige, ich wollte dich nicht erschrecken.« Reuevoll klang Louis' Stimme indes nicht.

»Warum stehst du hier im Dunkeln herum?«

»Ich habe nach draußen gesehen, und da stört Licht normalerweise.«

Hayden sah auf die Lampe, die er soeben entzündet hatte, aber Louis kam ihm zuvor. »Das war keine diskrete Aufforderung, zu gehen.«

»Gut zu wissen.« Hayden zündete sich eine Zigarre an und trat zu Louis, der nur noch einen kalten Stumpen in der Hand hielt.

»Du bist nicht gut auf mich zu sprechen, ja?«

Louis streifte ihn mit einem kurzen Blick. »Das hat nichts mit dir zu tun.«

»Dir passt es nicht, dass ich deine Schwester heiraten möchte.«

»Dagegen habe ich nichts, aber ich hege die Befürchtung, dass du Melissa in Schwierigkeiten bringen wirst, womit ich kein ungewolltes Kind meine.« Er sah auf den Stumpen in seiner Hand und warf ihn aus dem Fenster. »Wie man es dreht und wendet, du wirst sie unglücklich machen. Du wärst besser gar nicht erst gekommen.«

Hayden paffte an seiner Zigarre und lehnte sich seitlich

mit einer Schulter an die Wand. »War sie denn glücklich, ehe ich gekommen bin?«

»Nein, aber was glaubst du denn, wie es für sie wird, wenn du wieder fort bist. Dann geht das ganze Spiel von vorne los.«

»Vielleicht willigt dein Vater ja doch ein.«

»Ja, und vielleicht schneit es morgen.«

Hayden schnippte nachdenklich die Asche aus dem Fenster. »Wie stellst du dir die Zukunft deiner Schwester vor?«

»Wünschen würde ich ihr durchaus jemanden wie dich, der ihr ein abwechslungsreicheres Leben bietet, als sie es hier hat. Aber weil du ja fragst, was ich mir vorstelle, muss ich sagen, dass ich denke, eine Ehe mit Anthony Fitzgerald wäre wohl das Beste.« Er hob die Schultern. »Mir ist es im Grunde genommen ja egal, wen sie heiratet, solange es ein anständiger Kerl ist.« Louis stützte beide Unterarme auf den Fenstersims und sah hinaus. In das monotone Rauschen des Regens mischten sich die Laute der Tiere der Nacht. Man vergaß nie, wie nah der Dschungel war, jener Dschungel, der es den Engländern einst so schwer gemacht hatte, das Königreich der fünf Berge zu erobern. Keine Wache konnte fremde Eindringlinge so wirksam abhalten wie diese oftmals undurchdringliche Finsternis, die tosenden Flüsse und die schroffen Abgründe.

»Ich habe gehört, Melissa hat dich heute über die Plantage geführt«, nahm Louis das Gespräch wieder auf, den Blick immer noch nach draußen gerichtet. »Was hast du gesehen?«

»Die Ernte und Aufbereitung der Kaffeebohnen.«

»Hmhm.« Immer noch sah Louis ihn nicht an. »Sonst nichts?«

Hayden hatte den Eindruck, Louis wollte auf etwas Bestimmtes hinaus, daher ließ er sich mit der Antwort Zeit. »Ich habe ehrlich gesagt keinen großen Unterschied zu den Sklavenplantagen in Amerika entdecken können.«

»Ja, das siehst du schon richtig.« Louis richtete sich auf und schien mit der Antwort zufrieden. »Viele tausend Arbeiter machen sich jährlich auf den mühsamen Weg zu uns, ein Teil stirbt schon auf dem Weg hierher, sie haben Frauen und Kinder bei sich und arbeiten sich für einen Hungerlohn halbtot.« Seine Stimme bebte kaum hörbar vor Zorn. »Mein Vater ist stolz darauf, dass seine Arbeiter oft hundert Kilo Kirschen am Tag ernten, aber es ist ja auch nicht sein Rücken, der mit jedem Jahr krummer wird, während er sich fragen muss, wo nach der Ernte das Essen für die Familie herkommen soll, denn selbst die hundert Kilo jeden Tag bringen nicht genug Geld ein, um eine Familie für den Rest des Jahres satt zu bekommen.«

»Es scheint mir, als sei es auf allen Plantagen gleich schlimm.«

»Ja, die tun sich nicht viel.« Louis schloss das Fenster und schob den Riegel vor, dann ging er zur Kommode neben der Tür und nahm eine Zigarre aus der Schachtel. »Henry Smith-Ryder ist ein anständiger Mann, aber bei ihm schuften die Arbeiter ebenso wie bei uns, genauso bei den Fitzgeralds und den Carradines, wie ich zu meiner Schande gestehen muss. Aber manchmal erscheinen mir die Methoden der anderen Pflanzer menschlicher als die meines Vaters.« Der beißende Geruch von Schwefel breitete sich aus, als Louis ein Streichholz anzündete. »Du musst nämlich wissen«, er steckte sich die Zigarre zwischen die Lippen, hielt das Zündholz daran und paffte einige Male, »dass meinem Vater jegliche moralischen Werte fehlen, was die tamilischen Kulis angeht. Wenn man deren Töchter mit Gewalt nimmt – wen kümmert es? Ihn ganz sicher nicht.«

Derartiges hatte Hayden schon zu oft gesehen, so dass es ihn nicht mehr wunderte, allerdings hatte er gehofft, sein Onkel sei anders, mehr der Mann, von dem man ihm in England gelegentlich erzählt hatte. Konnte ein Mensch sich so grundlegend ändern? Eine rhetorische Frage, denn die Antwort präsentierte sich ja so offensichtlich.

»Was sagt Alan denn dazu? Hat er keinen Einfluss auf deinen Vater? Ihm gefällt das alles doch auch nicht.«

Louis lachte höhnisch. »Ja, Alan gefällt so einiges nicht, aber außer, dass er das gelegentlich – außer Hörweite meines Vaters versteht sich – äußert, passiert nicht viel. Aber immerhin haben wir die Hoffnung, dass er diesem Treiben Einhalt gebieten wird, wenn er die Plantage einmal erbt.«

»Ist es außerhalb der Erntesaison auch so schlimm?«

»Ja, ziemlich. Gearbeitet werden muss das ganze Jahr hindurch. Es muss Unkraut gejätet werden, und natürlich ist die Schädlingsbekämpfung wichtig. Die Sträucher müssen regelmäßig gründlich untersucht werden, wenn auch nur ein Schädling in den Blättern übersehen wird, kann eine ganze Ernte vernichtet werden, und wenn er dann noch auf andere Plantagen übergreift, haben wir hier eine Katastrophe, wie du dir sicher vorstellen kannst.« Louis stellte sich wieder zu Hayden und lehnte sich mit dem Rücken an die Fensterscheibe. »Außerdem müssen die Böden gedüngt werden. Ich glaube, keine Pflanze entzieht dem Boden so gründlich und in so kurzer Zeit Nährstoffe wie Kaffeesträucher. Drei Jahre, und der Boden ist hinüber, wenn man nicht vorsorgt.« Er legte den Kopf zurück und starrte nachdenklich ins Leere, während er Rauchwolken in die Luft atmete. Schließlich warf er die halb gerauchte Zigarre nachlässig in einen Aschenbecher. »Kennst du schon das Nachtleben von Kandy?«

»Nein, bisher noch nicht.«

»Dann wird es Zeit, denkst du nicht?«

Von außen wirkte das Gebäude, zu dem Louis ihn führte, reichlich heruntergekommen. Es lag in einer schmalen Gasse, so versteckt, dass Hayden es allein nicht gefunden hätte, ein sehr altes Haus, das vollkommen dunkel gewirkt hätte, wenn nicht das Licht durch die Ritzen der geschlossenen Läden geschimmert hätte. Ein tamilischer Diener öffnete die Tür und entließ Weihrauchschwaden, schwer und süß, nach draußen. Von innen war das Gebäude weitläufiger, als es von außen den Anschein gehabt hatte. Der Boden war aus glattem Marmor, und rechts führte eine Treppe mit aufwendig geschnitzten Pfosten nach oben. Schnitzereien begegnete man überall in der Halle – an den Türen, an Säulen.

Ein weiterer Diener kam ihnen entgegen und führte sie,

ohne ein Wort zu sagen, durch die Halle, wo er im hinteren Bereich die Flügel einer großen Doppeltür aufstieß. Hier saßen und lagen die jungen Männer Kandys auf Kissen, ließen sich von einheimischen jungen Frauen bewirten, aßen, tranken und rauchten Opium.

»Das hier war wohl mal das Haus eines recht wohlhabenden Singhalesen«, sagte Louis. »Aber jetzt gehört es einem englischen Geschäftsmann.«

Hayden hätte mehr Interesse daran gehabt, Kandy bei Nacht kennenzulernen, das wahre Kandy. Vergnügungsstätten dieser Art kannte er zur Genüge. Er würde Louis fragen, ob sie, ehe sie heimgingen, noch ein wenig durch die Stadt streifen konnten.

Während sie sich freie Sitzkissen suchten, trafen sie auf Bekannte, grüßten, ohne jedoch innezuhalten, was Hayden recht war. Von weitem winkte ihnen Anthony Fitzgerald zu, der gerade ein hübsches dunkelhaariges Mädchen im Arm hielt.

»Ist Alan auch hier?«, fragte Hayden.

»Ich glaube nicht. Wenn, wäre er vermutlich mit Anthony gekommen.«

Hayden sah in der Nähe von Anthony ein weiteres bekanntes Gesicht, ein junger Mann, der sie unverhohlen feindselig anstarrte. »Sag mal, ist das nicht der Bruder deiner Verlobten?«

»Ja«, sagte Louis mit kurzem Blick in die Richtung. »Beachte ihn am besten gar nicht.«

»Ihr versteht euch nicht besonders gut, oder?«

»Das ist eine sehr freundliche Umschreibung.« Louis ließ sich auf einem Sitzkissen nieder. »Rauchst du?«

»Opium? Nein. Die wenigen Male, die ich es in Indien versucht habe, haben nicht gut geendet.« Hayden streckte die Beine aus.

»Warum hast du es dann nicht gleich beim ersten Mal gelassen?«

Hayden lachte. »Das frage ich mich auch. Aber ich habe mich jedes Mal überreden lassen. Anfangs war es auch eher so, dass ich einfach nur mit schwerem Kopf wach geworden bin. Aber beim letzten Mal befand ich mich in einem leeren Zimmer auf dem Boden und hatte nicht die geringste Ahnung, wie ich dorthin gekommen war.«

Louis grinste anzüglich.

»Genau das war mein erster Gedanke.« Jetzt feixte auch er. »Dagegen sprach allerdings, dass ich bekleidet war. Na ja, aber als sei die ganze Sache nicht schlimm genug, bin ich auch noch komplett ausgeraubt worden. Also damit meine ich wirklich komplett, ich trug nur noch meine Hose und mein Hemd, Letzteres allerdings ohne Ärmel. Kannst du dir vorstellen, dass jemand Hemdsärmel stiehlt?«

Louis legte den Kopf zurück und lachte schallend. »Vielleicht wollte dir nur jemand einen Streich spielen.«

»Ich werde es wohl nie erfahren. Aber der Spott, als ich barfuß und in meiner ramponierten Kleidung im Lager ankam, war wirklich heilsam. Ich habe nie wieder eine Opiumpfeife angerührt.«

In dem Moment kam ein Dienstbote mit einer Pfeife für Louis. »Das halte ich in deinem Fall auch für angeraten«, sagte dieser, während er träge den ersten Zug tat. Er hatte sich zurückgelehnt und die Augen halb geschlossen.

Hayden hing seinerseits seinen Gedanken nach. Ein Bild ging ihm nicht aus dem Kopf: Melissas Gesicht, als ihr Vater ihr über die Wange gestrichen hatte. Solche Gesten kannte er von seinem eigenen Vater seiner Schwester gegenüber. Die lächelte dann zwar, sah aber nie so aus wie Melissa, die gewirkt hatte, als habe man ihr soeben ein großes Geschenk gemacht. Ihr Lächeln hatte bei allem Strahlen etwas Zaghaftes gehabt, als befürchtete sie, sie könne etwas damit zerbrechen, als hätte sie Angst, eine falsche Bewegung würde ihren Vater dazu bringen, diese Geste wieder zu bereuen. Hayden fand das verstörend, und gleichzeitig sagte es ihm eine Menge.

»Vilas?« Eine leise Frauenstimme.

Louis legte seine Pfeife weg und sah zu der Frau hoch, die zu ihnen getreten war. »Ich frage mich, warum jeder meinen indischen Namen kennt, obwohl ich mich nie damit rufen lasse.«

»Du hast ihn mir in einem sehr schwachen Moment verraten.« Das Lachen der Frau klang wie kleine Silberglöckchen. Sie ließ sich neben Louis nieder, eine Eurasierin mit langem tiefschwarzem Haar und einem herzförmigen Gesicht mit sehr zarten, beinahe fragilen Zügen. »Ich habe dich vermisst.«

»Das tut mir leid.«

Die Frau hob in leisem Spott einen Mundwinkel. »Das ist keine sehr höfliche Antwort.«

Louis zog wieder an seiner Pfeife und atmete den Rauch aus. Süßlicher Opiumgeruch zog an Hayden vorbei. »Was möchtest du?«

»Die Frage habe ich dir sonst immer gestellt, und du hast

mir oben die Antwort gegeben.« Sie lächelte. Dass Louis in Begleitung war und Hayden jedes Wort mithörte, störte sie offenbar wenig. Louis hingegen schien die Sache unangenehm.

»War mein ›es ist vorbei‹ nicht deutlich?«

Sie zupfte an ihrem goldfarbenen Sari. »Doch, schon. Aber das war ja nur von deiner Seite, nicht von meiner.«

»Das sollte ausreichen, oder?«

Sie hob die Hand und strich über seinen Kragen. »Ich versuche ja nur, dir vor Augen zu führen, was du gerade verpasst.« Ihre Hand glitt zu seiner Hemdbrust und tiefer zu seinem Bauch. Nun wurde es Louis offenbar zu viel, denn er umfasste ihr Handgelenk – nicht sonderlich sanft, wenn Hayden das leichte Zucken in ihrem Gesicht richtig deutete.

»Ich möchte mich ungern wiederholen«, sagte Louis gefährlich leise.

»Ah, was muss ich sehen«, sagte eine Männerstimme, noch ehe die Frau antworten konnte. Gregory Carradine war unbemerkt zu ihnen getreten. Seine Stimme wirkte belegt, als habe er bereits einiges getrunken.

»Verschwinde, Greg«, herrschte Louis ihn an und stieß die Frau ein Stück weit von sich.

»Ich wusste doch, dass du es nicht lassen kannst.« Genugtuung schwang in Gregorys Stimme mit, als er, hoch über ihnen aufgerichtet, die Arme in die Seiten stemmte. Louis, der offenbar nicht gewillt war, zu ihm aufzusehen, kam nun auch auf die Beine, und Hayden hielt es für das Beste, ebenfalls aufzustehen, falls die Situation sich zuspitzte.

»Nicht, dass ich dir Rechenschaft schuldig wäre«, sagte Louis von oben herab, »aber du irrst dich. Vielleicht schaust du noch mal genauer hin, wenn du wieder nüchtern bist.«

»Was gibt es denn da falsch zu verstehen?« Gregory sah die Frau an, dann wieder Louis, und ein süffisantes Grinsen trat auf seine Lippen.

Die Frau, die in der Situation Gefahr zu wittern schien, zog sich, mit kurzem Blick zu Louis, zurück. Sie stand auf und ging durch den Raum zu einer Tür, zog diese auf und verschwand im Nebenzimmer.

»Wartet sie dort auf dich?«, fragte Gregory, der ihr mit Blicken gefolgt war. »Hübsches Ding, tu dir keinen Zwang an, der Schaden ist ohnehin schon angerichtet.«

»Ich warne dich, Greg.«

Gregorys Grinsen vertiefte sich. »Wenn du sie nicht willst, dann dürftest du ja kein Problem damit haben, wenn ich sie mir nehme.«

»Sie lässt sich nicht so einfach nehmen, aber bitte, tu, was du willst.« Louis winkte mit einer Handbewegung Richtung Tür und wollte sich von seinem künftigen Schwager abwenden, als dieser ihn am Hemdkragen packte und herumriss. Louis schlug seine Hand weg und trat einen Schritt zurück.

»Was unterstehst du dich?«

»Es genügt dir nicht, meine Schwester auf Abwege zu führen, du hurst dich auch noch durch ganz Kandy.«

Louis ballte seine Hände zu Fäusten und öffnete sie langsam wieder. »Du bist betrunken. Geh heim und lass dich ausnüchtern.«

Er war im Begriff, sich wegzudrehen, als Gregory ihn erneut herumriss. Dieses Mal stieß Louis ihn zurück. »Vorsicht«, sagte er.

»Ich dulde keinen tamilischen Bastard in meiner Familie.«

Mittlerweile war so ziemlich jeder im näheren Umkreis auf den Streit aufmerksam geworden und verfolgte gespannt, wie er sich entwickelte.

»Damit wirst du leben müssen«, antwortete Louis. »Und jetzt wag es nicht, mich noch einmal anzufassen.«

Provokativ griff Gregory nach dem Aufschlag von Louis' Gehrock. Louis umfasste daraufhin Gregorys Handgelenk und verdrehte es, bis seinem Gegenüber vor Schmerz die Tränen in die Augen schossen. Sein künftiger Schwager holte aus und landete einen gezielten Treffer auf Louis' Kinn. Verblüfft ließ dieser ihn los, und noch ehe er sich von seiner Überraschung erholen konnte, hatte Gregory bereits den nächsten Schlag gelandet.

Louis fiel hintenüber und schlug krachend auf einen niedrigen Tisch, auf dem Opiumpfeifen lagen. Ein Teegeschirr fiel mit lautem Klirren zu Boden.

»Also, meine Herren!«, rief jemand.

Louis rappelte sich auf und ging nun auf Gregory los. Seine Schläge waren keineswegs zaghaft, und Gregory blieb ihm nichts schuldig. Hayden und ein anderer Mann versuchten zu schlichten, aber nachdem Hayden einen Ellbogen in den Magen bekommen hatte und der andere Mann einen Stoß ins Gesicht, griff niemand mehr ein. Einige begannen, ihren jeweiligen Favoriten anzufeuern, jemand anders schloss Wetten ab. Auch Anthony Fitzgerald hatte sich zu den Zuschauern gesellt, beobachtete den Kampf jedoch schweigend.

Der Besitzer des Etablissements kam mit zwei bulligen Männern im Schlepptau zu den Kontrahenten. Die beiden Männer zerrten Louis und Gregory auseinander, bogen ihnen unsanft die Arme auf den Rücken und schoben sie vor sich her aus dem Raum. Hayden folgte ihnen durch die Halle, wo der Dienstbote, der sie eingelassen hatte, die Tür öffnete. Die Männer gaben Louis und Gregory einen heftigen Stoß, so dass beide der Länge nach in den Straßenstaub fielen.

Hayden eilte zu Louis, der sich bereits wieder aufgerappelt hatte und eine Platzwunde an seiner Lippe befühlte. Die Streitlust der beiden schien der Rauswurf keineswegs eingedämmt zu haben, vielmehr war es, als wären sie jetzt erst recht in Rage.

»Louis, lass es gut sein«, rief Hayden, als sein Vetter sich anschickte, den nächsten Schlag zu landen.

Glücklicherweise verließen in diesem Moment einige von Gregorys Freunden das Etablissement und griffen ihrerseits ein. Während sie Gregory mit sich zogen, holte Hayden die Pferde. Louis sah ziemlich lädiert aus. Wortlos griff er nach den Zügeln seines Pferdes und saß noch vor Hayden auf. Auf dem ganzen Rückweg sagte er nichts, sondern starrte in brütendem Schweigen vor sich hin.

Am folgenden Morgen sah sein Gesicht noch wesentlich schlimmer aus. Melissa schlug mit einem erschrockenen Aufschrei die Hand vor den Mund, und Edward Tamasin fragte: »Steht mir Ärger ins Haus?«

348

»Gregory hat zuerst zugeschlagen.«
»Dann ist es ja gut.«

»Ich hoffe, dieser lächerliche Auftritt ist dir im Nachhinein wenigstens peinlich.« William Carradine bediente sich am Frühstücksbüfett, während Gregory am Tisch saß und mit finsterer Miene an seinem Kaffee nippte. Estella war furchtbar erschrocken gewesen, als sie ihren Bruder am frühen Morgen in diesem zerschlagenen Zustand gesehen hatte. Ihr Vater sah ihn nur ungerührt an.
»Ich habe nicht angefangen«, verteidigte Gregory sich. »Der Tamasin-Bastard hat mich gestoßen.«
Estella gab einen erstickten Laut von sich. »Du hast dich mit Louis geprügelt?«
»Er hat mal wieder mit einer Frau angebändelt, und als ich ihm meine Meinung dazu gesagt habe, wollte er mir nicht zuhören.«
Mit einem lauten Klirren fiel Estellas Messer auf ihren Teller. »Was sagst du da?«
Ihr Vater trat hinter sie und legte ihr die Hand auf die Schulter. »Laut Anthony Fitzgerald stellte sich euer Streit ein wenig anders dar.«
»War er hier?«, fragte Gregory.
»Nein, ich habe ihn auf meinem Ausritt getroffen, aber das tut nichts zur Sache.«
»Er war viel zu weit weg, und dass Louis mit dieser Frau zusammen war, wird auch er nicht leugnen können.«
»Das vielleicht nicht«, sagte ihr Vater, und Estella verspannte sich wieder unter seiner Hand, »aber er sagte mir, dass du derjenige warst, der zuerst zugeschlagen hat.«

»Louis hat mich gestoßen.«

»Er hat die ganze Zeit offensichtlich versucht, einem Streit mit dir aus dem Weg zu gehen, was du nicht zugelassen hast.«

Gregory zuckte die Schultern und widmete sich wieder seinem Frühstück. »Ich wollte Rechenschaft von ihm wegen der Frau.«

»Und was hat er gesagt?«, fragte Estella atemlos.

Mitleidig sah Gregory sie an. »Dass ich mich irre.«

»Aber dann ...«

»Er hat ihre Hand gehalten, und sie hat ihn angefasst.«

Estellas Schultern sackten ein wenig ab, aber dennoch versuchte sie, den Blick ihres Bruders fest zu erwidern. »Ich werde ihn fragen, ob das stimmt.«

Gregory lachte laut. »Na, dann viel Glück.«

»Hör auf damit«, fuhr sein Vater ihn an. »Von einem derart blamablen Auftritt in der Öffentlichkeit möchte ich nie wieder hören, hast du das verstanden?«

Ungerührt trank Gregory einen Schluck Kaffee.

»Ob du mich verstanden hast, habe ich gefragt.«

»Ja doch«, antwortete Gregory provozierend gedehnt.

»Treib es nicht zu weit, Sohn.«

Offensichtlich zog Gregory einen Widerspruch in Erwägung, überlegte es sich dann jedoch anders. Estella kannte diesen Tonfall ihres Vaters und wusste, dass es in diesem Fall angebracht war, nachzugeben. Er erhob selten die Stimme, und geschlagen hatte er seine Kinder noch nie, dennoch reichte ein bestimmter Blick und Tonfall, um zu garantieren, dass seinen Anweisungen Folge geleistet wurde.

»Was Louis angeht«, fuhr ihr Vater fort, »bezweifle ich, dass es mit der Frau wirklich etwas auf sich hatte. Ihm wird sicher nicht entgangen sein, dass du ebenfalls dort warst, zudem dürfte er aus dem letzten Mal gelernt haben.«

»Ich verstehe nicht, warum du nicht endlich diese unselige Verlobung löst.«

»Das geht dich nichts an«, fauchte Estella.

»O doch, meine Liebe. Sollte ich heiraten, und die Ehe bleibt kinderlos, was durchaus passieren kann, wie du in unserem Bekanntenkreis ja siehst, wo mindestens zwei Frauen unfähig sind, Kinder zu bekommen, dann fällt mein Erbe an den nächsten männlichen Nachkommen, und das wäre dann deine Brut.«

»Gregory«, warnte ihr Vater.

»Ich soll den Mann, den ich liebe, nicht heiraten, damit dein Erbe, falls deine Ehe kinderlos bleibt, nicht an meinen Sohn fällt?« Estella schüttelte den Kopf und lachte ungläubig. »Bist du toll?«

»Hört jetzt auf, alle beide.« Ihr Vater zog einen Stuhl zurück und setzte sich nun ebenfalls an den Tisch. »Gregory, deine Argumente werden mit der Zeit auch nicht intelligenter, da war mir deine offen geäußerte Antipathie gegen Louis wesentlich lieber als eine so haarsträubend dumme Begründung. Ich bin selbst nicht glücklich über die Ehe, was Estella durchaus weiß, aber die Dinge sind nun einmal, wie sie sind.«

»Du könntest es verbieten.«

»Könnte ich.«

Estellas Kaffeetasse zitterte leicht in ihrer Hand. »Warum kannst du das Thema nicht endlich ruhen lassen?«, fragte sie, aber Gregory blieb ihr eine Antwort schuldig.

Sie wusste, dass sie Louis mehr Vertrauen entgegenbringen musste, aber er hatte mit seinen Affären ihr Misstrauen genährt, und nun war es schwer, davon abzulassen. Zwar konnte sie sich nicht vorstellen, dass er wirklich mit einer anderen Frau angebandelt hatte – er wusste, wie ernst es ihr letztes Mal gewesen war –, aber dennoch konnte sie die Schatten des Zweifels nicht gänzlich abschütteln.

16

»Wenn du nicht darauf bestanden hättest, wäre ich gar nicht mit dir hierhergekommen«, sagte Melissa, während sie vor der Kaffeerösterei standen, wo ihr Vater Kaffee für den Eigenbedarf brennen ließ.

»Ich konnte der Gelegenheit, wieder mit dir allein zu sein, einfach nicht widerstehen«, antwortete Hayden.

»Nun ja, allein würde ich das nicht nennen.« Sie warf einen Blick auf Asha, ihre *Ayah*, die sie begleitet hatte und einige Schritte von ihnen entfernt stand. Sie hatte überlegt, das Mädchen einfach wegzuschicken, vielleicht auf den Basar, wo sie sich ein wenig amüsieren konnte, ehe sie zusammen heimkehrten. Aber das war zu riskant, denn Melissa wusste nicht, wie gut sie sich auf die Verschwiegenheit des Mädchens verlassen konnte. Auch wenn ihre *Ayah* ihr ergeben war, so war deren Furcht vor ihrem Vater doch größer. Jeder der Dienstboten war beflissen darum bemüht, ihn zufriedenzustellen und vorauseilenden Gehorsam entgegenzubringen.

»Wenn sie nicht näher kommt, können wir uns wenigstens in Ruhe unterhalten«, sagte Hayden.

»Ja.« Melissa seufzte, nahm ihre Schute ab und legte sich einen seidenen Schal über ihr Haar, um zu vermeiden, dass es hinterher nach Kaffee roch. Die Kleider mussten vermutlich auch mehrmals gewaschen werden.

Gemeinsam betraten sie die Rösterei. Der intensive Geruch von gebrannten Kaffeebohnen hing in der Luft.

Die Rösterei gehörte einem Engländer, der bereits fast so lange wie ihr Vater auf Ceylon lebte. Melissa winkte einigen Arbeitern zu, die sie respektvoll grüßten.

»Wird der Kaffee hier auch gemahlen?«, fragte Hayden.

»Nein, wir haben daheim eine Kaffeemühle. Kaffee schmeckt am besten, wenn er ganz frisch gemahlen ist, daher sollte man das erst, kurz bevor man ihn aufbrüht, tun.«

»Um solche Feinheiten habe ich mich nie gekümmert. Wenn ich in einem Lager lebe, brühen wir Kaffee auf, von dem wir Vorräte mitnehmen, die für einige Monate reichen.«

Melissa verzog das Gesicht. »Schmeckt das?«

»Man gewöhnt sich daran. Beim Tee lege ich allerdings viel Wert auf gute Qualität und eine ordentliche Zubereitung, sonst kriege ich ihn nicht hinunter.«

»Tee lassen wir immer aus Indien kommen, meist aus Darjeeling. Aber du hast recht, wenn er nicht vernünftig zubereitet ist, schmeckt er nicht. Einmal ist uns Tee feucht geworden und war danach ungenießbar.«

»Die Lage hier wäre doch optimal, um auf Ceylon auch Tee anzubauen, oder nicht?«

Melissa lachte. »Tee auf Ceylon? Das wird sicher nicht passieren. Das hier ist eine Kaffee-Insel. Es ist momentan schon schwierig genug, Ceylon-Kaffee auf dem englischen Markt loszuschlagen, und das, obwohl er etabliert ist. Stell dir nur vor, man führte plötzlich Ceylon-Tee ein. Ich glaube, gegen die Konkurrenz aus Indien und China könnte er sich nie durchsetzen. Nein, ich denke, Ceylon-Tee hätte keine Zukunft.« Sie nahm seinen Arm.

»Aber nun komm, wir sind ja schließlich nicht gekommen, um über Tee zu reden.«

Sie führte ihn zu einem Kaffeebrenner, eine hohe zylinderförmige Maschine, durch die ein eiserner Spieß hindurchging, der an einem Ende gekröpft war. Die Maschine lag auf einem eisernen Bock, und der Stab hielt sie an beiden Seiten. Unter der Maschine brannte ein starkes Kohlenfeuer. »Man braucht viel Geduld und Erfahrung beim Brennen«, sagte Melissa. »Mit Hilfe der Kurbel wird der Kaffeebrenner gleichmäßig gewendet, damit der Kaffee nach und nach gebräunt wird.«

»Wie lange dauert das?«

»Ungefähr eine halbe Stunde.« Melissa überprüfte den Sitz ihres Schals, der ein wenig nach hinten gerutscht war. »Erst werden die Bohnen gelblich, wenn die Feuchtigkeit entweicht, danach verfärben sie sich hellbraun und setzen ätherische Öle frei, daher auch dieser starke Geruch.« Melissa atmete den Kaffeeduft ein, der jetzt, beim Brennen, so intensiv war wie nie wieder danach. In dem Brenner war ein Knistern zu hören, das besagte, dass die Bohnen aufbrachen und bald fertig waren. Kurz darauf wurden die glänzenden dunkelbraunen Bohnen aus dem Kaffeebrenner genommen und zum Abkühlen fortgebracht.

»Das muss schnell gehen«, erklärte Melissa, »weil sonst die Aromastoffe verlorengehen.« Sie gingen durch den Raum, und Hayden sah sich alles an. Vor einem Sack, den ein Mitarbeiter gerade befüllt hatte, blieben sie stehen. »Möchtest du welchen mitnehmen?«, fragte Melissa. »Der hier ist von uns.«

»Wenn das geht.«

Melissa drehte sich zu einem Mitarbeiter um. »Füllen Sie mir bitte ein halbes Pfund in einen Beutel?«

Der Mitarbeiter nickte. »Wenn Sie nur so freundlich wären, mir das zu quittieren, Miss Tamasin, damit es nachher keine Ungereimtheiten gibt, wenn Ihr Vater bemerkt, dass Kaffee fehlt.«

»Natürlich.« Melissa sah zu, wie der Kaffee abgefüllt und gewogen wurde, dann quittierte sie den Empfang und gab Hayden den Beutel mit den noch warmen Kaffeebohnen.

»Meine Mitarbeiter werden sich freuen. Jetzt müssen wir nur noch eine Gelegenheit finden, ihn zu mahlen.«

Melissa sah ihn an. »Ich glaube, wir haben irgendwo noch eine alte Kaffeemühle herumstehen.«

»Nur her damit.«

»Willst du selbst mahlen? Das ist ziemlich anstrengend.«

Er grinste. »Meine Liebe, wofür habe ich einen persönlichen Gehilfen?«

Als sie aus der Kaffeebrennerei heraustraten, stand Asha, die auf einem Stein sitzend davor gewartet hatte, auf. Melissa nahm den Seidenschal vom Kopf, gab ihn ihr und nahm dafür ihre Schute entgegen.

»Wie lange bleibst du?«, fragte sie unvermittelt, während sie die Bänder unter dem Kinn zusammenband.

»Bis Mitte November, dachte ich.«

Das war noch mehr als ein Monat, dachte Melissa erleichtert. Ihr Vater wirkte wieder gelöster und nicht so gänzlich ablehnend wie zu Beginn. Vielleicht gab es doch noch Hoffnung. Langsam ging sie neben ihm den Weg zurück zur Plantage.

»Du warst mit Louis in den letzten Tagen aus, nicht wahr?«

»Ja. Anfangs haben wir uns ja nicht so gut verstanden, aber inzwischen muss ich sagen, dass ich mich mit ihm fast besser verstehe als mit Alan.«

»Ich wünschte, er würde nicht so oft mit Vater aneinandergeraten.«

»Du meinst wegen der Arbeiter?«

Sie nickte.

»Also mein Eindruck ist, dass Louis gar nicht mal unrecht hat. Was hier betrieben wird, ist eine Art moderner Sklaverei.«

Mit einem Ruck blieb Melissa stehen. »Wir bezahlen unsere Leute.«

»Ja, mit einem Hungerlohn. Sieh mich nicht so an, Melissa, es seid ja nicht nur ihr, es sind alle hier, aber bei euch sind die Bedingungen besonders unmenschlich.«

»Sagt Louis das?« Ihre Stimme zitterte leicht.

»Ja, und er behauptet es nicht nur. In den letzten Tagen habe ich darauf geachtet und bin auch mit ihm über die Plantage gegangen. Ist dir das wirklich nie aufgefallen? Es ist so offensichtlich, wenn man nur hinsieht.«

»Was ich offenbar nicht getan habe, ja?«

»Das habe ich nicht gesagt. Aber du lebst so lange hier, wie konntest du es nicht bemerken?«

»Vielleicht irrst du dich auch, und Louis ist womöglich voreingenommen, weil er zur Hälfte Tamile ist.«

Hayden räusperte sich. »Das soll kein Angriff sein, ich habe mich nur gewundert.«

»Ah ja.« Sie entzog ihm ihre Hand.

»Bitte, Melissa.« Er griff nach ihrem Arm. »Sei mir nicht böse. Du hast mit dem Thema angefangen.«

»Ich bin dir nicht böse.« In Wahrheit wusste Melissa selbst nicht so recht, was in ihr vorging. Streitgespräche zwischen Louis und ihrem Vater gingen ihr durch den Kopf, ebenso jene Behauptung, die Louis in Gampola aufgestellt hatte und der Alan nur vage ausgewichen war. Und nun auch noch Hayden. War sie blind für das, was sie nicht unmittelbar betraf? Oder schlimmer noch: War sie so oberflächlich, dass sie diese Dinge zwar am Rande wahrnahm, sich aber nicht dafür interessierte?

»Es klang wie ein Vorwurf«, nahm Hayden erneut das Gespräch wieder auf, »und das sollte es wirklich nicht sein. Ich hätte daran denken sollen, dass man euch Töchter, genauso wie bei uns in England, von dergleichen fernhält. Von Menschen zu sprechen, die auf dem Weg hierher vor Hunger sterben, ist ja auch kein Gespräch für eine Teerunde im Salon.«

Melissa schüttelte den Kopf. »Mir war nie daran gelegen, nur über Dinge zu reden, die man in Salons bespricht, aber mich hat niemand gefragt, was ich wissen will und was nicht.« Sie fragte sich, was Lavinia wusste.

»Möchtest du es denn wissen?«

Melissa nickte zögerlich.

»Es sind keine schönen Dinge, und wenn dein Vater wüsste, dass ich dir davon erzähle, wäre er mir vermutlich böse. Aber wenn man so lange auf Reisen war wie ich und Frauen gesehen hat, die nicht wie Porzellanpuppen oder Dekorationsgegenstände behandelt wurden, hört man auf, in gewissen Dingen zimperlich zu sein. Natürlich innerhalb der Grenzen des Anstands«, fügte er hinzu.

»Von mir wird mein Vater nichts erfahren.«

Hayden griff nach ihrer Hand und legte sie wieder auf seinen Arm. »Dann komm. Anstatt nach Hause zu gehen, machen wir noch eine Runde durch die Kaffeefelder.«

»Bist du glücklich, mein Kind?« Lavinia saß vor einem der Regale in der Bibliothek und drehte sich um, als sie die Stimme ihres Vaters hörte. Sie stellte das Buch, in dem sie gedankenverloren geblättert hatte, wieder zurück und stand auf.

»Aber ja.«

Ihr Vater setzte sich in seinen Lieblingssessel, wobei seine Gelenke leise knackten. Neben ihm lag auf einem kleinen Tisch noch das Buch, in dem er am Vorabend gelesen hatte. Er nahm seine Brille ab und legte sie auf das Buch, ein Zeichen dafür, dass er sich lieber mit seiner Tochter unterhalten wollte, als zu lesen.

»Ich weiß gar nicht, wie ich mich daran gewöhnen soll, wenn du nicht mehr hier bist.«

Bis dahin waren es noch mehr als vier Monate, aber Lavinia wusste, wie schnell die Zeit verflog, und ihr selbst war auch wehmütig zumute, wenn sie an kommende Abende dachte, die sie im Haus der Tamasins verbringen würde.

»Ich bin ja nicht so weit weg«, sagte sie und lächelte.

»Die Abende werden trotzdem sehr einsam sein ohne dich. Als alter Egoist hoffe ich natürlich darauf, möglichst schnell ein Enkelkind zu bekommen, das mir später vorlesen kann, wenn meine Augen es nicht mehr so recht machen – falls ich es noch erlebe, dass das Kind alt genug dafür wird.«

Lavinia ließ sich auf dem Hocker neben seinem Sessel nieder und lehnte ihren Kopf an die Lehne. »Bitte sprich nicht so.«

Er lachte leise. »In deiner töchterlichen Verblendung übersiehst du gerne, dass ich ein alter Mann bin.«

»Du bist nicht alt.« Sie wollte nicht daran denken, dass irgendwann der Tag kommen würde, an dem er nicht mehr da war. »Du wirst sicher ein ganz wunderbarer Großvater sein.« Sich selbst hingegen konnte sie sich keineswegs als Mutter vorstellen.

»Verstehst du dich mittlerweile besser mit Alan?«

»Ja, das schon …«

»Aber?«

Lavinia strich mit den Fingerspitzen über den abgenutzten Stoff des Sessels. »Sag, Papa, findest du, ich bin kalt?«

»Wer sagt das? Alan?«

Sie schwieg.

»Ich habe ihn für einen Gentleman gehalten«, empörte er sich. »Du bist der warmherzigste Mensch, den ich kenne«, sagte er mit Nachdruck.

Ein zärtliches Lächeln glitt über Lavinias Lippen. »Du bist voreingenommen. Aber Alan sagte auch nicht, ich sei kaltherzig, sondern kalt.« Ein Eiszapfen. Dieses Wort ging ihr nicht mehr aus dem Kopf. Es bedeutete Gefühlskälte. War das der Eindruck, den man von ihr hatte? Ausgerechnet sie, die innerlich vor Leidenschaften brannte, die sie nie würde ausleben dürfen, weil Frauen nun einmal so zu sein hatten, wie die Gesellschaft sie sehen wollte.

»Lass dir nichts einreden.« Ihr Vater klang jetzt sehr ernst. »Du wirkst sicher oftmals distanziert oder unnahbar, aber ist das ein Wunder? Würdest du dich geben, wie du wirklich bist, würde dich vermutlich kein Alan Tamasin heiraten, weil er dann wüsste, dass er dir nicht gewachsen ist. Die Leute haben nun einmal eine bestimmte Vorstellung davon, wie eine Frau sein sollte, es ist nicht deine Schuld, dass du diesem Bild nicht entsprichst.«

»Ich habe so oft das Gefühl, das Leben hier ist zu klein für mich.«

»Ich weiß, mein Kind, und ich wünschte, ich könnte dir helfen.«

»Vielleicht ändert sich ja irgendwann mal etwas, aber das wird zu spät sein für mich.«

Ihr Vater legte ihr die Hand auf den Kopf. »Aber möglicherweise nicht für deine Kinder.«

»Ach, ich wünschte, ich bekäme nur Söhne«, brach es aus Lavinia hervor. »Einem Mädchen hat das Leben wenig zu bieten, noch dazu mit Alan als Vater, der so phantasielos ist, dass er ihnen nie ein Leben ermöglichen würde, wie du es bei mir getan hast.«

»Verurteile ihn nicht vorschnell, es ist gut möglich, dass er dich überrascht.«

Lavinia nickte nur.

Lachen mischte sich in den Klangteppich aus Stimmen und leisem Gläserklirren, dem Rascheln der Seidenkleider. Ganz fern, ausgesperrt von Fenstern und dicken Samtportieren, rauschte der Regen, der sich sturzbachartig aus dem Himmel entlud und die Ankömmlinge von ihren Kutschen und Sänften in größter Eile ins Haus getrieben hatte, während neben ihnen Dienstboten mit riesigen Schirmen herliefen. Die Flügeltüren zwischen den einzelnen Salons waren geöffnet, spiegelblank gewischter Parkettboden überzog sich mit Schlieren von Regenwasser, das die Gäste hereintrugen. In den Ecken standen Blumenkübel, und schwer hing die feuchtigkeitsgeschwängerte Luft in den Räumen, obschon es recht kühl war. Einer der großen Kamine war in dem letzten Saal angefacht worden, in den man nur ging, um sich vom Tanzen auszuruhen.

Hayden sah seinen Onkel an der Balustrade stehen und auf die Menschenmenge herabblicken. Schräg hinter ihm stand seine Tante, die Hände vor dem Rock gefaltet. Sein Onkel drehte sich zu ihr, sagte etwas, und sie trat einen Schritt näher und sah ebenfalls herab. Dort oben standen sie, seit die ersten Gäste eingetroffen waren, und nun, wo der stetige Strom an Besuchern allmählich nachließ, würden sie sich aller Wahrscheinlichkeit nach auch bald unter die Feiernden mischen.

Melissa stand bei einer Gruppe von jungen Frauen und wirkte doch irgendwie allein. Zwar lächelte sie, wirkte jedoch nachdenklich und schien dem Geplauder nicht zuzuhören. Hayden fragte sich, ob er ihr einen Teil ihrer Unbefangenheit genommen hatte und ob das gut oder bedauerlich war. Sie hatte die Dinge gesehen, die er ihr gezeigt hatte, und Hayden wusste, dass das, was er sagte, auf fruchtbaren Boden fiel, denn sie hatte verstört gewirkt, schweigsam und in sich gekehrt.

Daheim hatte sie sich nach dem Mittagessen zusammen mit ihrer Mutter aufgemacht, Freunde zu besuchen, später das Abendessen mit der Familie hinter sich gebracht und sich kurz darauf verabschiedet. Lesen, sagte sie. Nachdenken, sagte der Blick, mit dem sie Hayden streifte. Darüber geredet hatten sie seither nicht mehr, aber es hing unausgesprochen in der Luft, so dass das Umgehen dieser Themen ihren Gesprächen etwas Oberflächliches gab.

Er wusste nicht, ob sie ihn so liebte wie er sie oder ob es nur das Abenteuer war, das sie lockte. Sie mochte es, wenn er sie küsste, und er war sich sicher, dass sie sich sogar von ihm verführen ließe, wenn er es darauf anlegte, aber das waren körperliche Empfindungen. Sie war jung und unerfahren. Dennoch, wenn sie ihn nicht wenigstens gern hätte, würde sie sich nicht auf eine Ehe mit ihm einlassen wollen, dessen war er sich sicher. Gewiss hätte Louis ihm sagen können, wie es um Melissas Gefühle stand, aber mit seinem Cousin schien eine stille Übereinkunft zu bestehen, das strittige Thema ruhen zu lassen.

Hayden ging in einen kleinen Salon, der den Männern vorbehalten war, damit sie in Ruhe rauchen und sich über Politik unterhalten konnten. Er zog sich eines der Jacketts über, die neben der Tür hingen, damit seine Kleidung nicht nach Rauch roch, wenn er den Raum wieder verließ. Mittlerweile war auch sein Onkel heruntergekommen, stand mit einigen Pflanzern zusammen und unterhielt sich.

Ein junger Mann, der schon bei seinem Eintreffen angetrunken gewirkt hatte, sprach auffallend laut auf zwei Männer ein, die ihn jedoch nur belächelten und nickten. So recht schien er selbst nicht zu wissen, was er eigentlich sagen wollte, es drehte sich um Kaffee, so viel verstand Hayden. »Guter Kaffee«, sagte der junge Mann jetzt, »sollte so sein wie Melissa Tamasin. Schwarz und heiß.« Die Gespräche um ihn herum verstummten. Eine derartige Bemerkung war taktlos, auch für einen Mann, der offenbar gerade seine Sinne nicht beisammen hatte.

»Newland«, sagte Edward Tamasin kalt in die Stille hinein zu einem älteren Mann, der in der Nähe der Tür stand und sichtlich peinlich berührt war. »Möchtest du deinem Sohn klarmachen, dass er sich soeben einen, ich möchte beinahe sagen unverzeihlichen, Fauxpas erlaubt hat, oder soll ich ihm mit meiner Reitpeitsche Benehmen einbleuen?«

»Ich bitte vielmals um Entschuldigung, Tamasin«, sagte der Angesprochene und ging zu dem jungen Mann, der zwar schwieg, aber offenbar nicht so recht wusste, was er sich eigentlich hatte zuschulden kommen lassen.

»Dann ist es ja gut.« Edward Tamasins Worte tropften wie Eiswasser in den Raum. »Und mach ihm besser auch klar, dass er mein Haus umgehend zu verlassen hat und in den nächsten Wochen kein gerngesehener Gast bei uns ist. Sag ihm, sollte er es noch einmal wagen, den Namen meiner Tochter in sein Schandmaul zu nehmen, kommt er nicht so glimpflich davon.«

Der ältere Mann nickte, packte seinen Sohn sehr unsanft am Arm und zerrte ihn hinter sich her aus dem Raum. Als die Tür hinter den beiden zufiel, schienen alle wieder vorsichtig Luft zu holen. Gänzlich atmete man jedoch erst auf, als Edward Tamasin seine Unterhaltung mit den anderen Pflanzern fortsetzte.

»Bist du mir wegen irgendetwas böse?« Anthony hatte Melissa abgefangen, als sie aus dem Tanzsaal in den angrenzenden Salon ging, um sich etwas Kühles zu trinken zu holen. Ihr Gesicht glühte, und ihr schwindelte noch ein wenig vom Tanzen.
»Nein.« Sie ging an ihm vorbei zum Büfett. »Wie kommst du darauf?«
»Du gehst mir aus dem Weg.«
Melissa nippte an ihrem kalten Scherbett und sah Anthony über den Rand des Glases hinweg an. »Das bildest du dir ein.«
»Tue ich das?« Anthony wirkte nicht überzeugt. »Können wir irgendwo ungestört reden?«
Melissa zog die Stirn kraus. »Ich kann mich schwerlich mit dir allein von dem Ball fortstehlen.«
»Oh, es wäre nicht das Schlechteste, dann wärst du ja praktisch gezwungen, mich zu heiraten«, machte Anthony den Versuch eines Scherzes und sah dann offenbar, dass er das Falsche gesagt hatte.
Melissas Gesicht verschloss sich, und sie stellte das Glas zurück. »Wenn du mich nun bitte entschuldigst?«
Er streckte die Hand aus, um nach ihrem Arm zu greifen, fasste sie jedoch nicht an.

»Bitte, es tut mir leid, das war ein dummer Witz.«

»Schon verziehen.«

»Wenn du schon nicht mit mir reden möchtest, tanzen wir dann wenigstens?«

Melissa unterdrückte ein Seufzen und nickte. Während Anthony sie in den Ballsaal zurückführte, suchte sie mit den Augen die Umstehenden nach Hayden ab. Er hatte bisher noch nicht mit ihr getanzt, sondern sich vielmehr beinahe von Anbeginn der Feier zurückgezogen und auch danach eher die Gesellschaft der anderen Männer gesucht. Sie entdeckte ihn schließlich in der Nähe der hohen Fenster, wo er in ein Gespräch mit Henry Smith-Ryder vertieft war. Als bemerke er ihren Blick, wandte er kurz den Kopf, schenkte ihr ein warmes Lächeln und setzte sein Gespräch fort. Nach ihrem Tanz mit Anthony führte dieser sie von der Tanzfläche. Im Türbogen zwischen Tanzsaal und Salon blieb er stehen und hielt ihre Hand einen Moment länger als nötig.

»Mein Antrag ist mir sehr ernst, Melissa.«

»Das weiß ich«, sagte sie sanft.

»Wegen der Sache mit deinem Vater … nun ja, ich hatte ein wenig Sorge, du könntest es für eine Verlegenheitslösung halten, weil er uns in den Kaffeefeldern erwischt hat.«

»Selbst wenn ich das gedacht hätte, wäre ich inzwischen überzeugt, mich geirrt zu haben.«

»Das damals bei uns im Garten – ich wollte dich nicht in eine dumme Situation bringen. Mir kam es ja selbst anfangs wie ein Spiel vor, und ich habe erst da gemerkt, wie viel mir dieser Moment bedeutet.«

Melissa fühlte sich schlecht und wich seinem Blick aus. »Wir sollten diese Art von Gespräch hier nicht führen, Anthony.«

Er ließ ihre Hand los. »Natürlich nicht, verzeih mir.«

»Es gibt nichts zu verzeihen.« Sie berührte kurz seinen Ärmel. »Du bist ein guter Freund.«

»Ich wäre gern mehr als das.«

Sie zögerte, weil sie nicht wusste, was sie antworten sollte.

»Ich möchte dich nicht unter Druck setzen«, sagte er. »Danke für den Tanz.« Wieder lächelte er das für ihn so typische herzliche Lächeln.

Als Melissa wieder allein war, seufzte sie schwer. Sie wollte Anthony nicht weh tun, aber darauf würde es hinauslaufen, sobald er erführe, dass sie Hayden heiraten wollte.

Sie ging in den Ruheraum und setzte sich in einen Sessel. Hier waren nur wenige Leute, in erster Linie ältere Frauen und einige verheiratete Männer. Mehrere junge Frauen standen zusammen und fächelten sich Luft zu, in der Nähe ihre Mütter oder Anstandsdamen, die mit einer gewissen Ungeduld darauf warteten, dass ihre Schützlinge sich wieder in die Menge mischten. Die heiratsfähigen Männer sollten schließlich nicht denken, dass die jungen Frauen von schlechter Gesundheit seien, wenn nach nur wenigen Stunden auf einem Ball bereits ein Schwächeanfall bevorstand oder die Frauen ungebührlich lange brauchten, um sich wieder zu erholen.

Es dauerte nicht lange, bis Hayden ebenfalls in den Salon trat. Er grüßte die Anwesenden, wechselte eine paar

Worte mit einem der Männer und trat dann zu Melissa. An die Wand gelehnt, einen Arm in die Seite gestemmt, sah er sie an und zwinkerte ihr zu.

»Schon müde?«

»Keineswegs, nicht ehe du mich nicht mindestens zweimal durch den Ballsaal gewirbelt hast.«

»Zweimal gleich?«

Melissa sah sich um, doch niemand nahm von ihnen Notiz. Ein Gespräch unter Cousine und Cousin war nichts, dem man Beachtung schenken musste. »Gehst du mir aus dem Weg?« Sie wollte die Frage kokett stellen, aber die unmittelbare Erinnerung an Anthonys gleichlautende Frage ließ einen Missklang mitschwingen.

»Nein.«

Melissa strich über den seidenen Rock ihres altrosafarbenen Ballkleides. »Ich habe so viel nachgedacht in letzter Zeit.« Ein wenig hilflos zuckte sie die Schultern. »Aber ich weiß immer noch nicht, was ich denken und glauben soll.«

»Irgendwann wirst du es wissen.«

»Hältst du mich für oberflächlich?«

»Nein.«

»Für naiv?«

»Melissa, du bist nach wie vor die Frau, die ich heiraten möchte«, sagte er mit gesenkter Stimme. »Dass man dich von allem fernhält, ist nicht deine Schuld. Ich erwarte nicht, dass du innerhalb von wenigen Tagen das weißt, was andere über Jahre hinweg erfahren haben. Halte einfach die Augen auf und beobachte.«

»Ich habe mir oft gedacht, dass Alan Justine nicht dort

leben lassen würde, wenn das, was du und Louis sagt, stimmt. Aber vielleicht ist er ja genauso verblendet wie ich.«

»Er weiß genau, was los ist, er hat es mir gesagt, als ich seine Tochter das erste Mal gesehen habe.«

Mutlos ließ Melissa die Schultern sinken. Es war ein winziger Hoffnungsschimmer gewesen, an den sie sich klammern wollte, aber sie konnte nicht verhindern, dass ihr Zhilan Palace plötzlich wie eine prachtvolle Frucht erschien, die aufbrach und ihr von Maden befallenes Inneres preisgab.

17

Lavinia hielt Wort und begleitete Melissa und Hayden auf ihren Spaziergängen, wobei sie sich so weit hinter ihnen hielt, dass die beiden ungestört plaudern konnten. Anfangs hatte Melissa ein schlechtes Gewissen Lavinia gegenüber, es kam ihr vor, als nutzten sie sie aus, aber Lavinia beruhigte sie, indem sie sagte, sie mache durchaus gerne Spaziergänge allein, und auch wenn sie und Hayden sich in Sichtweite aufhielten, sei das kein Unterschied zu ihren sonstigen Spaziergängen. Das beruhigte Melissa zwar, aber ein Anflug schlechten Gewissens blieb dennoch.

Auf einem ihrer Streifzüge durch den Wald setzte ein heftiger Platzregen ein, der Melissa und Hayden Hand in Hand unter der ausladenden Krone eines Baumes Zuflucht suchen ließ. Während Hayden sich das Wasser aus den Augen wischte, sah Melissa den Weg hoch. Von Lavinia war nichts zu sehen. Vermutlich hatte sie ebenfalls eilig einen Unterstand gesucht. Noch ehe sie etwas sagen konnte, hatte Hayden, der ihrem Blick gefolgt war, sie an sich gezogen und küsste sie. Es war der erste Kuss seit jenem in Gampola, und Melissa schloss zitternd die Augen. In das Rauschen des Regens mischte sich das Dröhnen ihres Herzschlags in ihren Ohren. Haydens Kuss war Spiel und Liebkosung, und als er von ihr abließ, blieb sein Mund dicht über ihrem.

»Ich liebe dich, Cousine«, sagte er ein weiteres Mal.

Sie atmete gegen seinen Mund, die Lippen halb geöffnet, ihr Blick versunken in seinen. Er wartete, wo sie nur wollte, dass er sie wieder küsste. Schließlich senkte sie die Lider, sah auf seinen Hals, auf das Pulsieren unter der Haut.
»Der Regen hat aufgehört.« Er ließ sie los und trat einen Schritt zurück. Es war nur ein kurzer Schauer gewesen, der so schnell vorbei war, wie er angefangen hatte. Melissa berührte mit den Fingerspitzen ihre Unterlippe, während ihr Herzschlag sich langsam wieder beruhigte. Hayden stand mit dem Rücken zu ihr und sah auf den Weg, scheinbar um zu sehen, ob Lavinia wieder in Sichtweite war. Aber in seinen Augen glaubte sie einen Lidschlag lang Enttäuschung aufblitzen gesehen zu haben. Sie wollte nicht, dass er dachte, er stünde mit seinen Gefühlen allein da, aber konnte man eine Liebeserklärung damit beantworten, dass man demjenigen sagte, man möge ihn ebenfalls sehr? Klang Gernhaben nicht furchtbar blass und schwammig im Vergleich zu Liebe? Aber hätte sie ein Bekenntnis ablegen sollen, von dem sie nicht wusste, ob es der Wahrheit entsprach? Liebe, dachte sie, mit Liebe kann ich nicht umgehen. Eine Erkenntnis, die sie erschreckend fand.

Das Wetter war nicht gerade ideal für Ausflüge, und so gerne Melissa Hayden auch ein wenig mehr vom Umland gezeigt hätte, sah sie doch ein, dass es nicht ratsam war, auf schlammigen Wegen zu fahren und immer Gefahr zu laufen, von Regen und Gewittern überrascht zu werden. Es gab durchaus auch Tage, an denen die Sonne für einige Stunden zum Vorschein kam, aber das war natürlich nicht abzusehen.

Durch ihre Reise nach Gampola hatte Melissa in diesem Jahr *Essala Perahera* verpasst, das in Kandy besonders prachtvoll war. Fünfzehn Tage lang bis zum Vollmondtag wurde gefeiert. Bereits seit der Zeit Anuradhapuras wurde die Zahnreliquie in feierlichen Prozessionen durch die Stadt getragen, Prozessionen, die von Nacht zu Nacht größer wurden, so dass in der letzten Nacht Tausende von Akrobaten, Trommlern und Tänzern unterwegs waren sowie Elefanten und Feuerschlucker. Es war eine der wenigen Ausnahmen, in denen ihr Vater Melissa gestattete, sich nachts unter Einheimische zu mischen, wenn auch nur in Begleitung von Alan oder Louis.

»Ich habe ja durchaus vor, wiederzukommen«, sagte Hayden, als Melissa ihr Bedauern zum Ausdruck brachte, dass sie beinahe ausschließlich darauf beschränkt waren, sich zu Hause oder im Umkreis des Hauses aufzuhalten. »Spätestens zu Alans Hochzeit und im Frühjahr schaffe ich es sicher ebenfalls, für einige Tage zu kommen.«

»Wie geht deine Arbeit voran?«

»Recht gut. Wenn du möchtest, zeige ich dir die ersten Entwürfe.«

»Darfst du das?«

»Ich glaube nicht, dass du vorhast, uns Konkurrenz zu machen.« Er zwinkerte ihr zu.

Sie saßen auf der Terrasse und genossen die laue Abendluft. Am Nachmittag hatte der Regen aufgehört, und obwohl sich hellgraue Wolken über den Himmel schoben, war es bisher den übrigen Tag lang trocken geblieben. Melissas Eltern waren ausgegangen, Alan besuchte einen Freund, und wo Louis war, wusste niemand. Ihr Vater vertraute offenbar auf die Schwatzhaftigkeit der Dienstboten, die in den Korridoren saßen und plauderten. Einen besseren Schutz weiblicher Keuschheit konnte man sich schwerlich vorstellen. Zwar war Melissa durchaus versucht, mit Hayden einen nächtlichen Streifzug durch die Umgebung zu wagen, aber gleich, wie sehr sie darauf achten mochte, dass niemand sie sah, die Vergangenheit hatte sie schon zu oft eines Besseren belehrt.

Dennoch stand sie auf und drehte sich zu Hayden um. »Komm, ich zeige dir etwas.« Sie gab Asha, die auf der Treppe der Veranda saß, ein Zeichen, ihnen zu folgen.

Gemeinsam nahmen sie den Weg am Orchideengarten entlang, der zu dem Tor zum Hof führte. Melissa stieß das Tor auf und schloss es hinter Asha wieder. Still und in tiefer Dunkelheit lag der Weg vom Hof in die Kaffeefelder vor ihnen. Melissa berührte Haydens Arm und ging weiter.

»Unheimlich ist es hier«, sagte sie, »obwohl es tagsüber so lebendig ist.«

»Das lastende Schweigen der Unterdrückten.«

»Glaubst du an böse Geister?«, fragte Melissa unvermittelt.

»Ich glaube zumindest, dass Orte, an denen Menschen leiden, dieses Leid nie loswerden. Man spürt es, wenn man hier entlanggeht.«

»Es kann auch schlicht die Dunkelheit sein.«

»Die habe ich in den Bergen auch, aber dort bedrückt sie mich nicht.«

Melissa schwieg und setzte ihren Weg fort. Ferne Geräusche drangen aus den Wäldern und untermalten die Stille.

»Wo gehen wir eigentlich hin«, fragte Hayden.

»Zu den Hütten der Arbeiter.«

Er sagte nichts mehr, sondern ging weiter neben ihr her. Das letzte Stück des Weges war trotz des dichten Baumbestandes heller als der Teil, den sie hinter sich gelegt hatten. Zwischen den Bäumen waren Lichtschimmer zu sehen, winzige flackernde Punkte. Als sie auf den Platz traten, von dem aus man die Wohnsiedlung der tamilischen Kulis sehen konnte, hörte sie Hayden Luft holen. Unzählige kleine Lichter waren vor den Türen und in den winzigen Fenstern der Baracken zu sehen. Selbst vor den Zelten der angereisten Pflücker standen Lichter. Das sonst so trostlose Lager wirkte auf einmal glänzend und feierlich in der Dunkelheit.

»Es ist *Deepavali*«, sagte Melissa leise, »das Lichterfest der Hindus.«

»Daher die kleine Lampe vor der Hütte eures Gärtners?«

»Ja, und auch oben in den Dienstbotenquartieren werden sicher Lichter angezündet. Heute ist der erste Tag. Ich hätte es dir gerne auch in der Stadt gezeigt und auf dem Weg dorthin. Die Öllämpchen brennen zu Tausenden.«

»Was genau feiern sie?«

»Es ist der Sieg des Guten über das Böse. Erinnern sollen die Lampen an Ramas Rückkehr aus dem Exil, nachdem er seine Frau Sita aus den Händen des Dämonenkönigs Ravana befreit hat. Vierzehn Jahre, sagen sie, war er im Exil im Dschungel, dann ist er nach Ayodhya zurückgekehrt. In der Dunkelheit entzündet man in Indien Lichter entlang des Weges, den er in der Geschichte genommen haben soll.«

»Eine Erzählung des Ramayana?«

»Ja.«

Hayden sah sich schweigend die Szenerie an, während Melissa sich in der Betrachtung seines Profils verlor. Als er sich unvermittelt zu ihr drehte, senkte sie eilig den Blick.

»Wie lange wird gefeiert?«, fragte er.

»Vier Tage. Der zweite Tag wird Lakshmi geweiht und heißt *Lakshmi Puja*. Am dritten Tag, am *Padva*, schwenken die Frauen ein Tablett mit Lichtern um die Köpfe ihrer Ehemänner, das soll Segen bringen. Der vierte Tag ist *Bhau Beeji*, der Bruder-Schwester-Tag. Dort vollziehen Schwestern das Lichtritual an ihren Brüdern, und beide versprechen, sich gegenseitig zu beschützen. Die Schwester bindet ihrem Bruder ein Band um das Handgelenk, und der Bruder gibt ihr ein kleines Geschenk und verspricht ihr Beistand für immer.«

»Wie steht Louis zu diesen Ritualen?«

»Sie haben keine Bedeutung für ihn. Er sagt, geschwisterlicher Beistand müsse nicht Jahr für Jahr aufs Neue besiegelt werden, ebenso wenig brüderliche oder schwesterliche Liebe. Er nimmt an den Feierlichkeiten nur seiner Mutter zuliebe teil, weil sie als Frau nicht gut allein gehen kann.«

»Ich kenne den Bruder-Schwester-Brauch aus Indien.«

»Ja, es gibt unterschiedliche Variationen.« Melissa stand so dicht bei Hayden, dass sie die Wärme seines Körpers spüren konnte. »Frauen können theoretisch jeden Mann als *Rakhi* auswählen und ihm das Band ums Handgelenk binden. Der Mann verpflichtet sich damit zum lebenslangen Schutz der Frau. Weil das Band Reinheit verkörpern soll, schließt es natürlich eine Ehe oder eine Affäre zwischen *Rakhi*-Geschwistern aus. Wenn eine Frau beispielsweise die Liebe eines Mannes nicht erwidert, bindet sie ihm das Band um, um sich seine Freundschaft zu bewahren.« Melissa dachte, dass eine solche Möglichkeit durchaus auch bei den Engländern gegeben sein sollte. Der Gedanke daran, Anthony zurückzuweisen, bereitete ihr Magenschmerzen. Sie mochte ihn und wollte ihm nicht weh tun.

»Es gab sogar mal ein Dienstmädchen, das Louis eins umgebunden hat«, fuhr sie fort. »Er ist ihretwegen mit unserem Vater furchtbar in Streit geraten, aber den Grund dafür wollte er mir nicht nennen.«

Hayden sah sie an. »Vor dem Naheliegendsten verschließt man oft die Augen.«

Ein Gedanke, der Melissa vermutlich einige Monate zuvor noch nicht gekommen wäre. »Wie auch immer«, ihre Stimme klang zaghaft, »sie verschwand irgendwann plötzlich, keiner wusste, wohin, nicht einmal ihr Onkel. Einige Leute haben gemunkelt, Louis hätte ihr in Matale einen Ehemann gekauft, aber bestätigt hat er das nie.« Sie zupfte an ihrem Ärmelaufschlag herum. »Geleugnet aber auch nicht. Er schweigt einfach zu dem Thema.«

Asha war ein paar Schritte vorgegangen und betrachtete das hell erleuchtete Lager. Hinter ihrem Rücken nahm Hayden Melissas Hand und drückte sie. Melissa gönnte sich einen Moment des Risikos und lehnte sich an ihn, den Kopf an seine Schulter gelegt.

Nachdem sie einige Minuten schweigend auf die Szenerie vor sich geblickt hatten, richtete Melissa sich auf, ihre Hand immer noch in Haydens. »Wir sollten langsam zurückgehen«, sagte sie.

Hayden legte ihre Hand in seine Armbeuge, und Asha drehte sich zu ihnen, leise seufzend. Melissa lächelte ihr zu, was das Mädchen scheu erwiderte. Langsam machten sie sich auf den Weg zurück zum Haus, tauchten erneut in die Dunkelheit ein. Als sie am Haus ankamen, fuhr gerade die Kutsche von Melissas Eltern in den Hof ein. Weil sie nicht wusste, ob ihr Vater sie gesehen hatte und es vermutlich mehr Fragen aufwarf, wenn sie nun durch den Garten im Haus verschwanden, entschied sich Melissa, über den Hof zu gehen und ihre Eltern zu begrüßen.

»Wo kommt ihr denn her?«, fragte ihr Vater nicht unfreundlich, während er ihrer Mutter aus der Kutsche half.

»Ich habe Hayden die Lichter im Lager gezeigt.«

Ihr Vater warf einen Blick auf Asha, die sich halb hinter Melissa versteckte, dann sah er Hayden an. »Du musst es dir morgen oder übermorgen mal auf dem Weg in die Stadt ansehen und in der Stadt selbst.« Er wandte sich an Melissa. »Wenn Alan oder Louis mitkommt, kannst du auch fahren.«

»Louis fährt bestimmt mit seiner Mutter«, sagte Melissa. »Wir schließen uns einfach an, er hat sicher nichts dagegen.«

Im Haus wünschte Audrey Tamasin allen eine gute Nacht und ging sofort in ihr Zimmer. Melissa stand mit ihrem Vater und Hayden in der Halle und beschloss, ebenfalls schlafen zu gehen. Hayden schenkte ihr ein zärtliches Lächeln, als sie sich verabschiedete, und sie spürte auf dem Weg die Treppe hoch seinen Blick in ihrem Rücken. Am oberen Treppenabsatz drehte sie sich noch einmal zu ihm um und winkte ihm zu. Er winkte zurück. Dann sah sie zu ihrem Vater, dessen Gesichtszüge düster wirkten. Ob aufgrund ihrer Geste Hayden gegenüber oder weil Schatten auf seinem Gesicht lagen, vermochte sie nicht zu unterscheiden.

Hayden warf seinen Gehrock auf einen Stuhl, löste sein Halstuch und knöpfte den Hemdkragen auf. Die Vorhänge waren aufgezogen, und durch das geöffnete Fenster wehte kühle Luft herein. Er atmete tief durch und drehte das Licht herunter, um in den nächtlichen Garten sehen zu können, der in undurchdringlicher Dunkelheit vor ihm lag. Von seinem Fenster aus konnte er die Veranda, auf der er mit Melissa gesessen hatte, nicht sehen. Sein Onkel hatte ihn noch in oberflächliches Geplauder verwickelt, ehe er sich für die Nacht verabschiedet hatte. Hayden fragte sich, ob er ahnte, dass sich nichts an seinen Gefühlen für Melissa geändert hatte. Bisher hatte es nie die richtige Gelegenheit gegeben, es zu erwähnen. Oder hatte er es bemerkt und duldete es schweigend?

Nachdenklich zog Hayden sein Hemd aus und warf es zu dem Gehrock. Er schloss das Fenster, zog die Vorhänge zu und entzündete eine weitere Lampe. Seine Familie fand immer, es sei unter seinem Niveau, keinen Kammerdiener zu haben. Aber einen Dienstboten mit auf seine Reisen zu nehmen, um im Zelt einen Kammerdiener zu haben, erschien ihm albern und geckenhaft.

Die Tür öffnete sich so leise, dass er sie erst hörte, als sie mit einem leisen Klicken ins Schloss fiel. Weniger erschrocken als vielmehr erstaunt drehte er sich um, um zu sehen, wer ihn zu dieser späten Stunde noch besuchte. Eine junge Frau stand im Zimmer, gekleidet in einen einfachen gelben Sari.

»Der Periya-Dorahi schickt mich, Sin-Aiyah«, sagte sie mit leiser Stimme.

»Ja? Und?«

Sie trat vor, löste eine Spange und schüttelte ihr Haar aus, dann ging sie zu ihm und legte eine Hand an seine bloße Brust. Hayden war völlig überrumpelt, so dass er sie gewähren ließ. Sie hob beide Hände, löste den Sari, und die Stoffbahnen fielen zu Boden. Als sie Anstalten machte, das *Choli,* ihr Sarileibchen, über den Kopf zu ziehen, griff Hayden nach ihrer Hand.

»Du musst das nicht tun.«

»Der Periya-Dorahi schickt mich«, antwortete sie, als sei sein Einwand damit nichtig. »Ich soll Sie auf andere Gedanken bringen, Sin-Aiyah.«

Das Verlangen, das in ihm aufkeimte, als er die halbnackte Frau vor sich sah, wurde von einer beinahe betäubenden Wut überlagert. »Hör auf damit«, sagte er gröber als beabsichtigt, als sich die Frau erneut anschickte, ihr *Choli* auszuziehen.

Er bückte sich, hob ihren Sari auf und hielt ihn ihr hin. Erschrocken sah sie ihn an, ohne den Sari zu nehmen.

»Habe ich etwas falsch gemacht, Sin-Aiyah? Sind Sie nicht zufrieden mit mir?«

»Nein«, antwortete er, jetzt wieder ruhiger. »Zieh dich an, bitte.«

Sie wirkte verstört. »Ich tue das nicht gegen meinen Willen«, sagte sie.

Aber sicher doch, dachte Hayden. Sie waren sich nie zuvor begegnet, und eine Prostituierte war sie ganz sicher nicht. Der Zorn auf seinen Onkel raubte ihm fast den Atem. Er hatte alles getan, damit klarwurde, dass es ihm ernst war mit seinem Antrag, dass er ehrenhafte Absichten hatte, und sein Onkel schickte ihm ein Dienstmädchen, um ihn *auf andere Gedanken zu bringen*. Wieder reichte er ihr den Sari, und dieses Mal nahm sie ihn entgegen, hüllte sich darin ein, als habe sie es plötzlich eilig, ihren geschmähten Körper vor ihm zu verbergen.

»Geh jetzt«, sagte er sanft.

»Sind Sie unzufrieden mit mir, Sin-Aiyah?«, fragte sie erneut.

»Nein, ich bin nur sehr müde.«

Sie wirkte erleichtert, und als sie zurücktrat und er ihr Gesicht im Licht besser sehen konnte, bemerkte er, dass auch sie todmüde wirkte. Mit gesenktem Blick wandte sie sich ab und ging zur Tür. Ehe sie hinausging, drehte sie sich noch einmal kurz um und sah ihn an, dann verließ sie ohne ein weiteres Wort den Raum.

Hayden griff nach seinem Hemd, zog es an, knöpfte es in der Eile falsch zu, zerrte ungeduldig an der Knopfleiste, als er es wieder öffnete und erneut schloss. Noch während er es in die Hose stopfte, lief er zur Tür, riss sie auf und warf sie hinter sich ins Schloss.

Vor dem Arbeitszimmer seines Onkels, unter dessen Türspalt noch Licht hervorschimmerte, blieb er stehen und musste an sich halten, nicht einfach die Tür aufzureißen, denn bei allem Zorn war er immer noch Gast in diesem Haus. Mühsam beherrscht klopfte er an und wartete, bis er hineingebeten wurde. Sein Onkel hob erstaunt die Brauen, als er ihn sah.

»Ich wähnte dich beschäftigt«, sagte er mit einem Lächeln, das sich lediglich erahnen ließ.

»Als ich um die Hand deiner Tochter gebeten habe, war es mir ernst mit dem, was ich gesagt habe.«

Sein Onkel lehnte sich zurück. »Ja? Und?«

»Im selben Haus, in dem die Frau schläft, die ich heiraten möchte, schickst du mir ein anderes Mädchen ins Bett?«

Seufzend, als habe er einen besonders schlimmen Fall von Begriffsstutzigkeit vor sich, faltete sein Onkel die Hände über dem Bauch. »Dass du Melissa nicht heiraten wirst, ist beschlossene Sache, daher können wir uns doch das sentimentale Gerede sparen. Ich habe vorhin gesehen, wie du ihr nachgeschaut hast, und dachte mir, du brauchst diese Nacht eine Frau, nicht mehr und nicht weniger. Sieh es als kleinen Freundschaftsdienst von Mann zu Mann an.«

»Ich brauche nicht irgendeine Frau.«

»Nun, die eine, die du zweifellos in dieser Nacht gerne hättest, wirst du nicht kriegen. Wenn ich könnte, würde ich dir sogar derartige Gedanken verbieten, weil es mir ganz und gar nicht gefällt, wenn du meine Tochter ansiehst und dir womöglich vorstellst, wie es ist, sie im Bett zu haben.«

Hayden spürte, dass er rot wurde.

»Aber solange es nur Gedanken bleiben«, fuhr sein Onkel fort, »soll es mir recht sein. Ich wollte nur verhindern, dass du in Versuchung gerätst, ihnen Taten folgen zu lassen.«

»Dergleichen liegt nicht in meiner Absicht.«

»Dazu möchte ich dir auch unbedingt geraten haben. Hast du das Mädchen weggeschickt?«

»Ja, und ehe du fragst, es lag nicht an ihr.«

»Die Frage hatte ich nicht, denn das weiß ich, ich kenne sie. Wenn sie dir nicht gefällt, kannst du dir ein anderes Mädchen nehmen, wobei ich dir empfehlen würde, keine Jungfrau auszusuchen, das führt meist zu Missstimmigkeiten mit den Eltern, und ich kann momentan wahrhaftig nicht noch mehr Unruhen unter den Arbeitern brauchen.«

Zorn brodelte in Hayden. »Hast du mir vorhin nicht zugehört? Ich will deine Dienstmädchen nicht. Ich habe mir noch nie ein Mädchen einfach so *genommen,* und ich brauche auch keines als Ersatz für Melissa.«

Nachdenklich sah sein Onkel ihn an. »Du bist dabei, dich sehr unglücklich zu machen, ich erkenne die Anzeichen, ich habe sie schon bei so manch leichtfertig verliebtem Mann gesehen. Ihr beide, du und Melissa, ihr denkt vermutlich, wenn ihr nur beharrlich genug seid, könnt ihr mich umstimmen, aber gerade Melissa sollte mich gut genug kennen.«

Hayden wusste, dass es nicht viel bringen würde, jetzt noch einen Disput zu dem Thema zu beginnen. Seine gute Erziehung vergessend, drehte er sich auf dem Absatz um und verließ den Raum.

Auf dem Weg in sein Zimmer ging er alle möglichen Optionen durch, die ihm und Melissa unter Umständen offenstanden, fand jedoch keine davon zufriedenstellend. Von Alan und Louis war nicht viel Unterstützung zu erwarten, das hatten sie unmissverständlich deutlich gemacht. Den Gedanken daran, dass seine Tante auf ihren Mann einwirken könnte, verwarf er im selben Moment, in dem er ihm kam. Er wusste, dass ruhigen Menschen oftmals eine große Stärke innewohnte, aber hinter der Stille seiner Tante sah er inzwischen nichts weiter als eine tiefe Traurigkeit.

18

»Diese Kaffeekränzchen langweilen mich zu Tode«, be-
klagte sich Elizabeth bei Estella. Sie saßen im Salon der
Fitzgeralds, zusammen mit Elizabeths fünf Schwestern,
ihrer Mutter, zwei Tanten und fünf weiteren Frauen, von
denen drei jeweils eine Tochter dabeihatten. Insgeheim
musste Estella ihr recht geben. Sie selbst machte diese
Besuche nur ihrem Vater zuliebe, weil sie nach dem Tod
ihrer Mutter nun einmal sein Haus führte und somit alle
gesellschaftlichen Verpflichtungen wahrzunehmen hatte.
Ob diese nach ihrer Hochzeit weiter bestehen würden,
war jedoch zu bezweifeln, und Estella war erleichtert
darüber – nun, beinahe jedenfalls. Denn gesellschaftliche Ereignisse nicht aufzusuchen, weil man nicht wollte,
war etwas ganz anderes, als es nicht zu dürfen.
»Sollen wir ausreiten?«, fragte Elizabeth.
»Wie? Jetzt?«
»Glaubst du, uns würde jemand vermissen?«
Um sie herum wurden eifrig Unterhaltungen geführt,
und weil Estella eher schweigsam war, wurde ihre Anwesenheit zwar wohlwollend zur Kenntnis genommen,
in Unterhaltungen bezog man sie jedoch nur in dem
Maße ein, wie es die Höflichkeit erforderte. Vermissen
würde man sie hier ganz sicher nicht.
Jedoch war Elizabeth nicht gerade die Person, mit der
sie für gewöhnlich ihre Zeit verbrachte, auch wenn diese
seit kurzem auffallend oft ihre Nähe suchte. Louis hatte

es ebenfalls bemerkt und gesagt: »Nimm dich vor ihr in Acht.«

Dennoch erschien ihr ein Ausritt weit verlockender, als weiterhin hier zu sitzen und dem einschläfernden Geschnatter zuzuhören. Ein Blick aus dem Fenster sagte ihr, dass der Nachmittag nach wie vor sonnig war und auch keine dunklen Wolken einen Regenguss ankündigten. Sie drehte sich Elizabeth zu, die sie erwartungsvoll ansah.

»Warum nicht?«, sagte sie.

Sich von der Gesellschaft abzusetzen war nicht weiter schwierig. Es folgten die üblichen Floskeln (»Sie gehen schon, Miss Carradine? Wie bedauerlich.« – »Sei nicht zu spät wieder daheim, Liz.«), dann waren sie auch schon zur Tür hinaus. Elizabeth kicherte, als wären sie im Begriff, etwas Verbotenes zu tun.

Estella kannte niemanden, der so gut mit Pferden umgehen konnte wie Amithab. Er sprach mit ihnen, und es war, als hörten sie zu, wie sie unter seinen Händen auch stets ruhiger wurden. Ihre Stute war nach seiner Erziehung so folgsam, dass sie inzwischen auch ohne seine Begleitung ausreiten konnte. War jedoch abzusehen, dass sie erst abends wieder heimkehrte, so wie an diesem Tag, oder ritt sie weite Strecken, war er immer an ihrer Seite – sehr zum Leidwesen von Louis, der jedoch nichts dagegen sagen konnte, denn das Argument ihres Vaters, um ihrer Sicherheit willen einen Dienstboten mitzuschicken, konnte er nicht entkräften. Estella wusste, dass es nicht richtig war, aber sie konnte angesichts Louis' so offen zur Schau gestellter Eifersucht ein leises Triumphgefühl nicht verbergen.

»Wir reiten nur ein wenig aus, Amithab«, sagte sie, als sie die Zügel ihres Pferdes nahm. »Du brauchst nicht mitzukommen.«

»Sollte Ihr Weg Sie in die Wälder führen, Herrin, werde ich Sie begleiten.«

»Ich möchte auf jeden Fall in die Wälder«, sagte Elizabeth. »Und vielleicht können wir ja auch in die Stadt reiten.«

»Um diese Zeit noch? Wir haben fast fünf Uhr.« Estella war skeptisch.

»Ja und? In zwei Stunden sind wir wieder zurück.« Elizabeth wirkte aufgekratzt und unternehmungslustig, und weil Estella wusste, dass ihre Eltern ihr nur wenig Freiheiten ließen – was bei sechs Töchtern auch schwierig war – und sie ihr den Spaß nicht verderben wollte, willigte sie schließlich ein. Mit kindlicher Freude klatschte Elizabeth in die Hände und ließ sich von dem Stallburschen, der ihr Pferd brachte, in den Sattel helfen.

Im Wald waren die ständig präsenten Laute des Dschungels zu hören. Selbst wenn man sich auf den Wegen hielt, konnte einem unheimlich zumute werden, auch an einem sonnigen Tag wie diesem. Zum Glück war es nur eine kurze Strecke, die sie auf dem Weg in die Stadt durch den Wald zurücklegen mussten.

»Ich habe gehört, Louis hat sich mit deinem Bruder geprügelt«, sagte Elizabeth im Plauderton.

»Ja«, antwortete Estella knapp.

»Stimmt es, dass eine Frau schuld war?« Elizabeth sah sie aus großen blauen Augen an. »Ich hoffe, die Frage ist nicht indiskret, aber du kennst ja das Gerede der Leute.«

»Auf Gerede sollte man generell nicht viel geben.«

»Es ist also falsch?« Elizabeth lächelte. »Da bin ich aber erleichtert. Es hat mir so leidgetan für dich.«

Estella erwiderte das Lächeln nicht, sondern schwieg.

»Aber ich hätte es mir ja denken können, schließlich seht ihr euch nach wie vor oft«, fuhr Elizabeth fort. »Ich hoffe, dass die Leute bald aufhören, über diese unerfreuliche Geschichte zu reden.«

»Dann lass uns doch den Anfang machen«, antwortete Estella kühl.

Elizabeth lachte gezwungen. »Mir war keinesfalls daran gelegen, zu tratschen. Sieh es als Interesse einer Freundin an.«

Sie waren noch keine halbe Stunde unterwegs, und Estella bereute bereits, dass sie sich zu diesem Ausritt hatte überreden lassen. Ein kurzer Rundritt an den Kaffeefeldern entlang hätte es sicher auch getan.

Die Stadt war lärmend und geschäftig. Es kam sehr selten vor, dass Estella den Weg allein hierher machte, und wenn, hatte sie meist einen guten Grund dafür und immer mehrere Dienstboten dabei. Aber sie würden sich ohnehin nur am See und auf den Hauptstraßen aufhalten. Elizabeth hatte jedoch anderes im Sinn.

»Lass uns zum Basar reiten.«

»Wir beide allein?« Estella runzelte die Stirn. »Das halte ich für keine gute Idee.«

»Warum?« Unter gesenkten Wimpern warf Elizabeth Amithab einen Blick zu. »Wir haben doch einen Bewacher an unserer Seite.«

Amithabs Miene war unbewegt, aber Estella glaubte

erkennen zu können, dass der Vorschlag ihm nicht behagte.

»Mit den Pferden können wir nicht durch den Basar, es ist viel zu eng«, wandte Estella ein.

»Die können wir hier sicher irgendwo anbinden.«

»Sei mir nicht böse, Elizabeth, aber ich werde meine kostbare Stute ganz sicher nicht hier anbinden und ohne Dienstboten zurücklassen.«

Elizabeth zog einen Schmollmund, insistierte aber nicht länger. Stattdessen ritten sie weiter die Hauptstraße entlang. Auf den Straßen herrschte buntes Gewimmel. Stimmen vermischten sich aus den verschiedensten Sprachen und Dialekten. Singhalesische Frauen unterhielten sich an einer Straßenecke, zwei Hunde sprangen kläffend zwischen den Menschen umher, einige Ziegen, die augenscheinlich niemandem zu gehören schienen, standen am Straßenrand, wobei eine von ihnen vorwitzig immer wieder versuchte, an das Gemüse zu kommen, das ein singhalesischer Bauer an einem kleinen Stand ausgelegt hatte. Es roch nach Pfeffer, Nelken, Rauch und Tieren, und über allem lag der Geruch von Pfefferminz, der in Ceylon im Bergland immer in der Luft zu liegen schien. Burgher, die Nachfahren der portugiesischen und holländischen Besatzer, mischten sich unter Moors und Tamilen, und überall waren Singhalesen zu sehen, die auch inmitten der Städte die größte Präsenz zeigten.

Weil das Gedränge zeitweise zu eng wurde, ritten sie hintereinander, Elizabeth vorne weg und Amithab zu ihrem Schutz hinter ihnen beiden. Estella ließ ihr Pferd hinter Elizabeth hertrotten, während ihre Gedanken zu

Louis schweiften. Sie stellte sich vor, mit ihm durch die Stadt zu gehen und vielleicht auch einmal Viertel zu erkunden, die sie noch nicht kannte. Natürlich könnte sie ihn jederzeit fragen, aber ihr Vater würde solche Ausflüge nur in Begleitung Dritter erlauben, und sie wollte diese Streifzüge allein mit Louis unternehmen. So blieb ihr also nichts weiter übrig, als bis zu ihrer Hochzeit zu warten, wann immer die sein mochte.

Das Anschwellen von Stimmen riss sie aus ihren Gedanken, und verwirrt sah sie sich um. Sie waren von der Hauptstraße in eine kleinere Gasse abgebogen, gerade breit genug, um die Pferde wenden zu lassen. Estella zügelte ihr Pferd und sah sich nach Amithab um, der immer noch hinter ihr war und sie fragend ansah.

»Wo sind wir hier?«, fragte sie.

»Die Hauptstraße ist dort.« Er deutete in die Richtung, aus der sie gekommen waren. »Ich dachte, Sie wollten hierher, Herrin, daher habe ich nichts gesagt.«

»Es ist nicht deine Schuld, ich war in Gedanken.« Estella rief nach Elizabeth, die ihnen ein gutes Stück voraus war, ehe sie gemerkt hatte, dass ihr niemand mehr folgte und ebenfalls stehengeblieben war.

»Was ist?«

»Wo willst du hin?«, fragte Estella.

»Ich möchte mal schauen, was dort los ist.« Sie deutete auf die Gruppe streitender Menschen am Ende der Gasse. »Bis auf die Hauptstraße waren sie zu hören, da ist bestimmt etwas passiert.«

»Du bist wohl von Sinnen. Das ist doch gefährlich.«

Dachte die dumme Gans etwa, sie befände sich in einem

englischen Park, wo sie einige Klatschtanten belauschte?

Estellas Einwand ignorierend, trieb Elizabeth ihr Pferd vorwärts, in dem festen Vertrauen darauf, dass sie und Amithab ihr folgen würden. Estella rief sie zurück, und als keine Reaktion kam, sondern Elizabeth stur weiterritt, winkte sie Amithab neben sich. »Komm, wir können sie nicht allein lassen.«

Amithab wirkte alles andere als begeistert, ritt jedoch neben ihr her, als sie Elizabeth folgte. Die hatte wenige Schritte vor dem Menschenauflauf ihr Pferd gezügelt und sah sich die Szenerie an.

»Worum geht es?«, fragte sie, als Estella mit ihr auf einer Höhe war. »Ich verstehe kaum Tamilisch.«

»Die Leute reden zu schnell, so gut verstehe ich es auch nicht«, antwortete Estella. »Es ist doch auch völlig gleichgültig. Lass uns gehen.«

In der Mitte stand eine Frau, kaum dem Mädchenalter entwachsen, und um sie herum mehrere Männer. Die Frau hielt den Blick gesenkt und schwieg, während die Männer immer lauter wurden. Einige ältere Frauen mischten sich ein und versuchten lauthals, sich gegenseitig zu übertönen.

»Verstehst du, was sie sagen?«, wandte sich Elizabeth an Amithab, der jedoch nur den Mund spöttisch verzog.

»Ich spreche kein Tamilisch«, sagte er, »und sehe keinerlei Veranlassung dazu, es zu lernen, Herrin.«

Elizabeth starrte ihn verständnislos an. Für sie war ein Einheimischer wie der andere.

»Es geht wohl um eine nicht ausreichende Mitgift«, sagte

Estella. »Das Mädchen sollte heiraten, aber die Familie des Bräutigams will sie nicht mehr, weil die Mitgift ihnen doch zu gering ist.« Sie senkte den Blick und konzentrierte sich auf das Gesagte. »Sie fühlen sich betrogen, weil wohl die Braut am Tag der Hochzeit mit wesentlich weniger ins Haus gekommen ist. Jetzt sollen die Eltern sie zurücknehmen, was diese natürlich nicht wollen. Die Mitgift möchte der Bräutigam als Entschädigung behalten.« Sie zuckte die Schultern. »Das war das Wichtigste. Wir sollten jetzt gehen, die Stimmung heizt sich immer mehr auf.«

Elizabeth sah sie an, die Augen funkelnd vor Sensationslust. »Einen Moment noch, das ist so spannend. Ich wusste gar nicht, dass die Einheimischen auch solche Skandale haben. Eine Braut zurückschicken, man stelle sich das nur vor. Das wäre bei uns doch undenkbar, und erst recht würde kein Vater das lautstark auf der Straße diskutieren.« Sie kicherte. »Wie peinlich.«

Einige Menschen in ihrer Nähe hörten sie und drehten sich zu ihnen um. Ob sie sie verstanden, wusste Estella nicht, aber offenbar missfiel ihnen, dass die Engländerin, die hier nicht das Geringste zu suchen hatte, das Ganze belustigend fand. Zudem war Amithab ebenfalls deutlich anzusehen, dass er Singhalese war und hier ebenfalls nicht hingehörte.

»Jetzt komm schon«, drängte Estella. »Wir reiten zurück.«

Elizabeth rührte sich nicht von der Stelle, sondern neigte sich sogar noch vor, um alles sehen zu können. Am liebsten hätte Estella ihre Zügel genommen und das

Pferd gewaltsam mit sich gezerrt. Inzwischen hatte sich die Menschenmenge vergrößert, und gleichzeitig wurden auch immer mehr Leute auf die unwillkommenen Zuschauer aufmerksam. Hinzu kam, dass Elizabeth aus ihrer Belustigung keinen Hehl machte.

Inzwischen war die Sache zwischen den streitenden Parteien zu einem, wenn auch für die Seite des Vaters unbefriedigenden Abschluss gekommen. Er musste seine Tochter zurücknehmen und erhielt seine Mitgift nicht zurück. Die Frauen brachen in lautes Wehklagen aus, während der Vater des bedauernswerten Mädchens dieses nur mit einem kurzen Blick maß und sich abwandte. Inzwischen hatten sich auch andere in den Streit eingemischt, und die Männer, junge wie alte, überschrien sich gegenseitig.

Estella klärte Elizabeth über den Ausgang des Streits auf, damit diese sich endlich in Bewegung setzte. »Es ist vorbei. Können wir jetzt gehen?«

»Du liebe Güte, was für Barbaren.« Elizabeth lachte perlend.

Estella wusste nicht, ob die Leute sie verstanden, aber den abwertenden Ton und die Belustigung deuteten sie garantiert richtig. Weitere Männer und Frauen drehten sich zu ihnen um. In diesem Moment kam ein vorwitziger kleiner Junge und zupfte neugierig an dem bestickten Saum von Elizabeths Reitkostüm.

»Lass das!« Elizabeth schlug mit der Reitgerte nach dem Kind, traf es an der Schulter und versetzte ihm mit dem Fuß einen Tritt vor die Brust, der es zu Boden gehen ließ.

»Hast du den Verstand verloren?«, fuhr Estella auf.

Eine Frau trat vor, schrie Elizabeth an, griff nach ihrem Arm und zerrte sie fast vom Pferd. Zwei weitere Frauen traten hinzu. Hilfesuchend sah Elizabeth sich um, jetzt blass vor Angst.

Amithab trieb sein Pferd vor und griff nach dem Arm jener Frau, die Elizabeth festhielt. Diese scheinbare Handgreiflichkeit des Singhalesen an einer tamilischen Frau ließ den Verlierer des Disputs rotsehen. Zwei Männer stürzten vor, einer griff nach Amithabs Bein, ein anderer nach seinem Arm, und gemeinsam rissen sie ihn vom Pferd. Amithab versuchte, sich zu befreien, kam aber gegen zwei Männer nicht an.

Elizabeth schrie auf, als sie wiederum von den Frauen bedrängt wurde, und auch auf Estella hatte man es nun abgesehen. Während die beiden jungen Frauen auf ihren Pferden an die Wand gedrängt wurden, stürzten sich immer mehr Männer auf Amithab.

»Tu doch etwas!«, schrie Elizabeth schrill. »Sprich mit ihnen.«

Estella brachte mit Mühe einige beschwichtigende Worte auf Tamilisch hervor, aber ihr war, als sei ihr plötzlich ihr gesamter Wortschatz abhandengekommen. Die Frauen und einige Männer schrien auf sie ein, aber wenigstens wurde niemand handgreiflich, weder ihr noch Elizabeth gegenüber. Immer lauter erschienen ihr die Stimmen, und ihre Stute warf nervös den Kopf hoch, scheute zurück und versuchte zu steigen, was ihr nicht gelang, weil sich die Leute an die Zügel hängten.

Als Schüsse fielen, fuhr Estella zusammen. Englische Stimmen waren zu hören und das Getrappel von Stiefeln auf dem festgetretenen Lehmboden. Drei Constables liefen durch die Gasse, gaben Schüsse in die Luft ab und scheuchten die Menschen auseinander. Ihnen folgten einige elegant gekleidete Engländer, von denen Estella zwei kannte – Alan und Anthony. Die Männer halfen, die Menge auseinanderzutreiben, bis sie zu den beiden jungen Frauen vordrangen.

»Liz.« Anthony war sichtlich erschrocken. »Das glaube ich einfach nicht.« Er drehte sich zu Estella um, ebenso wie Alan, der an seiner Seite war. »Was, um alles in der Welt …«

»Amithab!«, rief Estella und glitt vom Pferderücken, um auf den leblos am Boden liegenden Mann zuzueilen. Zwei der Constables hockten bei ihm. »Gehört der zu Ihnen?«, fragte einer.

»Ja.« Estella kniete sich hin und hielt die Hand dicht vor seinen Mund. »Großer Gott, ich glaube, er atmet nicht mehr.« Sie stand auf und sah sich hilfesuchend um.

»Ganz ruhig, Miss«, sagte einer der beiden. »Der Puls an seinem Hals schlägt ziemlich schnell, ich bin mir ganz sicher, dass er noch atmet.« Er hatte die Nerven, ihr zuzuzwinkern. »Aber Sie sehen aus, als würden Sie gleich umkippen, Miss.«

»Ich kümmere mich um sie«, sagte Alan, der unbemerkt zu ihnen getreten war. Er nahm Estella am Ellbogen und führte sie weg. »Was habt ihr hier zu suchen?«, fragte er gerade laut genug, dass nur sie es hören konnte.

Estella steckte der Schreck noch in den Knochen, und ihr war schwindlig. Für einen Moment hatte sie das Gefühl, ihre Beine gäben unter ihr nach, aber sie hatte sich

394

sofort wieder im Griff, noch ehe Alan den seinen um ihren Arm verstärken musste.

»Wir wollten nur ausreiten«, sagte sie matt.

»Ja, danach sah es aus.«

Anthony kam zu ihnen, den Arm um Elizabeth gelegt. Die anderen vier Männer standen in diskretem Abstand und warteten. Offenbar war ihnen klar, dass hier erst familiäre Konflikte zu klären waren.

»Es kann nicht wahr sein, dass Tamilen auf der Straße englische Frauen angreifen«, sagte er. »Auch wenn diese schwerlich hier etwas zu suchen haben«, fügte er mit kurzem Blick auf seine Schwester hinzu. »Warum«, wandte er sich an Estella, »hat dein Dienstbote euch nicht beschützt, anstatt sich in eine Rauferei zu stürzen? Und warum seid ihr überhaupt hier? Ich möchte Liz gewiss nicht von einer gewissen Schuld freisprechen, aber du bist die Ältere, Estella.«

»Sie sind ohne jeden Grund auf uns losgegangen«, antwortete Elizabeth mit einer Stimme, die dünn und klein klang. »Amithab konnte nichts tun.«

»Wir müssen herausbekommen, wer die Leute sind, und sie bestrafen«, sagte Alan.

Estella schlang die Arme schützend um ihren Körper und sah Elizabeth kalt an. »Nun, als grundlos würde ich es nicht bezeichnen, wenn man eines ihrer Kinder schlägt und zu Boden wirft.«

»Das Balg hat mich zuerst angefasst.«

»Der Junge war neugierig, mehr nicht.«

»Ich mag es nicht, wenn mir die Einheimischen zu nahe kommen.«

Estella verzog den Mund verächtlich. »Ah ja? Dabei warst du es, die heute ihre Nähe gesucht hat, oder warum hast du so störrisch darauf beharrt, hierherzukommen, und wolltest unbedingt den Streit bis zum Ende mithören?«

»Das ist wohl kaum ein Grund, uns anzugreifen«, verteidigte sich Elizabeth und schmiegte sich an ihren Bruder.

»Du hast mitbekommen, dass sich die Situation immer weiter aufgeheizt hat, trotzdem wolltest du unbedingt hierbleiben.«

»Schluss jetzt«, mischte sich Anthony ein. »Warum gibst du Liz die ganze Schuld?«

»Frag sie.«

Forschend sah er seine Schwester an, diese wich jedoch seinem Blick aus und sah zu Boden, eine steile Trotzfalte zwischen den Brauen. Estella hatte normalerweise nicht das Bedürfnis, Gewalt gegen andere Menschen anzuwenden, aber sie hätte das Mädchen schütteln können.

»Wir reden zu Hause darüber«, sagte Anthony.

»Wie kam es eigentlich, dass ihr so schnell hier wart?«, fragte Estella.

»Ein Tamile sagte, dass hier zwei englische Damen belästigt würden, und dann sind wir natürlich gekommen, um zu helfen. Es war gut, dass gerade die Constables in der Nähe waren.«

Estella sah sich in der Gasse um, die nun wie leer gefegt war. An einigen Fenstern waren neugierige Gesichter zu sehen, und zwei Kinder lugten durch einen Türspalt. Sie zitterte am ganzen Körper, als die Anspannung langsam von ihr abfiel. Besorgt sah sie zu Amithab, der sich mit Hilfe eines Constables erhob. Anthony folgte ihrem Blick.

»Er hätte euch nie hierherbringen dürfen.«

Estella fuhr zu ihm herum. »Ich hatte mich doch vorhin deutlich ausgedrückt, oder?«

»Du gibst Liz die Schuld daran, dass euch Tamilen angegriffen habe, und ich weigere mich, das ebenfalls zu tun. Sie ist das Opfer, nicht die Einheimischen.«

»Sie hat sie provoziert, indem sie bei sehr existenziellen Fragen offensichtlich ihre Belustigung gezeigt hat. Das mit dem Kind war nur der letzte Auslöser.« Estella presste die Finger in ihre Oberarme. »Aber warum reden wir eigentlich noch weiter darüber? Du siehst es ohnehin nicht ein, und Elizabeth erst recht nicht.«

»Weil mich keine Schuld trifft«, fauchte Elizabeth. »Ich bin nun einmal nicht gewöhnt, angegriffen zu werden, nur weil ich mir einen Streit ansehe. In englischen Kreisen kommt dergleichen meines Wissens nicht vor. Ich wusste ja, dass die Menschen hier unzivilisiert sind, aber mit so etwas rechnet doch niemand.«

»Ich habe dich mehrfach gewarnt und darum gebeten, endlich zu gehen, aber wir konnten dich schlecht allein zurücklassen.«

Störrisch verschränkte Elizabeth die Arme vor der Brust und starrte zu Boden. Estella ließ die anderen stehen und ging zu Amithab.

»Such einen Arzt auf, und dann nimm einen Wagen nach Hause«, sagte sie und griff nach ihrer Geldbörse. »Es tut mir so leid.«

Amithab schüttelte den Kopf und nahm das Geld ohne Kommentar entgegen. »Sagen Sie Ihrem Vater, mir tut es leid, dass ich Sie nicht beschützen konnte, Herrin.«

Dieses Mal war es an Estella, den Kopf zu schütteln. Sie drehte sich um und ging zu den anderen zurück. Dankend nahm sie die Zügel ihrer Stute von einem der ihr unbekannten englischen Gentlemen und strich dem Pferd sanft über die Nüstern. Alan trat zu ihr.

»Wirst du Louis von dem Vorfall erzählen?«, fragte sie.

»Nein, es wird reichen, wenn er es von dir hört.«

Sie lehnte die Wange gegen die Stirn ihrer Stute und schloss für einen Moment die Augen.

»Er wird eher besorgt als verärgert sein«, sagte Alan, der offenbar der Meinung war, sie habe Angst vor einer Konfrontation.

»Das weiß ich. Im Gegensatz zu Anthony wird er mir glauben, dass das hier nicht meine Schuld war.«

Als sie eine Stunde später daheim war, fand sie ihren Vater in seinem Arbeitszimmer sitzend vor. Das Lächeln auf seinem Gesicht erstarb, als er sie ansah. Ihr Kleid war arg mitgenommen, und an mehreren Stellen waren Nähte eingerissen.

»Was ist passiert?«

Sie setzte sich auf einen Stuhl und erzählte von dem Vorfall. Ihr Vater runzelte die Stirn, und als sie geendet hatte, wirkte er erschüttert.

»Grundgütiger. Und dir ist wirklich nichts passiert, Liebes?«

»Nein. Amithab geht es natürlich nicht so gut.«

Ihr Vater nickte, wirkte jedoch an dem Zustand seines

Dienstboten weitaus weniger interessiert als an dem seiner Tochter. »Ich werde mit Duncan Fitzgerald reden, damit er diesem verwöhnten Gör ins Gewissen spricht.«

»Anthony hat mir nicht geglaubt.«

»Oh, ihr Vater wird mir glauben, dessen sei dir gewiss.« Er stand auf und legte die Hände um ihr Gesicht. »Ich bin so froh, dass dir nichts passiert ist.«

Es dauerte keine halbe Stunde, bis Louis kam. Noch während der Dienstbote ihn meldete, drängte er sich an ihm vorbei ins Arbeitszimmer, ging vor Estellas Stuhl in die Hocke und umfasste ihre Hände, ungeachtet der Tatsache, dass ihr Vater ebenfalls anwesend war.

»Alan erzählte etwas von einem Unfall.« Seine Augen wirkten umschattet, und er war blass vor Sorge.

»Mir ist nichts passiert.« Sie löste eine Hand aus der seinen und berührte sein dunkles Haar. In wenigen Worten erzählte sie den Vorfall erneut. Als sie geendet hatte, stand Louis auf.

»Ich habe ja gesagt, dass Elizabeth nicht der richtige Umgang für dich ist. Du wirst nicht noch einmal mit ihr ausreiten.«

Estella, der diese Art von Bevormundung seitens ihres Verlobten keineswegs passte, warf ihrem Vater einen Blick zu, dieser lehnte sich jedoch zurück und betrachtete Louis mit echter Erheiterung.

»Das ist nicht deine Entscheidung«, antwortete sie.

»Du hast doch gesehen, wo es hinführt, wenn du mit ihr zusammen unterwegs bist.«

»Eben, und den Schluss kann ich durchaus allein ziehen.«

Louis sah sie schweigend an, dann zuckte er die Schultern und grinste schief. »Wie auch immer, Hauptsache, du tust es nicht mehr, ob auf mein Geheiß hin oder aufgrund deiner eigenen Entscheidung, ist mir gleich.«

Ihr Vater lachte leise, und Louis drehte sich zu ihm, als bemerke er ihn erst jetzt. »Ich habe Sie überhaupt nicht begrüßt. Bitte entschuldigen Sie meine Respektlosigkeit.«

Mit einer flüchtigen Handbewegung winkte ihr Vater ab. »Bleibst du zum Abendessen?«

Ein wenig erstaunt sah Louis William Carradine an, dann lächelte er und sagte zu. Ein Strahlen flog über Estellas Gesicht. Derart spontane Einladungen, die nicht allein der Höflichkeit geschuldet waren, hatte ihr Vater noch nie an Louis ausgesprochen.

»Ich gehe hoch und ziehe mich um«, sagte sie und stand auf.

Louis musterte sie und feixte. »Das wäre zu wünschen.«

Sie lachte. »Flegel.«

❧

»Ich hätte es dir nicht erzählen sollen«, sagte Hayden.

»Du hättest es mir nicht über eine Woche später erzählen sollen«, antwortete Melissa, der die Erschütterung zweifelsohne anzusehen war. Sie konnte einfach nicht glauben, dass ihr Vater so weit ging, Hayden eine andere Frau ins Zimmer zu schicken. Jede Hoffnung darauf, dass er einlenken würde, fiel von ihr ab. Sie stand aus ihrem Sessel auf und ging zum Fenster. Durch den anhaltenden Regen schien es, als setze die Dämmerung schon früh ein, weil schwarze Wolken das Licht bereits am Nachmittag geschluckt hatten. Mit einem Ruck drehte sie sich wieder zu Hayden um. »Wir sollten fortgehen«, rief sie leidenschaftlich.

»Darauf wartet er.«

»Wir müssen nur den richtigen Zeitpunkt abpassen.«

Hayden stand auf und ging zu ihr. »Sprich leiser bitte«, sagte er mit Blick auf die halboffen stehende Tür.

Ungehalten sah sie zum Korridor, von dem nur ein schmaler Streifen zu sehen war. »Was sollen wir sonst tun?«, fragte sie, leiser jetzt.

»Erst einmal abwarten, auch wenn es schwerfällt.« Er musterte sie und wirkte nachdenklich. »Vor allem musst du dir sicher sein, dass es das ist, was du wirklich willst.«

Sie streckte die Hand aus und berührte seine Wange. »Erscheine ich dir wirklich so wankelmütig oder so leichtsinnig, dass ich solch weitreichende Entscheidungen treffe, ohne mir sicher zu sein?«

»Es steht viel für dich auf dem Spiel. Du wirst deinen Vater vermutlich nie wieder sehen, wenn du wirklich mit mir fortgehst.«

Sie nickte langsam und zog ihre Hand wieder zurück. »Er ist es, der mich vor die Wahl stellt, nicht du. Ich wünschte, er täte es nicht.« Ihr Blick flog zum Fenster, hinter dem sich die Dämmerung vom bleifarbenen Himmel senkte und Regen fiel. »All das nie wieder sehen ...« Erneut sah sie ihn an. »Frag mich nie wieder, ob ich es mir gut überlegt habe. Über gewisse Dinge darf man

nicht nachdenken, sondern muss sie nach Gefühl entscheiden. Ich will nicht abwägen und die Dinge gegeneinander abmessen. Ich möchte mit dir fortgehen, aber ich
möchte Zhilan Palace nicht für immer verlassen. Wenn
ich darüber nachdenke, bricht es mir das Herz.«
Er gab keine Antwort, sondern sah an ihr vorbei in den
Garten.

Es war spät, als Melissa die Schritte ihres Vaters im Korridor hörte. Sie lag in ihrem Bett und wälzte sich seit
Stunden schlaflos herum. Stille lag über dem Haus, selbst
das Flüstern der Dienstboten und das leise Tappen ihrer
Füße hatte aufgehört. Der Regen rauschte nicht mehr,
und die Tiere des Dschungels schienen in abwartender
Ruhe zu verharren. Die Nacht war Schweigen.
Als Melissa sich sicher war, dass ihr Vater sein Zimmer
nicht mehr verlassen würde, schob sie ihre Decke zurück, tastete mit den Füßen nach ihren Pantoffeln und
nahm den Morgenrock vom Fußende des Bettes. Leise
ging sie zur Tür, öffnete sie einen Spalt, um in den matt
beleuchteten Flur zu sehen, dann zog sie den Schlüssel
ab und verschloss die Tür von außen. Ohne einen Laut
von sich zu geben, schlich sie über den Flur, vorbei an
Asha, die sich auf einer Matte neben ihrer Tür zusam-
mengerollt hatte, und an zwei weiteren schlafenden
Dienstboten, die in der Nähe der Treppe lagen.
Sie ging in den Ostflügel des Hauses, in jenen Korridor,
in dem Hayden sein Zimmer hatte. Leichtsinn, dachte
sie, geradezu törichter Leichtsinn, der immer wieder in
ihr durchbrach. Aber wie sollte sie je bekommen, was

sie wollte, wenn sie nie etwas wagte? Was ihr Vater mit ihr tun würde, wenn er sie hier entdeckte, das mochte sie sich nicht ausmalen. Immer wieder drehte sie sich um, sah jedoch niemanden, und von den Dienstboten hatte sich ebenfalls keiner gerührt.

Vor Haydens Zimmertür angekommen, drückte sie die Klinke hinunter, blickte noch einmal in den Korridor, dann betrat sie das Zimmer. Sie hatte bereits den Lichtschimmer unter dem Türspalt gesehen und daher vermutet, dass Hayden noch wach war.

»Was, um alles in der Welt …« Er stand am Fenster und starrte sie entgeistert an, während sie die Tür hinter sich ins Schloss zog. Er war komplett bekleidet, hatte jedoch seinen Gehrock ausgezogen und die Hemdsärmel ein Stück weit aufgerollt. In der Luft lag der Geruch von Zigarren, und das offene Fenster legte nahe, dass er dort geraucht hatte.

»Ich musste dich sehen.«

Hayden schloss das Fenster, zog die Vorhänge vor und trat langsam zu ihr. »Du musst verrückt geworden sein«, sagte er, wobei jedoch Zärtlichkeit in seiner Stimme mitschwang. »Wenn dein Vater dich hier sieht …«

»Sprich es nicht aus, bitte.« Ihre Stimme klang selbst in ihren eigenen Ohren atemlos, kaum kraftvoll genug, das laute Hämmern ihres Herzschlags zu übertönen.

Er legte die Hände um ihre Taille, so leicht, dass es kaum mehr war als eine Berührung.

»Ich liebe deine Augen«, sagte sie leise.

Ein Lächeln spielte um seine Mundwinkel, ließ kleine Lichtpunkte in den bernsteinfarbenen Augen tanzen. Sie lächelte ebenfalls, und eine der feinen Haarsträhnen, die sich aus ihrem geflochtenen Zopf gelöst hatten, verfing sich in ihrem Mundwinkel. Er hob die Hand, strich die Strähne so behutsam zurück, dass er ihre Wange nicht berührte.

Sie küssten sich nur einen Wimpernschlag später, umarmten sich, lachten zwischen Küssen, wurden trunken am Atem des anderen. Hayden flüsterte Zärtlichkeiten in ihre Kehle, und als er den Kopf hob, war ihr so schwindlig, dass sie gefallen wäre, hätten seine Arme sie nicht umfangen.

»Liebe«, flüsterte sie. »Liebe. Ich weiß überhaupt nichts von Liebe.«

»Von dieser Art Liebe wusste auch ich nichts«, gestand er kaum hörbar.

»Ich will dich heute Nacht nicht wieder verlassen.«

Er lehnte seine Stirn an ihre. »Du weißt, dass du nicht bleiben kannst.«

»Ich habe mich noch nie so einsam gefühlt wie seit jenem Moment, als wir uns das erste Mal geküsst haben.« Sie schloss die Augen. »Bis dahin habe ich nicht gewusst, dass niemand da sein würde, mir zu helfen.«

»Louis und Alan handeln so, weil sie dich lieben und denken, sie tun das Beste für dich.«

»Es sind immer andere, die entscheiden, was das Beste für mich ist.« Sie strich mit den Fingern über die Knopfleiste seines Hemdes. »Ich möchte bei dir sein. Jetzt, morgen, für immer.«

Hayden legte die Hände um ihr Gesicht. »So ein großes Risiko, um mir das zu sagen?«

»Ich wollte nicht, dass du denkst, es ginge mir nur um ein Abenteuer.«

Er lachte leise, stritt jedoch nichts ab. »Du solltest jetzt besser gehen«, sagte er stattdessen. »Wir beide wissen nicht, ob dein Vater kontrolliert, ob du auf deinem Zimmer bist.«

»Ich habe die Tür abgeschlossen.«

»Das wird ihn sicher eine Weile aufhalten, aber er ist kein Narr.«

»Ich weiß.« Widerstrebend löste sie sich aus seinen Armen. Er ging zur Tür, öffnete sie unhörbar und sah auf den Flur hinaus, dann winkte er sie zu sich. Melissa trat auf den Korridor, wandte sich noch einmal zu Hayden um, wagte jedoch nicht, ihn zu küssen. Als sie sich wieder umdrehte, bemerkte sie die schlanke Silhouette, die eben auf die obersten Treppenstufen trat, und erschrocken schnappte sie nach Luft, weil sie im ersten Moment glaubte, es sei ihr Vater. Louis, der sie vermutlich nicht bemerkt hätte, hatte jedoch offenbar das leise Geräusch gehört, denn er blieb stehen und drehte sich mit der Zielsicherheit eines Raubtiers, das eine Fährte wittert, zu ihr. Hayden hatte sie noch geistesgegenwärtig in sein Zimmer zurückziehen wollen, verharrte jetzt jedoch, die Hand auf ihrem Arm.

Mit wenigen Schritten war Louis bei ihnen und stieß sie beide in das Zimmer. Er hatte die Tür kaum hinter sich geschlossen, als er Hayden, schneller als dieser reagieren konnte, am Kragen packte und gegen den Bettpfosten schleuderte. Dann umfasste er Melissas Schultern und schüttelte sie. »Ihr beide müsst ja vollkommen von Sinnen sein.« Melissa konnte sich nicht daran erinnern, ihn jemals so wütend und gleichzeitig erschüttert gesehen zu haben.

»Es ist meine Schuld«, sagte sie, noch ehe Hayden antworten konnte.

»Nein«, widersprach dieser, während er eine Hand an die Schulter legte, mit der er gegen den Bettpfosten gekracht war, und diese vorsichtig rollte. »Ich hätte dich umgehend zurückschicken sollen, ich weiß, was für ein Mann dein Vater ist.«

»Du hast ja nicht die geringste Ahnung«, entgegnete Louis kalt. »Sonst hättest du sie eigenhändig in ihr Zimmer zurückgebracht. Schlimm genug, dass sie so leichtfertig ist, aber von dir erwarte ich etwas mehr Vernunft, schließlich bist du erfahrener als sie und …«

»Sprich nicht von mir, als wäre ich nicht anwesend«, fiel ihm Melissa ins Wort.

»Du schweigst. Ich kann nicht glauben, was du da getan hast.« Er wandte sich an Hayden. »Es ist das Beste, wenn du schnellstmöglich abreist.«

»Nein!«, rief Melissa.

Hayden stemmte beide Hände in die Hüften und sah zu Boden, dann hob er den Blick zu Louis. »Nein«, sagte er ruhig.

»Ich möchte, dass du gehst und meine Schwester unbehelligt lässt.«

»Das ist nicht deine Sache«, antwortete Melissa.

»O doch, meine Liebe, das ist es. Ich bin dein älterer Bruder, und wenn du schon nicht auf dich selbst aufpassen kannst, dann werde ich es eben tun.«

»Du tust mir einen größeren Gefallen, wenn du mir hilfst, von hier fortzugehen.«

Louis sah sie an, als zweifle er an ihrem Verstand. Dann wandte er sich an Hayden. »Hast du es endlich geschafft, ihr solche Torheiten einzureden?«

»Hör auf, immer ihm die Schuld zu geben an dem, was ich tue«, fuhr Melissa ihn an. »Ich bin eine erwachsene Frau und treffe meine eigenen Entscheidungen.«

Louis machte eine ausholende Bewegung, die das ganze Zimmer umfasste. »Ja, wahrhaft weise Entscheidungen, wie man sieht.«

»Wenn du mir nicht hilfst«, antwortete Melissa unbeirrt, »werden wir eben ohne deine Hilfe fortgehen.«

Mit beiden Händen fuhr Louis sich durch das Haar und wusste ganz offensichtlich nicht, was er machen sollte. Schließlich entschied er sich dafür, den Disput fürs Erste aufzugeben, denn er sagte: »Komm, ich bringe dich zurück in dein Zimmer.«

Melissa schloss Hayden in die Arme, dann ging sie zu Louis, der sich abgewandt hatte und auf die Tür starrte. Ohne ein weiteres Wort verließ er mit ihr den Raum und zog die Tür lautlos hinter sich ins Schloss.

Das Schweigen hatte etwas Finsteres, Unbehagliches. Trotz ihrer zur Schau gestellten Selbstsicherheit fühlte Melissa sich innerlich wund, so als schmerze jedes Wort und jede Bewegung, und sie war sich ihrer Sache keineswegs so sicher, wie sie es Louis gegenüber darstellte. Sie tastete in der Tasche ihres Morgenrocks nach ihrem Schlüssel, um ihn griffbereit zu haben, wenn sie vor ihrem Zimmer stand. Auf einmal nagte die Angst in ihr, ihr

Vater könne doch etwas bemerkt haben, und sie wollte so schnell wie möglich den Korridor verlassen, wo sie so leicht zu sehen war.

Vor ihrer Tür stand jedoch niemand, und auch Asha schlief in derselben Position wie zuvor. Melissa steckte den Schlüssel ins Schloss und betrat ihr Zimmer gemeinsam mit Louis, der die Lampe neben der Tür anzündete und auf kleine Flamme drehte. Melissa setzte sich auf ihr Bett und hüllte sich wie schutzsuchend in ihre Decke. Sie wollte keinen Streit mit Louis und ahnte, dass es darauf hinauslaufen würde.

»Glaub nicht, dass ich dich nicht verstehe«, sagte dieser jedoch und setzte sich zu ihr.

Mit dem Rücken an das Kopfende des Bettes gelehnt, zog Melissa unter der Decke die Knie hoch und legte ihr Kinn darauf. »Du musst mir helfen, Louis.«

»Warum willst du nicht einsehen, wie unsinnig das alles ist. Er wird euch finden, noch ehe ihr Kandy verlassen habt.«

»Andere schaffen so etwas auch.«

»Ja, einige wenige.«

»Der Eltern von Estella beispielsweise, und erzähl mir nicht, das sei etwas anderes. Bei Estella mag das stimmen, aber über ihren Großvater erzählt man sich doch jetzt noch, wie jähzornig er war und dass ihre Mutter Glück hatte, weit fort zu sein, weil er imstande gewesen wäre, sie und ihren Vater zu töten.«

»Die Leute reden viel«, wich Louis aus.

»Du weißt, dass es stimmt, es war ein Risiko, und sie sind es für ein gemeinsames Leben eingegangen.«

»Das hier ist aber nicht Spanien, wo ein Edelmann unter vielen seine Tochter sucht und nicht weiß, wo er damit anfangen soll, sondern das hier ist Ceylon. Die Anzahl der Engländer ist überschaubar, und eure Spur zu verfolgen dürfte mehr als einfach sein.«

Melissa zerknüllte die Bettdecke in ihren geballten Fäusten. »Aber es muss eine Möglichkeit geben.«

»Manchmal muss man die Dinge einfach als gegeben hinnehmen.«

»Als hättest du jemals etwas hingenommen, das dir nicht gefiel.«

»Zumindest fechte ich keine sinnlosen Kämpfe aus.«

»Wer entscheidet denn, was sinnlos ist und was nicht? Du kennst Papas unbeugsame Haltung den Arbeitern gegenüber, trotzdem streitest du ständig mit ihm, obwohl gewiss nicht wenige diese Streitigkeiten als müßig bezeichnen würden, denn ändern wird sich doch nichts.«

Louis gab längere Zeit keine Antwort, dann hob er die Schultern. »Aus Mitgefühl sicher nicht, das stimmt. Aber vielleicht sieht er irgendwann ein, dass er seiner Plantage einen größeren Dienst erweist, wenn er die Kulis nicht gänzlich wie Tiere behandeln lässt.«

»Für die Zukunft der Arbeiter erhebst du deine Stimme und stellst dich Vater entgegen, aber wenn es um meinen Lebensweg geht, rätst du mir einfach nur, zu schweigen.«

»Zwischen deinem Leben und dem der Kulis besteht auch ein kleiner Unterschied, meinst du nicht?«

»Ein Problem ist immer so groß, wie es im Verhältnis zu dem Leben steht, das man führt, Louis. Natürlich weiß ich, dass es mir bessergeht und ich mir nicht auf den Feldern den Rücken krumm schuften muss. Aber ich bin auf meine Weise ebenfalls unglücklich, und nur weil ich keine tamilische Arbeiterin bin, habe ich nicht weniger Recht darauf, dass jemand, der mehr Einfluss hat als ich, für mich eintritt.«

Louis seufzte und wirkte erschöpft. »Er würde nicht auf mich hören, das weißt du.«

»Aber vielleicht gibt es einen Weg, dass ich von hier fortgehe und er mich nicht sofort findet.«

»Ich wüsste nicht, welchen.«

»Dann hilf uns wenigstens, damit Papa nicht merkt, wie es um uns steht.«

»Nichts anderes habe ich heute Nacht getan.« Er stand auf und ging zur Tür. »Sei bitte vorsichtig, mehr kann ich dir nicht raten.«

Sie nickte. »Danke, mein Lieber«, sagte sie sanft.

»Dank mir nicht, Lissa, ich tue ja doch nicht das Richtige.« Ohne ein weiteres Wort verließ er ihr Zimmer und zog die Tür hinter sich ins Schloss.

19

Hatte man eine Schwelle erst einmal überschritten, fiel es leichter, dies wieder und wieder zu tun, und jedes Mal wurde der Schritt größer. Melissa schaffte es immer öfter, sich von daheim fortzustehlen, sei es, dass sie spazieren ging oder sich einfach an den Bach setzte. Hayden war dann meist schon zwei Stunden zuvor gegangen, um einen Abstecher in der Stadt zu machen – was er auch wirklich tat –, und auf dem Rückweg kam er zu einem verabredeten Treffpunkt. Ähnlich der Nacht in seinem Zimmer war das erste Treffen von der Angst beherrscht, gesehen zu werden, so dass sie kaum mehr als flüchtige Berührungen und wenige Worte wagten, ehe sie heimgingen. Aber je öfter sie sich trafen, desto sicherer wurden sie, und mit der Sicherheit kam der Leichtsinn. Louis wusste, was vorging, stand jedoch nur in hilflosem Zorn daneben und versuchte, so gut es ging, Melissa vor den Folgen ihres unbedachten Handelns zu schützen, indem er seinen Vater im Auge behielt, wann immer er merkte, dass sowohl Hayden als auch Melissa nicht daheim waren.

»Du weißt, dass ich ihn nicht davon abhalten könnte, dich zu suchen, wenn er das wollte«, sagte Louis mehrmals zu ihr, »und dass euch kein Dienstbote sieht, kann ich dir auch nicht garantieren.«

Schuldbewusst sah Melissa ihn dann an, ließ jedoch nicht von ihren Treffen ab. Es waren immer nur wenige Momente, nie länger als eine halbe Stunde, die sie sich nahmen, und darauf wollte sie nicht verzichten, nicht auf die Gespräche, auf die Umarmungen und auf die Küsse. Jedes Mal nahmen sie sich vor, dass dies vorerst das letzte Mal gewesen sein musste, denn es war einfach zu riskant, und doch brachen sie ständig aufs Neue den Vorsatz. Melissa fieberte den Augenblicken allein mit ihm geradezu entgegen, getrieben von einem Hunger, der ihr fremd war und der von ihren kurzen Treffen nicht gestillt, sondern immer weiter angefacht wurde.

»Warum müssen wir überhaupt nach Hause zurückkehren«, sagte sie an Haydens Mund. »Lass uns fortlaufen, jetzt sofort.«

»Du weißt, dass wir nicht weit kämen. Es ist so schon gefährlich genug.« Einer von ihnen musste ja vernünftig sein.

Doch auch das normale Gesellschaftsleben ging weiter, mitsamt den Besuchen, die zu machen und zu empfangen waren, den Handarbeitszirkeln, Kaffeekränzchen, Bällen und Soireen. Der Oktober ging in den November über.

Eines Nachmittags, Melissa kam eben von einem Spaziergang zurück, traf sie in der Halle auf einen Dienstboten, der ihr sagte, dass ihr Vater sie in seinem Arbeitszimmer erwartete. Sie hatte die Regenpause für einen Spaziergang im Wald genutzt, wie immer auf Wegen, die sie durch Wälder führten, gefolgt von zwei Dienstboten. Obwohl sie für diesen Tag ein reines Gewissen haben konnte, machte sie die Art, wie ihr Vater sie taxierte, argwöhnisch. Es war jener Blick, der sie in sich zusammensinken ließ.

»Du hintergehst mich?«

Melissa starrte ihn aus geweiteten Augen an, unfähig, eine Antwort zu artikulieren, formte gedanklich Ausreden, verwarf sie wieder, weil sie wusste, dass er ihr nicht glauben würde. Eine namenlose Angst hatte sie ergriffen, und während sie den Blick ihres Vaters erwiderte, überkam sie das Gefühl, dass ihre Knie jeden Moment nachgeben würden.

»Du brauchst mir nicht zu antworten, ich sehe, dass ich recht habe.«

»Papa, ich …«, matt klang ihre Stimme, so dass sie sich fragte, ob er sie überhaupt hörte.

»Wie lange geht das schon, frage ich mich. Die Kulis, die dich in den Wald begleiten, sagen, sie haben es erst vor wenigen Tagen bemerkt, vorher haben sie wohl nicht so recht darauf geachtet, weil du sie immer am Waldrand warten lässt.«

Irritiert sah Melissa ihren Vater an.

»Dir das Pferd wegzunehmen war als Bestrafung gedacht, und jetzt erfahre ich, dass es seit Monaten bei den Fitzgeralds steht und du, regelmäßig, wie ich vermute, Besuche dort machst.«

Eine so große Erleichterung durchströmte Melissa, dass ihr nun doch die Knie nachgaben. Sie griff nach einer Stuhllehne und ließ sich auf dem Stuhl nieder.

»Nun, wenigstens scheinst du dir deines Fehlverhaltens bewusst zu sein.«

»Anthony«, sie räusperte sich, weil ihre Stimme immer noch nicht fest war, »Anthony hat es gekauft, um mir eine Freude zu machen.«

»Du wusstest also vorher von nichts und hast nicht seine Verliebtheit ausgenutzt, indem du in seiner Gegenwart von dem Verlust des Pferdes geredet hast?«

Sie schüttelte nachdrücklich den Kopf. »Ich war sogar wütend auf ihn, weil ich dachte, er hätte es gekauft und mir dies verschwiegen, dabei wollte er mir nur eine Freude machen.« Ihre Stimme verlor sich.

»Du weißt, dass ich das jederzeit nachprüfen kann.« Ihr Vater lehnte sich in seinem Sessel zurück, ohne den Blick von ihr zu nehmen.

»Ich lüge dich nicht an.«

Aufmerksam sah er sie an, dann nickte er. »Nein, das tust du nicht. Du bist zwar recht gut darin, Dinge zu verschweigen, aber du lügst nicht, das hast du schon als kleines Kind nicht getan.« Er legte die Fingerspitzen aneinander. »Nun kann ich Anthony natürlich nicht vorschreiben, welche Pferde er zu kaufen hat. Du hast mich in diesem Fall wirklich an der Nase herumgeführt, das muss mir nicht gefallen, aber ändern kann ich es nicht. Und ich muss zugeben, dass es wohl nicht wenigen Menschen schwergefallen wäre, einer solchen Versuchung zu widerstehen, wie sie sich dir mit dem Pferd geboten hat.«

»Heißt das, du bist mir nicht böse?«

»Darüber, dass du hinter meinem Rücken meine Bestrafung ad absurdum geführt hast, bin ich durchaus verärgert.«

»Hättest du mir erlaubt, Pierrot zu sehen, wenn ich dich gefragt hätte?«

Er lächelte spöttisch. »Natürlich nicht.« Sein Lächeln

bekam etwas Boshaftes. »Nun hast du ja wirklich reelle Möglichkeiten, dein Pferd zurückzubekommen. Ich nehme an, Anthony würde es dir schenken, wenn du ihm dein Jawort gibst.«
»Ich werde Anthony nicht heiraten.«
»Ach ja, wie konnte ich vergessen, du hängst immer noch in hoffnungsloser Liebe an deinem Vetter?«
Melissa schwieg und grub die Zähne in die Unterlippe.
»Wie ich schon sagte, du lügst nicht, aber du verheimlichst gut. Geheimnisse dieser Art wirst du auf Dauer nicht verbergen können, meine Liebe, ich hoffe, das ist dir klar.«
»Darf ich jetzt gehen?«
Er deutete mit der Hand auf die Tür. »Bitte.«
Kaum hatte sie den Raum verlassen, als Übelkeit in ihr aufwallte und sie die Hand vor den Mund presste. Erst jetzt wurde ihr klar, wie viel Angst sie gehabt hatte. Sie lehnte sich mit dem Rücken an die Wand und tat einige tiefe Atemzüge, bis ihr Magen sich wieder beruhigte, dann ging sie in die Bibliothek, um auf Hayden zu warten, der an diesem Tag mit Alan und einigen anderen jungen Männern in der Stadt unterwegs war.

Milchiger Dunst hing über den Tälern und verfing sich in Fetzen im Gebirge. Den ganzen Tag schon war es neblig gewesen, jene Art Nebel, die sich kalt und feucht in die Kleidung setzte und wie ein Film auf dem Gesicht lag. Melissa wartete bereits seit zwanzig Minuten auf Hayden an ihrem verabredeten Treffpunkt. Es kam immer mal vor, dass er aufgehalten wurde, daher nahm sie die Wartezeit gelassen hin, an diesem Tag jedoch war sie ungeduldig und fröstelte, obwohl es an und für sich nicht so kalt war. Doch ihr Kleid fühlte sich bereits klamm an durch die Nebelfeuchte.

Sie ging hin und her, die Arme um ihren Oberkörper geschlungen, so dass ihre Hände unter den Oberarmen lagen und ein wenig gewärmt wurden. Auf die mit der Brennschere geformten Locken, die unter ihrer Haube hervorschauten, hatte der Nebel Staubperlen gezaubert. Der Boden war nicht durchweicht wie nach einem Regenguss, sondern wirkte wie von einem schmierigen Film überzogen. Ungemütlich war es, und wäre es nicht um Haydens willen, so hätte sie an diesem Nachmittag das Haus nicht verlassen, sondern sich mit einem Buch in ihr Boudoir zurückgezogen.

Erneut sah sie den Weg hinauf, den Hayden kommen würde, blinzelte Nässe von ihren Wimpern und tupfte sich mit einem Taschentuch die Nase. Hoffentlich war keine Erkältung im Anzug. Sie räusperte sich ein paarmal und ging auf und ab. Schließlich hörte sie Hufgetrappel, und kurz darauf schälte sich Haydens Gestalt hoch zu Pferd aus dem Nebel. Er sprang ab und band die Zügel um einen Ast, dann trat er zu ihr und umarmte sie.

»Es tut mir leid, dass ich so spät bin, aber Alan wollte mich einfach nicht fortlassen. Ich hatte schon den Verdacht, dass er etwas ahnt.«

Sie legte den Kopf an seine Schulter. »Dann hätte er dich überhaupt nicht ziehen lassen oder wäre mitgekommen.«

Seine Hände schmiegten sich um ihr Gesicht. »Du bist ganz kalt.«

»Es ist nicht so schlimm.«

Sie küssten sich und spazierten eng aneinandergeschmiegt den Bach entlang. Melissa fror immer noch, es schien ihr förmlich in den Knochen zu stecken. Als spüre er es, rieb Hayden ihr sanft mit einer Hand über die Schulter. Sie plauderten und schmiedeten Pläne für die Zukunft, als stünde ihnen nichts im Weg. Erst als es Zeit wurde, sich wieder zu trennen, fanden sie in die Wirklichkeit zurück.

»Warum nur können wir nicht einfach fort?«, sagte Melissa frustriert.

»Du weißt, dass das nicht geht. Es ist ja nicht nur dein Vater, du weißt doch, dass ich auch meine Arbeit zu Ende bringen muss. Wenn ich jetzt einfach Hals über Kopf verschwinde, und noch dazu unter diesen Umständen, wird die Gesellschaft mich nie wieder beschäftigen.«

Melissa spürte, wie ihr das Blut heiß ins Gesicht stieg, weil sie wieder nur an sich und nicht an seine Verpflichtungen gedacht hatte.

»Sollte es wirklich dazu kommen«, fuhr Hayden fort, »dass wir fliehen müssen, dann werde ich die Erstellung der endgültigen Karten an jemand anderen abgeben, das ist ein Auftrag, der sich über Jahre hinziehen kann, und unter diesen Umständen kann ich natürlich nicht auf Ceylon bleiben. Aber wenigstens diese Karten, die ich jetzt zeichne, muss ich noch fertigstellen.« Er drückte sie enger an sich, als bitte er sie um Verständnis, was Melissas Scham über ihre Gedankenlosigkeit noch verstärkte.

»Es ist ja nicht so, dass dir eine erzwungene Heirat bevorsteht oder wir sonst einen Grund haben, so schnell von hier fortzugehen.«

»Du hast recht. Entschuldige bitte, dass ich nicht daran gedacht habe.«

»Du musst dich für nichts entschuldigen.«

»Ist es schwer für dich, die Karte nicht mehr erstellen zu können?« Sie zögerte. »Ich weiß, wie viel dir daran gelegen hat.«

Seine Antwort kam nicht sofort. »Natürlich hätte ich Ceylon gerne in seiner Gesamtheit kartographiert, aber das Leben mit dir bedeutet mir mehr, und ich bin sicher, es werden sich andere Gelegenheiten ergeben, große Karten zu erstellen.« Er lächelte.

Arm in Arm gingen sie zurück zu seinem Pferd, das geduldig dastand und wartete. Ehe er aufstieg, zog er sie an sich und küsste sie. Melissas Arme lagen um seine Mitte, und sie atmete seine Wärme.

»Ich weiß nie, wie ich die Stunden überstehen soll, wenn die ganze Familie dasitzt und ich so tun muss, als würdest du mir nicht mehr bedeuten als ein Vetter«, sagte sie. »Dabei weiß jeder, dass es nicht so ist, trotzdem muss ich diese Farce spielen.«

»Mir geht es genauso wie dir, aber eine Zeitlang müssen wir noch durchhalten.«

Sie senkte den Kopf und nickte. Seine Hände fuhren durch ihr feuchtes Haar, und er legte seine Stirn an ihre, dann ließ er sie los und löste die Zügel seines Pferdes vom Ast. Melissa streichelte den Hals des Tieres und fuhr durch die dichte Mähne, während Hayden aufstieg, dann hob sie den Blick zu ihm. »Wir sehen uns ja nachher. Komm nicht so spät.«

Ein flüchtiges Lächeln trat auf seine Lippen. »Bei dem Wetter reizt es mich nicht sonderlich, noch lange auszubleiben. Ich denke, wenn ich eine halbe Stunde nach dir komme, schöpft niemand Verdacht.«

Sie sah ihm nach, als er davonritt, und machte sich langsam auf den Heimweg. Bereits als sie mit Hayden zusammen gewesen war, hatten sich Kopfschmerzen angekündigt, die jetzt in ein stetiges Hämmern übergegangen waren, zwar nur leicht, aber nichtsdestotrotz unangenehm. Sie zog den breiten Schal, der um ihre Schultern lag, enger und barg die Hände darin. Daheim würde sie sofort ein heißes Bad nehmen.

Sie nahm die Silhouette im Nebel erst wahr, als sie nur noch wenige Schritte entfernt war, und hielt erschrocken inne. Wer dort stand, versperrte ihr nicht direkt den Weg, aber stand doch so, dass der Schluss nahelag, derjenige habe auf sie gewartet. Als sie stehenblieb und keine Anstalten machte, weiterzugehen, setzte sich der Wartende in Bewegung und kam auf sie zu.

»Alan?« Im ersten Moment war sie erleichtert. Erst als sie bemerkte, wie finster er wirkte, und sie sich ins Bewusstsein rief, dass er hier offenbar tatsächlich auf sie gewartet hatte, hob sie eine Hand an ihren Hals und wich zwei Schritte zurück.

Er griff nach ihrem Arm, quetschte ihr Handgelenk, so dass sie aufkeuchte, und zog sie näher zu sich. »Ich habe ihn gesehen, versuch also gar nicht erst, mich anzulügen.«

»Lass mich los, Alan.«

Er machte nicht die geringsten Anstalten, ihrer Forderung nachzukommen, vielmehr schien sein Griff geradezu zu versteinern. Melissa gab es auf, sich ihm entwinden zu wollen.

»Wir waren spazieren«, machte sie einen Gegenangriff. »Was ist schon dabei?«

»Hältst du mich wirklich für so dumm?«

Ohne eine Antwort zu geben, starrte Melissa zu Boden.

»Wie lange geht das schon mit diesen Treffen?« Als er wieder keine Antwort erhielt, umfasste er mit der anderen Hand ihre Schulter und schüttelte sie leicht. »Hast du jeden Sinn für Anstand verloren?«

Melissa straffte sich, soweit es möglich war, und warf den Kopf zurück. »Du bist wohl kaum in der Position, mir moralische Vorträge zu halten, nicht wahr?«

»Es geht hier nicht um mich.«

»Ich habe Hayden getroffen. Und? Was denkst du, was in der halben Stunde, in der wir zusammen waren, geschehen ist?« Sie bemerkte das Anspannen seines Kiefers.

»Mir geht es eher darum, was geschieht, wenn Vater es herausbekommt.« Er ließ ihr Handgelenk los. »Lieber Himmel, Melissa, du musst doch wissen, wie gefährlich das ist.«

»Was soll ich tun, wenn mir niemand von euch hilft?«

»Das, was vernünftig wäre.«

Sie rieb sich fröstelnd die Arme und sah in das vom Nebel verschleierte Unterholz. »Ist es vernünftig, den Weg zu wählen, auf dem man unglücklich ist?«

»Du redest romantisches Zeug.«

»Du musst ja wissen, wovon du sprichst, ja?« Ihr Blick suchte den seinen, und sie bemerkte das kurze Aufflackern von Schmerz und vielleicht sogar eine Spur von Scham, ehe er ihr auswich.

»Denk nicht, dass ich dir eine Ehe mit Hayden nicht gönne«, sagte er, ohne sie anzusehen. »Aber manchmal weiß man vorher nicht, was einen glücklich oder unglücklich macht, und Vernunft ist nicht die schlechteste Art, sein Leben zu führen.«

Sie seufzte und berührte kurz seinen Arm. »Nein, Alan, das ist es nicht, aber es ist auch nicht die einzige. Du hast aus Vernunft immer nachgegeben, und was hat es dir gebracht? Sujata ist tot, und Justine lebt in einer Baracke. Du heiratest Lavinia aus Vernunft, das wiederum ist eine Entscheidung, die dich vielleicht glücklich macht, aber was ist mit ihr? Passt ihr zusammen, nur weil es vernünftig ist, zu heiraten?«

»Denkst du wirklich, Lavinia zu heiraten macht mich glücklich? Sie ist kalt wie ein Fisch.«

Melissa zuckte zusammen. »Sag so etwas nicht.«

»Magst du sie?«

»Ich glaube zumindest, sie zu verstehen.«

Er lächelte flüchtig. »Dann bist du mir um einiges voraus.«

»Ich glaube, ich mag sie«, beantwortete Melissa seine vorhergehende Frage nach einigem Nachdenken. »Und was ist mit dir?«

»Ich weiß es ehrlich gesagt nicht so recht, aber ich werde mich bemühen, ihr ein guter Ehemann zu sein, und sie wird zweifellos eine gute Ehefrau abgeben, sie war immer sehr auf gesellschaftliche Korrektheit bedacht.«

Allmächtiger, bitte lass mich nie ein solches Leben führen, betete Melissa im Stillen. »Ist das die Vernunft, in der du dir meine Zukunft vorstellst?«, fragte sie.

Alan sah sie nachdenklich an. »Es wäre in der Tat vernünftig, aber vorstellen kann ich mir dich nicht in einer Rolle, wie sie Lavinia spielt.« Er hob die Schultern. »Aber hättest du Hayden nicht kennengelernt, wäre es doch auch darauf hinausgelaufen, oder nicht?«

»Das ist anzunehmen, und ich bin mir sicher, irgendwann hätte mich ein solches Leben schwermütig werden lassen.«

»Ja, aber auch das ist ein durchaus verbreitetes Frauenleiden.«

»Und das macht dich nicht nachdenklich, Alan?«

»Die Dinge sind, wie sie sind.«

»Damit magst du dich abfinden, aber ich nicht.«

»Dir wird nichts anderes übrigbleiben.«

Melissa sah ihn herausfordernd an. »Das werden wir ja sehen.«

»Ich werde nicht zulassen, dass du dich in Schwierigkeiten bringst.«

»Wirst du mich bei Papa verraten?«

»Nein, ich …« Er verstummte und wirkte etwas hilflos. »Ich werde mit Hayden reden. Wenn er auch nur einen Funken Verantwortungsbewusstsein hat, lässt er dich unbehelligt und vergisst die ganze unselige Geschichte.«

»Die *unselige Geschichte* ist der Lebensweg, den ich einzuschlagen gedenke.«

Alan schüttelte vehement den Kopf. »Das vergisst du am besten wieder. Und nun komm, mir wird langsam kalt.«
Sie blieb, wo sie war. »Woher wusstest du überhaupt, dass wir uns treffen?«
»Hayden war ungeduldig und wollte unbedingt aufbrechen, auch wenn er versucht hat, sich das nicht anmerken zu lassen, also bin ich ihm gefolgt.«
Melissa zog die Stirn kraus. »Das hätte er aber doch gemerkt.«
»Ja, wenn er sich nicht nur zu Beginn umgedreht hätte, sondern auch zwischendurch einmal, aber er wiegt sich offenbar in Sicherheit, so wie du auch.« Er deutete mit der Hand in Richtung Plantage. »Ich möchte heim, komm bitte.«
Sich zu sträuben wäre ihr albern erschienen, denn ihr war kalt, und die Kopfschmerzen hatten sich verstärkt. Sie nieste. Normalerweise war das Wollkleid mit dem dazugehörigen Jäckchen und dem breiten indischen Schal ausreichend für die Witterung, aber sie fror schon den ganzen Tag.
»Vermutlich hast du dich erkältet«, diagnostizierte Alan. »Das kommt davon.«
Melissa sparte sich einen Kommentar darauf und folgte ihrem Bruder schweigend.

»Ich reise morgen ab.«
Melissa saß mit einem heißen Kräuteraufguss in der Bibliothek, als Hayden zur Tür hereinkam und seinen Entschluss verkündete. Irritiert sah sie auf.
»Hat Alan dich bedrängt?«

Er ließ die Tür ein Stück weit offen stehen, trat bis auf wenige Schritte an den Sessel, in dem Melissa saß, so dass sie reden konnten, ohne dass man sie im Flur gleich verstand. Dann lehnte er sich mit der Schulter an eines der Bücherregale, die Hände hinter dem Rücken verschränkt.

»Alan hat mit mir geredet, aber er hat mich nicht bedrängt.«

Sie hielt ihre Tasse mit beiden Händen umschlossen und lehnte den Kopf zurück, um Hayden anzusehen. »Und warum gehst du dann? Hast du nicht Louis gegenüber noch darauf beharrt, dass du bleibst?«

»Ja, aber ich habe meine Meinung geändert.«

»Warum?«

»Weil es zu gefährlich wird. Wir werden immer unvorsichtiger, und wenn sogar Alan imstande ist, mich zu durchschauen, was glaubst du, wie lange es dauert, bis dein Vater dahinterkommt?«

»Dann sind wir eben wieder vorsichtiger.«

»Das haben wir uns nach der Sache mit Louis auch vorgenommen.« Hayden ging zu dem Sessel, der ihrem am nächsten stand, setzte sich auf die Armlehne und beugte sich leicht vor. »Du weißt doch selbst noch, wie erschrocken du warst. Vermutlich hast du, so wie ich, gedacht, es wäre dein Vater. Es hätte ja nur so kommen müssen, dass er nicht schlafen konnte und noch ein wenig lesen wollte, einen Schlummertrunk genommen hat oder was auch immer.«

Melissa starrte in ihre Tasse, schwieg.

»Und dann die Geschichte mit dem Pferd, du hast mir

erzählt, was für eine Angst du hattest, er könnte hinter die Sache mit mir gekommen sein.«

»Aber es war etwas vollkommen anderes, ich war nur erschrocken, das war alles.«

»Er hat dich wegen einer Bagatelle zu sich gerufen. Was ist schon passiert? Dein Nachbar, der dich zufällig auch gerne heiraten möchte, hat, um dir eine Freude zu machen, dein Pferd gekauft. Ist das ein Grund, dich gleich zu sich zu zitieren, als hättest du ein Verbrechen begangen?« Er hatte die Ellbogen auf die Oberschenkel gestützt. »Die Dienstboten hielten es für nötig, ihm eine solche Kleinigkeit zuzutragen, und das noch mit der Entschuldigung, vorher nichts bemerkt zu haben.« Es war ihm deutlich anzusehen, wie sehr ihn ein solches Verhalten abstieß.

Melissa spürte, wie der Kräuteraufguss in der Tasse zwischen ihren Fingern langsam erkaltete. Sie hatte den Blick starr auf die durchscheinende Flüssigkeit gerichtet, als könne sie darin Geheimnisse ergründen. »Wir könnten …«, setzte sie an, verstummte dann jedoch. Wieder so weitermachen wie vor ihren heimlichen Treffen? Sie wusste, dass das nicht gehen würde. Einige Tage vielleicht, aber dann käme dieser schale Geschmack, die Unruhe, das Verlangen nach dem jeweils anderen, und dann würde es wieder von vorne anfangen, vorsichtig erst, dann zunehmend leichtsinniger. Wenn sogar Alan es merkte, wiederholte sie im Stillen, was Hayden zuvor gesagt hatte. Er hatte ja recht.

»Du siehst ein, dass es das Beste ist, wenn ich gehe, ja?« Sie nickte nur und schwieg.

»Ich komme ja zu Alans Hochzeit«, machte er den Versuch, sie zu trösten.

Der Schmerz beim Gedanken daran, wieder allein zu sein, drang in ihre Brust und verfing sich darin. »Gehst du ins Bergland?«, fragte sie, nur um überhaupt etwas zu sagen.

»Ja, aber es sind Vermessungen für noch andere Regionen geplant. Vielleicht fahre ich mit Andrew Melmoth hin und sehe sie mir vorab an.«

Wieder nickte sie nur schweigend, während sie zu Boden blickte. Weil sie seine Gegenwart in dem Bewusstsein, dass er am folgenden Abend nicht mehr da sein würde, nur schwer ertrug, stand sie auf, um ins Bett zu gehen und den Abschied nicht in die Länge zu ziehen. Es gab so viel, über das sie mit ihm reden wollte, aber nichts davon war passend für einen letzten Abend. Der Becher glitt ihr aus der Hand, und der Inhalt ergoss sich über ihr Kleid, ehe der Becher mit einem dumpfen Geräusch auf dem Holzboden aufschlug, ein Stück weit rollte, eine nasse Spur hinter sich herziehend, und dann in einer Lache liegenblieb.

Hayden war aufgesprungen und reichte ihr sein Taschentuch, damit sie ihr Kleid trockentupfen konnte. Sie hielt es jedoch nur in der Hand, befühlte die aufgestickten Initialen und zerknüllte es schließlich in der Faust.

»Ich gehe zu Bett«, sagte sie überflüssigerweise.

»Sehen wir uns morgen früh, ehe ich abreise?«

Sie sah die stumme Bitte in seinem Blick und brachte es nicht über sich, nein zu sagen.

»Wir werden sehen.«

Ihre Stimme war kaum hörbar, aber er gab sich mit der Antwort zufrieden. »Schlaf gut, Melissa.«

»Du auch.« Sie wollte noch etwas zum Abschied sagen, etwas, an das er denken sollte, wenn sie nicht bei ihm war, aber ihr fiel nichts ein außer banalen Floskeln.

❦

»Was hältst du davon?«, fragte Lavinia Melissa und nickte in Richtung Elizabeth, die bei den Pferden stand und sich mit Amithab unterhielt.

Melissa, die ihre Erkältung immer noch nicht auskuriert hatte, saß in eine Decke gewickelt auf einem der bequemen Gartenstühle auf der elterlichen Veranda und nippte an ihrem Tee. Lavinia stattete ihr einen Besuch ab, was sie beinahe täglich tat, seit Melissa ihr Zimmer wieder verlassen konnte, und nun war auch Estella gekommen, hoch zu Pferd, was die Anwesenheit von Amithab erklärte. Melissa vermutete, dass sie zwar einige Anstandsminuten bei ihr sitzen würde, aber in erster Linie hoffte, Louis zu sehen. Was Elizabeth allerdings hier wollte, erschloss sich ihr nicht so recht.

»Sie scheint sich mit Estellas Stallburschen gut zu verstehen.« Dabei gaben sich die Fitzgeralds mit Dienstboten nicht ab. Melissa zuckte die Schultern. Seltsam, aber schwerlich von Interesse für sie. Sie interessierte sich seit Haydens Abreise vor beinahe zwei Wochen für überhaupt nichts mehr.

Mrs. Fitzgerald trat aus dem Haus in den Hof, und Elizabeth unterbrach ihr Geplänkel mit Amithab augenblicklich, um sich zu ihr zu gesellen. Offenbar waren beide bei ihrer Mutter zu Besuch gewesen, dachte Melissa, das erklärte natürlich, was Elizabeth hier tat. Estella wechselte einige Worte mit Mrs. Fitzgerald, dann wandte sie sich ab und schlug den Weg zum Garten ein. Seit der Sache in der Stadt stand es nicht zum Besten mit der Beziehung Carradine-Fitzgerald. Einige tamilische Männer waren wüst verprügelt worden, wofür es zwar keine Zeugen gab, aber alles sprach dafür, dass es ein kleiner Racheakt der Fitzgeralds gewesen war, und nun war Louis nicht nur auf Elizabeth wütend, sondern auf die gesamte Familie. Zwar war er bereit, einzuräumen, dass der Übergriff auf Amithab durchaus geahndet werden musste, aber die Schuldigen würde man wohl kaum ausfindig machen können, und willkürlich Männer zusammenzuschlagen konnte mitnichten die Lösung sein.

»Als hätten es diese Menschen nicht schon schwer genug«, hatte er geschimpft.

»Mrs. Fitzgerald hat mich zum Abendessen eingeladen«, sagte Estella, als sie auf der Veranda ankam. »Mich, Papa und Gregory. Sie sagte, sie würde uns die Einladung noch formal überstellen lassen.« Sie verzog das Gesicht.

»Was hat Elizabeth eigentlich mit Amithab zu schaffen?«, fragte Lavinia.

Estella zuckte die Schultern. »Sie hat sich bei ihm für den Vorfall entschuldigt. Hat man da Worte? Ich meine, die Entschuldigung war berechtigt, aber denkst du, sie hat sich bei mir dafür entschuldigt, dass sie mich in eine solche Situation gebracht hat?« Sie nahm sich eins von den Teebroten. »Seltsam genug, dass sie ihn überhaupt wahrnimmt, schließlich ist er ein Stallbursche, und wie die Fitzgeralds zum Personal stehen, ist ja allgemein bekannt. Aber was soll's.« Sie zuckte erneut mit den Schultern. »Mein Problem ist es nicht, und Amithab wirkte geschmeichelt.«

Melissa goss Tee in eine Tasse und reichte sie Estella, ehe sie sich selbst wieder nachschenkte. Sie gab Zucker und ein wenig Sahne dazu und rührte dann langsam um, während ihre Gedanken wieder zu Hayden wanderten und sie sich fragte, was er wohl gerade tat und wo er war. Ihr Vater und ihre Brüder hatten seine Abreise mit sichtlicher Erleichterung zur Kenntnis genommen, allerdings hatte Louis durchaus Mitgefühl gezeigt, während Alan sogar eine Spur schlechten Gewissens zu haben schien, weil er froh war, von dieser Sorge erlöst zu sein.

»Bald müsstest du durch den Tassenboden durch sein«, riss Lavinia sie aus ihrer Gedankenversunkenheit.

Melissa legte den Löffel mit einem leisen Klirren auf die Untertasse, und Lavinia war taktvoll genug, keine Anspielung darauf zu machen, woran Melissa gedacht haben könnte, weil ihr offenbar klar war, dass diese nicht darüber reden wollte. Gebracht hätte es ohnehin nichts, und Melissa wollte nicht bemitleidet werden.

Estella hingegen war nicht so zurückhaltend. »Er kommt sicher bald wieder«, sagte sie.

»Wir werden sehen«, antwortete Melissa.

»Er ist doch nach wie vor willkommen, oder nicht?«

»Zumindest hat niemand etwas Gegenteiliges gesagt, aber er hat gespürt, dass alle erleichtert waren, als er gegangen ist.«

»Louis meint es nur gut«, verteidigte Estella ihren Verlobten.

»Ja, das tun sie alle.«

»Was tun alle?«, fragte Elizabeth, die unbemerkt hinzugetreten war.

»Ich dachte, du seist mit deiner Mutter heimgefahren«, sagte Estella, wobei sie nicht einmal versuchte, die mangelnde Begeisterung in ihrer Stimme zu verbergen.

Ungerührt ließ sich Elizabeth auf dem freien Stuhl zwischen ihr und Melissa nieder. »Ich wollte dir noch einen Besuch abstatten«, sagte sie an diese gewandt. »Wie ich sehe, geht es dir wieder gut?«

»In den letzten Tagen ist es besser geworden, das stimmt.« Die Erkältung war furchtbar hartnäckig gewesen, aber die Bettruhe hatte Melissa die nötige Muße verschafft, über alles nachzudenken. Zudem hatte sie keine Besuche empfangen oder machen müssen und war nicht den forschenden Blicken ihrer Familie ausgesetzt gewesen. Aber auch jetzt, wo sie wieder an den gemeinsamen Mahlzeiten teilnahm, sprach sie mit niemandem mehr als das Nötigste. Und sie alle schienen so unglaublich zufrieden mit der Entwicklung, dass sie hätte schreien können. Die Einzige, die keinerlei Gefühlsregung wegen Haydens Abreise zeigte, war ihre Mutter, was allerdings in deren Desinteresse begründet lag.

»Anthony wollte dich besuchen.« Elizabeths Stimme klang unangenehm laut, als befürchte sie, Melissa könne ihr nicht zuhören. »Aber angesichts deines Zustands hielt Mama es nicht für passend.« Sie musterte sie. »Eine Dame sollte präsentabel sein, wenn ein Mann sie besucht, und du siehst wirklich noch ziemlich mitgenommen aus.«

»Ich danke dir vielmals«, entgegnete Melissa gallig.

Lavinia verbarg ein Lächeln hinter ihrer Teetasse, während Estella nicht so recht zuzuhören schien und immer wieder versuchte, unauffällig einen Blick in den Salon zu werfen.

»Sind deine Brüder heute gar nicht da?«, fragte Elizabeth und bediente sich an den kleinen Gebäckstücken.

»Alan ist in seinem Arbeitszimmer und Louis bei den Hütten der Kulis«, antwortete Melissa.

Anstatt in den Salon sah Estella nun in den Garten, hinter dem der Weg zu den Hütten zu sehen war.

»Warum fragst du?«, wollte Lavinia wissen.

»Ich habe mich nur gewundert, dass ihr beide hier seid und sich eure Verlobten nicht blicken lassen.«

Spöttisch zuckten Lavinias Mundwinkel. »Vielleicht denken sie, wenn wir ihre Schwester besuchen, handelt es sich um Frauengespräche, bei denen sie nur stören würden.«

Dass die beiden Frauen Melissas wegen hier waren, war Elizabeth offenbar noch nicht in den Sinn gekommen, obwohl sie vorgab, selbst aus diesem Grund hier zu sitzen. In Wahrheit war es vermutlich eher so, dass sie sich nach dem Vorfall in der Stadt wieder beliebt machen wollte.

»Wie auch immer«, nahm sie den Faden wieder auf. »Sobald es dir bessergeht, wird Anthony sicher kommen.« Ihr Blick hing forschend in Melissas Gesicht, als wolle sie sich keine Nuance entgehen lassen, die Freude oder Ablehnung ausdrückte.

Melissa senkte den Kopf und sah auf ihre Hände, die nun, wo sie ihren Tee ausgetrunken hatte, müßig in ihrem Schoß lagen.

»Freust du dich gar nicht?«

Warum nur konnte sie nicht einfach Ruhe geben? »Anthony ist ein guter Freund«, antwortete Melissa und sah wieder auf. »Warum sollte ich mich nicht freuen, wenn er kommt?«

»Stimmt.« Elizabeths Lächeln hatte etwas Verschlagenes. »Warum eigentlich nicht?«

Melissa fragte sich, ob sie etwas wusste, und wenn ja, woher. Der Gedanke daran ließ sie schaudern, und sie zog die Decke wieder enger um die Schultern. Ihr Blick traf sich mit dem Lavinias, die offensichtlich dasselbe dachte wie sie. Sie schaute wieder in den Garten und sah Louis, der am hinteren Tor hantierte, um direkt zum Haus zu gehen. Estella hob die Hand und winkte ihm zu, und auch Elizabeth setzte sich gerader hin und zupfte an ihrem Kleid.

»Was für eine reizende Überraschung«, sagte Louis und nahm die beiden Stufen zur Veranda in einem Sprung. Er küsste Estellas Hand und grüßte dann reihum.

»Möchtest du Tee?«, fragte Melissa.

»Ich störe eure Frauenrunde nur sehr ungern«, antwortete Louis mit einem Augenzwinkern.

»Du störst nicht«, entgegnete Elizabeth, noch ehe Estella, die den Mund bereits geöffnet hatte, eine Antwort geben konnte.

Louis zog einen Stuhl heran und setzte sich zwischen Estella und Lavinia, offenkundig sehr zu Elizabeths Missfallen, die mit ihrem Stuhl bereits ein Stück zur Seite gerückt war. Melissa fand diese zur Schau gestellte Verliebtheit peinlich, aber weder Louis noch Estella machten den Anschein, etwas bemerkt zu haben.

»Wie geht es dir?«, fragte Louis und sah Melissa dabei an. Sie hatten sich an diesem Tag noch nicht gesehen, weil Melissa erst spät zum Frühstück erschienen war.

»Recht gut«, antwortete sie. Sie wusste, dass er nicht nur ihren gesundheitlichen Zustand meinte und dass er versuchte, mit den Blicken zu ergründen, wie es in ihr aussah, aber sie wandte den Kopf ab und sah wieder in den Garten.

»Louis«, sagte Elizabeth und lenkte seine Aufmerksamkeit von Melissa ab. »Ich wollte mich noch bei dir dafür entschuldigen, dass ich Estella in Schwierigkeiten gebracht habe. Ich hoffe, du denkst nicht allzu schlecht von mir.«

Louis gab ihr die einzig mögliche Antwort und nahm ihre Entschuldigung an. Offenbar hatte das Gespräch von William Carradine mit ihrem Vater gefruchtet, bisher hatte sie nämlich nicht viel Einsicht gezeigt.

Lavinia erhob sich und sagte, sie wolle noch kurz Audrey Tamasin und Alan einen Besuch abstatten und dann gehen. Weil Elizabeth nun nicht gut bleiben konnte, ohne aufdringlich zu wirken, erhob sie sich ebenfalls, allerdings mit sichtlichem Widerwillen. Die Kutsche der Fitzgeralds, mit der ihre Mutter heimgefahren war, stand inzwischen wieder im Hof, und einem Aufbruch stand somit nichts im Weg.

»Sie hat sich nun tatsächlich bei jedem entschuldigt«,

sagte Estella, kaum dass Elizabeth fort war, »nur bei mir nicht.«

»Mach dir keine Gedanken um sie«, antwortete Louis. »Was ist, möchtest du ein wenig spazieren gehen?« Er stand auf, und Estella erhob sich mit ihm.

»Sehr gerne.« Sie besann sich jedoch auf Melissa und ihre guten Manieren. »Aber dann hast du ja keine Gesellschaft mehr.«

»Ich bin ohnehin müde und werde mich ein wenig hinlegen.« Melissa machte eine flüchtige Handbewegung zum Garten hin. »Geht nur.«

Sie war in der Tat erschöpft, konnte sich jedoch nicht aufraffen, vom Stuhl aufzustehen, und so blickte sie in den Garten, atmete schwer an Schatten, die sich langsam in ihrem Gemüt zu Dunkelheit verdichteten.

20

SIGIRIYA

»Warum lässt du mich das nicht einfach machen?«, fragte Andrew Melmoth, während er Haydens Versuche, den mitgebrachten Kaffee durch eine Handmühle zu drehen, kritisch beäugte.

»So schwer kann das doch nicht sein.« Die Mühle gab ein knirschendes Geräusch von sich, dann ließ sich die Kurbel gar nicht mehr bewegen.

»Du machst sie noch kaputt, und dann haben wir überhaupt keinen Kaffee.«

»Warum hast du nichts aus dem Lager mitgenommen?«

»Weil du großspurig verkündet hast, du habest frischen dabei.«

Hayden ruckelte an der Kurbel herum, die sich mit einigem Kraftaufwand ein kleines Stück weit bewegen ließ.

»Gib mal her.« Andrew Melmoth wartete die Antwort nicht ab, sondern griff nach der Kaffeemühle und zog sie Hayden aus den Händen. Er bewegte die Kurbel vorsichtig zurück, dann wieder vor und hantierte so lange, bis sie sich drehen ließ. »Wie lange, sagtest du, hast du den Kaffee?«

»Melissa hat ihn mir gegeben, als ich gerade angekommen war.«

»Das ist ja schon einige Zeit her.« Andrew drehte weiter an der Kurbel, ohne sichtliche Kraftanstrengung. »Du musst wissen, dass Kaffee nach dem Abkühlen bereits einen Teil seines Aromas verliert, und wenn man ihn länger als zwei Tage lagert, hat er seine Blume weitgehend verloren.«

Hayden hob die Brauen. »Seine Blume, ja?«

»Du hast anscheinend von gutem Kaffee nicht die geringste Ahnung.«

»Du offenbar schon.«

»Wir haben daheim oft Kaffee getrunken, immer frisch geröstet, und dann hat meine Mutter ihn zusammen mit der Köchin gemahlen. Du ahnst nicht, welche Qual das Gesöff war, das ich hier mit euch trinken musste.« Andrew machte ein dem Anlass angemessen leidendes Gesicht.

»Du hättest ja auch Tee trinken können.«

»Ich rede von gutem, kräftigem Kaffee, und du sagst mir, ich solle Tee trinken?« Andrew ließ die Kurbel lange genug los, um auf einen Topf zu deuten. »Koch schon mal das Wasser, Banause.«

Das Feuer hatten sie bereits vor dem Mahlen entfacht, und Hayden goss etwas Wasser von ihren Vorräten in den Topf. Morgen würden sie neues holen müssen. »Immerhin habe ich den Kaffee nicht schon vor Ort mahlen lassen.«

Andrew sah kurz hoch und fuhr schweigend mit seiner Tätigkeit fort, als sei ihm ein solch überflüssiger Kommentar keine Antwort wert.

»Wo hast du eigentlich die Kaffeemühle her?«, fragte er dann.

»Aus Kandy. Ich habe sie am Tag meiner Abreise auf dem

Basar gekauft.« Melissa war nur kurz erschienen, um ihn zu verabschieden. Krank hatte sie ausgesehen und übernächtigt. Er hatte seine Abreise aus Kandy hinausgezögert, als könnte er damit etwas ändern, war durch den Basar gestreift, hatte sich Dinge angesehen, die er ihr geschenkt hätte, wenn sie bei ihm gewesen wäre, und hatte tatsächlich einen seidenen indischen Schal erworben, den er seither im Gepäck herumtrug. Flammend rot, zartgelb und goldfarben wie ein Sonnenaufgang.

Während er darauf wartete, dass das Wasser kochte, lehnte er sich mit dem Rücken an einen umgestürzten Baumstamm und betrachtete die Umgebung. Der Felsen von Sigiriya erhob sich sechshundertsiebenundsechzig Fuß jäh aus einer von Wäldern und Seen umgebenen Ebene. Einst war auf dem Gipfel des Felsens ein prachtvoller Königspalast mit Gartenanlagen und Pavillons gewesen. Sigiriya benannte der im fünften Jahrhundert lebende König Kassayapa den Berg, *singha giri,* Löwenmaul. In der Tat war der Aufgang zum Palast, eine in den Stein geschlagene Treppe, nur durch das Maul eines aus dem Felsen gearbeiteten Löwen zu erreichen. Von dem gigantischen Monolithen war nicht mehr zu erkennen als die Pranken, aber es war nicht zu übersehen, wie beeindruckend er gewesen sein musste.

Untrennbar verbunden mit der Festung war die Legende von König Kassayapa I., dem Vatermörder. Während er selbst zwar Erstgeborener, aber der Sohn einer Nebenfrau war, war sein jüngerer Bruder Mogallana der Sohn der Hauptgemahlin von König Dhatusena. Weil sein Vater dem Zweitgeborenen den Thron versprach, nahm

Kassayapa den König gefangen, während Mogallana nach Indien floh. Sein Heerführer redete ihm ein, sein Vater verfüge über große Schätze, die dieser jedoch seinem jüngeren, ehelich geborenen Sohn geben wolle. Daraufhin ließ Kassayapa seinen Vater foltern, damit dieser ihm das Versteck verriet. Als sich herausstellte, dass es diesen Schatz nicht gab, geriet er in Wut und ließ seinen Vater nackt bei lebendigem Leib einmauern. Sein Bruder führte wenige Jahre später einen Rachefeldzug gegen ihn. Weil er damit gerechnet hatte, hatte sich Kassayapa die Festung bauen lassen, auf die er sich zurückzog. Aus nicht bekannten Gründen verließ er die Festung jedoch, um sich dem Kampf zu stellen, in dessen Verlauf er sich, als sich seine Niederlage abzeichnete, das Leben nahm. Es war ein Kampf gewesen, der lange unentschieden blieb, und erst als Kassayapas Soldaten dachten, er gebe das Zeichen zum Rückzug, während er mit seinem Elefanten bloß einem Sumpfgebiet hatte ausweichen wollen, war er plötzlich auf sich allein gestellt, eine Situation, der er nur durch Selbstmord zu entkommen glaubte.

Nach Mogallanas Herrschaft war die Festung den Priestern übergeben worden und fortan in Vergessenheit geraten, bis sie 1811 von einem britischen Offizier wieder entdeckt worden war. Restaurationsarbeiten hatte man jedoch noch nicht ausführen lassen, und Hayden fragte sich, ob das überhaupt irgendwann geschah.

»Woran denkst du?«, fragte Andrew, als er den Topf mit dem kochenden Wasser vom Feuer nahm und den Kaffee aufbrühte.

»An die Festung dort oben.«

»Ich dachte schon, an deine Cousine.«

Hayden sah an ihm vorbei in den Dschungel. »An sie denke ich ohnehin ständig.«

»Es war gut, dass du gegangen bist. Wenn ihr Vater nicht möchte, dass ihr heiratet, hättet ihr mit einer übereilten Aktion womöglich noch einen Skandal heraufbeschworen, und du weißt, dass unser Auftraggeber so etwas bei seinen Mitarbeitern nicht duldet. Man hätte dich umgehend zurückbeordert, und mit einem solchen Leumund hättest du schwerlich wieder Aufträge bekommen, auch woanders nicht.«

»Ich hatte nicht vor, übereilt zu handeln.«

»Es reicht doch schon, dass ihr euch heimlich getroffen habt. Stell dir vor, ihr Vater hätte euch erwischt.«

»Danke, dass du mich daran erinnerst, Andrew, aber so weit habe ich selbst gedacht.«

Andrew hob beschwichtigend die Hände und fuhr mit der Kaffeezubereitung fort. Aromatischer Duft entstieg der metallenen Kanne, in der er den Aufguss bereitete. »Warum nimmst du eigentlich deinen Assistenten nicht mit, den armen Kerl?«

»Hier wäre er auch überflüssig, ich brauchte bisher nie einen Begleiter bei solchen Vorarbeiten. Ich dachte, Major Gareth hätte sich seiner angenommen.«

»Ja, aber beim Major fühlt er sich auch nicht so recht wohl, weil der ihn einschüchtert, sagt er.«

»Sobald ich wieder im Lager bin und meine Karten weiterzeichne, habe ich auch wieder mehr für ihn zu tun.«

Hayden sah zu dem Felsen. »Ich würde ja zu gerne einmal dort hochsteigen.«

»Um dir aus Kummer wegen der fernen Geliebten den Hals zu brechen?« Andrew schenkte den Kaffee in zwei Becher. »Ich möchte nicht wissen, in welchem Zustand die Treppe ist. Faszinierend ist es natürlich. Man kann sich nicht vorstellen, dass es dort oben Teiche und Gärten gab.«

Hayden nahm seinen Becher entgegen, nippte an dem heißen, starken Getränk und seufzte vor Wohlbehagen. Die Ebene um den Felsen von Sigiriya war von Dschungel umgeben, regengrüner Monsunwald, in dem zwischen den Regenmonaten immer Zeiten der Trockenheit herrschten, mit der eine Wachstumspause der Pflanzen einherging. Zu Beginn und zu Ende der Trockenperiode begann die Blütezeit vieler Pflanzen. Im Gegensatz zu den immerfeuchten Regenwäldern war das Kronendach lichtdurchlässiger, was einen artenreichen, wilden und üppigen Wuchs des Unterholzes ermöglichte. Weil es aufgrund der wilden Tiere und der Gefahr, sich zu verlaufen, nicht ungefährlich war, diese Region zu besuchen, hatten Hayden und Andrew einen singhalesischen Führer angeheuert, der in Begleitung von zwei bewaffneten Männern war. Für das Gepäck hatten sie vier ihrer tamilischen Kulis aus dem Lager mitgenommen. Die Tamilen und Singhalesen rasteten ein Stück weit von ihnen entfernt, jede Gruppe für sich.

Hayden mochte die Singhalesen, deren offene und freundliche Wesensart er sehr schätzte. Die Singhalesen waren stolz auf ihre buddhistische Herkunft, die sich von den Ursprüngen in Nordindien bis in die Gegenwart zog. Uralte Traditionen führten dazu, dass sie sich

Ceylon auf spirituelle Weise verbunden fühlten. Es waren durchaus noch Spuren ihrer nordindischen Kultur zu finden, aber in all den Jahrhunderten hatten sie auf der Insel eine eigene kulturelle Identität entwickelt. Sie sagten von sich, von *Singha,* dem Löwen, abzustammen. Es war Vijaya, der Löwenprinz, der sich seinerzeit mit einer rebellischen Prinzessin Nordindiens vereinigt hatte und in der Legende als Stammvater der Singhalesen galt. Untrennbar verwoben mit der singhalesischen Kultur war der Buddhismus. Angeblich hatte Buddha dreimal die Insel besucht. Als Vijaya Ceylon erreichte, lag Buddha auf dem Sterbebett und soll laut Chronik der orthodoxen Mönche des Thervada-Buddhismus gesagt haben, auf dieser Insel werde seine Lehre erblühen.

Die Tamilen waren zwar eine vergleichsweise kleine Volksgruppe, aber sie lebten ebenfalls schon seit Jahrhunderten auf der Insel, einige Chroniken sagten sogar, sie seien noch vor den ersten singhalesischen Mönchen hier ansässig geworden, was einer der Gründe für die Reibereien, die unterschwellige Feindseligkeit und die Dispute um die nationale Identität war. Weil die Singhalesen jedoch die Mehrheit darstellten und die Mönche einen so enormen Einfluss auf das Leben nahmen, hatten es die Tamilen wesentlich schwerer, sich zu behaupten. Hinzu kam, dass es neben den Ceylon-Tamilen auch noch die Indien-Tamilen gab, die überhaupt nicht hierher gehörten und nur der Arbeit willen kamen.

Es hatte eine Reihe tamilischer Invasionen gegeben. Anuradhapura – jene Stadt, in der Mogallana König gewesen war und die er von der Felsenfestung in Sigiriya aus beherrschte, war im zehnten und elften Jahrhundert von den beiden tamilischen Chola-Königen Rajendra und Rajaraja dem Erdboden gleichgemacht worden, nachdem die beiden Könige beinahe die ganze Insel unterworfen hatten. Infolge ihrer kurzen Herrschaft etablierte sich der Hinduismus auf der Insel, und viele Händler, Künstler und Handwerker kamen ins Land. Unter tamilischer Herrschaft wurde Polonnaruwa zur Hauptstadt, und auch jetzt lebten immer noch viele Ceylon-Tamilen überwiegend im Norden und Osten der Insel.

Ebenfalls in Anuradhapura gab es seinerzeit eine arabische Straße, in der Zuchthengste gegen Gewürze eingetauscht wurden. Zwar fand die größte Einwanderungswelle der Moors erst nach Etablierung des Islams auf Ceylon statt, aber es hatte auch damals schon arabische Kaufleute gegeben, die sich auf Ceylon niedergelassen hatten. In späterer Zeit besaßen die Muslime das Handelsmonopol für die Insel, das sie so lange behielten, bis die Portugiesen Ceylon in ihre Gewalt brachten. Der König von Kandy stellte die Araber daraufhin unter seinen Schutz, um sie vor der Verfolgung durch die Südeuropäer zu schützen. Sehr enge Bande verknüpften die Moors mit den Singhalesen, lebten sie doch beinahe ebenso lange auf Ceylon wie diese. Es hatte durchaus gemischte Ehen gegeben, was eine rasche Integration späterer Einwanderer begünstigt haben mochte, denn es kamen oftmals Moors ohne eigene Frauen auf die Insel, wobei sie nicht nur Singhalesinnen, sondern auch Tamilinnen heirateten.

Hayden ließ den leeren Becher am Henkel locker an seinem Daumen hängen. Neben dem Zelt, das er sich mit Andrew teilte – für jeden ein eigenes mitzunehmen wäre zu viel Schlepperei gewesen –, stand die Kiste mit seinen Kartenentwürfen. Er wusste, dass er sich an die Arbeit machen musste, konnte sich jedoch nicht aufraffen, was ihm normalerweise höchst selten passierte. Dieser Ort übte eine Faszination aus, die ihn förmlich in ihren Bann zog. Von hier aus war Mogallana aufgebrochen, um das rund vierunddreißig Meilen entfernte Anuradhapura zur Hauptstadt zu machen, die Stadt, in der in dreizehn Jahrhunderten einhundertneunzehn Könige geherrscht hatten, und nun war von ihr nicht mehr übrig als Ruinen. Er würde jener ältesten Stadt der Insel einen Besuch abstatten, sobald seine Zeit es erlaubte.

»Was soll dieser verklärte Blick?«, fragte Andrew und streckte die Beine aus, den Rücken gegen einen Felsen gelehnt.

»Ich würde gerne nach Anuradhapura reisen.«

»Vielleicht ginge das sogar in den nächsten Monaten. Wir müssen jetzt erst einmal hier fertig werden und dann nach Ratnapura reisen. Wann, sagtest du, ist die Hochzeit deines Vetters?«

»Ende Februar.«

»Das müsste ja zu schaffen sein. Du willst aber nicht lange bleiben, oder?«

Hayden zuckte die Schultern. Er fragte sich, wie es werden würde, Melissa wiederzusehen, und ob es nicht ohnehin das Beste war, den Aufenthalt sehr zu verkürzen, denn sie zu sehen und so tun zu müssen, als hege er nur die Gefühle eines Cousins für sie, überstieg seine Kräfte. Hätte es die heimlichen Treffen nicht gegeben, wäre es vielleicht einfacher gewesen, so jedoch kamen ihnen die kurzen Gespräche schal vor, denn beide wussten um die Gefühle und Gedanken des anderen, denen sie nicht nachgeben durften.

Für ihn war es leichter mit etwas Abstand, obwohl er sie sehr vermisste. Aber Hayden hatte seine Arbeit und seine Reisen, und er konnte sich gut vorstellen, wie sie unter der Trennung leiden musste, und hatte beinahe ein schlechtes Gewissen wegen der Leichtigkeit, mit der er sich auf andere Dinge einlassen konnte. Würde man ihn daheim einsperren und immer nur dieselben Tätigkeiten verrichten und dieselben Besuche machen und empfangen lassen, würde er vermutlich verrückt werden.

Er lehnte den Kopf zurück und betrachtete träge die Tamilen in ihrem Teil des Lagers und die Singhalesen im anderen. Andrew hatte seine Instrumente zur Berechnung aus dem Zelt geholt und war mit dem Aufbau beschäftigt, wobei ihm einer der Kulis zur Hand ging. Die Singhalesen behielten mit wachsamen Blicken die Umgebung im Auge, während sich die Tamilen ebenfalls beschäftigten. Es war ein Nachmittag, der in Sonne badete, ein warmer Tag, keiner jedoch, der eine solche Trägheit rechtfertigte. Hayden rappelte sich auf und klopfte den Staub von seiner Hose. Es konnte nicht angehen, dass alle arbeiteten, nur er nicht. Während er den Klapptisch aufbaute, sah er immer wieder zur Festung und zum Dschungel, die mit stetiger Beharrlichkeit lockten und lockten.

Hayden fragte sich, woher die Verklärung für den Dschungel kam, das Romantische, das ihm anhaftete. Selbst hier, wo es lichter war als in den tropischen Gebirgsregenwäldern, in den Nebelwäldern und den tropischen Tieflandregenwäldern, war es eine von nur wenigen Sonnenstrahlen erhellte Düsternis. Die Nacht über waren die Laute der wilden Tiere zu hören gewesen, die nun zwar nicht verstummt waren, aber bei Tag einen anderen Klang hatten. Haydens Blick wanderte über zerklüftete Felsen, moosüberwachsen und umschlungen von den Wurzeln verdorrter Bäume. Wildes Flechtwerk im Unterholz und viele Arten von Kletterpflanzen waren wie eine Bastion, die die Menschen von einem Eindringen in den Dschungel fernhalten sollten. Auch hier in der Ebene gab es Felsen, die über die Jahre von den Monsunwinden tief in ihre Fundamente gedrückt worden waren. Hinter wild wucherndem Gestrüpp lockten Dschungelpfade in geheimnisvolle Tiefen, düstere Höhlen aus Blattwerk in nachtgleicher Stille. Wo das Tageslicht in der Ebene hell und freundlich war, wirkte es dort, wo es durch das dichte Blätterdach drang, matt wie eine fortwährend düstere Dämmerung. Einmal, dachte Hayden, einmal dort hineingehen und wissen, wie es sich anfühlte, von der Welt abgeschnitten zu sein. Aber er war vernünftig genug, es nicht zu versuchen.

Stattdessen erkundete er die Ebene um den Felsen von Sigiriya. Alte Felsen- und Terrassengärten waren noch erkennbar, gepflasterte Wege, Kalksteintreppen und steinerne Bögen. Moosgeflechte, Lianen und Hayden gänzlich unbekannte Pflanzen überwucherten Mauern und

Pfade. Monolithe waren im Felsengarten aufgestellt, von dem aus man zu den Terrassengärten kam mit seinen Bruchsteinmauern und den geziegelten Treppen, über die man von Ebene zu Ebene gelangte. Ein zugewachsener Weg führte von den Gartenanlagen zu einem See mit Wasserlilien und Lotosblüten, der früher einmal klar und gepflegt gewesen sein musste, jetzt jedoch von der Natur zurückerobert worden war. In mattem Gold glänzte das Wasser, als läge über ihm eine Patina jahrhundertealter Geschichte.

Vor dem See ging Hayden in die Hocke und zupfte einige Gräser aus dem Boden, drehte sie gedankenverloren zwischen den Fingern und ließ sie fallen. Er wusste nicht, was es für eine seltsame Faszination war, die dieser Ort auf ihn ausübte, aber er war ihr vollkommen erlegen. Wenn er sonst keine Verpflichtungen hätte, könnte er sich vorstellen, hier zu leben und für lange Zeit nicht nach England zurückzukehren – vorausgesetzt, Melissa wäre bei ihm. Er hatte wahrhaftig schon viel Wildnis gesehen, und sie übte immer wieder einen immensen Reiz auf ihn aus, aber selten war er so vollkommen von dem Wunsch durchdrungen gewesen, an einem Ort einfach zu bleiben. Langsam stand er auf und ging am Seeufer entlang, bis er erneut stehen blieb und in die Ferne starrte. Die Zukunft zeigte sich in einem völlig anderen Licht, als er noch vor wenigen Monaten erwartet hatte. Er fragte sich, wie seine Familie auf eine Ehe mit Melissa reagieren würde, ein Gedanke, der ihm keine schlaflosen Nächte bereitete, denn vermutlich würde sie reagieren, wie sie immer reagierte, wenn er etwas tat: mit Verständnislosigkeit und stillschweigender Akzeptanz. Aber damit konnte er leben, und Melissa bliebe ohnehin nicht bei seiner Familie. Aufsehen würde sie aber auf jeden Fall erregen. Eine Tamasin, die völlig aus der Art geschlagen war. Ihr Onkel, Edward Tamasins Bruder, wäre garantiert neugierig auf sie. Er fragte sich oft, woher sie diese intensive Schönheit hatte, das tiefschwarze Haar. Es gab einige hübsche Frauen in der Familie, aber keine, die derart aufsehenerregend aussah. Hayden rief sich die alten Bilder seines Onkels ins Gedächtnis, aber aus der Erinnerung heraus vermochte er keine Ähnlichkeit mit dessen Kindern zu erkennen.

Ein leises Klicken riss ihn aus seinen Gedanken, und er blickte hoch. Auf dem Felsen über ihm stand einer der singhalesischen Führer und hielt ein Gewehr im Anschlag. Haydens erster Gedanke war, dass sie den fremden Männern nicht hätten trauen dürfen, der zweite, dass die anderen beiden vermutlich schon Andrew und die Tamilen getötet und das Lager ausgeraubt hatten. Blut rauschte in seinen Ohren, während er in den Lauf der Flinte starrte und keinen Blick für das Gesicht des Mannes hatte. Nichts geschah, die Stille war plötzlich so allumfassend, dass er sich fragte, wie er sie ertragen sollte, und sich beinahe wünschte, der Mann würde entweder endlich abdrücken oder das Gewehr zur Seite legen. Es war ein beinahe unhörbares Knacken, ein leises Grollen in seinem Rücken, das ihn aus seiner Erstarrung riss. Langsam drehte er sich um, forschte mit Blicken in der Dunkelheit des Dschungels, sah das Glänzen der Augen im Dickicht, das gepunktete Fell, den edlen Kopf des

Tieres, das reglos nur wenige Schritte von ihm entfernt stand. Der Leopard hatte eine Tatze leicht angehoben, als sei er im Begriff, einen Schritt zu tun, verharrte jedoch bewegungslos. Während Hayden einerseits darauf wartete, dass endlich der Schuss krachte, fürchtete er andererseits den Moment, in dem dieses prachtvolle Tier tot zu Boden sank. Etliche Lidschläge verstrichen, dann drehte der Leopard sich um und war mit einem Sprung wieder im Dickicht verschwunden. Nun waren auch die Geräusche des Dschungels wieder zu hören.

Der Mann senkte das Gewehr, stieß einen Schwall Wörter auf Singhalesisch aus, die vom Tonfall her nicht sonderlich schmeichelhaft sein konnten und von denen Hayden nur *imgrīsi kāntāva*, Engländer, und *ali mōdakama*, große Dummheit, verstand.

»*Istuti*«, bedankte Hayden sich dennoch und hoffte, dass ihm das richtige Wort für Danke im Singhalesischen präsent war. Der Mann nickte nur, als käme es darauf nun wahrlich nicht mehr an.

Zurück im Lager, empfingen ihn neugierige Blicke.

»Ich hatte mir schon Sorgen gemacht und einen der Männer zu dir geschickt, weil du gar nicht mehr wiedergekommen bist«, sagte Andrew.

»Danke dafür«, antwortete Hayden. »Es war wohl etwas leichtsinnig von mir, meine Pistole hierzulassen.«

»Allerdings. Ich glaube, ernsthafte Frauengeschichten tun dir nicht gut.«

Hayden hob die Schultern und schwieg. Es war die Ruhe und Friedlichkeit des Ortes, die ihn seine übliche Vorsicht hatten vergessen lassen, als würde die natürliche Grenze zum Dschungel nicht nur die Menschen davon abhalten, in ihn vorzudringen, sondern auch seine Gefahren nicht nach außen treten lassen. Er setzte sich auf einen großen flachen Stein neben dem Feuer, wo Andrew wieder Kaffee aufgebrüht hatte, schenkte sich einen Becher voll ein und sah zu dem Singhalesen, der sich inzwischen wieder zu seinen Gefährten gesellt hatte, aufgeregt redete und gestikulierte. Worum es ging, konnte Hayden sich nur zu gut zusammenreimen, auch wenn das Wort *mōdayā*, Dummkopf, nicht gefallen wäre.

Hayden trank seinen Kaffee in kleinen Schlucken und hörte dem erregten Monolog zu, von dem er nur bruchstückhaft etwas verstand. *Kāli valata iranavā.* Der Mann hatte anscheinend einen Hang zum Dramatisieren, denn Hayden war noch weit davon entfernt gewesen, in Stücke gerissen zu werden. *Aňduru väteddī* – zudem hatte er sich keineswegs bei einbrechender Dunkelheit dort aufgehalten, es war allenfalls später Nachmittag. Der Mann schien sich über so viel Torheit gar nicht mehr beruhigen zu wollen, und die anderen teilten seine Einschätzung offenbar. So langsam konnten sie es gut sein lassen, dachte Hayden missmutig und trank den letzten Rest Kaffee. Er sah Andrew an, der fließend Singhalesisch sprach, was die Männer jedoch nicht wussten, und der in sich hineingrinste.

Das Licht des Spätnachmittags schwand allmählich, Schatten flossen zusammen, und im Zwielicht war der Felsen von Sigiriya nur eine riesige schwarze Silhouette, um deren Kuppel die Dämmerung einen zartrosa Schleier wob.

21

RATNAPURA

Die Herausforderung in der Kartographie bestand für Hayden in der Abbildung der landschaftlichen Komplexität in eine deutlich verkleinerte, maßstabgetreue Darstellung. Es war eine langwierige Aufgabe, aus den ihm zur Verfügung stehenden Daten einer Region die wichtigsten und typischsten auszuwählen und in einer ersten Darstellung zu generalisieren. Dreidimensionalität wurde mit Hilfe eines Kartennetzentwurfs geschaffen, mit dem die gekrümmte Oberfläche der Erde auf die Karte übertragen wurde. Wegweisend für die moderne Kartographie war es, Gebirge in Schattenschraffen und die Karten mit einer Beleuchtungsrichtung aus Nordwest darzustellen. Kartographische Signaturen dienten der Veranschaulichung der Informationen, die die Karte vermitteln sollte. Es war weniger Kunst als Handwerk. Waren Karten vormals noch als Kupferstiche erschienen, wurden sie nun in Lithographien umgesetzt, die eine noch bessere Darstellung erlaubten.

Hayden stand in dem winzigen Zimmer, das sich in einer von einem Engländer geführten Pension befand. Sie waren vor zwei Tagen in Ratnapura angekommen und hatten nach der langen und anstrengenden Reise erst einmal einen Ruhetag eingelegt. Stirnrunzelnd beugte sich Hayden über einen Kartenentwurf. Am meisten machten ihm die Probleme in der Geländedarstellung zu schaffen. Zwar war es inzwischen möglich, die Höhenlinien, mit denen benachbarte Punkte gleicher Höhen bezeichnet wurden, genau darzustellen, besonders ausdrucksvoll war dies jedoch nicht. Er trommelte mit den Fingern einen schnellen Rhythmus auf den Tisch, rollte die Karte schließlich zusammen und verstaute sie in der Kiste.

Auf dem matt beleuchteten und mit einem fadenscheinigen, verstaubten Teppich ausgelegten Flur begegnete er Andrew, der ebenfalls gerade sein Zimmer verließ. Grinsend fuhr Andrew sich mit beiden Händen durch das rote Haar. »Eine himmlische Ruhe war das.«

»Dann haben die beiden Betrunkenen offenbar nur unter meinem Fenster die halbe Nacht herumgepöbelt.«

»Weiches Wachs in die Ohren streichen heißt das Geheimnis, mein Freund.«

Hayden zog eine Grimasse. »Das konnte ich noch nie ausstehen.«

Auf der Straße ging es laut und lebhaft zu. Es war das allgegenwärtige Bild von Menschen verschiedener ethnischer Herkunft und Religionen, die zu Fuß, zu Pferd oder mit Eselskarren unterwegs waren. Bauern trieben Maultiere an, die mit Bergen von Obst und Gemüse beladene Karren zogen, Frauen in bunten Saris mit dunklen, kholumrandeten Augen warfen Hayden und Andrew Blicke zu, eine kleine Gruppe muslimischer Frauen ging plaudernd und lachend an ihnen vorbei. Kinder liefen ungeachtet des Verkehrs über die Straße, verfolgt von Verwünschungen der Menschen, unter deren Karren sie beinahe geraten wären.

Ratnapura, Stadt der Edelsteine, befand sich, umschlossen von Bergen, im Herzen des regenreichen und feuchtwarmen Tals des Kalu Ganga, das südlich des Hochlands gelegen war. Einer der Pilgerwege zum Adam's Peak, der Pilgerstätte für Muslime, Christen, Buddhisten und Hindus, nahm hier seinen Anfang. Auf dem Gipfel des Bergs befand sich ein sechs Fuß langer Fußabdruck, *Sri Pada* auf Sanskrit, weshalb der Berg auch diesen Namen bei den Buddhisten trug. Auf Singhalesisch hieß er *Samanalakanda*, Schmetterlingsberg. Wie ein Kegel ragte der Berg aus dem dunkelgrünen Blätterdach des Dschungels hervor. Die Buddhisten verehrten den Fußabdruck als Abdruck Buddhas, den er bei einem seiner drei Besuche hinterlassen haben soll, die Hindus glaubten, es sei der Abdruck Shiva Adipadhams, viele Christen sahen in ihm den Abdruck des Apostels Thomas, und die Muslime als Fußabdruck Adams. Es war der arabische Weltreisende Ibn Battuta, dem die Namensgebung des Bergs zugeschrieben wurde. Die Buddhisten waren der Ansicht, dass jeder unter ihnen den Berg einmal bestiegen haben sollte, und wenn eine Frau diese Mühe auf sich nahm, war ihr Lohn, im nächsten Leben als Mann wiedergeboren zu werden.

Hayden wischte sich mit einem Taschentuch die Stirn ab und war froh, auf einen Gehrock verzichtet zu haben. Er hatte die Ärmel seines Hemdes aufgerollt und den Knopf am Hals geöffnet, etwas, das inmitten der englischen Gesellschaft unmöglich gewesen wäre. Zwar waren auch hier im Fort Engländer ansässig, aber auf Förmlichkeiten konnte er verzichten, denn er hatte nicht vor, sich in elegante Gesellschaften zu begeben. Sollte es sich nicht vermeiden lassen, hatte er leichte Gehröcke, die dem Klima eher angemessen waren, aber solange es möglich war, wollte er selbst darauf verzichten. Er warf Andrew, dem die Hitze wesentlich mehr zu schaffen machte und der sich einen Hut aufgestülpt hatte, um sein Gesicht vor der Sonne zu schützen, einen Seitenblick zu.

»Warst du schon einmal hier?«, fragte Hayden.

»Einmal, für wenige Tage.«

Sie wichen einem Mann aus, der eine große Kiste auf der Schulter trug und nicht auf den Weg achtete.

»Ich denke, es reicht, wenn wir uns morgen an die Arbeit machen.« Andrew tupfte sich mit einem Taschentuch Schläfen und Oberlippe ab. »Wir brechen in aller Frühe auf, und ich mache die ersten Messungen. Wenn alles schnell geht und wir im Zeitplan bleiben, schaffst du es sicher zur Hochzeit deines Cousins nach Kandy.« Er zündete sich eine Zigarre an. »Auch wenn ich der Meinung bin, dass du der Schönen lieber fernbleiben solltest.«

»Ich weiß, du erwähntest es mehrfach.« Hayden hatte nicht die Absicht, das Thema weiter auszuführen, und hoffte, dass Andrew ebenfalls dazu schwieg. Viel lieber wollte er die Stadt auf sich wirken lassen. Bereits die Araber und Griechen hatten den Reichtum an Edelsteinen zu schätzen gewusst, der sich in den Kies- und Lehmschichten des zwischen den Flüssen Kalu Ganga und Amban Ganga gelegenen Ratnapura-Grabens verbarg. Es gab so ziemlich alle Arten an Edelsteinen, mit denen gehandelt wurde, angefangen bei Rubinen und Smaragden über Saphire bis hin zu Topasen und Aquamarinen.

Hayden und Andrew sahen sich die Auslagen der Juweliere an, von denen viele Moors waren, bewunderten hier eine besonders schöne Arbeit, dort einen ungewöhnlich schön geschliffenen Stein und kauften das eine oder andere für die weiblichen Mitglieder der Familie. Der schlichte Goldreif mit dem Rubin, den Hayden erstand, war für Melissa gedacht, er würde, so Gott wollte, ihr Ehering werden. Andrew sagte zwar nichts dazu, aber sein Blick war beredt.

Danach schlenderten sie weiter durch die Stadt, die ansonsten nicht viel zu sehen bot. Es gab einen kleinen Basar, auf dem es recht lebhaft zuging, einige Straßenhändler boten Essen an, das verführerisch duftete, und es gab jede Menge Bettler, die entweder an Häuserwände gelehnt warteten oder durch die Menge gingen – oftmals ihre verkrüppelten Gliedmaßen zur Schau stellend – und um milde Gaben baten. Hayden wurde etliche Münzen los, die meisten an Kinder, bei denen er zwar wusste, dass sie in vielen Fällen zum Betteln fortgeschickt wurden und von dem Geld nichts behalten durften, aber er konnte diesen hungrigen, oftmals viel zu alten Augen nur selten widerstehen. Sicher waren auch welche darunter, die für ihre Familien bettelten, wer konnte das schon unterscheiden? Er wäre sich herzlos vorgekommen, an ihnen vorbeizugehen.

Sie gingen die Straße entlang, die in Richtung Osten nach Pelmadulla führte, und sahen interessiert der Edelsteinförderung zu. Das Graben war schwere körperliche Arbeit, und man konnte rund um Ratnapura Stollen sehen, über die Dächer aus Reisstroh gespannt waren. Die

Art der Förderung hatte sich in all den Jahrhunderten nicht geändert: Man grub ein Loch, das man zu einem Schacht von ungefähr fünfzig Fuß Tiefe erweiterte, dann ließ man Arbeiter hinab, meist an einem Seil hängend, die in horizontaler Richtung weitergruben. Im Schein von Kerzen kratzten sie die Erde zusammen und suchten nach den begehrten Steinen.

Ein Engländer, der die Aufsicht über einige Stollen führte, saß auf einem Stuhl im Schatten eines nach drei Seiten geschlossenen Zeltes, neben sich ein Eimer Wasser und eine Schöpfkelle. Insekten schwirrten herum, und er schlug sich gelegentlich auf den Hals oder den Arm. Staub klebte in den Falten seines Gesichts, und sein Hemd wies große Schweißringe unter den Armen auf. Er grinste den beiden Ankömmlingen entgegen und entblößte dabei zwei Reihen verblüffend ebenmäßiger weißer Zähne.

»Wieder mal zwei Reisende, die ein wenig von der legendären Stadt der edlen Steine sehen wollen?« Er zwinkerte. »Nicht so spektakulär, wie man meinen sollte, nicht wahr?«

Hayden grinste zurück. »Wir sind gerade dabei, uns einen Eindruck zu verschaffen.«

»Ich hoffe, wir stören nicht«, fügte Andrew hinzu.

Der Mann winkte einen der Kulis heran und sagte, er solle zwei Stühle bringen. »Setzen Sie sich.« Es war beinahe, als habe er Angst, die beiden könnten wieder fortgehen, ohne ein wenig Unterhaltung geboten zu haben.

Vor allem Andrew war dankbar für den Schatten. Er

nahm seinen Hut ab und fächelte sich Luft zu. Das angebotene Wasser nahm er dankend an und trank in kräftigen Schlucken.

»Ganz hübsch warm hier, nicht wahr?« Der Mann trank nun ebenfalls.

»Das sind wir gewöhnt«, antwortete Hayden. »Wir sind schon länger auf der Insel.«

»Interessant. Was machen Sie hier? Sind Sie Händler?«

»Ich bin Kartograph, und er«, Hayden deutete auf Andrew, »ist Landvermesser.«

»Klingt, als hätte das etwas mit Mathematik zu tun.«

»So kann man es nennen, ja«, antwortete Andrew mit einem Feixen.

»War mir immer zu hoch, die Rechnerei. Aber anscheinend kann man es damit zu was bringen und muss nicht den ganzen Tag hier herumsitzen und faule Einheimische antreiben.« Wie zum Beweis stand er auf, schnauzte ein paar Arbeiter an und setzte sich wieder. »Verdammt harte Arbeit, aber wenn man dabei trödelt, wird sie nicht leichter, nicht wahr?« Er schien keine Antwort zu erwarten und erschlug ein Insekt. »Selbst meine Manieren haben gelitten, ich habe mich noch gar nicht vorgestellt. John Stratham mein Name.«

»Oh, das Vorstellen wäre an uns gewesen, wir sind schließlich einfach hier aufgekreuzt.« Andrew nahm die gebotene Rechte. »Andrew Melmoth.«

»Hayden Tamasin«, sagte Hayden.

John Stratham zog seine Hand aus der Haydens und fixierte ihn aus schmalen Augen. »Tamasin? Verwandt mit Edward Tamasin?«

»Das ist mein Onkel.«

»Ah, so ist das, ja?« John Stratham spuckte knapp vor Haydens Füßen aus.

»Ich muss doch sehr bitten«, sagte Andrew anstelle seines Freundes.

»Verschwinden Sie. Hier ist kein Platz für jemanden aus der Tamasin-Sippschaft.«

Hayden sah den Mann an, ohne sich zu bewegen. »Was meinen Sie?«

»Sind Sie schwer von Begriff?«

»Haben Sie Ärger mit meinem Onkel?«

»Habe ich etwa den Eindruck gemacht? Natürlich nicht. Der Letzte, der Ärger mit ihm hatte, liegt inzwischen einige Fuß tief unter der Erde.« John Stratham winkte einige bewaffnete Tamilen zu sich. »Und nun sehen Sie zu, dass Sie wegkommen, ehe ich feststellen muss, dass hier Edelsteine fehlen, die man bei Ihnen finden wird, nachdem meine Männer Sie auf der Flucht erschossen haben.«

Hayden wusste nicht, ob der Mann ernst meinte, was er da sagte, oder ob er ihnen nur Angst machen wollte, er hielt es jedoch für angebracht, es nicht darauf ankommen zu lassen, und sah Andrew an, dass er derselben Meinung war. Sie standen rasch auf und sahen zu, dass sie so viel Abstand wie möglich zwischen John Stratham und sich brachten.

»Er wird uns doch wohl nicht in den Rücken schießen?«, raunte Andrew.

»Wenn wir uns beeilen, sicher nicht.« Zumindest hoffte Hayden das.

Als das Zelt des Mannes nur noch ein ferner Punkt war, blieben sie stehen und atmeten auf.

»Was war denn das für ein Irrer?«, fragte Andrew und wischte sich mit seinem Taschentuch das Gesicht ab.

»Er klang nicht wie ein Verrückter.« Der Schreck – weniger wegen der Drohung, sondern vielmehr wegen dem, was ihm enthüllt worden war – steckte Hayden noch in den Gliedern. »Ich wüsste gerne, wovon er gesprochen hat.«

»Dein Onkel scheint hier nicht sonderlich beliebt zu sein.«

»Gerade das wundert mich. Er ist Kaffeepflanzer, mit Ratnapura hat er nicht das Geringste zu tun.«

»Wenn der Mann nicht verrückt ist, musst du dich irren.« Andrew sah erneut in Richtung des kleinen Zeltes.

»Es klang, als habe er von einem Verbrecher geredet, jemandem, der andere Menschen töten lässt. Ich meine, mein Onkel ist sicher ein sehr strenger Mann, vielleicht sogar gefährlich«, Hayden hatte bestimmte Drohungen gegen sich und Melissa keineswegs vergessen, »aber er ist doch kein Mörder.«

»Was weißt du eigentlich über ihn?«

»Nur das, was in der Familie so erzählt wird«, antwortete Hayden schulterzuckend. »Wobei ich sagen muss, charakterlich hat er sich nicht gerade zu seinem Vorteil entwickelt. Er soll als Halbwüchsiger humanistischen Ideen nachgehangen haben und hatte wohl, sehr zum Leidwesen seines Vaters, eine ausgesprochene Verbesserungswut, was die Zustände bei den Dienstboten anging. Auch für säumige Pächter hatte er Verständnis und ist ständig mit seinem Vater aneinandergeraten, wenn dieser die Leute einfach auf die Straße setzen wollte.« Das klang ja gerade so, als beschreibe er Louis.

Andrew wirkte skeptisch. »Sei mir nicht böse, aber das ist nicht nur eine charakterliche Veränderung, mir kommt es vor, als redest du von einem völlig anderen Menschen.«

»Na ja, offenbar nicht, es sei denn, die Familie hat ihn nicht richtig dargestellt.«

»Vielleicht verklären sie ihn ein wenig.«

Hayden lachte. »Aus ihrer Sicht ist das wohl schwerlich eine Verklärung.« Er wurde ernst. »Ich wüsste zu gerne, was an der Sache in Ratnapura dran ist.«

»Ich würde dir davon abraten, hier offen herumzufragen. Erstens denke ich, du würdest von den Engländern nicht viel erfahren, erst recht nicht, wenn stimmt, was Mr. Stratham behauptet hat, zweitens würde dein Onkel es über kurz oder lang erfahren, und wenn er wirklich ein so gefährlicher Mann ist, wie es den Eindruck macht, solltest du dich besser in Acht nehmen.«

Ungläubig hob Hayden die Brauen. »Übertreib es nicht, ich bin sein Neffe.«

»Du kennst ihn nicht.«

»Wir sind eine Familie, so weit würde er nicht gehen.«

»Du kennst ihn nicht«, wiederholte Andrew. »Zudem bist du gerade zu emotional. Lass mich das lieber machen.«

»Du? Warum solltest du mehr herausbekommen als ich?«

»Weil ich Singhalesisch und Tamilisch spreche, mein

Freund, darum. Wir gehen abends aus, mischen uns unter die Einheimischen und vermeiden direkte Fragen. Wenn man die Menschen erst einmal zum Plaudern bringt, verraten sie mehr, als man denkt, und erinnern sich hinterher nicht einmal daran, dass sie etwas Wichtiges enthüllt haben. Wenn hier jemand unter geheimnisvollen Umständen gestorben ist, wissen die Einheimischen es.«

Ein leichter Wind kam auf, wirbelte kleine Staubwolken auf, die sich auf ihre verschwitzten Gesichter legten. Hayden fuhr sich gedankenverloren mit dem Handrücken über die Stirn. »Wenn er wirklich so gefährlich ist, könntest du dich damit in Gefahr bringen, das möchte ich nicht.«

Andrew grinste. »Keine Sorge, ich passe schon auf, wie ich frage.«

Nach einigem Zögern willigte Hayden ein. »Ich danke dir.«

»Danke mir erst, wenn du weißt, was passiert ist. Vielleicht wünschst du dir ja, es nicht erfahren zu haben.«

Ohne eine Antwort zu geben, starrte Hayden nach Westen, wo sich abendliches Zwielicht über die Stadt legte und Schatten zu Dunkelheit verschmolzen.

IV

DER STURM
UND DIE STILLE

22

KANDY

Ich hasse dieses Kleid.« Das war ein für Lavinia gänzlich untypischer Ausbruch, und ihre Mutter, die dabei war, den Schleier ordentlich zu drapieren, hielt inne.

»Du hasst nicht das Kleid, mein liebes Kind, sondern das, wofür es steht«, sagte sie und fuhr mit ihrer Tätigkeit fort.

Lavinia zupfte mit den Zähnen an ihrer Unterlippe und starrte wortlos in den Spiegel.

»Du wusstest genau, worauf du dich einlässt.« Ihre Mutter steckte sorgsam den Goldreif in Lavinias Haar fest. »Schließlich bist du ein intelligentes Mädchen, das etwas so etwas Wichtiges wie eine Ehe sorgsam abwägt, sämtliche Vor- und Nachteile gegenüberstellt und sich das nimmt, was am vernünftigsten ist. Niemand könnte sagen, du hättest mit deinem Wunsch, Alan Tamasin zu heiraten, auch nur das Geringste falsch gemacht.«

»Niemand außer dir.«

Auf den Lippen ihrer Mutter erschien ein winziges Lächeln. »Du wolltest ihn heiraten, und ich bin vom Standpunkt der Vernunft durchaus der Meinung, dass der Schritt der richtige ist.« Sie ließ die Hände sinken und betrachtete ihre Tochter mit schräggelegtem Kopf. »Aber sobald ich Gefühle ins Spiel bringe, denke ich, du hättest keine schlechtere Wahl treffen können.«

»Du warst einverstanden, du hast mir sogar geraten, Gregory nicht so oft zu sehen, weil es vor Edward Tamasin den falschen Eindruck erwecken könnte.«

»Hätte ich dir nicht raten sollen, wie du den Weg, den du einschlagen willst, wenigstens richtig gehst?«

Lavinia berührte den Arm ihrer Mutter. »Das war doch überhaupt kein Vorwurf. Ich hätte ja doch nicht auf dich gehört, hättest du mir abraten wollen. Gefühle, Emotionen, das ist etwas für romantische Frauen, die ihr ganzes Leben verträumen.«

»Frauen wie mich?«, fragte ihre Mutter mit leisem Lachen.

Lavinia lächelte zärtlich. »Ich wünsche mir manchmal, ich könnte es ebenso sehen wie du.«

»Nun, bei meiner Ehe mit deinem Vater war keinerlei Vernunft im Spiel – na ja, ein ganz kleines bisschen vielleicht. Alles andere war Gefühl.«

»Wenn ich die Möglichkeit gehabt hätte, mir einen Ehemann nach Gefühl auszusuchen, hätte ich es getan.« Es klang wie eine Rechtfertigung.

»Meine Liebe, du wirst doch nicht anfangen, dich in Selbstmitleid zu ergehen?«

Lavinia schüttelte den Kopf. Sie wusste genau, was sie tat, und sie war nach wie vor der Überzeugung, dass es das Richtige war. Dennoch wäre sie glücklich gewesen, hätte es Alternativen gegeben.

»Die Männer in Kandy«, fuhr ihre Mutter fort, »unterscheiden sich doch alle nicht sonderlich voneinander.« Mit sanften Fingern ordnete sie den Schleier. »Du hast vom gesellschaftlichen Standpunkt her die beste Wahl getroffen, und ich denke, auch was deine persönliche Freiheit angeht, könntest du es schlechter treffen als mit Alan. Er ist natürlich nicht sonderlich phantasievoll«, Lavinias Lachen unterbrach sie, »und das mit dem unehelichen Kind, nun ja, dergleichen kommt vor. Aber gerade durch diese Phantasielosigkeit wird er gar nicht auf die Idee kommen, dass du andere Vorstellungen vom Leben hast als die Frauen, die er kennt, und das kannst du durchaus zu deinem Vorteil nutzen.«

Lavinia sah sich im Spiegel an, dann ihre Mutter. Wo sie selbst schlank, hell und kühl war, war ihre Mutter rundliche, warme Weiblichkeit. Viele Leute machten daher den Fehler, sie zu unterschätzen, aber ihr Geist stand dem Lavinias in nichts nach, er war nur anders gelagert. Ihre Mutter wusste das Leben zu nehmen, sie war gebildet, aber nicht intellektuell, und anstelle von analytischer Intelligenz war sie lebensklug und fand in jeder noch so verfahrenen Situation eine Lösung. Lavinia hingegen war ganz ihr Vater, ein schweres Erbe für eine Tochter. Vielleicht würde sich das in hundert Jahren ändern, aber wenn sie zurückblickte und sich überlegte, was sich in den letzten hundert Jahren getan hatte, war mit einer Änderung zum Besseren wohl auch in Zukunft nicht zu rechnen. Ihr schien es beinahe, als würde man unter Königin Victoria geradezu Rückschritte machen. Damals schienen die Frauen freier gewesen zu sein als heutzutage.

»Du wirst Herrin über Zhilan Palace sein«, sagte ihre Mutter. »Wenn du es klug anfasst, entschädigt es dich sicher für einiges.«

»Noch ist Audrey Tamasin die Herrin.«

»Audrey war noch nie Herrin über irgendetwas. Sie ist präsent, sonst nichts.«

»Neben einem Mann wie Edward Tamasin ist es die einzig mögliche Form, zu existieren.«

Ihre Mutter schürzte die Lippen und zupfte hier und da an dem Kleid herum. »Ich sage dir nicht, dass du sie von ihrem Platz vertreiben sollst, das wäre das Dümmste, was du tun könntest. Aber sie ist eben einfach nur da, sie interessiert sich für nichts. Alan ist genauso. Freiheit erlangt man durch vielerlei Dinge.« Sie gab Lavinia einen Kuss auf die Wange. »Und nun mach nicht so ein Gesicht. Du wirst den Weg mit erhobenem Kopf weitergehen, genauso, wie du ihn bisher beschritten hast.«

Wie aufs Stichwort traten die sechs Brautjungfern ein, unter ihnen Melissa und Estella. Sie alle trugen zartgelbe Kleider, und Lavinia kam es vor, als trügen sie das Sonnenlicht mit sich in den Raum. Sie selbst kam sich in dem schneeweißen Brautkleid seltsam deplaziert vor. Die jungen Frauen schwirrten lachend um sie herum, und jede hatte einen Kommentar auf den Lippen, wie hinreißend sie aussehe. Nur Melissa und Estella hielten sich zurück, wobei Estella wenigstens noch lächelte, wenn auch halbherzig. Vermutlich ging ihr im Kopf herum, dass sie selbst endlich ein Brautkleid tragen wollte. Woran Melissa dachte, war ebenfalls offensichtlich, aber im Gegensatz zu Estella war ihr Wunsch, sich als Braut zu sehen, nicht so leicht erfüllbar – jedenfalls nicht so, wie sie es sich vorstellte.

Ihre Mutter scheuchte die jungen Frauen wieder hinaus und ließ die Braut ankündigen. Die Hochzeitsgesellschaft hatte sich im Garten der Smith-Ryders versammelt, und durch das halboffene Fenster drangen Stimmengewirr und Lachen. Lavinia straffte sich und hob das Kinn, dann folgte sie ihrer Mutter aus dem Zimmer auf den Flur. Sie sah sich nicht um, als sie den Raum verließ, der ihr ganzes bisheriges Leben lang ihr Reich gewesen war. Ihre Eltern hatten ihr versprochen, alles zu belassen, wie es war, aber ein Abschied war es dennoch.

Auf der Veranda wartete ihr Vater bereits auf sie, sehr ernst, wenn auch mit einem leisen Zwinkern, als sie ihre Hand auf seinen Arm legte. Sie wusste, wie schwer es ihm fiel, sie sein Haus für immer verlassen zu sehen. Vor Lavinias Augen verschwammen die Gäste, und allein der Weg, der zum Brautspalier führte, erschien ihr klar. Am Ende des Wegs wartete Alan auf sie. Gut sah er aus in seinem dunklen Anzug. Wenigstens war zu erwarten, dass sie gemeinsam hübsche Kinder bekommen würden, dachte Lavinia, während sie neben ihrem Vater den Kiesweg entlangging.

Die gesamte Trauungszeremonie rauschte an ihr vorbei. Sie wiederholte, was ihr vorgesprochen wurde, gab ihr Jawort und ließ sich von Alan küssen, wobei sie erstaunt registrierte, wie warm und wie sanft sein Mund war. Irgendwie hatte sie einen kalten Kuss erwartet, obwohl das natürlich Unsinn war. Sie war erleichtert, als der förmliche Teil hinter ihr lag, blickte auf ihren Ring und dachte ein wenig ungläubig, dass sie nun nicht mehr Lavinia Smith-Ryder war, sondern Mrs. Tamasin. Die Ehe war noch nicht einmal vollzogen, aber sie fühlte sich dennoch, als sei sie in eine neue Welt eingetreten.

Die Gäste kamen, um ihnen ihre Aufwartung zu machen, allen voran ihre Eltern und Schwiegereltern. Von ihrer Mutter und ihrem Vater wurde sie umarmt, beide hatten Tränen in den Augen, obwohl ihr Vater sich Mühe gab, dies zu verbergen. Sie schüttelten Alan die Hand und hießen ihn herzlich in ihrer Familie willkommen. Dergleichen Wünsche hatten auch Edward und Audrey Tamasin, wobei Audrey nur einen kühlen Kuss an ihrer Wange vorbei in die Luft hauchte und Edwards Glückwünsche mit wesentlich mehr Wärme ausfielen.

Der Strom von Gästen, der an ihnen vorbeiflanierte, erschien Lavinia endlos, und ihre Mundwinkel schmerzten bereits wegen ihres starren Lächelns. Schließlich war auch dieser Teil des Tages überstanden, und Alan führte sie zu dem Büfett, das auf der Veranda aufgebaut war, nahm einen Teller und legte ihr ausgesuchte Süßigkeiten darauf: kleine Stücke englischen Gebäcks, ein Schälchen mit Karamellcreme aus braunem Palmzucker mit Cashewkernen und Kokos, Sesambällchen, die *Thalaguli* genannt wurden, eingelegten Kürbis und süßen Kuchen aus Reismehl und Palmzucker. Im Gegensatz zu anderen Bräuten, die mit gesenkten Blicken vor ihren unberührten Tellern saßen, verspürte Lavinia jetzt, wo die Anspannung langsam von ihr abfiel, einen gewaltigen Appetit. Sie hatte den ganzen Tag kaum etwas essen können und hätte am liebsten genießerisch die Augen geschlossen, als sie in das erste Stück Kuchen biss.

Den Teller in der Hand, spazierte sie an Alans Seite durch den Garten, wobei sie immer wieder stehen blieben, um mit einzelnen Gästen einige Worte zu wechseln.

Bis zum späten Nachmittag würden sie bleiben, danach war es Zeit zum Aufbruch, weil ihre Hochzeitsreise sie nach Colombo führte. So gemischt Lavinias Gefühle in Bezug auf ihren Hochzeitstag auch waren, auf die Reise freute sie sich schon sehr.

Als sie von ihrem Teller, von dem sie gerade ein Sesambällchen nahm, aufsah, bemerkte sie eine kleine Gestalt, halb verborgen hinter dem Rosenspalier, das den vorderen Teil des Gartens abgrenzte.

»Sieh mal, wer da ist«, sagte sie zu Alan, der nun auch in die von ihr bezeichnete Richtung sah.

»Ich habe sie mitgebracht und ihr gesagt, sie dürfe von weitem zusehen, aber davon, in den Garten zu kommen, war nicht die Rede gewesen.«

Lavinia stellte ihren Teller ab. Ihr war der Appetit vergangen. »Du bist herzlos.«

»Nein, ich möchte nur keinen Eklat auf unserer Hochzeit.« Er stellte seinen Teller ebenfalls ab und machte Anstalten, zu dem Mädchen zu gehen. Lavinia legte die Hand auf seinen Arm, um ihn zum Innehalten zu bewegen.

»Was hast du vor?«

»Was denkst du wohl? Ich schicke sie zurück.«

»Wenn du das tust, wirst du an unserer Hochzeitsreise nicht viel Freude haben, das verspreche ich dir.«

Alan starrte sie an, als glaube er, sich verhört zu haben. Ungerührt erwiderte sie seinen Blick, bis er sich abwandte.

»Und?«, fragte sie.

»Meinetwegen kann sie dort stehen bleiben«, räumte

Alan ein, ohne seine Gereiztheit zu verbergen. Lavinia ließ ihn stehen und begab sich zum Rosenspalier, um vor der Kleinen in die Hocke zu gehen. Das Mädchen sah sie aus großen blauen Augen an, die hellbraunen Locken mit Spangen an den Seiten aus dem Gesicht gehalten. Schüchtern streckte sie die Hand aus und berührte bewundernd den weißen Rock, der um Lavinia herum ausgebreitet war.

»Du hast aber ein schönes Kleid«, sagte sie leise.

»Gefällt es dir?« Lavinia sah das Mädchen aufmerksam an. »So eins bekommst du auch, wenn du mal heiratest.«

Das Mädchen schüttelte den Kopf. »Nur erwachsene Menschen heiraten.« Offenbar hegte sie ernsthafte Zweifel daran, diesen Zustand zu erreichen. Lavinia lächelte und streckte die Hand aus, und das Mädchen legte nach kurzem Zögern ihre rundliche Kinderhand hinein, die sich gebräunt von Lavinias weißem Handschuh abhob.

»Du bist Justine, wir kennen uns schon.«

Justine runzelte die Stirn und wirkte sehr konzentriert. »Ich kenne dich aber nicht.«

»Ich bin jetzt die Frau von deinem Vater.«

»Meine Mutter?«

Lavinia wusste darauf nichts zu antworten, und ihr Herz tat einen Satz. »So etwas Ähnliches.«

Die Antwort genügte, um ein Lächeln auf das ernste Kindergesicht zu zaubern.

»Möchtest du Kuchen haben?«, fragte Lavinia.

Justine bekam runde Augen. »Darf ich?«

»Natürlich.« Lavinia stand auf, ohne die Hand des Mädchens loszulassen, und ging mit ihr zur Veranda, während die Gäste sie unverhohlen musterten und sich offenbar fragten, wo dieses braungebrannte Kind herkam. Alan starrte sie ungläubig an.

»Wen haben wir denn da?«, fragte ihr Vater, als sie mit Justine auf die Veranda trat.

»Man könnte sie deine Stiefenkelin nennen.«

Er sah das Mädchen nachdenklich an. »Könnte man, ja?«

Edward Tamasin, der neben ihrem Vater stand, musterte sie in einer Art, die ihr einen kalten Schauer über den Körper jagte.

»Hat Alan wirklich die Dreistigkeit besessen, sie mitzubringen?«, fragte er.

»Von allein wird sie den Weg wohl schwerlich gefunden haben«, antwortete Lavinia.

Angesichts der Gäste, die nun näher an die Veranda rückten, lächelte Edward Tamasin, als habe er soeben einen guten Witz gehört.

»Darüber reden wir ein anderes Mal«, raunte er, ohne dass das Lächeln von seinem Gesicht glitt.

Erneut rieselte es kalt über ihren Rücken, und sie sah ihren Vater an, der zwar ebenfalls lächelte, aber ähnliche Gefühle zu hegen schien wie sie. Um sich abzulenken, schaute Lavinia in den Garten, während ihre Mutter sich Justines annahm und sie mit Kuchen fütterte. Ihr Blick wanderte über die Gäste und blieb an einem jungen Mann hängen, der soeben den Garten betrat und sich suchend umsah.

»Na, so etwas«, sagte Alan, der auch auf die Veranda gekommen war. »Ich hatte schon gedacht, er käme nicht mehr.«

Sein Vater sah nun ebenfalls in die bezeichnete Richtung. »Zumindest gehofft hatte ich es.«

Hayden erblickte die Brautleute und deren Eltern auf der Veranda vor dem Haus. Er war müde von der Reise und ärgerte sich, dass er es nicht pünktlich zur Trauung geschafft hatte. Aber immerhin war das Paar noch nicht abgereist. Angesichts der Enthüllungen, die er in den letzten Wochen erfahren hatte, fiel es ihm schwer, seinem Onkel mit der üblichen Freundlichkeit gegenüberzutreten. Aber gut, dieser würde seine Kühle auf die Sache mit Melissa zurückführen.

»Es tut mir leid, dass ich zu spät bin«, sagte er, während er seinem Vetter die Hand drückte. »Die Kutsche ist unterwegs aufgehalten worden.«

»Das macht nichts«, versicherte Alan. »Ich freue mich, dass du es überhaupt geschafft hast.«

So siehst du aus, dachte Hayden.

Lavinia hingegen schien sich aufrichtig zu freuen. »Ich hatte mich schon gewundert, dass Sie sich die Hochzeit Ihres Cousins entgehen lassen.«

»Das wäre mir nie in den Sinn gekommen.« Er gratulierte auch den Eltern der Braut, seinem Onkel und seiner Tante.

»Wie waren deine Reisen?«, fragte Edward Tamasin.

»Sehr aufschlussreich.«

»Das ist erfreulich.« Sein Onkel deutete auf das Büfett. »Bitte, bedien dich.«

Während Hayden der Aufforderung nachkam, hielt er unauffällig nach Melissa Ausschau, so dass er beinahe das Kind umgerannt hätte, dessen Kopf kaum die Tischkante überragte. Er legte der Kleinen die Hand aufs Haar.

»Entschuldige, ich hätte dich fast übersehen.«

Justine nickte, als sei ihr ein solches Schicksal geläufig, während sie mit ernster Miene in ihren Kuchen biss. Es wunderte Hayden, dass sein Onkel offenbar doch endlich eingeknickt war, und noch erstaunlicher war es, die Kleine auf einer Hochzeitsfeier zu sehen, auf der sonst kein Kind anwesend war.

Nachdem er sich am Büfett bedient hatte, stellte er sich mit dem Teller zu seinem Onkel und ließ seinen Blick scheinbar beiläufig durch den Garten gleiten. Nach einigem Suchen fand er Melissa inmitten einer Gruppe junger Frauen. Von seinem Eintreffen hatte sie noch nichts mitbekommen.

»Wie lange bleibst du?«, fragte sein Onkel.

»Ich weiß es noch nicht.«

»Gab es eigentlich einen bestimmten Grund für deine überstürzte Abreise beim letzten Mal?«

Mit dieser Frage hatte Hayden nicht gerechnet, und so schwieg er erst einmal und schob den Kuchen auf seinem Teller hin und her. »Ich hatte den Eindruck, es sei euch lieber so.« Das war nicht einmal gelogen.

»Ich bedauere, wenn du den Eindruck hattest, ich wollte dich aus dem Haus haben.«

Hayden gab darauf keine Antwort und aß den letzten Rest Kuchen, dann stellte er den Teller hin und wischte sich die Krümel von den Händen. »Demnach habe ich mich also geirrt?«, fragte er und sah seinen Onkel an, der entwaffnend lächelte.

»Aber natürlich«, sagte Edward Tamasin.

»Das freut mich zu hören.«

Sein Onkel verschränkte die Hände hinter dem Rücken und sah ebenfalls in den Garten. »Wo haben dich deine Reisen hingeführt?«

»Ich war kurz in Gampola, dann in Sigiriya und zum Schluss in Ratnapura.« Bei den letzten Worten taxierte er seinen Onkel von der Seite, aber dessen Miene gab keine Reaktion preis.

»Sehr reizvolle Orte, wie man sagt, vor allem Sigiriya.«

»Es hat etwas Wildes, Urtümliches.«

»Davon habe ich gehört, Louis war mehrmals dort. Allein«, schloss er, als sei dies ein Aspekt, der besondere Beachtung verdiente.

Das konnte Hayden sich gut vorstellen. Sein Vetter hatte sich vermutlich dort eingegliedert, als sei er ein Teil des Dschungels. »Wo ist er eigentlich?«

»Louis? Eigentlich sollte er hier irgendwo im Garten sein, aber jetzt, da du es sagst, fällt mir auf, dass ich Estella auch nirgendwo sehe.« Edward Tamasin suchte mit den Augen den Garten ab. »Er wird doch wohl nicht … ah, dort ist sie, zusammen mit ihrem Bruder, diesem unangenehmen Zeitgenossen, und Elizabeth Fitzgerald.« Sein Onkel lächelte. »Warum versuchst du dein Glück nicht bei ihr? Sie ist die jüngste von sechs Töchtern, und Duncan Fitzgerald ist froh, wenn er sie alle unter der Haube hat.«

Hayden, der nicht wusste, ob der Vorschlag ernst gemeint war oder lediglich ein Scherz, beschloss, dass es das Beste sei, einfach zu schweigen. Offenbar hatte sein Onkel auch keine Antwort erwartet, sondern drehte sich um, als einige Gäste auf die Veranda traten, und war wieder ganz charmanter Bräutigamvater.

Hayden nutzte die Momente der Unaufmerksamkeit und ging in den Garten hinunter. Immer wieder blieb er stehen, um mit dem einen oder anderen Gast ein paar Worte zu wechseln, und noch während er mit einem älteren Mann sprach, sah er, dass Melissa ihn entdeckt hatte. Ihre Augen weiteten sich, dann erhellte ein Lächeln ihr Gesicht, und sie ließ die jungen Frauen stehen, um zu ihm zu kommen. Vorsichtig sah Hayden zur Veranda, aber sein Onkel stand mit dem Rücken zu ihnen und unterhielt sich mit zwei Männern.

»Hayden«, sagte Melissa, als sie bei ihm ankam. »Wie schön, ich dachte schon, du schaffst es nicht mehr.«

»Ich hatte auch schon Sorge, ich verpasse deinen Bruder.« Er entschuldigte sich bei dem Mann, mit dem er gesprochen hatte, reichte seiner Cousine höflich seinen Arm und ging mit ihr ein paar Schritte durch den Garten.

»Du kannst dir nicht vorstellen, wie sehr ich gehofft habe, dass du kommst«, sagte Melissa leise.

»Hattest du Zweifel daran?«

»Als du nicht pünktlich zur Trauung hier warst, ja.«

Hayden drückte leicht ihre Hand und sah wieder zur Veranda.

»Er wird heute keine Zeit haben, uns im Auge zu behalten«, sagte Melissa. »Selbst wenn er das möchte, es sind

zu viele Gäste, und er hat eine Menge Verpflichtungen.«
Sie nahm die Hand von seinem Arm. »Komm mit.« Sie
ging ein paar Schritte vor, und er folgte ihr in einigem
Abstand.

»… mit der diesjährigen Kaffee-Auktion.«
Edward nickte zerstreut und tat so, als schenke er dem
jungen Mann, der seit gut zehn Minuten auf ihn einredete, seine gesamte Aufmerksamkeit. Wann immer es
möglich war, ohne unhöflich zu werden, suchte er mit
Blicken den Garten ab, aber die Menge an Gästen war
derart unüberschaubar, dass er es bald aufgab.
»Wie lief denn Ihre Ernte?«, fragte der junge Mann.
»Wie jedes Jahr.«
»Ein Teil meiner Plantage ist leider den Ratten zum Opfer gefallen, aber wir konnten dennoch eine recht erfreuliche Ernte einholen.«
Edward musterte den Mann. »Woher, sagten Sie, kommen Sie?«
»Aus Matale.« Offenbar machte es ihm nicht das Ge-
ringste aus, sich zu wiederholen. Er sah Justine an, dieses
verwünschte Balg, das den Leuten auf der Veranda zwi-
schen den Beinen umherhuschte, und runzelte die Stirn.
»Nicht gerade taktvoll von Ihrem Sohn, sein uneheliches
Kind auf seine Hochzeit mitzubringen, wenn ich das sagen darf«, bemerkte er mit einem Zwinkern.
Edward nickte. Ein Mann nach seinem Geschmack.
»Wer ist er?«, fragte er später Henry Smith-Ryder unter
vier Augen.
»Anston Trago. Seine Familie stammt gebürtig aus Corn-

wall. Er ist noch sehr jung, aber ungemein fähig. Obwohl es finanziell auf der Kippe stand, hat er seine Plantage ohne Kredit durchgebracht und hat wohl jetzt ein recht ansehnliches Vermögen, wenn dieses auch durch die Rattenplage einige Einbußen erlitten hat.«

Edward nickte. »Ich werde ihm eine Einladung zukommen lassen. Es kann nicht schaden, Melissa Männer außerhalb unseres Bekanntenkreises vorzustellen.«

»Ist das mit Anthony Fitzgerald nichts Sicheres?«

»Von ihrer Seite wohl nicht, wie es aussieht.« Wieder suchte Edward mit Blicken den Garten ab, wieder erfolglos.

»Das ist aber großzügig von dir, ich hätte gedacht, du würdest sie ein wenig mehr in die Richtung drängen. Die Fitzgeralds sind eine gute Partie.«

»Wenn Anthony es nicht hinbekommt, sie von seinen Qualitäten zu überzeugen, sehe ich nicht ein, warum ich ihm helfen sollte. Allerdings stimmt es natürlich, dass er eine hervorragende Wahl wäre, ich wünschte, Melissa würde sich ein klein wenig zugänglicher zeigen.«

»Wo ist sie überhaupt?«

»Das frage ich mich auch gerade.«

Henry Smith-Ryder bediente sich am Büfett. »Dein Neffe ist auch nicht zu sehen. Schade, ich hätte mich gerne ein wenig mit ihm unterhalten, ein interessanter junger Mann.«

»Das ist er«, antwortete Edward mit einem gezwungenen Lächeln. Louis und Estella konnte er in der Menge auch nicht ausmachen. Vermutlich waren sie mit Melissa und Hayden zusammen ein wenig spazieren gegangen.

Seine Tochter würde doch wohl nicht die Dreistigkeit besitzen, sich mit Hayden fortzustehlen, quasi unter seinen Augen. Von der Sache mit Melissa abgesehen, war es sicher nicht schlecht, seinen Neffen im Auge zu behalten. Offenbar dachte Hayden, er hätte seinen forschenden Blick bei der Erwähnung Ratnapuras nicht bemerkt. Aber was in Ratnapura lief, trug einen guten Teil seiner Plantage, da konnte er keine Probleme gebrauchen, und weil sein Neffe durch und durch ein Tamasin war, vermutlich auch noch einer der idealistischen Sorte, war es nicht auszuschließen, dass er anfing, gewisse Dinge moralisch in Zweifel zu ziehen, und womöglich versuchte, Zusammenhänge zu erschließen. Edward kannte das Spiel: Rollte erst einmal ein kleiner Stein, hatte man bald eine ganze Gerölllawine.

»Was beunruhigt dich?«, fragte Henry Smith-Ryder, dem nur wenig entging. Edward argwöhnte sogar, dass er die Sache mit Melissa und Hayden mitbekommen hatte und seine Frage nach seinem Neffen darauf abzielte.

»Geschäfte.«

»An einem Tag wie diesem solltest du sie ruhen lassen. Aber es lässt einen nicht los, nicht wahr? Dabei geht es uns doch noch gut, wenn ich mir die ganzen Bankrottfälle um uns herum ansehe.«

Seine Frau gesellte sich zu ihnen. »Müsst ihr ausgerechnet heute über das leidige Thema sprechen?« In ihrer Stimme lag ein milder Tadel, in dem Blick, mit dem sie ihren Mann bedachte, jedoch eine Vertrautheit, wie sie nur Jahre enger Verbundenheit mit sich bringen konnte. Edward wandte den Blick ab.

»Alan und Lavinia werden bald aufbrechen«, fuhr Mrs. Smith-Ryder fort.

»Ach«, sagte ihr Mann leise, »so bald schon?«

In ihrem Lachen lag Nachsicht, als Mrs. Smith-Ryder antwortete, dass es schon verhältnismäßig spät sei, wenn man bedachte, dass sie noch den ganzen Weg nach Colombo vor sich hatten. »Irgendwann musst du sie ja doch gehen lassen.«

»Du hast recht.« Henry Smith-Ryder räusperte sich. »Die Familie sollte sich schon einmal hier einfinden, um sie zu verabschieden.«

»Das ist eine hervorragende Idee«, sagte Edward. »Ich werde mal sehen, ob ich Louis und Melissa finde.« Froh über den Vorwand, seine Tochter suchen zu können, tauchte er in die Menge ein.

»Du bist so nachdenklich«, sagte Melissa und schmiegte ihren Kopf enger an Haydens Brust, seinen ruhigen, kräftigen Herzschlag im Ohr.

Hayden saß mit dem Rücken an einen kleinen Felsen gelehnt, hielt Melissa in den Armen und spielte mit ihren langen Korkenzieherlocken. »Mir gehen einige Dinge von meiner letzten Reise im Kopf herum.« Er neigte sich über sie, zog sie ein Stück zu sich hoch und küsste sie. »Nichts, was dich jetzt bekümmern müsste.«

Melissa wollte widersprechen, unterbrach jedoch seinen Kuss nicht und legte die Arme um seinen Hals. Sie spürte, wie Haydens Finger an den Verschlüssen ihres Kleides im Rücken nestelten und das Oberteil ein kleines Stück nachgab, so dass er es eine Handbreit über ihre Schulter schieben konnte. Das erschien Melissa ungehörig und gleichzeitig so aufregend, dass sie nicht wusste, ob sie empört Einhalt gebieten oder ihn gewähren lassen sollte. Weil er sie immer noch küsste und sie sich nicht von ihm lösen wollte, entschied sie sich für Letzteres. Federleicht strichen Haydens Finger über ihre Schulter, und kurz darauf folgte sein Mund behutsam seinen Händen. Ein kleiner Schauer lief über Melissas Rücken, und Hayden lachte leise an ihre Haut.

»Wird man uns nicht vermissen?«, fragte er.

Melissa schüttelte nur matt mit dem Kopf. »Noch nicht.« Wieder küsste er sie, warme, weiche Liebkosungen, murmelte Zärtlichkeiten in ihre Kehle, während seine Finger über ihre Schulter glitten. Schließlich löste er sich von ihr, legte den Kopf zurück und starrte in den Himmel, die Hand immer noch auf ihrer Haut.

»Woran denkst du?«, fragte Melissa in die grünschattige Stille hinein. Wie eine Laube wölbten sich Blätter und Büsche um und über sie. Als er erneut anfangen wollte, sie zu küssen, drehte sie – so schwer es ihr auch fiel – den Kopf zur Seite. »Lenk nicht vom Thema ab. Ich merke doch, dass dich etwas bedrückt.«

Er runzelte die Stirn, schwieg und schien abzuwägen, was er ihr erzählen sollte. Melissa spürte Anspannung zwischen ihren Schulterblättern hochsteigen. Keinesfalls war sie gewillt, sich ausschließen zu lassen. Wenn er jetzt schon damit anfing, wie sollte das dann erst nach ihrer Hochzeit werden?

»Es ist unerfreulich, und damit will ich dich nicht auf der Hochzeit deines Bruders belasten.«

»Hast du den Eindruck, ich finde diesen Anlass so erbaulich, dass du mir die Laune verderben kannst?«

Hayden musste lachen. »Dennoch ist es nicht gerade die passende Gelegenheit. Es sind einige Vorkommnisse auf meiner Reise gewesen, die mich beschäftigen.«

Sie hob den Kopf von seiner Brust, um ihn ansehen zu können. »Meinst du, die Gelegenheit ist günstiger, wenn wir in der Bibliothek oder im Salon sitzen, wo jederzeit jemand in den Raum kommen kann?«

»Nein, vermutlich nicht.«

»Es hat andere Gründe, warum du es mir nicht erzählen möchtest, nicht wahr? Du denkst, du belastest mich.«

An seinem Schweigen merkte sie, dass sie recht hatte.

»Es geht um Dinge, die ich in Ratnapura erfahren habe«, sagte er schließlich. »Dinge, bei denen ich selbst nicht weiß, wie ich mit ihnen umgehen soll.«

Anstelle einer Antwort sah sie ihn abwartend an, und nach kurzem Zögern fuhr er seufzend fort.

»Wusstest du, dass dein Vater Land in Ratnapura hat?«

»Nein.« Sie war erstaunt, aber diese Enthüllung rechtfertigte schwerlich den Konflikt, in dem Hayden sich augenscheinlich befand, so dass sie zu dieser überraschenden Enthüllung nichts weiter sagte.

»Er fördert dort Edelsteine«, sagte Hayden. »Sein Grundstück ist recht ertragreich, das erklärt zum Teil, warum ihm die Wirtschaftskrise hier nicht so viel ausgemacht hat.«

Daran, dass es eine weitere Einkommensquelle geben könnte, hatte Melissa noch nicht gedacht, aber es klang schlüssig. Allerdings irritierte es sie ein wenig, dass sie nie etwas davon mitbekommen hatte, und Alan und Louis vermutlich ebenso wenig, das hätten sie nicht auf Dauer vor ihr geheim gehalten – welche Veranlassung hätte dazu auch bestanden –, außer vielleicht jener, dass man sie als Frau von diesen Themen schon aus Gewohnheit ausschloss. Sie würde ihre Brüder darauf ansprechen müssen.

»Das ist sicher eine überraschende Enthüllung«, erwiderte sie, »aber warum beschäftigt dich das so? Ist das Fördern von Edelsteinen ein Verbrechen? Mein Vater hat überaus weitsichtig gehandelt.«

»Er lässt kleine Kinder für sich arbeiten, beinahe ausschließlich – oh, nicht offiziell«, fiel er ihr ins Wort, noch ehe sie etwas sagen konnte, »sondern eher unter der Hand. Obwohl die Sklaverei auf Ceylon seit 1844 verboten ist, gibt es immer noch Menschen, die wie Sklaven gehalten werden. Kleine Kinder schickt er in die engen Stollen, mit nichts als einer Kerze, um zu überprüfen, wie lange sie noch Luft zum Atmen haben. Es ist nicht selten vorgekommen, dass eins erstickt ist.«

Melissa fuhr auf. »Ich glaube dir kein Wort. Wer erzählt so etwas?«

»Es waren zuverlässige Quellen, und ich bin sogar hingefahren, um es mir genau anzusehen, aber seine Aufseher lassen niemanden auf das Grundstück. Seinem Ruf würde das, was dort geschieht, gravierend schaden.«

»Also hast du keinerlei Beweise.« Sie rutschte von seinem Schoß und kniete sich, ungeachtet möglicher Flecken, ins Gras. »Du kannst doch solche Geschichten nicht wirklich glauben.« Sie machte eine ausholende

Armbewegung. »Gut, was hier auf den Plantagen geschieht, ist sicher teilweise schockierend, aber nur weil er
so schlecht mit den Kulis umgeht, heißt das nicht, dass er
gezielt kleine Kinder sterben lässt.« Jedoch war es nicht
abwegig, das wusste sie. Es war sicher kein absichtliches
Sterbenlassen, sondern eher Gleichgültigkeit, und das
konnte sie sich bei ihrem Vater nur zu gut vorstellen.
Auch wenn sie keines der Worte über die Lippen brachte, wusste sie mit Blick zu Hayden, dass dieser erkannte,
was in ihr vorging.

»Das war noch nicht alles«, sagte er in ihr Schweigen
hinein.

Melissa legte den Kopf schief und wartete.

»Er soll in illegalen Sklavenhandel verwickelt sein. Es
gab bereits Männer, die versucht haben, dagegen vorzu-
gehen, sowohl gegen den Sklavenhandel als auch gegen
das, was in seinen Edelsteinminen vorgeht. Einer hat
ihm sogar offen gedroht, und der ist jetzt tot.«

Melissa sah ihn an, dann lachte sie ungläubig. »Er soll ein
Mörder sein?« Sie stand auf und schüttelte mit einer heftigen Bewegung ihren Rock aus. »Du solltest lieber unter-
suchen lassen, ob du nicht zu lange in der Sonne gesessen
hast.« Sie glaubte ihm das mit den Kindern, ja sogar das,
was er über den Sklavenhandel gesagt hatte, aber vorsätz-
licher Mord? Nachdrücklich schüttelte sie den Kopf, als
könnte sie damit das Unaussprechliche vertreiben.

Mit undurchdringlichem Gesichtsausdruck sah Hayden
zu ihr auf. »Ich habe gewusst, dass es besser gewesen
wäre, es dir nicht zu erzählen.«

»Ist das die einzige Antwort, die du darauf hast?«

Mit einer geschmeidigen Bewegung erhob Hayden sich nun ebenfalls. »Allerdings.« Versöhnlich streckte er die Hand zu ihr aus. »Mir ist klar, wie sich das für dich anhören muss.«

Sie wandte sich ab, ging auf Distanz. Nein, dachte sie entschieden und drängte jedes andere Gefühl zurück. Alles, aber kein Mord.

»Die Männer in Ratnapura haben diese Behauptungen nicht einfach so aufgestellt. Was denkst du, ist der Grund dafür, dass dein Vater die Edelsteine aus Ratnapura verschweigt? Es ist doch kein Verbrechen, auch noch andere Eisen im Feuer zu haben. Wie du schon sagtest, im Grunde genommen ist es sehr weitsichtig.«

Melissa zögerte. »Er wird seine Gründe haben.«

»Die hat er in der Tat.«

»Schweig jetzt bitte, ich höre mir das nicht länger an.«

Wieder streckte Hayden die Hand aus, berührte sie jedoch nicht, sondern schien darauf zu warten, dass sie ihm entgegenkam. »Sei mir nicht böse, Melissa. Ich weiß, dass dir ein solcher Gedanke völlig abwegig erscheinen muss.«

Sie schüttelte nur den Kopf. »Ich werde ihm erzählen, wie in Ratnapura über ihn gesprochen wird, und ich werde ihn nach den Edelsteingruben fragen.«

Erschrocken sah er sie an. »Ich bitte dich, das zu unterlassen.«

»Warum? Damit die Leute hinter seinem Rücken weiterhin Lügen über ihn verbreiten können?«

»Wenn an der Sache etwas dran sein sollte, ist es besser, ihn nicht in die Enge zu treiben.«

»Ah«, spottete Melissa, »du denkst also, ich sei in Gefahr? Dass er nicht einmal vor seiner Tochter haltmachen würde?«

»Vielleicht kennst du ihn einfach nicht.«

»Du bist ja von Sinnen.« Sie raffte ihr Kleid, drehte sich mit einer raschen Bewegung von ihm weg und ging auf den Weg zurück, der zum Herrenhaus führte, ohne darauf zu warten, ob er ihr folgte. An der Wegbiegung zum Haus stieß sie beinahe mit Louis zusammen, der, Estella an seiner Seite, ebenfalls auf dem Weg zum Garten zu sein schien.

»Wo kommst du denn her?«, fragte er lächelnd, ein Lächeln, das mit einem Schlag verblasste, als er über ihre Schulter sah. »Das glaube ich einfach nicht.«

Estella legte ihm beruhigend die Hand auf den Arm, die er jedoch mit einer Bewegung abschüttelte.

»Wann ist er gekommen?«

»Vorhin«, antwortete Melissa.

Weil es keinen Sinn mehr hatte, so weit hinter ihr zu bleiben, trat Hayden nun auch zu ihnen.

»Guten Tag, Louis«, sagte er, als bemerke er nichts von dem funkelnden Zorn in den Augen seines Cousins.

»Du hast ja wirklich Nerven.«

»Hör auf.« Melissa stellte sich zwischen die beiden, noch ehe Hayden etwas sagen konnte.

Weil es nun jedoch wirkte, als verstecke er sich hinter ihr, schob er sie sanft zur Seite, so dass er Louis wieder gegenüberstand.

»Nachdem du mit deiner Verlobten vermutlich auch allein irgendwo warst, bist du kaum in der Situation, uns moralische Vorhaltungen zu machen.«

Estella lief brennend rot an.

»Das war überaus taktlos«, antwortete Louis. »Aber von jemandem, der seine Cousine praktisch unter den Augen ihres Vaters von einer Gesellschaft fortführt, ungeachtet der Schwierigkeiten, in die er sie bringt, kann man wohl nichts anderes erwarten.«

»Hierher zu kommen war meine Idee«, mischte Melissa sich ein.

»Das glaube ich dir sogar, aber ich vermute, du musstest ihn nicht gerade gegen seinen Willen mitschleifen.«

Hayden schwieg.

»Stell dir vor, Vater würde euch sehen«, sagte Louis zu Melissa wie schon so oft zuvor.

»Das tut er gerade«, antwortete Hayden mit Blick über die Schulter seines Cousins.

Louis fuhr herum, und auch Melissa schnappte erschrocken nach Luft, als sie ihren Vater den Weg auf sie zukommen sah.

»Da seid ihr ja«, bemerkte er, als er bei ihnen angelangt war. Er wirkte merkwürdig erleichtert. »Alan und Lavinia reisen gleich ab, ihr solltet euch auf der Veranda einfinden.«

»Bist du eigens unseretwegen losgegangen, um uns zu suchen?«, fragte Melissa.

»Wonach sieht es denn aus?«

Sie wusste nicht, warum, aber diese Geste rührte sie, und sie trat von Hayden fort an die Seite ihres Vaters, was dieser mit einem Lächeln zur Kenntnis nahm. Bei dem Gedanken an die Geschichten, die laut Hayden über ihn kursierten, schien sich ihr das Herz umzudrehen. Er war ein strenger, oftmals zu strenger Mann, aber er war doch kein Mörder.

»Was ist los?«, fragte er. »Warum schüttelst du den Kopf?«

»Es ist nichts, nur ein lästiger Gedanke«, antwortete sie. Ihr Vater sah Hayden an, als gebe es für dergleichen Gedanken nur eine Quelle, und vermutlich ahnte er nicht, wie nahe er damit der Wahrheit kam.

Mondschein, ausgebleicht vom grauen Licht des herannahenden Morgens, tastete sich durch die Vorhangfalten in den Raum. Bis in die späten Nachtstunden hatte die Feier im Garten der Smith-Ryders gedauert, und Hayden, der von der Reise bereits erschöpft gewesen war, konnte sich nun vor Müdigkeit kaum noch auf den Beinen halten. Schlaf wollte sich dennoch nicht einstellen, und so ließ Hayden die Ereignisse der letzten Wochen und insbesondere dieses Tages Revue passieren. Melissa hatte nicht die kalte Ablehnung gezeigt, die er nach ihrem Weggang erwartet hatte, sonderlich zugänglich war sie jedoch nicht gewesen, nicht einmal im Rahmen dessen, was in der Öffentlichkeit möglich wäre. Dass er seinem Onkel nicht wirklich willkommen war, wusste er ohnehin schon, aber angesichts der Enthüllungen in Ratnapura legte er keinen besonderen Wert mehr auf dessen Anerkennung. Louis schien zwiegespalten. Sie verstanden sich eigentlich gut, aber die Sorge um seine Schwester war nun einmal stärker, und so hatte auch er sich eher distanziert gegeben. Einzig mit Henry Smith-Ryder war eine angeregte Unterhaltung möglich gewesen.

Alan hatte er nur noch kurz gesehen, ehe dieser mit Lavinia nach Colombo aufgebrochen war, und er hatte keineswegs wie ein Mann gewirkt, der sich auf das erste Zusammensein mit seiner Ehefrau freute. Lavinia hingegen strahlte eine ruhige Gelassenheit aus, die für eine Braut angesichts ihrer nahenden Hochzeitsnacht eher ungewöhnlich war. Es schien, als wäre es der Akt der Eheschließung an sich, dem sie in den Monaten zuvor voller Unbehagen entgegengeblickt hatte, und als nähme sie nun, wo es vollbracht war und seinen Schrecken verloren hatte, alles andere als dazugehörend hin.

Hayden stand auf, schob den Vorhang ein Stück beiseite und sah hinaus. In wenigen Stunden wurde die Arbeit in den Kaffeegärten wieder aufgenommen. Schon auf den Plantagen wurde deutlich, dass die Sklaverei, wenn auch formal beendet, immer noch in den Köpfen der Menschen präsent war. Was er jedoch in Ratnapura gehört hatte, übertraf das Gesehene auf den Plantagen noch um vieles. Offiziell förderte die britische Regierung das Wohlergehen der Menschen in den Kolonien, was vermutlich insofern sogar stimmte, dass grausame und barbarische Folterungen nicht mehr die Regel waren und von der jeweiligen Kolonialregierung unter Strafe gestellt wurden. Auch hier in Ceylon war Folter, wie das Abhacken von Gliedmaßen bei Aufwiegelung oder aufständischem Verhalten, unter den singhalesischen Königen durchaus gängig gewesen. Anfangs waren die Portugiesen und Holländer solchen Strafen gegenüber nicht einmal abgeneigt gewesen. Im achtzehnten Jahrhundert jedoch wurde Holland von den humanistischen Bewegungen Europas beeinflusst und bestrafte zwei seiner Gouverneure für grausames Verhalten und ging sogar so weit, einen von ihnen zu exekutieren. Auch an England war der Humanismus nicht spurlos vorbeigegangen, sondern hatte einen tiefen Einfluss auf das Land ausgeübt, so dass die Engländer gegen Praktiken wie Verstümmelung und Folter in ihren maritimen Provinzen vorgingen. 1815 begannen sie auch in Ceylon damit, grausame Bestrafungen abzuschaffen, nachdem sie das Kandy-Königreich zerstört hatten.

Es war eine Zeit, in der die Menschen der europäischen Upper Class anfing, Interesse am Wohlergehen der finanziell weniger Begünstigten und in völliger Armut Lebenden zu entwickeln, ebenso wuchs die Anteilnahme an dem Schicksal der in ihren Augen rückständigen Kulturen in allen Teilen der Welt. Sie forderten die Abschaffung der Sklaverei und die Verbesserung der Lebenssituation der Armen außerhalb Europas. Im Zuge dieser Entwicklung gingen die Briten auch gegen die Sklaverei in Ceylon vor, die von den Holländern durchaus gebilligt worden war, hatten diese doch sogar Sklaven als Bedienstete in ihre Häuser genommen. Wann immer das Mobiliar ihrer Häuser verkauft wurde, wurden selbst die Sklaven mitverkauft. Auch in den tamilischen Provinzen gab es derzeit noch drei Kasten, die kaum mehr waren als Sklaven.

Als Antwort auf die Forderung der Briten boten die Burgher 1816 an, die Kinder ihrer Sklaven freizulassen. Dennoch war die Sklaverei in Ceylon nicht wie in den meisten anderen Teilen des britischen Empire bis 1833 abgeschafft. Die Engländer in Indien zögerten, in die religiösen und sozialen Belange des Landes einzugreifen, und die Sklaverei in Ceylon war erst 1844 zeitgleich mit der in Indien beendet worden.

Hayden machte sich keineswegs die Illusion, dass es so wenige Jahre später nicht immer noch illegale Beteiligungen am Sklavenhandel gab. Es war ein einträgliches Geschäft, und in vielen Ländern der Welt war die Sklaverei alltägliche Praxis. Dennoch schockierte ihn, dass sein Onkel am Sklavenhandel beteiligt war. Die Beschäftigung von Kindern war durchaus gängig, um dergleichen zu sehen, brauchte man England nicht zu verlassen. Aber die Vorstellung von kleinen Kindern, die aus den engen Stollen Edelsteine kratzen mussten, fiel Hayden bereits schwer, ungleich schwerer war der Gedanke, wie erstickte Kinder einfach aus den Stollen getragen und durch andere ersetzt wurden. Zudem wusste er nicht, was er davon halten sollte, dass der Mann, der über all das besonders gut Bescheid zu wissen schien, tot aufgefunden worden war. Es fiel ihm schwer, sich vorzustellen, dass sein Onkel in solche Machenschaften verwickelt sein konnte. Aber warum eigentlich? Als er ihm gedroht hatte, was ihn und Melissa zu erwarten hatte, wenn Hayden sie anrührte, hatte sich für wenige Momente ein anderer Mensch gezeigt, einer, der durchaus dazu imstande war, ihm Angst zu machen. Das bewies jedoch gar nichts, und Melissa würde ihm – vermutlich zu Recht – sagen, dass jeder Vater ähnliche Drohungen ausstoßen würde, wenn er einen Bewerber ablehnte und befürchtete, dieser könne das Mädchen womöglich in Schwierigkeiten bringen.

Wie war es möglich, überlegte Hayden, der allein um Melissas willen nicht an die Schuld seines Onkels glauben wollte, dass Edward Tamasin diese glatte Fassade aufrechterhalten konnte, wenn er wirklich in all diese Machenschaften verwickelt war? Die Antwort war denkbar einfach: indem er dafür sorgte, dass nie etwas davon an die Öffentlichkeit gelangte.

23

»Ihr habt euch gestritten.« Louis machte keinen Hehl aus seiner Zufriedenheit über diese Feststellung.

»Keineswegs«, antwortete Melissa, während sie neben ihm ihren geliebten Waldweg entlangspazierte. »Es ist eine kleine Meinungsverschiedenheit, du brauchst dir keine Gedanken zu machen.«

»Oh, missverstehe mich nicht, ich würde eine solche Entwicklung durchaus begrüßen.«

»Es bräuchte mehr als einen Streit, um mich von ihm zu trennen.« Dabei boten Haydens Anschuldigungen wahrlich Grund genug, wenigstens darüber nachzudenken, und genau das tat Melissa nicht. Ihre anfängliche Empörung war Unsicherheit gewichen. Es war nicht die erste Illusion, die den Schatten der Unsicherheit gewichen war, jedoch war die Ausbeutung tamilischer Arbeiter etwas vollkommen anderes als die Dinge, die Hayden ihrem Vater zum Vorwurf machte. Genau das war es jedoch: Es war so ungeheuerlich, dass sie sich einfach nicht vorstellen konnte, dass Hayden sich all das ausgedacht hatte.

»Worum ging es?«

»Was soll das, Louis? Du bist doch sonst nicht so neugierig.«

»Ich habe schon auf Alans Hochzeit gemerkt, dass etwas zwischen euch nicht stimmt.«

Melissa hob die Schultern und antwortete nicht.

»Hat er dich schlecht behandelt?« Schwang da etwa Hoffnung in seiner Stimme mit?

»Natürlich nicht.« Melissa sog ihre Unterlippe ein und biss darauf herum, eine Angewohnheit beim Nachdenken, die ihre Mutter ihr schon als Kind nicht hatte austreiben können. Louis, der sie besser kannte als jeder andere, schwieg und wartete, als merke er, dass sie mit sich rang.

»Weißt du, ob Papa noch Geschäfte außerhalb der Plantage führt?«

In Louis' Blick hatte sich Vorsicht geschlichen. »Warum fragst du?«

»Wegen einiger Dinge, die Hayden mir erzählt hat, er war in Ratnapura.«

»Ah ja.«

Melissa wartete. »Ist das alles, was dir dazu einfällt?«, fragte sie schließlich.

»Vater hat aller Wahrscheinlichkeit nach Geschäfte dort laufen«, sagte Louis dann nach kurzem Zögern. »Aber was es genau ist, weiß ich auch nicht. Ich hatte mal in seinem Arbeitszimmer Unterlagen gefunden, die auf Tätigkeiten mit Edelsteinen hindeuten.« Louis runzelte die Stirn und wirkte nachdenklich. »Es war nichts Alarmierendes, daher habe ich dem keine weitere Bedeutung beigemessen.«

Es raschelte im Unterholz, und das keckernde Geräusch eines Vogels war zu hören. Hier war das Blätterdach so dicht, dass die Sonnenstrahlen es nur schwer zu durchdringen vermochten und an einigen Stellen des Bodens lediglich Lichtpfützen inmitten grünen Dämmerlichts lagen.

»Was hat Hayden denn erzählt?«

Melissa hielt den Blick auf den Weg vor sich gesenkt und ließ sich Zeit mit der Antwort. »Er sagte, dass Papa Kinder in Stollen schuften lässt, um Edelsteine zu fördern.«

»Das erstaunt mich nicht, was mich vielmehr erstaunt, ist, dass es dich offenbar so beschäftigt.«

»Er soll sie sich zu Tode arbeiten lassen.«

»Schlimm, in der Tat, aber nichts, was ihm nicht zuzutrauen wäre.«

»Denkst du?« Melissa schüttelte den Kopf. »Ich sage ja gar nicht, dass das, was er hier tut, richtig ist, aber das heißt nicht, dass er keine Grenzen kennt. Das ist noch nicht alles. Hayden sagt, Papa habe seine Hände sogar im Sklavenhandel, und das ist illegal.«

»Ich kann mir nicht vorstellen, dass er seine Reputation mit einer so riskanten Unternehmung aufs Spiel setzt«, meinte Louis.

»Hayden sagte, ein Mann habe das herausbekommen und sei nun tot.«

Unvermittelt blieb Louis stehen. »Ihr wagt euch gerade auf sehr gefährliches Terrain.«

»Das ist nicht die Antwort, die ich erwartet habe.«

»Ich weiß.« Sie setzten ihren Weg fort. »Du möchtest, dass ich vehement leugne, dass ihm diese Dinge zuzutrauen sind. Ich denke schon, dass er dazu imstande wäre, jemanden zu töten, aber ich glaube nicht, dass er es bisher getan hat.« Louis zuckte die Schultern. »Erklären kann ich es allerdings nicht, es ist nur ein Gefühl. Aber woher hat Hayden diese Dinge?«

»Gerüchte.«

Während sie langsam weitergingen, konnte Melissa sehen, wie es in ihrem Bruder arbeitete. »Ihr solltet beide nicht weiter in diese Richtung forschen«, nahm er schließlich das Gespräch wieder auf. »Irgendwann bekäme Vater es heraus, und dann kann es ziemlich ungemütlich werden. Und wenn die ganze Sache stimmt, nun ja, dann empfehle ich euch unbedingt, ihn nicht wissen zu lassen, was ihr gehört habt, insbesondere Hayden, dir wird er wohl schwerlich etwas tun.«

»Denkst du, er würde Hayden etwas antun?«

Louis schwieg. Sie waren am Ende des Weges angekommen, der zum Grundstück der Fitzgeralds führte. Frisch und grün erstreckte sich das Weideland über sanfte Hügel, und das Bild grasender Pferde war von solch einer Friedlichkeit, dass Melissa sich wünschte, einfach hier verharren zu können. Ganz leise war das ferne Rauschen eines kleinen Wasserfalls zu hören. Sie würde mit ihrem Vater reden. Den Mund bereits zu einer entsprechenden Ankündigung geöffnet, blieb sie mit einem Seitenblick auf Louis dennoch stumm. Es war besser, wenn er nichts davon wusste.

Melissa ging Hayden aus dem Weg, obwohl sie wusste, dass sie ihm Unrecht tat. Er würde vielleicht nur wenige Tage bleiben können, doch auch wenn es ihr widerstrebte, diese kurze Zeit nicht zu nutzen, so war sie derzeit nicht imstande, mit ihm zu sprechen. Erst einmal musste sie sich Klarheit verschaffen und wissen, wie sie mit dem, was sie gehört hatte, umgehen sollte. Es wäre leicht, Hayden zu unterstellen, er gebe nur vage Gerüchte wieder, aber sie sah ja, wie er unter dem, was er wusste oder zu wissen glaubte, litt. Zweifellos dachte er, sie mache ihm die Dinge, die er ihr gesagt hatte, zum Vorwurf.

Es war seltsam, aber ohne Alan erschien ihr das Haus leerer als sonst. Sie hätte gerne auch mit ihm darüber geredet, obwohl er nun wahrlich nicht gerade ihr Vertrauter war. Aber vielleicht wusste er etwas, das Louis nicht wusste. Bei Louis könnte ihr Vater Bedenken haben, er würde moralische Einwände hegen. Zwar hegte Alan diese durchaus selbst, aber er würde sie nicht äußern oder versuchen, sie durchzusetzen. Natürlich erwartete sie nicht, dass er über den Sklavenhandel oder gar den angeblichen Mord Bescheid wusste, aber wenn sie wenigstens Gewissheit darüber hätte, ob die Sache in Ratnapura der Wahrheit entsprach, dann hätte sie einen festen Punkt, um den sie alles andere nach und nach ordnen konnte.

Ihr Vater war tagsüber selten in seinem Arbeitszimmer, sondern meist auf der Plantage unterwegs, daher hegte sie einerseits die vage Hoffnung, sie könne das Gespräch noch ein wenig aufschieben, andererseits fürchtete sie sich genau davor, denn sie wusste nicht, ob sie abends immer noch den Mut finden würde, ihn auf diese ungeheuerlichen Verleumdungen anzusprechen. Aber wovor fürchtete sie sich?

Geschäftig klang die Stimme, mit der ihr Vater sie in sein Arbeitszimmer bat. Der Blick, mit dem er sie bedachte, während sie eintrat und die Tür hinter sich schloss, war ungeduldig, als erwarte er entweder schlechte Nachrichten oder eine entnervende Diskussion. Er stand vor einem Regal und hielt eine Mappe in der Hand, in der er offensichtlich gelesen hatte.

»Wenn ich störe, komme ich später wieder«, sagte Melissa.

Mit einer Hand winkte er sie heran, während er mit der anderen die Mappe aufgeschlagen ins Regal legte. »Nein, ich kann etwas Zeit für dich erübrigen, wenn es nicht ausgerechnet um einen leidigen Hayden-Disput geht, denn erfahrungsgemäß folgen darauf Szenen, die ich dir und mir gerne ersparen würde.«

Melissa schüttelte den Kopf, und er schien beruhigt, setzte sich auf seinen Stuhl hinter den Schreibtisch und bedeutete ihr, ebenfalls Platz zu nehmen. Melissa ließ sich langsam auf einem Stuhl nieder und vergrub ihre Hände in den Falten ihres Kleides. Jetzt, wo sie vor ihm saß, wusste sie nicht, wie sie anfangen sollte.

Ihr Vater trommelte mit den Fingern auf die hölzerne Armlehne seines Stuhls. »Ich warte.«

»Stimmt es, dass du Geschäfte in Ratnapura tätigst?«, fragte sie in einem Atemzug.

Bedächtig musterte ihr Vater sie, in den Augen kein unsicheres Glimmen, das einen Menschen verriet, dem man auf die Schliche kam. »Warum ist das für dich von Interesse?«

»Weil ich Gerüchte gehört habe und …«, wissen wollte, ob sie wahr sind, hatte sie sagen wollen, schloss jedoch mit, »ich dachte, du solltest sie kennen.«

»Was für Gerüchte sind das?«

»Du förderst Edelsteine.«

Er nickte. »Das ist richtig. Ich ahne jedoch nicht, warum dich ein solches Gerücht in eine derartige Unruhe versetzt. Es mag überraschend für dich sein, aber als Tochter kannst du schwerlich erwarten, über alle meine Geschäfte auf dem Laufenden zu sein.«

»Louis wusste ebenfalls von nichts.« Sie tat einen tiefen Atemzug. »Aber das ist ja gar nicht der Punkt.«

»Sondern?« Sehr ruhig war seine Stimme, von keiner Unruhe oder Besorgnis getrübt. Melissa kam sich mittlerweile lächerlich vor, überhaupt mit dem Thema angefangen zu haben.

»Lässt du Kinder für dich arbeiten?«, setzte sie ihre Fragen dennoch fort.

»Wer tut das nicht?«

»So lange, bis sie vor Erschöpfung sterben?«

Unwillig verzog er das Gesicht. »Ich bin nicht vor Ort, Melissa, daher kann ich dir beim besten Willen nicht sagen, wie weit Eltern, die ihre Kinder mitverdienen lassen, gehen. Fängst du nun genauso an wie Louis?«

Sie neigte leicht den Kopf zur Seite. »Nein«, sagte sie nur.

»Sonst noch etwas?«

»Bist du in Sklavenhandel verwickelt?« Die Frage war so schnell heraus, dass Melissa sich nicht einmal mehr die Zeit nehmen konnte, sie weniger direkt zu formulieren. Jetzt änderte sich der Blick ihres Vaters. »Wie kommst du auf eine solche Frage?« Ein dunkler Unterton hatte sich in seine Stimme geschlichen. Melissa sank unmittelbar ein wenig in sich zusammen.

»Es ist eines der Gerüchte, die ich gehört habe.«

»Gerüchte werden einem immer zugetragen. Ich möchte wissen, wer in deinem Fall die Quelle war.«

»Gerede«, murmelte Melissa.

»Aber irgendjemand muss es dir doch erzählt haben, mein Täubchen«, sagte ihr Vater sanft.

Ihr Schweigen war absurd, aber warum nur diese Unruhe?

»Hayden, ja? Er war in Ratnapura, und nachdem er zurück ist, kommst du plötzlich mit einer solchen Geschichte daher.«

Melissa nickte zögernd. »Du darfst nicht denken, er hätte mir diese Dinge erzählt, um mich gegen dich aufzubringen.« Wer hatte denn so etwas behauptet? Warum brachte sie ihn überhaupt auf eine solche Idee, indem sie diese Vermutung suggerierte? »Er war beunruhigt und wollte mir nicht sagen, warum, aber ich wollte es unbedingt wissen.«

»Wann hat er dir das erzählt?«

»Am Tag seiner Ankuft.«

Ihr Vater wirkte erstaunt. »In der Tat? Vor anderen Leuten auch noch?«

Das Blut schoss ihr ins Gesicht, während ihr Mund sich öffnete, um eine Lüge zu formen über die Anwesenheit von Louis und Estella, die sich jedoch nicht artikulieren ließ, als verweigere ihre Zunge ihr den Dienst.

»Ah, ich verstehe.« Ein Lächeln breitete sich über sein Gesicht. »Es war richtig, dass du mir alles erzählt hast, du bist eine gute Tochter.« Er stand auf. »Und nun geh bitte auf dein Zimmer.«

»Was wirst du tun?«

»War ich gerade nicht deutlich genug?«

Melissa blieb sitzen, umschloss jedoch die Armlehnen

ihres Stuhls mit den Händen. »Wirst du mit Hayden reden?«

»Ich wiederhole nur noch einmal, dass du auf dein Zimmer gehen sollst, danach werde ich dich eigenhändig hochschleifen, was ich nur sehr ungern täte.«

Mit wild klopfendem Herzen stand Melissa auf, und ihr Vater zog an einem Klingelstrang. Beinahe umgehend stand ein Dienstbote in der Tür, beflissen und mit gesenktem Blick.

»Sie wünschen, Peri-Aiyah?«

»Begleite meine Tochter zu ihrem Zimmer und verschließ die Tür, danach bring Sin-Aiyah Hayden zu mir.«

Entsetzt starrte Melissa ihren Vater an. »Du kannst mich doch nicht einsperren lassen.«

»Ich kann noch eine ganze Menge mehr, mein liebes Kind, wenn du dich weiterhin in Gegenwart des Personals im Ton vergreifst.«

Melissa zerknüllte mit den Fäusten den Musselinstoff ihres Kleides, folgte dann jedoch kommentarlos dem Dienstboten hinaus. Überlaut hallten ihre Schritte auf dem Marmor des Korridors und der hölzernen Treppe wider. Sie betrat ihr Zimmer, sah zu, wie der Dienstbote mit regungslosem Gesicht den Schlüssel vom Schloss abzog und die Tür hinter sich zuzog. Ein leises Knirschen verriet, dass er die Tür, wie aufgetragen, abschloss. Melissa tastete sich rückwärts zu dem nächsten Sessel und sank kraftlos darauf. Ihr Herz schlug mit schmerzhafter Intensität, und das Atmen fiel ihr schwer. Sie versuchte, auf Schritte zu lauschen, die ihr verrieten, dass Hayden sich auf den Weg zu ihrem Vater machte, aber das Dröh-

nen in ihren Ohren ließ kaum noch Geräusche von außerhalb zu ihr durchdringen.

Die Hände hinter dem Kopf verschränkt lag Louis auf
dem Rücken im sonnenwarmen Gras, während Estella
neben ihm auf dem Bauch auf seinem Gehrock lag, die
Ellbogen in die weiche Erde gestemmt, und Küsse auf
seinen Mund hauchte. Es waren seltene Momente, an denen sie sich so wie früher treffen konnten, und Louis verwünschte die Tatsache, dass er, anstatt ihre Anwesenheit
zu genießen, die ganze Zeit nur daran denken konnte,
dass Melissa sich garantiert in Schwierigkeiten brachte.
Entschieden schob er den Gedanken von sich, umfasste
Estellas Gesicht, um ihren Kuss zu vertiefen. Sie bewegte
sich vor und legte die Hände auf seine Schultern. Weich
lag ihr Oberkörper auf seiner Brust.
»Wir müssen heiraten«, sagte sie, als er ihren Mund kurz
freigab. »Am besten sofort.«
Er lachte leise und drehte sich mit einem Ruck, so dass
sie unter ihm zum Liegen kam, ihr Kopf auf seine Hände
gebettet. »Nur noch wenige Monate«, versprach er und
küsste sie wieder. »Eine überschaubare Wartezeit.« Das
zumindest sagte er sich, wenn ihn das Verlangen nach
den Frauen, denen er auf seinen nächtlichen Streifzügen
begegnete, überkam.
Ihre Wangen färbten sich hellrosa, aber ehe er sich
scherzhaft über ihre Verlegenheit mokieren konnte, hatte sie seinen Kopf bereits wieder zu sich heruntergezo-
gen. Für wenige Augenblicke vergaß er Melissa und die
Dinge, die sie ihm erzählt hatte, gänzlich, dann jedoch

drängten sie sich unwillkommen wieder auf, kaum dass er sich von Estella gelöst hatte.

»Du bist abgelenkt«, sagte sie, wobei ihre Stimme frei von jeder Anklage war.

»Es tut mir leid.«

Sie schüttelte den Kopf. »Das soll es nicht. Was ist denn?«

»Meine Schwester.« Wieder einmal.

Estella seufzte leise. »Lass sie doch, wenn sie ihn liebt.«

»Darum geht es nicht. Sie wagt sich auf sehr gefährliches Terrain, forscht hinter Gerüchten über meinen Vater her, Dinge, die entweder nicht stimmen oder die er um jeden Preis verbergen möchte.«

»Inwiefern droht ihr denn Gefahr? Denkst du, er bedroht seine eigene Tochter? Das ist doch unsinnig.«

Louis lächelte. »Du hast recht, das ist es wohl.« Er nestelte an den kleinen, stoffüberspannten Knöpfen und legte den Ansatz ihres Mieders frei. Während er sie küsste, liebkoste und leise Zärtlichkeiten an ihrem Mund flüsterte, wünschte er sich nichts mehr, als sie hier und jetzt zu seiner Ehefrau zu machen. Allein ein kleiner Rest Vernunft hielt ihn zurück. Sie würden sich in spätestens zwanzig Minuten auf den Heimweg machen müssen, und sie hatte etwas Besseres verdient, als dass er sich auf dem Waldboden unter ihre Röcke wühlte. Zudem ließ sich die Unruhe – verwünscht sollte Melissa sein – nicht verdrängen.

Als sie sich schließlich aufsetzten und Estella den Kopf senkte und die Knöpfe schloss, rutschten einige Strähnen aus ihrer Hochsteckfrisur. Louis beugte sich vor und strich ihr die Haare zurück, dann stand er auf und half ihr hoch. Sie steckte ihren Haarknoten wieder fest und sah an ihrem Rock hinunter, ob der Waldboden verräterische Spuren auf dem dunklen Stoff hinterlassen hatte. Wortlos machten sie sich auf den Heimweg. Louis begleitete Estella ein Stück weit, so dass sie den größten Teil des Weges nicht allein gehen musste.

»Du fehlst mir so, wenn ich daheim bin«, sagte Estella und schmiegte sich enger an ihn. »Ich möchte nicht nur von gestohlenen Stunden mit dir leben.«

»Das möchte ich ebenso wenig. Ich tue, was ich kann.«

»Ich weiß, es sollte auch kein Vorwurf sein.«

Louis drückte seine Lippen auf ihren Scheitel. Ein umgestürzter Baum am Wegesrand markierte ihren Treffpunkt und auch jenen Punkt, an dem sie sich wieder trennten. Sich zu küssen, wagte sie so nah beim Haus nicht, und so umschloss Louis lediglich Estellas Hände mit den seinen. Das Herannahen einer Kutsche ließ sie beide einen Schritt zurücktreten, und ihre Abschiedsworte auf den Lippen erstarben.

Es war die Kutsche der Fitzgeralds, die neben ihnen zum Stehen kam und der Elizabeth entstieg. Ihre Wangen waren gerötet, und in ihren Augen lag ein seltsamer Glanz. Unter halbgesenkten Wimpern warf sie Louis einen Blick zu, dann lächelte sie.

»Wo kommt ihr beide denn her? Estella, dein Vater sagte mir, du seiest spazieren. Ich nehme an, ihr habt euch hier zufällig getroffen, weil Louis auf dem Weg zu dir ist?«

»Warum warst du bei uns?«, stellte Estella eine Gegenfrage.

»Oh, ich wollte dich besuchen.« Aus welchem Grund auch immer lief sie tiefrot an. »Na ja, danach war ich noch ein wenig spazieren, daher treffen wir uns auch jetzt, obwohl ich schon vor einer halben Stunde bei deinem Vater war.«

Estella zuckte die Schultern, es interessierte sie sichtlich wenig.

»Ich will euch natürlich nicht länger aufhalten.« Elizabeth wollte wieder in die Kutsche steigen, und Louis sah sich gezwungen, ihr hineinzuhelfen. Sie umfasste seine Hand eine Spur fester, als es nötig gewesen wäre.

»Schreckliche Person«, sagte Estella, während sie der Kutsche nachsah. »Und trotz der Sache in der Stadt lässt sie nicht locker und besucht mich nach wie vor.« Sie schüttelte angesichts eines solchen Verhaltens verständnislos den Kopf.

»Denk nicht an sie.« Louis presste seine Lippen auf ihre Hand. »Wir sehen uns morgen, ja? Ich besuche dich.« Er sah ihr nach, wie sie den Weg zur Plantage ihres Vaters einschlug. Als sie schließlich außer Sichtweite war, machte er sich seufzend auf den Heimweg.

Hayden hatte kein gutes Gefühl, als sein Onkel ihn mitten am Tag durch einen Dienstboten zu sich bestellen ließ. Seit ihrem Disput auf Alans Hochzeit hatte Melissa kaum noch mit ihm gesprochen, und obwohl Hayden verstehen konnte, dass sie versuchte, die Dinge, die er ihr über ihren Vater erzählt hatte, als falsch abzutun, wusste er nicht, was er von ihrer Schweigsamkeit halten sollte. War sie ihm böse, weil sie glaubte, er würde Unwahrheiten in die Welt setzen? Das jedoch weigerte sich Hayden, zu glauben. Sie musste ihn besser kennen. Oder war sie einfach verwirrt und wollte über alles nachdenken? Dafür hätte er Verständnis. Dennoch wünschte er sich, sie würde ihn nicht ausschließen. Sie hatten nur so wenige Tage miteinander.

Der Dienstbote führte ihn schweigend zum Arbeitszimmer seines Onkels, obwohl Hayden den Weg selbst kannte. Auf diese Weise bekam die ganze Sache einen offiziellen Charakter, der Hayden nicht behagte. Er betrat den Raum, nachdem sein Onkel ihn hineingebeten hatte, und erkannte an dessen Gesichtsausdruck, dass er mit seinen unguten Vorahnungen richtig gelegen hatte. Die Art, in der er ihn musterte, erinnerte an jenen Moment, in dem er ihm in Gampola offen gedroht hatte. Er strahlte etwas Gefährliches, Kaltes aus, unheilverkündend, und angesichts der Enthüllungen in Gampola war Hayden dazu geneigt, diese so deutlich ausgedrückte Feindseligkeit ernst zu nehmen.

Edward Tamasin stand vor ihm, die Hände hinter dem Rücken verschränkt, und er bot auch Hayden nicht an, sich zu setzen. »Ich habe dich hier als Gast aufgenommen«, machte er den Anfang, »und ich meine, es an keinem Aspekt der Gastfreundschaft habe fehlen zu lassen. Sogar als du meiner Tochter nachgestellt hast«, er hob die Hand, »untersteh dich, mich zu unterbrechen! Sogar als du meiner Tochter nachgestellt hast, habe ich dich hier wohnen lassen und dir jeden Komfort gewährt. Ich habe dir sogar erlaubt, mit meiner Tochter weiterhin verwandtschaftlich zu verkehren.«

»Das alles ist mir durchaus bewusst, und ich bin dir dankbar dafür.«

»Ah, bist du das? Und wie erklärst du dir dann die ungeheuerlichen Dinge, die mir Melissa vor wenigen Minuten eröffnet hat?«

Es war ein diffuses Unbehagen gewesen, das Hayden die ganze Zeit über begleitet hatte, eines, das er nicht hatte erklären können. Damit jedoch hatte er nicht gerechnet. Wut flammte in ihm auf und überlagerte jede andere Empfindung. Er konnte nicht glauben, dass sie ihn so hinterging.

»Ich nehme an, du redest von den Vorkommnissen in Ratnapura«, sagte er, wobei er versuchte, seine Stimme ruhig zu halten.

Edward Tamasin verengte die Augen kaum merklich. »Ich rede davon, dass du meine Tochter gegen mich aufhetzt.«

»Das habe ich nicht getan.«

»Hast du ihr keine Lügengeschichten erzählt von Dingen, die sich angeblich in Ratnapura ereignet haben und mit mir in Zusammenhang stehen sollen?«

»Angeblich?«

Ein schwaches Lächeln schlich sich um die Mundwinkel seines Onkels. »Du schenkst diesen Dingen wirklich Glauben? Und hast noch dazu die Frechheit, Melissa damit zu verwirren? Sie war verstört, was ja auch kein Wunder ist. Es hat mich eine Menge Erklärungen gekostet, sie von diesen unhaltbaren Gerüchten abzubringen.«

Was Hayden verwirrte, war diese völlige Gemütsruhe seines Onkels. Angesichts dessen, was Hayden über ihn wusste, hätte er wesentlich beunruhigter sein müssen. Und wenn es nicht der Wahrheit entsprach? Wenn Hayden selbst nur irgendwelchen Lügen aufgesessen war, in die Welt gesetzt von Neidern oder Missgünstigen? Aber würde sein Onkel dann so reagieren? Würde er nicht vielmehr lachen, weil die Anschuldigungen so absurd waren? Oder erschrocken sein, weil man ihm Dinge wie Sklavenhandel und Mord unterstellte? Aber hatte Melissa überhaupt alles erzählt? Oder nur selektiv gefragt, weil sie sich langsam vortasten wollte?

»Du dachtest, sie behält es für sich, nicht wahr?« Edward Tamasins Stimme klang erheitert. »Aber sie ist meine Tochter, und auch wenn sie eine Zeitlang geglaubt hat, dich heiraten zu wollen, haben deine Verleumdungen ihr die Augen geöffnet. Du warst eine abenteuerliche Abwechslung, mehr nicht.«

»Was hat sie dir erzählt?«

»Angefangen hat sie mit den Edelsteinschächten, in denen ich Kinder arbeiten lasse – was der Wahrheit entspricht, worin ich jedoch kein Verbrechen sehe. Dann wurde es ein wenig verworren, sie sprach von Sklavenschiffen.« Hayden sah ihn an. »Von Schiffen hat sie dir erzählt? Das sollte mich wundern, denn davon habe ich ihr nichts gesagt. Ich sprach vom Sklavenhandel, ob über Land oder auf See, dürfte sie nicht wissen. Du offenbar schon.«

Der Gesichtsausdruck seines Onkels täuschte Nachdenklichkeit vor, hinter der Hayden jedoch ein Lauern zu sehen glaubte, das sich in winzigen Nuancen der Mimik offenbarte.

»Du plapperst unbewiesene Behauptungen nach.«

Hayden antwortete nicht.

»Was genau bezweckst du damit, solche Dinge hier publik zu machen?«

Wieder gab Hayden keine Antwort, sondern wartete, was seinen Onkel zusehends verärgerte.

»Selbst wenn es stimmen würde, hättest du nicht die geringsten Beweise dafür.«

»Es geht mir nicht darum, dich zu überführen.«

»Sondern?«

»Ich möchte nur wissen, woran ich bin.«

Edward Tamasin lachte spöttisch. »Hast du das bis jetzt noch nicht begriffen?«

»Für einen Mörder habe ich dich bisher nicht gehalten.«

Ein Funke glomm in den Augen seines Onkels auf. »Ah, wie beruhigend.«

»Und doch sollst du einen Mord in Auftrag gegeben haben, als man dir auf die Schliche kam.«

Ohne ein Wort zu sagen, sah sein Onkel ihn lange und eindringlich an. Aber Hayden überspielte sein Unbehagen, indem er seinem Blick standhielt.

»Was den Sklavenhandel angeht …«, setzte Hayden an, wurde jedoch von seinem Onkel unterbrochen.

»Sklaven gab es immer und wird es immer geben, was nicht heißen soll, dass ich damit etwas zu tun habe. Aber auch diesem Land ginge es besser, wenn wir Sklaven auf den Plantagen hätten, statt immer wieder Scharen von Arbeitern aus Südindien einwandern zu lassen, die ihre Familien mitbringen und sich ständig beklagen, dass die Arbeit zu hart und das Geld zu wenig sei.«

Darüber einen Disput einzugehen erschien Hayden sinnlos, und er zuckte nur mit den Schultern.

»Allein dafür, dass du Melissa gegen mich aufbringen wolltest, hättest du verdient, dass ich dich mit meiner Reitpeitsche aus dem Haus jage. Was jedoch noch weitaus schwerer wiegt, ist die Tatsache, dass du sie dazu verführt hast, mit dir zusammen die Hochzeitsgesellschaft zu verlassen.«

Hayden wurde heiß. Hatte sie das wirklich erzählt?

»Ein Abenteuer, wie ich schon sagte.« Trotz des beinahe scherzhaften Tons sah sein Onkel ihn in einer Weise an, die Hayden, wäre er ängstlicher Natur gewesen, zutiefst verunsichert hätte. »Was mache ich nun mit euch beiden?«

»Melissa trifft keine Schuld.«

»Es ehrt dich, das zu sagen.« Edward Tamasin ging zum Fenster und sah hinaus, die Hände wieder hinter dem Rücken verschränkt. »Du wirst mein Haus verlassen und es nicht wieder betreten, damit bin ich noch sehr milde.«

»Was ist mit Melissa?«

»Das geht dich nichts an.«

»Tu ihr nicht weh, sie trifft keine Schuld.«

Langsam drehte Edward Tamasin sich wieder um. »Wofür hältst du mich? Ah, ich vergaß, wer mit Sklaven handelt und einen Mord in Auftrag gibt, der macht vermutlich auch vor einer ungehorsamen Tochter nicht halt, ja?«

»Du hast es getan, nicht wahr? Die Dinge, die erzählt werden, stimmen.« Hayden sah ihm fest in die Augen. »Ich kann es doch ohnehin nicht beweisen, welche Notwendigkeit besteht dann, es abzustreiten?« Als keine Antwort kam, fügte er hinzu: »Mir scheint beinahe, als sei dein Siegelring das einzig moralisch gute Erbe, das du deinen Kindern zu bieten hast.«

Verständnislosigkeit zeichnete sich auf Edward Tamasins Zügen ab. »Wovon, um alles in der Welt, redest du? Welcher Ring?«

Stille. Stille, die schwer wog, immer schwerer, während sich in Haydens Kopf unfassbare Gedanken formten und er das erste Mal sah, wie aus dem Gesicht seines Onkels jede Farbe wich, wie glatte Beherrschtheit Begreifen und Bestürzung wich.

»Verlass mein Haus«, wiederholte Edward Tamasin tonlos.

»Du erinnerst dich nicht, stimmt's?« Hayden erkannte seine eigene Stimme kaum wieder, die leise in die Stille troff. »Weil du dich nicht erinnern kannst?«

»Wer erinnert sich schon an jedes Wort, das er im Leben gesagt hat?«

»Oh, er war dir wichtig, sehr wichtig, dieser Brief aus China, kurz vor deiner Abreise, diese Bitte um Verzeihung und das Wertvollste, das du besessen hast, um es deinen Kindern zu hinterlassen.«

Edward Tamasin, dessen Gesicht eine beinahe gräuliche Färbung angenommen hatte, legte eine Hand auf die Rückenlehne seines Stuhls, eine Haltung, die nonchalant wirken sollte, aber sichtlich nichts anderes war als das Suchen nach Halt.

»Ich nehme an«, fuhr Hayden leise fort, »die Frage, wer du bist, ist müßig?«

Ein Lächeln verzerrte die Züge seines Onkels. »Deine Versuche, zu wissen, woran du bist, scheitern immer wieder, Neffe.«

»Sie haben von dir erzählt, alte Geschichten ...«

Wieder Schweigen.

»Hattest du nie Angst, dass es jemand merkt?«

Sein Onkel schien sich langsam wieder gefangen zu haben. »Glaubst du, ich hätte all die Jahre in seiner Rolle leben können, wenn ich nicht gelernt hätte, er zu sein?« Wieder dieses geisterhafte Lächeln. »Und was willst du tun? Die Familie alarmieren oder die Polizei? Ihnen sagen: ›Der Mann, der über dreißig Jahre als Edward Tamasin lebt, ist ein Hochstapler.‹? Willst du jemanden hierherschicken, der mich anhand alter Fotos erkennen soll, der einen Jüngling von fünfzehn Jahren mit einem Mann vergleicht, der die sechzig bald erreicht hat?« Er neigte sich leicht vor. »Du würdest dich lächerlich machen, mein Junge. Ich muss nämlich überhaupt nichts beweisen, ich bin ein angesehenes Mitglied der Ceyloner Gesellschaft. Du hingegen müsstest mir erst einmal nachweisen, dass ich nicht der bin, der ich vorgebe zu sein.«

Hayden war schwindlig, und er rieb sich mit einer Hand über die Stirn. »Wo ist mein Onkel?«

»Was von ihm übrig ist, dürfte sich auf dem Grund des Meeres befinden.«

»Großer Gott.«

»Er war wie du«, sagte Edward Tamasin mit einer Stimme, als spräche das nicht gerade für Hayden. »Idealistisch, ein Mann, der das Herz auf der Zunge trägt und überstürzte Heiratspläne einging. Er war mit einer Chinesin verlobt. Kannst du dir etwas so Dummes vorstellen?«

»Liegt seine Verlobte auch auf dem Grund des Meeres?« Edward Tamasin lächelte. »Aber nein, sie wurden auf andere Weise vereint.«

»Was meinst du?«

Edward jedoch zuckte nur mit den Schultern und setzte sich auf seinen Stuhl. Langsam nahm sein Gesicht wieder eine gesündere Färbung an. »Seit über dreißig Jahren lebe ich nach Regeln, die nie meine waren. Ich habe geheiratet und Kinder bekommen, die ich nach moralischen Grundsätzen erziehe, an die ich nie geglaubt habe.«

»Du bist ein Mörder«, sagte Hayden.

»Es gibt wenig, was ich nicht bin. Außer natürlich dein Onkel.« Er grinste, was Hayden unheimlicher fand als einen Wutausbruch.

»Was geschieht jetzt mit Melissa?«

»Du solltest dir vielmehr Sorgen darüber machen, was mit dir geschieht.« Er öffnete eine Schublade seines Schreibtischs, zog eine Pistole hervor und legte sie auf den Tisch. »Keine Sorge, sie ist nicht geladen. Ich dachte nur, was ich dir zu sagen habe, bekommt auf diese Weise mehr Glaubwürdigkeit.«

Hayden zwang sich zu einer entspannten Haltung, obwohl alles in ihm schrie, wegzulaufen.

»Ich könnte dich hinterrücks erschießen wegen versuchter Schändung meiner Tochter.«

»Das ist doch absurd, ich habe sie nie angerührt, und Melissa würde dergleichen auch nicht behaupten.«

Edward sah ihn an. »Es gäbe genug Dienstboten, die an meiner Seite waren, als ich dich dabei ertappt habe. Es wird ein zerfetztes Mieder geben und natürlich eine Tochter, die voller Scham in ihrem Zimmer sitzt und nicht herauskommt, was jeder Polizist verstehen würde.«

»Du musst den Verstand verloren haben.«

Edward öffnete eine weitere Schublade und zog eine Handvoll Patronen hervor, die er ebenfalls auf den Schreibisch legte. »Du verlässt mein Haus jetzt, auf der Stelle, und kehrst nie wieder zurück. Wenn ich höre, dass über diese unselige Geschichte auch nur ein Flüstern laut wird, verschwindest du eines Tages im Dschungel und tauchst nicht wieder auf. So etwas passiert bisweilen, der Dschungel lockt die törichtsten Abenteurer.«

Hayden dachte an den Augenblick, in dem er in den Gewehrlauf des Singhalesen geblickt hatte. Diese Angst war greifbar gewesen, während das, was er jetzt empfand, etwas seltsam Unwirkliches hatte. Er trat einen Schritt vom Schreibtisch zurück. »Was hast du mit Melissa vor?«

»Glaubst du wirklich, ich tue meinem eigenen Kind etwas an?«

Nein, dachte Hayden, nein, das würdest du nicht tun. Er wollte etwas sagen, sich nicht einfach aus dem Haus jagen lassen, aber was ihn anging, würde Edward Tamasin – oder wer auch immer er war – keine Gnade walten lassen.

»Ich packe meine Sachen.«

»O nein, du gehst. Warte außerhalb meiner Plantage, meine Dienstboten werden dir deine Sachen bringen.«

»Ich …«

»War ich nicht deutlich, Hayden?«

»Woher weiß ich, dass dein Dienstbote mir meine Sachen wirklich bringt und mich nicht die Nacht über vor deiner Plantage sitzen lässt.«

Edward hob spöttisch die Brauen. »Ein kleinlicher Rachefeldzug, findest du nicht? Mach dir keine Sorgen.«

Weil es nichts gab, was er noch tun konnte, verzichtete Hayden auf weitere Dispute und konnte nur hoffen, dass sein Onkel wirklich schnellstmöglich jemanden schickte. Ohne einen Abschiedsgruß drehte er sich um und ging zur Tür. Er war erst wenige Schritte gegangen, da ertönte im Arbeitszimmer ein Poltern, dann ein Scheppern, als ginge etwas zu Bruch.

Hayden lief, rannte beinahe vom Hof, wie getrieben von dem wilden Schlag seines Herzens und der Ungeheuerlichkeit, die sich ihm enthüllt hatte und die er wieder und wieder zu hören schien. Gedanken wirbelten in seinem Kopf durcheinander, überschlugen sich, bis er glaubte, es nicht mehr ertragen zu können. Außer Atem kam er am Ende des Weges an, und mit einem Schritt hatte er die Plantage verlassen. Er würde zur Polizei gehen. Er würde seine Familie anschreiben. Er würde es publik machen. Niemand würde ihm glauben. Edward Tamasin war etabliert, er hatte es aus eigener Kraft zu etwas gebracht, er war angesehen und einflussreich. Wo war der Beweis für solch eine ungeheuerliche Behauptung? Man konnte Bilder vergleichen, aber war das Bild eines Fünfzehnjährigen oder ein Gemälde aus Kindertagen dazu geeignet, einen Mann der Lüge, gar des Mordes, zu überführen und ihm alles zu rauben, was er sich über dreißig Jahre lang aufgebaut hatte?

Und wenn er sich auf die Suche nach dem Schiff machte, das damals aus China hier angekommen war? Sinnlos, das wusste Hayden schon, ehe er den Gedanken zu Ende gedacht hatte. Wer konnte jetzt noch wissen, wie viele Schiffe hier eingelaufen waren? Und selbst wenn er das Schiff fände, gäbe es wohl kaum Passagierlisten, wenn die Personenbeförderung nur ein Nebenverdienst gewesen war. Edward Tamasin war von Bord gegangen, wie sollte er beweisen, dass es in Wahrheit jemand anders gewesen war? Es war aussichtslos, da machte er sich nichts vor. Hayden setzte sich auf den Boden und lehnte sich mit dem Rücken an einen Baum.

Gedankenverloren blinzelte er in das Sonnenlicht, bis sämtliche Konturen verschwammen.

»Was machst du denn hier?«

Er hatte Louis nicht kommen hören. Lichtpunkte tanzten vor der Gestalt seines Vetters. »Dein Vater hat mich aus dem Haus geworfen.« Es klang profan, beinahe lachhaft, aber Louis verzog keine Miene.

»Sie hat es erzählt, ja?« Er stemmte die Hände in die Seiten und sah zum Haus. »Ich habe ja geahnt, dass sie sich in Schwierigkeiten bringen wird.« Besorgnis umschattete sein Gesicht. »Ich habe sie gewarnt.«

»Nicht nur du.«

»Ich muss zu ihr.«

»Ja, das musst du. Aber vorher solltest du dich zu mir setzen.« Hayden deutete neben sich ins Gras. »Ich möchte dir etwas erzählen.«

Louis zögerte, dann ließ er sich auf dem Boden nieder. »Es muss ernst sein, wenn mein Vater dich aus dem Haus wirft.« Er sah sich um. »Wo ist dein Gepäck?«

»Ich hatte keine Zeit mehr, es zu holen. Ein Dienstbote soll es mir bringen. Sollte er nicht gleich kommen, wärst du so freundlich, dich darum zu kümmern?«

Louis nickte nur, und Hayden begann zu erzählen. Dabei schweifte sein Blick zu Zhilan Palace in seiner weißen Pracht, und obwohl er fest vorhatte, Melissa von hier fortzuholen, hatte er das Gefühl, das Bild, das sich ihm nun bot, nie wiederzusehen. Er sah Louis an, und ein plötzliches Gefühl von Verlust überkam ihn.

Ihr Vater wirkte verändert. Zwar gab er sich äußerlich ruhig und gelassen, aber diese Fassade war so brüchig, dass sie kaum die von Unruhe und Fiebrigkeit überlagerte Wut verdecken konnte. Als er das Zimmer betrat, stand Melissa von ihrem Sessel auf und versuchte, so viel Haltung wie möglich zu bewahren, auch wenn sein Anblick sie mehr ängstigte, als es in seinem Arbeitszimmer der Fall gewesen war. Etwas stimmte nicht.

»Dein Geliebter ist fort«, kam er ohne Umschweife zur Sache. »Und er wird nicht mehr wiederkommen.«

Melissa schluckte und spürte einen Krampf ihren Nacken hinabwandern bis zwischen ihre Schulterblätter. Währenddessen wanderte ihr Vater im Zimmer umher, blickte sich um, als sähe er es zum ersten Mal.

»Du wirst auf deinem Zimmer bleiben, bis ich weiß, was mit dir geschehen soll. Mit den ganzen Freiheiten ist jetzt Schluss, offenbar weißt du nicht damit umzugehen.« Er drehte sich zu ihr, und Melissa fiel auf, dass er sehr, sehr blass war. »Ich werde allerdings davon absehen, dich einzuschließen, und darauf vertrauen, dass du auch so dein Zimmer nur dann verlässt, wenn es die Umstände erfordern.«

»Was hast du mit Hayden gemacht?«

Ihr Vater lächelte, was seinem Gesicht etwas Geisterhaftes gab. »Er ist fort, das sollte doch reichen. Mach dir lieber um dich selbst Sorgen.«

»Was wirst du tun?«

»Ich denke, es ist Zeit, dir einen Mann zu suchen.«

»Ich heirate Hayden«, antwortete Melissa, obwohl sie es besser wusste.

Das unheimliche Lächeln glitt nicht vom Gesicht ihres Vaters. »Mir scheint, es ist sogar allerhöchste Zeit, dir einen Ehemann zu suchen.«

Melissa war unruhig, nicht wegen der Dinge, die ihr Vater sagte, sondern weil sie das Gefühl hatte, etwas stimme nicht.

Das kurze Klopfen an der Tür und Louis' Erscheinen im Augenblick darauf kam Melissa wie das Aufflackern einer Kerze im Dunkeln vor. Sie wollte nicht länger mit ihrem Vater allein sein.

»Was willst du?«, fragte dieser.

»Hatten wir Einbrecher?« Louis wirkte beinahe ebenso blass wie ihr Vater. »Dein Arbeitszimmer sieht schlimm aus, als hätte jemand voll Zorn darin gewütet.«

»Was hast du in meinem Arbeitszimmer zu suchen?«

»Die Tür stand offen, und ich bin daran vorbeigekommen.«

517

Ihr Vater ging nicht weiter darauf ein. »Bist du hier, um mir das zu sagen?«

»Nein, ich wollte mit Melissa sprechen.«

Erst schien es, als wolle Edward Tamasin ihn fortschicken, dann jedoch deutete er mit einem Nicken auf Melissa. »Nur zu, wir sind fertig.«

Louis wartete, bis die Tür hinter ihm ins Schloss gefallen war, dann sah er seine Schwester an. »Geht es dir gut?«

»Was denkst du wohl?« Sie schlang die Arme um ihren Oberkörper. »Er weiß alles, sowohl die Dinge, die Hayden mir erzählt hat – allerdings bin ich nur bis zu dem Vorwurf des Sklavenhandels gekommen –, als auch, dass wir miteinander allein waren, wobei er Letzteres nur durch meine Ungeschicklichkeit erfahren hat. Ich dachte, dafür verprügelt er mich, bis mir Hören und Sehen vergeht, aber er hat überhaupt nichts getan, außer mich hier unter Arrest zu stellen.«

Von Louis kamen, zu ihrer Verwunderung, keinerlei Vorwürfe, dass sie entgegen seinem Ratschlag alles erzählt hatte.

»Willst du mir nicht sagen, wie töricht ich war?« Sie ging ein paar Schritte im Zimmer auf und ab. »Ah, ich weiß es ja selbst. Und nun ist Hayden fort, und Papa – Louis, du hättest ihn erleben müssen, es war beinahe unheimlich.« Sie schürzte die Lippen und sah aus dem Fenster. »Es muss etwas dran sein an dem, was Hayden gesagt hat. Ich wünschte, ich hätte nie davon erfahren.« Dann schüttelte sie den Kopf. »Aber das hätte ja auch nichts geändert, nichts an dem, was passiert ist, und an dem, was er ist.«

»Du glaubst also, was Hayden dir gesagt hat?«

»Papa war so seltsam, und offenbar hat er in seinem Arbeitszimmer ziemlich gewütet …, anders kann ich mir nicht erklären, dass er überhaupt nicht darauf reagiert hat, als du ihm gesagt hast, es sehe dort aus, als habe ein Überfall stattgefunden.«

»Möchtest du Hayden immer noch heiraten? Oft hasst man Menschen, die einem sämtliche Illusionen nehmen, auf die man sein Leben gegründet hat.«

Melissa zog nachdenklich die Brauen zusammen. »Ich bin nicht glücklich über das, was ich erfahren habe, aber das ist nicht Haydens Vergehen. Es war wohl langsam an der Zeit, die Augen nicht länger zu verschließen.« Sie ließ den Satz in der Luft hängen und tauschte mit Louis einen Blick stummen Einverständnisses.

»Ich habe ihn gesehen, als er dabei war, die Plantage zu verlassen. Du brauchst dir um ihn keine Sorgen zu machen, Vater hat ihn unbehelligt ziehen lassen, allerdings ist es in Haydens Interesse, der Plantage fernzubleiben und nicht mehr wiederzukommen. Es dürfte also schwer für euch werden.«

»Das war es von Anfang an. Wir finden schon einen Weg.«

Louis massierte sich die Augenlider mit den Fingerspitzen, dann sah er sie an. »Nun, wir werden sehen.«

Aufmerksam betrachtete Melissa ihren Bruder. Er sah mitgenommen aus, so, als trage er schwer an etwas. »Was hat Hayden dir erzählt?«

Erst schien es, als wolle er ihr die Antwort verweigern, denn er ging zur Tür und legte die Hand auf die Klinke, dann jedoch wandte er sich, ehe er den Raum verließ, mit einem kurzen Schulterzucken noch einmal zu ihr um und sagte: »Die Wahrheit.«

24

»Probieren Sie noch ein wenig von den Mandeltörtchen, Mr. Trago«, bot Audrey Tamasin ihrem Gast an. Der charmante junge Mann gefiel ihr, und er brachte etwas Licht in die düstere Stimmung, die wie ein schwarzes Tuch auf der Plantage lastete. Edward war schon seit vielen Tagen ungenießbar. Louis hatte ebenfalls beinahe ständig schlechte Laune und verdunkelte mit seinen aus dem Nichts hervorbrechenden Streitereien das letzte bisschen Helligkeit. Von einem Tag auf den anderen war Hayden verschwunden, und dass Melissa seit dem Tag, an dem all das begonnen hatte, in ihrem Zimmer gefangen war, ließ für Audrey nur den Schluss zu, dass sie an allem schuld war. Nachdem aus einer möglichen Liaison mit Anthony so offenkundig nichts geworden war, lag ihre ganze Hoffnung auf Mr. Trago. Wenn sie allerdings sah, mit welcher Lustlosigkeit Melissa auf ihrem Stuhl saß und die Finger mit dem Herumzupfen an Rüschen beschäftigte, wollte sie vor Wut das Teegeschirr vom Tisch fegen.

»Ich danke Ihnen vielmals.« Mr. Trago neigte sich vor und nahm einen weiteren kleinen Kuchen, wobei sein Blick auf Melissa ruhte, lange genug, um gerade noch den Regeln des Anstands zu genügen. Diese schien jedoch nichts zu bemerken. Audrey seufzte. Wenn doch nur Alan hier wäre, dann wäre alles leichter zu ertragen. Nur noch wenige Tage, dachte sie. Dann jedoch fiel ihr ein, dass er ja nicht allein käme, sondern mit Lavinia, und ihre Vorfreude fiel in sich zusammen.

Melissa gab sich nicht die geringste Mühe, ihre Langeweile zu verbergen, rührte ein wenig zu lange in ihrer Teetasse, fuhr fort, an ihren Rüschen zu spielen, und zerkrümelte Kuchen zwischen den Fingern. Audreys sah Edward an. Merkte er nichts? Er wirkte in sich gekehrt und abwesend, aber das war ja seit jenem unseligen Tag nichts Neues.

»Spielen Sie auf dem Pianoforte, Miss Tamasin?« Mr. Trago musste die Frage doch tatsächlich zweimal wiederholen, ehe Melissa bemerkte, dass sie angesprochen wurde. Audrey wurde so steif, dass sie sich fühlte, als wären ihre Glieder eingefroren.

»Nicht besonders gut«, antwortete Melissa. »Mein Interesse galt noch nie der Musik.«

»Ich habe immer gerne musiziert.«

Melissa zuckte die Schultern, besann sich dann jedoch offenbar ihrer Erziehung, lächelte und sagte eine höfliche Belanglosigkeit.

»Warum gehen wir nicht ein wenig spazieren?«, schlug Audrey vor, um dem quälenden Gespräch etwas Dynamik zu verleihen. »Wir haben unseren Blumengarten neu angelegt, es ist ein sehr erbaulicher Anblick. Den Tee lassen wir uns dann in der Laube servieren.«

Anston Trago lächelte und sagte, es sei ihm ein Vergnügen. Er bot ihr höflich den Arm, während Melissa am Arm ihres Vaters folgte. Audrey drehte sich für die Länge von zwei Wimpernschlägen zu ihnen um und sah, dass Edward Melissa den Kopf zuneigte und etwas sagte.

Dem Gesicht ihrer Tochter zufolge konnte es nur eine Ermahnung sein. Zufrieden wandte Audrey sich wieder ihrem Begleiter zu und hörte zu, wie er von der Schönheit Matales sprach.

»Glaub nicht, mir entgeht, wie unhöflich du dich aufführst«, hörte Melissa ihren Vater raunen. Sie gab keine Antwort, gab nicht einmal durch ein Nicken zu verstehen, dass sie ihn gehört hatte.

»Du spielst mit dem Feuer, mein liebes Kind.«

Melissa schüttelte den Kopf. »Nein«, entgegnete sie ebenso leise. »Ich spiele nicht, sondern bin vom Feuer umzingelt und finde den Weg nicht mehr hinaus.«

Ihr Vater deutete mit einem Nicken zu Mr. Trago. »Da könnte jemand sein, der dich rettet.«

Dieser Mann mit den kalten Augen? Wenn sie neben ihrem Vater verbrannte, dann würde sie neben diesem Mann erfrieren.

»Du hast ihn umsonst hierherbemüht.«

Mit einem Lächeln hob ihr Vater die Schultern. »Wenn es dir in deinem Gefängnis so gut gefällt, dann will ich dir deinen Aufenthalt nicht verkürzen.«

»Du bestrafst mich, weil Hayden recht hatte mit dem, was er gesagt hat, nicht, weil ich mit ihm allein war. Das ist dir im Vergleich zu dem, was ich weiß, so unwichtig, dass du mich nicht einmal dafür zur Rechenschaft ziehst, wie du es sonst tun würdest.«

»Du solltest dankbar dafür sein, dass dir das erspart bleibt.«

Er hatte es nicht abgestritten, und Melissa lief ein Kribbeln über den Rücken. Sie war froh, dass Louis Hayden noch gesehen hatte, aber angesichts dessen, was in Ratnapura geschehen war, konnte sie sich da sicher sein, dass ihm nicht weit entfernt von Zhilan Palace ein ähnliches Schicksal blühte? Sie hätte gerne mit Louis gesprochen, aber ihr Bruder war schweigsam, so gänzlich in sich gekehrt, wie sie ihn nie zuvor erlebt hatte. Es schien, als beugten Lasten seinen Rücken, die er nicht mehr zu tragen fähig war.

»Du scheinst ja nervöser zu sein, als ich dachte«, sagte ihr Vater zwar leise, aber mit unüberhörbarer Schärfe, und erst jetzt bemerkte sie, dass sie ihre Hand in seinen Arm gekrallt hatte. Sie entspannte die Finger wieder, entschuldigte sich jedoch nicht.

»Hayden in mein Haus aufzunehmen war sicher der größte Fehler, den ich je gemacht habe. Dir mangelt es inzwischen gänzlich an Respekt.«

»Das ist nicht Haydens Schuld. Er hat mir die Augen geöffnet, mehr nicht.« Sie hätte beinahe über ihre eigene Naivität gelacht. »Und ich habe ihm erst nicht glauben wollen.«

Ihr Vater beschleunigte seinen Schritt, und sie schlossen wieder zu ihrer Mutter und Mr. Trago auf, als diese gerade auf die Veranda traten. Sonnenlicht glänzte auf dem Rasen, den Blumen, dem dunklen Grün der Bäume. Morgens hatte es geregnet, die Luft war frisch und klar, die Farben leuchtend. Melissa blinzelte in die Helligkeit, sah ihren Vater an und bemerkte, dass sich das Sonnenlicht in seinen Augen spiegelte. Nichts erschien ihr unpassender.

»Der Garten ist mein ganzer Stolz«, sagte ihre Mutter, während sie sich setzte und ihre Röcke um sich ausbreitete.

»Er ist zauberhaft«, antwortete Mr. Trago, »wenn ich auch gestehen muss, dass ich kein Freund von Orchideen bin, sie bereiten mir, im Übermaß, Kopfschmerzen.«

»Das geht mir ähnlich.« Ihre Mutter schien entzückt. »Aber in der Laube riecht man sie nicht so stark, nur gerade so, dass es angenehm ist, und sie sehen prachtvoll aus.«

Melissa bemerkte das dunkle Lächeln ihres Vaters, das wirkte, als denke er an ein Geheimnis, das er mit niemandem teilte. Indes erzählte Mr. Trago von Unzufriedenheiten bei den Arbeitern in Matale.

»Hier scheint es ja wesentlich reibungsloser abzulaufen.«

»Man muss die Zügel kurz halten, eine andere Sprache verstehen die Einheimischen nicht«, sagte ihr Vater.

»Oh, das tue ich bereits, dennoch tauchen vereinzelt immer wieder Unruheherde auf.«

Melissa sah zu den Kaffeefeldern. »Vielleicht sollten wir mit gutem Beispiel vorangehen und wie die Sklaven für einen Hungerlohn auf den Feldern schuften, das würde sie sicher anspornen, so weiterzumachen wie bisher.«

Ihre Mutter setzte sich mit einem Ruck auf. »Ich glaube, du vergisst dich.«

Mr. Trago jedoch lachte. »Ich sehe, Sie haben eine kleine Revolutionärin in Ihrer Familie.«

Jetzt war es an Melissa, sich stocksteif aufzurichten. Eine vernichtende Antwort lag ihr auf der Zunge, sie bemerkte jedoch an Anston Tragos Blick, dass er genau darauf wartete, und so maß sie ihn nur schweigend, sah in sein Gesicht, das von den einfallenden Sonnenstrahlen durch das Blätterdach über der Laube schattenfleckig war.

»Welche Interessen haben Sie, Miss Tamasin?«, fragte er. »Das Pianoforte können wir ja nun leider ausschließen, aber vielleicht gehen Sie anderen erbaulichen Tätigkeiten nach?«

Melissa dachte an die Kaffeefelder und an ihre Träume von Reisen in andere Länder, aber die Antwort kam ihr nicht über die Lippen. Es reichte, wenn ihre Familie für ihre Interessen nur Spott übrig hatte, von einem Fremden war sie nicht bereit, dies hinzunehmen. »Sticken und spazieren gehen.«

Sie sah ihm an, dass er von ihrer Antwort enttäuscht war. »Lesen Sie gerne Bücher?«, setzte er seine Befragung fort.

»Vor dem Schlafengehen.«

»Reiten Sie?«

»Ich bin geritten, als ich noch ein Pferd besaß.«

Mitgefühl zeichnete seine Züge für wenige Sekunden, machte sie weicher und ließ seine Augen weniger kalt erscheinen. »Ah, es ist traurig, ein Pferd zu verlieren. Eines meiner liebsten ist im letzten Jahr gestorben, es hatte sich ein Bein gebrochen, und ich musste es erschießen.«

Melissa kam nicht mehr dazu, ihr Bedauern zu äußern, weil ein Dienstbote Elizabeth in den Garten führte. Sie wirkte auf den ersten Blick aufgewühlt und besorgt, zumindest schien sie den Anschein erwecken zu wollen, doch ihre Wangen waren eine Spur zu rot, ihr Mund zu entspannt, ihre Augen zu glänzend und ihre Stimme zu ruhig, als sie nach Louis fragte.

»Er ist nicht hier«, antwortete Edward Tamasin, ohne sein Erstaunen zu verbergen. »Was möchtest du denn von ihm?«

»Oh, nur kurz mit ihm sprechen ...« Elizabeths Lächeln haftete etwas Gezwungenes an. »Ich hoffe, ich habe nicht gestört.«

»Keineswegs.« Audrey Tamasin deutete auf einen freien Stuhl. »Möchtest du dich nicht setzen?«

»Nein, ich denke, ich gehe wieder, wenn Sie mich entschuldigen wollen.« Elizabeth war offenbar nicht bewusst, wie unhöflich sie sich verhielt, denn sie drehte sich mit einem Abschiedsgruß um und ging.

»Seltsames Benehmen«, murmelte Edward Tamasin, und Melissa pflichtete ihm mit einem Nicken bei, ebenso ihre Mutter, die sich offensichtlich keinen Reim auf Elizabeths Verhalten machen konnte, das keinesfalls auf einen Mangel in ihrer Erziehung geschoben werden konnte.

Anston Trago nahm die Unterbrechung zum Anlass, sich zu verabschieden. Länger zu bleiben hätte die Gastfreundschaft über Gebühr beansprucht. Melissa nahm seinen Abschiedsgruß unbewegt und ohne Zeichen des Bedauerns, seine Anwesenheit nun entbehren zu müssen, entgegen – im Gegensatz zu ihrer Mutter, die ihm das Gefühl gab, ein glänzender Unterhalter zu sein. Er würde eine Zeitlang in Kandy bleiben, daher war nicht zu hoffen, dass sie ihn zum letzten Mal gesehen hatte.

Die Katastrophe ereignete sich eine Woche darauf. Nein, korrigierte sich Melissa, wenn sie später an alles zurückdachte, geschehen war die Katastrophe später, an diesem Tag hatte sie lediglich ihren Anfang genommen.

Duncan Fitzgerald hatte sich nicht die geringste Zurückhaltung auferlegt, als er ins Frühstückszimmer stürmte, wo Melissa mit ihren Eltern saß. Sie hatte schlecht geschlafen, und würde sie an Vorboten nahenden Unheils glauben, dann hätte sie ihre wirren Träume und die nächtliche Unruhe durchaus als solche deuten wollen.

»Wo ist er?«, fragte Mr. Fitzgerald, ohne sich mit einem Gruß aufzuhalten.

Edward Tamasin legte seine Serviette auf den Tisch und lehnte sich zurück. »Wenn du mir sagen würdest, von wem die Rede ist, könnte ich dir die Frage vielleicht beantworten.«

»Louis, dieser scheinheilige Mistkerl, dieser Jungfrauenschänder. Wo ist er?« Duncan Fitzgeralds Gesicht war hochrot angelaufen, die letzten Worte brüllte er.

»Warum möchtest du was wissen? Was willst du von ihm?« Ruhig war die Stimme von Edward Tamasin, und Melissa fragte sich, ob ihr Vater innerlich ebenso schreckstarr war wie sie selbst, auch wenn sie nicht die geringste Ahnung hatte, worauf Mr. Fitzgerald hinauswollte. Er führt sich ebenso seltsam auf wie Elizabeth vor einigen Tagen, dachte sie und schüttelte bei dem Verdacht, der ihr kommen wollte, den Kopf. Nein, dachte sie, tausendmal nein.

»Ah«, kam es von Mr. Fitzgerald. »Die junge Dame scheint Bescheid zu wissen. Sprich, Melissa. Wo ist dein Bruder? Du weißt, worum es geht, ja?«

Melissa sah ihn aus geweiteten Augen an und antwortete nicht. Ihr Vater fuhr zu ihr herum, die Brauen zusammengezogen.

»Was ist hier los?«

»Ich weiß es nicht«, kam es beinahe tonlos von ihr. Zog ihr Vater wirklich keine Schlüsse?

»Meine Tochter, Edward, meine Jüngste. Elizabeth!«

Ihr Vater sah ihn an, ungläubig, beinahe, als sei an seinem Verstand zu zweifeln. »Das glaube ich dir nicht. Louis kann sie nicht ausstehen, das war nicht zu übersehen.«

»So sollte es wohl den Anschein haben.« Mr. Fitzgerald atmete tief durch, sein breiter Brustkorb hob und senkte sich schnell. »Sie ist schwanger, Edward, und sie sagte, es sei Louis' Kind.«

Ein erstickter Laut kam aus der Richtung ihrer Mutter, während Melissa nur dasaß und Duncan Fitzgerald anstarrte. Dann flog ihr Blick zu ihrem Vater, der grau im Gesicht geworden war, ein aschenes Grau, in das sich nun Röte mischte.

»Das kann ich nicht glauben«, sagte er.

»Warum nicht? Louis' Ruf ist doch bekannt, und meine Elizabeth ist nun wahrhaftig kein unansehnliches Mädchen.« Duncan Fitzgerald sank in sich zusammen und presste eine Hand vor die Augen, dann sah er wieder auf. »Sie ist … sie war schon länger so seltsam, und als ihr dann ständig übel wurde und wir einen Arzt holen wollten, hat sie heute Morgen alles gestanden.«

»Sie war hinter Louis her«, bemerkte Melissa. »Wer sagt, dass sie nicht lügt und eine Schwangerschaft vortäuscht, um ihn einzufangen?«

Vernichtend sah Mr. Fitzgerald sie an. »Es mag sein, dass jemand deines Charakters dergleichen nötig hat, wenn ich mir ansehe, wie du meinen Sohn zappeln lässt. Aber Elizabeth braucht solche Methoden nicht anzuwenden, noch dazu bei einem Mann, den sie nie heiraten wird, auch nicht schwanger.«

»Es gibt keinen Grund, Melissa zu beleidigen, nur weil deine Tochter sich unzüchtig benommen hat«, sagte Edward Tamasin kalt. »Ich will einen Beweis für ihre Behauptung.«

»Du weißt recht gut, dass ich dir den nicht bringen kann. Glaubst du meinem Wort als Ehrenmann nicht?«

»Deinem ja, ihrem nicht.«

Das Rot in Duncan Fitzgeralds Gesicht vertiefte sich. »Angesichts dessen, dass ich der Vater der geschändeten Tochter bin und du der des Mannes, der mein Kind geschwängert hat, ist ein solcher Ton unangebracht.«

Beschwichtigend hob Edward Tamasin die Hände. »Ich will dich nicht beleidigen, es erscheint mir nur so absurd. Louis würde nie seine Ehe mit Estella aufs Spiel setzen.«

»Das tut er doch schon, seit er mit ihr verlobt ist. Seine Frauengeschichten sind nun wahrlich kein Geheimnis, und dieses Mal ist er eben zu weit gegangen.«

Melissa sah, wie es im Gesicht ihres Vaters arbeitete. »Wenn er es war …«

»Warum, zum Teufel, sollte sie mir einen falschen Vater nennen? Ein eurasisches Kind erkennt man doch«, schrie Duncan Fitzgerald.

»Ich habe sagen wollen«, es fiel Edward Tamasin sichtlich schwer, ruhig zu bleiben, »dass er, wenn er es war, die Sache in Ordnung bringen wird.«

»Wie sollte das wohl gehen? Elizabeth erzählte etwas davon, dass er ihr ein Eheversprechen gemacht habe, aber wie ich schon sagte, das kommt überhaupt nicht in Frage. Wir werden sie erst einmal fortschicken.«

Dass Duncan Fitzgerald auf keinerlei moralische Wiedergutmachung aus war und Elizabeth eine Ehe unter ihrem Stand eingehen wollte, war für ihren Vater offenbar das ausschlaggebende Argument. Er erhob sich, die Brauen unheilvoll zusammengezogen.

»Mir war keinesfalls daran gelegen, dich zu kränken, als ich Zweifel geäußert habe.«

Duncan Fitzgerald nickte nur knapp.

»Was erwartest du von mir?«, fragte Edward Tamasin.

»Du wirst meine Familie finanziell entschädigen. Die Sache darf nicht an die Öffentlichkeit gelangen, aber Louis muss bestraft werden. Wie, das ist dir überlassen. Aber denk daran, dass die Beziehungen unter uns Pflanzern wichtig sind, wir brauchen einander. Wenn man in einem Notfall nicht mehr auf seinen nächsten Nachbarn hoffen kann, auf wen dann?«

Die Drohung war unmissverständlich, und Melissas Blick hing wie gebannt an ihrem Vater, während ihre Fäuste die Seide ihres Kleides zerdrückten. Von ihrer Mutter war kein Laut zu hören, ihr Vater jedoch war wachsbleich. Erinnerte er sich jetzt wieder an die Szene im Garten mit Elizabeth?

Louis war ahnungslos, das war unübersehbar. Er hatte das Frühstückszimmer nur kurz nach Mr. Fitzgeralds Weggang betreten, noch in Reitkleidung, den Geruch nach Pferd und Leder ausströmend. Auf die Spannungen, die im Raum herrschten, reagierte er mit Befremden, ebenso auf die knappe Aufforderung seines Vaters, ihm ins Arbeitszimmer zu folgen.

Melissa erhob sich ebenfalls.

»Wo willst du hin?«, fragte ihre Mutter.

»An der Tür lauschen«, antwortete Melissa, sie würde es ohnehin herausbekommen, der Weg zu ihrem Boudoir führte am Arbeitszimmer vorbei.

Audrey Tamasin zögerte, dann nickte sie. »Wäre doch nur Alan hier.«

Ausnahmsweise waren sie einmal einer Meinung.

»Das hast du doch wohl nicht geglaubt?«, hörte Melissa Louis sagen. Er klang beinahe belustigt. »Das dumme Gör stellt seit Monaten Männern nach.«

»Warum sollte sie lügen?«

»Das weiß ich doch nicht. Aber sie muss verrückt sein, wenn sie denkt, ich spiele den Vater für ihr Balg, in welcher Gasse sie es auch immer empfangen haben mag.«

Ein dumpfes Poltern ertönte, und Melissa zuckte zusammen. Erst dachte sie, ihr Vater hätte auf Louis eingeschlagen, aber offenbar hatte er nur etwas zu Boden gestoßen, denn Louis redete weiter, als sei nichts geschehen.

»Sag Duncan Fitzgerald, wenn er seine Tochter besser im Blick gehabt hätte, hätte er erkannt, was fast jeder inzwischen weiß.«

»Vor einigen Tagen hat Elizabeth nach dir gefragt. Sie war verstört. Wie erklärst du dir das?«

Melissa presste ihr Ohr an die Tür, konnte Louis' Antwort jedoch nicht verstehen.

»Seltsam, in der Tat«, antwortete ihr Vater. »Dein Ruf kommt dir bei der Sache nicht gerade zugute.«

»Das waren keine jungfräulichen Töchter angesehener Männer.«

»Duncan Fitzgerald ist wichtig, ich kann die Sache nicht ignorieren.«

Melissa hielt die Luft an. Sie hörte Schritte, hastig, als laufe jemand auf und ab, dann hielt derjenige inne. »Ich kann wohl kaum beweisen, dass sie lügt, oder?«

»Nein, das kannst du nicht. Und angesichts der Gesamtsituation spricht einiges gegen dich.«

Ein bitteres Lachen war zu hören, dann wurden die Schritte fortgesetzt. »Ich möchte Estella heiraten. Glaubst du wirklich, dass ich das für dieses dumme Gör aufs Spiel setze?«

»Nein, ich denke, du hast damit gerechnet, dass es so glimpflich abläuft wie jedes Mal.«

»Das ist doch lächerlich.«

Stille. Melissa schloss die Augen, öffnete sie wieder, sah einen Streifen Staub auf dem Boden neben der Wand, der wohl beim täglichen Putzen übersehen worden war, Staub flirrte im einfallenden Licht des Fensters am Ende des Korridors.

»Die Fitzgeralds sind wichtig.« Mehr sagte ihr Vater nicht.

»Was wirst du tun?«

»Worum er mich gebeten hat: Die Familie entschädigen und dich bestrafen.«

Louis' Stimme klang kalt vor Zorn. »Wie soll das aussehen? Willst du mich öffentlich auspeitschen lassen? Oder lässt du mich öffentlich von Pferden den Weg entlangschleifen?«

»Diesen verächtlichen Ton mir gegenüber treibe ich dir schon noch aus, Sohn.«

Von Louis kam Schweigen. Melissa lehnte die Stirn an die Tür, lauschte der Stille, während Kälte in ihr aufstieg, jene klamme Kälte, die dem schweren Nebel über den Tälern innewohnte. Zu spät vernahm sie die Schritte, die auf die Tür zueilten, und noch ehe sie zurücktreten konnte, wurde diese aufgerissen, und ihr Vater stand ihr gegenüber.

»Ah, man lauscht neuerdings an Türen, ja?«

Melissa wich zurück, aber er war schneller und verpasste ihr eine Ohrfeige, die ihren Kopf gegen den Türrahmen prallen ließ. Tränen traten ihr in die Augen, und Lichtpunkte schienen vor ihr zu flimmern.

»Halte sie da raus«, hörte sie Louis sagen. »Es geht um mich, auch wenn es leichter ist, deine Wut an ihr abzureagieren.«

»Verschwindet, alle beide.«

»Was wirst du tun?«, fragte Louis, während er Melissas Arm nahm, nicht sanft, sondern zornig.

»Warte es ab.«

»Du willst also lieber Duncan Fitzgeralds missratener Tochter glauben als mir, ja?«

»Darum, was ich will, geht es nicht. Alles spricht gegen

dich, und du hast in der Vergangenheit ja nun wahrhaftig alles dafür getan, dass man dir ein solches Vergehen ohne weiteres zutrauen kann.«

Was in Louis' Augen war, konnte Melissa nicht deuten, und es offenbarte sich ihr auch nicht lange genug, um greifbar zu werden, denn Louis wandte das Gesicht ab, ging den Korridor entlang zur Halle, scheinbar ohne sich dessen bewusst zu sein, dass er immer noch ihren Arm hielt und sie hinter sich herzerrte. Sie riss sich mit einem Ruck los, was er nur mit einem kurzen Blick zurück quittierte, dann drehte er sich wieder um und lief die Treppe hoch.

25

Der Alltag musste aufrechterhalten werden, und so wurden Besuche empfangen und gemacht, Louis' ständige Abwesenheit wurde entschuldigt, eine verstörte Estella, die mehrmals nach ihm gefragt hatte, vertröstet, und Elizabeth Fitzgerald verschwand von einem Tag auf den anderen – Verwandte besuchen, so hieß es. Anston Trago kam gelegentlich und machte der Familie seine Aufwartung, insbesondere Melissa, die sich nur deshalb Mühe gab, ihre Abneigung zu verbergen, weil die Stimmung im Haus ohnehin schon gereizt genug war. Niemand wusste genau, wie viel Geld ihr Vater an Duncan Fitzgerald gezahlt hatte, aber es musste eine gewaltige Summe gewesen sein. Und weil die Arbeiten an Louis' Haus eingestellt wurden und er über keinerlei finanzielle Mittel mehr zu verfügen schien, war offensichtlich, woher zumindest ein großer Teil des Geldes kam.

Zum guten Schein gehörte natürlich auch, dass die Fitzgeralds weiterhin auf Gesellschaften der Tamasins ein und aus gingen, und so war es nur eine Frage der Zeit, bis Anthony auf das Interesse von Anston Trago aufmerksam wurde, der ebenfalls oft anwesend war.

»Gefällt er dir?«, fragte er, als er mit Melissa am Rand der Tanzfläche stand, wo Mr. Trago sie eben erst hingeführt hatte, ehe er einem anderen Mädchen seine Aufwartung machte – aus Höflichkeit, wie Melissa wusste, und um sie nicht ins Gerede zu bringen.

»Er ist recht freundlich …«

»Ach ja?«

Sie zuckte die Schultern und hielt nach Louis Ausschau, obwohl sie wusste, dass er nicht kommen würde. Estella stand ebenfalls am Rand der Tanzfläche am anderen Ende des Saals, verloren inmitten der plaudernden Gästeschar.

»Hat er sie verlassen?«, fragte Anthony mit kaum verhohlener Verachtung und deutete mit dem Kinn auf Estella. »Für sie sieht es natürlich nicht gut aus, niemand wird sie mehr wollen.«

»Warum nicht?«, wollte Melissa wissen, ohne die erste Frage zu verneinen.

»Weil sich doch jeder denken kann, wie weit die Beziehung zwischen ihr und deinem Bruder gediehen ist. Daher würde sie ihn auch niemals verlassen, gleich, wie viele andere Frauen er hat.«

»Du scheinst ja erstaunlich gut Bescheid zu wissen.«

»Es ist immer dasselbe Spiel, wenn es um Männer wie Louis geht.«

Melissa verengte die Augen. »Du kennst ihn doch gar nicht.«

Wut verzerrte Anthonys Mund. »Mir reicht das, was über ihn gesagt wird, und das Schicksal meiner Schwester.«

»Er sagt, er war es nicht.«

»Dann lügt er.«

Melissa neigte den Kopf leicht. »Wo ist Elizabeth?«

»In Colombo.« Er hielt einen winzigen Moment lang inne, dann fuhr er fort: »Dort gibt es eine Frau, von der wir gehört hatten, dass sie ihr helfen könne, und sie bleibt dort, bis sie sich erholt hat, es kann nicht mehr lange dauern.«

Kälte durchrieselte Melissa. »Ihr habt das Kind wegmachen lassen?«

»Was denkst du wohl? Glaubst du, wir möchten mit diesem Beweis für die Unmoral meiner Schwester erpressbar werden?«

Melissa konnte zwar nicht von sich behaupten, besonders bewandert auf dem Gebiet von Schwangerschaften und Abtreibungen zu sein, aber man bekam immer mal das eine oder andere mit. »Sie kann an den Folgen sterben.«

»Und? Dann stirbt sie eben.«

Obwohl Melissa nicht das geringste Mitgefühl mit Elizabeth hatte, durchlief sie ein Schauder, und sie sah Anthony an, als sähe sie ihn das erste Mal. Anstatt Kühle, wie sie es erwartet hatte, fand sie in seinen Augen jedoch Zorn und kaum verborgenen Schmerz. Er hatte Elizabeth immer geliebt.

»Sie leidet«, sagte er. »Und sie weiß, es wird nicht besser, wenn sie zurückkommt. Sie hat das Baby bekommen wollen, hat geheult und geschrien, als sie fortgebracht wurde – auch, weil sie einsehen musste, dass es keine Ehe zwischen ihr und Louis geben würde, nicht einmal unter Zwang –, und nun kann sie keine Kinder mehr bekommen, die Frau hat irgendetwas mit ihr gemacht ...«

Er verstummte, vielleicht, weil ihm plötzlich klarwurde, dass das kein Thema war, über das man mit einer unverheirateten Frau auf einer Gesellschaft sprach, vielleicht, weil er den Gedanken nicht weiterverfolgen wollte. Wieder sah er zu Estella hinüber.

»Sie sollte froh sein, dass sie ihn los ist, gleichgültig, ob er sie verlassen hat oder sie ihn.« Er ballte die Fäuste. »Vater wird Elizabeth nach England schicken und dort verheiraten. Die Sache mit der Kinderlosigkeit können wir natürlich nicht publik machen, aber es gibt genug Witwer, die bereits Kinder haben, denen eine Mutter fehlt.«

Sie ist selbst schuld, dachte Melissa, aber sie konnte nicht anders als Mitleid haben, nicht einmal, wenn sie Estella ansah und an Louis dachte.

»Was ist mit uns beiden?«

Melissa sah Anthony an, dass ihm die Frage schwerfiel. »An unserer Freundschaft ändert sich durch diese Sache nichts«, antwortete sie, ihn mit Absicht missverstehend.

»Ich hatte an mehr gedacht.«

Irgendwann musste der Moment kommen, an dem sie ihm die Wahrheit sagte, warum also nicht jetzt? Sie strich mit den Fingerspitzen über den Rand ihres zusammengeklappten Fächers. »Meine Gefühle gehen über Freundschaft nicht hinaus, Anthony. Es tut mir leid.«

»Aber«, er schluckte, »ist das nicht die beste Basis für eine funktionierende Ehe?«

Sie schüttelte langsam den Kopf. »Grundsätzlich vielleicht schon, aber nicht für mich.«

Er wich ihrem Blick aus, sah auf die Tanzfläche und versuchte, unbeteiligt zu wirken, aber Melissa konnte sehen, wie verletzt er war.

»Es tut mir leid«, wiederholte sie leise.

Es war offensichtlich, dass er mit sich rang, weiter in sie zu dringen, und dass ihn sein Stolz und vielleicht die Angst vor erneuter Zurückweisung schweigen ließen. Der Schatten eines Lächelns lag auf seinen Lippen, als er sich zu ihr drehte. »Es muss dir nicht leidtun.«

Melissa hatte den Blick auf den Fächer gesenkt, den sie zwischen den Fingern drehte, dann sah sie auf und bemerkte, dass Estella immer noch regungslos am selben Fleck stand. Es war, als sei sie unsichtbar. Sie bemerkte nicht, dass Melissa sie ansah, sondern blickte nur starr auf die Tanzfläche, als wolle sie den Anschein vermitteln, es mache ihr nichts aus, allein zu sein.

»Was tust du hier?«

Melissa schlug die Augen auf, blinzelte und wusste erst nicht, wo sie war, dann richtete sie sich auf, wobei sich der Druck ihres Korsetts schmerzhaft verlagerte. Sie war eingeschlafen, während sie auf Louis in seinem Zimmer gewartet hatte.

»Ich wollte mit dir reden.« Ihre Stimme war rauchig vom Schlaf.

»Und da gibt es keinen passenderen Zeitpunkt als mitten in der Nacht in meinem Zimmer?«

Sie stand auf und machte gar nicht erst den Versuch, das zerdrückte Abendkleid zu ordnen. »Du gehst mir ja immer aus dem Weg.«

Louis' Augen waren glasig und bläulich umschattet. Er warf seinen Gehrock nachlässig auf einen Stuhl und setzte sich auf sein Bett, um die Stiefel auszuziehen. »Fass dich kurz, ich bin müde.«

»Estella war heute hier.«

»Es war eine große Gesellschaft, da war es zu erwarten, dass die Carradines kommen.« Seine Stimme klang schleppend, was Melissa auf den Genuss von Opium zurückführte.

»Du musst mit ihr reden.«

»Was ich *muss,* kann ich auch ohne deine Hilfe recht gut entscheiden.« Er ließ seine Stiefel zu Boden fallen, sank rückwärts aufs Bett und streckte die Beine aus, die Augen geschlossen.

»Du kannst sie nicht so behandeln.«

Louis öffnete flüchtig ein Auge. »Lass das meine Sorge sein.«

»Sie weiß überhaupt nicht, was los ist, so geht man nicht mit der Frau um, die man liebt.« Sie versetzte ihm einen wütenden Stoß gegen sein Knie, als er keine Reaktion zeigte. »Entweder du gehst morgen zu ihr und sprichst mit ihr, oder ich werde sie herbestellen und ihr alles erzählen.«

Mit einem Ruck richtete Louis sich auf und ergriff ihr Handgelenk, so fest, dass Melissa aufstöhnte. »Du mischst dich in Dinge ein, die dich nichts angehen.« Seine Stimme klang zwar immer noch schleppend, aber sie hatte einiges an Schärfe gewonnen.

Sie versuchte erfolglos, sich zu befreien. »Du hast dich in meine Beziehung zu Hayden ebenso eingemischt.«

»Weil ich den Eindruck hatte, du weißt nicht, was gut für dich ist.«

»Denselben Eindruck machst du momentan ebenfalls.«

Mit einem Schulterzucken ließ er ihr Handgelenk los

und lehnte sich an den Bettpfosten. »Ich gestehe, was Hayden anging, war ich im Unrecht. Mit allem, was ich zu Vaters Unterstützung getan habe, habe ich falsch gehandelt, und ich kann nur als Entschuldigung für mich gelten lassen, dass ich von nichts wusste.«

Sie setzte sich ebenfalls wieder hin. »Er hat Schlimmes getan, aber nicht alles …«

»Du hast ja keine Ahnung.«

Die stumme Frage in ihren Augen ignorierte er. »Ich weiß nicht, was ich Estella sagen soll.«

»Sie wird dir glauben, dass Elizabeth die Unwahrheit sagt – vorausgesetzt, sie erfährt es von dir selbst.«

»Es ist nicht das allein. Wir wollten heiraten, aber das wird so bald nichts werden. Ich habe kein Haus und keinen Penny Geld mehr.« Seine Hand, die entspannt auf seinem Knie gelegen hatte, ballte sich zur Faust.

Melissa seufzte. »Und wenn ihr Ceylon verlasst?«

»Weglaufen? Das ist deine Lösung für alles, nicht wahr?«

»Du bist ungerecht.«

»Wohin sollen wir denn gehen ohne Geld? Und was wird aus meiner Mutter? Soll ich sie hier lassen bei *ihm?* Das kann ich ihr nicht antun, sie hat nur mich.«

Den Mund zu einer Antwort geöffnet, hielt Melissa inne. Was hatte sie sagen wollen? Es würde sich schon eine Lösung finden?

»Ich werde«, fuhr Louis fort, »Estella keine Lösung bieten können derzeit, weil ich einfach keine weiß.«

»Zu warten bringt aber auch nichts, weil du vielleicht auch in drei Monaten keine Lösung für alles hast.«

Er nickte lediglich und starrte unter schweren Lidern hinweg in den Raum, das flackernde Licht in seinen dunklen, unnatürlich glänzenden Augen gespiegelt.

∽⟡∽

»Warum so geheimnisvoll?«, fragte Estella, als sie an dem Treffpunkt ankam, zu dem Louis sie in seinem Brief gebeten hatte. »Du hättest auch zu uns kommen können.« Sie bemühte sich erfolglos, die Unruhe aus ihrer Stimme herauszuhalten.

Louis, der am Bach gestanden hatte, trat zu ihr und half ihr aus dem Sattel. »Wie lange kannst du bleiben?«

»Nicht lange. Papa hat eine Einladung angenommen, die mich leider auch einschließt.« Sie forschte in seinem Gesicht, aber er wich ihrem Blick aus, und auch seine Hände waren nur so lange an ihrer Taille gewesen, wie sie gebraucht hatte, um aus dem Sattel zu gleiten. Die Angst, die sie empfand, war namenlos.

»Ich wollte dich nicht verletzen.« Er sprach genau das aus, was sie nicht hören wollte. »Aber ich wusste nicht, wie ich es dir sagen sollte.«

Nun konnte sie das Zittern ihrer Lippen nicht mehr verbergen, nicht das leise Beben ihrer Schultern, die aufsteigende Hitze hinter ihren Lidern, die ihren Blick verschwommen werden ließ.

»Nicht, bitte, Estella.« Er umfasste ihre Schultern, und da war wieder die Zärtlichkeit, die sie von ihm kannte und die sie in den letzten Wochen entbehren musste und eben noch vergeblich in seinem Gesicht gesucht hatte.

543

»Ich habe kein Geld mehr und kein Haus, nichts, was es mir ermöglicht, dich zu heiraten.«

Sie blinzelte, wollte stark sein und sich zusammenreißen. »Warum?«

»Mein Vater hat mein gesamtes Geld Duncan Fitzgerald gegeben, und du weißt, dass mir das Haus im Grunde genommen noch gar nicht gehört, daher konnte er es mir ohne weiteres wieder wegnehmen.«

Sie umklammerte ihre Reitgerte, als suche sie Halt daran, während sie Louis irritiert ansah. »Warum hat Mr. Fitzgerald dein Geld bekommen?«

Jetzt war es an Louis, um Worte zu ringen. Er sah zum See und wieder zu ihr. »Elizabeth war schwanger, und sie hat behauptet, das Kind sei von mir. Das Geld war ein Teil der Entschädigungszahlung, die mein Vater geleistet hat.«

Die Erleichterung, die Estella durchfloss, war beinahe lächerlich. »Wie lange wolltest du mir das verschweigen?«

Ihre Antwort erstaunte ihn sichtlich. »Bis ich eine Lösung für uns gefunden habe.«

Eine Lösung für uns. Estellas Herz klopfte heftig. »Du willst mich also nicht verlassen?«

»Das wollte ich nie.« Er zögerte. »Du glaubst mir, dass ich es nicht war? Elizabeth hat behauptet, das Kind würde ein Mischling.«

»Amithab«, sagte sie unvermittelt. »Es war Amithab.«

Er hatte nach Elizabeth gefragt, unauffällig, und sie hatte sich in der Tat nichts dabei gedacht, aber wenn sie daran zurückdachte, wie oft Elizabeth seine Nähe gesucht hatte, wie geschmeichelt er gewesen war, wenn sie das Wort an ihn richtete, dann fügte sich alles zusammen.

»Sie sagte, das Kind würde ein Mischling, aber er ist doch Singhalese und ich bin Eurasier. Wenn, dann würde das Kind singhalesisch aussehen.«

»Für Elizabeth sieht ein Einheimischer aus wie der andere. Sie war schon lange in dich verliebt, und ich glaube, sie hat Amithab benutzt, weil sie gedacht hat, ihr Plan würde ganz sicher funktionieren.«

Louis sagte lange Zeit nichts. »Sie hat ihr Leben dafür ruiniert ...«

»Ich hoffe, du erwartest kein Mitgefühl.« Sie suchte seinen Blick. »Es hat sich nichts geändert.«

»Alles hat sich geändert, Estella, und ich weiß derzeit nicht, wie ich dich heiraten soll.«

»Wir gehen fort.«

Er lächelte spöttisch, ein Lächeln, das keinen Widerhall in seinen Augen fand. »Die Lösung für euch Frauen, ja? Fortlaufen. Ich habe kein Geld, Estella, und ohne Geld können wir nicht einmal von dieser verdammten Insel weg.«

Sie zuckte angesichts seiner Wortwahl zusammen und spürte, wie ihr das Blut ins Gesicht stieg. Geld. Daran hatte sie nicht gedacht. »Was wird nun?«

»Ich weiß es nicht.« Seine Hände lagen immer noch auf ihren Schultern, sanft, liebkosend. Sie sah ihn an, versank in seinen Augen, lockte mit geöffneten Lippen, eine Verlockung, der er immer gefolgt war und es auch dieses Mal tat.

Verzweiflung lag in seinen Küssen, eine Endgültigkeit,

die Estella das Herz zerriss. Er presste sie an sich, küsste sie wieder und wieder und löste sich dann mit einer Plötzlichkeit, die sie beinahe aus dem Gleichgewicht brachte.

»Nichts ist mehr da, Estella, verstehst du? Nichts. Er ist verdammt, und wir sind es mit ihm.«

Verwirrt sah sie ihn an. »Wovon redest du?«

»Von *ihm*, von meinem Vater, diesem verlogenen Dieb, diesem Mörder, der Pakte mit dem Teufel eingeht, für die wir die Rechnung zahlen müssen, wenn wir es nicht schaffen, uns davon zu lösen.« Er ließ sie los, brachte einige Schritte Abstand zwischen sie. »Sieh mich nicht so an.« Seine Stimme wurde wieder weicher. »Ich erkläre es dir beizeiten, nur nicht jetzt, es ist noch zu früh.« Seine Stimme verlor sich.

Aber sie würde warten, wollte sie sagen, solange er es wünschte, wenn er nur versprach, dass alles so würde wie früher. Während er ihr Pferd holte, formte sie innerlich Worte, verwarf sie, formte sie neu, immer wieder, sogar als er ihr in den Sattel half, konnte sie nicht damit aufhören. Etwas Vertrautes, bat sie ihn stumm, sag etwas Vertrautes. Schließlich ging sie dazu über, die Vertrautheit in seinen Augen zu suchen, aber dort war nur etwas Kaltes, Fernes, das sie nicht mehr erreichen konnte.

26

Es war ein klarer Apriltag, an dem Lavinia und Alan aus Colombo zurückkehrten. Lavinia winkte nicht lachend aus der Kutsche, wie andere junge Frauen das vermutlich getan hätten, sondern hielt die beiden Enden ihres Schals umklammert und beobachtete, wie das einfallende Licht die Seide ihres Kleides zum Changieren brachte. Sie war daheim.

Schon in den letzten Tagen ihrer Flitterwochen war sie von einer ihr unbekannten Angst vor der Endgültigkeit, mit der sie ihre neue Position einnahm, heimgesucht worden. Lavinia Tamasin, Mrs. Alan Tamasin. Sie sagte den Namen unzählige Male während der Fahrt lautlos vor sich hin, aber er fühlte sich fremd an, kam ungelenk über ihre Lippen.

Der Aufenthalt in Colombo war angenehmer gewesen, als Lavinia es sich ausgemalt hatte. Alan hatte sich als formvollendeter Gentleman benommen und die Abende mit ihr statt in Clubs verbracht. Sie waren oft aus gewesen, hatten sich alles angesehen und sich unter die höhere englische Gesellschaft von Colombo gemischt. Alan war ein recht guter Liebhaber, und offenbar war auch sie nicht gänzlich enttäuschend, wenn ihr auch die körperliche Liebe noch fremd blieb. Sie war angenehm, aber wenn sie an die hochroten Köpfe und das Gekicher der Frauen dachte, die vor ihrer Hochzeit geglaubt hatten, ihr Ratschläge erteilen zu müssen, so hatte sie dafür keinerlei

Verständnis. Es war weder belustigend noch beschämend, vielmehr erschien es ihr, als habe sie nie eine größere Verletzlichkeit erlebt, sowohl ihre eigene als auch die seine.

Audrey Tamasin war die Erste, die aus dem Haus trat, als die Kutsche in den Hof fuhr, und sie war diejenige, die Lavinia am liebsten zuletzt begrüßt hätte. Sie wusste, dass ihre Schwiegermutter sie als Konkurrenz sah, sowohl um die Herrschaft im Haus als auch – und vor allem – um die Zuneigung ihres Sohns. Zu gerne hätte sie ihr gesagt, dass sie zumindest um Letzteres nicht fürchten musste. Was Ersteres anging, so war Lavinia nicht so dumm, den Fehler zu begehen, das Zepter mit einem Mal an sich zu reißen.

Alan stieg aus und half ihr aus der Kutsche, wartete, bis sie ihr Kleid geordnet hatte, ehe er ging und seine Mutter begrüßte. Audrey Tamasin legte ihm eine Hand an die Wange und sah ihn prüfend an, dann wandte sie sich an Lavinia und hauchte einen Kuss in die Luft neben ihrer Wange.

»Es ist so schön, dass du wieder hier bist«, sagte sie zu Alan.

Lavinia biss sich auf die Lippen und sagte nichts, während Alan lächelte. *Ihre* Mutter, das wusste sie, würde in eine solche Begrüßung sie beide eingeschlossen haben. Sie folgte ihrem Mann und ihrer Schwiegermutter ins Haus, betrat die Halle, die ihr von vielen Besuchen vertraut war, ihr als Heimat aber so fremd erschien, als betrete sie sie das erste Mal.

Edward Tamasin empfing sie in dem privaten Salon der Familie. Obwohl er lächelte und wirklich erfreut schien, sie zu sehen, war er blass, unter seinen Augen lagen graue Schatten, und die Linien um seinen Mund hatten sich vertieft, was ihm ein etwas sorgenvolles Aussehen gab. An seiner Seite stand Melissa, und obwohl keinen Schritt entfernt, schien es, als trenne eine Mauer sie beide. Kälte beherrschte den Salon und etwas Unbekanntes, eine nicht greifbare Angst, die sowohl Melissa als auch, und das erstaunte Lavinia am meisten, Edward Tamasin beherrschte.

»Es ist schön, euch wieder hierzuhaben, vor allem dich, mein liebes Kind«, sagte er und gab Lavinia einen Kuss auf die Stirn. »Ich hoffe, du fühlst dich hier wohl.«

Melissa umarmte Alan und nach kurzem Zögern auch Lavinia. »Du hast uns gefehlt«, sagte sie zu Alan, wobei ein zaghaftes Lächeln zu Lavinia folgte, offenbar, um diese nicht auszuschließen.

»Wo ist Louis?«, fragte Alan, und augenblicklich war es, als lege sich Düsternis in den Raum.

»Es, hm, gab einige Probleme hier, während ihr fort wart, aber ich hatte nicht vor, euch gleich damit zu empfangen«, sagte Edward Tamasin.

»Wollt ihr euch nicht setzen?« Audrey Tamasin deutete auf die Sessel. »Ich lasse Tee kommen. Über Louis können wir später reden.« Er ist nicht so wichtig, schwang unausgesprochen mit. Den Blick ihres Mannes und Melissas ignorierte sie und sah Alan hoffnungsvoll an, das Thema ruhen zu lassen.

Dieser tat ihr jedoch den Gefallen nicht. »Was ist passiert?«

»Es gab Probleme mit den Fitzgeralds«, sagte sein Vater.

Noch ehe Alan nachfragen konnte, welcher Art diese Probleme waren, sagte Melissa, die sich weniger Zurückhaltung auferlegte als ihre Eltern: »Elizabeth Tamasin war schwanger und hat behauptet, Louis sei der Vater, aber er war es nicht.«

Ihr Vater sah sie verärgert an. »Behauptet er.«

»Du weißt doch ebenso gut wie jeder andere, dass Louis Elizabeth nicht ausstehen kann. Nie hätte er für sie die Beziehung zu Estella aufs Spiel gesetzt.«

Lavinia stimmte insgeheim zu und hatte Mühe, ihr Erstaunen zu verbergen. Aus den Augenwinkeln warf sie Alan einen Blick zu und sah, wie tief erschrocken er wirkte. Edward Tamasin musterte Melissa aus schmalen Augen. »Du hast Alan begrüßt, wie du es wolltest, ich glaube, ansonsten hast du hier nichts mehr verloren.«

Eine schnelle Abfolge von Gefühlen spiegelte sich auf Melissas Gesicht wider, dann wandte sie sich an Alan und Lavinia. »Das ist nicht das Einzige, was vorgefallen ist. Ich stehe bis auf weiteres unter Zimmerarrest, und Hayden wurde von Papa aus dem Haus geworfen und darf die Plantage nicht mehr betreten.«

»Melissa!«

Obwohl sie sich sichtlich um eine stolze Haltung bemühte, zuckte Melissa bei dem scharfen Ton ihres Vaters zusammen. Sie hob das Kinn und verließ den Raum.

Es war das Naheliegendste, was Lavinia als Erstes in den Sinn kam: Sie und Hayden hatten sich erwischen lassen. In dem Fall würde Melissa in der Tat künftig wenig zu lachen haben. Alan war offenbar derselben Meinung, das sagte sein Gesichtsausdruck nur zu deutlich.

»Eine unerfreuliche Geschichte.« Edward Tamasin wirkte zu Lavinias Befremden jedoch keinesfalls wie jemand, der sich im Recht wähnt, sondern zutiefst beunruhigt. Die Strenge, die sein Gesicht zeichnete, konnte nicht verbergen, wie angespannt seine Züge waren oder wie unnatürlich steif seine Haltung. Etwas war passiert, tiefgreifendere Dinge, als die Tochter des Nachbarn zu schwängern, so verwerflich das auch sein mochte. Sie würde, sobald es ihr möglich war, Melissa auf ihrem Zimmer aufsuchen.

Bis zum Abendessen kam Lavinia jedoch nicht dazu, ihr Vorhaben in die Tat umzusetzen, denn erst einmal hatten Besuche empfangen werden müssen, und sie wollte zudem ihre Eltern sehen. So hatte sie, als sie wieder auf Zhilan Palace war, gerade noch Zeit, sich für den Abend umzukleiden. Vielleicht, dachte sie, ergab sich danach eine Gelegenheit, Melissa aufzusuchen. Das Vorhaben stellte sich jedoch als überflüssig heraus, denn Louis war zum Abendessen daheim, was nicht nur seinen Vater und Audrey Tamasin sichtlich erstaunte. Seine Augen, dachte Lavinia, und eine eigenartige Furcht ballte sich in ihrer Brust zusammen, sieht niemand seine Augen?
Louis begrüßte sie und Alan knapp und ohne die geringste Wiedersehensfreude. »Du hast viel verpasst«, sagte er zu seinem Bruder und ließ sich auf seinem Platz nieder, noch ehe sich die anderen gesetzt hatten.
Melissa erschien als Letzte im Raum, schenkte Louis ein Lächeln, das dieser nicht erwiderte, und setzte sich an seine Seite, als alle sich um den Tisch versammelt hatten.

»Dein Verhalten«, sagte Edward Tamasin, »werde ich nicht dulden, Louis. Wenn du dich nicht benehmen kannst, dann musst du allein essen.«

»Nichts lieber als das, aber ich dachte, wir spielen für die Neuankömmlinge ein wenig heile Familie, damit Lavinia sich fühlen kann wie daheim.«

Ein Blick aus kalten Augen traf sie, dann sah Louis wieder auf den Tisch. Lavinia erschauerte, obwohl sie wusste, dass sein Groll nicht ihr galt. Alan jedoch war das perfekte Ziel für Louis' provokatives Verhalten. »Hast du etwas gegen meine Frau?«

Lavinia stöhnte innerlich auf. »Aber nein. Wie kommst du darauf?« Louis zog gespielt verständnislos die Brauen hoch. »Ich bedauere sie vielmehr, dass sie in dieses Lügengebilde hineingeheiratet hat, so wie ich Melissa bedauere, dass es ihr nicht gelungen ist, aus ihm hinauszuheiraten, wobei sie ironischerweise durch die Ehe ja sogar eine wirkliche Tamasin geworden wäre.«

»Ich verstehe kein Wort von dem, was du da redest«, antwortete Alan. »Hast du getrunken?«

Einer jedoch verstand nur zu gut, dachte Lavinia mit Blick auf Edward Tamasin, dessen Gesicht eine gelblich graue Färbung annahm. Anstatt wie Alan die naheliegende Antwort zu geben, ließ er lediglich die Hände mit dem Besteck sinken und sah Louis fragend an.

»Was ist eigentlich mit Hayden?« Louis lehnte sich zurück und verschränkte die Arme vor der Brust, während er die Tischrunde ansah, als habe er ein interessantes Theaterstück vor sich. »Weiß jemand, wo er ist? Wir haben lange nichts von ihm gehört.«

»Er wird in den Bergen sein.« Edward Tamasins Stimme klang brüchig, obwohl er sich unüberhörbar bemühte, ihr einen festen Klang zu geben.

»Hm, hm.« Louis lächelte. »Vielleicht. Vielleicht ist er aber auch verschollen im Dschungel, ja? Abenteurer wie er verschwinden von Zeit zu Zeit.«

»Was, um alles in der Welt …« Alan knallte seine Serviette auf den Tisch. »Louis, wenn du so gut sein möchtest, zu gehen und erst wiederzukommen, wenn du entweder ausgenüchtert bist oder deinen Opiumrausch ausgeschlafen hast.«

»Wirke ich wie jemand, der seine Sinne nicht beieinanderhat?«, fragte Louis.

Nein, gab Lavinia ihm im Stillen die Antwort und ließ ihren Blick zu Melissa schweifen, die bleich war und so starr dasaß, als drücke ein Stock ihren Rücken durch. Ihre Unterlippe zitterte leicht, und ihre rechte Hand krampfte sich um die Serviette, während die linke unter dem Tisch verborgen war. Audrey Tamasin hingegen wirkte bestürzt und sogar eine Spur verärgert, ähnlich wie Alan.

»Louis, verlass bitte den Tisch«, sagte sie.

Beinahe mitleidig sah Louis sie an. »Du bist ebenso betrogen worden wie Lavinia, wobei Alan natürlich in Lavinias Fall keine Schuld trifft. Ihr beide dachtet, ihr heiratet in die Familie der Tamasins aus Devon ein, ein Name, den ihr in Ermangelung des Namens, den ihr eigentlich hättet tragen müssen, wohl beibehalten werdet.« Er gab seine entspannte Haltung auf, lehnte sich leicht vor und taxierte seinen Vater, der ihn nur schweigend ansah, die Augen schwarzen Höhlen gleich.

»Wovon redet er, Edward?«, wandte Audrey sich an ihren Mann, und Alan schloss sich ihr mit fragendem Blick an.

»Er …«, Edward Tamasin schluckte und sammelte sich, »ich habe nicht die geringste Ahnung.«

»Was ist mit Hayden?«, fragte Melissa.

Ihr Vater fuhr zu ihr herum, gab ihr eine Ohrfeige, die sie mitsamt dem Stuhl umkippen ließ, und diese Unverhältnismäßigkeit seiner Reaktion machte deutlich, dass er in Melissas Frage ein Ventil gefunden hatte für das, was Louis in ihm aufwühlte.

»Hast du es immer noch nicht begriffen?«, schrie er sie an. »Er ist nichts für dich. Und mir ist gleich, wo er ist.«

Louis und Alan waren in dem Moment, als Melissa zu Boden gegangen war, gleichzeitig aufgesprungen, und während Alan seinen Vater entsetzt ansah, beugte sich Louis über Melissa, half ihr auf und stellte ihren Stuhl wieder hin. Sie hielt den Handrücken ihrer rechten Hand an ihre linken Wange, und es war nur zu gut erkennbar, wie sehr sie mit sich kämpfte, nicht zu weinen.

»Das ging zu weit, denkst du nicht?«, fragte Louis seinen Vater und zog Melissa aus dessen Reichweite.

»Ein solcher Ausbruch …« Alan, der immer noch stand, schien fassungslos. »Sie hat doch nur gefragt.«

»Alan ist heute erst heimgekommen.« Audrey Tamasin schien den Tränen nahe. »Ist es nicht möglich, wenigstens diesen Abend in Ruhe zu verbringen?«

»Denkst du, es wäre besser, wenn diese Szene sich einen Tag später abspielt?«, fragte Louis.

»Muss es überhaupt dergleichen Szenen geben?«, gab sie zurück.

»Ja, manchmal muss es einen Sturm geben, der alles mit Stumpf und Stiel ausrottet, was zu Unrecht gesät worden ist.«

»Du hast den Verstand verloren«, murmelte Audrey, und Lavinia war für einen Moment lang versucht, ihr zuzustimmen, wäre da nicht so eine seltsame Starre in Louis' Blick, die sie einfach nicht zu deuten vermochte – Irrsinn war es keinesfalls.

»Hättest du«, fuhr Louis an seinen Vater gewandt fort, »als Melissa dich wegen deiner Machenschaften in Ratnapura gefragt hat, dich einfach dazu bekannt, ohne Hayden aus dem Haus zu werfen, wäre dein größtes Geheimnis vielleicht nie ans Licht gekommen.« Louis lächelte sardonisch. »Aber du hast ja auf Biegen und Brechen alles verbergen wollen, und dann kam, was irgendwann kommen musste – eine kleine Unachtsamkeit, und dein Lügengebilde bricht zusammen.«

Während sein Vater ihn nach wie vor schweigend ansah, riss Alan der Geduldsfaden. »Könnte mir vielleicht mal jemand erklären, um was es hier geht? Welche Machenschaften in Ratnapura?«

Louis wandte sich zu Melissa, berührte beinahe zärtlich die Wange, auf der sich alle fünf Finger ihres Vaters abzeichneten, und drehte sich wieder zu den anderen. »Sie hat es nicht geglaubt, weißt du«, sagte er zu seinem Vater. »Sie wollte es dir sagen, weil sie irritiert war und dachte, du solltest wissen, wie über dich geredet wurde. Von uns allen ist sie die Einzige, die wirklich an dir hängt, womit auch immer du das verdient hast.«

Von Melissa kam nichts, keine Antwort, kein Weinen, da

war nur dieser unstete Blick, den Lavinia noch nie bei ihr erlebt hatte. Sie sah alle an und verweilte bei niemandem lange genug, damit dieser ihren Blick erwidern konnte.

Louis erzählte unterdessen von Edelsteinminen, von Kindern, die sich zu Tode arbeiteten, illegalem Sklavenhandel und einem Mord. Das allgemeine Erstarren am Tisch, der Unglaube, waren beinahe mit Händen zu greifen, lagen über dem Raum wie ein feuchtes Tuch, das den Atem nimmt.

»Es sind Gerüchte«, sagte Edward Tamasin, fester als Lavinia es ihm angesichts seines offensichtlichen Zustands zugetraut hätte. »Jeder lässt Kinder für sich arbeiten.«

»Aber nicht jeder ermordet Menschen, die einem auf die Schliche kommen.«

»Für den angeblichen Mord gibt es keinen Beweis«, fuhr Edward ihn an und verstummte dann, als habe ihn der Ausbruch über die Maßen erschöpft.

»Hayden hat mir alles erzählt«, fuhr Louis fort. »Von deinen Drohungen gegen ihn ...« Er drehte sich zu Melissa um, als falle ihm gerade etwas ein. »Vater hat ihm gedroht, ihn zu erschießen, weil er dich angeblich geschändet hat. Mehr als ein paar Dienstboten, ein zerrissenes Kleid und eine Tochter, die man der Öffentlichkeit vorenthält, weil sie aus Scham über diese Dinge nicht sprechen kann, bräuchte es dafür nicht.«

Melissa sagte immer noch nichts, sondern starrte ihren Bruder nur aus geweiteten Augen an. Lavinia hörte einen kleinen japsenden Laut, den Audrey Tamasin ausstieß, sowie Alans ungläubiges kurzes Auflachen. »Das ist nicht dein Ernst.«

Doch Edward, der lange genug wie gelähmt dagesessen hatte, hatte sich offenbar wieder gefangen. Zwar war sein Gesicht immer noch geisterhaft bleich, aber er wirkte gefasster, wenn auch nicht gänzlich gelöst.

»Louis, ist dir je in den Sinn gekommen, dass Hayden all diese grotesken Anschuldigungen nur deshalb erhebt, weil er wütend ist, dass er mit seinem Wunsch, Melissa zu heiraten, bei mir auf taube Ohren stößt? Sind die Vorwürfe nicht reichlich absurd? Denkst du wirklich, ich würde meinen eigenen Neffen ermorden?« Seine ruhige, feste Stimme schien der Situation die Spannung zu nehmen.

»Aber Hayden hat doch über all das gar nicht reden wollen«, wandte Melissa kaum hörbar ein.

»Das mag er dir vorgemacht haben, damit es glaubhafter wirkt«, antwortete ihr Vater, ohne sie anzusehen. Es war schwer ersichtlich, ob er seinen Ausbruch kurz zuvor bereits bedauerte oder ob er seiner Tochter lediglich signalisieren wollte, ihrem Einwand gebühre nicht mehr Aufmerksamkeit.

»Hayden«, fuhr er an Louis gewandt fort, »hat in meinem Arbeitszimmer getobt wie ein Wilder. Du hast feststellen können, wie es dort ausgesehen hat, als du gekommen bist. Ist es wirklich so schwer vorstellbar, dass er versucht, mich in die Enge zu treiben, und ihm dafür jedes Mittel recht ist – so abwegig es auch sein mag? Wir alle kennen ihn nicht.«

Alan setzte sich wieder. »Ich vermag mir eine solche Szene zwar nicht recht vorzustellen, aber du hast recht, wir kennen ihn nicht. Louis und Melissa, ich glaube, ihr solltet weniger leichtgläubig sein, immerhin geht es um schwerwiegende Anschuldigungen.«

Melissa beachtete ihn nicht, sondern sah Louis an. »Was meintest du eigentlich damit, als du sagtest, Mama und Lavinia seien betrogen worden und trügen ihren Namen zu Unrecht.« Dünn war ihre Stimme, kaum lauter als das Rauschen der vom Wind geblähten seidenen Vorhänge.

Louis zögerte, was Lavinia verwunderte, denn sie hätte erwartet, dass er nun erst recht auf seinen Anschuldigungen beharren würde, aber es schien, als wisse er nicht mehr, wie er beginnen sollte. »Vater wusste nichts von einem Brief, den der wahre Edward Tamasin nach seinem Aufbruch aus China an seine Familie geschickt hat.«

Die Stille, die nun herrschte, rauschte in den Ohren. Lavinia sah Alan den Kopf schütteln, ungläubig, beinahe schien es, als wolle er lachen. Sie selbst wusste nicht, was sie denken sollte. Es klang so abstrus, so unglaubwürdig – zu unglaubwürdig, um erdacht zu sein.

»Behauptet Hayden, ja?« Edwards Hand auf der weißen Tischdecke zitterte kaum merklich, und als habe er Lavinias Blick darauf bemerkt, verschränkte er die Arme vor der Brust und taxierte Louis.

»Würdest du den Inhalt des Schreibens wiedergeben können, wenn man dich danach fragte?«

»Wohl kaum, es ist über dreißig Jahre her.«

»Du hast Hayden gegenüber alles zugegeben.«

»Behauptet er.«

Louis gab nicht nach, er wirkte nicht einmal verunsichert. »Das Schreiben war Edward Tamasin sehr wichtig, er würde es nie vergessen haben.«

»Dir ist schon klar, wie irrsinnig die ganze Sache klingt?«, sagte sein Vater.

Louis nickte. »Ja, und daher glaube ich ihm.«

Tat sie es ebenfalls, fragte sich Lavinia und sah zu Alan, der seinen Vater taxierte, bleich und verstört. Dann wanderte ihr Blick zu ihrer Schwiegermutter, die ihrerseits ihren Ehemann ansah, die Lippen halb geöffnet, die Augen geweitet in einem Ausdruck fassungslosen Entsetzens.

Edward blieb stumm, keine Rechtfertigung und kein Abstreiten – die Sache war in der Tat auch zu unglaublich. Aber offenbar merkte er, dass ein winziger Keim des Zweifels dabei war, Wurzeln zu schlagen, denn seine Selbstsicherheit wirkte nur mehr aufgesetzt, die Ruhe gespielt. Dann war da diese beinahe kränkliche Blässe, die auch ein noch so guter Schauspieler nicht würde verbergen können. Er hatte ja schon elend ausgesehen, als sie ihn nach ihrer Ankunft gesehen hatte, und angesichts dessen, was Louis sagte, fügte sich alles zu einem Bild zusammen. Lavinia war nicht so schockiert, wie sie es hätte sein sollen. Aber allen anderen musste es, wenn es stimmte, den Boden unter den Füßen wegziehen, und sah sie in Melissas Gesicht, so erschien ihr diese Befürchtung darin beinahe bestätigt.

»Du warst verändert«, sagte diese im selben Moment leise zu ihrem Vater, »als du auf mein Zimmer kamst.«

Edward Tamasin schlug mit der Faust auf den Tisch und stand auf. »Ich kann nicht glauben, dass ihr euch das Geschwätz von *ihm*«, er deutete auf Louis, »seelenruhig anhört und nun auch noch ausseht, als hieltet ihr es für die Wahrheit!«

»Das Gegenteil«, sagte Alan, »werden wir ohnehin nie beweisen können.«

»Wofür brauchst du einen Beweis?« Sein Vater sah ihn mit offener Verachtung an. »Für das, was ich bin, oder das, was ich vorgebe zu sein?« Er warf seine Serviette auf den Tisch und verließ mit weit ausholenden Schritten den Raum.

Alles um ihn herum brach zusammen. Edward lief in seinem Arbeitszimmer, dem einzigen Raum, in dem er nachdenken konnte, auf und ab. Jetzt wendete sich sogar schon seine Familie gegen ihn, oh, nicht offen natürlich, aber unübersehbar. Einzig Alan schien nicht so recht zu wissen, was er glauben sollte, und in Lavinias Gesicht konnte ohnehin niemand lesen. Mit einer Handbewegung fegte er einen Stapel Papiere vom Tisch.

Sie konnten ihm nichts nachweisen, das war das Einzige, woran er sich festhielt. Aber reichte nicht bereits ein Gerücht? Ein Samen, der in fruchtbare Erde fiel? Er war zu alt, um jetzt noch einmal zu kämpfen, und hatte sich irgendwann zur Ruhe setzen wollen, ein alter Löwe in seinem Reich, nicht mehr das junge Raubtier, das er in seiner Jugend gewesen war. Die linke Hand an Stirn und Augen gedrückt, blieb er stehen und versuchte, seine Gedanken zu sammeln. Hayden, dachte er, verwünscht sollst du sein. All die Jahre hatte er aufgepasst, hatte sich nicht betrunken, um nicht im Rausch Dinge zu sagen, die ungesagt bleiben mussten, und jetzt dieser dumme, unsagbar dumme Fehler, dieser winzige Augenblick der Unachtsamkeit, weil ein anderer Teil seines Lebens im

Einsturz begriffen war. Schweigend die Schultern zucken, das wäre die richtige Antwort gewesen auf die Sache mit dem Ring. Hayden hatte es nur beiläufig erwähnt, er hätte nicht nachgehakt.

Ein Geräusch an der Tür ließ ihn aufblicken. Audrey betrat sein Arbeitszimmer, ohne anzuklopfen, was sie nie zuvor getan hatte, aber er vermutete, dass das eher ihrer Aufgelöstheit geschuldet war als mangelndem Respekt. Wenn es einen festen Punkt in seinem Leben gab, dann war sie es.

»Was gibt es?«

»Diese Dinge, die Louis gesagt hat …«, sie schluckte und befeuchtete ihre Lippen mit der Zungenspitze, »ist es die Wahrheit?«

Fassungslos sah er sie an. »Ausgerechnet du schenkst ihm Glauben?«

Sie ging durch den Raum, ihr Kleid raschelte leise, als sie mit dem ausladenden Rock ein kleines Tischchen streifte. »Was hätte Hayden davon, diese Dinge zu behaupten, wenn sie nicht stimmen?«

In Edwards Schläfen pulsierte es. »Du weißt genau, dass es ihm nicht gefallen hat, als ich seinen Antrag abgelehnt habe, offenbar hat er sich rächen wollen.«

Sie sog die Lippen ein, wirkte sehr konzentriert. »Was für eine Art von Rache soll das sein, Edward? Er ist verschwunden, und niemand weiß, wo er ist … Hätte er Rache haben wollen, hätte er das Ganze doch publik gemacht und nicht Louis unter vier Augen erzählt.« Sie zupfte fahrig mit den Fingern an ihrem Rock. »Rache halte ich für ausgeschlossen.«

»So, tust du das, ja?«

Ihr Blick hatte etwas Eindringliches, als sie ihn ansah.

»Nimmt man Rache mit etwas, das einen selbst in ein schlechtes Licht rückt? Die Geschichte ist so abstrus, niemand würde ihm glauben.«

»Und doch tust du es.«

»Vielleicht gerade deswegen. Hayden hätte von dieser Art Rache keinen Gewinn.« In ihren Augen spiegelte sich plötzlich eine Art von Verzweiflung wider, die zu tief war, als dass erst diese Enthüllung sie genährt haben konnte. »Sag mir, Edward, dass ich nicht beinahe dreißig Jahre meines Lebens an eine Lüge gebunden war. Ich könnte alles ertragen, nur das nicht.«

»Du warst an mich gebunden und bist es noch. Ich habe dir gesagt, es stimmt nicht, was Louis behauptet hat.«

Sie schüttelte den Kopf, als verstehe er nicht. »Aber das ist es nicht, was *du* sagst, sondern nur das, was du aussprichst. Ich kenne dich, du warst so verändert, seit Hayden fortgegangen ist, ich wusste nur nicht, warum.«

»Wenn du glaubst, es zu wissen, warum fragst du dann?«

»Vielleicht, weil ich dir glauben möchte, aber ich kann es nicht.« Sie begann zu weinen, und dieses Weinen ließ Edwards Zorn heiß auflodern.

»Hör auf!«, sagte er scharf.

Sie schüttelte nur erneut den Kopf und weinte weiter, lautlose Schluchzer, die ihren Körper schüttelten.

»Ich sagte, du sollst aufhören.« Er packte sie an den Schultern und schüttelte sie leicht. Als sie nicht reagierte, tat er, was er nie zuvor getan hatte: Er schlug sie, eine Ohrfeige, die ihren Kopf zur Seite schleuderte und sie

562

ins Taumeln brachte. Edward wich zurück, rieb seine Hand, deren Innenfläche sich heiß anfühlte.

Audrey hatte sich wieder aufgerichtet und sah ihn hasserfüllt an, auch dieser Blick zu intensiv, als dass er eine neue Empfindung enthüllte. »Ich habe all die Jahre neben dir nur ertragen, weil ich Alan hatte, und ich habe die Augen vor dem verschlossen, was hier vor sich geht. Aber das, Edward, das ist mehr, als ich aushalten kann.« Sie schrie die letzten Worte, ihre Stimme überschlug sich beinahe. »Wo ist der echte Edward Tamasin? Wo?«

»Auf dem Grund des Meeres«, gab er in einem Tonfall zurück, der leise war, scharf, wie die Klinge eines Messers. Sie zuckte zusammen, verstummte. Dann fing sie sich wieder und fragte: »Und Hayden? In Ermangelung des Meeres am Fuß eines schroffen Abgrunds oder in den Tiefen des Dschungels?«

»Ich wünschte wahrhaftig, es wäre so.«

»Du bist ein Monster, Edward. Ich werde zu meinem Vater gehen und ihm alles erzählen, es ist mir gleich, ob die Leute reden, weil ich dich verlasse.«

»Den Teufel wirst du tun!«

Ihre Lippen entblößten zwei Reihen weißer Zähne, als sie verächtlich den Mund verzog, etwas, das so untypisch für sie war, dass es Edward die Sprache verschlug. »Und ob ich es tun werde. Alan ist verheiratet, und Melissa braucht mich nicht.« Sie raffte ihr Kleid und wollte an ihm vorbeigehen, als sich der Zorn wie ein roter Schleier vor seine Augen legte. Er holte aus und ohrfeigte sie erneut, dieses Mal mit dem Handrücken, und nun wurde nicht nur ihr Kopf, sondern ihr ganzer Körper nach hinten geschleudert. Sie stolperte, versuchte, sich zu fangen, hielt sich an dem kleinen Tischchen fest, das mit ihr umkippte, und fiel rückwärts zu Boden, wobei ihr Kopf hart an die Kante einer Kommode schlug. Edward wartete, dass sie wieder aufstand.

Als sie sich nicht rührte, dachte er sich zunächst nichts dabei, vielmehr vermutete er, sie sei von dem Sturz zu benommen. Er ging zu ihr, um ihr aufzuhelfen. So hatte er sie nicht schlagen wollen. Erst als er sich über sie neigte und ihre Hand ergriff, merkte er, dass etwas nicht stimmte. Ihre Augen waren nicht gänzlich geschlossen, der Mund halb geöffnet. Die Wucht des Begreifens nahm Edward den Atem, und er ging röchelnd in die Knie.

»Audrey.« Seine Stimme war kaum mehr als ein Flüstern. Seine Hände umfassten ihr Gesicht, glitten zu ihren Schultern, hoben sie behutsam vom Boden an, und ihr Kopf sank haltlos zurück. Edward ließ sie los, kam schwankend auf die Beine, griff nach dem Klingelstrang und riss ihn beinahe aus der Wand.

»Hol einen Arzt, schnell«, rief er dem eintretenden Dienstboten zu. »Die Dorasani ist gestürzt.«

Ohne sich mit Fragen aufzuhalten, drehte sich dieser um und verließ eilig den Raum. Edward hörte ihn jemanden rufen, zweifellos einen Boten, der gut zu Pferd war. Er ging zu Audrey, hob sie hoch und legte sie auf die Chaiselongue. Schwer erschien sie ihm, schwerer als ihre schlanke Gestalt hätte sein dürfen. Mit einem Schlag war die Erinnerung wieder da.

James erhob sich und rieb mit den Handflächen über seine Hosenbeine. Die Nacht würde nicht ewig anhal-

ten. Langsam beugte er sich zu dem am Boden liegenden Mann und zog ihn mit beträchtlichem Kraftaufwand hoch. Offenbar stimmte es in der Tat, dass Tote schwer waren, er hatte es immer als Ausgeburt einer überspannten Phantasie abgetan.

Ihm schwindelte. Sein Ärmel, auf dem Audreys Kopf geruht hatte, war blutverschmiert.

»Was ist passiert?«

Edward hatte Alan nicht kommen hören, und ehe er etwas sagen konnte, war dieser bereits an ihm vorbei und fiel neben der Chaiselongue auf die Knie.

»Mutter«, sagte er und tätschelte leicht ihre Wange, als sei sie nur bewusstlos. Sah er nicht, was offensichtlich war, oder wollte er es nicht sehen?

Alan verharrte regungslos mit dem Rücken zu seinem Vater, hatte aufgehört, seine Mutter anzusprechen und sie ins Bewusstsein zurückholen zu wollen. Er saß einfach nur da auf Knien, schweigend, als drücke ihn die Schwere dessen, was er sah und offenbar allmählich begriff, nieder und nehme ihm den Atem. Langsam, sehr langsam drehte er sich um, das Gesicht aschgrau, die Augen unnatürlich glänzend.

»Was hast du mit ihr gemacht?«

»Sie ist gestürzt.«

Alan sah wieder zu seiner Mutter, hob die Hand und berührte ihren Mundwinkel, der aufgeplatzt war, eine kaum sichtbare Wunde, an der ein winziges Blutrinnsal hing. Was Alan sah, würde auch der Arzt bemerken, und so nahm Edward ein Taschentuch, befeuchtete es in der Wasserkaraffe auf dem Schreibtisch und ging zu seiner

Frau, um das Blut behutsam abzuwischen. Alan stand auf, brachte mehrere Schritte zwischen sich und seinen Vater. »Du hast sie umgebracht.« Er sagte es ruhig, beinahe so, als stelle er lediglich etwas fest, wäre da nicht der Schmerz in seinen Augen gewesen, der sich jetzt mit unverhüllter Kraft Bahn brach.

»Es war ein Unfall.«

»Du hast …« Alan fuhr sich mit beiden Händen über das Gesicht, als wisse er nicht, wie er ertragen solle, was er auszusprechen im Begriff war. »Du hast sie geschlagen, und sie ist gestürzt. Geschlagen, Vater! Warum? Niemand hat es weniger verdient als sie.«

Edward antwortete darauf nicht, obwohl er wusste, dass dies wie ein Schuldeingeständnis wirken musste. Aber was hätte er auch sagen sollen? Zum ersten Mal seit über dreißig Jahren gestand er sich ein, dass er Angst hatte, Angst davor, seine Welt einbrechen zu sehen, Angst vor der Verachtung seiner Kinder, Angst vor einem Leben ohne Audrey, die Verlässliche, die immer still im Hintergrund verharrt hatte und ohne die er nie ein gesellschaftliches Leben hätte führen können.

Alan schwankte leicht, aber er fing sich wieder, sah seine Mutter an und schluchzte plötzlich auf. Sein Blick fiel auf Edwards blutbeschmierten Ärmel, und als sei dieser Anblick zu viel für ihn, verließ er das Arbeitszimmer so überstürzt, dass er beinahe an der Tür mit dem Arzt zusammengestoßen wäre.

»Dr. Steinbeck«, sagte Edward und versuchte gar nicht erst, die Erschütterung aus seiner Stimme zu verbannen. »Ich glaube, Sie kommen zu spät …«

Ohne ein Wort zu sagen, ging der Arzt an Edward vorbei, fühlte Audreys Puls und hielt einen Spiegel vor ihren Mund, um zu sehen, ob sie atmete. All das tat er vermutlich nur der Form halber, denn es war unübersehbar, dass sie tot war.

»Wie ist das passiert?«, fragte der Arzt.

Edward deutete auf die Kommode. »Sie ist gestürzt …«

Seine Stimme versagte.

Dr. Steinbeck nickte und fragte nicht weiter nach. Er war seit vielen Jahren der Hausarzt der Familie und wusste, dass Edward und Audrey eine ruhige und harmonische Ehe geführt hatten. »Mein Beileid«, sagte er. »So ein Unglück.« Edward war es, als suche er den Boden ab, um eine Ursache für den Sturz zu finden. Das Holz war glatt poliert, darauf auszurutschen war nicht abwegig. Der Arzt wechselte noch einige Worte mit Edward, sprach sein Bedauern mehrmals aus und unterschrieb den Totenschein.

Danach saß Edward allein in seinem Arbeitszimmer am Schreibtisch – jenem Ort, wo er immer am liebsten gewesen war – und versuchte das Grauen zu fassen, das langsam von ihm Besitz ergriff. Er war immer noch Edward Tamasin, und auch seine Plantage würde ihm niemand nehmen können. Nach außen hin hätte sich außer dem tragischen Tod seiner Frau nichts verändert, aber dennoch war ihm, als habe er alles verloren. In seinen Kindern war nachhaltiger Zweifel geweckt worden, und Alan, der Einzige, der die Sache nicht richtig zu glauben schien, würde jetzt, nach dem Tod seiner Mutter, wohl auch ins Grübeln kommen.

Mit einer raschen Armbewegung fegte er seinen gesamten Schreibtisch leer, stand so abrupt auf, dass sein Stuhl hintenüber kippte, und ging zur Chaiselongue, auf der seine Frau lag. Später würde er ein paar Dienstmädchen kommen lassen müssen, die sie zur Aufbahrung vorbereiteten, ein Geistlicher musste bestellt werden ... Er grub beide Hände in sein Haar, wollte es sich vom Kopf reißen, und ging in die Knie. Niemand kam in den Raum, obwohl sich Audreys Tod inzwischen im ganzen Haus herumgesprochen haben musste. Selbst Melissa blieb fern, und Edward konnte sich nur zu gut ausmalen, wie seine Kinder im Esszimmer beisammensaßen und sich Alans Geschichte anhörten. Er sah zu Boden und bemerkte den Briefbeschwerer, der vormals auf dem Schreibtisch gelegen hatte, fein ziselierte Bronze, Audrey hatte ihn ihm vor Jahren geschenkt. Mit geschlossenen Augen lehnte er die Stirn an die Armlehne, seine Wange berührte den Rocksaum seiner Frau, und er ließ widerstandslos jene Bilder an sich vorüberziehen, die er so lange vergessen geglaubt hatte.

Der Briefbeschwerer aus Bronze war geformt wie eine Kugel mit einer abgeflachten Seite. Feine Ziselierungen waren darauf angebracht, chinesische Schriftzeichen, die kunstvoll ineinander übergingen. James nahm ihn auf und betrachtete ihn, als sähe er ihn zum ersten Mal. Wieder fiel sein Blick durch das Bullauge auf das Meer, dann sah er Edward an, der sich aufrichtete und die Kiste wieder schloss.

∽∾

Kühl war es an diesem Tag im April, als der Wind über das Gras strich und den feinen schwarzen Schleier vor Melissas Gesicht blähte, während diese auf den Sarg ihrer Mutter starrte. Rechts von ihr stand ihr Vater, einen Schritt weit entfernt, und unmittelbar neben ihr Louis, in dessen Armbeuge ihre Hand lag. Ihr Blick wanderte zu Alan, der sich auf der anderen Seite ihres Vaters befand, zusammen mit Lavinia, die in ihrer schwarzen Kleidung noch blasser und kühler als sonst wirkte. Obwohl ihre Hand auf Alans Arm lag, ahnte Melissa mit einiger Sicherheit, dass sie es war, die ihn stützte. Sein Gesicht zeigte unverhüllten Schmerz, wenn er auch vollkommen gefasst wirkte, ganz anders als an dem Abend, als er zurück ins Speisezimmer gekommen war, wo sie, Lavinia und Louis nach wie vor saßen und Atem holten, nachdem die beiden Brüder sich nach Weggang ihres Vaters einen erbitterten Streit geliefert hatten – jener Streit, vor dem, so schien es, ihre Mutter geflohen war. Als ein Dienstbote eintrat und sagte, es habe einen Unfall gegeben, die Dorasani sei verletzt, hatte Alan umgehend den Raum verlassen. Louis war ans Fenster getreten und hatte hinausgestarrt, Lavinia war reglos am Tisch gesessen, während Melissa ruhelos hin und her gegangen war und mit sich gerungen hatte, ob sie ebenfalls zu ihrer Mutter gehen sollte. Aber die Angst, von ihr zurückgewiesen zu werden, weil sie nur Alan an ihrer Seite wollte, hatte sie verharren lassen. Kurze Zeit später war Alan zurückgekommen, bleich, die Augen glänzend und rot umrandet.

»Er hat sie umgebracht«, sagte er nur und weinte. Lavinia stand auf und nahm ihn in die Arme, während Melissa sich abwandte. Sie hatte noch nie einen Mann weinen sehen. Erst danach war ihr ins Bewusstsein gedrungen, was er gesagt hatte, und ihr Herz hatte in einem rasenden Wirbel zu schlagen begonnen. Louis hatte sich vom Fenster weggedreht, und einen Augenblick lang hatte Melissa gedacht, er wolle zu ihr, aber er war an ihr vorbei zu Alan gegangen, hatte gewartet, bis dieser sich aus Lavinias Umarmung gelöst hatte, und ihm in brüderlich tröstender Geste die Hand auf die Schulter gelegt.

»Was meinst du mit ›Er hat sie umgebracht‹?«

Alan hatte sich langsam wieder gefasst, war jedoch so bleich, dass Melissa beinahe einen Zusammenbruch befürchtet hatte, und dann hatte er erzählt.

Die Beerdigung war sehr kurzfristig anberaumt worden, in diesen Gefilden konnte man einen Menschen nicht lange aufbahren. Der Schock über das Ereignis saß bei allen tief, und bei Melissa kam noch hinzu, dass sie mehr Trauer empfand, als sie angesichts der Beziehung zu ihrer Mutter für möglich gehalten hatte. Die ganze Nacht über hatte sie geweint, sowohl um den Verlust als auch darum, dass sie jegliche Mutterliebe hatte entbehren müssen. Morgens war sie erschöpft für wenige Stunden in den Schlaf gesunken, und unmittelbar nach dem Aufwachen waren ihr wenige köstliche Sekunden des Vergessens geschenkt worden, ein Vormittag, an dem alles zu sein schien, wie es immer war. Dann jedoch hatte die Erinnerung umso schmerzhafter eingesetzt, die Gedanken an ihre tote Mutter, an ihren Vater, dessen Schuld an allem, was man ihm vorwarf, ihr nun ohne Zweifel erschien,

und an Hayden, der ihm vielleicht auch zum Opfer gefallen war …

Die Worte des Geistlichen rauschten an Melissa vorbei,
und geschützt durch den Schleier erlaubte sie sich, ihre
Blicke über den Friedhof wandern zu lassen. War sie der
Auslöser für all das gewesen, als sie ihrem Vater von der
Sache in Ratnapura erzählt hatte? Sie wollte nicht dar-
über nachdenken.

Ihr Vater war ihnen allen bis zur Beerdigung aus dem
Weg gegangen, und wenn sie ihn gesehen hatte, war er
ihr erschreckend elend vorgekommen. Melissa sagte
sich, er sei selbst schuld, aber dennoch keimte immer
wieder Mitgefühl in ihr auf. Er wirkte gealtert, und von
jener Vitalität, die seine Züge immer gezeichnet hatte,
war nicht einmal ein Schatten geblieben. Bleich war er,
mit grauen Rändern um die Augen herum, als wären diese tiefer eingesunken.

Zwischen den Trauergästen befanden sich auch ihr
Großvater sowie einige Cousinen und Cousins ihrer
Mutter mitsamt Familien. Ihr Großvater war bereits am
Vortag angereist, ein gebeugter alter Mann, dem schon
der Tod seiner Ehefrau wenige Jahre zuvor das Herz gebrochen hatte. Seine einzige Tochter zu verlieren schien
indes mehr zu sein, als er verkraften konnte.

»Ein Vater sollte sein Kind nicht überleben«, hatte er
gesagt, während er am Totenbett ihrer Mutter stand. Er
war gefasst, gefasster als Alan es gewesen war, aber es
war offensichtlich, dass dieser Verlust ihm jeden Lebens-
mut genommen hatte. Er sah seine Enkelkinder an. »Wenigstens euch habe ich noch. Alan, du bist ihr so ähnlich,

ich wüsste nicht, was ich täte, wenn mir gar nichts von ihr bliebe.«

Melissa atmete schwer an erneut aufsteigenden Tränen. Sie senkte die Lider und sah auf das regenfeuchte Gras. Erinnerungen stiegen in ihr auf, an sie selbst als kleines Kind, das immer voller Bewunderung die elegante Mutter angesehen und sich gewünscht hatte, von ihr in die Arme genommen zu werden. Warum, dachte Melissa, warum hat sie mich nicht geliebt?

27

Melissas Arrest war stillschweigend aufgehoben worden. Sie zog sich nach Mahlzeiten und Kondolenzbesuchen nicht mehr in ihr Zimmer zurück, was ihr Vater kommentarlos duldete. Er hielt sich so gut wie nie im selben Raum mit seinen Kindern auf, sondern war die meiste Zeit in seinem Arbeitszimmer. Gelegentlich, wenn Melissa daran vorbeiging, hörte sie ihn herumlaufen und manchmal sogar leise reden, obwohl außer ihm niemand im Raum sein konnte. Sie befürchtete, er könnte den Verstand verlieren.

Die Trauerzeit für die Mutter betrug für Töchter ein halbes Jahr. Melissas gesamte Garderobe bestand nun ausschließlich aus schwarzen Kleidern, viele waren auf die Schnelle neu geschneidert worden, und einen großen Teil ihrer farbenfrohen und hellen Kleider hatte man einfach schwarz eingefärbt. Sie würde sie ohnehin nicht mehr tragen können, im Folgejahr wären sie aus der Mode. Ihre gesamte Abendgarderobe war in Kisten verpackt worden. Die Spiegel waren verhängt, schwarzer Krepp war um das Gemälde ihrer Mutter drapiert worden – ein Haus der Trauer.

Melissa hatte nichts gegen die schwarze Kleidung, ihr war ohnehin so, als sei mit den Farben auch jegliche Lebensfreude gewichen. Draußen grünte und blühte es, und der Plantagenbetrieb musste ebenfalls weitergehen, auch wenn ihr Vater außerstande schien, sich damit zu befassen, und Louis sich strikt weigerte. Es lag nun an Alan, und es machte den Anschein, als sei er doch fähiger dazu, als alle ihm zugetraut hatten, wobei vermutlich Lavinia einen nicht unerheblichen Beitrag dazu leistete, dass er alles allein durchstand. Sie war ständig an seiner Seite und doch gleichzeitig im Hintergrund.

Ihr Vater interessierte sich so wenig für alles, dass Melissa tun und lassen konnte, was sie wollte. Sie ging stundenlang spazieren, blieb bis in die Nacht auf der Veranda sitzen und starrte in den Garten und unternahm bisweilen sogar nächtliche Streifzüge durch die Kaffeefelder. Nur in die Belange der Plantage mischte sie sich nicht ein, und sie wusste nicht mehr, warum ihr das einmal so wichtig gewesen war.

Was sich nicht vermeiden ließ, war der Empfang all der Leute, die kondolierten. Vor allem die Frauen glaubten, sich Melissas, des »armen mutterlosen Kindes«, annehmen zu müssen. Sie fand es unerträglich, vor allem, wenn dabei ein Ton angeschlagen wurde, als sei sie erst zehn und keine erwachsene Frau. Man werde ihr mit Rat und Tat zur Seite stehen, und wenn die Trauerzeit erst einmal vorbei war und sie einen Bräutigam fand, würde man für sie sämtliche Hochzeitsvorbereitungen treffen, wie eine Mutter das getan hätte. Unter den Frauen entbrannte ein regelrechter Konkurrenzkampf darum, wem diese mütterliche Rolle zugesprochen würde. Melissa saß stets da, hörte sich alles an und nickte lediglich.

»Lass sie reden, die dummen Gänse«, sagte Mrs. Smith-Ryder einmal zu ihr, nachdem die letzten Besucherinnen gegangen waren.

Louis war die meiste Zeit unauffindbar. Wenn man dem Gerede der Dienstboten glauben durfte, hielt er sich viel bei den Arbeitern auf, sprach mit ihnen, saß in ihren Hütten, und niemand wusste, was es die ganze Zeit zu bereden gab. Melissa war auch das gleichgültig. Sie spazierte in ihrem schwarzen Kleid, das schwarze Haar verborgen unter einer schwarzen Haube, durch den Wald und die Wege in der näheren Umgebung und kümmerte sich um nichts.

Eines Abends kam sie nach Hause und fand zu ihrem Erstaunen Louis in ihrem Boudoir vor. Sie sahen sich nur noch selten, und noch seltener suchte er ein Gespräch mit ihr oder Alan, so dass seine Anwesenheit sie zunächst eher beunruhigte als erfreute, weil sie eine schlechte Nachricht vermutete.

»Wartest du schon lange?«, fragte sie und legte ihren Schal über eine Stuhllehne.

»Nein. Ich bleibe auch nicht lange, ich wollte dir nur das hier geben.« Er reichte ihr einen kleinen versiegelten Brief, der mehrmals gefaltet war. »Mich hat vorhin ein Schreiben über einen Boten erreicht, und darin war unter anderem die Bitte formuliert, dir das hier zu geben.«

Melissa drehte den Brief, und ihr Mund wurde trocken. »Von Hayden?« Wer sonst sollte einen derart umständlichen Weg wählen, ihr zu schreiben.

»Ja.« Er zögerte. »Nun denn … Geht es dir gut, so weit?«

Sie nickte, den Blick immer noch auf das Schreiben gerichtet, dann sah sie ihren Bruder an. »Danke.«

»Dank mir nicht.« Er schien noch etwas sagen zu wollen, bemerkte aber, dass sie den Brief lesen wollte. »Ich lasse dich jetzt allein. Gute Nacht.«

Melissa wollte ihm antworten, er solle bleiben, sie sahen sich nur noch so selten, und die Gelegenheit, ein wenig zu reden, war günstig, aber sie wollte unbedingt lesen, was Hayden ihr geschrieben hatte, und so antwortete sie nur leise: »Dir auch eine gute Nacht, Louis.«

Hayden wartete am nächsten Tag nachmittags an einem ihrer alten Treffpunkte auf sie, und Melissa musste an sich halten, nicht noch schneller zu gehen, aber das hätte Aufsehen erregt. Erst als sie ihn von weitem sah, wie er dastand und ihr entgegenblickte, raffte sie ihr Kleid und lief los. Er kam ihr in weit ausholenderen Schritten entgegen, als es ihr möglich war.

Mit einem Auflachen warf sie ihm die Arme um den Hals, und er umfasste ihre Taille und wirbelte sie herum. Er hatte sie kaum abgesetzt, als er sie küsste, wieder und wieder. »Melissa«, atmete er zwischen zwei Küssen und presste sie so fest an sich, dass es ihr beinahe den Atem nahm.

Erleichterung und das Gefühl, endlich nicht mehr allein zu sein, brachen wie eine Flut über ihr zusammen. In ihren Augenwinkeln sammelten sich Tränen, die in warmen Rinnsalen über ihre Wangen liefen, während Hayden ihr sanft Koseworte zuflüsterte und das verführerische Spiel seiner Küsse fortsetzte.

»Ich konnte nicht eher kommen«, sagte er dicht an ihrem Mund. »Es wäre zu gefährlich gewesen – für uns beide.

Erst als ich gehört habe, dass deine Mutter tot ist, war es mir nicht mehr möglich, noch länger zu warten.«

»Ich bin so froh, dass du gekommen bist. Es ist unerträglich zu Hause.«

Behutsam wischte er ihr die Tränen von den Wangen. »Das mit deiner Mutter tut mir so unendlich leid, Melissa.« Zögernd fügte er hinzu: »Es muss für dich besonders schlimm sein, weil du ihr nie nahe sein durftest.«

Sie nickte und suchte nach ihrem Taschentuch. »Du weißt ja noch nicht alles«, sagte sie, während sie sich Augen und Nase abtupfte. »Es war kein richtiger Unfall.« Sie biss sich auf die Lippen und sah zu Boden. »Mama war so glücklich, dass Alan und Lavinia gekommen sind. Wir haben abends zusammen gegessen, es gab ein größeres Menü zur Feier des Tages, und sogar Louis war ausnahmsweise anwesend.« Sie atmete tief ein und stieß die Luft zwischen den Zähnen wieder aus. »Und dann hat er alles erzählt. Alles.«

Hayden schwieg, und Melissa wusste nicht, ob der Ausdruck in seinem Gesicht Nachdenklichkeit oder Betroffenheit war.

»Ich wünschte so sehr …«, sagte sie, und wieder brach ihre Stimme. »Dein Onkel …«

»Schscht«, sagte er leise legte seine Wange auf ihr Haar.

»Wir alle waren schockiert«, fuhr Melissa fort, als sie ihrer Stimme wieder traute. »Und als Papa den Raum verlassen hat, ist Mama ihm irgendwann gefolgt. Sie wirkte so unruhig, nachdem er fort war, ich glaube, sie wollte wissen, ob an der Sache etwas dran war. Papa hatte es ja abgestritten.«

»Mir gegenüber am Ende nicht mehr.«

Melissa strich über das Revers seines Gehrocks. »Alan ist sofort zu ihnen ins Arbeitszimmer gegangen, als ein Dienstbote sagte, Mama habe einen Unfall gehabt. Er hat später erzählt, Papa habe sie geschlagen, daher sei sie so unglücklich gestürzt.«

Hayden runzelte die Stirn. »Deine Mutter zu töten ist nun wirklich eine Tat, die ich ihm nicht zutraue. Hat er zugegeben, dass es so gelaufen ist?«

Sie schüttelte den Kopf. »Alan gegenüber nicht, und danach hat niemand mehr mit ihm darüber gesprochen. Er redet sowieso nicht mehr mit uns, wenn es nicht unbedingt sein muss.«

»Ich hätte nie geglaubt, dass die Dinge, die ich in Ratnapura erfahren habe, eine solche Lawine auslösen.«

»Bist du mir böse, weil ich es ihm erzählt habe?«

»Nein, letzten Endes war es das einzig Richtige.«

Das leise Gluckern des Bachs und das Rauschen des Winds hatten beinahe etwas Entrücktes. Unvorstellbar, dass es dieselbe Welt war, die gerade kopfstand.

»Wir müssen fort«, sagte Hayden. »Sobald ich meine Arbeit beendet habe, verlassen wir Ceylon. Wäre es mir möglich, jemand anderen an meine Stelle zu beordern, könnten wir sofort gehen, aber das ist nicht machbar.«

Er wirkte schuldbewusst, und Melissa legte ihm eine Hand an die Wange. »Ich würde nicht wollen, dass du deine Leute im Stich lässt und eine angefangene Arbeit nicht beendest. Es ist ja nicht so, als drohte mir Gefahr.«

Sie lachte bitter. »Wenn ich ehrlich sein soll, war ich nie freier als jetzt. Ich glaube nicht, dass Papa derzeit auf die Idee kommt, mich verheiraten zu wollen, und wegen meiner Trauerzeit ist es ja ohnehin unmöglich.«

Hayden nahm ihre Hand, und gemeinsam gingen sie zum Bachlauf, an dessen Ufer Hayden seinen Gehrock ausbreitete, damit sie sich darauf setzen konnte. Er selbst ließ sich im Gras nieder und zog sie an sich, so dass sie zwischen seinen Knien saß und mit dem Rücken an seine Brust lehnte.

»Wann erwartet deine Familie dich zurück?«

»Mich erwartet niemand zurück.« Melissa schloss die Augen und lauschte auf den Schlag von Haydens Herz. »Ich wünschte, wir wären uns näher gewesen«, sagte sie übergangslos. »Alan hat sie immer über alles geliebt.«

»Sie war nicht glücklich, das war unübersehbar«, sagte Hayden, während er die Bänder ihrer Haube löste und diese neben sich ins Gras legte. »Dein Vater hat ihr Zuneigung entgegengebracht, also zumindest das, was er darunter versteht. Ich glaube, er hat sie wirklich gemocht. Sie hingegen war einfach nur unglücklich, und du bist deinem Vater ähnlich, Alan jedoch ihr.«

Melissa wandte ihm ihr Gesicht zu. »So habe ich das nie gesehen.«

Er küsste sie und nestelte an ihrem Haar, zog die Haarnadeln heraus, so dass es ihr offen über die Schultern fiel. Immer fiebriger wurden seine Küsse, während er beide Hände in ihrem Haar vergrub. Seine Lippen glitten über ihre Wange, ihren Hals, wieder zurück zu ihrem Mund. Er öffnete einige Häkchen ihres Kleides an ihrem Rücken und schob es über den Ansatz ihrer Schultern. Melissa hatte beide Arme um seinen Nacken geschlungen und hielt ihn so eng an sich gedrückt, dass ihr war, als würden ihre Körper miteinander verschmelzen.

Schließlich löste er sich von ihr und hielt ihr Gesicht mit beiden Händen umfasst, um sie ansehen zu können, dann zog er sie an sich, bettete ihren Kopf an seine Schulter, liebkoste ihren Nacken und glitt mit der Hand zwischen ihre Schulterblätter.

»Wirst du es deiner Familie sagen?«, fragte Melissa. »Dein Onkel, der Bruder des echten Edward Tamasin, wird es sicher wissen wollen …«

Hayden seufzte tief. »Darüber habe ich lange nachgedacht. Vermutlich werde ich mit ihm reden, und er wird natürlich – falls er mir überhaupt glaubt – alle Hebel in Bewegung setzen, um deinen Vater zu überführen. Aber wir brauchen uns da nichts vorzumachen, denn beweisen können wir nichts.«

Melissa setzte sich so, dass sie auf den Bach schauen konnte, immer noch fest von Haydens Armen umfangen. »Ich weiß von einem Tag auf den anderen nicht mehr, wer ich eigentlich bin, nicht einmal, wie mein Familienname lauten müsste …« Sie machte eine Handbewegung zur Plantage hin. »Wenn all das nicht uns gehört, wer sind wir dann?«

»Vielleicht erfährst du es irgendwann.«

Melissa sah in der Ferne die Arbeiter auf den Kaffeefeldern, die sich wie bunte Punkte langsam bewegten. »Meinst du, es existiert noch irgendetwas, das auf seine wahre Identität hinweist?«

»Möglich wäre es, aber für so unüberlegt halte ich ihn nicht.«

Das Licht des Nachmittags ging in sanftes Zwielicht über, zartgelb unter einem roten Schleier. Ein weiterer Tag neigte sich dem Ende zu, und niemand außerhalb von Melissas Familie wusste, dass eine Welt im Einsturz begriffen war. Jeder von ihnen zögerte das Schlafengehen hinaus, aus Furcht vor einer Nacht unruhiger Träume. Und am nächsten Morgen gaukelten die ersten Sekunden des Erwachens vor, alles sei wie immer, bis die Erinnerung mit schwindelerregender Wucht einsetzte.

»Du solltest gehen, ehe es dunkel wird«, sagte Hayden. Melissa schüttelte den Kopf. »Ich möchte dich nicht verlassen.« Nicht jetzt und nie mehr wieder.

»Ich bleibe in deiner Nähe.« Sein Mund war in ihrem Haar, und sie spürte seinen Atem auf ihrer Stirn. »Nicht weit von hier gibt es leerstehende Arbeiterhütten.«

»Ich weiß, welche du meinst, dort hatten wir früher Arbeiter, die angereist waren, einquartiert, wenn bei uns der Platz zu eng wurde, das war, ehe Papa noch mehr Fläche gerodet hat.« Sie sah ihn an. »Kann man dort wohnen?«

»Du weißt doch, dass ich auch wenig Komfort gewöhnt bin.« Ein Lächeln umspielte seine Mundwinkel und ließ seinen Blick weich werden. »Wir sehen uns morgen um dieselbe Zeit, ja?« Er küsste sie. »Aber jetzt geh besser, mir ist wohler, wenn ich dich nicht im Dunkeln durch diese abgelegenen Wege laufen weiß. Ich werde dich noch bis zur Plantage begleiten.«

Melissa schüttelte vehement den Kopf. »Du weißt, was dir droht, wenn Papa dich sieht, gerade jetzt. Er ist wie von Sinnen.« Als Hayden etwas sagen wollte, legte sie ihm die Finger auf die Lippen. »Bitte«, sagte sie. »Ich gehe diese Wege jeden Tag. Mir ist wohler, wenn ich nicht die ganze Zeit Angst haben muss, dass dir etwas passiert. Mir reichen die Sorgen, die ich mir gemacht habe, nachdem Louis alles erzählt hat. Wir dachten ja, dir wäre etwas zugestoßen, weil wir nichts von dir gehört hatten.«

»Das tut mir leid, daran hatte ich nicht gedacht.« Er runzelte die Stirn. »Ich habe wie besessen gearbeitet, weil ich nicht über all das, was ich erfahren habe, nachdenken wollte. Ehrlich gesagt hatte ich nicht die geringste Ahnung, wie es weitergehen sollte. Ich habe mir überlegt, deinen Vater bei den Behörden anzuzeigen, aber mir hätte niemand geglaubt. Alle möglichen Rachegedanken hatte ich, und obwohl ich meinen Onkel nie persönlich kennengelernt habe, wusste ich nicht, wie ich ertragen soll, dass er mitsamt seinen Träumen so sterben musste.« Hayden sah zur Plantage. »Ich frage mich die ganze Zeit, was er daraus gemacht hätte.«

Sie standen auf, und während Melissa ihr Kleid ordnete, hob Hayden seinen Gehrock auf und zog ihn an. Er reichte ihr ihre Haube, die sie aufsetzte, nachdem sie ihr Haar notdürftig hochgesteckt hatte. Arm in Arm gingen sie den Weg entlang, der zur Plantage führte. Ehe sie sich trennten, umarmten sie sich, und Melissa klammerte sich beinahe verzweifelt an ihn. »Ich wünschte, ich müsste nicht gehen«, flüsterte sie, ehe sie sich endgültig von ihm löste.

Sie ging auf Zhilan Palace zu, das im Licht der untergehenden Sonne wie von einem goldfarbenen Schleier umwoben war, und blieb stehen, um das säulenbestandene Haus zu betrachten, das ihr nie weniger ein Zuhause gewesen war als in diesem Moment und doch die einzige

Heimat, die sie kannte. Lange stand sie davor, sah, wie es vor dem langsam rosa und schließlich bleigrau werdenden Himmel zu einer dunklen Silhouette wurde, einem Schattenriss, dem nichts Böses innezuwohnen schien. Sie konnte sich von dem Anblick nicht lösen, verharrte auf dem Weg, während sich blauschwarze Dunkelheit über das Tal senkte. Später, wenn sie sich zurückerinnerte, dachte sie immer, sie müsse geahnt haben, dass sie Zhilan Palace das letzte Mal sah.

Edward beschloss an diesem Abend, das Essen mit seinen Kindern zusammen einzunehmen, auch wenn Louis, ganz so, wie er es erwartet hatte, nicht anwesend war. Eine schweigsame Runde war das: Alan, der auf seinen Teller starrte, als versuche er, darin Geheimnisse zu ergründen, Lavinia, deren Gesicht maskenhaft unbewegt blieb, und Melissa, die beinahe verträumt wirkte, und dieser Anblick war es, in den Edward versank. Es hatte etwas Vertrautes, ein winziger Moment, in dem er sich vorstellen konnte, dass alles noch wie früher war.

Er würde Zhilan Palace behalten, und auch Audreys Tod hatte keine Folgen für ihn, dennoch war ihm, als sei sein Leben gelebt und als halte der Rest davon nicht mehr viel Freude für ihn bereit. Audrey – er fragte sich, wie ein so stiller, unauffälliger Mensch einen solchen Krater reißen konnte, dass alles darum in seiner Ordnung zusammenzubrechen schien. War er nach außen hin immer noch Edward Tamasin, Herr über eine der größten Plantagen Ceylons, so war innerhalb seiner Familie die Hülle, die ihn bisher ausgemacht hatte, abgefallen, und herausgeschält hatte sich, was er immer gewesen war: ein Vagabund, der die Gunst der Stunde genutzt hatte.

Musste er nicht zornig auf Hayden oder Louis sein? Anfangs war er es gewesen, er hätte Hayden umbringen können für den Sturm, den er entfesselt, und dafür, dass er Louis angestachelt hatte. Inzwischen fehlte ihm jedoch das innere Feuer für seinen Zorn, er war wie ausgezehrt, ausgebrannt. Es war ja nicht einmal so, dass er selbst nicht wie Hayden gehandelt hätte, hätte er dergleichen über ein Familienmitglied erfahren. Und Louis – waren die Weichen für den Verrat an seinem Vater vielleicht gestellt worden, als er Duncan Fitzgerald geglaubt und Louis sein Geld und sein Haus und somit auch Estella genommen hatte? Es gab nicht viel, was Louis sich in seinem Leben gewünscht hatte, er hatte sich immer mit der Rolle des unehelichen Sohns abgefunden, aber Estella, die hatte er haben wollen, und was er auch tat, sie glitt ihm immer wieder aus den Händen.

Sollte das alles sein, was seiner Familie von ihm in Erinnerung blieb? Drei unglückliche Kinder? Er fühlte sich nicht geläutert, wahrhaftig nicht, und er wusste nicht einmal mit Sicherheit, ob er nicht wieder so handeln würde, wie er es getan hatte, einschließlich der verhängnisvollen Ohrfeige für Audrey, denn ein solcher Ausgang war einfach nicht vorhersehbar gewesen. Dennoch wünschte er sich nichts mehr, als diesen einen Moment mit dem Wissen zurückzubekommen, das er jetzt hatte, und sich in diesem Augenblick anders zu entscheiden. Hätte sie ihn wirklich verlassen können? Einen Versuch hätte sie gewagt, ja zweifellos, so wie sie damals nach

Manjulas Eintreffen im Haus zu ihren Eltern geflohen war. Aber ihr Vater würde sie auch dieses Mal zu ihm zurückgeschickt haben. Eine Frau verließ ihren Mann nicht aufgrund unbewiesener Anschuldigungen. Und selbst wenn, spätestens Alans erstes ehelich geborenes Kind hätte sie zurückgeholt.

Vielleicht war ja noch nicht alles gänzlich verloren. Was, wenn er mit Louis sprach, ihm ausreichend Geld gab, um Estella zu heiraten und sein Haus fertig zu bauen? Er hatte wahrlich Geld genug. Louis würde verstehen, dass es ihm gesellschaftlich gesehen nicht möglich gewesen wäre, Duncan Fitzgerald vor den Kopf zu stoßen. Natürlich hätte er Louis gegenüber zeigen müssen, dass er ihm, seinem Sohn, eher glaubte als dieser läufigen kleinen Hündin, aber gut, er konnte es nicht mehr ändern. An diesem Abend würde es mit dem Gespräch allerdings nichts mehr werden, denn Louis kam für gewöhnlich erst nach Hause, wenn alle schliefen, und Edward war zu müde, um auf ihn zu warten. Am nächsten Tag wollte er ihn in aller Frühe beim Frühstück abpassen.

Allein was Melissa anging, wusste er nicht, was er tun sollte. Sie Hayden zur Frau zu geben widerstrebte ihm zutiefst, wenn auch aus anderen Gründen als bisher. Er konnte nicht anders, als ihm die gesamte Schuld an dem zu geben, was passiert war. Dennoch war ihm klar, dass Melissa nicht glücklich werden würde, welche Lösung er auch für sie fände. Er musste in Ruhe darüber nachdenken …

Alan hingegen konnte warten. Vielleicht gestattete er ihm ja, Justine ins Haus zu holen, es kam jetzt ohnehin nicht mehr darauf an, und über kurz oder lang würde er ihm die Plantage überschreiben. Die Ehe mit Lavinia war die beste Entscheidung gewesen, die sein willensschwacher Sohn je getroffen hatte, und er hielt die Stellung derzeit besser, als er es ihm zugetraut hätte. Vielleicht war doch nicht alle Hoffnung in ihn verloren, und es schlummerte Potenzial in ihm, das lediglich hervorgekitzelt werden musste. Aber das würde er Lavinia überlassen.

Als Lavinia die Tafel aufhob, stand er auf, froh, sich zurückziehen zu können, und gleichzeitig wissend, dass auch noch so viel Schlaf nicht gegen die Erschöpfung helfen würde, sie sich seiner bemächtigt hatte und die ihn sein Alter in jedem Knochen spüren ließ. Er wandte den Kopf zum Fenster, dessen Vorhänge nicht sorgsam zugezogen waren, so dass ein Spalt offen geblieben war. Irritiert sah er genauer hin, dachte im ersten Moment, dass es doch schon vor über einer Stunde gedämmert hatte, und war dann mit wenigen Schritten am Fenster, um den Vorhang beiseitezuschieben. Am Horizont erweckte ein gelblich weißer Lichtschein den Eindruck, die Abenddämmerung halte immer noch an. Mit Entsetzen erkannte Edward, dass seine Kaffeefelder lichterloh brannten. Er neigte sich vor und sah nun auch die Lichtpunkte, die sich im Dunkeln dem Haus näherten.

Hinter sich hörte er Melissa einen Laut des Erschreckens ausstoßen, und Alan trat an seine Seite. »Grundgütiger!«

Im selben Moment sahen sie Männer mit Fackeln näher kommen, sie schienen das Haus von beiden Seiten her einzukreisen.

»Was, um alles in der Welt …«, murmelte Alan, dann flog auch schon ein Stein durch eines der Fenster am anderen Ende des Raums. Noch ehe sie die Möglichkeit bekamen, sich von dem Schreck zu erholen, flog eine Fackel hinterher und setzte umgehend den Vorhang in Brand. Die Frauen keuchten erschrocken auf.

Die Dienstboten drängten zur Tür hinaus, während Alan Lavinias Hand nahm und mit ihr ebenfalls aus dem Raum floh, gefolgt von Edward und Melissa. Indessen flogen weitere Steine und Fackeln in den Raum. Melissa, die mit ihrem ausladenden Rock an einem Stuhl hängenblieb, wäre fast gestolpert, und Edward griff nach ihrem Arm, fing ihren Fall ab und zog sie mit sich auf den Korridor hinaus. Er hörte ihren Atem stoßweise gehen und spürte, wie viel Mühe sie hatte, mit ihm Schritt zu halten, aber er hielt nicht inne und dachte nur daran, sie aus dem Haus zu bekommen, in dem alle in Panik geraten waren. Er hörte Fenster klirren, Dienstboten kamen die Treppe heruntergestürzt, drängelten sich im Flur und flohen durch die Halle, wobei sie Tischchen, Zierstühle und große Vasen umwarfen und versuchten, alle gleichzeitig durch die breite Eingangstür ins Freie zu gelangen.

Lavinias hellen Schopf sah er, Alan hingegen nicht, und als er sich suchend umwandte, entdeckte er ihn, wie er die Treppe hochlief, sich immer wieder ans Geländer drückte, um Dienstboten vorbeizulassen – Himmel, er hatte nie gewusst, wie viele es ihrer waren. Offenbar wollte Alan sichergehen, dass niemand im Haus zurückblieb, und Edward, dem klar war, dass dies seine Aufgabe war, schob Melissa vor sich. Er konnte nicht als Hausherr draußen in Sicherheit warten und es seinem Sohn überlassen, sich in Gefahr zu begeben.

»Raus, so schnell du kannst.«

Sie umklammerte seinen Arm. »Wo willst du hin?«

»Ich muss nachsehen, ob in den hinteren Räumen noch Menschen sind.«

Sie starrte ihn aus angstvoll geweiteten Augen an, und er befreite sanft seinen Arm aus ihrem Griff.

»Geh, Melissa.«

Ohne ein Widerwort zu geben, wandte sie sich um und verließ mit den Dienstboten das Haus. Edward lief in den hinteren Flügel, riss Türen auf, und in etlichen Räumen fraßen sich bereits Flammen die Vorhänge hoch oder leckten an Möbeln. Die Hölle, dachte Edward. Wer einen Pakt mit dem Teufel schloss … Ihm fiel das Atmen schwer, während er Tür um Tür aufstieß und schließlich zu seinem geliebten Arbeitszimmer kam, das bereits lichterloh brannte. Das Papier und die Bücher in den Regalen mussten sofort Feuer gefangen haben. Edward starrte auf seinen Schreibtisch, der inmitten der Flammen nur mehr eine verzerrte Silhouette war, und taumelte rückwärts aus dem Raum. Ähnlich war es mit der Bibliothek. Er wollte zurück zur Halle laufen und das Haus verlassen, als er aus den Augenwinkeln eine Bewegung wahrnahm.

Es war Louis, der am anderen Ende des Korridors, eine Fackel in der Hand, im Begriff war, die hintere Treppe hinaufzulaufen. Edward wollte ihn rufen, ihm sagen, dass Alan bereits oben war, aber er verharrte mit geöffnetem Mund wie gelähmt, als er sah, dass Louis im Laufen den Arm mit der Fackel weit ausstreckte und alles in Brand setzte, was er berührte.

Aus den Fenstern schlugen Flammen, leckten an den Wänden und züngelten bis ans Dach. Melissa zitterte und schlang die Arme um ihren Oberkörper, als könne sie sich damit beruhigen. Dienstboten standen beisammen, während von allen Seiten Männer auf Pferden kamen – Nachbarn, die zu Hilfe eilten. Die ersten, die das Feuer bemerkt hatten, waren die Fitzgeralds und Smith-Ryders in der unmittelbaren Nachbarschaft gewesen, und diese mussten Boten zu den anderen Plantagen geschickt haben. Es wurden bereits Ketten gebildet, mit denen das Wasser Eimer für Eimer zum Haus transportiert wurde. Weil Alan nicht auffindbar war, hatte Henry Smith-Ryder das Kommando übernommen, und zusammen mit Duncan Fitzgerald sorgte er für einen schnellen und disziplinierten Ablauf, indem er auch die verängstigten Dienstboten in die Arbeit einspannte.

Melissa starrte wie gebannt auf die Haustür, die wie ein schwarzes Loch in der noch unversehrten Mauer gähnte, nur von einem schwachen Flackern erhellt. Louis, Alan und ihr Vater waren noch da drin, mussten es sein, denn sie hatte sie nicht herauskommen sehen. Einige Arbeiter warfen nach wie vor Fackeln in das Haus, andere flohen. Anston Trago saß auf seinem Pferd und schoss auf jeden Arbeiter, den er sah, selbst auf die fliehenden. Melissa schloss die Augen, schauderte, dann presste sie die Hände auf die Ohren, um nicht das Rauschen und Knacken der Flammen zu hören, nicht die Schüsse und die Schreie der Menschen.

Jemand umarmte sie von hinten, und sie musste sich nicht umdrehen, um zu wissen, dass es Hayden war. Schluchzend drehte sie sich zu ihm um und warf sich an seine Brust. »Es waren die Arbeiter … mein Vater und meine Brüder sind noch im Haus.«

Hayden schloss sie in die Arme, um sie wenige Augenblicke später behutsam von sich zu schieben. »Ich gehe hinein.«

»Nein!« Sie legte ihm beide Hände an die Brust. »Nicht du auch noch.«

»Vielleicht ist ihnen der Weg versperrt, und es ist noch möglich, Hilfe zu holen. Hab keine Angst, ich passe auf mich auf.« Er drückte ihr einen Kuss auf die Stirn und lief zum Haus.

Melissa sank auf die Knie und weinte.

Er hatte dafür gesorgt, dass kein Mensch im Haus zu Tode kam, daher hatten die Arbeiter mit den hinteren Räumen angefangen und keine Fluchtwege abgeschnitten. Jetzt, wo das Haus leer und gänzlich den Flammen preisgegeben war, fühlte Louis den Anflug einer unsäglichen Traurigkeit in sich aufsteigen, ein Verlustgefühl, mit dem er nicht gerechnet hatte. Langsam und stetig fraß sich das Feuer durch Räume und Korridore, und er wusste, dass es langsam Zeit war, zu fliehen. Wohin, das wusste er selbst noch nicht so genau. Sein ganzes Handeln der letzten Wochen war auf diesen einen Punkt gerichtet gewesen, den er jetzt erreicht hatte, die Zukunft dahinter dehnte sich bisher noch ohne Perspektive aus. Er hatte nicht die geringste Ahnung, ob Estella diesen Weg mit ihm beschreiten würde. Sobald er in Sicherheit war, musste er ihr eine Nachricht zukommen lassen und fragen, ob sie ihn begleiten wollte oder nicht. Er würde jetzt ein gesuchter Aufwiegler sein, ihm drohte schlimmstenfalls die Todesstrafe, und ein Schicksal an seiner Seite war Estella vielleicht nicht zuzumuten, nicht einmal, wenn er es schaffte, irgendwo unerkannt ein neues Leben zu beginnen. Aber er wollte ihr die Entscheidung nicht vorwegnehmen, denn er wusste, dass sie das abgelehnt hätte. Nur fort von der britischen Gerichtsbarkeit, und da schieden so einige Länder aus. Amerika war eine Möglichkeit … Er hatte sich bereits vor etlichen Tagen unter einem Vorwand von Alan Geld geliehen, das er ihm irgendwann zurückzahlen wollte, wenn es bis dahin auch einige Jahre dauern konnte.

Seiner Mutter hatte er von Anfang an alles erzählt, damit sie sich keine Sorgen machte, wenn er plötzlich verschwand. Er würde sie nachkommen lassen, wenn er wusste, wohin es ihn verschlug. Sie hatte versucht, es ihm auszureden, immer wieder, beharrlich und eindringlich, aber dieses eine Mal verschloss er sich ihren Bitten gegenüber. Schließlich hatte sie es aufgegeben und ihn nur traurig angesehen. Er wusste, dass er sich auf ihre Verschwiegenheit verlassen konnte, und bat sie inständig um Verzeihung, einmal im Leben ein ungehorsamer Sohn zu sein.

Während er auf der Galerie stand und hinuntersah, prüfte, ob sein Weg nach draußen begehbar war, sah er, wie sich die Silhouetten zweier Männer aus dem Rauch schälten. Alan und Hayden, und sie hätten ihn nicht gesehen, wäre Alan nicht auf die Idee gekommen, hochzuschauen. Er stand über ihnen, die Fackel in der Hand, und erkannte selbst auf die Entfernung, wie sich Begreifen auf den Gesichtern der beiden Männer abzeichnete. Dennoch hob Alan die Hand, als fordere er ihn auf, ihm zu folgen.

Noch nicht, dachte Louis, er würde sie vorgehen lassen. Er hob seinerseits die Hand und gab ihnen zu verstehen, dass sie ohne ihn gehen sollten. Alan öffnete den Mund, rief etwas, das er nicht verstand. Louis schüttelte den Kopf, verneinend auf das, was sein Bruder auch immer gesagt haben mochte. Zweimal wiederholte Alan seine Geste, während sich um sie herum das Feuer ausbreitete, und schließlich wurde Louis klar, dass sich die beiden Männer erst retten würden, wenn er ihnen folgte. Ebenso wie ihm klarwurde, dass Alan ihn nicht an einer Flucht hindern würde. Er sah Hayden an, der sich zurückgehalten hatte und ihm nun zunickte.

Louis warf die Fackel hin, so dass die Flammen am Geländer leckten, und war im Begriff, die Treppe auf der anderen Seite der Galerie hinunterzugehen, als jemand aus dem Schatten hinter ihm trat und ihn mit dem Arm würgte.

»Ich hätte dich nach deiner Geburt ertränken sollen wie einen Hund«, schrie sein Vater.

Louis rang nach Luft und versuchte, sich aus dem Griff seines Vaters zu befreien. Ein lautes Krachen ertönte, und brennende Balken fielen in die Halle. Alan und

Hayden, die auf dem Weg zur Galerie gewesen waren, hielten inne. Flieht, dachte Louis, während er sich bemühte, mit beiden Händen den Arm seines Vaters von seinem Hals zu stemmen. Vor seinen Augen flimmerte es, und er keuchte, dann sammelte er seine Kräfte, und hörte auf, sich gegen den Griff seines Vaters zu wehren, sondern lief rückwärts und stieß ihn nach hinten gegen die Wand, womit dieser offensichtlich nicht gerechnet hatte. Louis machte eine Drehung und hatte sich befreit. Um ihn herum schien auf einmal alles in Flammen zu stehen, immer mehr brennende Dachbalken fielen in die Halle, und er konnte in den wabernden Flammen nicht mehr erkennen, ob Hayden und Alan noch in der Halle waren. Während er versuchte, einen Fluchtweg auszumachen, griff sein Vater ihn erneut an an, drückte ihn gegen das Geländer.

»Wir müssen hier raus!«, schrie Louis.

»Du verdammter Bastard. Das hier war mein Lebenswerk.«

Louis tat mühsame Atemzüge. »Gar nichts hiervon war jemals deins.«

Wieder versuchte sein Vater, ihm die Hände um den Hals zu legen, und Louis umfasste seine Handgelenke, um ihn von sich zu schieben. Er drehte sich so, dass er nicht mehr am Geländer stand, und sein Vater drängte ihn rückwärts an die Wand. Rauch biss in seinem Hals, und die Hitze war unerträglich. Er spürte, wie die Kräfte seines Vaters erlahmten, und ließ locker, da hob sein Vater blitzschnell die Hände, legte sie wieder an Louis' Kehle, und Louis versetzte ihm beinahe reflexhaft einen solchen Stoß, dass er zurücktaumelte. Das Geländer hinderte ihn daran, von der Galerie zu stürzen, und im ersten Moment schien es, als fange er sich, dann jedoch ertönte ein lautes Knacken, und noch ehe jemand reagieren konnte, gab die Balustrade nach. Louis sah, wie sich die Augen seines Vaters vor Entsetzen weiteten und er die Arme hochwarf. Er stürzte nach vorn, wollte nach Edwards Händen greifen, aber er spürte nur das kurze Berühren der Fingerspitzen, und im nächsten Moment war der Platz auf der Galerie leer. Louis ging mit steifen Schritten bis an den Rand, sah hinunter und entdeckte den Körper seines Vaters seltsam verdreht über einem umgestürzten Tisch. Sein Herz raste, und sein Atem ging in einem heftigen, ungestümen Rhythmus. Es war ein Unfall, sagte er sich wieder und wieder, während er hinabstarrte und ignorierte, dass das Feuer dabei war, ihm auch den letzten Fluchtweg zu versperren. Schließlich trat er zurück und sah sich um, panisch nun, weil er nicht wusste, welchen Weg er einschlagen sollte. Die Treppe, auf die er die Fackel geworfen hatte, stand in Brand, die andere war zwar frei, aber an ihrem Fußende türmten sich brennende Balken. Er konnte versuchen, daran vorbeizukommen, indem er das letzte Stück über das Geländer sprang.

Dann hörte er das Krachen über sich, achtete jedoch nicht darauf, weil er sich beeilte, die Treppe zu erreichen. Ein herunterfallender Balken traf ihn so heftig am Hinterkopf, dass es ihm beinahe die Sinne raubte. Er stürzte die Treppe hinunter, schlug mit dem Kopf auf und blieb auf dem ersten Treppenabsatz liegen, blinzelte, um wieder klar sehen zu können, machte jedoch nicht mehr den Versuch, aufzustehen. Er wusste mit plötzlicher Klarheit, dass er nicht entkommen würde. Funken stoben, als das Gebälk an der Decke sich löste, ineinanderrutschte, ehe es zu Boden fiel. Louis dachte an Estella und an etwas, das er ihr unbedingt noch hatte sagen wollen.

»Das Dach stürzt ein!«
Als der obere Teil des Hauses mit Getöse einbrach, ertönte gleichzeitig ein vielstimmiger Aufschrei. Menschen wichen zurück, die Wasserkette brach zusammen, weil jeder floh, um nicht von herabfallenden Ziegeln und brennendem Holz getroffen zu werden. Melissa hingegen lief auf das Haus zu, hielt das Kleid in ihrer Faust gerafft, um nicht zu stolpern, während Qualm in ihren Augen biss und sie husten musste. Schließlich blieb sie stehen, rieb sich die brennenden Lider und sah, wie zwei Personen aus dem Rauch hervorkamen und von dem Haus fortliefen.
Eine Hand griff nach Melissas Arm, und als sie herumwirbelte, erkannte sie Anthony. »Wo willst du hin?«, fuhr er sie an.
Sie antwortete nicht, sondern starrte auf das Haus, erkannte Hayden und Alan, und ihr gaben vor Erleichterung beinahe die Knie nach. Im selben Augenblick überlagerte jedoch Sorge jede andere Empfindung, denn sie konnte ihren Vater und Louis nicht entdecken. Mit einem Ruck befreite sie sich von Anthony und lief den beiden Männern entgegen. Hayden schloss sie ungeachtet Alans Anwesenheit in die Arme.

»Wo sind Papa und Louis?« Sie umfasste Haydens Schultern, zwang ihn, sich zu ihr zu neigen und ihr ins Gesicht zu sehen. »Habt ihr sie gesehen?«

Hayden zögerte. »Ja, haben wir.«

Ihr Blick flog zu Alan, in dessen Gesicht sie dieselbe unheilvolle Andeutung las. Hayden zog sie erneut an sich und brachte seinen Mund an ihr Ohr. Mit einer Stimme, die kaum mehr als ein Flüstern war, erzählte er. Melissa schloss die Augen und hatte das Gefühl, dass das Entsetzen in Form einer schleichenden Lähmung von ihr Besitz ergriff.

Matt schüttelte sie den Kopf, als Hayden geendet hatte. »Louis …« Sie schluckte, atmete in hastigen Zügen, »Louis kann das Haus auch auf der anderen Seite verlassen haben.«

»Nein«, sagte Alan an Haydens Stelle. »Er ist tot, Melissa.«

Jedes Fühlen in ihr war wie hinter einem wattigen Dunst verborgen. Ihr Herz schlug heftig, aber ihr war, als erreiche kein Schmerz mehr ihr Innerstes. Geräusche schienen durch einen dichten Nebel zu ihr zu dringen, und aus vielen Stimmen wurde ein Rauschen. Sie löste sich aus Haydens Armen, wandte den Blick von ihm ab, gab ihn frei. Langsam einen Fuß vor den anderen setzend, ging sie auf das Haus zu und blieb schließlich stehen, so nah, wie sie die Hitze gerade noch ertragen konnte. Bar jeder Empfindung sah sie zu, wie Flammen nun aus jedem Fenster züngelten und aus dem, was einstmals das Dach gewesen war.

Jemand berührte ihre Schulter, und eine Stimme drang

durch das Rauschen zu ihr, sanft, kaum lauter als der Wind, der an sonnigen Tagen durch die Bäume strich, und in ihr jene Mütterlichkeit, die Melissa ihr ganzes Leben lang hatte entbehren müssen.

»Komm, mein Kind«, sagte Mrs. Smith-Ryder, »ich bringe dich heim.«

Heim, dachte Melissa und glaubte für einen Moment, die Frau wolle sie in das brennende Haus führen. Heim, dachte sie, ja, bring mich heim. Dann ging ein Ruck durch ihren Körper, und die Betäubung in ihr wich eisiger Kälte. Sie schlug beide Hände vor das Gesicht und begann zu weinen, um Louis, um ihren Vater und um ihretwegen, weil sie für wenige Sekunden hatte sterben wollen. Dann drehte sie sich um, sah zu Hayden, der immer noch dort stand, wo sie ihn zurückgelassen hatte. Heim, dachte sie, wo immer das sein mochte.

EPILOG

ZEHN MONATE SPÄTER

Selbst der Anblick einer schwarzen Ruine inmitten grüner Wildnis hatte etwas Friedliches. Brachliegende Kaffeefelder wurden nach und nach von der Natur zurückerobert, Wege wucherten zu, auf dem marmornen Brunnen im Hof lag ein schmieriger Film, Moos überzog Steinplatten und Treppen. Gebüsch wuchs wild, weil niemand es zurückschnitt, und Kaffeepflanzen, die vom Feuer verschont geblieben waren, reckten sich ungehemmt in die Höhe.

Melissa band die Zügel ihres Pferds an einen Baum und ging langsam auf das Haus zu. Irgendwann hatte der Anblick aufgehört weh zu tun. Sie streckte beide Arme seitlich aus, so dass hohe Gräser im Gehen ihre Handflächen kitzelten, und blieb schließlich vor jener rußgeschwärzten Mauer stehen, die einmal die prachtvolle Fassade von Zhilan Palace gewesen war.

Anfangs hatte sie immer wieder versucht, sich einzureden, dass Louis doch entkommen sei, hatte Alan und Hayden bedrängt, ihr exakt zu beschreiben, was sie gesehen hatten, und das erschien ihr außer dem Sturz ihres Vaters nicht viel gewesen zu sein. Irgendwann hatte Alan sie angeschrien: »Er ist tot, Melissa, tot, tot, tot. Er stand auf der Galerie, und das Dach ist eingestürzt. Hayden und ich haben es gerade noch aus dem Haus geschafft.«

Danach hatte sie das Thema ruhen lassen.

Alan hatte sein Erbe komplett abgelehnt, auch das Vermögen, das auf den Konten ihres Vaters lag. Er hatte an die Tamasins in England geschrieben, ihnen alles enthüllt und veranlasst, dass ihnen Konten, das Land in Kandy und das Haus in Nuwara Eliyah überschrieben wurden. Um die Dinge in Ratnapura kümmerte er sich nicht. Wenn es dazu Dokumente gegeben hatte, dann waren diese mittlerweile zu Asche verfallen. Damit waren die Geschwister nun gänzlich mittellos.

Sie lebten derzeit auf der Plantage der Smith-Ryders, und Alan, der nicht nur als Schwiegersohn dort leben, sondern seine Schwester mitversorgt wissen wollte, arbeitete als Verwalter und bekam ein Gehalt. Über Louis redete kaum jemand, und wenn, dann war es nichts Gutes. Natürlich war herausgekommen, wer den Aufstand angezettelt hatte, und niemand konnte so recht fassen, welche Undankbarkeit sich hier offenbarte. Selbst als Alan sein Erbe ausschlug und die Wahrheit über Edward Tamasin ans Licht kam, änderte sich die allgemeine Meinung nicht. Viele wollten es nicht glauben, hielten Alan für übereilt, schließlich kannte man Edward Tamasin, und wer wollte schon zugeben, über dreißig Jahre von einem Mann hinters Licht geführt worden zu sein, der womöglich sogar gemordet hatte? Henry Smith-Ryder hingegen hatte höchsten Respekt vor Alans Entscheidung und ließ ihn das auch spüren.

Schlimm hatte es Estella getroffen, und Melissa schauderte, als sie sich die letzte Begegnung mit ihr in Erinnerung rief. Zwei Kulis der Smith-Ryder-Plantage waren nach der Brandnacht spät am Abend schreckensbleich von einem Besuch bei Arbeitern einer Nachbarplantage zurückgekehrt und behaupteten, im ehemaligen Tamasin-Haus gehe ein Geist um. Eine Frauengestalt im weißen Hemd schwebe in der Ruine, ob es am Ende die Dorasani selbst sei, die ihren Ehemann suche? Obwohl Alan und Henry Smith-Ryder die Sache als Unsinn abtaten, hatte Melissa gemerkt, dass Alan sehr blass geworden war.

Etwas später, es ging bereits auf Mitternacht zu, erschien William Carradine, aufgebracht und sichtlich in Sorge. Estella sei verschwunden, sagte er und fragte, ob sie hier sei. Nein, antwortete Mr. Smith-Ryder, und nun ergab es Sinn, was die Einheimischen erzählt hatten. Melissa setzte durch, die drei Männer zu begleiten. Sie nahmen die Pferde, weil das schneller ging, als eine Kutsche einspannen zu lassen.

Die Erinnerung an den Anblick in der Ruine ließ Melissa auch jetzt, Monate später, noch einen Schauer über den Rücken laufen. In ihrem weißen Nachthemd kniete Estella zwischen rußgeschwärzten Mauern, wühlte mit beiden Händen im Schutt, stand auf und grub an anderer Stelle weiter. Dabei schrie sie immer wieder wie unter Schmerzen. Ihr Vater war der Erste, der sich aus der Erstarrung löste und zu ihr ging. Er nahm ihren Arm, und sie hielt inne, um ihn anzusehen, das gelöste Haar in wirren Strähnen in ihrem Gesicht. Behutsam zog er sie hoch und führte sie mit sich, redete leise auf sie ein, nahm ihre Hände in seine und drehte die Handflächen nach oben. Über Estellas Gesicht zogen sich graue Schlieren von

Asche, die unter ihren Augen tränenverschmiert waren, und sie war barfuß, wobei sie von Glück sagen konnte, in keine Schlange oder ein anderes giftiges Tier getreten zu sein. Brandblasen überzogen ihre Handinnenflächen, weil die Asche immer noch heiß war.

William Carradine betrachtete ihre Hände, ihr Gesicht, ihr Nachthemd, ihre Füße. »Das«, sagte er kaum hörbar, »ist kein Mann wert.« Er hob sie hoch und trug sie zu seinem Pferd, setzte sie seitwärts in den Sattel und stieg hinter ihr auf. Dann drehte er sich zu seinen Begleitern um, als entsinne er sich erst jetzt wieder ihrer Anwesenheit, und nickte ihnen dankend zu. Beide Arme um seine Tochter gelegt, trieb er sein Pferd an und galoppierte in die Dunkelheit.

Er übertrug die gesamte Verwaltung seiner Plantage Gregory und bat Henry Smith-Ryder, ebenfalls ein Auge auf alles zu haben. Zusammen mit Estella reiste er kurz darauf ab, hatte eine Passage nach Amerika gebucht, um Verwandte in Charleston zu besuchen. Warum Amerika, fragten einige, warum nicht England? Wenn er nach England ginge, so William Carradine, dann könne er ebenso gut hierbleiben. Estella müsse fort von dem ganzen Gerede, so weit wie möglich, sonst würde sie nie Ruhe finden. Verwünscht sei Louis, sagte er ein ums andere Mal, und Melissa krümmte sich innerlich.

Manjula hatte nach Louis' Tod nicht geweint, aber der Schmerz schien sie innerlich zu verzehren, und sie hörte auf zu sprechen. Zwar aß und trank sie alles, was man ihr vorsetzte – und Melissa bemühte sich nach Kräften um sie –, aber dennoch schien sie von Tag zu Tag kleiner zu werden, grauer, wie eine Blume, die verwelkte. Eines Morgens wachte sie nicht mehr auf.

Am 26. Juli 1848 hatte es in Matale eine Rebellion gegen die britische Herrschaft gegeben. Die Aufstände hatten sich bis nach Kandy und Kurunegala gezogen, und es war das Kriegsrecht ausgerufen worden. In Massen begehrten die Menschen gegen repressive Abgaben auf, die die Briten erhoben hatten, um das finanzielle Loch zu stopfen, das das schlechte Kaffeejahr gerissen hatte. Anführer war Gongalegoda Banda, ein Mönch aus Dambulla. Der Aufstand wurde recht schnell und blutig niedergeschlagen und Gongalegoda Banda am 1. Januar 1849 hingerichtet. Ihre eigene Schuld sahen die Briten nicht, und Melissa wusste, dass auch niemand bereit war, darüber nachzudenken, was Louis zu seinem Handeln getrieben hatte. Alle sahen in ihm den Eurasier, den Bastard, einen Menschen, vor dem man sich hätte in Acht nehmen müssen.

Hayden lebte, wenn er in Kandy war, ebenfalls auf der Smith-Ryder-Plantage, und als die Trauerzeit vorbei war, gab Alan offiziell ihre Verlobung bekannt. Sie würden noch vor der Abreise nach England heiraten, denn damit musste keine Anstandsdame für Melissa mitreisen. Seine Familie werde es verschmerzen, vor vollendete Tatsachen gestellt zu werden, sagte Hayden. Der Auftrag für die Karten in Ceylon wurde an einen anderen Kartographen vergeben. Angesichts dessen, was sich hier abgespielt hatte, brachte man ihm Verständnis entgegen, und er hatte bereits vereinbart, in ein anderes Land geschickt zu werden.

Melissa und Alan blieben Tamasins – allein schon in Ermangelung eines anderen Namens, denn der, den sie eigentlich hätten tragen müssen, war das Geheimnis ihres Vaters geblieben. Anfangs hatten sie darüber gegrübelt, ob es je möglich wäre, herauszufinden, wer er in Wahrheit gewesen war, aber inzwischen hatten sie sich damit abgefunden, es nie zu erfahren.

Melissa ging an der Hausfront entlang, und ihr war, als höre sie längst vergangene Stimmen. Wieder und wieder dachte sie an Louis. In Momenten wie diesen schien ihr der Gedanke daran, ihn nie wiederzusehen, unerträglich. Was nur hatte er ihr an jenem letzten Abend in ihrem Zimmer sagen wollen? Mit geschlossenen Augen lehnte sie sich an die Hauswand.

Sie glaubte nicht an Seelen, die auf Erden herumwandelten und nicht zur Ruhe kamen. Dennoch stellte sie sich vor, wie Louis hierbleiben und immer wieder durch das niedergebrannte Haus gehen musste, wie er vor ihr stand, sie ansah und fragte, wann sie ihn endlich loslassen wolle. Sie öffnete die Augen, stieß sich von der Wand ab und ging den Weg zurück zu ihrem Pferd. Auf halber Höhe blieb sie stehen, sah noch einmal zum Haus, das letzte Mal, denn sie würde nicht wiederkommen.

»Leb wohl«, flüsterte sie.

∽∾

Laila El Omari

DIE ENGLISCHE ERBIN

Roman

KALKUTTA 1875: Die verwirrende Vielfalt der Stimmen, das Gemisch der Düfte und die atemberaubende Pracht der Farben – nach zehn Jahren Haft überwältigen Alec Delaney die Eindrücke der brodelnden Stadt. Drei Jahre später ist er dem Ziel, Rache an dem Mann zu üben, der ihn ins Gefängnis gebracht hat, zum Greifen nahe. Dann begegnet er Lady Helena Ashington: Sie ist die Liebe seines Lebens – und die Tochter seines Erzfeindes.

DER DUFT VON SANDELHOLZ

Roman

BOMBAY 1753: Die lebenslustige Elisha Legrant begehrt immer wieder gegen die Konventionen der englischen Kolonialgesellschaft auf. Als sie dem Arzt Damien Catrall begegnet, ist sie fasziniert von seinem medizinischen Wissen. Schon bald wird aus den fachlichen Gesprächen mehr – doch Damien ist bereits mit einer reichen Erbin verlobt …

Knaur Taschenbuch Verlag

TAGE DES MONSUNS

Roman

SÜDINDIEN 1875: Um der Abhängigkeit von ihrem Bruder zu entkommen, geht Katrina eine Vernunftehe mit dem undurchsichtigen Aidan Landor ein. Mit ihrer Mitgift erwirbt er eine Teeplantage inmitten der üppigen Schönheit Südindiens. Doch Aidan verschwindet immer wieder ohne Grund. Mehr und mehr wird Katrina bewusst, dass sie kaum etwas von dem Mann weiß, an den sie mittlerweile mehr als nur Vernunft bindet ...

»Unglaublich spannend!«
Indien Magazin

Knaur Taschenbuch Verlag